Heidelberger Wahnsinn

Hans-Peter Baumann, Jahrgang 1947, geboren in Mannheim, Studium in München, wanderte 1980 nach Luxemburg aus. Heute lebt er in der weiten Hügellandschaft Südwestfrankreichs. Seit 1998 entstanden zahlreiche Kurzgeschichten und drei Romane.

Dieses Buch ist ein Roman. Handlungen und Personen sind frei erfunden. Ähnlichkeiten mit lebenden oder toten Personen sind nicht gewollt und rein zufällig.

HANS-PETER BAUMANN

Heidelberger Wahnsinn

DER BADISCHE KRIMI

emons:

Bibliografische Information der Deutschen Nationalbibliothek
Die Deutsche Nationalbibliothek verzeichnet diese Publikation in der Deutschen Nationalbibliografie; detaillierte bibliografische Daten sind im Internet über http://dnb.d-nb.de abrufbar.

FSC
www.fsc.org
MIX
Papier aus verantwortungsvollen Quellen
FSC® C083411

Umschlagmotiv: photocase.com/pisacane
Umschlaggestaltung: Tobias Doetsch
Gestaltung Innenteil: César Satz & Grafik GmbH, Köln
Lektorat: Julia Seuser
Druck und Bindung: CPI – Clausen & Bosse, Leck
Printed in Germany 2016
ISBN 978-3-95451-790-9
Der Badische Krimi
Originalausgabe

Wirklich unglücklich sind die,
deren Lebensweg zu einer Spirale wird.
Ihr Entscheidungsraum wird immer enger,
alles beschleunigt sich,
sie sind nur noch getrieben.
Und dann, am Endpunkt der Spirale,
verglühen sie.

C. H.

R. I. P.

Aus der Friedhofskapelle des alten Ortes tröpfelt eine kleine Trauergemeinde in die grelle Hitze des Sommernachmittags. Ein paar Stare auf dem Dachfirst äugen misstrauisch zu den Menschen hinunter, die soeben langsam und wortlos den Raum der Andacht verlassen.

Der scharfe Anschlag des Totenglöckchens schreckt die Vögel auf. Mit heftigem Geflatter fallen sie in einen Robinienhain ein, keine zwanzig Meter entfernt von der Kapelle. Die Bäume stehen gleich hinter der niedrigen Friedhofsmauer im zugewucherten ehemaligen »Judenfriedhof«, einem Ort, der nicht zur Gegenwart, aber auch zu keiner Vergangenheit zu gehören scheint. Verwitterte Steintafeln aus blassrotem Sandstein ragen aus dunkelgrünem verwildertem Buchsbaum und blauschwarzen Efeuranken empor; nur wenige stehen noch aufrecht, die meisten sind übereinandergestürzt und dabei zerbrochen. Unter Moos und Flechten kann man hebräische Schriftzeichen erahnen. Niemand versteht mehr ihre Botschaft. Nur noch fremdartige Ornamente …

Sieht man über die zerknautschten Bierdosen hinweg, die nicht bloß zufällig in der friedvollen Szenerie herumliegen, dann strahlt der Platz eine tiefe Ruhe aus. Dort drüben, jenseits der Sandsteinmauer, ist der Tod Geschichte, ist abgeschlossen, fern. Auf der anderen Seite wirft er einen grauen Schatten auf die Trauernden, denn einen der Ihren hat es getroffen, plötzlich, unerwartet und – wie meistens gesagt wird – zu früh.

Nachdem der Beamte der Friedhofsverwaltung mit salbungsvoller Umständlichkeit die Urne aufgenommen hat, setzt sich der Trauerzug in Bewegung, zuerst ein paar breite Stufen hinab auf die zentrale Ebene des Gräberfeldes, dann immer den Hauptweg entlang.

Hinter dem Urnenträger schreitet eine alte Dame, ganz in Schwarz und mit einem altmodischen Tüllnetz vor dem Gesicht. Ihr folgen die wenigen Teilnehmer der Beisetzung. Es ist gewiss einer der kleinsten Trauerzüge, die sich je über den Friedhof von Ladenburg bewegt haben.

Keine Musik, kein Gesang, kein klirrender Weihrauchkessel. Ohne das Geläut der Totenglocke, das wie dünner Nebel über den Friedhof weht, wäre der Weg zur »Friedwiese« noch beklemmender. Bisweilen vernimmt man dankbar das Rauschen eines scharfen Wasserstrahls, der in eine blecherne Gießkanne dröhnt.

Trauer macht den Kopf leer. Man bemüht sich bloß, beim Gehen auf dem geschotterten Weg keine Steinchen in die Schuhe zu bekommen und dem Vordermann nicht auf die Hacken zu treten. Man starrt auf den Blumenschmuck der Gräber am Wegrand, man liest gedankenleer und beziehungslos die Inschriften auf Grabsteinen und Grabkreuzen fremder Menschen, an denen der Weg vorbeiführt: Frey, Katzenmeier, Reinhard … Carl Benz.

Der Benz? Ja, der.

Viele Namen wiederholen sich. Hier ruhen ganze Clans, in diesem Zwischenlager zur Ewigkeit. Manche Grabsteine tragen emaillierte Medaillons; Kindergesichter, lächelnde junge Frauen, stramme Burschen in Uniform. Die Welt wird nie erfahren, was aus diesen Leben hätte werden können.

»Im Gedenken an …« Mehr nicht. Aber wenigstens das.

Der Trauerzug muss fast bis zum alten Bahndamm gehen, an dessen Fuß der ausgedehnte Friedhof endet. Hier liegt das gepflegte Wiesenstück mit einigen halbhohen Eichen, unter denen – selbstverständlich nur von behördlicher Seite – die Asche der Verstorbenen verstreut werden darf.

Gemessenen Schrittes tritt der amtliche Urnenträger – mit Dienstmütze – in die Mitte der Wiese, dreht sich zu den Trauergästen um und nimmt den Deckel des Gefäßes ab. Bevor er jedoch mit den aschgrau behandschuhten Händen seinen Dienst verrichten kann, hebt die alte Dame energisch den Arm, stapft mit achtsamer Eile zu ihm auf den Rasen und wechselt einige Worte mit ihm, die für die Umstehenden unverständlich bleiben. Sehr widerstrebend, vermutlich auch mit einem deutlichen Hinweis auf seine Vorschriften übergibt er ihr schließlich die geöffnete Urne und gesellt sich zu den Trauernden, ratlos den Urnendeckel in der Hand drehend.

Die grauhaarige Dame schreitet langsam auf und ab und verstreut mit feierlicher Geste den Inhalt der Urne bis auf den letzten Rest. Dann reicht sie dem Beamten unwirsch das leere Gefäß zurück, bleibt regungslos am Rand des Rasens stehen, streift ihre Handschuhe ab; Trauergäste drücken ihr die Hand, versuchen, ihr Trost zuzusprechen.

Kaum eine Viertelstunde später hat sich die Trauergesellschaft verlaufen. Die alte Dame steht noch immer am Rand der Wiese. Aber nur, wer nahe genug an ihr vorbeigeht, kann ihr leises Weinen hören und ihre Schultern zucken sehen.

Der Schrecken nimmt Anlauf

Zwei Wochen früher

Cornelius Hansson war hundemüde und viel zu spät dran. Um wach zu werden, nahm er ausnahmsweise die Treppe, trotzdem überkam ihn auf dem Flur im zweiten Stock der Polizeidirektion Heidelberg ein Gähnanfall nach dem anderen. Zum Glück saßen die Kollegen alle in ihren Büros, sicher schon bei der zweiten Lage Kaffee. Nicht, dass ihm viel an seinem Image gelegen wäre, aber als Leiter des Dezernats 2 für Gewaltkriminalität fand er sein Verhalten selbst kaum akzeptabel. Na ja … Nächstes Mal wieder.

Vor Hanssons Bürotür wartete bereits der baumlange Jonas Federle, Berufsschwabe und jüngster Kommissar seiner Abteilung.

»Chef, mir sollet glei' nach Sulzbach komme, dort hend sie e Leich g'funde, männlich, um die vierzig. Der Karim und d' Sonia sind scho unterwegs … und d' Spuresicherung isch au scho vor Ort.«

Hansson murmelte irgendetwas und deutete zu den Aufzügen. Sie glitten mit dem Lift in die Tiefgarage hinab.

»Du fährst!«

Federle nickte, krümmte seine knapp zwei Meter auf den Fahrersitz von Hanssons Dienstwagen und schob erst einmal alle Sitzeinstellungen bis zum Anschlag zurück. Dann jagte er den kräftig motorisierten Wagen Richtung Bundesstraße 3 unter Einsatz von allem, was an einem zivilen Polizeiwagen leuchten und heulen konnte, mitten durch den dichten Berufsverkehr. Er tat das sehr kühl, sehr geschickt, vor allem aber sehr schnell. In Hanssons Ohren rauschte es.

»Donnerwetter, Jonas! Der Mann *ist* schon tot, aber ich würde gern noch meine Pension erleben!«

Sulzbach, das äußerste nördliche Ende von Hanssons Zuständigkeitsbereich, lag kurz vor der hessischen Grenze am Fuße des Odenwalds. Eigentlich ein hübsches Ausflugsziel an einem

Sommermorgen wie diesem – nur nicht gerade mit einer Leiche als Abschluss.

Hansson drückte den Kopf gegen die Nackenstütze und döste. Bei jedem Richtungswechsel pendelte sein Kopf leicht hin und her.

Links von der Bundesstraße, nur einen Steinwurf vor der Ortschaft Sulzbach, zogen sich die Absperrbänder der Polizei um eine Buschgruppe inmitten der feuchten Wiesen. Jonas Federle schaltete Blaulicht und Sirene ab. Der Wagen holperte über kniehohes Unkraut den gerade noch erkennbaren Wiesenweg hinunter.

Neben einem Transporter mit geöffneter Hecktür hielt er an.

Ein schlanker jüngerer Mann mit unverkennbar türkischen Gesichtszügen und eine brünette junge Frau gingen auf die Neuankömmlinge zu, beide in salopper Zivilkleidung, beide ziemlich blass im Gesicht, obwohl sich der Sommer schon dem Ende entgegenneigte und jedermann eigentlich genügend Sonne abbekommen haben sollte.

»Hallo, Kollegen«, begrüßte sie Hauptkommissar Hansson, »schon ein paar Fakten?«

»Ihr schauet aber net gut aus, elle zwoi«, kommentierte Federle vorlaut, noch ehe sie antworten konnten. »Hend dir g'wiss dem Jack the Ripper sei letschtes Opfer g'funde?«

»Furchtbar! Kann man *den* nicht endlich in ein Deutschtraining für Menschen mit schwäbischem Migrationshintergrund stecken? *Eih, Mann, spresch isch doch auch nisch Deutsch wie den erste Generation von Türk Mann in die seschzischer Jahren, eeh?*«, frotzelte Karim Abakay zurück.

Hansson schüttelte mürrisch den Kopf; ihm ging die Kabbelei der beiden heute gewaltig auf den Nerv. Karim, der junge Oberkommissar aus Mannheim, gehörte seit einem Jahr zu Hanssons Team – ein guter Mann, wirklich, aber ebenso ein Kindskopf wie Jonas. Und die beiden liebten ihre Stänkereien. Musste wohl irgendeine Art von gegenseitiger Wertschätzung sein!

Hansson fluchte leise. Seine Lederschuhe bekamen im feuchten Gras dunkle Wasserflecke, während er auf einen hüfthohen Sichtschutz zuging. Dahinter tauchte immer wieder ein grauer Haarschopf auf.

»Hallo, Cornelius! Mit dem armen Kerl habt ihr einen interessanten Fall, der sicher mehr als ein Rätsel aufgibt!« Dr. Gottfried Pfeiffer, Rechtsmediziner, deutete auf die wachsbleiche Gestalt eines Mannes, der hinter ihm im feuchten Gras saß, mit ausgestreckten Beinen, in einen Weidenbusch gelehnt. Seine abgewinkelten Arme hingen schlaff über zwei kräftige Äste, das Kinn ruhte auf der Brust.

Hansson hob fragend die Augenbrauen.

»Also der Mann ist sicher vor mehr als sechsunddreißig Stunden gestorben. Die Totenflecken sind nicht mehr wegzudrücken, die Totenstarre ist aber bereits völlig gewichen.«

»Todesursache? Kannst du da schon was –«

»Wenn ich nach dem unmittelbaren Anschein gehe, dann ist der Mann an einem Herzstillstand gestorben. Aber sicher nicht ohne Auslöser – in *dem* Alter! Genaueres weiß ich nach der Autopsie. Keine auf Anhieb sichtbaren äußeren Verletzungen, kein Blut, die Kleidung war unversehrt. Er wirkt stark dehydriert, besonders im Gesicht und an den Armen ist die Austrocknung überdeutlich. Allerdings dürfte nach Lage der Totenflecken der Platz hier nicht der Sterbeort sein.«

»Suizid?«

»Kaum. Sogar wenn er hier gestorben wäre, dann hätte er sich niemals im Todeskampf so aufrecht halten können, wie er hier vor uns sitzt. Ich denke, man hat ihn ermordet und dann regelrecht in den Busch drapiert. Er sollte genau in dieser Haltung gefunden werden. Was den Todeskampf angeht –« Der Arzt kniete sich neben den Toten und hob vorsichtig dessen Kopf an.

Hauptkommissarin Sonia Nerlinger, die wusste, was kommen würde, drehte den Kopf und sah weg.

»Lieb's Herrgöttle von Biberach!«, stammelte Federle erschrocken. »Der het wirklich äm Deifel ins G'sicht g'sehe!«

Das grauweiße schmale Gesicht des toten Mannes drückte unbeschreibliche Qual und furchtbares Entsetzen aus, das ihn offenbar bis zu seiner letzten Sekunde nicht verlassen hatte. Sein Blick ging ins Leere, die Kinnlade war heruntergeklappt, und im offenen Mund schien noch der Widerhall seines letzten Schreis zu stecken. Der Tote war höchstens Mitte dreißig. Trotzdem überzog ein Geflecht aus unzähligen feinen Knitterfalten seine Haut.

»Jeder Tod ist schlimm«, sagte Hansson nach einem Augenblick fassungsloser Stille, »aber der hier –«

Dr. Pfeiffer ließ den Kopf des Toten wieder nach vorne sinken. »Es gibt übrigens noch einen anderen Grund, warum ich Suizid beinahe sicher ausschließen kann. Die Kollegen von der Spurensicherung haben persönliche Gegenstände bei ihm gefunden – Armbanduhr, Geldbeutel, vor allem die Brieftasche mit Inhalt. Der Tote war selbst Mediziner. Doch glaub mir, Cornelius, kein Arzt würde sich auf so eine unmenschliche Art umbringen, völlig ausgeschlossen.«

»Wenn du das sagst.«

»Und worin besteht dann das Rätsel, wenn alles so klar ist?«, fragte Karim Abakay.

»Na ja, das liegt doch auf der Hand«, antwortete Hansson. »*Wenn* es Mord war – und danach sieht's im Moment ja aus –, wieso liefert der Täter die Leiche und die komplette Identifikation gleich mit? Nicht aus Nachlässigkeit, sondern mit voller Absicht? – Also, Gottfried, alles Weitere in deinem Bericht am …?«

»Donnerstag, frühestens Donnerstag, Cornelius, sagen wir bis nach der Mittagspause, wenn nichts mehr dazwischenkommt. Ah, noch was! Der Mann war nicht geknebelt, das heißt, er wurde an einem Platz gefangen gehalten, wo lautes Schreien kein Risiko für den Entführer darstellt. So, das wär's im Augenblick.«

Zusammen mit dem Mediziner verließen auch die uniformierten Polizisten den Schauplatz. Nur zwei Männer in dunklen Overalls standen noch unschlüssig neben einem Transportsarg.

»Kommissar, können wir –«, begann einer der beiden Männer vom Rechtsmedizinischen Institut.

»Langsam, ein paar Minuten noch, Kollegen. – He, Jonas, wir brauchen einen Satz gute Fotos, bloß für uns, provisorisch. Die Bilder von der Spurensicherung bekommen wir frühestens heute Nachmittag.« Hansson ging in die Hocke und musterte den Toten. »Hast du die Russenmafia oder einen sizilianischen Paten beschissen, Doktor? Wolltest du irgendeine Schweinerei in der Pharmaindustrie aufdecken? Wem warst du im Weg? Für wen hat man dich so ausgestellt?«

Der Ermordete hatte makellose Hände. Auch sein Gesicht zeigte keine Spur von Gewaltanwendung. Ein Zusammenstoß mit der organisierten Kriminalität war also auszuschließen. Menschen, die eine Befragung durch die »ehrenwerte Gesellschaft« hinter sich hatten, sahen danach aus wie rohe Hacksteaks.

Obwohl Hansson nicht an die oft beschworene »Aura des Todes« glaubte, aus der man angeblich Mitteilungen empfangen konnte, so hoffte er doch auf *irgendeine* Eingebung. Vielleicht würde eine Beobachtung den Weg ans Licht finden, die sein Unterbewusstsein längst gemacht hatte? Doch Aura und Unterbewusstsein blieben so stumm wie der tote Doktor. Nur die Absicht des Mörders sprang plakativ ins Auge: »Seht, hier ist er, gerichtet – denn er war schuldig!«

Hinter ihm raschelte es. Hansson erhob sich und trat zur Seite, damit Jonas Federle den Toten fotografieren konnte.

»Wir sind fertig«, rief er dann den Sargträgern zu und trottete nach einiger Zeit gedankenvoll in Richtung des Feldwegs zurück, wo schon Sonia Nerlinger, Karim Abakay und Jonas Federle bei den Autos warteten.

»Ich fahre mit Sonia zurück«, sagte Hansson, noch immer mit der Müdigkeit kämpfend. »Tu mir den Gefallen, Sonia.« Hansson reichte seiner Stellvertreterin den Autoschlüssel.

Hauptkommissarin Sonia Nerlinger war mit sechsunddreißig Jahren die Dienstälteste in seiner Truppe; gewissenhaft, kompetent, gründlich – und eine sehr zierliche Person. Pedantisch richtete sie erst einmal den Fahrersitz und die Spiegel auf ihre Körpergröße von einem Meter sechsundsechzig ein. Das dauerte etwas. Als sie schließlich den Wiesenweg verließ und auf die Bundesstraße einschwenkte, war das Fahrzeug mit den beiden Kommissaren längst in der Ferne verschwunden.

Sonia ließ den Wagen mit hypnotischer Gleichmäßigkeit Richtung Süden rollen, beide Hände am Lenkrad, eine übergroße Sonnenbrille auf der Nase. Sie drehte die Klimaanlage ein paar Grad kühler. »Okay für dich?«

»Klar.« Hansson kippte den Sitz weiter nach hinten und versuchte, sich zu entspannen. Erinnerungen an Beatrice kamen in ihm hoch. Seltsam, in ihrer besten gemeinsamen Zeit war sie nie so präsent in seinem Bewusstsein gewesen wie jetzt. Hansson litt unter der Trennung, nicht mehr auf dieselbe Art wie anfangs, aber noch immer bohrend genug. Gleich nachdem sie ihm erklärt hatte, sie wolle so nicht weitermachen und es gebe kein erneutes Zurück, da war der Schmerz unerträglich gewesen, tagelang, wochenlang. Heute, fast sieben Monate später, bedrückte ihn vor allem die Frage, ob er ihre Beziehung hätte retten können. Was hatte er denn so falsch gemacht?

Andererseits, ließe sich jetzt eben der Erzengel Michael auf der Kühlerhaube nieder, um ihm die Antwort des Himmels auf diese Frage zu überbringen – er würde vermutlich sogar mit ihm eine hitzige Diskussion über *seinen* Schuldanteil an der Trennung anfangen.

Merkst du es nicht? Du wirst immer mehr zum exzentrischen Egoisten, mit dem kein Mensch mehr leben kann!

Beas Worte hatten damals wahrscheinlich den Kern getroffen. Hansson räusperte sich. Allein bleiben wäre wirklich das Gescheiteste.

Trotzdem, sie fehlte ihm unsäglich.

Er saß teilnahmslos da, minutenlang, mit weit offenen Augen, und es schien ihn nicht einmal zu stören, dass ihm die Sonne grell ins Gesicht strahlte.

»Weißt du, ich wollte mal meinen Zahnarzt umbringen«, begann er plötzlich, »und ich hätte mir gut vorstellen können, ihn auch so abzusetzen, ganz dekorativ, für alle Welt sichtbar, mit einem Riesenschild vor dem Bauch: ›Bin ein Lump!‹«

Sonia kannte ihn gut und wusste, dass er mit Gefühlen nicht gut zurechtkam, nicht mit seinem Mitleid und noch viel weniger mit dem Entsetzen über das, wozu Menschen fähig waren. Hansson schützte sich mit ironischen Späßchen, die mitunter recht skurril wirkten. Für viele, die ihn nicht besser kannten, klangen sie sogar ziemlich zynisch. Aber er war vierundvierzig, seit über zwanzig Jahren im Dienst und offenbar noch immer verletzlich. Sie mochte das an ihm und spielte mit, obwohl sich ihr Interesse in Grenzen hielt.

»Hat er dich abgezockt?«

»Na ja … das dann auch noch. Ich kam als Student mit einer dicken Backe zu ihm, ausgewachsene Vereiterung in der Zahnwurzel, und er hat mir sofort den Zahn gezogen, anstatt wenigstens eine Behandlung zu versuchen.«

»Aber ihn deswegen umbringen? Ist das nicht etwas hart?«

»Warte, es geht weiter: Also, Zahn gezogen, war aber leider der verkehrte! Ein wunderbarer, makelloser, gesunder Backenzahn, genau neben dem entzündeten. Er hat dann auch noch den vereiterten Zahn herausgerissen, die beiden Nachbarzähne angeschliffen und mir später fünfhundert Mark für eine Brücke über die große Lücke abgeknöpft. Damals war das weit mehr als ein Monat Lebensunterhalt für mich – und gehalten hat es auch nicht lang.«

»Da hätte ich auch Mordgelüste bekommen! So was ist mir zum Glück nie passiert. Eher das Gegenteil.«

»Wie, haben sie dir zu viele Zähne *eingesetzt*?«

»Das nicht, aber ich hatte einen Zahnarzt, der hat vielfach Behandlungen an längst nicht mehr vorhandenen Zähnen durchgeführt – oder wenigstens abgerechnet. Leider blieb die Sache ganz ohne Happy End. Das Geld hat er nie zurückbezahlt, ich hätte ihn schon verklagen müssen.«

»Auch eine gute Arztgeschichte«, sagte Hansson grinsend. Dann fragte er ohne jeden Übergang: »Was hältst du von dem Fall?«

»Warten wir ab, was der Gopf herausfindet.«

»Wer?«

»Der *Gopf*! Das weißt du gar nicht? So nennen sie doch im ganzen Haus unseren Leichenfledderer, den guten Dr. Gottfried Pfeiffer. Sein altmodischer Name musste einfach modernisiert werden. Er klingt so furchtbar verstaubt, nach ›Feuerzangenbowle‹ und ›Pfeiffer mit drei F‹! Außerdem unterschreibt er auch so – mit ›Gopf‹.«

»Aha. Und ich wäre dann der ›Coha‹?«

»Theoretisch. Aber du bist sowieso noch zu jung für so was.«

»Welch ein Glück!«

»Sag mal, weil wir gerade Zeit haben: Dein Familienname –

Hansson –, wo kommt der eigentlich her? Dänemark? Oder Schweden?«

»Schweden. Südschweden. Dem Familienstammbuch zufolge kam ein Vorfahr von mir aus Helsingborg, zog im Dreißigjährigen Krieg als Soldat mit Gustav Adolfs Heer nach Deutschland und fand es so schön hier, dass er danach einfach dageblieben ist.«

»Nachdem er genügend Bauern gequält und Katholiken erschlagen hatte?«

»Ja, das war wohl der offizielle Auftrag. Bald nach Kriegsende, 1650, heiratete er, gründete eine Familie, erwarb für einen Spottpreis viel frei gewordenes Land und ließ sich's als Großgrundbesitzer gut gehen. Ich profitiere heute noch davon. Das ist *eigentlich* peinlich.«

»Stimmt, hast du mal erwähnt.« Sonia zuckte mit den Achseln. »Mein Großvater war Gauleiter bei den Nazis. Auch nichts, was man herumerzählen müsste. Nur …«, sagte sie lächelnd und überholte unangenehm gemächlich einen Traktor, »… *meine* Familie hatte nichts davon. Im Gegenteil. Die Welt ist einfach irre, denke ich, immer schon gewesen. Und ich sehe keine Anzeichen für Besserung.« Vor der Neckarbrücke in Heidelberg stoppte sie an einer roten Ampel. »Der tote Doktor war erst sechsunddreißig, gerade mal mein eigenes Alter. Ich hoffe, wir kriegen den Täter.«

»Unsere Aufklärungsquote bei Gewaltverbrechen kann sich sehen lassen, das weißt du ja. Vielleicht haben die Jungs sogar schon einen ersten Hinweis«, antwortete Hansson, bemüht, seiner spröden Stimme einen zuversichtlichen Klang zu geben.

Sie waren ein gut eingespieltes Ermittlerteam, die beiden jungen Kollegen Jonas und Karim, die Hansson gern die »Jungs« nannte, dazu Sonia, die kürzlich ihre Zusatzausbildung zur Profilerin mit einer ausgezeichneten Bewertung abgeschlossen hatte, und er, der Alte, mit immerhin einer ganzen Menge Berufserfahrung. Trotzdem beschlich ihn schon jetzt ein äußerst ungutes Gefühl bei diesem Fall. Und es rührte ganz sicher nicht daher, dass er furchtbar unausgeschlafen war.

***

»Schön, dass Sie wieder da sind, Herr Hauptkommissar. Ich habe Ihnen gerade einen frischen Kaffee aufgebrüht. Eine ganze Thermoskanne voll!«

Hansson schob die Frau sachte an den Schultern beiseite, die sich in ihrer ausladenden Stattlichkeit mitten im Weg aufgebaut hatte. Marie Flügel, Witwe, die Seele der Abteilung, die Mutter der Truppe, die Frau, ohne die kein Arbeiten möglich war – wenn man ihr glaubte. Ein mütterlicher Typ mit allen mütterlichen Vorzügen, aber auch mit allen mütterlichen Macken.

»Marie, noch mal zum Mitschreiben: Ich habe seit Langem einen Reizmagen und kann nicht rund um die Uhr Kaffee trinken. Das bekommt mir einfach nicht!«

»Sie haben aber immer gesagt, dass Sie so gern Kaffee trinken!«

»Aber nicht täglich drei Liter! Morgens, nachmittags und am frühen Abend. Und es ist auch schon Jahre her, dass ich das gesagt hab. Na gut, danke, stell alles drüben ab. Wir haben gleich eine Besprechung, da geht er sicher weg.«

»Sehen Sie, ich hab doch gewusst, dass Sie Ihren Kaffee brauchen!« Sprach's mit einem triumphierenden Augenaufschlag und verschwand in ihrem winzigen »Büro«, das diesen Namen kaum verdiente; man hatte eine Ecke des geräumigen Gemeinschaftsbüros von Hansson und Sonia Nerlinger mit Glaswänden abgetrennt, kaum mehr als drei Meter lang und breit, aber immerhin mit einem Fenster zum Innenhof des Polizeipräsidiums. Marie störten die geringen Abmessungen nicht, denn zumindest *sie* wusste: Das Kämmerchen war ganz klar das Herzstück des Dezernats 2.

Hansson sah ihr nach. In höchstens zwei Jahren würde es die tüchtige Verwaltungsangestellte Marie Flügel in seiner Abteilung nicht mehr geben. Sie war fünfundfünfzig und sollte pensioniert werden, ohne Ersatz. *Dann*, da war er sicher, würde sie ihm und auch den anderen fehlen. Aber *jetzt gerade* ging sie ihm einfach nur auf die Nerven.

Er drückte den Knopf seiner Sprechanlage. »Kommt ihr rüber?«

Den hinteren Bereich des Büros hatte Hansson als Besprechungsecke möblieren lassen. Ein großer, niedriger Tisch, sechs bequeme Schwingsessel, Whiteboard, Flipchart, Magnettafel,

Beamer, Tageslichtprojektor – was man so braucht für entspannt professionelles Arbeiten. Er konnte die Konferenzräume im Haus nicht leiden, weil dort auf nichts Verlass war. In jedem der viel zu großen Zimmer lagen massenhaft Filzstifte herum, leider zumeist leer, auf jeder Flipchart hatte der Vorgänger gerade noch ein oder zwei Blatt übrig gelassen, und nie war ein funktionierender Wischer für die Plastiktafel da. Und jedes Mal, wirklich *jedes* Mal, als wäre Hansson mit einem Fluch belegt, riss mitten in einer Besprechung ein Kollege schwungvoll die Tür auf, streckte den Kopf herein und sagte scheinheilig: »Ach, *Sie* sind gerade drin! Ich dachte, der Saal sei frei!« – selbst dann, wenn ein Zettel außen an der Tür hing, der jedem Eindringling in Riesenlettern »BELEGT« entgegenschrie.

Vielleicht machte er *grundsätzlich* etwas falsch, denn dem Kollegen Breuninger passierte so etwas – angeblich – nie. Breuninger hatte aber auch ein Sprechorgan wie ein Megafon, das man nicht nur vor der Tür, sondern auf dem ganzen Stockwerk hören konnte. Und außerdem: Breuninger war eben Breuninger. *Der* brauchte keine Zettel an der Tür. Nirgends.

***

Marie Flügels Kaffee fand tatsächlich schnell Abnehmer, nachdem das Team um den großen Tisch herum Platz genommen hatte.

»Ich hätte da ein interessantes Detail für den Einstieg«, sagte Karim. »Gehen wir mal davon aus, dass kein besonders vertrackter Suizid vorliegt, sondern dass wir einen wirklichen Täter haben: Vielleicht charakterisiert es seine generelle Vorgehensweise, *wie* er den Toten an den Fundort gebracht hat. Vorhin habe ich von der Spurensicherung ganz inoffiziell erfahren, dass sie einen Reifenabdruck genommen haben.«

»Nur *einen*?«, fragte Sonia erstaunt.

»Ja eben, das ist das Komische daran. Es gibt nur einen einzigen frischen Abdruck, und der stammt auch nur von einem einzigen Reifen. Man kann das an den Stellen sehen, wo das Fahrzeug eine Kurve gefahren ist; hier wenigstens müsste man zwei auseinanderlaufende Spuren erkennen. Reifenprofil und Größe sind schon überprüft, diese Art von Reifen wird nur für Schubkarren verwendet.«

»Dreist«, meinte Sonia überrascht.

Karim schüttelte den Kopf. »Im Gegenteil. Ein cleveres Kerlchen! Wahrscheinlich ist es das unauffälligste Transportmittel, das er überhaupt verwenden konnte. Am Ende des Feldwegs liegt nämlich auf der einen Seite eine Obstplantage, auf der anderen ein aufgelassener Weinacker. Stellt euch vor, ein Einheimischer begegnet am frühen Morgen – oder auch schon am Abend vorher – einem Mann mit Schubkarre. Die Karre ist mit einer Plane abgedeckt, und ein paar Werkzeuge liegen zur Tarnung auch darauf. Der Einheimische weiß natürlich, wo der Feldweg hinführt. Was wird er annehmen? *Da geht einer noch ein paar Handgriffe machen*, ganz normal. Ist doch viel unverdächtiger, als wenn er ein Auto sieht, vielleicht auch noch mit einem fremden Kennzeichen, das den Weg hinabfährt und grundlos an den Weidenbüschen parkt.«

»Aber es hätt doch jemand sei könne, der dringend zum Pinkle muss.«

Hansson winkte unwillig ab. »Jonas, du nervst. Keine humoristischen Einlagen. Schieb mal deine Fotos in den Beamer!«

»Und was noch dazukommt«, fuhr Karim fort, während Jonas leicht beleidigt den Speicherchip in den Beamer drückte, »die Schubkarrenspur könnte im Prinzip von einem Landarbeiter stammen. *Unsere* Karre fuhr allerdings genau bis zum Fundort der Leiche und von dort zurück zur Straße.«

Die Fotos brachten keine neuen Einsichten.

»Sonst habt ihr nichts?«, fragte Hansson.

»Noi. No' nix.«

»Es ist zu früh. Wir würden uns bloß in Spekulationen verrennen«, meinte Sonia Nerlinger. »Für mich sieht das aber nach gründlicher Vorplanung aus. Falls in der Umgebung keine Schubkarre fehlt, muss er sie mitgebracht haben. In dem Fall – jetzt spekuliere ich doch ein wenig – wäre für den Täter ein Pritschenwagen vorteilhaft, so einer, wie sie gern von Gärtnereien eingesetzt werden.«

»Wär möglich, aber ich denke, eine Schubkarre kriegt man

zur Not auch in einen Kombi. Sogar *mit* Leiche. Wann haben wir den Bericht der Spurensicherung, Karim?«

»Morgen früh.«

Hansson sah in die Runde. »Der Tag ist noch lang. Jonas, du fährst noch mal nach Sulzbach. Wir brauchen Zeugen, Angaben über verschwundene Schubkarren und so weiter. Frag vor allem die Bauern und Anwohner mit großen Gärten. Besorgt euch bitte von der Spurensicherung die persönlichen Daten des Opfers, damit können wir nicht bis morgen warten. Wir müssen seine Angehörigen benachrichtigen, auch wegen einer verlässlichen Identifizierung. – Marie!«, rief Hansson, ohne sich zu der großen Glasscheibe umzudrehen, hinter der Marie Flügels Arbeitsplatz lag. Sie reagierte nicht sofort, sondern werkelte hektisch weiter an irgendeinem Ding herum, das anscheinend auf ihrem Schreibtisch stand und von Hanssons Büro aus nicht zu sehen war. »Maariiee!«

»Ja, Herr Kriminalhauptkommissar?«

»Marie, morgen früh brauchen wir den Bericht der Spurensicherung. Das hat oberste Priorität. Wenn um halb zehn von denen noch nichts da ist, gleich reklamieren. Da ist dein bekanntes diplomatisches Talent gefragt.«

Marie freute sich über Hanssons Anerkennung, hatte aber noch etwas auf dem Herzen. »Ich wollte doch noch … Habt ihr alle ein paar Minuten Zeit, jetzt gleich?«

Doch bevor irgendjemand antworten konnte, ging die Tür zum Flur schwungvoll auf, wurde aber mit einer lautlos eleganten Bewegung sogleich wieder geschlossen. Kriminalrat Robert Dyckerhoff stand im Zimmer. Grauhaarig, Halbglatze, sorgfältig gezwirbelter Schnurrbart mit Überbreite, Designerbrille, grauer Anzug, in der linken Hand die aktuelle Regionalzeitung, die rechte zur Begrüßung weit nach vorne gereckt, Hansson fest im Blick. Marie zog sich zurück.

Der Kriminalrat schritt, nein, er *rollte* auf Hansson zu. Dyckerhoff hatte die seltsame Angewohnheit, sein bescheidenes Gewicht vorwiegend auf den Außenseiten der Füße zu transportieren. Da er gleichzeitig bei jedem Schritt die Zehen nach oben bog, wölbten sich seine Schuhe wie flache Halbmonde. Das wiederum erlaubte ihm genau diese geschmeidige Rollbewegung, für die er auf jedem Polizeiball verulkt wurde. Und weil er auch noch mindestens einen Kopf zu klein war, um das landläufige Klischee eines »echten« Vorgesetzten auszufüllen, nannten sie ihn insgeheim den »laufenden Meter«.

»Da ist er ja, unser Star am kriminalistischen Literaturhimmel! Mein lieber Hansson, das Feuilleton unseres Lokalblattes ist voll des Lobes für Ihren neuen Krimi. Nehme an, Sie haben damit mehr für das Image unserer Polizei getan als unsere Abteilung für Öffentlichkeitsarbeit.«

Hansson erhob sich und reichte ihm die Hand. »Danke, Herr Rat. Ich wusste gar nicht, dass Sie sich für meine schriftstellerischen Eskapaden interessieren.«

»Bitte Sie, Hansson! Ein Vorgesetzter muss natürlich auch an den persönlichen Belangen seiner Mitarbeiter Anteil nehmen. Nie neugierig, versteht sich, doch stets interessiert!« Jetzt erst nahm er von den Umstehenden Notiz. Sein Blick glitt freundlich über Jonas Federle und Sonia Nerlinger, schließlich blieb er an Karim Abakay hängen. »Ach, da ist ja auch unser neuer Kollege aus Ludwigshafen. Können stolz sein auf Ihren Chef! Mann mit großen Fähigkeiten – auch als Autor. Haben sich gut eingelebt inzwischen, ja? Sind ja noch nicht allzu lange in der Abteilung.«

Karim bemühte sich, den gebotenen Ernst im Gesicht zu behalten. »Seit einem Jahr, Herr Rat. Ich kam übrigens aus Mannheim.«

»So lange … doch schon. Wie die Zeit vergeht. Natürlich, Mannheim. Wie komme ich auf Ludwigshafen? Unsinn! Was hätten wir mit der Pfalz zu schaffen?«, versuchte Dyckerhoff, die kleine Peinlichkeit zu überspielen. »Will dann nicht weiter bei der Arbeit stören, Kollegen, haben ja aktuell einen Mordfall aufzuklären, wie ich hörte. Hansson, kommen Sie bitte kurz mit in mein Büro?«

Das schmächtige Männchen bugsierte den stämmigen Hansson zur Tür wie eine Ameise einen Erdbrocken. Er bog den Arm um Hanssons Rücken, eher symbolisch, gerade mit so viel Abstand, dass er ihn kaum berührte, öffnete ihm die Tür, ließ ihm den Vortritt und wieselte dann hinter ihm her. Die kleine Mannschaft in der Besprechungsecke verfolgte die Aktion amüsiert.

»Sie sahen die Robert-Dyckerhoff-Show«, kommentierte Sonia trocken, als sich die Flurtür hinter Dyckerhoff und Hansson geschlossen hatte.

»Woisch, den hend se uns aus personelle Überbeschtänd in Karlsruh a'dreht«, sagte Federle zu Karim und schob sicherheitshalber in gekünsteltem Hochdeutsch nach: »Den habe sie uns aus personellen Überbeschtänden beim LKA in Karlsruhe angedreht.«

»Gratulation, schon fast Deutsch!«

Marie, die Gute, die Unersetzliche, stand plötzlich wieder neben ihnen, in den Händen eine kleine Sachertorte mit einer brennenden Kerze in der Mitte. Sie schaute ratlos zur Tür. »Och, jetzt ist er weg, unser Herr Hauptkommissar. Was mach ich denn jetzt? Es ist doch grad wegen seinem Buch. Nun wird die Torte alt.«

Karim blies die Kerze aus. »Ab in den Kühlschrank und morgen noch mal probieren. Weißt *du* was von seinem Krimi, Marie?«

»Sicher! Ich hab ihn sogar gelesen, in einem Rutsch, voll durch. Spannend! Moment …« Sie stellte das Törtchen ab, wallte in ihre Bürokammer und kam mit einem dünnen Taschenbuch zurück. »Hier! ›Der falsche Tag für Mord‹, acht Euro neunzig im Neudecker-Verlag. Ich les euch bloß mal den Schluss vor. Soll ich?«

»Aber wirklich nur die letzten Zeilen. Dann starten wir endlich durch«, entschied Sonia ungeduldig.

Marie Flügel las. Sie tat das in antiquierter Deutlichkeit mit theatralisch verstellter Stimme, doch gänzlich ungewollt kam ihr Vortrag eher komisch als dramatisch an.

»›Mr. Fisher, Sie haben uns eindringlich davon überzeugt, dass Sie als Letzter und Einziger im Zimmer waren, während Ihre Mutter starb. Ein wirklich rührend besorgter Sohn sind Sie gewesen, bis zum letzten Atemzug der alten Dame. Brav, brav … Nun die schlechte Nachricht zum Thema: Ein Zufall hat gestern den gewaltsamen Tod Ihrer Mutter bewiesen. Ahnen Sie, was das für Sie bedeutet?‹

Fisher starrte ihn einen Moment lang dümmlich an, dann fiel der Groschen. Er wurde aschfahl.

›Unmöglich … nach all den Jahren‹, murmelte er.

›Nehmen Sie's nicht tragisch, Fisher.‹ Der Polizist legte ihm Handschellen an. ›Immerhin werden Sie Ihr Leben lang keine Spielschulden mehr bezahlen müssen.‹«

Marie hob erwartungsvoll den Kopf. »Und?«

Die beiden Männer schmunzelten.

»Joo … joo, doch …«, sagte Jonas.

»Klasse gelesen, Marie«, versicherte Sonia, um das Verfahren abzukürzen. »Vielleicht können wir uns das Buch gelegentlich bei dir ausleihen? Jonas, auf nach Sulzbach. Karim, wir gehen rüber zur Spurensicherung.«

***

In der Unterredung zwischen Hansson und Dyckerhoff ging es nur beiläufig um den Mordfall. Dyckerhoff lag viel an der vorteilhaften Präsentation der Ermittlungsarbeit. Sensibilität war gefragt. Der Mord an einem Mediziner bot zwar der Presse Anlass für wilde Spekulationen, aber – wenn man das so versiert anging wie er selbst – auch ein ausgezeichnetes Forum für die eigene Profilierung.

Ansonsten dozierte er quälend monoton über geänderte Richtlinien, das Fortbildungsangebot des nächsten Quartals und die Einführung neuer Formulare. Hansson versuchte krampfhaft, seinen Gähnreflex zu unterdrücken. Nach beinahe zwei Stunden erlöste ihn ein Anruf.

»Pfeiffer«, sagte er entschuldigend und wedelte etwas hilflos mit der Hand. »Die Rechtsmedizin. Ich müsste …«

»Natürlich. Tagesarbeit ruft, hat selbstverständlich Vorrang, werden uns in den nächsten Tagen noch unterhalten.«

Obwohl Hansson fürs Erste erleichtert war, schlenderte er mit zunehmend unangenehmen Empfindungen den gekachelten Gang zur Rechtsmedizin hinüber. Für sein Empfinden roch es Meter für Meter abstoßender. Dabei war es nicht wirklich der strenge Geruch der Desinfektionsmittel, der ihn anwiderte, sondern die Tatsache, dass die geballte Penetranz chemischer Reinigungsmittel auch den Dunst des Todes überdecken sollte. Längst hatte sich seine Abscheu so weit verselbstständigt, dass er kaum noch starke Aromen in seiner Umgebung ertrug, ohne an Tod und Verwesung zu denken.

Nur mit größter Überwindung hielt Hansson den Anblick halb geöffneter Menschen aus, in deren Y-förmig aufgeschlitzten, brathähnchenartigen Brustkörben die großen Organe fehlten. Für ihn war der Sektionssaal der Rechtsmedizin ein schreckliches Schlachthaus, in dem ihn alles an den Rand seiner Belastbarkeit trieb – die Geschäftigkeit von Pfeiffers Mitarbeiter, der professionell, aber teilnahmslos wie ein Metzger Lungenflügel, Nieren oder eine Leber auf die Waage klatschen ließ, das matte Glänzen toter Gehirne unter abgehobenen Schädeldecken, die Jämmerlichkeit der zerquetschten und zerfetzten Körper von Unfallopfern oder das Aussehen viel zu spät entdeckter Leichen, die sich kaum mehr von vermoderten Baumstämmen unterschieden. Seine Wahrnehmungen in diesem Hades zwangen ihn immer wieder zu der Frage, was den Menschen eigentlich ausmachte, schlimmer noch, was *er selbst* wirklich war, setzte er sich doch aus den identischen Materialien wie diese armen Teufel zusammen und war nach demselben Bauplan erstellt. Immer aufs Neue ließ ihn diese Frage ohne Antwort, begleitete ihn in den Schlaf, stürzte ihn in böse Träume.

Es fiel ihm ungeheuer schwer, dieses tote Fleisch auf dem Seziertisch überhaupt noch als Menschen zu akzeptieren. Konnte jemand wirklich mit innerer Überzeugung den Mörder eines solchen »Menschenklumpens« suchen?

Hansson hielt sich bei der Suche nach Tätern lieber an Fotos der lebendigen Opfer. *Diesen* Abbildern, diesen Gesichtern und dem früheren Leben darin schuldete er Anstrengung und Gerechtigkeit, nicht den biologischen Resten. Wahrscheinlich war er einfach zu zimperlich für den Beruf!

Er trat ein und ließ die Stahltür hinter sich zufallen; ihr Dröhnen verstärkte noch die Würdelosigkeit des grell beleuchteten Saals, in dem sich Pfeiffer mit seinem Assistenten unterhielt.

»Hallo, Dr. Gopf!«

Pfeiffer lächelte süffisant. »Ist die Albernheit endlich bis zu dir durchgedrungen, Cornelius?« Er führte ihn zu einem der Sektionstische. »Wir haben den Fall nun doch vorgezogen. Es könnte ja sein, dass dies nicht das einzige Opfer bleibt.«

Hansson runzelte die Stirn. »Ein Serientäter? Wie kommst du auf dieses dünne Brett? Bei nur einem einzigen Opfer bislang? Ist das nicht ziemlich kühn?«

»Warte!«

Pfeiffer wies auf den nackten Körper des toten Arztes, der im Lichtschein der grellen Arbeitsleuchten lag. Zu Hanssons Erleichterung war er noch unversehrt, noch nicht ausgeschlachtet. Er registrierte dankbar, dass man über das entsetzlich verzerrte Gesicht ein Tuch gebreitet hatte.

»Wie ich schon am Fundort sagte, weist die Leiche keine äußeren Verletzungen auf, die zum Tode geführt haben könnten. Bis auf diese Winzigkeit hier.« Pfeiffer deutete auf einen schwärzlichen dunklen Punkt am rechten Oberschenkel des Toten, der von einem blassgrauen verwaschenen Ring umgeben war.

Hansson hielt die Luft an und beugte sich dicht über die Stelle. »Sieht aus wie … ein Einstich, oder?«

»Richtig. Hier steckte eine Injektionsnadel, wahrscheinlich für ziemlich lange Zeit. Eine Infusion, nehme ich an. Wie du erkennen kannst, war die Umgebung des Einstichs bereits ringförmig entzündet.«

»Ein Arzt, der sich eine dilettantische Infusion mit verschmutztem Gerät gesetzt hat? War er rauschgiftsüchtig?«

»Sicher nicht. Wir werden das aber noch hundertprozentig klären. Aber schau dir das noch an.«

Unter der seltsam knittrigen Haut des toten jungen Mannes zeichneten sich an den Ober- und Unterschenkeln und auch an beiden Armen blasse blauschwarze Verfärbungen ab; sie zogen sich wie Bänder über die Glieder.

»Man könnte das für Totenflecken halten, aber es sind Hämatome – leichte Blutergüsse, die sich noch zu Lebzeiten gebildet haben müssen. Druckspuren einer Fesselung, die durch Gurte oder etwas Ähnliches verursacht wurden. Der Mann war offenbar straff festgezurrt, nur seinen rechten Unterarm konnte er noch bewegen. An dessen Handgelenk finden sich nämlich keinerlei Abdrücke. Wir untersuchen das noch genauer. Und dann noch etwas: Auf den Unterseiten der Extremitäten gibt es Abdrücke der jeweiligen Auflage, auch an Gesäß und Rücken.«

»Und das soll heißen?«, fragte Hansson.

»Dass unser toter Doktor bereits über längere Zeit an eine Art Stuhl gefesselt war, und zwar nackt. Seine Kleidung weist nämlich keinerlei Exkrementflecken auf. Bestimmt saß er für einen Zeitraum von vier bis fünf Tagen in dieser Zwangshaltung und mit Sicherheit die ganze Zeit ohne Wasserzufuhr. Er wäre verdurstet, hätte ihn nicht vorher die Infusion umgebracht, da bin ich ziemlich sicher. Nach dem Exitus hat man ihn gewaschen und wieder angezogen. Der Tod trat vor etwa sechsunddreißig Stunden ein. Lass mich aber bis morgen noch alle Aspekte gründlich überprüfen, vor allem auf ein möglicherweise verwendetes Gift hin. Zu dieser Untersuchung muss ich ihn aber erst aufmachen.«

Hansson besaß genug Phantasie, um sich das Leiden des Mannes vorzustellen. Er fühlte sich hundsmiserabel dabei. »Eine Art Hinrichtungsstuhl mit tagelanger Fesselung und der Auswahl zwischen Verdursten und einer selbst durchgeführten Injektion? Was für eine grässliche Wahl!«

Dr. Pfeiffer hielt einen Moment inne. »Was diese Tötung noch furchtbarer macht: Der Fall enthält wahrscheinlich jede Menge Sprengstoff für die Justiz, wenn ihr den Täter am Kragen habt.«

»Ich ahne, worauf du hinauswillst. Das Opfer könnte letzten Endes die Spritze selbst betätigt haben, um den Schmerzen des Verdurstens zu entgehen. Damit hätte er seinem Entführer die Absolution erteilt, zumindest was den Mord angeht. Dann wär's in diesem Punkt eine einfache Selbsttötung. Scheußlicher Gedanke.«

Pfeiffer nickte. »Und was meine Idee eines Serientäters betrifft – ohne dir ins Handwerk pfuschen zu wollen: Die Tötung erforderte so viel Vorbereitung und so viel Aufwand, dass sie entweder eine knallharte Warnung sein soll, dann könnte es bei einem einzigen Exempel bleiben –«

»… oder ein Größenwahnsinniger will öffentlich seine Macht demonstrieren, und das wird er im schlimmsten Fall immer wieder tun. Das meinst du doch, oder?«

»Wie du sagst, im schlimmsten Fall.«

»Ich hoffe immer noch auf eine einmalige Aktion. Mann, das tät noch fehlen, dass wir in unserem biederen Ländle amerikanische Verhältnisse bekämen! Dank dir, Gottfried, für die schnelle Information.«

***

Das Puzzle um den Toten fügte sich schnell zusammen.

An der Magnettafel in der Besprechungsecke hing bereits das vergrößerte Passfoto eines sympathischen jüngeren Mannes, daneben alle weiteren Angaben aus seinen Papieren als Großkopien: Führerschein, Kreditkarten, Visitenkarte, Ausdrucke seiner Telefonlisten. Leider hatten seine Telefonkontakte nichts gebracht; bis auf drei Telefonate waren alle Anrufe identifiziert worden, und wie erwartet, gab es darunter keine Überraschungen. Familie, Freunde, Kollegen. Um die verbliebenen drei würde sich das Techniklabor noch kümmern.

»Dr. Sebastian Fuhrmann« stand mit Filzstift am unteren Rand des Fotos, und »Gynäkologe/Stuttgart«.

»Jonas ist auf dem Rückweg«, sagte Sonia, als Hansson zu ihr an die Tafel trat. »Wir haben eben telefoniert, aus Sulzbach hat er leider nichts zu berichten. Das Haus in der nächsten Nachbarschaft des Fundortes ist ausgerechnet eine Schule. Dort ist weder so früh am Morgen noch am Abend jemand, der etwas hätte beobachten können.«

»Und die Schubkarre?«

»Niemand vermisst eine oder hat auch nur zwischendurch seine Schubkarre nicht vorgefunden. Keine Auffälligkeiten, keine Hinweise zu einem Lieferwagen, nichts.«

»Dann sollten wir wohl beim Toten selbst anfangen. – Oh, schon fast vier. Ich muss heute spätestens um fünf Uhr weg. Dringende Privatangelegenheit.«

»Wegen deinem Buch?«, fragte sie lächelnd.

Hansson war sichtlich verlegen. »Ich soll heute Abend in der Buchhandlung am Schloss eine kurze Lesung abhalten und möglichst viele Bücher mit möglichst freundlichem Gesicht signieren. Der Verlag hat auf dieser Klausel in meinem Vertrag bestanden. Angeblich fördert so was den Verkauf. Viel Lust hab ich nicht.«

»Der Preis der Berühmtheit! *Ich* hätte gern was, das ich vorzeigen kann«, sagte Sonia.

Hansson lachte. »Bleib ganz ruhig. Man ist nicht gleich berühmt, weil man ein paar Seiten Papier beschrieben hat. *Bekannt* vielleicht, und das auch nur im Umkreis von zwanzig Kilometern und höchstens für ein paar Monate.«

Fast genau um halb fünf kam das Team bei Hansson wieder zusammen. Er gab eine kurze Zusammenfassung über die Ergebnisse der Rechtsmedizin und deutete dann auf die Tafel.

»Irgendwelche Anmerkungen dazu? Karim?«

»Was ich mich frage: Welchen Sinn machte es für den Täter, diesen Dr. Fuhrmann tot oder lebendig von Stuttgart hierherzuschaffen, um ihn in einem Kaff an der Bergstraße demonstrativ auszustellen? Um einen *zufälligen* Mord an einem durchreisenden Arzt geht es doch eher nicht, oder?«

Sonia verneinte. »Marie hat die Hotelbuchungen der letzten zwei Monate im ganzen Großraum Heidelberg abgefragt. Ein Dr. Fuhrmann hat nirgends übernachtet.«

»Wenn ich des anfüge' darf ... d'r Dokter war Schwabe, und es ischt ja für einen Schwaben generell furchtbar, seine Heimat verlasse zu müsse«, dozierte Jonas Federle.

»Warum bist *du* dann nicht dortgeblieben? Es muss grauenhaft sein, dauernd Heimweh zu haben. Weinst du jede Nacht ins Kissen?«, konterte Karim.

Hansson war erbost. »Hört endlich auf mit diesem Blödsinn! Wir untersuchen hier den Tod eines Menschen!«

»'tschuldigung, Chef.« Jonas' Hals bekam einen roten Schimmer. Karim hob bedauernd die Hand.

»Okay«, sprach Hansson weiter. »Da Jonas keine neuen Hinweise aus Sulzbach mitgebracht hat, sollten wir vorerst auf der Standardschiene fahren: Persönlichkeitsprofil des Dr. Fuhrmann, Umgebung, Familie, eventuelle Feinde, das übliche Programm. Dazu kommt morgen der Bericht der Spurensicherung und hoffentlich noch einiges Material von Dr. Pfeiffer. Sonia, organisierst du das bitte?«

Sonia Nerlinger hatte wie immer ihr Notizbuch vor sich und kritzelte unentwegt winzige Zeilen aus winzigen Buchstaben hinein. »Geht in Ordnung, Cornelius.«

»Ach ja, und jemand muss unbedingt die Kollegen in Stuttgart anrufen. Die sollen die Angehörigen benachrichtigen und eine Person aus der Familie für die Identifikation des Opfers zu uns bringen.«

»Hast du schon gesagt – das mache ich, anschließend«, entschied Karim.

»Und lasst euch alles schicken, auf dem schnellsten Weg, was die vielleicht über den Mann haben.« Hansson erhob sich und machte einen Schritt auf die Tür zu. »Sonst noch was?«

»Ich erstelle bis morgen ein vorläufiges Täterprofil. Vielleicht kann doch jemand was damit anfangen«, sagte Sonia. Sie fühlte sich etwas auf den Schlips getreten. Wozu erwarb man eigentlich Zusatzqualifikationen?

»Oh, entschuldige, Sonia, ich bin's noch nicht gewohnt, eine ausgebildete Profilerin im Team zu haben. Klar, das wird helfen. Bis morgen!«

Drei Augenpaare sahen ihm nach. Als Hansson das Zimmer verlassen hatte, fragte Karim kopfschüttelnd: »Was hat der denn? Wohnungsbesichtigung? Neue Freundin?«

»Nö. Autoren-Verpflichtungen. Lesung, Bücher signieren und solche Sachen«, erklärte Sonia knapp und noch immer leicht säuerlich. Sie klatschte ihr Notizbuch zu, steckte den Stift mit der superfeinen Spitze sorgfältig in die Lasche am Buchrücken und stand abrupt auf. »An die Arbeit, meine Herren. Morgen früh sollten wir erste Ergebnisse vorweisen können. Übrigens: Heute ausnahmsweise *open end*, genau wie in den Fernsehkrimis.«

Ihr Ton ließ keinen Zweifel daran, dass sie nun das Kommando hatte. Und obwohl sie schmunzelte, war klar, dass Hauptkommissarin Sonia Nerlinger genau das meinte, was sie sagte.

Eine merkwürdige Bekanntschaft

Hansson genoss den kurzen Fußweg zur Buchhandlung am Schloss, nur einige Querstraßen vom Polizeipräsidium entfernt.

Das mehrstöckige Haus, ein geschmackvoll im Stil der Jahrhundertwende renoviertes Schmuckstück mit dunkelgrüner Fassade, hielt dem vorbeieilenden Fußgänger in einem halben Dutzend großflächiger Schaufenster seine literarischen Appetithäppchen entgegen. Den breiten Eingang flankierten kannelierte Eisensäulen; sie trugen ein filigranes Vordach mit sorgfältig renovierten Ornamenten im Stil des Art déco, in dessen Giebelseite man die Leuchtschrift mit dem Namen der Buchhandlung eingepasst hatte. Es erfüllte Hansson durchaus mit Stolz, dass der Verlag die erste Autorenlesung seines neuen Kriminalromans im gepflegten Ambiente dieses altbekannten Unternehmens unterbringen konnte.

In der obersten Etage erwartete ihn bereits die Geschäftsführerin, die für seine Lesung und die anschließende Signierstunde das gesamte Stockwerk hatte herrichten lassen. Hansson fand alles zu seiner vollsten Zufriedenheit vor: einen Korbsessel unter einem der großflächigen Oberlichter, davor einen schmalen Ablagetisch, hinter dem Sessel eine Leseleuchte. Rechts neben seinem Sitzplatz stand ein brusthohes Auslegeregal, Fach für Fach gefüllt mit Hanssons aktuellem Buch »Der falsche Tag für Mord«. Links daneben ein langer Tisch mit den üblichen Häppchen und Getränken vom Cateringbetrieb. Dem Vorleser gegenüber hatte man etwa sechzig Stühle in ordentlichen Reihen aufgestellt, die auch schon zu einem großen Teil besetzt waren – in der Mehrzahl mit Damen ab fünfundvierzig.

Du schreibst Oma-Krimis!, schoss es ihm durch den Kopf, und er wusste nicht recht, was er davon halten sollte. Obgleich Hansson durchaus Interesse daran hatte, sein Buch möglichst zahlreich unters Volk zu bringen, so hasste er doch jede Art von Wirbel und Aufsehen um seine Person. Besonders, wenn er gar gezwungen war, anwesend zu sein und dabei auch noch im Mittelpunkt zu stehen.

Entgegen seinen Befürchtungen verspürte er aber an diesem frühen Abend ein gewisses Vergnügen dabei, von den Anwesenden angestarrt zu werden, ein paar Minuten Small Talk mit einem Vertreter des Verlags zu halten, der ihn danach beim Publikum einführte, und schließlich die ausgewählten Kapitel vorzutragen.

Der Beifall tat ihm gut. Vielleicht rührte seine entspannte, ja gehobene Stimmung daher, dass Hanssons aktueller Kriminalroman von der Presse durchweg lobend besprochen wurde. Die Kritiken zu seinen beiden vorhergehenden Werken waren dagegen nur knapp an einem Verriss vorbeigeschrammt.

Hansson wusste, dass die Kritiker damals richtiggelegen hatten. Die Geschichten waren kaum glaubwürdig, nur mäßig packend, aus seiner heutigen Sicht dilettantisch erzählt, und am liebsten hätte er sie vom Markt genommen. Aber mit solch einer Schnapsidee durfte er seinem Verlag natürlich nicht kommen. Immerhin hatten ihn die beiden dünnen Taschenbücher ins Geschäft gebracht – wenn er auch argwöhnte, das sei ihm nur geglückt, weil die Kriminalromane von einem echten Kriminalkommissar stammten. Von solchen negativen Gedanken spürten seine Leser, denen er mit dem extra dafür gekauften Füllfederhalter nette Belanglosigkeiten in ihre Bücher schrieb, jedoch nichts.

Gegen halb neun an diesem Abend hatte sich das Publikum verlaufen. Hansson verabschiedete sich mit ein paar freundlichen Worten von den Organisatoren seiner Lesung und ging auf die Treppe zu, vorbei an den Stuhlreihen.

Erst jetzt fiel ihm der bohrende Blick eines Mannes im roten Rollkragenpullover auf, der noch immer in der letzten Reihe saß und auf ihn zu warten schien. Stuhlbeine schrappten mit einem hässlichen Geräusch über den Parkettboden, als der Fremde den Stuhl mit den Kniekehlen unsanft zurückschob, um Hansson nicht zu verpassen. Er klemmte sich eine Pappdeckelmappe unter den Arm, die er bisher auf dem Schoß gehalten hatte, trat eilig auf Hansson zu und reichte ihm aufdringlich freundlich die Hand.

»Guten Abend, Herr Hansson. Haben Sie gerade ein wenig Zeit? Ich würde gern etwas mit Ihnen besprechen.« Er deutete vielsagend auf die Mappe, die er unter dem Arm trug. »Falls Sie noch nicht gegessen haben – vielleicht dürfte ich Sie zu einem kleinen Imbiss einladen, hier irgendwo in der Nähe?«

Cornelius Hansson fühlte sich dreist bedrängt, räusperte sich und antwortete: »Na ja, ich müsste mir kurz meine Planung durch den Kopf gehen lassen.« Um Zeit zu gewinnen, setzte er erst einmal seinen Weg fort, ärgerte sich jedoch augenblicklich über sein eigenes unschlüssiges Verhalten. Cornelius, du Feigling! Warum sagst du nicht einfach »Nein«?

Der andere wertete seine zögerliche Antwort als Zusage. Er ging wie selbstverständlich neben ihm her, die breite Steintreppe hinab, dann im Erdgeschoss über den schwarz-weiß gefliesten Boden zum Haupteingang.

Draußen fand sich Hansson noch immer vor demselben Problem; allerdings sah er eigentlich keinen Grund, einen seiner Leser vor den Kopf zu stoßen.

Der Multiplikationseffekt!

Außerdem knurrte sein Magen.

Unter der Leuchtschrift am Eingang blieb er stehen und sah seinen Begleiter an. »Gut, Herr …«

»Felix Agricola. Entschuldigen Sie, dass ich mich noch nicht vorgestellt habe.«

»Also, Herr Agricola, ich bin einverstanden. Aber höchstens eine Stunde. Und: Ich bezahle meine Rechnung selbst! Da drüben am ›Goldenen Fass‹ sitzt man gut, die haben auch Tische im Freien, und die Imbisskarte ist recht umfangreich.«

Der Fremde im Rollkragenpullover schien erfreut. »Danke für Ihr Entgegenkommen. Wir machen es genau so, wie Sie wünschen.«

Sie nahmen an einem der letzten freien Bistrotische Platz, die entlang der honiggelben Butzenscheibenfassade des Lokals aufgestellt waren. Die Temperatur fühlte sich inzwischen halbwegs erträglich an, seit die Sonne hinter den Hängen der Weinstraße versunken war, drüben in der Pfalz. Hansson zog trotzdem sein Sakko aus und legte es über den einzigen noch freien Stuhl an ihrem Tisch. Er wunderte sich, dass Agricola im Rollkragenpulli nicht verschmachtete. Ohne einen Schweißtropfen auf der Stirn vertiefte sich der sofort in die Karte.

Hansson streckte entspannt die Beine aus, bestellte eine große Portion Bratwurst mit Sauerkraut und ein Bier und betrachtete sein schweigendes Gegenüber.

Der Mann wirkte wie aus der Zeit gefallen. Früher hätte man seinen Typ als Existenzialisten bezeichnet: durchgeistigt, übernächtigt, langes, äußerst blasses Gesicht, so glatt rasiert, als habe er überhaupt keine Barthaare. Die elegante Nase mit einem Schlag nach links lenkte den Blick zu seiner hohen Stirn. Gescheiteltes pechschwarzes Haar, schulterlang, verstärkte sein kränklich bleiches Aussehen. Drahtige Figur, größer als Hansson – aber das hieß nicht viel. Sein Alter? Kaum mehr als vierzig. Ein seltsamer Vogel, insgesamt nicht unsympathisch. Nur seinen direkten Blick mochte Hansson nicht.

Hansson nahm dem Kellner das Bier ab, das dieser im Vorbeigehen herüberreichte. Agricola studierte immer noch die Karte. Auf dem Rückweg ins Lokal blieb der Kellner kurz neben dem unschlüssigen Gast stehen und ließ seinen Blick über die anderen Tische schweifen. Agricola sah gar nicht auf.

»Ich brauche vorerst nichts«, sagte Agricola erklärend zu Hansson und legte die Speisekarte an den Tischrand. Er nestelte an seiner Pappdeckelmappe herum und fuhr fort: »Zeit, zur Sache zu kommen, denke ich. Also: Ich schreibe wie Sie Kriminalromane, allerdings bisher mit keinerlei Erfolg. Die Verlage lehnen alles ab, was ich einschicke. Sie wollen noch nicht einmal meine vollständigen Texte lesen, die paar Seiten, die sie überfliegen, rechtfertigen schon ihre Entscheidung. Aber glauben Sie mir, mein Herz, meine Seele, ich möchte sogar sagen, mein *Leben* hängt daran, die Texte veröffentlicht zu sehen!«

Agricola hatte sich zunehmend in Eifer geredet. Jetzt hielt er inne und warf Hansson einen prüfenden Blick zu, ehe er weitersprach.

Hansson nahm einen Schluck Bier und wischte sich gedankenvoll den Schaum von den Lippen. Was sollte Agricolas Problem mit ihm zu tun haben?

»Nun?« Er nickte seinem merkwürdigen Gegenüber aufmunternd zu.

Der ließ sich nicht lange bitten. »Vielleicht haben die Verlagslektoren wirklich recht. Mag sein, dass es mir am Elementaren fehlt – am Aufbau der Spannungsbögen, an der Dramatik, an der Personenzeichnung, eventuell aber auch bloß an ein paar Kniffen in der Formulierung. Ich selbst bin sicher, große Fehler können es nicht sein, die mir den Erfolg verwehren. Ja … und Sie sind Kriminalist, also auch Fachmann für die Thematik meiner Romane. Rundheraus gefragt: Würden Sie meine aktuelle Geschichte als Lektor betreuen? Nicht umsonst, versteht sich, ich bezahle dafür. Nennen Sie mir Ihren Preis!«

»Vorsicht, bitte!« Der Kellner stellte Hanssons Teller auf den Tisch, und diese Aktion unterbrach kurz den bittenden, fast flehenden Blick, den Agricolas weit aufgerissene Augen zu Hansson hinüberschickten.

Cornelius Hansson war unangenehm berührt. Er wartete, bis der Kellner ihren Tisch wieder verlassen hatte. »Sie schätzen mich falsch ein, Herr Agricola. Glauben Sie mir, ich bin *kein* großer Autor, bloß einer unter Zehntausenden! Meine Texte sind eher mäßig, die Inhalte auch nicht neu. Ich schreibe erst seit ein paar Jahren und fühle mich doch fast schon ausgebrannt. Bei mir gibt es nichts, was Ihnen weiterhelfen könnte.«

Agricola wiederholte seine Frage, er redete, nein, bettelte, als ginge es wirklich um sein Leben. »Werden Sie es tun? Sie können doch einen einzigen Versuch wagen, nur mit meinen ersten Kapiteln. Wenn Sie danach ablehnen, dann ist der Fall erledigt. Schauen Sie … hier …« Er raschelte in seiner Pappdeckelmappe herum. »Schauen Sie, ich habe sogar einen Auszug dabei. Hier ist vielleicht nicht der beste Platz dafür, aber werfen Sie doch trotzdem einen Blick darauf. Nur auf die ersten paar Seiten! – Oh, entschuldigen Sie, ich halte Sie vom Essen ab. Vielleicht danach?«

Er schob einige Blätter auf den Tisch, weit genug von Hanssons Sauerkrautteller entfernt, sodass die Höflichkeit gewahrt blieb, aber doch so geschickt platziert, dass Hanssons Blick den Text sogar beim Essen erfassen konnte – wenn er nur wollte.

Hansson fing an, seine pralle, duftende Bratwurst aufzuschneiden, nahm ein Stück auf die Gabel, fasste noch eine Portion Kraut dazu und schob das aromatische Paket genussvoll in den Mund. Doch obwohl er eigentlich zuerst essen und dann lesen wollte, zog ihn das Geschriebene magisch an. Mochte es am sonderbaren Titel gelegen haben oder an Agricolas verzweifelter Eindringlichkeit – Hansson jedenfalls begann, nebenbei zu lesen.

Nachdem er die erste Seite überflogen hatte, legte er Messer und Gabel beiseite, griff nach dem dünnen Stapel Blätter und las weiter, während die Haut seiner Bratwurst zu schrumpeln begann und der Schaum auf seinem Bier zerfiel.

»Ein packender Anfang, aber ein äußerst ausgefallener Titel! ›Selaphos‹. Sind Sie sicher, dass das ein *Kriminal*roman werden soll?«, fragte er schließlich verwundert und reichte Agricola den dünnen Stapel Manuskriptseiten über den Tisch zurück. Dann griff er wieder zu seinem Besteck und widmete sich seinem mittlerweile ausgekühlten Essen.

»Ganz sicher, das *ist* ein Krimi! Allerdings bahnt sich die Wende erst in den allerletzten Kapiteln an. Vorher enthält der Roman große Teile, die eher an Fantasygeschichten erinnern. Sie haben das selbstverständlich längst bemerkt.«

Hansson versuchte zu verbergen, wie sehr ihn der Stoff gefesselt hatte; er wollte diese Geschichte um jeden Preis von Anfang bis Ende lesen. Kein Gedanke mehr daran, dass er sogar noch Geld für sein Lektorat bekommen sollte. So, wie die Story sich anließ, hätte er sogar selbst dafür bezahlt – aber er *musste* sie lesen!

»Gut, ich übernehme das, ich werde Ihren Roman betreuen.«

Sie vereinbarten, dass sie sich jeden Samstagnachmittag um siebzehn Uhr treffen wollten. Hansson würde dabei seine Kritikpunkte anbringen und die nächsten Kapitel zur Begutachtung erhalten.

Im Gespräch hatte sich herausgestellt, dass sie zufällig beide in Ladenburg wohnten, einem malerischen Fachwerkstädtchen am Neckar. Weil keiner von ihnen vorerst daran interessiert schien, persönlichere Kontakte aufzubauen, legten sie zwei neutrale Treffpunkte fest: bei gutem Wetter in der Grünanlage rund um den ziegelroten Wasserturm, bei Regen in der Studentenkneipe »Kartoffel«, die sie ebenfalls beide kannten. Sicherheitshalber tauschten sie noch ihre Telefonnummern aus, für den Fall, dass ein Treffen einmal nicht stattfinden konnte. Hansson notierte

Agricolas Nummer auf der Rückseite eines Scheckkartenbelegs und verstaute diesen sorgsam wieder im hintersten Fach seines Geldbeutels.

Dann, nur um seine Neugier zu verbergen, legte Hansson wenigstens noch eine lächerlich geringe Bezahlung für seine Anstrengungen fest. Der andere reichte ihm die Pappdeckelmappe mit den ersten Kapiteln des Romans, verabschiedete sich, beinahe unterwürfig, doch hocherfreut über seinen Erfolg, und verschwand in der Menge der abendlichen Spaziergänger.

Cornelius Hansson widerstand der Versuchung, sich gleich hier auf die restlichen Seiten des Manuskripts zu stürzen. Außerdem wurde es mittlerweile zu dämmrig zum Lesen. Er trank absichtlich langsam den letzten Rest seines lauwarmen Bieres aus, zahlte, nahm die Mappe an sich, schlenderte in masochistischer Gemächlichkeit zur Polizeidirektion in der Römerstraße zurück und bestieg in der Tiefgarage seinen Wagen.

Zwanzig Minuten später saß er im Wohnzimmer in seinem Lieblingssessel, einen großen, üppig eingeschenkten Weinpokal neben sich. Hansson rückte die Leselampe über seiner Schulter zurecht und nahm einen Schluck, ehe er – behutsam, als wären es ägyptische Papyrusblätter – etwa sechzig bedruckte Seiten aus der Pappdeckelmappe hob.

Für Hanssons Bedachtsamkeit gab es keinen rationalen Grund. Sie drückte einfach seinen Respekt vor einer geistigen Leistung aus. Andererseits erleichterte es ihn, dass Agricolas Manuskript nur eine simple Arbeitskopie war, mit einem Laserprinter gedruckt. Er würde den Text also sehr freizügig bearbeiten können, und zu seiner Beruhigung waren die Seiten nummeriert.

Hansson begann mit dem Lesen nochmals bei Seite eins, bemüht, auch die bereits bekannten Seiten so zu lesen, als sähe er sie zum ersten Mal. Wie schon beim Durchblättern im Lokal blieb sein Blick am Titel hängen, der in Großschrift die ganze Breite einer Zeile füllte:

»SELAPHOS«

Das wenige Griechisch aus seiner Schulzeit gab nicht viel her, aber wenn er alle Wissensreste zusammenkratzte, dann musste das Wort so etwas wie »Träger des Lichts« bedeuten, was ihm vorerst auch nicht viel weiterhalf. Er überließ die Klärung der Geschichte selbst und begann zu lesen – nein, weit mehr als das, er versank mit jedem Satz tiefer in Agricolas dunkler Welt:

Ich hätte ohne Widerspruch hingenommen, tot zu sein. Meine Glieder, mein Körper fühlten sich schwerelos an, mein Bewusstsein schwebte frei im Raum, war auf nichts gerichtet und mit nichts belastet.

Das erste Anzeichen, dass ich offenbar nicht tot sein konnte, war mein eigener schriller Schrei, als ich ahnungslos, nur einer fernen Gewohnheit folgend, die Augen öffnete. Von geisterhafter grünweißer Helligkeit umrahmt, starrten mich zwei weit aufgerissene Augen an, nicht viel mehr als eine Handbreit von meinem Gesicht entfernt. Mein Schrei erschreckte nicht nur mich – er ließ auch das Augenpaar zurückzucken, und ich schloss panisch die Augenlider, um für einen Augenblick zurück in die Geborgenheit meines traumhaften Nirgendwo zu entfliehen. Weil es aber anscheinend der Realität entsprach, dass ich nicht tot war, sondern mich lebend an irgendeinem finsteren, unbekannten Platz befand, entschied ich nach mühevoll angestrengtem Nachdenken, mich damit auseinanderzusetzen. Ich öffnete meine Augen wieder, entschlossen, mich keinesfalls aufzugeben.

Das Gesicht schwebte nach oben. Meine Augen hatten sich inzwischen gekräftigt. Ich konnte erkennen, dass ein vollständiger Mensch vor mir stand und auf mich herabblickte, denn auch seine Arme, Beine und der Körper leuchteten schwach, wenn auch viel schwächer als das Gesicht. Ich starrte an der Gestalt empor. Wenn der andere sich bewegen konnte – musste mir das nicht auch gelingen? Ich versuchte, einen Arm zu heben, und er hob sich tatsächlich. Meine Nerven, Muskeln, Sehnen, Knochen schienen also noch zu gehorchen, und das Gehirn hatte seine Funktionen nicht vergessen.

Langsam erhob ich mich, auf Arme und Knie gestützt, torkelnd, taumelnd, denn es gab keine Umgebung, an der ich mich orientieren konnte; da war nichts außer rußiger Schwärze. Aber es gelang. Schließlich stand ich aufrecht, tastete meinen Körper ab und fand alle Teile, wo und wie sie sein sollten. Auch meine Glieder und der Rumpf gaben ein schwaches Leuchten von sich, genug, um sie selbst zu erkennen, zu wenig, um irgendetwas in der Umgebung zu erhellen. Das Leuchten wurde von der Finsternis geschluckt, sobald es sich von seinem Ursprung entfernte.

Ich wünschte mir inständig, dass der Mensch, dem ich gegenüberstand, meine Sprache verstünde. »Wer bist du?«, fragte ich zaghaft. »Und … wo sind wir?«

Die Gestalt zuckte beim Klang meiner Stimme erst zusammen, schien mich dann jedoch zu verstehen. Der andere Mensch – ein Mann, wie ich – wusste nicht mehr, wie man ihn nannte. Und da auch ich meinen alten Namen nicht mehr fand, gaben wir uns neue. Weil außer uns niemand in dieser schwarzen Leere existierte, verfielen wir auf den Gedanken, uns beide gleich zu benennen, nämlich »Freund«.

Wir begannen, unsere Lage zu erforschen, so gut es unser seltsam unklares Bewusstsein erlaubte. Uns beiden waren offenbar viele Gedanken, Worte und Erinnerungen abhandengekommen, und nur manchmal – als ob ein Luftzug den Vorhang über unseren Erinnerungen beiseitewehte – tauchten für Augenblicke vertraute Bilder und Begriffe wieder auf; festhalten konnten wir sie aber nicht.

Was war das für ein Raum, in dem wir standen? Ein Zimmer? Eine Halle? Ein Keller? Oder gar das Universum selbst?

Wir riefen abwechselnd in die Finsternis hinaus, in alle Richtungen, lauschten, hofften wenigstens auf das Echo, schrien immer wieder, bis die Kehle trocken war. Aber kein Echo, kein Laut kam je zurück, der Raum schluckte jedes Geräusch ohne den geringsten Widerhall, so wie die Schwärze um uns herum jeden Lichtstrahl verschlang.

Als Hansson auf der letzten Seite ankam, war er überwältigt. Der Text endete damit, dass die beiden Männer namens »Freund« in der Ferne eine Gruppe weiterer »Leuchtgesichter« entdeckten. Fortsetzung nächste Woche …

Er ließ das Blatt zu Boden gleiten und trank in genießerischen Schlucken das Weinglas leer.

Hansson war von den beklemmenden Bildern der Geschichte jetzt noch stärker gefesselt als beim Lesen der ersten paar Seiten im Restaurant. Gerade deshalb bedauerte er den armen Agricola. Sein Text würde nie und nimmer ein Kriminalroman werden! Wie kam er überhaupt auf diese aberwitzige Idee? Es war die phantastische Geschichte einer raum- und zeitlosen Verdammnis, ja, oder im schlimmsten Fall ein Drehbuch für einen Fernsehschocker, der modisch-sinnlos ohne jegliches Bemühen endet, auch nur der hirnrissigsten Logik zu genügen. Aber sicher kein Krimi! Es sei denn, dieser Agricola hatte eine überirdische Idee gehabt, das phantastische Geschehen wieder in die Realität zurückzuholen. Vielleicht hatte er ja ...?

Was diesen Teil des Manuskripts betraf, gab es jedenfalls nichts zu verbessern. Agricolas Sprache war altertümlich kraftvoll, seine Darstellung prägnant. Dagegen las sich Hanssons eigener Krimi wie ein hilfloser Versuch.

Mit der Rotweinflasche und dem bauchigen Glas in den Händen stampfte er schwerfällig in die oberste Etage seines Hauses hinauf, schob sich seitlich, die Tür nur wenig geöffnet, in das einzige Zimmer im Dachgeschoss, goss sich Wein nach und betrachtete die voluminöse Pfeifenorgel, die beinahe den gesamten Raum ausfüllte. *Seine* Orgel – ein wertvolles Prachtstück aus Hunderten seidig glänzender, vierkantiger Holzpfeifen und ganzen Batterien runder Metallpfeifen, die mit den Jahren mattgrau angelaufen waren. Für die längsten der Orgelpfeifen hatte man sogar die Zimmerdecke durchbrochen, sie ragten bis unters Dach.

Der frühere Besitzer des Hauses, ein alter Schreiner, hatte das Instrument selbst entworfen und gebaut, Ende der fünfziger Jahre. Beinahe wäre damals seine Firma unter den Hammer gekommen, weil er viel zu viel Geld für Material ausgab. Aber niemand, so hatte er Hansson lächelnd gestanden, niemand hätte ihn davon abbringen können. Es war der Traum seines Lebens gewesen, dieses Instrument mit eigenen Händen zu erschaffen.

Die beiden Männer hatten schon Gemeinsamkeiten entdeckt, als Hansson zum ersten Mal das Haus besichtigte, denn auch er liebte Musik und spielte Orgel. Er konnte dem Mann deshalb aufrichtig versichern, dass er das wertvolle Instrument auf jeden Fall behalten werde. Ohne Hanssons Drängen machte ihm der Alte für das Haus einen außerordentlich günstigen Preis und überließ ihm die Orgel zu einem Spottpreis dazu. Dabei hätte er das Instrument an jedem beliebigen Ort neu aufbauen lassen können, war er doch, wie Hansson später erfuhr, mehrfacher Millionär. Auf dem riesigen Areal, das einst sein Garten und sein anschließendes Ackerland gewesen war, lag jetzt die »Oststadt« von Ladenburg, ein ausgedehntes neues Stadtviertel. Aber aus irgendeiner nicht zu ergründenden Sentimentalität brachte es der alte Handwerker nicht fertig, dem Haus die Orgel aus dem Leib zu reißen.

Hansson rutschte auf die Organistenbank, ließ das Gebläse an, zog bedächtig eine Anzahl schwarz lackierter Registerknöpfe. Er spielte Bachs »Toccata und Fuge«. Dieses Stück liebte er über alles, seine strahlenden Führungsstimmen, die funkelnd in der Höhe schwebten wie Engelsgesang, und den schweren, erdigen Bass, der tief unter ihnen durch die Harmonien tobte. Noch immer bekam er eine Gänsehaut an den Armen, wenn die massigen, hohen Orgelpfeifen sekundenlang den wummernden Basston hielten, der die Luft zum Beben brachte. Die Musik berauschte ihn, sein Puls jagte hoch. Hansson flog mit den Klängen davon. Er dachte nicht an die Nachbarn, denen er gerade den Schlaf raubte, sondern an den Schreiner und seinen Traum.

Mit bleiernen Fingern und Beinen brachte er das Musikstück halbwegs anständig zu Ende und warf sich dann in den abgewetzten grünen Plüschsessel, der in der einzigen nicht von Orgelpfeifen oder Notenständern belegten Ecke des Zimmers stand. Hansson hob prüfend die Flasche gegen das Licht, goss sich – so sorgfältig, wie das der Alkoholpegel in seinem Blut noch erlaubte – den letzten Rest des schwarzroten Weins ein und schimpfte leise, weil trotz seiner Behutsamkeit ein Teil des körnigen Bodensatzes im Glas landete.

Wieder zu viel Rotwein heute …

»Prost, Cornelius!«, murmelte er, trank aus und stellte das Glas auf dem Boden ab, ohne hinzusehen. Mit hellem Klingeln fiel es um.

Wie schon oft überkam ihn der Jammer darüber, dass *er* keinen Lebenstraum hatte und sich so schlecht dabei fühlte. Und, wie schon oft, mochten auch die vierzehn Prozent des Rotweins eine Rolle dabei spielen. Hanssons Augen fielen zu.

Nach einigem Hin- und Herpendeln kippte sein Kopf auf die Rückenlehne des Sessels zurück. Er schlief wie ein Klotz, mit weit offenem Mund, und weder sein eigenes lautes Schnarchen noch das rhythmische Flattern seiner Backen konnte ihn dabei stören.

***

»Mmmh … Interessanten Abend gehabt?«

Sonia lächelte ihn vielsagend an. Hansson winkte ab und schloss die gepolsterte Tür des Audiolabors hinter sich. Seine ganze Crew war bereits um den Arbeitstisch des Tontechnikers versammelt.

»Morgen! Wieso steht ihr hier bloß in der Gegend herum?«, fragte er mürrisch.

»Mir hend extra no' g'wart, net dass mir uns am End in einem Informationsvorschprung gegenüber unserem Chef befindet.«

Hansson lehnte sich an den Tisch. »Danke, ich lache ein anderes Mal. – Hermann, fang endlich an.«

Der junge Techniker nickte. »Aber macht euch nicht viel Hoffnung für die Identifizierung!«, warnte er und startete die Aufzeichnung.

»Ich möchte die Position eines Toten melden, und ich mache diese Angabe nur einmal«, begann die Botschaft aus den Lautsprechern. Deutlich und leidenschaftslos wurde der Inhalt vorgetragen. Kein Mensch, sondern eine schnarrende weibliche Roboterstimme leierte Wort für Wort herunter, in ermüdend gleichbleibender Tonhöhe. Die telefonische Mitteilung beschrieb ausführlich und präzise den Fundort des Toten in Sulzbach.

So weit enthielt der Anruf nichts Überraschendes. Der letzte Satz aber, genauso ausdruckslos gelesen wie der vorhergehende Text, traf Hansson und seine Leute wie ein Keulenschlag:

»Ende der Meldung. Bis zum nächsten Mal.«

»Das glaub ich jetzt nicht«, stöhnte Sonia. »Ein Automat! Und der kündigt uns glatt einen weiteren Mord an.«

»Stimmanalyse können wir uns schenken, wie man hört«, kommentierte der Techniker. »Wir werden verarscht … Entschuldigung, Herr Hauptkommissar! Das ist ein ganz simples Vorleseprogramm, wie man es heute nachgeworfen bekommt. Damit kann man geschriebenen Text direkt vom Computer oder vom Handy aus ins Telefonnetz senden, zeitgesteuert und weltweit.«

»Ist ja gut, ich hab's kapiert, Hermann. Aber die Telefonnummer des Anrufers? Er muss doch seine Nummer angeben, um die Verbindung herzustellen?«, fragte Hansson mit einem letzten Fünkchen Hoffnung.

Hermann blies auch diesen Funken aus. »Nö, muss er nicht. Er macht das mit einer kleinen Software, das Verfahren nennt sich ›Spoofing‹ – freie Auswahl der mitgesendeten Nummer, ganz easy. Kann man von jedem Telefon aus machen. Wenn er will, setzt er Sonias Telefonnummer ein oder die des Bundespräsidenten oder der Zentrale des FBI. Wir haben leider nicht die geringste Chance, die echte Quelle des Telefonats zu ermitteln. In Amerika ist der Mist sogar legal. Übrigens: Hier, ich habe euch den Wortlaut des Anrufs ausgedruckt.«

Hansson nahm das Papier an sich. »Danke, Hermann. Gehen wir.«

Auf dem Besprechungstisch standen die große Thermoskanne mit Kaffee, einige Tassen, brauner Zucker, Dosenmilch. Daneben ein Tablett mit einer weiteren, fast ebenso bulligen Kanne und einer dünnwandigen Teetasse.

»Guten Mooorgen!« Marie Flügel schmetterte ihren Gruß wie Lerchengesang ins Büro. Gut aufgelegte Menschen. Wunderbar. Genau das, was Hansson heute brauchte.

»Kaffee für alle, und für Sie, Herr Hauptkommissar, hab ich eine Kanne Tee gemacht, weil Sie doch nicht immer Kaffee wollten. Der Tee reicht bestimmt für den ganzen Tag, es ist die extragroße Pumpkanne aus dem Besprechungsraum drei.«

Hansson verdrehte die Augen. »Ausgezeichnet, Marie, ganz

ausgezeichnet. Aber lass uns jetzt bitte arbeiten!« Er sah ihr nach, bis sie in ihrem Glaskasten verschwunden war. »Guter Gott, jetzt will sie mich auch noch zum Engländer umerziehen!«

Die Magnettafel mit den Informationen hatte sich deutlich gefüllt, aber Hanssons benommener Kopf war an diesem Morgen eher auf Hören als auf Lesen eingestellt.

Sonia begann. »Von der Spurensicherung kam nicht viel Hilfreiches. Bis auf den Schubkarrenreifen gibt es keine verwertbaren Spuren im Umkreis der Leiche. Fingerabdrücke auch Fehlanzeige. Leider an den Papieren, am Gürtel und an der Sonnenbrille nur Fingerabdrücke des Toten. Keine Hautreste eines eventuellen Angreifers unter den Fingernägeln, keine verwertbaren Fremdfasern an der Kleidung. Lediglich an den Schuhsohlen des toten Doktors hat das Labor Spuren eines weißlichen Pulvers festgestellt, das sie –«

»Und, was ist das für Zeugs?«, fragte Hansson ungeduldig dazwischen.

»Nichts Gefährliches. Reste einer Substanz, mit der man früher die Feuerlöscher gefüllt hat, so eine Art Backpulver. Wenn Wasser dazukommt, entsteht Kohlendioxid. Heute verwendet man das nicht mehr. Außerdem haben sie noch erhebliche Spuren von Eisenoxid gefunden, also ganz normalen Rost. Er könnte sich zuletzt in einer alten Fabrik aufgehalten haben; vielleicht ist er sogar dort gestorben. Ich habe schon mal alle Gebäude zusammengestellt, die im Umkreis von zehn Kilometern in Frage kommen, insgesamt über vierzig Örtlichkeiten.«

»Fragen dazu?« Hansson blickte um sich.

»Er könnt uns au' an d'r Nas rumführe wolle und legt absichtlich falsche Spure – es koscht uns ja jede Menge Zeit, dem nach'z'gehe!«

»Da magst du leider recht haben, Jonas. Wenigstens können wir vorerst die neueren Fabrikgebäude auslassen, aber Sonias Liste bleibt uns nicht erspart. Wie schaut's mit dem Umfeld des Toten aus?«

Karim studierte seine Notizen. »Alsooo … seine Frau ist informiert, sie wird am Donnerstagnachmittag mit ihrem Sohn hier sein. Ich gehe mit den beiden in die Rechtsmedizin und bringe sie dann in mein Büro, um mit Sonia zusammen die Fragen zur Familiensituation zu klären. Ansonsten – alles, was ich von den Behörden und den Kollegen in Stuttgart schon bekommen habe, hängt an der Tafel. Kurzfassung meiner Recherche: Dr. Sebastian Fuhrmann ist … war … ein Musterknabe. Arbeitete in einer Privatklinik als Gynäkologe, trotzdem intaktes Familienleben, lebte in mehr als geordneten finanziellen Verhältnissen, spielte Golf, klar, hatte nur Freunde, keine Feinde … keine neidischen Kollegen, wurde bisher nie wegen Behandlungsfehlern oder Fehlverhalten verklagt. Ein echter Helfer der Menschheit.«

»Na, na … ein paar davon sollen schon noch herumlaufen«, kommentierte Hansson Karims ironische Anmerkung.

»Jonas, wir beide fahren morgen früh nach Stuttgart und sehen uns das Umfeld von diesem Dr. Fuhrmann genauer an. Es muss doch irgendeinen Grund geben, warum er bei all seinen guten Eigenschaften jetzt drüben in der Rechtsmedizin liegt. Und auch, warum er ausgerechnet in *unserem* Gebiet gefunden wurde.«

»Der Jonas ist sicher eine große Hilfe in Stuttgart – als Eingeborener unter Eingeborenen, mit seinen schwäbischen Sprachkenntnissen!«

Hansson war zu unlustig, um auf Karims infantile Stichelei zu reagieren. Jonas schielte auf das schlaffe Gesicht seines Chefs und hielt ausnahmsweise den Schnabel – obwohl ihm das ausgesprochen schwerfiel.

»Hat die Spurensicherung etwas über die Schubkarrenreifen in Erfahrung gebracht? Hersteller? Verkäufer?«, wollte Hansson noch wissen.

Karim legte seine Notizen beiseite und sah mit hochgezogenen Augenbrauen die Kollegen an. »Ein chinesisches Standardprodukt, in X-Tausender-Stückzahlen, fast auf allen Schubkarren und Leiterwägelchen montiert. Die Baumärkte und Gartencenter stellen leider keine individuellen Garantiescheine auf den Namen des Kunden aus, Kassenzettel genügt. Da lässt sich nichts eingrenzen.«

Als die Sprache schließlich auf Sonias Täterprofil kam, entschuldigte sie sich erst einmal umständlich, weil nach den aktuellsten Informationen, vor allem wegen des Telefonanrufs, alles neu bewertet werden müsse.

Hansson ermutigte sie. »Sonia, du wirst nicht gekreuzigt, falls du deine Darstellung noch ändern musst. Das ist doch der Normalfall. Also – würdest du bitte?«

»Gut, mit großen Vorbehalten. Der Mensch, den wir suchen, ist männlich, in guter körperlicher und geistiger Verfassung, vielleicht zwischen fünfundzwanzig und fünfundvierzig. Er besitzt ungewöhnlich gute technische Kenntnisse, kann organisieren, ist kaltblütig und selbstsicher, denn er nimmt ein hohes Entdeckungsrisiko auf sich, wie der ausgesprochen öffentliche Fundort in Sulzbach zeigt. Was gerade *diesen* Ort für ihn wichtig macht, ist noch zu klären. Viel sicherer wäre es für ihn gewesen, sich bei Nacht und Nebel der Leiche im Hinterland von Stuttgart zu entledigen. Das hat er absichtlich nicht getan, denn er legt es möglicherweise auf eine drastische Demonstration in aller Öffentlichkeit an. Ganz sicher aber will er die Polizei provozieren. Dafür spricht die Drapierung des Toten ebenso wie der Telefonanruf. Er muss sich doch im Klaren gewesen sein, dass die Entdeckung der Leiche zu solch einem frühen Zeitpunkt den Ermittlungsbehörden die besten Voraussetzungen bietet, noch verwertbare Indizien zu finden! Aber er geht noch einen Schritt weiter: Beinahe schon für einen milden Größenwahn spricht die Tatsache, dass er nicht den geringsten Versuch gemacht hat, die Identität des Toten zu verschleiern. Nein, er betreibt sogar genau das Gegenteil. Er lässt uns wissen, wer der Getötete ist, hält ihn uns vor die Nase und sagt: ›Ihr kriegt mich trotzdem nicht!‹ Dazu gehört auch, dass er – wahrscheinlich absichtlich – die Schuhsohlen des Opfers nicht abwischt, während er sonst keinerlei brauchbare Spuren hinterlässt. Möglicherweise rührt seine Selbstsicherheit daher, dass er sich als Vertreter einer gerechten Sache sieht, mit der Erlaubnis, vielleicht sogar mit dem Auftrag, zu töten, um die Waage seines Gerechtigkeitsempfindens wieder ins Gleichgewicht zu bringen. Vermutlich ist es ihm sogar gleichgültig, ob er gefasst wird – wenn er nur diesen Auftrag zu Ende bringen kann. Der extrem ritualisierte Tod des Opfers gehört mit zu diesem Auftrag. Das Opfer muss wissen und fühlen, dass es sterben wird, und es muss leiden. Ich wage zu sagen: Es muss leiden, wie er gelitten hat oder wie andere gelitten haben, die ihm sehr nahestehen. Ihm liegt nichts am Vorgang des Tötens; für ihn ist es sogar die höchste Befriedigung, wenn das Opfer sich die tödliche Injektion selbst verabreicht, in einem Zustand wahnsinniger, hoffnungsloser Verzweiflung und unmenschlicher Schmerzen.«

»Ein Psychopath also?«, fragte Karim, beeindruckt von Sonias Darstellung.

»Wenn du ›Psychopath‹ wörtlich nimmst – jemand, der an der Seele leidet –, dann ist er einer. Ansonsten eher der nette Mensch, von dem man so etwas nie gedacht hätte. Ganz sicher keiner von dem Typ, der kreischend durch die Fußgängerzone rennt und dort in Papierkörbe uriniert. Unser Mann hat ja ein ›höheres‹ Ziel, und nach dem, was wir in seinem Telefonat heute früh gehört haben, scheint er es noch nicht erreicht zu haben. Das ist vorerst alles. Ich hatte die Beurteilung schriftlich ausgearbeitet, aber die gilt nicht mehr. Das war jetzt bloß eine mündlich neu angepasste Version. Ich liefere sie ausgedruckt nach.«

»Gute Arbeit, Sonia, vielen Dank.« Hansson war wirklich zufrieden.

»Da ist aber noch was, das wir nicht außer Acht lassen sollten«, begann Sonia erneut.

»Und zwar?«

»Der Anruf ging diesen Montag um sechs Uhr vierundfünfzig bei der Zentrale ein. Darin teilt er uns indirekt mit, es werde ein nächstes Opfer geben. Ich habe das schlimme Gefühl, dass er diesen Menschen bereits in seiner Gewalt hat. Was hat Dr. Pfeiffer gemeint, wie lange dauert das Verdursten etwa?«

»Vier, maximal fünf Tage bei der derzeitigen Trockenheit, je nach dem Ort seiner Gefangenschaft.«

»Oh heilig's Blechle!« Jonas ließ sich in den Schwingsessel zurückfallen, der heftig zu wippen begann. »Dann müsset m'r in de nägschte Woche mit 'ere Neuauflag von Sulzbach rechne. Es sei denn, er hebt seine Leiche erscht emol im Gartehäusle auf. Kann sei, a andrer armer Hond, der stirbt vielleicht jetzt grad, während mir do sitzet.«

»Genau das habe ich gemeint!«, schloss Sonia etwas vergrätzt, weil ihr Jonas die Pointe gestohlen hatte.

Hansson war allmählich wieder klarer im Kopf. »Falls die Annahme stimmt, können wir für dieses nächste Opfer schon nichts mehr tun. Wenn er aber weitermacht … Gut, wir haben die Riesenliste der Fabrikgebäude, bei der wir ansetzen können. Holt euch notfalls ein paar junge Kollegen dazu. Dann brauchen wir unbedingt eine Aufstellung über alle vermissten Personen der letzten … sagen wir, zwanzig Tage, aus Hessen, der Pfalz, Baden-Württemberg. Vorerst. Vielleicht hat er's ja speziell auf Mediziner abgesehen. Eine separate Aufstellung ist bestimmt hilfreich. Nehmt auch unbedingt Marie dazu.« Hansson stand auf. »Gute Arbeit. Und bitte weiterhin alles mit viel Fingerspitzengefühl. Die Presse ist sowieso schon heiß drauf, das Nachrichten-Sommerloch mit ›Polizei völlig ratlos‹-Schlagzeilen zu füllen!«

Sonia nickte. »Dyckerhoff wird auch bald lästig werden. Ich hab was von einer Soko gehört, die er gründen will, mit Leuten vom LKA zusammen.«

»Dyckerhoff will … Dyckerhoff will … Der will auch seit Jahren Landrat werden!«, spöttelte Hansson.

»Ach ja, übrigens«, fragte sie neugierig, »sag doch mal, wie ist's eigentlich auf deiner Lesung gestern gelaufen? Großer Bahnhof? Was ist das für ein Gefühl, als Autor, so vor Publikum?«

Mehr als ein paar magere Andeutungen wurden es nicht, schon gar nicht in Hanssons heutiger Verfassung. Allerdings ließ er sein Zusammentreffen mit dem sonderbaren Agricola nicht unerwähnt, zu sehr kitzelte es doch seine Eitelkeit. Aber was sein »Gefühl als Autor« betraf … Sonia hatte anscheinend keine Ahnung vom unterentwickelten Mitteilungsbedürfnis eines Mannes.

»Schönes Gefühl«, knurrte er und begann, demonstrativ gründlich die neu hinzugekommenen Dokumente an der Tafel zu studieren.

***

»Sie haben also keinen Termin bei Herrn Professor Dr. Bernheim«, sagte die smarte, top gestylte Dame an der Rezeption der Privatklinik in Stuttgart. Sie stand da, als warte sie auf den Fotografen der »Vogue«, beängstigend ungesund in der Taille verdreht, gleichzeitig über einen halb geöffneten Terminkalender gebeugt, und blickte Hansson und Jonas Federle mit gekünstelter Ratlosigkeit, ja fast mit Entsetzen über diesen Sachverhalt an.

»Ja, ich fürchte, dann ...«, fuhr sie fort und schüttelte bedauernd die äußerst stabile Frisur.

»Fürchten Sie nichts, meine Dame! Der Herr Professor wird uns sicher empfangen. Kripo Heidelberg, Hauptkommissar Cornelius Hansson und Kollege Jonas Federle.« Hansson zog seinen Ausweis.

»Das ist natürlich etwas anderes. Ich melde Sie sofort an.« Sie setzte sich und notierte die beiden Namen auf einem Kärtchen.

»Hanson ... ›ss‹?«

»SS? Nein, Antifaschist.« Hansson hätte sich die Bemerkung auch verkneifen können, aber der Reiz war einfach zu groß.

Für einen Augenblick verrutschte ihre Smartness, und sie schaute darunter nicht nur ratlos, sondern richtig dumm aus. Mit keinem der Begriffe konnte sie etwas anfangen, mit der Situation auch nicht. Federle drehte sich zum Fenster und hielt sich die Hand vor den Mund.

»Hansson mit Doppel-s, falls Sie *das* meinen«, setzte Hansson nach, »und Federle.«

»Federle mit –« Hansson warf seinem Begleiter einen scharfen Blick zu, sodass Jonas Federle den Rest seines Satzes – *Federle mit drei E* – lieber verschluckte.

Die Dame stöckelte mit dem Namenskärtchen nach hinten.

Hansson schmunzelte. »Mein lieber Jonas, die Witze mach immer noch ich. Werd du erst mal Oberkommissar!«

Professor Bernheims Büro, an allen Seiten verglast, bot von hier oben am Hang einen – im Maklerjargon – »traumhaften« Blick über Stuttgart. Schade drum, ging es Hansson durch den Kopf, eine attraktivere Stadt hätte sich besser für den Ausblick geeignet als diese Ansammlung spartanisch reizloser Wohnklötzchen.

»Ah, habt ihr jetzt eine einheitliche Gesichtstracht bei der Kripo?« Bernheim, ein hagerer Endfünfziger, deutete lächelnd mit dem Finger auf die Oberlippe, wo beide Besucher einen Schnauzbart trugen.

Eine Sekretärin brachte Getränke und Kekse. Bernheim setzte sich mit den beiden Kommissaren in die Besucherecke. Ihm war klar, warum sie ihn aufsuchten, und er nahm sich lange Zeit für ihre Fragen.

Den Professor schien Dr. Fuhrmanns Tod wirklich zu schmerzen. Mehr noch, Hansson hatte sogar den Eindruck, er betrachte ihn als einen großen persönlichen Verlust.

Dann bat Professor Bernheim Hansson – soweit momentan möglich –, die Todesumstände Fuhrmanns zu schildern. Hansson schien es vertretbar, dieser Bitte nachzukommen. Er bedauerte aber seine Offenheit sofort, denn Bernheim setzte bereits Hanssons dezente Darstellung der Todesumstände sehr zu. Gespielt waren seine Emotionen kaum – er hätte schon ein exzellenter Schauspieler sein müssen, um den beiden Kommissaren etwas vorzumachen.

Schließlich bot er ihnen bereitwillig an, sie könnten mit allen Kollegen Fuhrmanns sprechen, soweit sie in der Klinik anwesend und nicht gerade unabkömmlich seien. Er werde ihnen dafür ein Büro zur Verfügung stellen.

»Herr Professor, ich will ganz offen zu Ihnen sein«, schloss Hansson. »Was das Tatmotiv betrifft, tappen wir im Augenblick völlig im Dunkeln. Es würde uns helfen, wenn wir den Lebensweg des Doktors nachverfolgen könnten, auch was seinen beruflichen Werdegang anbelangt. Sie verfügen doch sicher über einen Lebenslauf von Dr. Fuhrmann?«

»Ich bitte Sie, der gehört zu den obligatorischen Bewerbungsunterlagen, das ist *conditio sine qua non*. Moment, bitte!« Er griff nach dem Telefon. »Frau Kleinschmidt, bitte fertigen Sie mir doch eine Kopie von Sebastians Curriculum Vitae an. Ja, bitte, jetzt gleich! Und ist der Besprechungsraum für die Herren aus Heidelberg vorbereitet? Sehr schön.«

»Besten Dank, Herr Professor. Wissen Sie«, nahm Hansson seine Erklärung wieder auf, »irgendwo auf seinem beruflichen oder privaten Lebensweg *muss* er mit dem Täter einen persönlichen Konflikt gehabt haben, eine Tat nach dem Prinzip ›zur falschen Zeit am falschen Ort‹ können wir mit großer Sicherheit ausschließen. Noch eine allerletzte Frage dazu: Hat Dr. Fuhrmann neben der Arbeit bei Ihnen in irgendeiner Form für Pharmaunternehmen oder andere Institutionen geforscht?«

Bernheims Antwort kam ohne jedes Zögern. »Nein, ganz sicher nicht. Das wäre auch kaum möglich gewesen. Sebastian Fuhrmann war ein äußerst gewissenhafter Mensch. Er legte großen Wert darauf, sich stets auf dem neuesten Stand der medizinischen Erkenntnisse zu halten, und er tat dies neben dem Beruf, den er vorbildlich ausübte. Das kostet viel Zeit. Seine Familie, mit der ich persönlich sehr gut bekannt bin, kam trotzdem nicht zu kurz. Außerdem sollte Sebastian in ein bis zwei Jahren meine Nachfolge antreten, er hat bereits Teilbereiche meiner Funktion übernommen. Kein Unternehmen hätte bei seiner Arbeitsbelastung einen Forschungsauftrag an ihn vergeben, glauben Sie mir!«

Zwei Stunden später verließen Hansson und Federle die Klinik. Sie nahmen ein kurzes Mittagessen und zwei große Portionen Kaffee zu sich, ohne auch nur ein Wort über den Fall zu verlieren.

»Und? Was meinsch zu dere Sach, Jonas?«, schwäbelte Hansson, als sie wieder im Auto saßen.

»Höret, höret … wellet Se jetzt in mei Monopol ei'breche, Chef?«

»Ha noi, I han bloß denkt, weil i doch im schwäbische Ausland bin, müsst i au' emol ›auswärts‹ schwätze. Aber im Ernst: Was denkst du?«

»Alle Aussage klinget, als wär d'r Dr. Fuhrmann a echter Supermann gwä'«, antwortete Federle und bog auf die Autobahn Richtung Heidelberg ein.

Hansson sprach bedächtig weiter. »Im schlimmsten Fall liegt das Motiv in einem Ereignis, das nur der Täter als so gravierend gesehen hat, der Rest der Menschheit und das Opfer aber nicht. Ein Missverständnis des Täters möglicherweise.«

»Tod aus Versehe? Ja sauber! I tät mi' beschtens bedanke!«

»Oder auch nicht. Mir scheint am wahrscheinlichsten, dass es im kurzen Leben des Dr. Sebastian Fuhrmann doch einen dunklen Punkt gibt, der keinem seiner Mitmenschen aufgefallen ist oder dessen negative Auswirkung sonst keiner kennt. Mal sehen, was die Kollegen von der Familie des Opfers erfahren haben. Komm, stell das Licht an, sonst wird das heute nichts mehr! Wir stecken schließlich in einer äußerst pressanten Ermittlung.«

Federle setzte das Blaulicht aufs Dach, zog den schweren Wagen auf die Überholspur und trat kräftig aufs Gaspedal.

***

Nachdem Hansson und Federle die Kollegen über ihre mageren Ergebnisse aus Stuttgart informiert hatten, hoffte Hansson auf neue Aspekte aus der Befragung von Dr. Fuhrmanns Frau und Sohn.

Die gab auch nicht viel her. Falls die beiden nicht total abgebrüht gelogen hatten, war das Familienleben der Fuhrmanns schon fast krankhaft intakt: keine Affären, auch keine Beziehungsaltlasten wie verflossene Liebhaber oder Geliebte, keine Schulden. Auch der Sohn, Mittelstufe des Gymnasiums, war anscheinend mit seinem Vater bestens ausgekommen. Keine Drogen, keine Ladendiebstähle, keine Jugendschlägereien, kein Vandalismus; Papi hatte nie etwas für ihn in Ordnung bringen müssen. Die Fuhrmanns beschäftigten auch kein Hauspersonal, das sich eventuell ungerecht behandelt gefühlt haben konnte.

»Und niemand aus der Familie profitiert auf ungewöhnliche Art von Fuhrmanns Tod. Als Freiberufler hatte er natürlich eine Lebensversicherung zugunsten der Familie, aber die wurde schon vor zwölf Jahren abgeschlossen und nie sprunghaft erhöht. Das ist alles. Wir haben die Fakten, soweit möglich, schon überprüft. Sieht alles korrekt aus.« Karim Abakay beendete seinen Bericht mit reichlich verzweifeltem Gesichtsausdruck.

»Ich freue mich für die Familie, wenn das so ist«, fasste Hansson zusammen, »aber für uns … für uns ist die Sachlage eine Katastrophe. Gibt's wenigstens ein paar nützliche Fakten aus der Rechtsmedizin?«

»Nur, was die Todesursache des Opfers angeht«, sagte Sonia und blätterte in ihrem Notizbuch. »Herzstillstand, wahrscheinlich durch eine Injektion von Kaliumchlorid ausgelöst. Das Herz an sich sei völlig intakt, ein natürlicher Herzinfarkt scheide daher aus, sagt der Gopf … sagt Dr. Pfeiffer. Allerdings sei der Nachweis von Kaliumchlorid nach dem Tod extrem schwierig, weil sich der Pegel dieser Substanz im Körper – auch bei einer natürlichen Todesursache – von selbst beträchtlich erhöht. Ansonsten wurden alle Angaben bestätigt, die wir schon von ihm haben. Er gibt uns übrigens fünfundsiebzig Prozent Sicherheit für seine Kaliumchlorid-Diagnose. Die Spurensicherung hat inzwischen sämtliche Gespräche auf Fuhrmanns Handy überprüft. Es sind keine Nummern dabei, die sie nicht in seinem näheren Umfeld verifizieren konnten. Nichts mit Mafia oder Industrie.«

»Kojak hätte jetzt ›Entzückend!‹ gesagt. Mehr fällt mir dazu leider auch nicht ein. Habt ihr schon mit der Überprüfung der Fabrikhallen begonnen?«

»Marie ist dran«, sagte Karim gedehnt, ohne große Überzeugung.

Hansson wurde allmählich ungeduldig. »Aber?«

»Na ja, in den Firmen ändert sich die Gebäudebelegung und Produktionsplanung heute so schnell. Die wissen oft kaum noch, was sie vor zwei Jahren in welchen Räumlichkeiten produziert oder abgefüllt haben. Aber wenn wir schon Proben nehmen, dann sollten sie wenigstens von den richtigen Stellen sein, sonst macht der Aufwand keinen Sinn, oder? Und wie soll's weitergehen, wenn die Suche schließlich auf zehn Gebäude eingegrenzt ist? Könnte ja wirklich sein, dass er uns einfach zum Narren hält. Wenigstens hat uns Dyckerhoff zusätzlich zwei Kriminalanwärter genehmigt – für den äußersten Notfall.«

»In Ordnung. Jonas, Karim und Marie, ihr bleibt an der Aktion mit den möglichen Tatorten dran.« Hansson griff nach den Dokumenten aus Stuttgart. »Ich werde mit Sonia den Lebenslauf des Opfers und die Aussagen seiner Kollegen aus der Klinik durcharbeiten. Ihr bekommt noch Duplikate von allen Texten. Es muss einen Kontakt zwischen Täter und Opfer gegeben haben.«

»Den hat es sicher gegeben, sonst wär der Dr. Fuhrmann nicht tot«, meinte Sonia schnippisch.

Hansson zog die Augenbrauen hoch. »Sonia, nun komm – eine *Verbindung*, du weißt doch, was ich meine!«

Einen Moment blieb es ruhig in der Runde. Ihre Blicke wanderten zwischen der Tafel mit den Dokumenten und den Gesichtern der Kollegen hin und her.

Sonia brachte schließlich die Lage mit professionellem Zynismus auf den Punkt: »Wenn alle Anstrengungen zu nichts führen – warten wir einfach auf den nächsten Mord!«

***

Die folgenden Tage vergingen mit konzentrierter Arbeit an unbefriedigendem Kleinkram. Hansson führte noch einige Telefongespräche mit Professor Bernheim und dem Klinikpersonal in Stuttgart, und Sonia checkte Fuhrmanns Lebenslauf mit exzessiver Gründlichkeit. Sie fand als einzige Auffälligkeit, dass er seine Ausbildung in Rekordzeit absolviert und zusätzlich sogar noch an zahlreichen medizinischen Zusatzangeboten teilgenommen hatte. Für die Ermittlungen war das keinen Pfifferling wert.

Am Freitagmorgen gab schließlich Staatsanwältin Friederike Winterstein den toten Mediziner zur Bestattung frei. Zwischendurch nervte Dyckerhoff das Team, weil er auf einer positiv klingenden Meldung für die Presse bestand; die konnte es aber zu diesem Zeitpunkt einfach nicht geben.

Und was Hansson selbst betraf: Je weiter die Woche auf den Samstag vorrückte, desto tiefer bohrte sich Agricolas Manuskript in seine Gedanken. Er musste sich sogar eingestehen, dass die abnorme Geschichte ihn mittlerweile mehr beschäftigte als seine zähen Ermittlungen. Allerdings empfand er zugleich wachsende Abneigung gegen die Person Agricola, so oft dessen Abbild vor seinem inneren Auge erschien.

Hansson nahm sich übel, dass er so reagierte. Was wusste er schon über den Mann? Dass er an einer merkwürdigen Story schrieb, die nur er selbst für einen Kriminalroman hielt? Gewiss kein ausreichender Grund für seine Aversion! Dabei schmeichelte Hansson die Vorstellung durchaus, Agricola halte ihn für einen so guten Schriftsteller, dass unbedingt er, Hansson, diese Geschichte redigieren sollte. Trotzdem, er hätte sich gewünscht, einfach das gesamte Manuskript per Post und auf einen Sitz in die Hand zu bekommen, ohne mit diesem Agricola zusammentreffen zu müssen.

Gegen Samstagmittag zogen von Südwesten her schwere Wolkenbänke auf, in drei Schichten übereinander und so breit wie der Horizont. Sie wälzten drückende Schwüle vor sich her. Hansson hoffte, das Wetter werde bis nach seinem Treffen halten, verspürte er doch nicht die geringste Lust, in einer dampfigen Wirtsstube mit Agricola zu diskutieren. Eilig blätterte er nochmals die Geschichte durch, setzte hie und da ein paar belanglose Anmerkungen an den Rand, um seine ernsthafte Beschäftigung mit dem Text nachzuweisen, steckte dann einen Stift in die Brusttasche seines Sommerhemdes und packte die Blätter wieder in Agricolas Pappdeckelmappe.

Kurz nach vier Uhr machte er sich auf den Weg zum Wasserturm, vorbei am ehemaligen evangelischen Waisenhaus, dessen gepflegte niedrige Gebäude seltsam unbelebt im üppigen Grün standen. Rosarote kugelige Hortensienblüten pendelten hinter dem weiß lackierten Zaun schwerfällig unter den ersten Windstößen. Am Ende des Gartenzauns endete auch der Asphalt der Nebenstraße. Hansson betrat uralte, bucklige Straßen, seine Schritte bekamen einen harten Klang, als er in eine »rote Welt« eintauchte. Alles war aus rotem Sandstein gemacht, alles strahlte Wärme ab: das Kopfsteinpflaster der Straße, Mauern, Treppen, die Gebäude der alten Grundschule und ebenso die uralte Sebastianskapelle gleich gegenüber. Brütende Hitze flimmerte über dem Pflaster.

Keine Menschenseele weit und breit. Wer den Spätsommertag nutzen wollte, war längst hinunter auf die Neckarwiesen gezogen oder promenierte auf dem Neckardamm, der heute, da der Fluss schon bis zur Zahnlosigkeit gebändigt war, nur noch diesem Zweck diente.

Der Wasserturm ragte vor ihm über den Häusern auf. Auf dem mächtigen, sich nach oben verjüngenden Rundturm aus roten Klinkersteinen ruhte in eindrucksvoller Höhe ein Wasserbehälter aus Beton, leider ein hässliches graues Ding, dessen zylindrische Form mit dem flachen Runddach an eine kunstlose Zuckerdose erinnerte.

Wie an jedem warmen Wochenende waren die Anlagen beim Turm gut besucht. Man stand herum, saß, hing, lag irgendwie auf den Bänken, redete, radelte durch die Wiesen entlang dem träge dahinziehenden Neckar, oder man spielte Fußball in vielen kleinen Mannschaften.

Hansson fand eine freie Holzbank, legte seine Mappe neben sich und sah den Leuten zu, die an ihm vorbei zum Neckardamm schlenderten, staunend über das Sprachgewirr aus Deutsch und Türkisch, das irgendwie zu funktionieren schien. Er liebte solche Zeiten völliger Untätigkeit, genoss sie pur, ohne jegliche Ablenkung; paradoxerweise ließen sie ihn das Leben sehr intensiv fühlen, obwohl er nur ein sprachloser Zaungast war.

»Hat Ihnen das Manuskript gefallen?«

Er schrak zusammen. Agricola saß neben ihm, ein zusammengerolltes Bündel Blätter in der linken Hand haltend. Hansson stand der Schweiß auf der Haut, doch Agricola trug wieder seinen weinroten Rollkragenpulli. Die Schwüle schien ihm nicht das Geringste auszumachen.

»Oh, ich habe Sie gar nicht kommen hören. Ja, doch, Ihr Text war sehr anziehend, und ich muss sagen: Zur Gestaltung kann ich Ihnen keine Verbesserungen vorschlagen. Sie sind darin perfekt. Ich habe auch nur wenige Grammatik- und Orthografiefehler gefunden. Schauen Sie!«

Agricola nahm ohne jede Gefühlsregung die Blätter entgegen, an deren Rand Hansson seine Anmerkungen gesetzt hatte.

Während Agricola die Textstellen nachlässig überflog, eher so, als wolle er Hansson damit einen Gefallen tun, setzte dieser zögernd zu einem Nachtrag an. »Es ist nur …«

»Sprechen Sie es frei aus, mein Freund – wenn ich Sie so nennen darf!«

»Sicher. Nun, ich bezweifle noch immer, dass sich Ihre Geschichte zu einem Kriminalroman entwickeln lässt.«

Das perfide Lächeln, mit dem Agricola antwortete, störte Hansson, mehr noch, es machte ihn beklommen.

»Haben Sie Geduld, Herr Hansson. Sie werden sehen, es lohnt sich, den Fortgang der Geschichte zu verfolgen. Nicht, dass Sie mich für überheblich halten, aber ich habe sehr lange an der Logik und Dramatik der Geschichte gefeilt. Sollten Sie am Ende feststellen, das sei *kein* Kriminalroman, so werde ich in mich gehen und die Story nach Ihrer Empfehlung entweder vollständig umarbeiten oder sie vernichten.«

Nur zu deutlich musste er Hanssons Blick bemerkt haben, der wie gebannt an den zusammengerollten Blättern hing.

»Ich sehe zu meiner Freude, dass Ihr Interesse noch nicht erloschen ist. Hier ist also der zweite Teil. Für heute entschuldigen Sie mich, bitte«, sagte Agricola mit Nachdruck, stand auf, strich die zusammengerollten Blätter flüchtig glatt und übergab sie Hansson. »Nächste Woche müsste ich Ihnen den Text in den Briefkasten stecken, ich habe leider schon andere Verpflichtungen und kann Sie nicht persönlich treffen. Rechnen Sie ab Mittwoch damit. Ist das für Sie in Ordnung?«, fragte er, bereits im Weggehen.

»Ja, gern, ich freue mich darauf, aber wollen Sie nicht die Korrekturen mitnehmen?«, rief ihm Hansson nach.

»Nein, alle zusammen, ganz am Ende! Bewahren Sie alles auf, bis zum Schluss!«

Cornelius Hansson schob die Seiten sorgfältig hinter den Blättern der ersten »Lieferung« ein, klappte die Schutzlaschen der abgenutzten Mappe von allen Seiten über den kostbaren Inhalt und schloss die Hülle. Als er wieder aufblickte, war Agricola bereits verschwunden.

Er zwang sich auch dieses Mal, die Seiten nicht gleich zu lesen, sie nicht einmal zu überfliegen. Das Prickeln der Neugier belebte ihn, reizte ihn, je länger sie nicht gestillt wurde.

Vom westlichen Ufer des Neckars grummelte und blitzte es herüber. Tief hängende Regenfahnen schleiften drüben, hinter Neckarhausen, bereits auf dem Boden. Die Wolkenbretter waren blauschwarz angelaufen, starker Wind kam auf. Wenn er sich beeilte, konnte er noch halbwegs trocken nach Hause kommen.

Als er das Oberlicht im Wohnzimmer zuschnappen ließ, duftete der Wind bereits nach Sommerregen. Gerade eben zerplatzten auf dem Blechbriefkasten am Gartenzaun die ersten schweren Tropfen und schleuderten kleine Krönchen aus Wasser in die Höhe.

Hansson schwitzte. Immer noch, immer mehr. Er stieg über die bequeme altertümliche Terrazzotreppe ins Badezimmer hinauf, dem das lachsfarbene Licht eines heraufziehenden Hagelschauers ein unwirkliches Aussehen verlieh, hielt den Kopf unter den Wasserhahn, trocknete Gesicht und Haare ab, stützte beide Hände aufs Waschbecken und musterte streng sein orangerot beleuchtetes Gesicht im Spiegel.

Vierschrötiger Kopf, dunkle zerzauste Haare, schwarzbrauner Schnauzbart, dunkelbraune Teddybären-Knopfaugen unter herabhängenden Augenlidern, dünne Augenbrauen. Und überall schon viel zu viel schlaffe Haut.

»Cornelius Hansson, Hauptkommissar. Du bist ein alter Sack, mein Junge!«, erläuterte er seinem Spiegelbild. Dann scheitelte er sorgsam die feuchten Haare und tappte im farbigen Dämmerlicht des Treppenhauses wieder nach unten.

Eben brach das Gewitter voll über die Stadt herein. Es war nachtschwarz geworden, flackernd zündeten die Straßenlampen. Hansson stellte sich ans Fenster und beobachtete das Toben draußen. Er liebte das Rauschen und Prasseln des sommerlichen Regens, die Wucht und das schwere Rumpeln des Donners, das durch die Straße rollte und die Fenster beben ließ. Zwischen den Blitzen blieben kaum noch Pausen, und bei jedem Blitz leuchtete die riesige Eiche vor der alten Schule gegenüber wie ein Gestrüpp aus Licht. Der Sturm peitschte dichte Hagel- und Regenschwaden hinein.

Regenbäche schossen an der Scheibe hinab. Mit einem Schlag war es stockdunkel. Die Straßenbeleuchtung war ausgefallen, ebenso der Strom im Haus. Hansson tastete sich in die Küche, fingerte im Schrankfach nach einem Kerzenleuchter und Streichhölzern. Als der krumme Docht hell genug brannte, ließ er behutsam ein Viertel dunkelroten Médoc in sein Lieblingsglas rinnen. Zurück im Wohnzimmer suchte er pedantisch genau die optimale Position für das Kerzenlicht und sein bauchiges Weinglas. Dann rekelte sich Hansson bequem in seinen Lesesessel und folgte begierig dem Fortgang von Agricolas abstruser Geschichte.

Wir bewegten uns langsam und mit aller Vorsicht zu den leuchtenden Gesichtern in der Ferne hin, tief gebückt, sodass wir mit den freien Händen den Boden vor uns abtasten konnten. Unsere gekrümmten Rücken schmerzten heftig und zwangen uns schon bald dazu, immer wieder Pausen einzulegen.

Die anderen näherten sich schleppend.

Nach einer schmerzgeplagten Zeit, deren Dauer ich nicht schätzen konnte, trafen wir zusammen. Erst standen wir uns abwartend gegenüber, dann umringten die anderen uns beide.

»Wer seid ihr?«, fragte einer von ihnen, mit einer Stimme ohne Eigenschaften.

»Ich bin ›Freund‹!«, antwortete ich. »Einen anderen Namen weiß ich nicht.«

»Und ich bin ebenfalls ›Freund‹«, setzte die Stimme meines Gefährten hinzu.

»Ihr seid ›Freund‹, das ist gut, wir sind auch alle ›Freund‹!«, sagte ein anderer von den Umstehenden. Die Gesichter nickten.

Wir setzten uns zusammen und besprachen gemeinsam unsere Lage, um einen Plan zu fassen. Jeder hatte ähnliche Erfahrungen gemacht, ohne zu wissen, wie er in dieses schwarze tote Nichts gekommen war. Es gab weder Tag noch Nacht noch Zeit, auch wurde niemand hungrig oder durstig.

»Nur Schmerz!«, sagte einer. »Schmerz ist uns geblieben. Wenn ich mich stoße, tut es weh.«

Dies war der Zeitpunkt, wenn ich mich recht erinnere, als mir zum ersten Male schien, die Schwärze über mir sei einen Hauch heller geworden.

Allein dieser Gedanke bewahrte mich davor, aufzugeben und aus Verzweiflung in den nächstbesten Abgrund zu springen.

Agricolas Text kreiste immer wieder um entsetzliche Qualen, die den Leuchtgesichtern bereitet wurden, bis sie schließlich selbst bereit waren, jede Unmenschlichkeit an den anderen zu begehen.

Eine der furchtbarsten Textstellen las Hansson immer wieder, und so abscheulich diese Szene auch war, sie zog ihn unwiderstehlich an. Die kleine Gruppe der Leuchtgesichter war in ihrem undurchdringlichen Dunkel von einem Steinschlag überwalzt worden. Einige hatte er zermalmt, doch nicht getötet; diese Bedauernswerten waren außer sich vor Schmerz.

Je länger wir ihre Schmerzensschreie ertragen mussten, desto unverschämter verwandelte sich unser Schrecken in verzweifelte, gnadenlose Wut auf diese lächerlichen Haufen menschlichen Mülls. Warum starben sie nicht endlich? Wussten sie nicht, dass ihr Geschrei ihnen nicht mehr half, uns aber verrückt machte?

Einer von uns Unbeschädigten kroch auf dem Boden herum. Steine polterten, während er sich an den Brocken zu schaffen machte, die auch hier in großer Menge umherlagen. Schließlich stand er schwankend auf, beide Arme über seinem Kopf ausgestreckt. Seine Hände hielten etwas umklammert, das so schwarz war wie die Finsternis, die uns umgab. Er tastete sich mit den Füßen zum Nächstliegenden der Schreihälse, kniete neben seinem Kopf nieder und fing an, mit dem Felsbrocken in seinen Händen auf das heulende Etwas einzudreschen. Wir sahen ungerührt zu.

Ich will nicht beschreiben, was noch von dem Unglücklichen übrig war, als der andere erschöpft den Steinbrocken auf den Boden krachen ließ. Doch aus dem wirren, fluoreszierenden Haufen von menschlichen Bestandteilen zu unseren Füßen kreischte es weiter. Die unbeschreiblichen Laute kamen direkt aus diesen Resten!

»Wisst ihr noch immer nicht, wo wir sind?«, rief der Freund neben mir. Er deutete auf das Entsetzliche am Boden. »Seht hin! Wir können nicht sterben, nur leiden – denn hier … hier ist die Hölle!«

»Hier ist die Hölle … die Hölle«, wiederholte Hansson tonlos, wie in Trance.

Das Tageslicht war zurückgekehrt. In der glänzend nassen Straße spiegelte sich der abendliche Sommerhimmel. Hansson ließ das Manuskript sinken, blies den Kerzenstummel aus und trat ans Fenster. Er starrte auf die Wasseradern an den Fensterscheiben, die zu immer dünneren Fäden wurden. Als das Wasser vollständig abgelaufen war, zog er die knarrenden altertümlichen Fensterflügel halb auf, wischte mit dem Taschentuch sorgfältig die letzten Tropfen von ihrem unteren Rand ab und öffnete sie dann weit. Frische Regenluft strömte in den Raum. Hansson beugte sich aus dem Fenster und genoss den erdigen Duft des triefend nassen Vorgartens.

Sein Magen rumorte. Hungrig konnte er sich nicht konzentrieren, und bei aller Faszination – der übrige Text musste warten. Er ging in die Küche hinüber.

Sooft es seine Zeit zuließ, speiste Hansson an seinem dunkel gebeizten Esstisch wie in einem erstklassigen Lokal, auch wenn ihm schon lange niemand mehr Gesellschaft bei den Mahlzeiten leistete. Seit seine letzte Verbindung gescheitert war, hatte er nicht einmal mehr Lust gehabt, Freunde oder Bekannte einzuladen. *Freunde* – davon gab es wenige. Alle freundschaftlichen Kontakte rührten noch aus der Schulzeit her, niemand war je dazugekommen.

Sein geräumiges Haus war ihm zu einer Insel geworden, die er strikt abschirmte. Brauchte er Geselligkeit, dann fanden sich dafür zahlreiche gemütliche Weinlokale in Heidelberg oder Ladenburg; dort konnte man jederzeit unverbindlich quatschen und auch passabel essen. Und wenn er mehr suchte als guten Wein und Gespräche, speziellere Arten der Kontaktpflege etwa, dann zog es ihn öfter ins »Ella« oder in den »Kakadu Club«.

Darüber hinaus vermisste Hansson nichts – außer Beatrice.

Während er ein Stück Roquefortkäse im Mund zerdrückte, drängte sich erneut Agricolas Manuskript in seine Gedanken. Was für ein irrwitziger, sinnloser, aber dennoch fesselnder Text! Ob daraus jemals ein Krimi werden konnte, bewegte ihn im Augenblick weniger als die Frage, warum ausgerechnet er, Hansson, ihn betreuen sollte. Vor allem, da augenscheinlich weder Korrekturen an Grammatik und Rechtschreibung noch Tipps zum Aufbau der Handlung nötig waren. Wusste der Kerl nicht, wie gut er war?

Was also sollte das werden? War Agricola am Ende nur ein eitler Spinner, dem es den Bauch pinselte, wenn er sich die Anerkennung eines vermeintlichen Fachmanns erschleichen konnte?

Er schenkte sich Wein nach. Dann nahmen Hansson die restlichen Seiten von Agricolas Text wieder gefangen – ausweglos, düster und fremdartig. Je länger er las, desto stärker setzte sich in ihm die aberwitzige Idee fest, Agricolas dunkle Welt werde seine eigene Realität an einem fernen Zielpunkt kreuzen. Obwohl er keinerlei rationalen Grund dafür fand, erwartete er dieses Ereignis mit einer Art von wissenschaftlicher Neugier, zugleich aber voll unerklärlicher Unruhe.

Ein sehr verlässlicher Mörder

Hansson wurde erst wach, als das vibrierende Handy sich über den Rand seines Nachttischs hinausgezappelt hatte und dumpf auf dem Teppichboden aufschlug. Verärgert angelte er danach, ohne die Augen zu öffnen.

»Ja?«

»Guten Montagmorgen, Cornelius. Hier Sonia. Wir haben wieder einen Anruf bekommen. Ich hole dich in einer Viertelstunde ab, in Ordnung?«

»Ja.« Er legte auf, ließ missmutig das Telefon auf die Steppdecke fallen und rieb sich die Augen. Zu gern hätte er »Nein« gesagt.

»Früher geht's wohl nicht!«, stöhnte er nach einem Blick auf den Wecker. Vier Uhr! Im Slip, mit bloßen Füßen, platschte er die Steintreppe zum Badezimmer hinunter. Kaltes Wasser, das einzige Mittel, das jetzt helfen konnte!

Eine kurze, prasselnde, kalte Dusche, danach fühlte er sich etwas besser. Als der Wagen vorfuhr, war Hansson startklar, doch sein Magen polterte. Er nahm eine Banane aus dem Küchenschrank und öffnete die Tür.

Auch Hauptkommissarin Sonia Nerlinger machte nicht den frischesten Eindruck. »Tut mir leid, aber es ist anscheinend wieder so weit. Die Zentrale bekam einen Anruf mit der Angabe eines Fundorts. Sie haben *mich* aus dem Bett geholt, weil *du* nicht abgenommen hast.«

Hansson überhörte den Vorwurf. »Wo?«

»Dieses Mal näher bei uns, Weinheim. Gunterstraße, ganz am Ende. Da soll eine Parkbank an einem Wanderweg stehen, und da … Kann aber auch falscher Alarm sein.«

»Hier, halt mal!« Er reichte ihr seine Banane, um die Schnürsenkel binden zu können.

»Falls du erst noch deinen Affen füttern möchtest, auf die paar Minuten kommt es auch nicht an!«

»Saukomisch, wirklich. Wieso muss ausgerechnet ich lauter Humoristen in der Abteilung haben?«

»Vielleicht zum Ausgleich?«

Sie gingen schweigend zum Wagen. Hansson ließ sich auf den Beifahrersitz fallen und lehnte den Kopf zurück. Schon klar, was sie meinte. Sein Gurtschloss klickte, dann schälte er fast apathisch seine Banane und biss die Hälfte ab.

»Mmm. Bitte kein Blaulicht in meinem Wohnviertel! Hast du die Spurensicherung schon –«

»Ja. Die warten auf uns nach dem Kreisverkehr, Anfang Gunterstraße. Ich hoffe bloß, wir blamieren uns nicht, denn dieses Mal habe ich keinen Streifenwagen vorbeigeschickt. Ich hatte Sorge, die Uniformierten könnten Spuren zerstören. Es ist noch sehr dämmrig, und ich glaube, die Straße liegt auch zum Teil im Wald.«

»Einverstanden. Weck mich, wenn wir in Weinheim sind«, sagte er und stopfte den Rest der Banane in den Mund.

»Lohnt sich doch gar nicht mehr«, meinte Sonia, doch Hansson döste bereits wieder. Die Bananenschale pendelte kurze Zeit in seiner linken Hand, dann fiel sie zu Boden.

Das harte Geräusch des zuschlagenden Kofferraumdeckels schreckte Hansson auf. Im Rückspiegel sah er, wie Sonia ihre Taschenlampe einschaltete und am Wagen vorbei auf den Waldrand zueilte. Er gurtete sich ab, stieg schwerfällig aus und streckte sich.

Hansson musterte die Umgebung. Hinter seinem Dienstwagen parkte der graue Kombi der Spurensicherung. Es war düster hier am Ende der Gunterstraße, denn das dichte Blätterdach eines jungen Laubwaldes schluckte jeden Strahl der Morgendämmerung. Mehr als fünfzig Meter hinter ihm, noch außerhalb des dämmrigen Wäldchens, lagen die letzten Häuser an der Straße. Dort gingen jetzt vereinzelt Lichter an, Frühaufsteher vielleicht, oder auch nur argwöhnische Anwohner: *Autos am Ende der Straße – um diese Zeit?*

Zehn Meter vor ihm endete der Asphalt der Straße an einer Kante aus Granitsteinen. Nur noch ein Trampelpfad führte weiter, der Anfang des Wanderweges zur Burg.

Sonia war ihm ein gutes Stück voraus. Sie folgte dem dunklen Pfad unter den Bäumen. Der Lichtkegel ihrer Taschenlampe pendelte suchend hin und her, bis er am Wegrand haften blieb. Sie winkte Hansson und die Beamten der Spurensicherung herbei, die mit ihren Gerätekoffern knapp hinter ihm gingen und auch noch nicht gesprächiger waren als er selbst.

»Geht ihr mal vor«, sagte Hansson und machte ihnen Platz.

Die kleine Truppe in weißen Overalls stiefelte wortlos vorbei. Einer nickte wenigstens.

Sonia kam ihnen entgegen, das Handy am Ohr. »Gleich dort vorne auf der Bank.« Sie deutete im Vorbeigehen hinter sich. »Er hat es wieder getan, Cornelius. Ich wecke Dr. Pfeiffer und fordere zwei Streifenwagen zur Absperrung an. Moment! Ja, jetzt schau dir das an! Dahinten kommen schon die ersten Neugierigen.«

Sie fing sehr energisch die kleine Gruppe ab, die wie zufällig – morgens um halb fünf Uhr – auf den Wanderweg zuschlenderte, und hielt auch alle weiteren Gaffer zurück, bis die uniformierten Kollegen die Sicherung übernahmen.

»Sonia! Sie sollen die Leute dabehalten und wenigstens ihre Personalien aufnehmen«, rief Hansson ihr nach.

Mittlerweile wirkte die Szenerie im Wäldchen wie der Drehort für einen Science-Fiction-Film: grelle Halogenscheinwerfer, Männer in weißen Plastikoveralls und weißen Handschuhen, die mit Spezialausrüstung akribisch nach Spuren und Fußabdrücken suchten, die Umgebung fotografierten und mit Klebeband und Plastikbehältern Fasern und Haare sicherten.

Im Zentrum des ganzen Wirbels saß ein Toter auf der Parkbank am Wegrand, voll bekleidet, im Licht der Scheinwerfer bleich wie ein Gespenst. Beide Arme hingen nach hinten über die Rückenlehne, sodass sein Oberkörper zwar leicht nach vorne gebeugt war, er aber doch halbwegs aufrecht sitzen blieb. Das Kinn des Mannes ruhte auf der Brust, der Kopf war halb zur Seite gekippt. Seine Füße hatten sich schlaff nach außen gedreht, die ausgestreckten Beine steckten in dunklen Jeans. Er trug eine schäbige Lederjacke, die irgendwann einmal neu und modisch gewesen sein mochte, darunter ein buntes Sommerhemd in ausgewaschenen Farben.

Hansson musterte den Toten. »He, Hallermeyer, sag mal: Hatte er Papiere bei sich?«, fragte er einen der Kollegen im Overall.

»Noch nicht überprüft. Augenblick!« Er fühlte mit geübten Handgriffen die Hose des Mannes ab, dann glitten seine Latexhandschuhe wie von selbst in die Innentaschen der dünnen Lederjacke. Sie brachten eine Brieftasche zum Vorschein.

»Mein lieber Mann! An dir ist ein Taschendieb verloren gegangen«, sagte Hansson anerkennend. »Na komm, mach's mal auf, sonst muss ich extra Handschuhe anziehen.« Hansson nahm sein Notizbuch aus der Tasche und sah dem anderen ungeduldig über die Schulter.

»Wenn die Papiere echt und auch wirklich seine eigenen sind, dann ist das ein Dr. Hartmut Alexander Frenkel, Doktor der Medizin, aus Bruchsal. Genügt das fürs Erste?«

»Gottverd… Ja, danke. Ihr gebt uns ja die Sachen rüber, wenn ihr so weit seid?«

»Klar.«

»Der eifrige Täter bringt unser friedliches Weltbild ganz schön ins Wanken. Und mein Privatleben durcheinander.« Dr. Pfeiffer stand neben Hansson, ungewohnt schlecht gekämmt und mit einem Anflug von Mundgeruch. Offenbar hatte er auch noch nicht gefrühstückt.

»Hallo, Dottore! Von mir aus kannst du gleich wieder nach Hause fahren. Ich will bloß wissen, woran er gestorben ist.«

Nachdem die Leute von der Spurensicherung mit der Kleidung des Toten fertig waren, schnitt Pfeiffer das rechte Hosenbein des Mannes auf, vom Knöchel bis zur Hüfte. Er faltete den Stoff sorgfältig zurück. Im Licht der Halogenlampen leuchtete das kalkweiße Bein des Toten. Sein rechter Unterschenkel wies großflächige violette Blutergüsse auf.

»Kann ich mal?« Pfeiffer griff nach Sonias Lampe, kniete sich neben den toten Mann und musterte sehr eingehend die runzlige Außenseite seines Beines. »Aha, hier«, sagte er und deutete auf den Oberschenkel, »exakt wie im ersten Fall: eine einzelne Einstichstelle, wahrscheinlich auch von einer Infusionsnadel, schon ziemlich entzündet, was wieder auf eine längere Dauer seiner ›Sitzung‹ schließen lässt. Dieselben Anzeichen von Austrocknung und …«, er leuchtete ins Gesicht des Mannes, »… der gleiche Gesichtsausdruck. Auch er hat anscheinend bei vollem Bewusstsein mitbekommen, dass er gerade stirbt … sterben muss. Scheußliche Sache. Ja, also … Totenflecken fast nur am Unterschenkel. Der Tod trat ziemlich sicher im Sitzen ein. Er muss nach dem Exitus noch mindestens zwölf Stunden in sitzender Haltung verbracht haben. Also, ohne mich festlegen zu wollen, nur als Annahme nach Augenschein: Der Mensch hier dürfte genauso gestorben sein wie das erste Opfer.«

»Wieder unser Mann«, stellte Sonia fest. »Das wird sich auch noch an der Stimme des Anrufers festmachen lassen. Übrigens: Weiß jemand, wo der Weg hinführt?«

Hansson räusperte sich. »Ja«, sagte er tonlos, »ich war hier mal beim Wandern. Der Weg führt hundert Meter weiter eine steile Böschung hoch und trifft oben auf einen Wirtschaftsweg. Durch den sind die Weinberge oberhalb des Ortes miteinander verbunden. Am nördlichen Ende kommt man schließlich zur Burgruine. Der Wirtschaftsweg ist befahrbar, aber wenn er die Leiche von dort durchs Gestrüpp herabgeschleppt hätte, dann würde der Tote anders aussehen. Okay, wir gehen erst mal. Vielleicht finden sich da vorne doch ein paar Zeugen. Danke, Gottfried! Ich höre von dir. – Sag mal, Hallermeyer, könnt ihr den Abtransport der Leiche organisieren, wenn der Doktor fertig ist?«

»Kein Problem, Cornelius. Wir schauen uns sowieso den Hang noch an, sobald es etwas heller geworden ist. Und natürlich auch das Ende der Teerstraße. Ich hoffe nur, die Kollegen von der Streife haben die Absperrung so weit ausgedehnt, dass noch was von eventuellen Reifenspuren übrig bleibt.«

Eine halbe Stunde später waren Hansson und Sonia Nerlinger auf dem Weg ins Büro. Sie hatten ohne Erfolg die Neugierigen am Fundort befragt. Niemandem war in dieser Nacht oder am frühen Morgen etwas Ungewöhnliches aufgefallen. Hanssons Adrenalinpegel war inzwischen hoch genug, um ihn wach zu halten.

»So eine Sauerei!«, fauchte er durch die Zähne. »Der Doktor war noch jünger als das erste Opfer, und wir stehen vor genau denselben Fragen wie beim ersten Fall.«

»Immerhin habe ich durch diesen Dr. Frenkel bessere Chancen, ein präzises Täterprofil zu erstellen. Falls wir besonders viel Glück haben, dann findet sich auch eine Verbindung zwischen den beiden.«

»Na, wahrscheinlich haben beide in Heidelberg studiert, aber das hätten sie mit Tausenden gemeinsam, bis hinüber in die USA. Etwas mehr brauchen wir dann schon. – Benützt du ein neues Parfüm?«, fragte Hansson unvermittelt.

»Ja.« Sonia lächelte. »Wie findest du es?«

»Toll. Lass mich kombinieren. Neuer Duft, neuer Freund, ganz große Liebe dieses Mal. Vielleicht doch noch Kinder?«

»Bis ›neuer Freund‹ ist okay, seit einem Monat. Den Rest warten wir erst mal ab.«

»Und was ist mit Liebe?«

»Sei nicht so neugierig! Ich habe auch nicht gefragt, warum es mit deiner letzten Flamme nicht geklappt hat. Übrigens: Sollten wir nicht die Jungs aus den Betten klingeln? Das wird ein langer Tag, und wenn du nicht willst, dass Dyckerhoff seine Ankündigung wahr macht, mit der Verstärkung vom LKA …«

Eine Viertelstunde später kämpfte Hansson in seinem Büro mit der Kaffeemaschine.

»Kruzitürken aber auch! Wenn ich wirklich mal Kaffee brauche, dann ist die Marie nicht da. Was fehlt denn jetzt wieder? Strom ist da, Wasser ist drin, Kaffee ist drin, was will denn das Mistding noch? Eine Verbeugung?« Er klatschte mit der flachen Hand heftig gegen die Seite des Geräts, woraufhin die Einfüllklappe aufsprang und sich eine Handvoll Kaffeebohnen fröhlich hüpfend über den Fußboden verteilte.

Sonia holte tief Luft und schob ihn beiseite. »Lass mich mal«, sagte sie, herablassend wie eine große Schwester.

Sie zog einen schmalen Schieber heraus, in dem der Kaffeesatz bis zum oberen Rand stand, klopfte lässig seinen Inhalt in den Mülleimer, setzte die Schublade zurück an ihren Platz und drückte den Startknopf. Sofort rasselte das Mahlwerk, und frischer Kaffee schäumte in die Tasse.

Hansson hob abwehrend die Hand. »Schon gut. Und was

immer du anmerken wolltest – behalt's für dich!« Dann wühlte er eine Zeit lang in seinem Schreibtisch. Es raschelte. Schließlich hielt er eine krumpelige Papiertüte in der Hand und zog eine unansehnliche, zerdrückte Salzbrezel heraus. »Magst du ein Stück?« Er hielt ihr das dunkelbraune Ding entgegen.

»Nö. Iss mal. Danke.«

»Eine echte Mannheimer Brezel. Die machen die besten der Welt. Hab nie bessere gefunden«, sagte er und brach mit lautem Knacken ein Stück von dem längst vertrockneten Gebäck ab. Brösel spritzten umher. »Na ja, zumindest, solange sie noch frisch sind. In den letzten Jahren wird es ja immer schwieriger, vernünftige Ware zu bekommen. Die meisten Brezelbäcker verwenden inzwischen den geschmacklosen Einheitsteig aus der Backfabrik, sogar die in Mannheim. Meine Mutter hatte selbst einen Teig entwickelt, aber das Rezept nahm sie leider mit ins Grab und –«

Sonia fiel ihm verärgert ins Wort. »Sag mal, Cornelius, hast du irgendein Problem? Ich meine, die Zeit drängt, da liegen zwei Mordfälle auf dem Tisch, und du referierst über trockene Brezeln!«

»Über *frische* Brezeln, eigentlich.«

»Wenn schon! Also, ich mache mich an eine Präzisierung des Täterprofils. Wie sieht dein Konzept aus? Willst du an die Öffentlichkeit gehen?«

»Gleich.« Hansson schob das Brezelstück in den Mund und kaute gemächlich darauf herum.

Sonia stand auf, ging zur Magnettafel hinüber und heftete ein Blatt mit Namen und Fundort des letzten Opfers an. Verstohlen schielte sie zu Hansson hinüber, der auf der Ecke seines Schreibtischs hockte, ein Bein baumeln ließ und offenbar Zeit zum Überlegen brauchte. Entweder war heute sein besonders schwacher Tag oder, was weitaus häufiger vorkam, er hatte schon wieder einmal viel zu wenig geschlafen.

Sonia wusste von seinen Ausflügen ins regionale Nachtleben, die kurz nach seiner Trennung von Beatrice begonnen hatten, oder richtiger: nach Beatrice' Trennung von ihm. Ab und zu erzählte er ihr von seinen Eskapaden, aber sie war nie dahintergekommen, warum er sie auf diese Art an seinem Privatleben beteiligte. Vielleicht brauchte er eine Art Klagemauer.

Diese Auslegung war ihr entschieden lieber als der Gedanke, er wolle ihr seine Verzweiflung vorführen und erwarte eine entgegenkommende Reaktion von ihr. Doch sie war nicht die Frau, die mit Hansson etwas anfangen konnte. Cornelius war ein lieber Kollege, ein wenig plump und unbeholfen, doch freundlich, intelligent und manchmal sogar zielstrebig. Aber Cornelius als Mann? Nichts zog sie zu ihm hin, und das lag weder am Aussehen noch am Altersunterschied. Er tat ihr zwar manchmal leid – aber nicht geschenkt hätte sie ihn haben wollen.

Beatrice dagegen, die Architektin aus dem Odenwald – Sonia hatte sie kennengelernt, eine charmante, kluge Frau –, die schien ihn gemocht zu haben, damals. Schade, dass es mit den beiden trotzdem nicht funktioniert hatte. Wie lange war das her? Ein halbes Jahr? Ja, richtig, Silvester hatte sie noch zusammen mit den beiden gefeiert.

Vor einigen Wochen waren sich die beiden Frauen zufällig in der Fußgängerzone über den Weg gelaufen. Beatrice, in Begleitung, wirkte sehr ausgeglichen, und man wechselte ein paar freundliche Worte. Sie hatte Cornelius nie von der Begegnung erzählt.

Sonia schob die Papiere auf ihrem Schreibtisch beiseite und begann mit Notizen für ihre Ergänzungen am Täterprofil.

Hansson war noch immer mit dem letzten Rest der beinharten Brezel beschäftigt. Schließlich schlürfte er seine Kaffeetasse leer, stellte sich aufrecht hin und klopfte mit gedankenvoller Gründlichkeit die Krümel von seiner Hose.

»Ich schicke nachher Karim und Jonas nach Bruchsal. Sie sollen das Umfeld des Toten abklappern, vor allem, was den beruflichen und privaten Lebensweg betrifft«, sagte er. »Sie sollen auch die Angehörigen verständigen.« Beinahe hätte er hinzugesetzt: »Bin froh, wenn ich's denen nicht selbst mitteilen muss«, aber er ließ es bleiben und resümierte weiter: »Die Ergebnisse der Rechtsmedizin bekommen wir frühestens morgen Nachmittag, und bei der Spurensicherung wird sich auch erst heute nach der Mittagspause etwas tun. Ergo, die einzig sinnvolle Arbeit ist im Augenblick deine, Sonia.«

»Wie schön«, antwortete sie, ohne aufzusehen, noch immer leicht gereizt.

Karim trat ins Zimmer mit einer großen weißen Papiertüte unter dem Arm. Als er an der Kaffeemaschine vorbeiging, knirschten die Kaffeebohnen unter seinen Schuhen.

»Guten Morgen! Ihr habt schon gestreut? Ist doch erst August. He, seht mal, ich habe euch was mitgebracht. Bei uns kann man die schon ab fünf Uhr früh bekommen, wenn man Kontakte hat, und ihr seid doch sicher auch hungrig.« Karim schüttete die Tüte auf dem Besprechungstisch aus. Herrlicher Backduft stieg aus einem goldbraunen Wirrwarr auf und verbreitete sich im Raum. »Na, was sagt ihr? Ofenfrische Mannheimer Brezeln, genug für alle.« Karim strahlte erwartungsvoll. Eigentlich sollten sie ihm jetzt um den Hals fallen.

»Ein Mord mitten in der Nacht und danach die guten Mannheimer Brezeln. Was für ein bescheuerter Tag!«, maulte Sonia angewidert.

»Danke, Karim. Mich freut's jedenfalls.« Hansson nahm das Geschenk, wie es gedacht war. Er angelte sich eine Brezel und war schon wieder am Kauen. In aller Ruhe trottete er zur Kaffeemaschine hinüber, kickte alle Kaffeebohnen zur Seite, die auf seinem Weg lagen, ließ seine Tasse vollblubbern und stellte eine weitere Kaffeetasse in die Maschine. »Hier, Kaffee für dich, Karim. Hast du schon gehört, was passiert ist?«, fragte er dann.

Karim schnappte sich ebenfalls eine Brezel und holte seine Tasse ab. »Ja, ich habe von unterwegs bei der Spurensicherung angerufen. Wieder ein Arzt, wieder an der B 3, diesmal in Weinheim. Unser Mann geht wirklich in Serie. Aber was ist denn los mit euch? Hab ich was ausgefressen?«

Sonia beruhigte ihn. »Nö, nur kollegiale Dissonanzen. Vielleicht sollte man einfach nicht so früh aufstehen müssen. Hast du was von Jonas gehört?«

»Bis jetzt nicht.« Wie aufs Stichwort stand plötzlich Jonas Federle in der Tür, mit nass glänzenden Haaren und einem fröhlichen Grinsen im Gesicht. Er schnupperte genießerisch ins Zimmer und schoss sofort auf das Gebäck zu.

»Hallo. En guate Morge z'samme, liebe Kollege. Wenn d'r Tag

scho lausig a'fängt, dann wenigschtens mit em g'scheite Stück Futter zwische de Zähn. Man dankt!«

Da Sonia offenbar die Einzige war, die ohne Frühstück auskam, informierte sie die mampfenden Kollegen bei einer Tasse tiefschwarzem Kaffee über die Ähnlichkeiten der beiden Fälle.

Hansson wischte sich den Mund ab und wandte sich an Karim und Jonas. »Kurz vor sechs. Ihr beide fahrt heute Vormittag nach Bruchsal. Informiert die Familie – taktvoll, bitte – und bringt jemanden für die Identifizierung mit. Außerdem brauchen wir alle erreichbaren Informationen über diesen Dr. Frenkel – Familie, Berufsumfeld, Laufbahn, Lebenslauf, alles möglichst bis zurück zum Kindergarten, finanzielle Situation, also auch Steuerbehörde und Banken. Adresse habe ich hier, Karim. Es reicht sicher, wenn ihr in einer Stunde startet. Das lässt euch noch genug Zeit für die telefonische Vorarbeit. Hängt euch rein, denn die Presse wird uns gewaltig Dampf machen. Ach ja, und erkundigt euch bei der Spurensicherung, ob sie auch dieses Mal wieder Spuren von Feuerlöscherpulver gefunden haben.«

»Und wer bearbeitet die angefangene Suche nach den Fabrikgebäuden?«

»Das muss Marie im Moment allein erledigen. Ich erwarte gegen fünfzehn Uhr euren Bericht. Gibt es noch Fragen?«

Jonas deutete auf die letzten Brezeln. »Joo, müsset die da liege bleibe? Also, wenn's erlaubt wär …«

Karim klopfte ihm lachend auf die Schultern. »Die nehmen wir besser mit, Kollege. Ich sehe heute schwarz fürs Mittagessen. Pack sie wieder in die Tüte. Hasta la vista!«

Der Weg ins gemeinsame Büro der beiden Kommissare war kurz, er führte nur über den Flur. Jonas fuhr seinen Computer hoch und suchte nach Telefonnummern in Bruchsal. Karim, am Schreibtisch gegenüber, hatte nachdenklich den Kopf in die Hände gestützt. Dann griff er zum Telefon.

»Hallo, hier Karim. Nur eine kurze Frage: Hattest du heute Nachtdienst? – Ausgezeichnet! Pass auf: Es muss heute früh, zwischen halb vier und vier Uhr, eine Meldung über einen Toten in Weinheim gegeben haben. – Ist bei dir eingegangen? – Eine sonderbare Frauenstimme, genau. Würdest du dieses Telefonat kurz durchhören? – Ja, jetzt gleich. Mich interessiert nur der allerletzte Satz. – Okay, ich warte.«

Karim trommelte unruhig mit dem Bleistift auf die Schreibtischplatte.

»Könnteschtdu … des … lasse! Es nervt, Karim«, nörgelte Jonas gedehnt.

Karim reagierte gar nicht. »Weißt du«, sagte er, »dieser Fall entwickelt sich zu einer ziemlich abgefahrenen Angelegenheit. Moment! – Ja, ich höre! – Richtig, der letzte Satz. – Ah so. Das habe ich mir fast gedacht. Danke.« Er legte auf, mit einem kleinen Triumph in den Augen. »Was meinst du, Jonas, wie der Anruf endete, mit dem der Tote von heute früh gemeldet wurde? Na? Dieser Irre lässt uns mitteilen: ›… bis zum nächsten Mal!‹ Der denkt gar nicht daran, aufzuhören.«

Jonas Federle grinste spöttisch. »Vielleicht kann er ei'fach keine Ärzt leide, dene ihr Name mit ›F‹ a'fängt. Fuhrmann, Frenkel … D'r nägscht wird ›Friedrich‹ heiße. Und wenn er ganz durchs ›F‹ durch isch, nachher hört er vo selber auf.«

»Du bist ein übler Zyniker, Kleiner. Mir ist aber noch was anderes eingefallen: Es gibt einen alten Spielfilm, ›Die Morde des Herrn ABC‹.«

»Kenn i net. Ja, und?«

»Korrigiere: Du bist ein *ungebildeter* übler Zyniker. In dem Film bringt einer Leute um, immer schön nach den Anfangsbuchstaben ihrer Namen, einen mit A, einen mit B, dann C und so weiter.«

»Sag i doch die ganz Zeit.«

»Quatsch! Der Witz an dem Film ist, dass er nur *eine* Person wirklich ermorden will, alle anderen Morde dienen nur zur Tarnung.«

»Mir sin aber hier bei d'r Kripo Heidelberg, Dezernat für Gewaltverbrechen, und net im Märcheland.«

»Hör einfach mal zu: Es könnte doch sein, dass wir umso weiter danebentappen, je stärker wir uns auf vermeintliche Gemeinsamkeiten zwischen den Opfern festlegen. Vielleicht hat unser Täter ja auch nur eine einzige Person im Visier. Ich muss unbedingt rüber zu Sonia, bevor wir fahren. Oh, das wird knapp … Du, wir brauchen noch die Adressenliste für Bruchsal, mit Telefonnummern. Du kannst die Adressen auch gleich für das Navi vorbereiten. Wenn ich zurück bin, starten wir sofort.«

»Gern, Herr Oberkommissär, Jonas Federle emmer zu Dienschten! Kloi'kram macht Freud. Mann, da wirsch doch zwangsläufig zum Fruschtfresser«, murmelte Jonas und griff in die Brezeltüte.

»Mach voran, Schwabe«, sagte Karim grinsend und zog die Tür hinter sich zu.

Als die beiden nach Bruchsal starteten, war es halb acht. Marie Flügel hatte inzwischen bereits kopfschüttelnd die »Sauerei« mit den zertretenen Kaffeebohnen beseitigt, nicht ohne deutlichst herauszustreichen, dass sie dazu nicht verpflichtet sei, und Sonia saß genervt über ihrem Täterprofil. Karims berechtigter Einwand hatte sie verunsichert.

Sie ärgerte sich vor allem über die Selbstsicherheit, mit der sie ihre neuen Profiler-Kenntnisse herausgestellt hatte. Ein wunderbarer Anlass, um damit richtig platt auf die Nase zu fallen!

Nein, du fällst nicht, sagte sie sich, nimm dich zusammen, Sonia, du kriegst das hin!

Also: Was wäre, wenn der Täter selbst sein Profil konstruierte, als falsche Fährte für die Polizei? Wenn er nicht zwanghaft so handelte, wie er es tat, sondern aus kühler Berechnung? Und wenn er sogar wirklich, wie Karim fürchtete, nur einen einzigen Mord mit mehreren anderen verschleiern wollte? Das Problem war nur zu erkennen, *welcher* Fall zutraf, falls Karim recht hatte, und wie sie damit umgehen sollte.

An das angekündigte dritte Opfer wagte sie im Augenblick gar nicht zu denken. Sie hatten bis jetzt nichts, rein gar nichts in den Händen. Na ja, die Krümel von Feuerlöscherpulver an den Schuhen des Dr. Fuhrmann, nach deren Ursprung Marie geduldig suchte. Aber dieses Indiz war in den Industriegebieten zwischen Mannheim, Heidelberg, Karlsruhe und Speyer kaum mehr wert als der Fund eines Kieselsteins an einem Baggersee. Man musste sogar damit rechnen, dass diese Spur vom Täter absichtlich gelegt worden war.

Einen Hoffnungsschimmer gab es immerhin: Am späten Vormittag sollte der Bericht der Spurensicherung kommen. Vielleicht würde wenigstens *der* in eine neue Richtung weisen.

Hansson saß ihr gegenüber am Computer, tippte im Zwei-Finger-System am Entwurf einer Pressemitteilung, die Augen zusammengekniffen, mit feucht glänzender Stirn und Schweißstreifen auf seinem hellen Sommerhemd, obwohl der Raum angenehm temperiert war. Die Klimaanlage summte leise, sonst war es fast unangenehm still. Maries Telefonate drangen nur gedämpft aus ihrem Glaskasten, die Tastaturen klickten, nur gelegentlich schnaubte Hansson genervt, wenn er wieder einen misslungenen Teil seines Textes löschte.

Für ihn ging es darum, Zeit zu gewinnen, dem kleinen Feigling Dyckerhoff mit ein paar halbwegs glaubhaften Phrasen den Rücken zu stärken, wenn der vor die Presse treten musste. Was hatten sie im Führungskräfte-Seminar immer wieder betont? »Beruhigen Sie die Öffentlichkeit, vermitteln Sie Kompetenz, aber halten Sie sich alle Optionen offen.« Auf keinen Fall durfte er also die begrenzten Möglichkeiten seiner Abteilung zu deutlich herausstellen, sonst hatte er schon morgen das Landeskriminalamt vor der Nase.

Hansson hatte sichtlich Stress, obwohl er schon das Wort nicht leiden konnte und stets behauptete, so etwas wie Stress kenne er nicht. Heute lag das nicht nur an der delikaten Formulierung seines Textes, sondern auch am Zeitdruck, unter dem er stand. Immerhin ereigneten sich in seinem Dienstbereich sonst weniger als zwei Tötungsdelikte im ganzen Jahr, und nun stand er unvermittelt gleich zwei barbarischen Gewalttaten innerhalb weniger Tage gegenüber – Ende offen!

Er sah auf die Armbanduhr. Kriminalrat Dyckerhoff erschien normalerweise gegen halb neun im Haus, eine Viertelstunde später würde er mit einem Sack peinlicher Fragen bei Hansson auf der Matte stehen: warum es im ersten Fall noch keinerlei Fortschritte gebe, wie der Erkenntnisstand bei dem neuen Opfer sei, was er unternommen habe, wie es nun weitergehen solle, ob man nicht besser gleich das LKA …

»Bin mal kurz im Archiv, Sonia«, sagte Hansson und erhob sich träge.

Sie nickte. Wahrscheinlich suchte er nach einer Pressemitteilung zu irgendeinem früheren Mordfall, zum Vergleich der Vorgehensweise, denn Tötungsdelikte dieses Kalibers gehörten nicht zum Alltag. Sie konnte durchaus verstehen, dass er sich absichern wollte.

Hansson war kaum weg, da riss Marie ihre Glastür auf, so heftig, dass die Scheiben schepperten. »Herr Hauptkommissar!« Ihr Blick suchte Hansson. »Äh … Frau Hauptkommissarin, ganz dringender Anruf von der Telefonzentrale. Ich stelle durch.«

»Gott, hast du mich erschreckt, Marie! Hansson ist im Archiv. Ich nehme das Gespräch an.«

Keine zwei Minuten später wusste Sonia, dass soeben der GAU über die Abteilung Hansson hereingebrochen war: Der Killer hatte den Ort beschrieben, an dem er ein drittes Opfer abgelegt haben wollte. Die Kollegin von der Zentrale spielte ihr am Telefon den Anruf vor, den sie vor wenigen Minuten erhalten hatte. Auch dieser endete mit einer weiteren Mordankündigung. Sonia kritzelte hastig die Adresse der angeblichen Fundstelle in ihren Notizblock, griff nach dem Telefon und wählte Hanssons Nummer.

Sein Handy summte – allerdings auf dem Schreibtisch gegenüber, unter einem Stapel von Blättern. Sonia legte auf. Hansson würde es wohl nie lernen! »Marie! Ruf im Archiv an! Sie sollen Hansson sofort heraufschicken.«

Dann forderte sie einen Streifenwagen zur Absperrung der Örtlichkeiten an, schickte die Spurensicherung los und rief Dr. Pfeiffer von der Rechtsmedizin an.

»Schon wieder einer?«, fragte er ungläubig. Pfeiffer hatte allerhand erlebt, seit er für die Polizei arbeitete, aber *das* …

»Ja, schon wieder. Ich bin mit Hansson in einer knappen halben Stunde vor Ort.« Sonia nahm die Autoschlüssel vom Haken, klappte ihren Notizblock zu und verstaute ihr Handy.

Hansson war unbemerkt eingetreten, stand mit hochgezogenen Augenbrauen neben ihr. »Was ist denn so eilig, dass du mich deswegen durchs Haus scheuchen musst?« Bereits nach ihren ersten Worten griff er hastig nach seinem Sakko. »Spurensicherung und Doc?«

»Geregelt. Hier, dein Handy liegt noch rum. Komm, lass uns aufbrechen.«

»Ich sollte bloß noch Dyckerhoff erwischen.«

»Dyckerhoff muss halt warten.«

Sonia steuerte mit Blaulicht durch den morgendlichen Stadtverkehr von Heidelberg, über die Neckarbrücke, überfuhr rote Ampeln und Straßenbahngleise und nahm die Berliner Straße hinaus auf die Bundesstraße 3 in Richtung Dossenheim. Dort ließ die Verkehrsdichte endlich nach.

Die Kommissarin atmete auf. »Großsachsen … wieder an einem Ort neben der B 3«, sprach sie vor sich hin, ohne den Blick von der Straße abzuwenden. »Wieder an einem Weinberg. Was will der Kerl uns eigentlich damit sagen? Ich hoffe nur, er hat dieses Mal Fehler gemacht. – Cornelius, was ist? Geht's dir nicht gut?«

»Kopfschmerzen«, murmelte er, »fürchterliche Kopfschmerzen.« Hansson lehnte den Kopf gegen das Fenster und kramte ein Tablettenröhrchen aus der Innentasche seines Sakkos. Ohne hinzusehen, ließ er einige Pillen in seine Hand gleiten und warf sie in den Mund. »Du kannst ruhig weiterreden, Sonia, davon wird's auch nicht mehr schlimmer.«

Sie warf ihm einen zweifelnden, aber besorgten Blick zu. »Wenn du meinst. Aber wir sind ohnehin gleich da – diskutieren wir später im Büro. Ruh dich noch ein paar Minuten aus.«

Hansson schloss dankbar die Augen.

Am Ortseingang von Großsachsen parkte ein Streifenwagen. Sonia fuhr hinter ihm an den Straßenrand. Hansson setzte sich ächzend wieder aufrecht hin, ließ das Fenster herunterschnurren und sprach den Polizisten an, der zu ihrem Wagen gekommen war.

»Wie weit seid ihr, Kollege? Ich glaube, wir kennen uns ja schon von dem Leichenfund in Sulzbach.«

»Morgen, Herr Hauptkommissar! Ja, aus Sulzbach, richtig, aber diesmal haben sie euch wohl gelinkt. Die Spurensicherung wartet zwar noch, drüben an der Zufahrt zu den Weinbergen, aber gefunden haben wir alle zusammen bisher nichts.«

Hansson wandte sich zu Sonia. »Wo sollten wir das Opfer finden? Wie hieß es denn genau in der telefonischen Mitteilung?«

»Augenblick.« Sie blätterte in ihrem Notizblock. »Ja, hier ist es: ›am Weinberg in Großsachsen‹.«

Der Polizist sah ratlos aus. »Das hier ist ›Am Weinberg‹. Genau da haben wir natürlich sorgfältig gesucht, auf der ganzen Länge der Straße, und die zieht sich über einen halben Kilometer.«

»Na, dann sehen wir uns die Stelle jetzt gemeinsam noch mal an. Wir folgen euch«, entschied Hansson.

Die Gesichtszüge des Streifenpolizisten verrutschten deutlich nach unten, während er verärgert durch die Grasbüschel am Fahrbahnrand zum Streifenwagen zurückstapfte.

»Fahr noch mal rüber, Leo«, muffelte er kurz und mürrisch seinen Kollegen hinter dem Lenkrad an, warf die Mütze auf den Rücksitz, ließ sich in den Sitz fallen und knallte die Autotür zu. »Ich glaub, die Damen und Herren Kommissare halten uns für Idioten. Worauf wartest du? Gib endlich Gas!«

Die Straße »Am Weinberg« war lückenlos bebaut. Auf einer Seite reichten die Gartenzäune der Grundstücke bis an den Straßengraben, und entlang der anderen Straßenseite grenzte sie an einen ausgedehnten Weinberg; der war nur durch einen schmalen Grünstreifen und einen Fußweg vom Fahrbahnrand getrennt.

Nach einer halben Stunde fasste Hansson ernüchtert die Situation zusammen. »Hier kann niemand einen Toten verstecken, die Straße ist einfach zu übersichtlich.«

Angelockt durch die auffällige Suchaktion hatte sich mittlerweile eine Handvoll Gaffer auf dem Fußweg eingefunden, ältere Leute aus der Nachbarschaft und zwei Jugendliche, Schulschwänzer vielleicht. Erst ein paar deutliche Worte der Uniformierten bewirkten, dass sie sich – provozierend langsam – wieder entfernten.

»Wie viele Weinberge habt ihr denn hier in Großsachsen?«, fragte Sonia die Kollegen von der Streife.

»Vier … fünf vielleicht.«

»Ich meine aber wirklich Wein*berge*, also nicht Weinäcker, nicht die in der Ebene.«

»Was willst du denn *damit*?« Hansson sah sie erstaunt an.

»Berge? Weinberge? Da gibt's bloß diesen einen, oder, Leo?«, fragte der äußerst schlecht gelaunte Polizist. Der andere nickte.

»Was ich sagen will, Cornelius: Wir sind davon ausgegangen, dass der Anrufer die Straße ›Am Weinberg‹ meint, die es hier zufällig auch gibt. Der Ausdruck ›am Weinberg‹ kann doch aber genauso gut den Weinberg selbst meinen. Ich habe vorhin auf dem Navi gesehen, dass eine Straße westlich am Weinberg vorbeiläuft.«

»Jo, der ›Sperrbauch‹! Die Straße heißt wirklich so«, unterbrach sie der Fahrer des Streifenwagens grinsend.

Sonia warf ihm einen skeptischen Blick zu. »*Sperrbauch?* Das ist ja ein phantasievolles Völkchen hier! Jedenfalls führt eine weitere Straße parallel dazu mitten hindurch, eine dritte den Berg hoch.«

»Okay, teilen wir uns auf«, ordnete Hansson an. »Wir beide nehmen die Bergstraße, die Spurensicherung die mittlere und die Kollegen von der Streife die westliche Straße. Ich gebe euch noch meine Handynummer.«

»Eklig … Sperrbauch. Möchtest du da wohnen?«, fragte Sonia, während sie in langsamer Fahrt auf die Seitenstraße in den Weinberg abbog. Doch Hansson lehnte schon wieder mit geschlossenen Augen am Türpfosten.

Sonia ließ ihn ruhen. Für die Suche zu beiden Seiten der Straße brauchte sie keine Unterstützung, denn zwischen den Weinstöcken konnte man den braunen Erdboden zwanzig, dreißig Meter weit sehen. Die dunkelblaue Limousine bewegte sich im Schritttempo über den schmalen, schnurgeraden Wirtschaftsweg aus Betonplatten. Dieser zog sich wie ein breiter Schlitz durch das Grün des Weinbergs nach Osten, immer sacht bergauf. Rebstöcke, nur Rebstöcke, voll mit prallen Trauben, hin und wieder flache, zusammengefallene Haufen vertrockneter Zweige – sonst nichts.

An einem kleinen Schuppen hielt sie an.

»Soll ich …?«, fragte Hansson und drehte mühsam den Kopf zu ihr herüber.

»Lass mal – keine Arbeit für zwei.«

Die offene Hütte aus Wellblech barg keine Geheimnisse. Sonia inspizierte das Innere. Rostiges Gerät, alte Holzpfosten, ein Haufen bizarr geformter schwarzer Rebwurzeln. Sie ging um den Schuppen herum. Vergilbendes Unkraut, Klatschmohn.

Trotz der frühen Tageszeit stach die Sonne bereits unangenehm. Ein weiterer heißer Spätsommertag zog herauf. Sie konnte diese Sommertage schon als Kind nicht leiden, wenn in der breiten Ebene zwischen Weinstraße und Odenwald morgens noch die Hitze des vergangenen Tages brütete, während sich bereits aufs Neue die trübe Luft aufheizte. Tage, an denen das Thermometer vierzig Grad erreichte und man sich jeden Abend sehnlichst einen heftigen Platzregen wünschte.

Sie legte ihre Jacke auf den Rücksitz und schnupperte unauffällig an ihren Achseln. Alles im grünen Bereich.

Hansson pennte schon wieder. Es schien ihm tatsächlich nicht gut zu gehen.

Hinter dem Schuppen knickte der Weg nach Nordosten ab und verlief noch etwa hundert Meter exakt geradeaus. Hauptkommissarin Sonia Nerlinger fuhr weiter im Schritt, spähte aufmerksam durch die endlosen Reihen der Rebstöcke zu beiden Seiten, musterte eine Bahn nach der anderen. Noch zwei Autolängen bis zum Ende des Betonweges. Er endete unterhalb eines bewaldeten Abhangs, dessen Bewuchs aus niedrigen Buchen und Krüppeleichen nach der langen Hitzeperiode dieses Sommers schon vergilbte.

Aber hier war nichts, gar nichts!

Ihr Wagen rollte über die letzten Betonplatten des Weges. Hier, am Ende der Piste, lagen nur noch festgefahrene Grasflächen, auf denen sonst die Weinbauern ihre Arbeitsfahrzeuge abstellten. Sonia wendete, hielt, stieg nochmals aus. Im Rückspiegel war ihr beim Wenden ein heller Fleck aufgefallen – vielleicht nur ein leerer Papiersack, kaum zwanzig Meter entfernt zwischen dem Fuß des Abhangs und der ersten Reihe von Rebstöcken.

Heftiges Summen erfüllte die Luft. Wespen? Hornissen? Sie war allergisch gegen Bienengift. Als Kind hätten sie ein paar Stiche einmal beinahe getötet, sie schwoll auf zu einer prallen

Wurst, konnte nicht mehr aus den Augen sehen, nicht mehr schlucken. Damals war es um Minuten gegangen. Seitdem machte sie das Geräusch halb wahnsinnig. Nur mit größter Überwindung konnte sie ihre aufsteigende Panik im Zaum halten.

»Cornelius, komm!«, rief sie laut zum Auto zurück, einmal, noch einmal. Er reagierte. Die Wagentür schlug zu.

Schritt für Schritt ging sie behutsam weiter, die Augen auf den Boden gerichtet, um nicht unabsichtlich in ein Wespennest zu treten. Es summte immer stärker, vor ihr, hinter ihr, überall. Aber keine Wespen, wie sie erleichtert erkannte, nur Myriaden von Fliegen.

Plötzlich überfiel sie ein Würgereiz. Vor ihr lag ein Mensch ohne Gesicht, auf dem Rücken ausgestreckt. Hunderte von Fliegen überzogen als widerliche, wabernde schwarze Haut den Kopf des Toten. Sie hielt die Hand vor Mund und Nase, dann hatte sie sich wieder in der Gewalt.

Die Fliegen ließen sich von ihrer Anwesenheit nicht beirren. Sie tippte mit ihrer Schuhspitze vorsichtig gegen den Klumpen aus Fliegen und Kopf. Für einen kurzen Moment erhob sich eine schwarze Wolke und gab den Blick auf das entstellte menschliche Gesicht frei. Die dreistesten der schwarzen Viecher krabbelten nur kurz aus dem geöffneten Mund des Toten und verschwanden sofort wieder darin. Gleich darauf deckte der dunkle Schwarm das Gesicht fast gänzlich wieder zu. Sonia stand wie angewurzelt, in einer Mischung aus neugierigem Entsetzen und Ekel. Verwesungsgeruch hing in der Luft.

»Das ist ja grauenhaft.« Hansson war neben sie getreten, blass, faltig, die Augen fast zugekniffen, und er presste mit der Linken sein Taschentuch auf den Mund. Einen Moment lang starrte er auf den Horror zu seinen Füßen, ging dann wortlos einige Schritte zurück und rief die Kollegen und den Rechtsmediziner an.

»Ich hoffe, ihr habt ein Zelt und viel Insektenspray dabei«, empfing Hansson den ersten Mann der Spurensicherung.

Der warf nur einen kurzen Blick auf das Szenario. »Seh ich

auch so. Bitte nicht herumlaufen!«, antwortete er lakonisch, stellte seinen Laborkoffer zwischen die Rebstöcke und drehte sofort wieder um.

Inzwischen waren auch die Uniformierten eingetroffen. Keine Minute zu früh, denn schon wieder strichen Schaulustige auf dem Gelände herum, die auf Distanz gehalten werden mussten. Die beiden Polizisten machten ihren Job sehr nachhaltig, und es schien, als ob schlechte Laune die Qualität *dieser* Arbeit deutlich verbesserte.

Hallermeyers Spurensicherung war mit vier Mann vor Ort. »Kollegen, geht ihr beide mal weit zurück? Danke!«, wandte sich einer von ihnen an Hansson und Sonia.

»He, Hallermeyer, könnt ihr vielleicht die Überprüfung der Papiere vorziehen? Es wäre für uns immens wichtig, die Daten des Toten zu kennen.«

»Gib mir zwanzig Minuten, Cornelius! Zuerst müssen wir den Boden rund um die Leiche aufnehmen. Danach könnt ihr euch umsehen, so lange ihr wollt. Wir wissen doch, ihr sammelt neuerdings tote Ärzte!«

Hansson verkniff sich die Antwort auf Hallermeyers spöttische Bemerkung. Er trottete neben Sonia zurück zu ihrem dunklen Dienstwagen, der sich in der Sonne schon ordentlich aufgeheizt hatte. Hansson öffnete alle Türen bis zum Anschlag und ließ sich auf den Beifahrersitz fallen. Sonia blieb am Ende des Betonweges stehen, sah sich um, kritzelte in ihren Notizblock. Dann setzte sie sich ebenfalls ins Auto.

Seit niemand mehr herumlief, zirpten die Grillen wieder. Vom Fundort drang das Klappern der Aluminiumrohre herüber, während die Männer der Spurensicherung ein Schutzzelt über der Leiche aufbauten.

»Fast wie auf dem Campingplatz an einem schönen Sommermorgen«, sagte Sonia gedankenvoll. »Ich meine … ohne den Toten! Übrigens …« Sonia musterte ihn von der Seite, mit einem merkwürdigen Blick. »Wie geht's deinem Kopf?«

»Danke, wird besser. Aber sieh mich nicht an wie früher meine Tante Charlotte – es kommt nicht vom Alkohol! Oder vom *Saufen*, wenn du es lieber drastisch magst.«

»Hab ich auch nicht gesagt, oder? Können wir jetzt über den Fall reden?«

»Später. Da kommt unser Dr. Leichenhacker mit seinem Transportdienst. Vielleicht haben wir ja Glück und er sorgt für unsere Erleuchtung. Nötig wär's immerhin!«

Sonia stellte fest, dass sich Hanssons Gesicht etwas geglättet hatte. Er wirkte inzwischen sogar halbwegs munter, als er Dr. Pfeiffer begrüßte.

Als Sonia näher kam, drehte sich Pfeiffer um. »Morgen, Frau Nerlinger! Ich weiß ja nicht, wie das zugeht, aber mir scheint fast, dass euer Dezernat mir einen Exklusivvertrag anbieten will.«

»Guten Morgen, Dr. Pfeiffer. Fragen Sie besser nicht, wie *wir* darüber denken!«

Einer der Männer in Weiß kam auf die Gruppe zu und hielt ihnen einen Gipsabdruck entgegen. »Wieder eine ziemlich frische Reifenspur, die auf eine Schubkarre hindeutet. Könnte also durchaus derselbe Täter sein. Das muss aber noch abgeglichen werden, schließlich verwenden auch Weinbauern solche Geräte. Nur – soweit ich weiß, arbeiten die Ende August nicht mehr am Wein, erst wieder zur Ernte.«

»War ja zu befürchten.« Hansson sah leicht verzweifelt aus. »Was ist mit den Papieren? Gebt ihr die schon raus?«

»Die Kollegen sind noch bei der Daktyloskopie – da hat's ziemlich viele Fingerabdrücke drauf, besonders die Scheckkarten sind übersät damit. Wir wollen sichergehen, dass man ihm keine fremden Papiere untergeschoben hat. Und vielleicht ist ja auch zufällig ein Abdruck vom Täter dabei.«

»Kann ich denn wenigstens schon anfangen?«, fragte Pfeiffer den Schneemann ungeduldig.

»Klar, Doktor, Sie können mitkommen. Wir haben ein Zelt über der Leiche aufgebaut, wegen der Sonne. Ist auch so noch unappetitlich genug.«

Hansson blickte den beiden nach. Er grinste müde. »Doktor müsste man sein. Der Herr Doktor darf immer als Erster ran. Das ist wie im richtigen Leben.«

»Ich will gar nicht genau wissen, wie du das meinst.« Sonia zog die Mundwinkel nach unten. »Übrigens, Cornelius, es tut mir leid, wenn das vorhin falsch bei dir angekommen ist. Natürlich halte ich dich nicht für einen Alkoholiker. Ich dachte nur, wegen der häufigen Kopfschmerzen …«

Hansson sah ihr ins Gesicht, mit einem Anflug von Lächeln um die dunkel geränderten Augen. Dann begann er, sein Hemd aufzuknöpfen, ohne Hast, einen Knopf nach dem anderen, vom Hals abwärts.

»Was hast *du* denn vor?«

»Warte. Ich will das endlich klären.« Er drehte sich um, kehrte ihr den Rücken zu, zerrte mit seinen kräftigen Fingern den Hemdkragen erst weit auseinander und dann tief über seinen Nacken hinab. »Siehst du das? Pack ruhig weiter aus.«

»Wenn du meinst.«

Eine wulstige rot-weiße Narbe wurde sichtbar. Sie lief als breite nackte Schneise über Hanssons haarigen Rücken, von den Schulterblättern bis zum Hosenbund, genau über der Wirbelsäule.

»Das ist …«

»Wie bei Frankensteins Monster, ja.«

»Das habe ich nicht gemeint. Es sieht nur … schlimm aus. Ein Dienstunfall?«

»Nein, das Ende einer idiotischen Motorradtour durch die Pyrenäen. Und der Grund dafür, dass meine Hauptkabel zum Kopf manchmal nicht richtig funktionieren. Durchblutungsstörungen. Nervenschmerzen. Ich will mich damit nicht wichtigmachen, aber bevor ihr alle auf komische Ideen kommt …«

»Sorry.« Sie starrte noch immer auf die hässliche Narbe.

»Du hast nichts falsch gemacht. Hätte ja wirklich sein können, Wein ist ein feines Getränk. Ziehst du mir das Hemd bitte wieder hoch?«

Sie nestelte an ihm herum, rückte ihm den Kragen zurecht und streifte seinen Hemdrücken glatt. Hansson fand das recht angenehm.

Dr. Gottfried Pfeiffer war unbemerkt hinzugetreten. Sein breites Grinsen konnte man beinahe hören. »Ich sollte vielleicht später wiederkommen, falls ich gerade störe«, sagte er süffisant.

»Auf keinen Fall. War nur privat«, entgegnete Hansson ohne Gemütsbewegung.

»Ebendeshalb.« Der Doktor grinste noch immer.

Hansson versuchte energisch, sein Hemd straff in den Hosenbund zu stopfen. Richtig glatt lag es aber nur hinten. Seitlich und vorne zeichnete sich deutlich eine dezente Speckrolle ab. Dr. Pfeiffer verfolgte interessiert die Verhüllungsaktion.

»Was is? Komm, Pfeiffer, hör auf mit dem grundlosen Gefeixe! Was hast du für uns?«

»Wahrscheinlich nichts, was ihr nicht schon angenommen habt. Der Mann verstarb auf die gleiche Art wie die beiden Opfer vorher, Injektion durch unbekannte Einwirkung. Und der Tod trat in der gleichen Haltung ein wie bei den anderen, aufrecht, in sitzender Position fixiert. Der Fundort ist somit eindeutig nicht der Tatort. Sein Todeszeitpunkt liegt mit hoher Wahrscheinlichkeit nahe bei dem des allerersten Opfers. Das heißt, der Mensch ist jetzt bereits seit mehr als einer Woche tot, ungekühlt tot. Kein Wunder, dass sich die Fliegen so begeistert auf ihn stürzen. Resultierend aus der fortgeschrittenen Verwesung weisen Kopf, Thorax und Extremitäten unübersehbare Druckstellen neuesten Datums auf. Ich halte sie für eine Art von Transportschäden. Trotzdem muss er in einem stabilen Plastiksack hierhergebracht worden sein, denn ohne feste Umhüllung hätten sich auch schwere Hautdefekte finden müssen – Abrieb, Verschiebungen großer Teile der Körperoberfläche und des Fettgewebes bis zur Freilegung der Muskulatur.«

Sonia atmete schwer. Brechreiz plagte sie erneut. Ihre rege Phantasie hatte ihr während der Ausbildung schon die obligatorischen Schulungsphasen in der Pathologie und Rechtsmedizin verleidet.

Pfeiffer fuhr ungerührt fort: »Kann aber sein, dass ich bei völlig freigelegtem Korpus noch darauf stoße, aber das erfahrt ihr morgen Nachmittag. Es sei denn, ihr liefert inzwischen eine weitere Leiche an. Dann muss ich einteilen. Die Staatsanwaltschaft ist verständigt, ihr könnt den Toten also wegbringen lassen, wenn ihr fertig seid. Bis dann!«

Während der Wagen des Rechtsmediziners in einer Staubwolke sehr sportlich aus dem Weinberg fegte, schlenderten die beiden Kommissare zu dem weißen Plastikzelt hinüber.

»Unser Doktor hat viel Talent fürs Anschauliche«, meinte Hansson ironisch.

Sonia antwortete nicht gleich. Sie schluckte mehrmals und betrachtete angestrengt den sonnigen Waldrand oberhalb des Weinbergs. Das schien zu helfen.

»Hm, er bringt das auch in seinen Berichten sehr gut rüber. Ich glaube, so abgebrüht, wie es eigentlich zum Job gehört, werde ich nie sein. Nachts, allein zu Hause, könnte ich sein Zeug nicht lesen. Von den Fotos ganz abgesehen.« Sie räusperte sich, ehe sie weitersprach. »In der Ausbildung haben sie uns während eines Seminars mal durch das anatomische Museum der Uni geführt. Fettlebern, Missgeburten, Schädel mit tödlichen Verletzungen – alles, womit man Anfänger schockieren kann. Die hatten richtig Spaß daran. Dort gab es auch, in einem versiegelten Glas mit Spiritus schwebend, eine glatt abgetrennte, fein säuberlich präparierte Hand. War wirklich gut gemacht, wie im Anatomie-Lehrbuch, man konnte jedes Blutgefäß sehen, jeden Nerv, jeden Muskel. So weit war das Ganze beinahe ästhetisch.«

»Aber?«

»Alle Finger endeten in knallrot lackierten Fingernägeln. Und plötzlich war das Präparat kein Präparat mehr, sondern ein abgetrenntes Stück Mensch. Mitten aus dem Leben. Mir war danach speiübel.«

Sie waren angekommen. Hansson steckte den Kopf ins Zelt. »Und, Hallermeyer, sind wir immer noch im Weg?«

»Ah, Cornelius! Nö, ich wollte euch gerade holen. Hier, seine Papiere. Du dürftest das Zeug im Prinzip ungeschützt anfassen, würde ich aber nicht tun. Sogar der Geldbeutel stinkt nach Tod. Ich habe ihn aus der Hosentasche geangelt, aber das Leder ist durch den Körperkontakt feucht geworden.«

»Entzückend. Ganz entzückend.« Hansson liebte diese geklaute Kojak-Phrase. Er zog einen verschließbaren Kunststoffbeutel aus der Hosentasche, ebenso ein Paar frische Latexhandschuhe, die er sorgfältig überstreifte. Dann erst nahm er Hallermeyer mit weit ausgestrecktem Arm die lederne Geldbörse ab. »Habt ihr sonst noch was Auffälliges gefunden?«

»Außer der Reifenspur nichts. Niedergetretenes Gras, keine

wirklich brauchbaren Fußabdrücke. Offenbar verwendet er Schuhe mit völlig glatten Sohlen und noch Plastikbeutel darüber. Und auf dem Betonweg drüben war auch nichts von Bedeutung. Clever wie bisher ist er offenbar rückwärts auf den Betonplatten wieder zur Straße gefahren. Bei einem Wendemanöver am Ende der Piste wären unvermeidlich Spuren auf dem Erdboden zurückgeblieben. Leider gibt es auch keine Faserreste auf dem Boden, aber vielleicht finden sie im Labor an der Kleidung oder am Körper doch noch Kontaktspuren. Kein Handy auffindbar – etwas merkwürdig. Okay, Cornelius, wir reisen ab. Die Leichenträger werden das Zelt abbauen und mitnehmen, ihr braucht euch nicht darum zu kümmern. Bericht kommt so schnell wie möglich.«

»Danke. Und du weißt ja, die ersten vierundzwanzig Stunden sind oft entscheidend.«

Hallermeyer sah ihn an, grinste breit. »Ja, ja, ja. Hetz mich nicht! Und schick mir später bitte die Börse noch mal in die Abteilung.« Er hob grüßend die Hand und ging.

Hansson klappte den prallen Geldbeutel auf und fingerte den Ausweis heraus. Bitterer Dunst verbreitete sich. »Unser Mann heißt Elmar Strube … aus Speyer, momentan … lass mich rechnen … fünfunddreißig Jahre alt.«

»*Dr.* Elmar Strube?«

»Moment.« Er musterte aufmerksam einige Plastikkarten, dann sah er sich nochmals den Personalausweis an. »Nein. Nur *Herr* Strube.«

Hansson schob Strubes Papiere und Scheckkarten wieder in die Geldbörse zurück, ließ den Klumpen in den Plastikbeutel fallen und stopfte auch seine dünnen Latexhandschuhe mit hinein, bevor er angeekelt den Verschluss des Beutels bis auf den letzten Millimeter zuzog.

»Strube hat einen Firmenausweis der Schöllbaum AG bei sich und eine Visitenkarte. Beruf: Pharmareferent. Damit durchbricht er unser – pardon –, *dein* Profil.«

Sonia runzelte die Stirn. »Das ist nicht gut. Ganz abgesehen davon, dass der arme Mann tot ist. Lass uns noch mal einen Blick auf ihn werfen.«

Als sie die Plane des Schutzzeltes zur Seite schob, schlug ihnen ein widerwärtiger Mief aus Insektengift und Verwesung entgegen, doch zumindest waren sämtliche Insekten verschwunden.

»Hier, das hilft.« Hansson reichte ihr eine Nasenklemme. »Die benutze ich manchmal in der Rechtsmedizin. Keine Ahnung, wie Pfeiffer dort seine Arbeit ohne Geruchsschutz machen kann.«

Sonia beugte sich über die Leiche des Herrn Strube im hellen Sommeranzug. In seine unnatürlich runzlige Gesichtshaut war die Verzweiflung seines Widerstandes gegen den Tod eingegraben.

»Es muss dem Täter große Genugtuung bereiten, seine Opfer fühlen zu lassen, wie das Leben unaufhaltsam aus ihnen herausrinnt. Was können sie verbrochen haben, das für ihn solche Unmenschlichkeit rechtfertigt?«

Sie sah erwartungsvoll zu Hansson hoch, der stumm neben ihr stand. Er hob hilflos die Schultern.

»Weiß nicht«, antwortete er schleppend, »aber wir werden es herausfinden. Du, jetzt muss ich mal an die frische Luft.« Er fuhr sich mit beiden Händen durch die Haare.

»Ich bin hier auch fertig. Lass uns gehen. Schon wieder der Kopf?«

»Ja, tut mir leid. Kein guter Tag heute.«

»Du solltest ein paar Tage Urlaub nehmen, Cornelius.«

»Und du sprichst immer noch wie Daisy Duck! Die Nasenklemme!«

»Oh, man spürt das gar nicht mehr. Hier, mit Dank zurück. Also, was ist mit Urlaub? Wenigstens krankheitshalber? Wir kriegen das hoffentlich auch ohne dich hin.«

»Scharf auf meinen Job? Aber im Ernst: Warte mal ab, was Dyckerhoff zu unserer bisherigen Bilanz sagen wird. Aber danke der Fürsorge. Ich fühle mich geschmeichelt.«

Sonia trottete neben Hansson über das staubige, spärliche Gras des Feldweges zum Wagen zurück. An vielen Stellen war der Boden kahl. Im trockenen Lehm erkannte man noch den verwischten Abdruck einer einzigen langen Reifenspur, den die Spurensicherung der Schubkarre des Täters zugeordnet hatte.

»Hallo, Kollegen! Fertig, wir ziehen ab«, rief Hansson den Leichenträgern und den Streifenpolizisten zu, bevor er zu Sonia in den Wagen stieg. »Ihr könnt danach auch die Markierungen wieder entfernen.«

»Bis zur nächsten Leiche, Herr Kommissär«, knurrte der Grimmige vom Streifenwagen, noch immer wütend wie drei Teufel, und riss den Anfang des Absperrbandes aus einem Rebstock, so unsanft, dass Weintrauben und Blattfetzen durch die Luft flogen. »Aber möglichst nicht in unserem Revier!«

***

Während Sonia Nerlinger den Wagen langsam aus dem Weinberg rollen ließ, spielte Hansson unentwegt am Schalter des Fensterhebers herum. Aufwärts, abwärts, aufwärts, abwärts …

»Sag mal, Cornelius!« Sonia warf ihm einen verständnislosen Blick zu.

»Ist schon gut, Tante Charlotte.« Er ließ die Scheibe ganz nach unten surren und hängte den Arm hinaus. »Wir stehen bis zum Hals in der Scheiße. Drei Tote und nicht mal die Spur einer Spur. Und meinen fast fertigen Bericht für Dyckerhoffs Pressekonferenz kann ich auch gleich wegwerfen. Irgendwie hast du schon recht – Urlaub, das wär's wirklich!«

»Jetzt mach mal langsam, Cornelius. Wir haben im Prinzip bisher erst bei einem einzigen Opfer das Umfeld einigermaßen ausgewertet. Die beiden neuen Fälle stecken noch voller Informationen. Und auch wenn die Rechtsmedizin nichts grundsätzlich Neues beitragen kann: Wir haben drei Lebensläufe, drei Lebensumfelder, und mit nur einem Funken Glück findet das Labor ein paar neue Anhaltspunkte.«

Hansson lächelte. »Du musst mich nicht trösten, Kollegin, *ich* bin schließlich der Chef.« Er deutete zu dem dicht bewaldeten Hang des Odenwalds hinüber. Hoch über den Weinbergen von Schriesheim tauchte der runde Sandsteinturm einer Ritterburg auf. »Kennst du die Strahlenburg?«

»Den Namen, klar. Ich war aber nie droben.«

»Hätte ja sein können. Ein malerischer Burghof mit alten Kastanienbäumen darüber, mit einem herrlichen Blick über das ganze Rheintal bis hinüber nach Grünstadt. Sie hat bis vor zwei

Jahren meinem Vetter Roderich gehört. Da oben gab's gutes Essen, die beste Sahnetorte der ganzen Gegend und anständigen Wein.«

»Jetzt nicht mehr? Hat er aufgehört?«

»Unfreiwillig. Der arme Kerl ist an Krebs gestorben, mit Anfang fünfzig. Wenn ich bei ihm zum Essen war – bevor dann gar nichts mehr ging –, hat er mir jedes Mal von einer neuen, vielversprechenden Therapie erzählt. Mal war's ein Wunder-Professor in Frankfurt, dann ein Geistheiler in Marienbad, eine Strahlentherapie in England und wieder ein Krebsarzt und noch einer und noch einer. Ich glaube, die ganzen Nachfahren des Dr. Eisenbart haben sich an ihm versucht. Roderich entdeckte stets neue Informationen und fasste immer wieder Lebensmut. Zwischendurch hat er liebevoll die Strahlenburg ausgebaut, stell dir vor, als *Altersversorgung*! Wie bringt ein Mensch so etwas fertig? Ich hätte es nicht gekonnt. Noch zwei Wochen vor seinem Tod hat er mir begeistert erzählt, die neue Therapie schlage gut an. Sein Krebs war unheilbar, aber sie haben ihn bis ans Ende belogen und abkassiert. Verkommene Bande!«

»Vielleicht wusste er doch Bescheid, und es ging nur noch um die Hoffnung auf ein Wunder. Unter solchen Umständen kann man schon schizophren werden.«

Hansson schwieg einen Augenblick, ehe er antwortete. »Mag sein. Falls wir irgendwann ein Ziel für einen Abteilungsausflug suchen – der neue Pächter macht seine Sache ebenfalls recht gut.«

Sonia sah ihn von der Seite an. »Du magst Ärzte nicht besonders?«

»Ich ertrage sie. Aber nur kurz bevor mich der Teufel holt.«

»Wow! Starke Worte, Cowboy! Und Pfeiffer? Machst du bei dem eine Ausnahme?«

»Gottfried Pfeiffer ist ein Mensch, den ich schätze. Und ein exzellenter Fachmann!« Er lächelte ironisch. »Außerdem ist der bloß Metzger, und an seiner Behandlung stirbt keiner. Höchstens eine Ermittlung, wenn er Mist baut!«

Die restlichen zehn Kilometer ihrer Rückfahrt zum Büro vergingen mit Spekulationen über den Geisteszustand des Täters, doch beide waren sich klar darüber, dass diese Thematik vorerst nicht viel mehr hergab als eine Tüte heißer Luft. Ohne die Berichte der Spurensicherung zu den letzten beiden Fällen und ohne den akribischen Vergleich der Lebensumstände aller drei Opfer konnten sie keinen Schritt vorankommen.

***

Polizeirat Dyckerhoff stieg zufällig aus dem Lift nebenan, als sie ihr Stockwerk erreichten. Er wirkte unerwartet entspannt.

»Guten Morgen, liebe Kollegen! Bin bereits über alles informiert, Hansson. Habe die Pressekonferenz aus gegebenem Anlass auf morgen Nachmittag verschoben, sprechen uns danach. Ach ja, was Ihre Presseinfo betrifft, lieber Hansson: Genügt völlig, wenn ich bis morgen Mittag eine kurze Zusammenfassung des aktuellen Status habe.« Mit diesen Worten verschwand Dyckerhoff auffallend schnell in seinem Büro.

Hansson blickte ihm verwundert nach. »Sag mal, was ist denn in den gefahren? Ich hätte gewettet, dass er wegen der dürftigen Ermittlungserfolge gewaltig Druck machen will.« Ein spöttisches Grinsen breitete sich auf seinem Gesicht aus. »Der wird doch den Fall nicht eigenhändig gelöst haben?«

»Von mir aus gern. Aber vielleicht schreibt er ja ab jetzt seine Pressemitteilungen selbst. Wir wissen ja, Dyckerhoff liebt die geschmeidige Formulierung ohne Inhalt«, meinte Sonia.

Hansson lachte kurz auf. »Ja, das trifft es. Übernimmst du bitte die Recherchen in Speyer? Telefonisch vorerst, versteht sich.«

Sonia nickte kaum merklich mit dem Kopf und verzog sich sogleich wieder hinter ihren Schreibtisch.

Marie Flügel saß in ihrem Glaskasten und telefonierte. Hansson winkte ihr zu, setzte sich an seinen Schreibtisch und schubste die Computermaus an. Nach einigen Sekunden erschien sein fast fertiger Bericht für Dyckerhoffs ursprünglich geplante Pressekonferenz auf dem Bildschirm. Zwei Leichen zu spät …

Er überflog den Text frustriert, speicherte ihn vorsichtshalber trotzdem ab und begann, eine Planung für die weiteren Ermittlungen aufzustellen. Aber schon nach kurzer Zeit lehnte er sich zurück, starrte gedankenvoll Löcher in die Luft oder sah nach der Uhrzeit.

»Du denkst auch an die Angehörigen von diesem Strube, wegen der Identifizierung?«, fragte er plötzlich.

»Hör mal, ich bin *Frau* – nicht *doof*«, gab sie leicht gereizt zurück. »Und ich arbeite besser, wenn man mich nicht unterbricht.«

»Ja, klar, ich weiß. Entschuldige!«

Kurz darauf verließ Hansson den Raum. Als er wieder auftauchte, hielt er einen überdimensionalen Hotdog in der Hand.

Sonia sah von ihrer Arbeit auf. »Schon wieder Hunger? Gleich ist sowieso Mittag. Wir sollten den Einbau einer Trennwand ins Auge fassen.«

Hansson feixte. »›Du bist nicht du, wenn du Hunger hast!‹ – Kennst du nicht? Spruch aus der Werbung. Passt aber. Wir sind doch schon eine halbe Ewigkeit auf den Beinen.« Er klopfte an die Glaswand von Maries Büro. »Marie, kannst du mir einen Kaffee machen?«

Marie deutete auf den Telefonhörer an ihrem Ohr.

»Würstchen mit Senf und Kaffee dazu. Das soll schmecken?«, fragte Sonia.

Er würgte einen größeren Bissen hinunter und wischte sich über die Lippen, ehe er antwortete. »Als ich zehn Jahre alt war, besuchte ich eine Internatsschule im Odenwald. Wir Burschen veranstalteten jedes Jahr einen Wettstreit, wer die widerlichste Kombination von Nahrungsmitteln zu sich nehmen konnte, ohne danach zu … na ja, ohne sich … zu –«

»Zu übergeben!«

»Schön gesagt, ja. Es gehörte zur Abmachung, dass man es *nicht* tat. Ich war von Anfang an der Champion und habe meistens gewonnen – mit einem riesengroßen, stinkenden Salzhering in einem Teller voll süßem Schokoladenpudding. Dagegen sind Würstchen mit Kaffee reinste Gourmetküche.«

Sonia lachte schallend und griff nach ihrer Umhängetasche. Sie würde nach der Mittagspause weitermachen. Hanssons unruhiges Gehabe störte jeden Ansatz von Konzentration, aber neu war ihr das nicht. Seine Art eben, mit den Unmenschlichkeiten fertigzuwerden. Unprofessionell, gewiss, aber eben Hansson.

An der Tür drehte sie sich nochmals zu ihm um. »Du gehst wohl heute nicht mit in die Kantine?«

Hansson hielt sich die Serviette vor den vollen Mund. »Nee, danke«, presste er heraus.

Sie nahm die Treppe, nicht den Lift, grüßte kurz und sehr knapp ein paar Kollegen, um niemandem eine Chance für ein Gespräch zu geben. Heute war ihr nicht nach dem üblichen Kollegengequatsche, das sich vom Lift bis in die Kantine und wieder zurück ausdehnen konnte. »Wie war es im Urlaub?« oder »Wann fahren Sie denn in Urlaub? Also, ich war bis letzte Woche auf Barbados, es ist ja traumhaft dort …« oder noch schlimmer: »Ich habe gehört, Sie bearbeiten gerade einen ziemlich schwierigen Fall!« Sollte meistens heißen: »Ihr habt offenbar Probleme, euren Job zu machen.«

Nein, Sonia Nerlinger wollte ihre Ruhe. Sie holte sich einen Hähnchensalat und ein Mineralwasser und zog sich damit in den hintersten Winkel des Raums an einen kleinen Einzeltisch zurück, jeden Blick in den Speisesaal vermeidend.

Hansson machte ihr Sorgen. Er hätte sie wahrscheinlich schon wieder mit seiner Tante Charlotte verglichen, wenn er das wüsste. Seit der Gründung des Dezernats vor neun Jahren arbeitete sie schon mit ihm zusammen, aber bis auf wenige Einblicke gab es nicht viel, was man voneinander wusste. Ja, doch, seit Längerem versuchte er sich als Schriftsteller, vielleicht sogar, um seinen Lebensinhalt darin zu finden und seinen Beruf aufzugeben, aber richtig aussichtsreich erschien ihr das nach der Textprobe neulich nicht. Zumindest gab ihm das Schreiben viel Auftrieb.

Nein, privat tauschten sie beide wirklich nicht viel aus. Wahrscheinlich lag es an ihrem »Tante-Charlotte-Faktor«. Ratschläge, auch gut gemeinte, trieben ihn sofort davon. Trotzdem, er würde mehr Führungsfähigkeit an den Tag legen müssen. Jeder im Team durfte das mit Recht erwarten, denn auch die Karrieren seiner Mitarbeiter hingen vom gemeinsamen Erfolg ab. Falls er weiterhin einem Gespräch darüber aus dem Weg gehen sollte, konnte sie nur versuchen, unaufdringlich den Dingen die Richtung zu geben, die sie für angebracht hielt. Ein Rezept für die Zukunft war das aber nicht.

Karim sah das ganz ähnlich, obwohl er sehr gern bei Hansson arbeitete. Er hatte aber genügend Erfahrung auf früheren Dienststellen gesammelt, um sich einen realistischen Standpunkt bilden zu können.

Nur Jonas, der schon seit dem zweiten Jahr seiner Ausbildung zum Team gehörte, hing kritiklos an Hansson wie ein junger Hund. Jonas – merkwürdig, von ihm wusste sie fast nichts, außer, dass er in Walldorf wohnte, ebenso wie Karim Junggeselle war und als Hobbys Drachenfliegen und Segeln betrieb. Und dass er gnadenlos kindisch, aber ebenso ehrlich war, auch wenn es wehtat.

Sie legte das Besteck auf den leeren Teller und schlug die Beine übereinander. An der Wand hing eine eingerahmte Landkreiskarte. Sie zeigte, von einer breiten grünen Begrenzungslinie umgeben, den Zuständigkeitsbereich der Polizeidirektion Heidelberg. Sonias Blick wanderte wie von selbst über die Karte, blieb an der gelben Linie der Bundesstraße 3 hängen, folgte ihrem Verlauf von Norden nach Süden: Sulzbach – Weinheim – Großsachsen. In dieser Reihenfolge hatten sie die Opfer gefunden. Zum ersten Mal wurde ihr bewusst, dass alle Orte nicht nur an der Bundesstraße 3 lagen, sondern auch, dass der Abstand von Ort zu Ort annähernd gleich groß war. Jeder Fundort rückte genau um diese Entfernung näher an Heidelberg heran. Zufall? Kaum. Dazu hatte der Täter viel zu viel Mühe und Risiko mit Transport und Ablage der Opfer auf sich genommen. Was also bezweckte er? Die Polizei zu narren, indem er ihr ein Rätsel stellte? Das machte nicht viel Sinn, schließlich konnte er ja die Reaktion auf so ein »Spiel« nicht erkennen, und damit bliebe seine Befriedigung minimal.

Vielleicht war aber auch die Aneinanderreihung der Fundorte gar nicht für seine Verfolger gedacht, sondern für jemanden, der sehr genau wusste, warum hier getötet wurde. Möglich, dass der Mörder dieser Person offenbaren wollte, dass auch ihr Tod nahe war und dass ihr gewaltsames Ende Opfer für Opfer unaufhaltsam gegen sie vorrückte.

In diesem Fall ließ die Logik nur zwei Folgerungen zu. Erstens existierte wahrscheinlich doch ein Zusammenhang zwischen den Opfern. Und zweitens: Wenn der Zielpunkt der Mordserie wirklich in Heidelberg lag, so hatten zwischen dem Fundort von heute Morgen und der City noch genau zwei weitere Morde Platz.

Sonia hegte nicht den geringsten Zweifel, dass der Killer die »freien Plätze« auch belegen würde.

Brainstorming

Kurz nach drei Uhr an diesem Nachmittag saß das Team in der Besprechungsecke von Hanssons Büro zusammen.

»Mei lieber Schwan, jetzt hend mir au' scho amerikanische Verhältnisse. ›Das Schweigen der Ärzte‹ in Fortsetzungen … Ha, hier isch wenigschtens was los«, kommentierte Jonas Federle flapsig die Mitteilung vom dritten Leichenfund.

Karim und Sonia bemühten sich, ernst genug zu bleiben, doch irgendwie waren sie sehr froh über diesen ungenierten komischen Vogel in ihrem Team, der immer wieder für frische Luft im Ermittlungsalltag sorgte.

Hansson sah ihn missbilligend an. »Wenn du so was in der Öffentlichkeit von dir gibst, schmeiß ich dich stehend freihändig raus.«

Aber auch ihm war anzumerken, dass ihn Jonas' Äußerung eher amüsierte; man löste Fälle sicher nicht besser, wenn man es mit Grabesmiene tat. Er stellte mit leicht angewidertem Gesicht die Teetasse zurück, die er bereits in der Hand hielt, und begann ein Resümee des aktuellen Zustandes: »Wir hatten über die letzten Jahre im Schnitt zwei Morde und fünf bis sechs Mordversuche pro Jahr. Jetzt beschäftigt uns ein Serientäter, der innerhalb von zwei Wochen bereits drei Menschen ermordet hat und dessen weitere Aktivitäten nicht absehbar sind. Ich sage das nur, um allen die Sonderstellung dieses Falles klarzumachen. Es gibt drei Lebensläufe – davon ist der letzte noch unvollständig –, drei Lebensumfelder, drei Fundorte mit allem Drum und Dran. Wir werden die Einzelheiten noch komplettieren und analysieren, aber daraus *muss* sich eine Spur ergeben.«

»Es hat schon Serienmorde mit Dutzenden von Toten gegeben, die sind überhaupt nie aufgeklärt worden«, warf Karim ein.

»Gib hier nicht den Pessimisten! Ich hoffe, das bleibt uns und vor allem den Angehörigen unserer Opfer erspart«, entgegnete Hansson und griff wie unter Zwang wieder nach der Teetasse. »Was habt ihr zum Fall Frenkel in Bruchsal erfahren?«

Während Hansson mit deutlich hörbarem Glucksen seine Tasse leerte, griff Karim nach seinem Notizbuch und einigen losen Blättern, die vor ihm auf dem Tisch ausgebreitet lagen.

»Dr. Hartmut Alexander Frenkel, siebenunddreißig Jahre alt, Psychotherapeut, Junggeselle und – das will ich gleich vorausschicken – *kein* ›Sunshine Superman‹. Studium und Promotion an der Uni Heidelberg eher im gemächlichen Gang, dann Facharztausbildung, dabei keine Auffälligkeiten, alles normal. Ihr findet die Details auf den Kopien, die wir euch hingelegt haben. Frenkel ist beinahe das Negativ-Spiegelbild des tadellosen Dr. Fuhrmann.«

»Kurz g'sagt: ein totaler Versager. Muttersöhnche«, quatschte Jonas dazwischen. »Außer seiner Ausbildung het der nix auf d' Reihe kriegt!«

Karim ließ sich nicht beirren. »Sein Vater starb schon vor zwölf Jahren. Frenkel wohnte in einer reichlich abgewirtschafteten Villa zusammen mit seiner Mutter. Die Frau war vom Tod ihres Sohnes wie erschlagen und längere Zeit gar nicht mehr ansprechbar. Wir wollten den Hausarzt rufen, aber dann hat sie sich mit Jonas' Hilfe erstaunlich gut wieder gefangen. Der Herr Kollege hat eine sehr sensible Art, wenn's nötig ist.«

Jonas Federle blätterte betreten in seinen eigenen Notizen.

»Zwei vergilbte Praxisräume liegen im Erdgeschoss des Hauses. Die alte Frau Frenkel hat uns erlaubt, uns gründlich umzusehen, vor allem in der Patientenkartei und seinen Kontobelegen. Ihr Sohn hat offenbar mehr von seinem kleinen Erbanteil und der Rente seiner Mutter als von seinen paar Patienten gelebt. Keine acht Konsultationen im Monat – damit kommt man nicht weit. Schulden hat er aber keine, außer vielleicht bei seiner Mama. Freunde oder Freundinnen sind der Mutter nicht bekannt, aber das muss nichts heißen und sollte noch überprüft werden. Feinde habe er auch nicht gehabt, sagte sie entrüstet, was durchaus plausibel erscheint, wenn er wirklich als zurückgezogener Eigenbrötler gelebt hat.«

»Wer nix tut, macht au' nix verkehrt.« Jonas hatte sich wieder von der Enthüllung seiner mitfühlenden Ader erholt.

»Frau Frenkel, die eine hohe Meinung von ihrem Sohn hat, behauptete auch, er sei an der Ausarbeitung einer bedeutungsvollen wissenschaftlichen Arbeit gewesen und habe deshalb seine berufliche Tätigkeit zurückstellen müssen. Ab und zu habe ihm deshalb ihr Bruder, Abteilungsleiter bei einer Krankenkasse, einen Gutachter-Auftrag vermittelt, damit er die Zahl seiner Therapiepatienten begrenzen konnte und ihm somit genügend Zeit für seine Arbeit blieb. Für uns kam es eher so rüber, dass ihm der Onkel Gutachten zugeschanzt hat, um ihn über Wasser zu halten – und wahrscheinlich auch zur Beruhigung von Frenkels Mutter. Nach seinen Kontoauszügen zu schließen, hat Frenkel in Wirklichkeit einen Teil seiner Zeit mit schlecht bezahlten Beiträgen für Apothekenzeitschriften und Internetratgebern verbracht. Davon wusste seine Mutter nichts. Wir haben es auch dabei belassen. Die Kollegen aus Bruchsal bringen sie übrigens morgen Vormittag für die Identifizierung ihres Sohnes zu uns. Von einer größeren fachlichen Arbeit des Dr. Frenkel, die Grund für seinen Tod sein könnte, gab es vor Ort keinerlei Hinweise; keine Skripte, keine Notizen, nur ein paar Ordner mit Steuerkram und Rechnungen, aber kein einziger Ordner mit neueren fachlichen Dokumenten, auch nichts im Papierkorb, was auf solch eine Arbeit hindeuten würde. Seinen Computer haben wir sicherheitshalber mitgenommen. Ist schon im Labor, mit Erlaubnis von Frau Frenkel.«

»Haben wir einen aktuellen Lebenslauf von Frenkel?«, fragte Hansson.

»Jein«, antwortete Karim. »Da er eine eigene Praxis unterhielt, war natürlich für den Beruf keiner mehr erforderlich. Aber Frau Frenkel hat uns seine Dokumentenmappe mit sämtlichen Zeugnissen mitgegeben, bis hinauf zur Promotionsurkunde. Die Mappe enthält auch Frenkels komplette Bewerbungsunterlagen zur Facharztausbildung im Psychiatrischen Zentrum Nordbaden.«

»Er meint die Klapsmühl in Wiesloch«, übersetzte Jonas ungefragt. Irgendwie hatte er den Eindruck, seinen Ruf als cooler Spötter gründlichst wiederherstellen zu müssen.

»Schon wieder vorbei mit der Sensibilität, Jonas? Die leistest du dir bloß bei alten Damen, wenn keiner zusieht. Was ich vor Jonas' hilfreichem Beitrag sagen wollte: Frenkels neuere Lebensdaten müssen wir uns selbst zusammensuchen, und ob sein damaliger Lebenslauf alles enthält, was weiterhilft, wird sich erst herausstellen. Jonas hat uns ja auch seine empfindsame Ader verschwiegen«, schloss Karim grinsend.

Hansson fand es angebracht, weiteren Kindereien zuvorzukommen. »Da wartet richtig viel gründliche Arbeit auf uns, Herrschaften, denn anders als beim ersten Opfer gibt es leider keine Zusatzinformationen von Arbeitgebern oder Kollegen.«

Sonia war enttäuscht von den dürftigen Fakten ihrer Kollegen. Insgeheim hatte sie gehofft, irgendeinen Ankerpunkt zu entdecken, der Frenkel mit Fuhrmann in Verbindung brachte. Aber nichts von dem, was Karim berichtet hatte, half ihren Überlegungen einen Millimeter weiter. Sogar ihr Täterprofil begann sich aufzulösen, zumindest was Gemeinsamkeiten in der Auswahl der Opfer betraf.

»Und wie steht's mit Informationen von Nachbarn, eventuellen polizeilichen Auffälligkeiten, Gesundheitszustand, Telefonkontakten? Konntet ihr in seine Korrespondenz Einsicht nehmen?«, drängte sie ratlos.

»Sein Handy war schon im Labor. Steht alles in den Kopien, die wir euch gemacht haben.«

Jonas deutete auf seine Notizen. »Zusammenfassung, tutti completti: Mir hend dreimal nix. Der Frenkel het kaum telefoniert und scho gar net mit Unbekannte, sagt au' sei Mutter, und er war g'sund, ehrlich und etwas faul.«

»Der wär ein guter Türke geworden«, meinte Karim feixend. Er ging zur Tafel und heftete ein großes Foto an. »Es ist nicht das neueste, aber Frau Frenkel hielt es für die beste Aufnahme von ihrem Sohn.«

Hansson stand auf und betrachtete das Bild eingehend. »Ein netter Junge. Wir sind ihm was schuldig!«, sagte er, nahm die Teetasse, wusch sie sorgfältig am Waschbecken aus und stellte sie in die Kaffeemaschine. Dieses Mal gehorchte sie ihm auf Knopfdruck. Hansson beobachtete zufrieden, wie der hellbraune Schaum auf seinem Kaffee bis unter den Rand der Tasse hochstieg. »Eines Tages wird er mir ein Loch in den Magen brennen. Aber an Tagen wie diesem brauche ich meinen Kaffee und nicht dieses dünne Gesöff! So, ich hoffe, dass uns das letzte Opfer – das *bisher* letzte Opfer – weiterhilft. Sonia, du hast doch schon mit einer Recherche begonnen, würdest du bitte?«

Bevor Sonia jedoch nur einen Satz ihres Reports von sich geben konnte, klopfte es an der Tür.

Hansson holte tief Luft und ging zum Tisch zurück. »Ich hab's geahnt! Er war einfach zu locker«, sagte er resigniert und zog die Stirn in Falten, während im Hintergrund die Maschine noch ein paar große Blasen Kaffeeschaum in seine Tasse blubbern ließ.

Alle Augen schwenkten zur Tür.

»Ja bitte!«

Herein trat wirklich, wie Hansson erwartet hatte, Kriminalrat Dyckerhoff in Begleitung einer jungen Frau – oder eigentlich umgekehrt, eine junge Frau in Begleitung von Dyckerhoff, denn die Dame war von einer bemerkenswerten Wolke von Selbstbewusstsein umgeben. Dyckerhoff wirkte daneben noch unbedeutender als sonst. Schmunzelnd nahm sie wahr, dass sie mehr oder weniger unauffällig gemustert wurde.

»Schön, dass ich Sie alle zusammen antreffe, ich möchte Ihnen –«, setzte Dyckerhoff, etwas betreten, zu einer Erklärung an.

»Hallo, ich bin Dorthe Simonek vom LKA.« Seine Begleiterin kürzte die Einführung ab mit einer warmen, kraftvollen Stimme, die vor Energie vibrierte. Dann begann sie ohne Zögern einen Rundgang, um jedem der Anwesenden kräftig die Hand zu schütteln. Hansson und sein Team waren ebenso verdutzt wie Dyckerhoff, der verlegen feixend versuchte, die Kontrolle wieder zu übernehmen.

»Frau Hauptkommissarin Simonek wurde freundlicherweise vom LKA in Karlsruhe vorübergehend zu uns abgeordnet – auf meinen Wunsch hin. Sie hat spezielle Erfahrung im Bereich Serienkriminalität und wird uns beratend zur Seite stehen.«

»Aha.« Hanssons Verblüffung legte sich nur langsam. Er hatte zwar irgendeine »Unterstützung« von Dyckerhoffs Seite befürchtet, aber dieser Energiebolzen verschlug ihm doch die Sprache. Mit einer fahrigen Handbewegung deutete er auf den Tisch. »Ja, dann setzen Sie sich doch bitte.«

Die Simonek nahm neben Dyckerhoff Platz und ließ ihrerseits mit freundlichem Interesse den Blick über Hanssons Team gleiten. Ebenso unverhohlen aufmerksam betrachtete sie dann die Ausstattung seines Büros und die Dokumente an der Tafel.

Hauptkommissarin Dorthe Simonek hätte Sportlerin oder Stuntfrau beim Film sein können; eine imponierende Erscheinung, groß, straff, schlank, aber nicht zierlich, sondern eher mit ausgeprägten Schultern; gut gekleidet, graue Jeans, dünner Pulli, nicht unbedingt nach der neuesten Mode, aber genau zu ihrem Typ passend. Ein halblanger dunkelblonder Haarschopf, dessen Fülle für zwei Köpfe gereicht hätte, unterstrich noch ihre Körpergröße und umwucherte ihr Gesicht recht ungebändigt. Sie entsprach sicher keinem gängigen Schönheitsideal, dazu fehlte ihren eher bäuerlichen Gesichtszügen eine gewisse Eleganz. Trotzdem gaben die ausgeprägte Mundpartie und der entschiedene Blick dem ovalen Gesicht ein angenehmes, markantes Aussehen.

»Jaaa …«, begann Hansson, um auch endlich etwas zu sagen, »meine Mitarbeiter kennen Sie nun schon fast alle. Da drüben, im Glaskasten, sitzt sonst noch Frau Marie Flügel, unsere Verwaltungsangestellte. Sie erledigt zurzeit an anderer Stelle wichtige Recherchen. Ich werde sie Ihnen vorstellen, wenn Sie hier anfangen. Vor Anfang kommender Woche wird sich das für Sie ja kaum einrichten lassen, nehme ich an?«

Im Grunde empfand er eine aufkeimende Sympathie für die neue Kollegin, hätte es aber auf jeden Fall vorgezogen, erst einmal – und zwar so lange wie möglich – in seiner gewohnten Art weiterzumachen.

Ihre Antwort kam prompt, freundlich und erschreckend entschieden. »Aber nein, Herr Hansson, ab morgen früh stehe ich zu Ihrer Verfügung.«

Dyckerhoff entging nicht, dass sich Hansson spätestens jetzt regelrecht überfahren vorkam. »Lieber Herr Hansson, Leitung der Abteilung bleibt natürlich voll und ganz in Ihrer Hand, ebenso Einsatzplan und Zuweisung eines Arbeitsplatzes für die ›Temporär-Kollegin‹, wenn ich den Einsatz von Frau Simonek so nennen darf, nicht wahr? Alles mit Frau Simonek detailliert abgesprochen. Auch Berichterstattung an mich liegt weiterhin bei Ihnen persönlich«, fügte er eilends hinzu und stand auf.

»Entführe Ihnen Frau Simonek nochmals für heute. Gibt eine Menge Formalitäten zu klären – Kostenübernahmen und so … Sie verstehen?«

Nachdem Dyckerhoff und die Simonek das Büro verlassen hatten, blieb es einen Moment ganz still am Tisch.

»Seht mich nicht so an«, sagte Hansson gedehnt und hob entschuldigend die Hände. »Ich hab nichts davon gewusst.«

»Jetzt stimmt wenigstens die Frauenquote«, meinte Sonia trocken. »Wir können jede Unterstützung brauchen, die wir kriegen können. Und so übel scheint sie mir nicht.«

»Noi, noi, des isch ganz a knackiger Käfer.«

»Und du?«, fragte Hansson in Karims Richtung.

»Was, ich?«

»*Dein* Eindruck natürlich!«

»Na ja … Wo wird sie denn sitzen?«, fragte Karim interessiert zurück.

»Klären wir noch«, antwortete Hansson kopfschüttelnd.

»Kollege Karim denkt schon weiter. Ich würde jetzt trotzdem gern mit meiner Info weitermachen, Cornelius, in Ordnung?« Lachend schob Sonia ihren Stuhl zurück, ging zur Flipchart und blätterte ein neues Blatt Karopapier auf.

»Klar, wir tun vorerst einfach so, als ginge es auch ohne die neue Kollegin«, brummte Hansson ironisch und holte dann endlich seine Tasse mit dem lauwarm gewordenen Kaffee aus dem Automaten.

Der erste Teil von Sonias Bericht drehte sich um ihre Beobachtungen der Fundortabstände und ihre Idee, die möglichen nächsten Plätze überwachen zu lassen. Karim und Jonas fanden den Vorschlag hilfreich, und grundsätzlich stimmte auch Hansson zu, doch nur grundsätzlich, denn er fürchtete, wenn er das nötige Personal für eine solche Aufgabe anforderte, würde ihm damit die Kontrolle noch weiter aus den Händen gleiten.

»Weißt du, Sonia, ich bin ja nicht völlig dagegen, aber du brauchst eine Hundertschaft Bereitschaftspolizei, um zwei Regionen zu überwachen. Sollen die dort im Zelt kampieren? Sich in einer Wiese eingraben? Ganz unauffällig? Und wie lang muss diese Aktion dauern, um irgendeine Aussicht auf Erfolg zu haben?

Ich mache mich sicher nicht zum Affen! Wir wissen doch nicht einmal, wonach wir suchen.«

Auch Karim wirkte nicht sehr überzeugt. »Da kann man kaum widersprechen. Abgesehen davon, dass es wirklich blamabel wäre, den Kollegen eine nicht beschreibbare Zielperson beschreiben zu wollen. Sobald die Jungs erkennbar Kontrollen durchführen würden – einfach so ins Blaue –, wäre jeder Überraschungseffekt im Eimer.«

»Mir hend aber doch die Idee mit dem Lieferwage g'het, dem Transporter für den Schubkarre! Außerdem – er isch doch bis jetzt emmer nachtaktiv gwä!«

Karim schlug sich mit der Hand an den Kopf. »Klar! Es reicht doch, eine Woche lang *nachts* die Örtlichkeiten zu beobachten.«

Hansson schnaubte aufgebracht über so viel Unverständnis. »Und jeden Lieferwagen abzufangen und zu durchsuchen? Das läuft doch aufs selbe hinaus. Ganz abgesehen davon: Viele der Straßen an den Ortsrändern, die wir überwachen müssten, liegen in Waldgebieten und sind nachts kaum beleuchtet. Wie soll das laufen? Sollen die Kollegen jedes Auto mit Suchscheinwerfern anleuchten? Mitten in der Nacht? Wir locken jede Menge Neugierige an, und die Fahrer werden in heller Panik davonrasen. Am Schluss sind wir noch für die Unfälle verantwortlich! Wir könnten natürlich die Aktion vorher mit Plakaten oder in der Zeitung ankündigen, damit nichts schiefgeht«, fügte er sarkastisch hinzu. »Nee, nee, Leute, so nicht.«

Hanssons Einwände waren durchaus berechtigt. Nachdenkliche Stille trat ein, nur auf Jonas' Gesicht breitete sich ein unverschämtes Grinsen aus. Wie immer konnte er seine Eingebung nicht für sich behalten.

»I stell mir des grad bildlich vor: Rieseschilder näbe d'r Straß mit Aufschrift: ›POLIZEIKONTROLLE – Bitte halten Sie Ihre Leichensäcke bereit‹.«

Sein Spruch war auch keine Lösung, aber er lockerte die Atmosphäre spürbar auf.

Sogar Hansson entspannte sich. »Mit genauso viel *dienstlicher* Kreativität wärst du längst mein Chef, Jonas«, meinte er.

Sonia stand noch immer vor der Flipchart mit ihrer flüchtigen

Skizze der Fundortabstände. »Vielleicht sollten wir zumindest in den Regionen, die nach meinen Schlussfolgerungen als neue Fundorte in Frage kommen, nachts verstärkt Streife fahren lassen? Der Aufwand ist ja gering.«

»Einverstanden. Karim, organisierst du das bitte? Betrifft die Ortsrandbereiche Schriesheim, Dossenheim, eventuell Handschuhsheim. Vorerst sollen sie die Sonderstreifen einschließlich Sonntagnacht beibehalten, ab morgen Nacht beginnend«, ordnete Hansson an.

»Bevor wir uns zu irgendwelchen weiteren Aktionen entschließen – ich habe noch Fakten zum Fall Elmar Strube, die den Ermittlungen eine neue Richtung geben könnten. – Nein, die kennst *du* auch noch nicht.« Sonia hatte den letzten Satz in Hanssons Richtung gesprochen, der sie mit hochgezogenen Augenbrauen ansah. »Strube weicht in mancherlei Beziehung von den beiden ersten Opfern ab. Er ist seit vier Jahren geschieden und hat ein Kind – eine Tochter von zwölf Jahren, die bei der Mutter lebt. Und: Das Gericht in Speyer hat absolutes Kontaktverbot zwischen ihm und seinem Kind verhängt. Ich komme gleich noch darauf. Zu meiner Überraschung habe ich erfahren, dass auch Strube ein Medizinstudium gemacht und abgeschlossen hat – übrigens über die volle Semesterzahl in Aachen, nicht in Heidelberg. Nur zur Facharztausbildung hielt er sich ein Jahr in Heidelberg auf.«

Sie schob eine Kunstpause ein und genoss die Fragezeichen in den Augen ihrer Zuhörer.

»Pharmareferent Strube, damals Dr. Elmar Strube, war examinierter Kinderarzt. Es muss zum Ende seiner Ausbildung und dann nochmals zu Beginn seiner selbstständigen Berufspraxis so gravierende Vorfälle zwischen ihm und seinen kleinen Patienten gegeben haben, dass man ihn vor Gericht stellte; von heimlichen Videoaufzeichnungen und mehr in seiner Praxis war die Rede. Strube wurde schuldig gesprochen, zahlte hohe Entschädigungen zugunsten der Kinder und entging einer Gefängnisstrafe nur, weil er eine Familie hatte, und durch diesen Deal: Er erklärte sich einverstanden damit, dass man ihm seine Doktorwürde aberkannte und sämtliche Kassenzulassungen entzog.«

»Langsam, langsam … Von wem hast du *das* denn?«, fragte Hansson ungläubig.

»Von seiner Exfrau, und die pauschale Bestätigung für ihre Darstellung auch vom zuständigen Amtsgericht. Kopien der wichtigsten Gerichtsakten und Polizeiberichte werden uns in Kürze übermittelt. Was Strubes Familie betrifft: Offenbar hat er später, nach seiner Verurteilung, sogar kinderpornografisches Material mit seiner kleinen Tochter angefertigt und im Internet angeboten. Deshalb kam es nochmals zu einer Verurteilung, und dieses Mal saß er immerhin drei Jahre in Bruchsal. Seine Frau ließ sich sofort scheiden. Im Anschluss, seit seinem Aufenthalt in der JVA Bruchsal, galt die Kontaktsperre. Irgendwie muss er es danach fertiggebracht haben, den gut bezahlten Job als Pharmareferent zu bekommen. Vielleicht mit frisierten Unterlagen, vielleicht auch, weil seinen Arbeitgeber nur die Verkaufseffizienz interessierte. Darin war Strube anscheinend exzellent. Seine Frau bekam, wie sie sagte, stets mehr als den gerichtlich festgesetzten Betrag von ihm, und Strube selbst lebte angeblich solo in einem Haus in bester Wohnlage von Speyer, schuldenfrei. So, damit – das muss ich leider zugeben – lösen sich gerade meine bisherigen Annahmen über die Gemeinsamkeiten der Opfer in Luft auf.« Sonia komplettierte ihre Anmerkungen an der Flipchart und setzte sich.

»Das war starker Tobak!« Hansson sah in diesem Augenblick unendlich ratlos aus. »Das heißt, wir können auch Nachforschungen im Milieu von Heidelberger Studentenverbindungen bleiben lassen. Ich hatte hier auf Berührungspunkte gehofft. Vielleicht ist Karim doch auf der richtigen Spur mit seiner Theorie der ›überflüssigen Morde‹, die einen einzigen Mord kaschieren sollen. Oder – daran glaube ich zwar kaum – alle drei Fälle haben auf der Kinderporno-Schiene miteinander zu tun.«

»Der Dr. Fuhrmann aus dere Privatklinik, des war sicher koi Pädophiler«, behauptete Jonas entschieden. »Des sagt mir oifach d' Lebenserfahrung.«

»Da stimme ich unserem lebenserfahrenen Kollegen durchaus zu«, sagte Hansson grinsend, »obwohl uns das in größte Schwierigkeiten bringen wird.« Er klopfte mit den Knöcheln auf den Tisch. »Ich werde sofort eine Durchsuchung für Strubes Haus beantragen, in unserer Anwesenheit natürlich, und eine Erlaubnis zur Mitnahme sämtlicher Unterlagen, Telefone, Computer, Videogeräte et cetera. Noch andere Vorschläge?«

»Morgen Nachmittag ist die Pressekonferenz. Das wird eng«, meinte Sonia.

»Dann muss es eben vormittags über die Bühne gehen. Vorausgesetzt, ich bekomme sofort die Genehmigung und die Kollegen in Speyer und unsere Spurensicherung spielen mit. Wie lang braucht man da rüber?«

»Kommt drauf an, wer fährt«, meinte Karim.

»Jonas fährt.«

»Dann bloß fünfundzwanzig Minuten.« Karim klopfte Jonas derb auf die Schulter. »Mit dem Sprechen hapert's zwar noch bei dem Jungen, aber rasen kann er schon, unser Spätzleschwabe. Stimmt's, Jonas?«

»Der Schwabe het äbe e bsondere Affinität zum Automobil. Nicht zufällig wurde das Kraftfahrzeug und alles Wesentliche drumrum von Schwaben erfunde oder befindet sich in schwäbischer Hand.«

Hansson erhob sich lachend. »Bis auf VW, BMW und ein paar andere Kleinbetriebe. Ach, apropos Auto, beinahe hätte ich's vergessen – besorgt bitte für Speyer einen anständigen Ersatzwagen. Meiner ist morgen in der Werkstatt. So, ich muss sehen, dass ich Staatsanwältin Winterstein und den Ermittlungsrichter noch erreiche. Bin dann weg für heute. Bitte ruft mich nur in wirklich dringenden Fällen drüben bei der Staatsanwaltschaft an. Ich gehe davon aus, dass sie uns die Hausdurchsuchung genehmigen. Wir fahren morgen früh um acht Uhr los. Aber nur Jonas, Karim und ich. Sonia, du musst bitte die neue Kollegin einweisen. Kümmert euch um den weiteren Abgleich der Lebensläufe und die Ergebnisse der Spurensicherung. Ich ruf dich später noch an, Sonia.«

»Telefon?«, fragte sie.

Hansson klopfte schmunzelnd auf seine ausgebeulte Brusttasche und ging.

Als er das Zimmer verlassen hatte, zeigte Karim auf Maries Glaskasten. »Sag mal, Sonia, wo steckt denn Marie? Cornelius sagte vorhin was von Recherchen. Darf sie das überhaupt?«

»Klar, Marie ermittelt gerade inkognito … welche Frisur ihr am besten steht. Cornelius hat ihr heute Nachmittag freigegeben. Überstunden abbauen. So, an die Arbeit, meine Herren, wir müssen endlich Fortschritte machen.«

Drei Stunden präziser Polizeiarbeit folgten. Sie glichen ihre Daten ab, ermittelten mögliche Kontaktpunkte zwischen den verschiedenen Opfern, notierten, telefonierten, stellten Theorien auf. Dennoch wurde immer deutlicher, dass die Aufklärung der Morde *so* nicht zu erzwingen war.

Die aktuellen Ergebnisse von Spurensicherung und Rechtsmedizin halfen nicht weiter. *Alle* Opfer hatten das weiße Pulver aus den Feuerlöschern an ihren Sohlen, *alle* waren durch Kaliumchlorid und im Sitzen gestorben, *alle* hatten ihre vollständigen Papiere bei sich, *alle* hatten Medizin studiert, sich aber offenbar nicht gekannt. Doch nicht einmal das stand fest.

Der Fall glich diesem Glücksspiel auf dem Jahrmarkt, bei dem man aus einem Bündel von unzähligen Schnüren die eine erwischen muss, an deren anderem Ende der große Preis hängt. Schon das Motiv für die brutale Hinrichtung der Männer wäre der halbe Hauptpreis gewesen.

Am wahrscheinlichsten erschien immer noch Rache als Motiv. Nur was sollten ein Gynäkologe, ein Psychotherapeut und ein früherer Kinderarzt gemeinsam verbrochen haben? Hatten sie vielleicht den Tod eines Kleinkindes zu verantworten? Der Psychotherapeut passte da allerdings nicht ins Bild. Einen Einstieg bot diese Annahme trotzdem: Sie würden allen Gerichtsverfahren nachgehen, in denen Ärzte für den Tod eines Kindes verantwortlich gemacht worden waren.

Einigermaßen sicher konnte man annehmen: Der Täter hatte sie alle gekannt, *er* war das verbindende Element. Und: Pure Mordlust als Motiv schied aus. Das hätte er wesentlich einfacher haben können, ohne die Ärzte aus den unterschiedlichsten Orten zu einem abgelegenen Tatort zu bringen, sie dort qualvoll zu töten und anschließend wieder mit hohem Risiko demonstrativ nach einem bestimmten Muster zu verteilen.

Karim klappte geräuschvoll sein Notizbuch zu. »Ich glaube,

wir haben noch etwas Wichtiges außer Acht gelassen: Wie hat es der Täter geschafft, die Männer in seine Gewalt zu bekommen, ohne dass ihre Umgebung etwas davon bemerkt hat? Anscheinend sind sie freiwillig gekommen – oder mitgekommen, denn Spuren eines Kampfes wurden ja an keinem gefunden.«

»Vielleicht hend se als Callboys g'schafft, elle drei. Dann war's ei'fach ... A'ruf genügt.«

»Guter Gott, warum wirst du nicht Moderator bei irgendeinem Seifensender? Die bringen sich auch immer halb um vor Witzigkeit!«

Sonia hatte den beiden gar nicht zugehört. Sie sprach leise, mehr zu sich als zu ihren Kollegen. »Nehmen wir an, du bekommst einen Anruf oder auch einen Brief, eine E-Mail oder was Ähnliches mit der Aufforderung, da und da hinzukommen. Warum solltest du überhaupt in Betracht ziehen, das zu tun? Das ist die Kernfrage für die Verbindung der Fälle! Darauf gibt es nur wenige Antworten: Man kann –«

»Callboy sei' und verdient guet damit!«

Karim gab seinem langen Sitznachbarn einen freundschaftlichen Klaps auf den Hinterkopf. »Jetzt halt doch endlich die Klappe, du Anfänger, und hör der Frau Hauptkommissarin zu!«

Man konnte Sonia ansehen, dass sie auf weiteren Blödsinn nicht mehr sehr positiv reagieren würde. »Es kann tatsächlich um Geld gehen. Gäbe es zum Beispiel irgendeine Art von Beute zu teilen, dann würde jeder der Beteiligten sofort auf der Matte stehen. Aber warum sollte er, unser Mörder, der die Beute sowieso schon besitzt, erst teilen und danach die anderen umbringen?«

Karim schüttelte energisch den Kopf. »Wieso *danach*? Er tut es, weil er eigentlich gar nicht teilen *will*.«

»Glaub ich nicht. Dann würde er die anderen auf die unauffälligste Art um die Ecke bringen. Was tut er aber? Er stellt sie regelrecht zur Schau – möglicherweise als Drohung für seine zentrale Zielperson. Viel plausibler erscheint mir deshalb diese zweite Möglichkeit: Der Täter hat die späteren Opfer wegen eines Verbrechens in der Hand, vielleicht Kindesmissbrauch oder weil er Dokumente besitzt, die ihnen medizinischen Pfusch nachweisen – eine der bekannten Schweinereien mit Billigst-

Herzklappen, dem Einsatz von gefälschten Medikamenten, unerlaubten Arzneimitteltests … Jedenfalls etwas richtig Dickes, an dem sie beteiligt waren. Unter diesen Umständen folgen sie seiner Aufforderung, keine Frage.«

»Natürlich, zur Polizei geht damit keiner.«

»Nicht nur das. In beiden Theorien würden sich die Opfer ihrem Umfeld gegenüber absolut unauffällig verhalten, weil sie doch hoffen, dass sich alles ohne Aufsehen regeln lässt. Sie gehen davon aus, dass er Geld will, wie ein gewöhnlicher Erpresser. Sein Ziel ist aber, dass sie sich wie Schafe zur Schlachtbank begeben und dann langsam und schrecklich sterben. Es geht ihm *nur* um Rache! Ein Problem ist allerdings, dass wir nichts über die Psyche des Täters wissen. Es genügt nämlich nicht, dass nur er in seinem kranken Hirn eine bloße Lappalie zum todeswürdigen Verbrechen aufgebläht hat; das Ereignis muss auch für diese Mediziner, die späteren Opfer, eine gravierende Schuld darstellen, er hätte sie sonst niemals ohne Aufsehen in seine Gewalt bekommen.«

»Und was sollte das sein, diese Schuld?«

»Dass er die Opfer einzeln oder zusammen für schweres Leid oder den Tod von Menschen in seinem Umfeld verantwortlich macht. Irgendwas in dieser Art. Wir werden aber darüber kaum Gerichtsakten finden, weil er es von Anfang an auf Selbstjustiz angelegt hat. Er hätte die Verantwortlichen niemals angezeigt.«

»Es gibt ganz en schlimme Hake an unsere Fäll.«

»Wehe dir, wenn es kein ernsthafter Beitrag ist!« Karim brachte schon mal seine Hand für die nächste Kopfnuss in Position, doch Jonas fuhr ungewohnt ernsthaft fort.

»Die Sach isch nämlich die: Egal, wie viele Doktere er massakriere will – sie müsset elle scho tot sei, bevor au' bloß die erscht Pressemeldung erscheint. Sonscht sind doch elle and're g'warnt.«

Die Stille, die Jonas' Bemerkung folgte, dauerte beklemmend lang. Karims Hand entspannte sich und sank schlaff herab. »Respekt, Kleiner, das ist wahre Logik. Vielleicht wird aus dir doch noch was.«

Sonia blätterte nervös in ihren Notizen. »Schlimm, ganz schlimm … Das klingt leider erschreckend plausibel. Dann wäre die Mordserie bereits zu Ende gewesen, ehe wir sie überhaupt wahrgenommen haben. Und ich hatte gehofft, wir könnten weitere Morde mit einer Warnung in den Medien aufhalten. Das erklärt auch, warum er ihnen ihre Papiere lassen kann. Und der Hammer: Er rechnet mit unserer Mitarbeit bei der Veröffentlichung!«

»Bloß d' reschtlich ›Lieferung‹ an uns steht noch aus.«

Karim trödelte zur Kaffeemaschine hinüber, angelte im Regal nach einer Jumbo-Tasse und blickte fragend zu seinen Kollegen. »Noch jemand Kaffee?«

»Kirschwasser?« Jonas grinste.

»Das geb ich dir nachher aus, wenn wir hier fertig sind. Sonia?«

»Ein Glas kaltes Leitungswasser. Ach komm, lass mich mal selbst machen, ich muss auch ein paar Schritte gehen, damit mein Kopf auslüftet.«

»Wisst ihr«, sagte Karim, während sein Kaffee in die Tasse schäumte, »da läuft es einem schon kalt über den Rücken – Tod auf Vorrat, eine regelrechte Massenhinrichtung. Aber wieso gibt es keine Vermisstenanzeigen? Ich lasse mir seit Anfang der Mordserie täglich die aktuellen Vermisstenmeldungen vom BKA schicken, nach Ärzten gefiltert. Es gibt keine Auffälligkeiten. Niemand aus der Großregion passt in unser Raster.«

In Sonias Kopf hatte sich das Chaos wieder sortiert. »Vielleicht liegt es daran, dass wir einen weiteren wichtigen Umstand übersehen haben – es ist noch immer Urlaubszeit. Wer vermisst einen Menschen, der sich in den Urlaub abgemeldet hat? Sogar wenn die Person nie am Zielort ankommt, wird es lang dauern, ehe eine Rückmeldung kommt. Der Kunde erscheint einfach nicht im Hotel, auf der Kreuzfahrt oder wo auch immer, fertig. Unser Killer kann sein Opfer per Handy erreichen und zu seinem vorgesehenen Treffpunkt bestellen. Er muss nur warten, bis es aus seinem Umfeld abgereist ist.«

»Funktioniert aber nur, wenn die Person solo ist und nicht vermisst wird«, warf Karim ein.

»Richtig. Die nächsten Opfer werden deshalb Singles ohne Anhang sein. Wetten?«

Betretene Stille breitete sich aus. Die Gedanken der drei Kommissare kreisten ratlos um denselben Punkt.

»Sapperlot, jetzt sin mir heut soo guet und kei'm nützt's«, sagte Jonas schließlich und traf damit den Nagel auf den Kopf.

»Hast recht, keinem nützt es mehr. Und wenn der Kerl keinen riesigen Gefrierschrank für seine Opfer hat, dann werden die nächsten Funde noch weitaus unappetitlicher als bisher.«

Bevor Sonia dazu kam, noch etwas anzumerken, summte ihr Handy. »Hallo, Cornelius. Ja, wir sitzen alle hier noch zusammen. – Aha, die Durchsuchung morgen früh findet statt. – Die haben mitgehört. Morgen acht Uhr Abfahrt. – Stichpunkte für Dyckerhoff, mach ich. – Ja, danke. Tschüss!«

»Alles klar?«, fragte sie die beiden Männer. »Hausdurchsuchung bei Strube in Speyer findet statt wie geplant. Jonas, notierst du bitte am Brett noch unsere Ergebnisse? Ich muss sofort hier raus für heute, bevor ich depressiv werde.« Sie sah auf die Uhr. »Sowieso schon halb sieben.«

Karim packte seine verstreuten Notizblätter zusammen und stand auf. »Ich geh heute noch auf ein Viertele Weißen in Heidelberg, drüben bei der alten Uni. Kommt ihr mit?«

»Ich denke, ihr dürft das nicht?«, wunderte sich Sonia.

»Wer ist denn ›ihr‹? Schau mal: Mein Großvater war noch Türke und Muslim, mein Vater bereits halb Deutscher und Muslim, und ich bin geborener Deutscher und Freidenker. Times are a-changing … und das ist gut so! Also, habt ihr Lust?«

Sie kamen mit.

Erst gegen elf Uhr verließen die drei das Weinlokal in der Altstadt wieder und drängten sich durch Massen junger Leute, die lautstark und zumeist kräftig alkoholisiert die engen Gassen in Besitz genommen hatten. Offenbar begann für die der Abend erst jetzt. Sie standen in Gruppen und Grüppchen mitten im Weg, Gläser, Flaschen und Pappbecher in der Hand, und sie gaben nur sehr unwillig den Durchgang frei. Schließlich war die Altstadt *ihre* Partylocation.

Karim war froh, als er endlich wieder zwanglos einen Schritt vor den anderen setzen konnte, ohne jemandem auf die Füße zu treten. »Studenten«, kommentierte er etwas genervt. »Miete niemals eine Wohnung in der idyllischen Heidelberger Altstadt. Da hast du keine ruhige Nacht ohne Ohropax.«

»Komische Leutchen«, sagte Sonia zustimmend. »Heute ist Montag, nicht Wochenende. Die sind doch morgen groggy bis mittags. Wann studieren die eigentlich?«

»Ihr seid ei'fach z' alt für de wahre Läbensgenuss«, setzte Jonas obendrauf, nicht sehr überzeugend allerdings. Er tupfte sich nämlich gerade mit säuerlichem Gesicht das Bier von seiner Jacke, das er sich bei der artistischen Umrundung einer ziemlich angesoffenen Mädchenclique eingefangen hatte.

Schlimme Träume

Hansson verließ das Gebäude der Staatsanwaltschaft sehr zuversichtlich. Die Hausdurchsuchung war genehmigt worden, und nach einigem Hin und Her bekam er auch die Erlaubnis, alle technischen Geräte Strubes vorübergehend in den Bezirk der Polizeidirektion Heidelberg mitzunehmen. Auch mit den Kollegen in Speyer war er klargekommen; sie würden es nicht als Eingriff in ihre Befugnisse betrachten, wenn er morgen mit seiner eigenen Truppe anrückte.

Deshalb verbrachte er den Abend in gehobener Stimmung, speiste mit Hochgenuss und wieder einmal viel zu reichlich, las, spielte beinahe eine Stunde lang Orgel, recherchierte im Internet über neue Weinanbaumethoden. Erst weit nach Mitternacht fiel er angesäuselt ins Bett.

Hansson schlief sofort ein.

Das erste Morgenlicht dämmerte schon durch die Vorhänge, da schreckte er schweißnass und verwirrt aus einem bösen Alptraum hoch. Danach konnte er nicht mehr einschlafen. Er stand deshalb auf, nahm sich Zeit für ein ausgiebiges und sehr frühes Frühstück und fuhr danach gleich in seine Dienststelle.

Die verstörende Handlung des Traums hatte sich in sein Unterbewusstsein gebohrt wie eine fette Zecke. Sie verblasste zwar vor der Realität, während Hansson durch die noch menschenleeren Straßen ins Polizeipräsidium fuhr, aber sobald er sich einen Augenblick zu lang darauf einließ, krallten sich die Schreckensbilder erneut in aller Deutlichkeit in sein Gehirn.

Hansson ließ sich in seinen Bürostuhl fallen und begann, Stichpunkte für Dyckerhoffs Pressekonferenz vorzubereiten.

Eine gute halbe Stunde später traf bereits Sonia ein. Von ihrem Schreibtisch aus musterte sie ihn mit weiblicher Präzision, bis es ihm schließlich auffiel. »Ist was?«

»Na ja, ich sag's mal brutal direkt: Du siehst furchtbar aus. Hat dich eine Dampfwalze überfahren?«

»Nein, ich habe miserabel geschlafen, hatte einen quälenden Alptraum diese Nacht. Er hing mit unseren Mordfällen zusammen.«

»Aha. Und, erzählst du ihn mir?«

Hansson überlegte einen Moment. Sonia würde ihn nicht auslachen, und im besten Falle half es schon, wenn er ihr die quälenden Traumbilder schildern konnte. »Das ist aber nicht dienstlich und bleibt unter uns?«

»Selbstverständlich. Und mach dir mal keine Gedanken um dein Chef-Image mir gegenüber. Bei Männern muss man so was ja auch immer bedenken. Also?«

»Es ist auch nur … In meinem ganzen Leben habe ich so etwas noch nicht erlebt. Ich werde die scheußlichen Bilder einfach nicht mehr los. Der Traum begann so: Ich gehe zielstrebig, völlig schwerelos, durch leuchtenden Nebel auf ein Gebüsch zu. Der Dr. Fuhrmann sitzt darin, das erste Opfer, genau wie am realen Fundort in die Zweige gelehnt, und auch jetzt erscheint er mir tot, und seine Augen sind geschlossen. Als ich mich zu ihm herunterbeuge, reißt er plötzlich die Augen weit auf. Ich schrecke zusammen, trete ein paar Schritte zurück. Der bleiche, unbekleidete Mann erhebt sich wie ein Zombie, bleibt mir gegenüber aufrecht stehen, stocksteif. Aber es ist gar nicht sein Anblick, der mir Angst macht, sondern das, was er dann tut: Langsam hebt er seine Hand und deutet in meine Richtung. Zuerst glaube ich, er zeigt auf mich, aber seine Augen, weißt du, seine Augen, die sind starr auf etwas gerichtet, das hinter mir ist. *Darauf* zeigt er! Und während ich in diesem Moment keine Furcht mehr vor ihm empfinde, steht in seinem Blick die helle Panik. Er öffnet den Mund zu einem Schrei, ruft mir etwas zu, aber sein Schrei erreicht mich nicht. Immer wieder schreit er, immer wieder deutet er voller Entsetzen hinter mich, und ich versuche, bis zum Äußersten angestrengt, die Botschaft seiner Stimme aufzufangen. Doch ich kann und kann ihn nicht hören, es bleibt totenstill um mich herum. Jetzt packt *mich* das Grauen vor dem Etwas hinter meinem Rücken. Auch wenn es mich wahnsinnig machen sollte, ich *muss* es sehen. Ganz langsam versuche ich mich umzudrehen, auf das Furchtbarste gefasst, aber mein Körper gehorcht mir nicht.

Keinen Millimeter rührt er sich, es ist, als seien alle Nerven gelähmt. Mein Gehirn tobt vor Hilflosigkeit, aber ich kann mich nicht drehen, kann nicht einmal über meine Schulter hinter mich blicken. Kalter Schweiß klebt in meinem Hemd, meine Muskeln brennen. Ich will fliehen, setze mich schwerfällig in Bewegung, wie in Zeitlupe, möchte an Fuhrmann vorbei. Jetzt kann ich plötzlich sein unverständliches Geschrei hören, immer schriller, grauenhaft. Aber ich habe keine Wahl: Meine Beine tragen mich genau auf den kreischenden Toten zu.«

Hansson unterbrach seine Geschichte, schwer atmend, und sah seine Kollegin an.

»Ich weiß eigentlich nicht, was ich von dir jetzt erwarte. Sag ehrlich, Sonia: Was denkst du darüber?«, fragte Hansson verlegen, beinahe ängstlich.

»Was wundert dich? Wir stehen alle unter Druck, aber du sicher am meisten. Und du bist einfach sensibler als viele andere Männer, Cornelius. Ja, schau doch nicht so! Es ist keine Schande, von diesen schlimmen Morden aufgewühlt zu werden. Erinnerst du dich, ich habe dir doch von meinen unguten Gefühlen wegen Dr. Pfeiffers Fotos erzählt, oder? Ist auch nichts wesentlich anderes. Wenn uns irgendwann schreckliche Dinge kaltlassen sollten, dann sind wir deshalb nicht professioneller, sondern bloß abgestumpfter – und vielleicht keine guten Ermittler mehr. Geht's noch weiter, oder ist der Traum hier zu Ende?«

»Noch nicht ganz. Aber danke.« Hansson war sehr erleichtert. »Die Szene wiederholt sich nochmals mit den anderen Mordopfern, da passiert genau das Gleiche, nur die Orte und die Personen wechseln. Das Verrückte ist: Die Bilder waren so echt, so überzeugend. Es hört sich total bescheuert an: wie eine Warnung aus dem Jenseits. Ich würde was dafür geben, wenn ich erfahren könnte, wovor. Zu gern hätte ich mich umgedreht. Mensch, Sonia, wir sind im aufgeklärten einundzwanzigsten Jahrhundert! Ich denke, langsam fange ich an zu spinnen!«

»Glaubst du an Vorahnungen?«

Hansson lachte. »Ja, in der Art, wie die meisten von uns an Horoskope glauben: Wenn ich gut dabei wegkomme, finde ich sie zutreffend, wenn nicht, ist alles esoterischer Quatsch. Diese scheinbare Warnung macht mich dennoch etwas unruhig. Ganz seltsam … Ich hatte bei diesen Fällen von Anfang an das Gefühl, dass sich mit ihnen etwas auf mich zubewegt, ganz langsam, wie ein Wurm. Aber das gehört wohl eher in den Bereich ›selbst erfüllende Prophezeiung‹. Bestimmt hat sich bei mir ein Schuldkomplex eingenistet, weil ich für die armen Kerle noch nichts getan habe.«

Sonia stellte zufrieden fest, dass Hanssons Realitätssinn zurückkehrte, je länger er erzählte. Sie sah ihn lächelnd an. »Hört, hört! Der Psychiater im Haus erspart die Klapsmühle. Bestimmt findet ihr nachher in Speyer einen Ansatzpunkt, der dir auch die Seele leichter macht. Ja, und was den weiteren Ablauf heute betrifft: Ich ergänze deinen Textentwurf für Dyckerhoff und werde uns in der Pressekonferenz würdig vertreten. Unsere neue Kollegin nehme ich erst mal unter die Fittiche. Wie ich von Dyckerhoff hörte, soll sie auch dabei sein – als Vorzeigeobjekt. LKA macht sich doch immer gut.«

»Danke, ehrlich! Bin froh, dass ich nicht teilnehmen muss. So, in einer halben Stunde werden die Jungs eintreffen. Jetzt gehe ich kurz rüber zur Spurensicherung, bevor wir alle abfahren. Vielleicht haben die noch was.«

Restlieferung

Im großen Besprechungssaal rangelten bereits weit mehr als zwei Dutzend Medienvertreter mit Kameras, Laptops und Mikrofonen bepackt um die vordersten Plätze an den Tischreihen, als Sonia und Dorthe Simonek nebeneinander auf dem Podest Platz nahmen. Die Damen hatten sich bereits auf das Du verständigt und fanden sich auch einen Tag nach der ersten Begegnung durchaus sympathisch.

Dyckerhoff musste mächtig gewirbelt haben, um so viel Pressepublikum ins Haus zu ziehen. Wahrscheinlich versprach er sich einen deutlichen Karriereschub davon, die Mordfälle in ihrer Bedeutung erst so groß wie möglich aufzupumpen und sie dann in Kürze – und natürlich in vollem Umfang erfolgreich – zu lösen.

Dorthe Simonek, die Unterstützung vom LKA, beugte sich schmunzelnd zu Sonia herüber. »Ich seh schon, bei euch läuft es auch nach dem Motto: ›Viel Feind – viel Ehr‹.«

»Kann auch gewaltig in die Hosen gehen. Wir haben bisher nicht den kleinsten Anhaltspunkt, aber warte ab, was Dyckerhoff daraus zaubert.«

Und Kriminalrat Dyckerhoff zauberte in der Tat. Aus den Staubspuren an den Schuhen der Opfer wurden »deutliche Hinweise bezüglich des Tatortes«, und die synthetische Stimme des Anrufers, mit der Hansson absolut nichts anfangen konnte, die Allerwelts-Schubkarre, ein paar Textilfasern, die von Hinz und Kunz stammen konnten, alles, restlos alles deutete er mit einer verführerisch eingängigen sprachlichen Darstellung zu »entscheidenden Spuren« um. In diesem Falle sah Sonia aber auch den Nutzen für ihr Team, zumindest solange die Presse den Quatsch glaubte und nicht anfing, die Arbeit der Ermittler zu kritisieren oder gar herunterzumachen.

Selbstredend geriet auch die Vorstellung von »Hauptkommissarin Dorthe Simonek, die unsere Ermittlungen mit der Technologie und Erfahrung des LKA unterstützt« zu einem wahren

Medien-Kleinod. Nein, man musste neidlos anerkennen, die Technik der eleganten Riesenseifenblase beherrschte Dyckerhoff meisterlich. Nicht ganz grundlos sah er sich als zukünftigen Landrat der Region.

»Na, was hab ich gesagt? Er macht das perfekt – allerdings eher in der Rubrik ›Je hohler die Nuss, desto größer der Lärm‹«, raunte sie Dorthe zu.

Im Anschluss an Dyckerhoffs wortreiche Bekanntmachung konnten die Journalisten ihre Fragen stellen. Bereits während Dyckerhoffs erster Antwort rappelte Sonias Handy. Der Anruf war sehr kurz, ihre Antwort ebenfalls: »Nicht jetzt – legen Sie's zu Hermann ins Labor.« Sie stand auf, wechselte ein paar gedämpfte Worte mit Dyckerhoff. Er schien äußerst überrascht, nickte aber nur und wandte sich wieder den Reportern zu. Sonia tippte ihrer neuen Kollegin auf die Schulter. »Dorthe, es gibt Arbeit.«

»Was ist los?«

»Ein neues Opfer. Gerade ist in der Zentrale ein Bekenneranruf eingegangen. Wir gehen ins Audio-Lab, dort haben sie den Anruf im Speicher.«

Hermann erwartete sie schon.

Sonia hielt sich nicht lange mit der Vorstellung auf. »Hermann, das ist Dorthe Simonek vom LKA. Dorthe, wir stehen vor unserem Technik-Ass Hermann … Wie heißt du eigentlich noch, Hermann?«

»Krähwinkel – kann man nichts dagegen machen. – Hallo, Kollegin Simonek! Es wird Ihnen bei uns sicher nicht langweilig werden, seit gut einer Woche ist hier richtig was los.«

»Fahr schon ab, Hermann!«

Das Schnarren der Roboterstimme aus den Lautsprecherboxen überraschte Sonia nicht. Auch der Text, den die weibliche Automatenstimme herunterleierte, schien anfangs genau dem Schema der bisherigen Anrufe zu folgen:

»Ich möchte die Position eines Toten melden, und ich mache diese Angabe nur einmal. Sie finden die Leiche an den Koordinaten 49°28'26"Nord, 8°40'16"Ost. Ende der Meldung. Bis zum nächsten Mal.«

Hermann hielt die Wiedergabe an und drehte sich zu seinen Kolleginnen um. »Aber jetzt kommt der Knüller«, deutete er vielsagend an. Er klickte erneut auf seinen Bildschirm, und die Stimme begann wieder zu schnarren:

»Ich möchte die Position eines Toten melden, und ich mache diese Angabe nur einmal –«

»Hermann, lass den Unsinn, wir müssen uns erst einmal besprechen. Ich sag dir schon, wenn du's noch mal abspielen sollst.«

Technik-Hermann schüttelte stumm den Kopf und deutete auf die Boxen. Der restliche Text war kurz:

»Sie finden die Leiche an den Koordinaten 49°27'16"Nord, 8°41'01"Ost. Ende der Meldung.«

Es dauerte einen Moment, bis Sonia begriffen hatte, was vor sich ging. »Nein!«

»Doch.« Hermann genoss es, dass er mit dieser Überraschung aufwarten konnte – speziell heute, vor der neuen Kollegin.

Dorthe Simonek betrachtete die Ereignisse völlig emotionslos. »Zwei Koordinatenpaare, ergo zwei Leichen, keine Ankündigung eines weiteren Mordes. Damit dürfte die Serie zu Ende sein, meinst du nicht, Sonia?«

Sie antwortete nicht, sondern ließ sich die ganze Mitteilung nochmals vorspielen. Doch, ja, Dorthe hatte den Kern getroffen.

»Und am Ende der Meldung fehlt nichts? Das ›Bis zum nächsten Mal‹ ist bei deiner Kopie nicht zufällig abgeschnitten worden, Hermann?«, fragte sie ungläubig.

»Nach dem Ende des Textes war die Leitung … Warte!« Er musterte kurz seinen Bildschirm, auf dem sich der Verlauf des Sprachsignals als ausgefranstes Band von links nach rechts zog. »… noch genau fünf Sekunden aktiv. Da kam aber nichts mehr, also keine Sorge, das *ist* die vollständige Meldung.«

»Danke, Hermann. Schick mir eine Kopie auf meinen Computer«, sagte Sonia im Gehen. Sie steuerte auf den Lift zu, ziemlich aufgebracht. »Wir bieten dir schon was, Dorthe, nicht wahr? Noch zwei Tote. Ich hoffe, es sind wenigstens die letzten Opfer. Aber besser hätte er's nicht hinbekommen können, wo doch heute Vormittag die Spurensicherung nicht im Haus ist. Okay, auf jeden Fall wird das eine Damenrunde.«

Die Tür des Lifts öffnete sich fast geräuschlos.

»Habt ihr wirklich überhaupt noch nichts?«, fragte Dorthe Simonek erstaunt.

»Hör ich da eine leise Kritik? Aber du liegst völlig richtig. Ich kann es selbst kaum glauben, der Täter ist derartig gerissen und vorsichtig; keine Schuhabdrücke, keine Fasern, nichts, nichts, nichts … Allerdings sind die beiden letzten Fälle gerade einen Tag alt, wir hoffen noch immer auf einen Ansatzpunkt im Vergleich der Biografien.«

***

Sonia fuhr ohne Blaulicht, um nicht wieder einen Schwarm von Neugierigen anzulocken. Hoffentlich waren die uniformierten Kollegen bereits vor Ort. Für die war es viel einfacher, Gaffer auf Distanz zu halten, die sahen einfach aus wie »richtige« Polizei. Außerdem hatte sie wenig Lust, mit rot-weißem Absperrband durch Büsche zu kriechen.

Dorthe Simonek fühlte sich auffallend wohl beim weiblichen Teil von Hanssons Team. »Eine nette Dame, diese Marie Flügel. Und sie scheint sehr genau zu wissen, was Sache ist.«

»Schon, doch dummerweise auch da, wo sie sich manchmal zurückhalten sollte. Du wirst sehen, sobald du ein paar Tage bei uns bist, wird sie dich bemuttern – gnadenlos. Marie ist Witwe und hat keine Kinder, aber ein großes Herz. Erzähle niemals, was du gern magst, sie wird dich sonst täglich damit versorgen. Aber das ist nur eine kleine Marotte, mit der man leben kann. Marie ist wirklich tüchtig und erledigt auch Routinearbeiten mit unglaublicher Ausdauer und Genauigkeit. Ich könnte das nicht.«

Dorthe genoss die Fahrt. Sie betrachtete interessiert die spitzen Giebel der Fachwerkhäuser im alten Teil von Schriesheim.

»Kennst du die Gegend hier?«, fragte Sonia, während sie die enge Waldstraße zur Strahlenburg hinaufkurvten.

»Nur aus der Luft. Es gab vor drei Jahren eine groß angelegte Suchaktion. Aber von unten ist es sehr viel romantischer. Noch weit?«

»Knapp vierhundert Meter, wenn die Angaben des Täters stimmen.«

Der Wald lichtete sich, und nun lief der Weg genau auf die hohe Umfassungsmauer der Strahlenburg zu. Ihre roten Steinblöcke umschlossen das einzige verbliebene Wohngebäude und den idyllischen, mit Efeu bewachsenen Rundturm – beinahe eine Märchenkulisse. Kurz vor dem Burgtor endete das Sträßchen.

»Wow! Das ist hübsch«, meinte Dorthe.

»Ja … festhalten.« Der Wagen bog scharf nach links ab und holperte die Böschung hinab in einen schmalen Wiesenweg.

»Nicht so ganz regulär, oder? Ist das die einzige Zufahrt?«

»Für normale Fahrzeuge sicher, soweit das auf dem Luftbild zu sehen war. Ich kenne die Gegend hier oben nicht so genau, aber die Kollegen von der Streife sind bestimmt vor Ort. Die wissen das.«

Bis jetzt hatte die Burgmauer den Blick ins Tal versperrt, doch nun bot sich ein Panoramablick über die abschüssigen Weinhänge hinab nach Schriesheim und weit in die Ebene hinüber, wo die drei Kirchtürme von Ladenburg wie pedantisch gespitzte Bleistifte in die dunstige Morgenluft stachen.

Der Feldweg schlängelte sich in weitem Bogen um den Berg, links von meterhohen Stützmauern aus grobem Naturstein begrenzt. Ab und zu lagen Steinbrocken auf der Fahrspur.

»Diese Aussicht! Das gab es bei uns zu Hause in Hannover nicht. Nur schade, dass wir hier eine Leiche suchen!«

»Hansson meint, im Burgrestaurant könne man sehr gut essen. Wir sollten gelegentlich … hee!« Die rechte Seite des Wagens machte einen Bocksprung, gleichzeitig knallte es unter Sonias Fahrzeug, als habe man einen Schuss abgefeuert. Sie zuckte heftig zusammen. »Puh … Ich dachte schon, der Irre lauert zum Abschluss seiner Mordserie im Weinberg und ballert auf uns. Der Platz wäre nicht schlecht geeignet. Anscheinend habe ich bloß einen Stein in die Weinberge geschossen.«

»Das mit dem Schießen – es würde schlecht in sein Profil passen, es ist zu aktiv. Nach dem, was du mir bisher erzählt hast, Sonia, tötet er nicht – er lässt sterben«, meinte Dorthe Simonek.

Sonia Nerlinger ärgerte sich über ihre – wie sie fand – blamable Bemerkung. An Dorthes Schlussfolgerung war absolut nichts auszusetzen. Die Frau war gut, und deshalb ermittelte sie jetzt eben in Hanssons Team. Sie selbst, Sonia, hatte ein Problem damit. Trotzdem tauchte auf ihrem Gesicht ungewollt ein beleidigter Zug auf, der auch der Simonek nicht entgangen war.

»Allerdings – bei Psychopathen weiß man nie genau, wie sie letztlich ticken«, setzte diese freundlich hinzu.

Sonia lachte. »Danke für die Nachsicht, Kollegin. Weißt du, wenn ich wirklich nachdenke, bin ich gar nicht so schlecht. Ah, sieh mal, die Kollegen sind anscheinend fündig geworden.«

Vor ihnen auf dem Feldweg parkte ein Streifenwagen knapp vor dem straffen rot-weißen Absperrband, das sich vom höher gelegenen Weinberg quer über den Weg zog und in den Rebstöcken auf der rechten Wegseite verschwand.

Sonias Handy summte. »Geh nur, ich komme gleich nach«, sagte sie.

Dorthe Simonek hob das Plastikband über ihren Kopf und folgte dem staubigen Weg.

»He, Sie da – was machen Sie denn hier? Sie befinden sich innerhalb einer polizeilichen Absperrung. Verlassen Sie sofort das Gelände!«, schnauzte eine barsche Stimme. Ein Uniformierter trat an den Rand der Stützmauer und sah vom oberen Weinberg sehr ungnädig auf sie herab.

»Gern, Kollege, aber erst, wenn wir hier fertig sind. Hauptkommissarin Simonek, LKA.«

»Oh … entschuldigen Sie. Obermeister Wolff … Ich habe nicht erwartet –«

»Dass weibliche Kommissare anrücken? Ich hoffe, das wird in Zukunft noch öfter vorkommen. Hatten Sie Erfolg mit der Suche nach dem Opfer?«

»Ja, leider. Die Leiche … der Mann liegt gleich hier oben, zwischen Weinberg und Waldrand. Mein Kollege erweitert dort gerade noch die Absperrung. Der Tote ist bereits ziemlich verwest … also –«

»Danke, ich weiß, was das bedeutet. Wie kommt man denn hier hoch?«

»Zwanzig Meter weiter gibt es eine Treppe durch die Mauer.«

An der Steintreppe hatte Sonia sie bereits eingeholt. Kurz darauf standen die Kommissarinnen vor der Leiche eines jüngeren Mannes mit strähnigen langen Haaren.

»Guter Gott, das ist ja eklig!« Sonia hielt sich die hohle Hand vor Mund und Nase. In der ganzen Umgebung stank es nach faulem Fleisch.

Anders als die bisherigen Opfer war der Mann nicht demonstrativ in einer bestimmten Haltung drapiert, sondern eher hastig und unachtsam im Buschwerk am Waldrand abgelegt, fast schon hingeworfen worden. Er lag auf dem Rücken, trug leichte Sommerkleidung, gestreifte Sportsocken, aber merkwürdigerweise nur einen einzigen Schuh mit sehr ausgefallenem Dekor – schwarz mit weißer Kappe, wie er in den zwanziger Jahren in Amerika Mode war.

»Sieh dir die Schuhsohle an, Dorthe!«

»Hm, das Feuerlöscherpulver, von dem du heute früh gesprochen hast.«

»Ja. Wir wissen nicht, warum er es nicht abwischt. Er spielt mit uns, denke ich. Oder vielleicht ist es ihm egal. Marie telefoniert seit Tagen, um alle eventuellen Orte zu ermitteln, an denen das Zeug zusammen mit Rost vorkommt.«

Wie schon bei den anderen Opfern war die Haut des Mannes bleich und runzlig. Auch ihm stand das Entsetzen über sein unaufhaltsames Sterben im Gesicht – genau genommen, *halb* im Gesicht, denn die Nase und eine Gesichtshälfte fehlten.

»Wildschweine«, sagte der Polizist kühl und sachkundig. »Die fressen einfach alles. Und wenn er noch länger hier liegt, erledigen die Waldameisen den Rest.«

»Wie schön«, antwortete Sonia, bemüht ihrer belegten Stimme einen ironischen Unterton zu geben. »Habt ihr den zweiten Schuh gefunden?«

»Wir haben noch gar nicht danach gesucht – wollten keine Spuren zerstören. Im unmittelbaren Umkreis lag er jedenfalls nicht.«

»In Ordnung. Sichern Sie bitte den Fundort vor Schaulustigen; die werden ja nicht lang auf sich warten lassen. Halt, eine Frage noch: Wie viele Zufahrten gibt es hierher, die man mit dem Auto benützen kann?«

»Soweit mir bekannt ist, führt nur der Wirtschaftsweg zu diesem Platz. Es existiert zwar noch ein Waldweg oberhalb von uns, aber der zweigt schon weit vor der Strahlenburg ab. Wenn man den nimmt, müsste man die Leiche hundert Meter durchs Unterholz zerren. Und *danach* sieht sie dann doch nicht aus.«

»Danke, wir machen hier weiter.«

Der Mann legte die Hand an die Mütze und ging.

»Wann kommt denn die Spurensicherung?«, fragte Dorthe Simonek, während Sonia dünne Latexhandschuhe überstreifte. Sie reichte der Simonek ebenfalls ein Paar.

»Das ist heute schwierig. Wie gesagt, unsere eigenen Leute sind mit Hansson in Speyer. Ich habe gerade mit Dr. Pfeiffer von der Rechtsmedizin telefoniert, der bringt zwei ausgeliehene Männer von der Mannheimer Spurensicherung mit, sobald sie in Dossenheim fertig sind. Dort hat man tatsächlich auch eine Leiche an den angegebenen Koordinaten gefunden – eine *weibliche* Leiche.«

»Vielleicht wegen der Frauenquote, jetzt, wo er den Gesamtüberblick hat?«

»Das wird's wohl sein! Ja, viel können wir hier nicht tun, bevor die Spurensicherung da war. Hilfst du mir mal? Ich will bloß seine Papiere herausnehmen.«

Sonia trat ein paar Schritte zurück und holte tief Luft. Mit angehaltenem Atem zog sie den Reißverschluss des Blousons herunter. Das beigefarbene Innenfutter des Kleidungsstücks war durch hässliche braunrote Flecken verunstaltet. Während Dorthe die Jacke offen hielt, zog sie hastig eine Brieftasche und einen Geldbeutel aus den Innentaschen.

Mit den beiden Gegenständen in der Hand trat Sonia hektisch von der Leiche zurück und schnappte nach Luft wie eine Ertrinkende. »Widerlich«, keuchte sie. »Das hohle Auge, sein zerfetztes Gesicht! Ich weiß ja, das war ein Mensch, aber …«

»Du hattest noch nicht viel mit Toten zu tun, stimmt's? Sei froh. Man wird bloß auf eine unangenehme Art abgebrüht. Na ja, in manchen Situationen, wie hier, ist man trotzdem froh darüber«, sagte Dorthe ruhig und stülpte beim Ausziehen sorgfältig ihre Handschuhe um.

Sonia empfand eine Spur von Neid auf Dorthes Beherrschung. Dann überflog sie mit weit ausgestreckten Armen die Papiere des Toten. »Okay, was haben wir ... einen amerikanischen Reisepass ... Dr. Jeremy Francis Coleman ... fünfunddreißig Jahre alt, dann hier ... seinen europäischen Führerschein. Visitenkarten ... Der Mann war Neurologe. Wohnungs- und Praxisadresse, beides in Leimen, das liegt gleich hinter Heidelberg. Geld, Kreditkarten ... Gut, mir reicht das vorerst schon. Eine von den matschigen Visitenkarten nehmen wir mit. Bin bloß froh, dass ich die Plastiktüten dabeihabe.« Danach legte sie Geldbörse und Brieftasche auf die Brust des Toten. »Für die Spurensicherung!«

»Willst du wissen, was ich denke?«, fragte Dorthe, als sie wieder unten auf dem Feldweg standen.

»Sicher. Moment mal!« Unterhalb des Weges hantierten die beiden Uniformierten mit Absperrband zwischen den Reben. »Hallo, Kollegen! Wir schicken euch noch einen zweiten Wagen zur Absicherung. Ihr haltet bitte die Stellung. – Ja, keine Ausnahmen, auch nicht für die Weinbauern. Spurensicherung und Rechtsmedizin kommen in Kürze.– So, Dorthe, was sagt also deine Erfahrung?«

Sonias letzter Satz klang reichlich schnippisch, und Dorthe Simonek entging der Unterton durchaus nicht. Doch entweder war die psychologische Ausbildung beim LKA äußerst effektiv, oder Dorthe war ein Ausbund an Coolness – sie blieb ebenso freundlich wie sachlich. Das Einzige, was sie zu interessieren schien, war die Ermittlung.

»Seinem Zustand nach muss der Amerikaner schon länger hier liegen. Ich nehme sogar an, er wurde bereits hierhergebracht, bevor der Täter euch Opfer zwei und drei bekannt gegeben hat, und zwar ziemlich eilig. Dafür spricht der fehlende Schuh.«

»Vielleicht die Wildschweine? Spielen die mit so was?«

»Na ja, kann natürlich sein, müssen wir klären. Wenn bei der Suche nichts gefunden wird ... Mag sein, dass ein Tier den Schuh verschleppt hat. Jedenfalls: Uns hat er – mit abnehmender Deutlichkeit – signalisiert, dass die Opfer seiner Ansicht nach schwere Schuld auf sich geladen haben und dafür bestraft werden mussten. Immerhin traut er uns dabei einige Intelligenz zu, denn mit der demonstrativen Aufbahrung seiner Leichen hat er bereits nach dem zweiten Toten Schluss gemacht in der Annahme, wir hätten seine Absicht kapiert. Mir ist nur völlig schleierhaft, warum es ihm überhaupt wichtig ist, ausgerechnet *uns* von der Schuld der Getöteten zu überzeugen. Erleichtert das sein Gewissen? Will er uns beeinflussen?«

Sie stiegen in Sonias Dienstwagen. Anstatt jedoch zu starten, drehte sich Sonia zu ihrer Kollegin, als wolle sie etwas sagen.

»Ist was?«, fragte Dorthe mit hochgezogenen Augenbrauen.

»Wie siehst du unsere Chancen, den Irren überhaupt zu erwischen?«

»Wahrscheinlich nicht anders als du. Ich kann dir nur meine knappe Analyse des Zustandes geben; bei uns in Karlsruhe sind göttliche Eingebungen auch eher rar. Soll ich weitersprechen?«

»Aber bitte.«

»Erst einmal ist es beruhigend, dass der Täter nicht einen pauschalen Rachefeldzug gegen Ärzte führt. Die Gruppe seiner Opfer war von Anfang an eingegrenzt, und er gibt uns zu verstehen, seine Aktionen seien beendet. Er handelte ja nicht wahllos, deshalb muss es Gemeinsamkeiten in den Lebensläufen der Opfer geben, zumindest aber Berührungspunkte zwischen jedem Opfer und ihm. Aber machen wir uns nichts vor: Zeugen gibt es nicht, verwertbare Spuren auch nicht; selbst wenn die Spurensicherung Textilfasern, Fingerabdrücke oder sogar einen erstklassigen Schuhabdruck sicherstellen könnte: Nützt uns alles gar nichts, weil wir die in Frage kommenden Täter nicht eingrenzen können. Wie du siehst, kann ich hier nichts Neues beitragen, es deckt sich alles mit deinen Überlegungen. Übrigens, Sonia, was grundsätzlich meine Beteiligung betrifft: Ich hab mich nicht vorgedrängt. Kriminalrat Dyckerhoff wollte das LKA mit in eurem Team haben, zum Vorzeigen vor den Medien – auch für den Fall natürlich, dass die Ermittlungen in die Hose gehen. Macht mir nicht gerade Laune, aber das ist die Realität.«

Sonia nickte. »Ist in Ordnung.«

»Wohin jetzt?«

»Dossenheim. Zur Frauenleiche«, antwortete Sonia und startete den Wagen.

***

Hansson war an diesem Dienstag kurz davor, in den Ereignissen unterzugehen.

Bei der Hausdurchsuchung des Herrn Strube in Speyer stießen sie auf Unmengen von kinderpornografischem Material. Die gut gesicherten Aktenschränke waren voll von Fotos und Videos, teilweise recht betagte Aufnahmen auf überholten Datenträgern, penibel eingeordnet und beschriftet. Was sich an neuerem Material noch alles auf den Festplatten seiner Computer befand, war vor Ort nicht festzustellen. In einem der Stahlschränke summte sogar ein gut gekühlter Internetserver, der wohl hauptsächlich dazu diente, Strubes zahlende Kundschaft mit neuestem Videomaterial zu versorgen. Auch dieser wanderte, wie noch vieles andere, nach einer kurzen Überprüfung der Verbindungsdaten in den Lieferwagen der Spurensicherung.

Hansson war äußerst zufrieden, dass sie alle Geräte zur Untersuchung nach Heidelberg mitnehmen durften. Vielleicht ergab sich daraus noch eine Verbindung zu einem der anderen Opfer.

Allem Anschein nach hatte dieses Schwein mit seinem Nebenerwerb exzellent verdient, weit mehr als in seinem Job bei der Schöllbaum AG; der diente ihm vorwiegend zur Tarnung und Geldwäsche für seine schmutzigen Einnahmen. Bereits eine überschlägige Durchsicht von Strubes Kontounterlagen ergab ein Guthaben von mindestens elf Millionen Euro. Jedenfalls sprach alles dafür, dass Strube nach seiner Entlassung aus der Haft sofort wieder in sein abartiges Verhalten zurückgefallen war.

Wie tief und wie intensiv Elmar Strube, der frühere Kinderarzt, in der abscheulichen Branche steckte, brachte die Durchsuchung seiner Kellerräume zutage: Die Kommissare entdeckten ein vollständig eingerichtetes Video-Studio mit Stativen, Kameras, Beleuchtungsanlagen, Bildschnitt-Computern, Liegen und diversem Kinderspielzeug. Unmittelbar neben dem geräumigen Studio lagen zwei weitere Räume. In einem befand sich eine Dusche mit fest installierten Fotolampen, der andere enthielt ein Etagenbett mit muffigem Bettzeug, eine Toilette und einen kleinen Tisch, auf dem die Reste einer schwarz gewordenen Banane und ein paar Pizzakrusten verschimmelten.

Die Tür des Zimmers war von außen abschließbar und auf der Innenseite mit Kratzern und Abdrücken schmutziger kleiner Füße übersät. Die einzige Beleuchtung im Raum bestand aus einer Deckenlampe, doch der Schalter dafür saß außerhalb in der Studiowand. Nur von dort aus konnte man Licht geben oder nehmen – ganz nach Wunsch, um den Willen der kleinen Opfer zu brechen. In der Wand, gegenüber dem Bett, waren zwei Gitter eingelassen, offenbar für Heizung oder Luftzufuhr. Die Schächte dahinter verschwanden irgendwo im Hausinneren.

Hansson trat in die Kammer und schloss die Tür. Kein Lichtstrahl fiel in diesen Kerker, in den man die Kinder während ihres Martyriums gesperrt hatte. Bis auf das leise Rauschen eines Lüftermotors war es hier totenstill. Hanssons Herz begann zu rasen, und je länger er dastand, desto mehr drückte ihm das Pochen seiner Halsschlagader die Ohren zu. Seine sensible Seele litt unsäglich unter den Gedanken an das, was den Kindern in diesem Haus widerfahren war, genau so, als habe man ihm selbst das alles angetan.

Als Cornelius Hansson den Raum wieder verließ, empfand er nicht nur eine zähneknirschende Genugtuung darüber, dass Strube tot war, sondern besonders darüber, dass er auf eine solch erbärmliche Weise gestorben war.

Strube hatte bestens vorgesorgt: Rings um das Haus zogen sich zwar die üblichen Lichtschächte für Kellerräume, wie man sie an jedem neueren Bau fand, und in diesen befanden sich tatsächlich auch Kellerfenster mit mattierten Doppelscheiben. Von innen waren aber sämtliche Fensteröffnungen mit angeschraubten Eisenplatten abgedeckt und zusätzlich schallgedämmt. Um auch jedes Risiko einer zufälligen Entdeckung auszuschließen, hatte Strube im Erdgeschoss den Abgang zur Kellertreppe zugemauert und tapeziert. Der Raum war nur über eine einzige Stahltür zu erreichen, unmittelbar aus der Garage, innen wie außen mit einem Codeschloss gesichert.

Die meisten der Kinder auf Strubes Fotos stammten – nach den fernöstlichen Gesichtszügen zu schließen – aus Thailand, Burma oder Indonesien. Es handelte sich auch keineswegs um Bilder, die Strube einfach aus den einschlägigen Seiten des Internets zusammengesammelt hatte, denn auf vielen der Fotos konnte man Details seines »Studios« erkennen. Wahrscheinlich hatten Strube und Konsorten mit den bedauernswerten Kindern eine Art »Tauschring« betrieben, für Videoaufnahmen, Fotos und Handlungen, die man sich nicht vorstellen mochte.

Selten waren die Männer der Spurensicherung an einem Tatort so ausgelastet gewesen wie in Strubes Haus. Hansson bestand jedoch mit zorniger Beharrlichkeit darauf, wirklich sämtliche Fingerabdrücke zu sichern, ebenso alle Gegenstände, die nur im Entferntesten für spätere Gentests nützlich sein konnten.

Wie immer schoss Jonas zusätzliche Tatortfotos für Hansson. Hatte er aber bisher geglaubt, ihm seien alle Eigenarten seines Chefs bekannt, dann wunderte er sich dieses Mal über das Übermaß an Bildern, das Hansson von allen Winkeln des Hauses haben wollte. Die weiteren Ermittlungen würde sowieso die Sitte übernehmen – wozu also dieser Aufwand? Letztlich war das hier nicht der Schauplatz eines *Mordes* …

Cornelius Hansson überwachte trotzdem jede Kleinigkeit selbst, sah den weiß eingehüllten Männern der Spurensicherung über die Schulter, nervte mit Fragen, ging zwischendurch immer wieder nachdenklich auf der Terrasse auf und ab.

Sonias Anruf erreichte ihn, kurz bevor seine Männer ihre Arbeit in Strubes Haus abgeschlossen hatten. Die Nachricht der zwei weiteren Leichenfunde beeindruckte ihn nicht sonderlich, viel wichtiger war ihm ihre Bestätigung, dass der allerletzte Anruf keine Ankündigung weiterer Opfer enthalten habe.

Sie vereinbarten ein Meeting um sechzehn Uhr.

Wenig später verließen Hansson und seine Mitarbeiter Speyer und fuhren auf die A 61 in Richtung Hockenheim.

Während Jonas Federle mit Blaulicht an Lkw-Schlangen vorbeizog und den einen oder anderen Wichtigtuer von der Überholspur jagte, unterhielt er sich mit Karim über den aktuellen Stand der Dinge, das mögliche Ende der Mordserie und ebenso den Nutzen ihrer Entdeckungen in Strubes Haus für die weiteren Ermittlungen.

Hansson beteiligte sich nicht an ihrem Gespräch. Er hatte das Fenster ein Stück heruntergelassen, hielt den Unterarm hinaus wie zum Hitlergruß und schien einzig daran interessiert, seine Hand im zischenden Fahrtwind auf und ab schweben zu lassen.

***

Sonia und Dorthe hatten in den knapp drei Stunden eine Menge bewegt. Eine zusätzliche Magnettafel nahm die Menge an Dokumenten und Bildern auf, die sich inzwischen angesammelt hatte, auf dem Tisch lagen an jedem Platz Kopien der vorläufigen Berichte der Spurensicherung einschließlich der Fotografien aller Leichen und sogar die Computerausdrucke sämtlicher bisher verfügbarer Telefonlisten.

Nachdem Jonas und Karim ihre Ergebnisse aus Speyer dazugeheftet hatten, gaben die beiden Tafeln das provisorische Abbild von fünf kurzen Leben wieder.

Auch Marie hatte ihre Recherche dokumentiert und mit einigem Stolz die Kopien davon auf dem langen Konferenztisch ausgelegt. Und sie hätte nicht Marie Flügel geheißen, stünden nicht zwei große Kannen Kaffee mit allem Zubehör am hinteren Ende der Tischfläche.

»Marie soll auch kommen«, ordnete Hansson an, kaum dass er den Raum betreten hatte.

Wenig später saßen die fünf Kriminalbeamten und Marie Flügel am großen Konferenztisch.

Es schien, als habe sich Hansson inzwischen aus seiner seltsamen Apathie gelöst. Doch anstatt in ein normales Maß an Ausgeglichenheit zurückzufinden, wirkte er eher unruhig und fahrig, schenkte sich zu Maries Freude aber eine große Tasse Kaffee ein. Sie vermied es, auch nur ein Wort darüber zu verlieren. Womöglich fiele ihm dann gleich wieder ein, dass er eigentlich keinen Kaffee mehr trinken mochte.

»Mir wäre es recht, wenn Frau Simonek uns einen Überblick

aus ihrer Sicht geben könnte. Ein etwas anderer Blickpunkt kann nicht schaden. Ist das okay für dich, Sonia?«, begann Hansson ohne große Vorrede.

»Sicher«, sagte Sonia ohne allzu viel Überzeugungskraft, »wir sind schließlich ein Team.«

Dorthe Simonek trat an die große Regionalkarte. Darin steckten jetzt fünf rote Pins in beinahe gleichem Abstand voneinander: Sulzbach – Weinheim – Großsachsen – Schriesheim – Dossenheim. »Fünf Opfer«, begann sie, »fünf Tötungen, deren Fundorte sich Schritt für Schritt Heidelberg nähern, wie Sonia bereits festgestellt hatte, und die auf identische Weise ausgeführt wurden. Zu den beiden letzten Opfern: Dr. Jeremy F. Coleman, fünfunddreißig Jahre alt, ein Neurologe mit amerikanischer Staatsangehörigkeit, der in Leimen lebte und praktizierte, und Dr. Tamara Binsfeld, sechsunddreißig Jahre, eine Neurophysiologin aus Luxemburg, die an der Uni Tübingen arbeitete. Beide Opfer eiligst abgelegt, beide nach Meinung Ihres Rechtsmediziners zur selben Zeit gestorben wie die drei ersten. Keine erkennbare Gewaltanwendung außer dem Einstich für die tödliche Injektion. Nichts an den Opfern Coleman und Binsfeld weicht vom bisherigen Tatschema ab – wenn man davon absieht, dass jetzt auch eine Frau unter den Getöteten ist. Die Lebensumstände konnten natürlich noch nicht ausreichend überprüft werden –«

Hansson fiel ihr ins Wort. »Sind Sie ebenfalls der Meinung, die Lebensläufe der Opfer seien der Schlüssel zum Motiv und zum Täter?«

»Ganz sicher. Und wenn sonst keine Aspekte –«

Hansson unterbrach sie erneut, auf so ungeduldige und ruppige Art, wie man das lange nicht mehr an ihm erlebt hatte. »Danke vorerst, Frau Simonek. Sie können Ihre Ausführungen gleich fortsetzen. Fünf Lebensläufe also – jeder von uns übernimmt eine Person. Ich möchte die gründlichste Durchleuchtung aller Lebenswege, die es je gegeben hat, von, sagen wir, der Gymnasialzeit bis zu ihrem Tod. Mit jeder Kleinigkeit – Ferienlager, Krankenhausaufenthalte, Umzüge, Klassenkameraden, Kommilitonen … Befragt jeden, der die Opfer gekannt hat. Den Kinderschänder, diesen Strube, übernehme ich selbst. Lasst euch auch von Marie über ihre Ergebnisse unterrichten.«

Er stand abrupt auf und griff nach den vorbereiteten Kopien. Seine Mitarbeiter sahen sich verwundert an.

Während Hansson den Papierstapel in seinen Händen zu einer dicken Rolle drehte, sprach er weiter: »Sonia, übernimmst du bitte die weitere Moderation? Marie, ich brauche ein Protokoll der wichtigsten Fakten, die jetzt noch besprochen werden. So, nun müsst ihr mich leider entschuldigen. Ich würde sagen, bis spätestens Donnerstagnachmittag sollten wir einen Abgleich unserer Resultate durchführen können. Ach ja, ich gehe davon aus, dass die Benachrichtigung der Angehörigen und die Identifikation der Opfer geregelt sind. Bis morgen!«

Dann war Hansson weg, ohne sich noch einmal umzudrehen.

»Des isch sehr u'gwöhnlich«, meinte Jonas, beinahe sprachlos.

Karim wirkte etwas besorgt. »Was wird er jetzt tun?«

»Keine Angst, ich wette, spätestens in einer Stunde sitzt er in seinem Stammlokal.« Sonia schmunzelte.

Marie nahm Hanssons Abgang nicht so locker. Sie blickte betrübt auf seinen leeren Schwingsessel. »Jetzt mach ich mir doch Vorwürfe wegen dem Kaffee, weil ich ihn immer dazu dränge! Vielleicht bekommt er davon ja wirklich schlimme Magenschmerzen.«

Hansson hat Durst

Marie sorgte sich umsonst. Hansson hatte keine Magenschmerzen. Er hatte ... ja, was denn eigentlich? Eine Abscheu gegen die Schattenseiten seines Berufes? Das hätte eine hübsch plausible Erklärung abgegeben, doch so war es nicht. Der Schmutz um den pädophilen Gewalttäter Strube, der seine Seele so sehr aufgewühlt hatte? Schon näher dran ...

Doch da war aber noch etwas anderes, viel Mächtigeres: eine diffuse Angst, die er sich kaum selbst eingestand und die dennoch in ihm wuchs, seit die Mordserie ihren Anfang genommen hatte. Sie entfesselte in Hanssons ruhigem, gefestigtem Naturell eine bisher nicht gekannte Unruhe, begann ihn zu bedrohen wie eine Giftwolke. Dazu noch sein Alptraum ...

Trotz allem wusste er nicht im Entferntesten, *wovor* er sich fürchten sollte – und warum überhaupt. Sein Verstand lehnte jeden Gedanken in diese Richtung kategorisch als Humbug ab.

Und doch blieb die Angst.

Hansson kam eine Horrorgeschichte in den Sinn, die er vor Jahren gelesen hatte; da jagte der ehrgeizige Biologe Clavering einer bisher unbekannten fleischfressenden Riesenschnecke nach, um sich als ihr Entdecker zu verewigen. Er bereiste zahllose ferne Inseln, kam seinem Erfolg immer näher, fand die riesige Schnecke schließlich ... und wurde von ihr verschlungen.

Ja, so fühlte er sich: Die Ereignisse, hinter denen er her war, drohten ihn selbst zu vernichten.

Ein metallisches Klirren ließ ihn hochschrecken. Hansson nahm endlich wahr, dass er regungslos, wie hypnotisiert, in der Tiefgarage des Polizeipräsidiums vor seinem Wagen stand. Er hob den Schlüsselbund auf, der ihm aus der Hand gefallen war, stieg ein, drehte den Zündschlüssel und wäre beim gleichmäßigen Brummen seines Motors beinahe wieder in seine düsteren Gedanken zurückgefallen.

»Alles Quatsch!«, kommentierte sein Verstand. »Fahr was essen! Das hilft.«

Noch mehr als zu einem guten Essen zog es Hansson an diesem Tag zu ein paar Schoppen Wein, am liebsten in seinem Stammlokal in Ladenburg. Von dort aus waren es kaum zehn Minuten zu Fuß nach Hause, das schaffte er auch mit reichlich Alkohol im Blut.

Hansson wühlte sich durch den Feierabendverkehr vom Präsidium nach Dossenheim und fuhr von dort, über die schnurgeraden Feldstraßen, zum südlichen Ortsrand von Ladenburg, in die Heidelberger Straße. Während noch das sonore Sechsuhrläuten der Galluskirche herüberschallte, parkte er den Wagen vor seiner Einfahrt.

Als er das niedrige Hoftor aufschloss, fiel ihm der gelbe Sticker ins Auge, der am Briefkasten klebte. »Letzter Teil des Manuskripts. Gruß, Agricola« stand darauf, sonst nichts.

Ach ja, Agricolas Meisterwerk, das hätte er dieses Mal beinahe vergessen.

Hansson zerrte das Bündel Blätter unsanft aus dem Briefschlitz, nahm den Aufkleber vom Briefkasten ab und drückte ihn auf das Deckblatt des Manuskripts. Noch im Gehen warf er neugierig einen kurzen Blick auf die letzte Seite und war beruhigt. Sie enthielt kaum noch zehn Zeilen. Das konnte nur bedeuten, dass er heute tatsächlich die Auflösung von Agricolas »Krimi« erfahren würde. Möglicherweise erwartete ihn eine herbe Enttäuschung, aber auf alle Fälle das Ende des Rätselratens.

Er trat ins Haus, blieb im geräumigen Windfang stehen und warf sein Sakko über einen Kleiderhaken. Die zusammengehefteten Blätter hielt er immer noch unschlüssig in der Hand, starrte auf das Deckblatt, das nichts weiter verriet als den sonderbaren Titel, »Selaphos – Teil III«, und wartete auf eine Eingebung.

Einerseits reizte es ihn, sofort das wahrscheinlich seltsame Ende der bizarren Geschichte zu erfahren, andererseits lechzte er gerade an diesem Abend nach einer Extraportion Normalität, um nicht irre zu werden. Ein Spaziergang zur Kneipe, über das bucklige Kopfsteinpflaster des alten Städtchens, dampfige Sommerluft auf der Haut, Gelächter um ihn herum, später ein delikates Essen … und zu allem einen ausgezeichneten Wein, klar.

»Selaphos … klingt wie der Name eines Pharaos«, murmelte

Hansson vor sich hin. »Wer wird schon einen Krimi mit einem so bescheuerten Titel kaufen – wenn es jemals einer werden sollte?« Die äußeren Blätter des Manuskripts wellten sich bereits unter seinen schwitzenden Fingern, denn die Luft des frühen Abends flimmerte noch vor Hitze. Nicht gerade die ideale Einstimmung für Agricolas düsteres Szenario! Nein, zum Lesen war das Lokal heute sicher der verkehrte Platz.

Er warf das Manuskript auf die Garderobe, duschte und machte sich in Bermudashorts, Sandalen und seinem leichtesten Sommerhemd auf den Weg zur »Kartoffel«.

Hansson nahm den Weg durch die Neugasse, weil er von ihr aus die Verbindung zur »Kartoffel« in der Kirchgasse so originell fand. Folgte man ihr nämlich von Süden kommend etwa achtzig Meter weit, so tat sich plötzlich linker Hand ein schmaler Schlitz zwischen zwei hohen alten Tabakspeichern auf. An dieser Stelle zweigte seit Menschengedenken eine schmale Gasse ab, gerade so breit, dass man eine Schubkarre hindurchschieben konnte: das »Dreckgässel«. Mochte es früher seinen offiziellen Namen durchaus zu Recht getragen haben, so war es heutzutage genauso ordentlich wie der übrige Ort – es sei denn, jemand hatte Überdruck auf der Blase oder ein Hund fand nicht rechtzeitig einen Baum.

Nach zwanzig Schritten knickte das Gässchen scharf nach links ab und wirkte so beklemmend eng, dass man dachte, die überhängenden hohen Hauswände zu beiden Seiten könnten über einem zusammenschlagen wie das Rote Meer über dem biblischen Pharao. Gleich darauf, nach einem weiteren Knick in die alte Richtung, weitete sich das letzte Ende des »Dreckgässel« und führte an der Südseite der »Kartoffel« vorbei. Hier vor dem Haus herrschte studentische Gemütlichkeit. Lange Tische, jeder zwischen einer Doppelreihe von ebenso langen Holzbänken mit steilen Rückenlehnen. Eine ausladende Markise spendete Schatten, aber an solchen Tagen kaum Kühle.

Hansson entschied sich deshalb für die Gaststube: ringsum robuste Bänke und Stühle, hellblaue Kissen auf den harten Sitzflächen, dunkelbraune Sprossenfenster mit Oberlichten, welche fast den ganzen Sommer offen standen, dunkle Fensterbänke, auf denen sich hinter gerüschten Vorhängen bedürfnislose Zimmerpflanzen den Platz mit Keramik-Enten und kleinen Tischlampen teilten. Trotz des vielen braunen Holzes wirkte die Stube nicht düster, denn alles hob sich freundlich gegen die hellen Wände und den blassroten Fliesenboden ab.

Hansson kam gern hierher, seit er in Ladenburg lebte. Seit Langem war er per Du mit dem Wirt Richard, einem wohlgenährten Bonvivant mit rötlichem Vollbart und Mittelglatze. Alles passte: Die Qualität der Speisen konnte sich sehen lassen, Richard verstand eine Menge von Wein und führte eine üppige Weinkarte.

»Alles klar, Herr Kommissar? Was machen Mord und Totschlag in unserem verschlafenen Ländle?«, fragte ihn der Wirt schmunzelnd.

»Erinnere mich bloß nicht daran!« Hansson war im Augenblick nicht nach Gesprächen über seine Arbeit. »Aber sag mal, Richard, hast du noch diesen ausgezeichneten Sommeracher Katzenkopf von letzter Woche? Von dem nehm ich gern ein Viertele – für den Anfang«, antwortete er und setzte sich in der kühlsten Ecke des Raumes an einen freien Tisch.

Der Wirt brachte ihm ein nass angelaufenes Römerglas mit goldgelbem Inhalt. Sichtlich begeistert ergriff Hansson den Pokal und hielt ihn gegen das Licht.

»Ah, das ist eine Freude auf meine alten Tage. Prosit, Richard!«

»Wohl bekomm's, Cornelius! Schön, dass es dir bei uns gefällt.«

Bereits der erste tiefe Schluck des erdigen Frankenweins versöhnte den schwermütigen Kommissar halbwegs mit der Welt.

Richard nahm mit dem halben Hinterteil an Hanssons Tisch Platz. »Du, Cornelius, heut kam im Radio eine Meldung über einen Serienmörder irgendwo im Land, der es auf Ärzte abgesehen hat, aber ich hab nicht so genau aufgepasst. Soll ich für die Neunzehn-Uhr-Nachrichten nachher kurz den Fernseher anwerfen?«

»Wenn du ihn danach wieder ausmachst«, brummte Hansson. Aber im Grunde war er neugierig, was die Medien aus den bisherigen Fakten gemacht hatten.

»Du, ich glaub, Lea braucht Unterstützung. Bis später, Cornelius! Du wirst ja kaum bei dem einen Viertele bleiben.« Richard grinste ihn freundschaftlich an und trottete gemächlich zur Theke zurück, wo seine Frau gerade mit einem Lieferanten im grünen Overall verhandelte.

»Soll ich dir noch die Weinkarte bringen?«, rief er zurück.

»Nicht nötig! Die kenn ich auswendig! Aber vergiss den Fernseher nicht, es ist gleich so weit«, antwortete Hansson und hob genüsslich sein Glas wieder an die Lippen.

Die Regionalnachrichten des Senders brachten die Pressekonferenz der Heidelberger Polizei als Meldung des Tages, auf dem ersten Sendeplatz ihrer Nachrichten, und Hansson war angenehm überrascht von der sachlichen Aufbereitung der Fakten. Allerdings würden sich die Medien sicher nicht lange kooperativ und geduldig verhalten, vor allem nicht die Zeitungen. Es galt, das uferlose Sommerloch zu füllen, und mit dem Quatsch von einem Riesenkrokodil im Neckar oder einem Panther im Odenwald konnten sie ihren Lesern nicht schon wieder kommen.

Der Bericht würde Folgen haben. Spätestens jetzt wusste auch der große Unbekannte, dass man ihm auf den Fersen war. Aber so richtig kümmerte Hansson selbst das an diesem Abend nicht. Er starrte auf den letzten Rest Wein in seinem Glas, als gäbe es in der klaren Flüssigkeit irgendetwas Geheimnisvolles zu entdecken, schwenkte den schweren Pokal, schnupperte über der Öffnung, schloss die Augen und trank aus. Was für ein Stoff!

»Ja, da brat mir doch einer einen Storch! Cornelius, alter Schwede, hallo!«

Eine warme Hand legte sich sehr vertraulich auf Hanssons Schulter. Hanssons Blick lief am Arm des Mannes empor, der neben ihm stand, und endete in einem Gesicht, das jedem Weihnachtsengel Ehre gemacht hätte: schmal, fein geschnitten, von welligem, nackenlangem Haar umrahmt. Hansson patschte auf die Hand, die noch immer auf seiner Schulter lag.

»Ha, der Bonzo, der neue Stern am Psychiatriehimmel! Ich freue mich, dich zu sehen, Professor! Haben sie dich wieder mal rausgelassen in die feindliche Welt der Normalität? Komm, setz dich her!«

Der schlanke Mann ließ sich nicht lange bitten. »Mann, Mann … Wie lange ist das her, seit wir uns zuletzt getroffen haben?«, fragte er und lehnte sich zurück. »Fünf Jahre, he? Ja, ich denke, seit dem zwanzigjährigen Abiturtreffen haben wir uns nicht mehr gesehen.«

»So etwa. Hast du grad Zeit? Du trinkst doch einen Schoppen mit mir?« Hansson wandte sich in Erwartung seiner Zustimmung bereits halb zur Theke.

»Natürlich. Einer geht immer. Notfalls nehme ich ein Taxi.«

»Richard! Noch zwei Viertele, aber dieses Mal deinen Volkacher Ratsherr aus der eisernen Reserve.«

Das Licht fing sich in den Pokalen und warf bernsteinfarbene Reflexe aufs Tischtuch. Zwei Weinkenner saßen beieinander und freuten sich darüber. Sie lobten Farbe, Duft und Geschmack, prosteten sich immer wieder zu und redeten aufeinander ein, als hätten sie sich ein halbes Leben lang nicht mehr gesehen, aber jeden Tag das Wiedersehen herbeigesehnt. Dabei wohnten die beiden keine dreißig Kilometer voneinander entfernt – Hansson, der Kriminalist, und Professor Dr. Gert Bonkhorst, medizinischer Direktor des Psychiatrischen Zentrums Nordbaden in der Ortschaft Wiesloch.

In früheren Jahrzehnten trug diese Klinik übrigens keinen so anspruchsvollen Namen, sondern wurde im Bewusstsein der Bevölkerung einfach als regionale Klapsmühle geführt. Wer seinerzeit vielsagend von »Wiesloch« sprach, der wusste genau, dass dort halb nackte Irre in flatternden Kitteln kreischend durch die Flure tobten.

Bonkhorsts Spitzname »Bonzo« stammte noch aus der Mittelstufe des Gymnasiums. Damals hatte er ein Referat über die chinesischen Bonzen gehalten, die ihn anscheinend sehr beeindruckt hatten. Und weil er sowieso dauernd davon redete, reich und berühmt zu werden, nannten sie ihn von da an »Bonzo«.

Irgendwie hatte er später die Sache mit dem »reich und berühmt« tatsächlich hingekriegt, obwohl sich seine Mitschüler fragten, wie das zugegangen war. Bonkhorst – »der schöne Gert« mit seinem Botticelli-Touch – durfte sich zwar als Mädchenschwarm Nummer eins fühlen, aber er hatte eigentlich von nichts eine richtige Ahnung und entsprechend lausige Noten, bis hinauf zum Abitur. Vielleicht lag es daran, dass ihn außer seinem erklärten Hauptziel und den Mädchen rein gar nichts interessierte. Beliebt war er allerdings immer gewesen, vermutlich gerade deswegen: Bonzo repräsentierte den lebendigen Beweis, dass es auch ohne Bildungs-Spezialistentum ging.

Später schaffte er dennoch – auf welch verschlungenen Pfaden auch immer – den Weg ins Medizinstudium, und er entwickelte dabei anscheinend einen unerwarteten Fleiß, der ihn mit Hilfe eines gnädigen Doktorvaters bis zur erfolgreichen Promotion aufsteigen ließ. Bestimmt war es nur eine zufällige, aber glückliche Fügung, dass der Doktor*vater* eine Doktor*mutter* war, eine ziemlich attraktive jüngere Professorin sogar. Böse Zungen aus seiner Umgebung behaupteten zwar, er habe »Ziel-Beischlaf« betrieben, doch Beweise blieben sie schuldig.

Über seinen weiteren Werdegang als junger Psychotherapeut wurde wenig bekannt, und »Bonzo« Bonkhorst schien es auch lieber, wenn man es dabei beließ. Dann hatte er plötzlich selbst eine Professur inne, wurde hoch- und höhergelobt wegen sensationeller Veröffentlichungen, und er stieg unaufhaltsam nach oben bis auf seine jetzige, sehr gut dotierte Direktorenstelle im »Irrenhaus« von Wiesloch, einem riesigen Klinikareal, das mehr als hundert Ärzte beschäftigte.

Alles in allem war nicht zu leugnen: Bonzo hatte es geschafft, sah immer noch blendend aus, war immer noch beliebt und trotz aller Affären Single geblieben. Auch Hansson fand ihn so sympathisch wie früher. Und – mit Bonzo konnte man schon immer anregende Gespräche führen.

Zwei Schoppen Wein später hatte sich das Lokal bereits zur Hälfte gefüllt, und die Stimmung der beiden Männer hatte sich beträchtlich gehoben. Konkreter ausgedrückt: Sie hatten einen milden Zacken in der Krone.

Während Hansson sich einfach von einem Gesprächsthema zum nächsten freute, schien Bonkhorst ein Anliegen zu haben, über das er unbedingt sprechen wollte. Als sich eine kurze Flaute in ihrer Unterhaltung dafür anbot, ergriff er die Gelegenheit.

»Sag mal, Cornelius«, begann er mit gedämpfter Stimme, »ihr arbeitet doch an einem Serienmord, du weißt schon, die Sache mit den Ärzten.«

»Hast du Angst, dass er dich auch auf der Liste hat?«, fragte Hansson laut lachend zurück.

»Unsinn, aber ich kenne bisher bloß die kurzen Medienberichte darüber. Reine Neugier, vor allem von beruflicher Seite, die Abgründe der menschlichen Seele sind ja mein tägliches Brot. Wie nah seid ihr denn inzwischen am Täter dran?«

»Langsam, langsam, alter Freund, das ist eine laufende Ermittlung, da kann ich nicht ohne Weiteres –«

»Cornelius! Jetzt gib doch hier nicht den Fernsehkommissar! Ich will schließlich nicht Namen und Adressen deiner Verdächtigen, aber vielleicht einige Hintergründe über die Verbindung zwischen den Opfern. Was haben sie denn angestellt, dass er sie mit den Injektionen auf so grausame Weise hingerichtet hat?«

Hansson war leicht benebelt, aber dass Bonkhorst hier ein Faktum ansprach, das er gar nicht kennen konnte, *das* erreichte doch glasklar sein Hirn. »Woher kennst denn du die Todesart der armen Kerle? Die haben wir nirgends bekannt gegeben.«

»Das hat sich einfach mal im Gespräch ergeben.«

»Im Gespräch ergeben? Mit wem? Welcher Depp aus meinem Umfeld hat denn mit dir über den laufenden Fall parliert?« Hansson war irritiert, blieb aber sehr freundlich. Obwohl ihn die undichte Stelle beunruhigte, wollte er Bonzo nicht vergrätzen, der alten Zeiten wegen, aber auch als Rückversicherung; wenn nämlich sein Team nicht bald weiterkam, dann mochte Bonkhorst als Spezialist nützlich sein.

»Ich gehe davon aus, dass du kein großes Getöse darum veranstaltest. Frau Nerlinger hat mich vor Kurzem zu einigen Aspekten ihres Täterprofils um Rat gefragt, und dabei kam zufällig die Rede darauf.«

Hansson war erleichtert. Er grinste albern. »Schau an, die Sonia! Sag bloß, *du* bist ihr Neuer? Der Kerl, für den sie extra ihr Parfüm gewechselt hat?«

Das Engelsgesicht auf der anderen Tischseite verzog sich, theatralisch geschmerzt. »Na, na, na … sehr uncharmant ausgedrückt, mein Lieber, sehr uncharmant! Das klingt, als hätte sie ihre Garage ausgeräumt, um Platz für mich zu schaffen. Aber: Ich verzeihe dir – aus alter Freundschaft. Prost, Cornelius!«

Bonzo trug bereits wieder ein entwaffnendes Lächeln auf dem Gesicht. Menschen wie er *mussten* einfach leichter durchs Leben kommen.

Allerdings besaß er auch andere Fähigkeiten, die den Erfolg anzogen, zum Beispiel eine große Beharrlichkeit. Bonzo setzte sein Glas ab, rückte den Stuhl näher an den Tisch, stützte einen Ellbogen auf die Tischplatte und legte das Kinn in die Hand. Und wenn Hansson gedacht hatte, das Thema sei beendet, so sah er sich getäuscht. Bonzo bohrte hartnäckig nach.

»So, nun stell dich nicht so an und rück endlich raus, was ist denn Stand der Dinge? Mann, das bleibt doch selbstverständlich alles unter uns. Ich bin immerhin selbst Entscheidungsträger und Sachverständiger im öffentlichen Dienst und weiß durchaus, was Datenschutz bedeutet.«

In Hansson hatte sich eine Gefühlswende vollzogen, angeregt durch Bonzos liebenswürdige Art und sicher auch ein wenig gefördert durch Hanssons Blutalkoholpegel. Jedenfalls war er inzwischen mit seinem »Beamten-Ich« übereingekommen, Bonzo als Fachberater zu betrachten; das ersparte ihm das schlechte Gewissen.

Er ließ sich noch einen weiteren Schoppen vom guten Volkacher bringen. Dann erfuhr Bonkhorst so gut wie alles, was sein Schulfreund bisher über die Serienmorde wusste. Von Bonkhorsts Seite kam nicht viel, er beschränkte sich auf gelegentliche Zusatzfragen und dämpfte immer wieder Hanssons ungezwungene Lautstärke, wenn die Gäste an den Nachbartischen ihre eigene Unterhaltung einstellten und stattdessen die Ohren in die Richtung des kräftig angesäuselten Erzählers spitzten.

»Du solltest was essen, Cornelius«, sagte Bonzo fürsorglich, als sich dessen Ausführungen auffällig zu wiederholen begannen, »und es wäre mir eine Freude, dich einladen zu dürfen.«

Hansson lehnte erst lautstark ab, bestellte aber nach einigem Widerstreben doch ein Hüftsteak auf heißem Stein, zum Selbstgrillen, mit allerhand Beilagen. Bonzo selbst wollte nichts essen. Er müsse nachher noch kurz bei Freunden in der Oststadt vorbeischauen, erklärte er. Sie tauschten ihre Privatnummern aus, vereinbarten auch, sich bald wieder einmal zu sehen. Als

Hanssons Essen serviert war, leerte Professor Dr. Gert Bonkhorst sein Glas, verabschiedete sich und steuerte auf den Nebenausgang der Gaststube zu, am Tresen vorbei. Er bezahlte dort die gesamte Rechnung und verließ gegen zehn Uhr die »Kartoffel«.

Mittlerweile war Hansson kräftig angesäuselt. Die Konzentration aufs Zerteilen und Grillen des Fleisches tat seinem Zustand ausgesprochen gut. Nachdem er mit Genuss zu Ende gegessen hatte, wurde der Schleier in seinem Hirn allmählich durchsichtiger.

Verflogen, all die untergründigen Ängste auf seiner Seele! Hansson fühlte sich entspannt und in gehobener Stimmung. Der Weg in die Kneipe, der exzellente Wein, sein unerwartetes Treffen mit Bonkhorst, fröhliche Menschen ringsum ... Hansson kostete sein Hochgefühl aus, wenn ihm auch nachträglich schien, er habe weitaus mehr von sich und seiner Arbeit erzählt als der gute alte Bonzo. Egal, beim nächsten Treffen.

Satt und zufrieden starrte Hansson in seine zweite Tasse Cappuccino, bis er auf *diese eine* Frage verfiel. Das Gefühl, das sie auslöste, gefiel ihm nicht, denn Hansson glaubte nicht an Zufälle. Grübelnd rührte er minutenlang in seiner Kaffeetasse herum, ohne überhaupt hinzusehen, und als er endlich den Löffel beiseitelegte, war der Cappuccino zu einer gleichmäßig braunen Soße geworden. Auf seine Frage jedoch hatte er noch immer keine akzeptable Antwort gefunden, im Gegenteil, sie war eben dabei, ihm den restlichen Abend zu vergällen.

»Wieso ist Bonkhorst genau heute in meinem Stammlokal aufgekreuzt? So weit weg von seinem Wohnort?«, rotierte es in seinem Schädel.

Frische Luft würde helfen, denn eine Antwort konnte er frühestens morgen bekommen. Schweißtropfen begannen an seinen Schläfen herabzurinnen. Der Wein, das Essen hatten ihn aufgeheizt, und Hansson schwitzte nicht gern. Er stürzte die lauwarme Brühe hinunter, zahlte seinen letzten Kaffee und verließ den Gastraum der »Kartoffel«, der sich inzwischen fast bis auf den letzten Platz gefüllt hatte.

Auch im Hof des Hotels »Lustgarten«, fünfzig Meter weiter,

saßen hinter dem schmiedeeisernen Tor noch zahlreiche Gäste, Weinkühler und Windlichter neben sich auf den Tischen. Jeder drängte nach draußen in dieser milden, windstillen Sommernacht, in der eben erst der letzte Streifen orangeroter Helligkeit von der Dunkelheit verschluckt wurde.

Hansson betrachtete die malerische Szenerie halb über die Schulter, wankte, stolperte, schlug sich den Fuß hart an einem Pflasterstein an, fluchte wie ein Bierkutscher, weil er ausgerechnet heute Sandalen trug. Er lehnte sich kurz an die Mauer des Hotelgartens und rieb seine schmerzenden Zehen. Hoch über ihm streckte eine meterdicke Kastanie ihre Krone aus. Sie überdeckte die ganze Straße und noch den halben Hotelgarten dazu; ihr gewaltiges Wurzelwerk hatte das alte Kopfsteinpflaster am Rande der schmalen Straße nach oben gebeult wie ein Stück dünnes Blech.

Eigentlich wusste Hansson, dass der schöne alte Baum hier stand und dass das Straßenpflaster unter ihm Wellen schlug, aber sein alkoholträges Gehirn beschäftigte sich immer noch mit der ungelösten Frage. Sie rotierte und rotierte darin wie ein blödsinniger Reklametext, den man morgens zufällig im Radio hört und den ganzen Tag nicht mehr loswird.

Hansson ärgerte sich inzwischen. Weniger über die offene Frage als über seine eigene Verbohrtheit. Schließlich ging es um nichts.

Kurz darauf war er zu Hause. Als er seinen Schlüsselbund im Flur ablegte, stach ihm das Manuskript auf der Garderobe wieder ins Auge. Ach Gott, ja, das Finale von Agricolas Meisterwerk.

Warum nicht? Vielleicht war es ja dem unsympathischen Heini doch gelungen, die Story zu einem halbwegs plausiblen Schluss zu führen. Auf jeden Fall eine ausgefallene Lektüre vor dem Schlafengehen.

Hansson nahm den zusammengehefteten Blätterstapel mit ins Wohnzimmer und ließ sich in seinen Lesesessel fallen. Er stierte das Deckblatt an, als sei es ihm irgendeine Rechtfertigung schuldig, erhob sich dann schwerfällig wieder und schwankte in die Küche. Nachdem er eine halbe Flasche Mineralwasser in sich hineingeschüttet hatte, warf er sich aufs Neue in den Sessel, richtete penibel wie immer die Stehlampe aus und schlug endlich die erste Textseite auf.

Nach und nach machte ich Fortschritte darin, die Hoffnung gebende Blässe mit jedem Versuch weiter nach unten zu ziehen. Festhalten konnte ich die nebelhafte Helligkeit nicht. Sobald meine Konzentration nachließ, hob sich der Dunst erneut weit über mich und vermischte sich fast völlig mit dem Dunkel.

Der Blick auf den hellen Nebel erschöpfte meine Augen, weil er an dem schwebenden Nichts keinen Halt fand. Auch machte er mich schwindlig und ließ mich fast regelmäßig hinstürzen. Und die zusätzliche Anstrengung, den Lichtschein herabzuziehen, verschlang die letzten Reserven meines Verstandes, der noch immer gegen die Abwesenheit von Zeit und fassbarem Raum anrannte wie ein frisch gefangenes Tier gegen die Gitterstäbe seines Käfigs.

Das Ziel erschien greifbar, wenn ich meine Anstrengungen verstärkte, und eine Eingebung, der ich nur zu gern Glauben schenkte, versprach mir sogar, dass hinter dem Nebel die Lösung liege – und zugleich mein wirkliches Leben.

Hansson ließ das Manuskript auf seinen Schoß sinken. Dann zählte er an den Ecken die wenigen verbleibenden Blätter durch. Nein, das reichte niemals. Was hatte Agricola von einer Wandlung der Story zum Krimi gefaselt? Wenn nicht ein *Deus ex Machina* ins Spiel kam, würde seine Geschichte kaum ein halbwegs glaubhaftes Ende finden – von einer verständlichen Auflösung ganz zu schweigen.

Schade, allem Anschein nach hatte er Agricola weit überschätzt. Verärgert klatschte Hansson das Manuskript auf seine Schenkel. Ein einzelnes Blatt glitt heraus und segelte bis zum Rand des Lichtkegels, den die Lampe auf den Boden zeichnete. Hansson fühlte sich zu bleiern, um aufzustehen. Er beugte sich nach vorn und reckte den Hals, aber die Schrift auf dem Papier war zu winzig, um sie auf diese Entfernung zu lesen. Nur die Kopfzeile des Textes konnte er entziffern. Da stand in fetten Großbuchstaben: »ERST NACH DEM MANUSKRIPT ZU LESEN!«

Er war sehr in Versuchung, entschied jedoch, dem Ende von

Agricolas Geschichte eine faire Chance zu geben. Also ließ er das Blatt vorerst außerhalb seiner Reichweite liegen.

Von Sankt Gallus hallten die Schläge der Turmuhr herüber. Mitternacht. Hansson lächelte matt. Wenn Agricolas Kram wenigstens eine anständige Geistergeschichte wäre!

Sein Kopf schmerzte. Er trottete nochmals in die Küche und leerte, an den Küchenschrank gelehnt, in großen Zügen die angebrochene Mineralwasserflasche. Zurück im Sessel, griff er wieder nach dem Skript, noch immer neugierig, wie diese hanebüchene Geschichte enden sollte, inzwischen aber auch aus Schadenfreude über Agricolas offenbar misslungenen Krimi. Ja, wenn es *so* einfach wäre, einen guten Kriminalroman zu schreiben!

Er hob die Blätter wieder ins Lampenlicht. Angst überfiel ihn – unvermittelt und grundlos. Sie kroch von seinem Rückenmark in den Hinterkopf, sickerte unter seinem Schädeldach nach vorn und krallte sich hinter seiner Stirn fest. Dennoch konnte er sich nicht von Agricolas Text lösen.

Ich legte mich auf den Rücken und fixierte den blass leuchtenden Nebel hoch über mir, soweit man eine Nebelwolke überhaupt mit den Augen festhalten kann. Da ich nicht wirklich wusste, mit welchen Gedanken es mir gelungen war, den Dunst herabzuziehen, probierte ich alle Wünsche und Gedankenverbindungen aus, die vielleicht in Frage kamen.

»Herunter, komm herunter, tiefer«, sandte mein Gehirn als Botschaft ins Dunkel, oder: »Ich will hinter dich sehen.« Ich konzentrierte mich, bis ich beinahe in Trance fiel, doch der Dunst bewegte sich kaum.

»Ich will leben!«, dachte ich, wütend auf alles, was mich daran hindern wollte. »Leben, leben, leben!« Im selben Moment schwebte die Nebelwolke ein gutes Stück auf mich herunter. Das war es! Mein Lebenswille speiste die Bewegung des Lichtnebels. Und er sank nicht nur tiefer, sondern verharrte sogar in seiner jeweils letzten Höhe. Ich weinte vor Freude.

Es fiel meinem Gehirn nicht schwer, der Finsternis meinen Lebenswillen entgegenzuschreien. Meine Seele, mein Geist, jede Faser meines Körpers, jede Zelle, jeder Tropfen Blut wollte leben.

Immer noch auf dem Rücken liegend, streckte ich die Arme aus und stellte euphorisch fest, dass meine Fingerspitzen dabei bereits in den Dunst eintauchten, den sie allerdings so wenig fühlten wie einen Lichtstrahl. Blendend hell schwebte die Nebelwolke über mir, verheißungsvoll, aber trotz ihrer Helligkeit drohend, als wolle sie mich erdrücken. Ich hielt einen Moment lang inne, um Kraft zu schöpfen.

Wären nur nicht diese Schmerzen!

Seit ich begonnen hatte, den Nebel herabzuziehen, war jede meiner Aktionen von einem Blitzschlag in meinen Nerven begleitet gewesen, und dessen Stärke nahm mit jedem Versuch zu. Anfangs schwach, wie das Kribbeln eines eingeschlafenen Beins, war mir die Pein in der Begeisterung kaum aufgefallen. Nun jedoch, kurz vor dem Ziel, barst mir beinahe der Kopf unter zahllosen schmerzhaften Funken im Gehirn. Der Herr der Finsternis bot seine letzten Waffen auf, aber ich, ich würde ihn besiegen!

»Ich will leben!«

Ohne Unterlass schleuderte mein zuckendes Gehirn diesen Gedanken in den Raum. Das Dunkel schickte zur Strafe weitere Blitzschläge. Ich litt unbeschreibliche Qualen. Aber der leuchtende Nebel sank herab, wurde flacher, glättete sich zu einer hellen Fläche, die sich über mir in alle Richtungen dehnte wie die Wasseroberfläche über einem Taucher.

Gleich darauf durchbrach mein Kopf die Barriere und badete im Licht. Dennoch dauerte es viele Atemzüge lang, ehe mein Verstand auch nur die spärlichsten Bilder aus der Flut der Eindrücke zusammensetzen konnte. Aber es gelang! Zuerst schemenhaft und flach, dann immer plastischer. Offenbar lag ich noch immer auf dem Rücken. Gedämpftes Licht erfüllte den Raum, weit weniger hell, als es mir aus der Finsternis vorgekommen war.

Ich starrte nach oben. Über mir, das waren … Lampen … ja, Lampen. Das Wort kam mir gleichzeitig fremd und unsinnig vor, aber auch vertraut und richtig.

Einen Augenblick lang packte mich große Angst vor dem Irrewerden.

Plötzlich hörte ich das Echo des Wortes »Lampe« aus meiner verschütteten Erinnerung herüberhallen und befand deshalb, überaus erleichtert, mein Zustand sei doch real. So real wie diese Lampen musste auch mein Körper sein, obgleich der nicht auf den Befehl reagierte, sich zu erheben; keine Hand, kein Bein rührte sich mehr. Immerhin konnte ich den Kopf von einer Seite zur anderen rollen, ihn sogar ein wenig anheben. Mein Hinterkopf holperte nur etwas auf dem Untergrund, wenn ich ihn drehte.

Dann sah ich sie.

Rechts und links von mir saßen im Halbkreis Personen in einer Art von Friseurstühlen. Sie trugen grüne Kittel wie Ärzte im Krankenhaus.

Alle hatten die Köpfe auf die Nackenstütze zurückgelegt, sodass ich außer dem Körper von jedem nur Hals und Kinn sehen konnte. Neben ihren Köpfen entdeckte ich Bündel farbiger Kabel, gerade so, als kämen sie direkt aus den Schädeln. Die Kabel vereinigten sich, wie die Speichen eines Regenschirms von allen Seiten zusammenlaufend, hoch über mir zu dickeren Strängen.

Um mehr von meiner Umgebung aufzunehmen, bog ich den Kopf rückwärts, bis mein Nacken knirschte, und schielte mit großer Mühe nach hinten. Dort spaltete sich das untere Ende des Kabelstrangs in farbige Büschel von Kabeln auf. Alle endeten in bunten Stöpseln, die an zwei kahl rasierten Schädeln klebten. Allerdings blieben noch genügend Kabel übrig, sodass es mir nicht schwerfiel, mir meine eigene Lage vorzustellen.

Wie es schien, waren wir drei wie die Blätter eines Kleeblattes um den dicken Kabelstrang angeordnet, und ringsherum saßen die Grünen. Erneut versuchte ich, mich mit aller Gewalt aufzurichten. Vielleicht habe ich dabei zu laut gestöhnt – jedenfalls schrak ich zusammen, als mit einem Mal eine scharfe Stimme rief:

»Nummer drei ist zurück! Schnell!«

Träge, wie nach tiefem Schlaf, hoben sich alle Köpfe aus den Nackenstützen. Sechs bleiche Gesichter über grünen Kitteln starrten mich an. Sechs – ich habe sie alle genau gesehen, und jedes einzelne hat sich in mein Gedächtnis gebrannt, während sie sich hastig von den Kabeln auf ihren Köpfen befreiten.

Dann fiel ein Schatten über meine Augen, und ich versank in einem dumpfen schwarzen Loch.

Cornelius Hansson hatte sich stocksteif im Sessel aufgerichtet. Das Papier knisterte unter seinem festen Griff. Sein Blick verschlang immer erregter die restlichen Seiten, schließlich die wenigen Textzeilen auf der letzten Seite. Danach warf er das Manuskript beiseite, erhob sich mühsam und griff nach dem zusätzlichen Blatt, das auf dem Teppich lag.

Hansson nahm es mit solchem Grauen an sich, als enthalte es ein Todesurteil, *sein* Todesurteil, doch es liegen zu lassen, das brachte er nicht fertig.

Seine Augen bissen sich in den Text. Ohne den Blick von dem Schriftstück zu wenden, ging er in die Küche hinüber, knipste dort das Licht an und tappte schwankend, doch unentwegt weiterlesend, zwischen Wohnzimmer und Küche hin und her. Noch bevor er das Ende der Seite erreicht hatte, klatschte er das Blatt auf den Küchentisch und las im Stehen weiter, mit keuchendem Atem, die Arme ausgestreckt, seine Hände um die Tischkanten gekrallt.

In dieser merkwürdigen Pose studierte Hansson auch die Rückseite. Er las sich den Text jetzt halblaut vor, und das schien ihn ungemein anzustrengen, so als wehre sich sein Verstand gegen den Sinn der Worte. Seine Stimme zitterte und brach immer wieder ab, ging zuletzt in ein leises Heulen über. Schließlich schluchzte Hansson wie ein Kind. Während sich sein Körper in heftigen Stößen schüttelte, stand er wie festgewurzelt am Tisch. Endlich trieb es einen langen, gequälten Schrei aus ihm heraus; dann drosch er mit den flachen Händen heftig auf die Tischplatte ein.

Der Luftzug seines Gewaltausbruches fegte das Blatt vom Tisch. Es glitt über den Fliesenboden und verschwand unter dem Kühlschrank. Hansson ließ sich hart auf die Knie fallen, legte den Kopf auf den Fußboden und schlang beide Arme darum. In dieser Haltung verharrte er gut eine Viertelstunde, bis ins Mark aufgewühlt, schien sich dann allmählich wieder zu beruhigen und wankte schließlich mit hängenden Armen ins obere Stockwerk.

Es dauerte geraume Zeit, bis Hansson wieder ins Erdgeschoss zurückkehrte. Er knipste bedächtig alle Lampen aus, verließ das Haus und zog von draußen sorgfältig die Haustür ins Schloss, ruhig und anscheinend wieder vollkommen gefasst. Er sperrte die Tür zweimal ab, schritt die Eingangstreppe hinab, ging über den Kiesweg zur Gartentür und drückte auf die Fernbedienung am Autoschlüssel. Die Blinker seines Wagens flammten auf. Ihr orangefarbenes Licht ließ für eine Sekunde gespenstisch die riesige Eiche aus dem Dunkel hervortreten, die gegenüber vor dem düsteren Schulgebäude stand.

Hansson warf mit dem Schuhabsatz achtlos die Gartentür hinter sich zu. Während er zum Auto ging, schepperte ihr eiserner Rahmen nach.

Er war nicht allein. Auf dem Gehweg stand das Hündchen der Nachbarin und beobachtete ihn. Ein winziger, wuscheliger Kläffer, der vor lauter Haarbüscheln kaum aus den Augen sehen konnte. Das hatte den kleinen Köter aber bisher nicht daran gehindert, jede Nacht zielstrebig seine Geschäfte an den geparkten Autos zu verrichten.

Eines seiner viel zu dünnen Beinchen hob sich eben zum Pinkeln, als Hansson beim Einsteigen den Schalter des Martinshorns streifte. Die Sirene heulte kurz auf. Wie der Blitz, mehr quietschend als bellend, schoss das liebe Tierchen daraufhin in seinen schützenden Vorgarten zurück. Frauchen, allein lebend, Tierfreundin, steckte besorgt den Kopf durch den hell erleuchteten Türspalt. Sie entdeckte Hansson, riss ergrimmt die Haustür ganz auf, damit er sie auch wirklich stehen sehe, und deutete wild gestikulierend auf ihr Handgelenk. Martinshorn, um halb zwei Uhr nachts! Unerhört!

Hansson saß wie in Trance, verharrte noch einen Augenblick so und startete dann den Motor. Langsam und fast lautlos rollte der Wagen durch die stille Straße, bog rechts ab und verschwand zwischen den Häusern.

Ein Kommissar wird vermisst

Karims pechschwarzer Schopf und ein Teil seines Oberkörpers schoben sich durch den Türspalt. »Einen wunderschönen guten Morgen, die Damen. Hast du Hansson schon gesehen, Sonia?«

»Nö, ist auch erst kurz nach acht. Nach dem furiosen Abgang gestern ist Cornelius bestimmt die halbe Nacht in seinem Stammlokal herumgehangen. Dauert danach immer etwas länger, bis er wieder auf den Beinen ist.«

»Er hat ja auch niemanden, der ihn morgens rechtzeitig weckt.« Marie Flügel hatte unbemerkt ihren »Glaspalast« in der Büroecke verlassen und begann, die Kaffeemaschine nachzufüllen.

»Oooh, der arme alte Mann!«, entgegnete Sonia mit freundlichem Spott in der Stimme. »Aber der Wecker ist schon erfunden, Marie.«

»Das sagen Sie so! Ein Wecker ist nicht alles.« Marie war an diesem Morgen wieder einmal auf ihrem Betreuungstrip. Immer, wenn sie selbst nicht ganz im Lot war, suchte sie sich jemanden zum Bemuttern. »Möchten Sie auch eine Tasse Kaffee, Herr Oberkommissar, ja? Ich bring ihn dann rüber, Sie müssen nicht drauf warten.«

»Gern, Frau Flügel.«

Marie schoss herum. »Frau Flügel? Aber alle sagen zu mir Marie! Sie doch auch! Ich mein, das war doch immer so!«

»Und zu mir sagen alle Karim – und du endlich auch, bitte, Marie. Es ist mein Wunsch.«

»Ja, dann, wenn Sie meinen, Herr Karim.«

»Marie!« Karim schlug sich theatralisch verzweifelt die Hand vors Gesicht.

»Damit wir nicht ganz von deiner Frage abkommen, Karim – brauchst du Cornelius? Oder kann ich dir helfen?«, fragte Sonia.

»Nein, dachte bloß, er hätte vielleicht eine neue Direktive. Ich mache dann bei den Lebensläufen der ersten drei Opfer weiter. Jonas ist wegen dem Ami in Leimen, oder?«

»Ja, Jonas wohnt doch in Walldorf, da liegt Leimen sowieso fast auf seinem Weg. Bis Mittag ist er sicher zurück. Übrigens: Ich fahr nachher kurz in die Akademiestraße, zum Archiv der Uni, die haben mir alle Studienunterlagen unserer toten Mediziner zusammengesucht. Vielleicht finden sich darin Gemeinsamkeiten unserer Opfer. Und –«

»Alles klar dann. Viel Erfolg – wir könnten ihn dringend brauchen.«

»Moment! Warte doch mal, Karim! Herrgott, bist du ein Hektiker. Dorthe möchte … Dorthe will noch was … Donnerwetter, kannst du nicht vielleicht *ganz* zur Tür hereinkommen? Es macht mich ganz rappelig, mit schräg im Türspalt hängenden halben Menschen zu sprechen.«

Karim hob entschuldigend die Hände und setzte sich auf Hanssons Bürostuhl. »Jetzt okay?«, fragte er grinsend. Sonia verzog das Gesicht und packte ihre Unterlagen zusammen.

»Hallo, Karim!« Dorthe Simonek strahlte ihn an. »Bin eben dabei, beim Landeskriminalamt und beim BKA eine Recherche über den Amerikaner und die Binsfeld zu machen. Soll ich eure ersten drei Opfer ebenfalls noch einmal durchlaufen lassen? Man weiß ja nie. Ich will dir aber nicht in die Arbeit pfuschen.«

»Keine Sorge, pfusch nur. Und falls du was für mich hast – Anruf genügt, komme sofort.« Damit war er weg.

»Komme sofort.« Sonia lächelte ihre Kollegin an. »Na, na … glaub ich ihm glatt. Also, tschüss, bin im Universitätsarchiv!«

***

»Das ist restlos alles, was wir über die Leute haben«, sagte die Archivarin und schob Sonia Nerlinger einen Bücherwagen entgegen, dessen obere Etage nur mit vier unerwartet dünnen Aktenordnern belegt war.

»Danke.« Die Kommissarin überflog prüfend die Namensschilder der Ordner. »Aber es sollten die Unterlagen von *fünf* Personen sein! Ich hatte Ihrer Kollegin *fünf* Namen angegeben, doch eine Akte Tamara Binsfeld ist nicht dabei. Leihen Sie solche Dokumente manchmal aus an andere Behörden?«

»Niemals. Das sind doch die Urschriften, die kann ich auch Ihnen nicht mitgeben.«

»Würden Sie bitte feststellen, wo die Unterlagen von Frau Binsfeld geblieben sind? Vielleicht haben Sie auch einen digitalisierten Datensatz von ihr?«

»Nein, diese Jahrgänge sind vorerst nur in Papierform vorhanden. Binsfeld war der Name? Mit ›s‹?«

»Ja, Vorname Tamara, ebenfalls Medizinerin. Und ich hätte auch gern Ihren Chef gesprochen.«

Zehn Minuten später erfuhr Sonia Nerlinger, dass es in der zentralen Datenbank der Universität nicht nur keinerlei Unterlagen, sondern überhaupt keinen Namenseintrag für Tamara Binsfeld gab – weder als Studentin, Assistentin noch als Doktorandin. Sie tauchte in keiner einzigen Sparte auf. Allerdings listete der Computer bei der Abfrage nach ihrem Vornamen ein halbes Dutzend Tamaras auf, aber die hießen weder Binsfeld, noch passte ihr Geburtsdatum. So viel war klar: Tamara Binsfeld hatte unter *diesem* Namen kein einziges Semester in Heidelberg verbracht. Wie war sie dann unter die Opfer geraten? Diese Frage ließ sich hoffentlich mit einem Anruf bei der Uni Tübingen beantworten. Die Universität dort, Binsfelds letzter Arbeitgeber, würde zumindest ihren Werdegang kennen.

Mit einer Sondergenehmigung vom Leiter des Universitätsarchivs durfte Sonia die Akten für das Dezernat 2 ausleihen. Das Risiko fürs Archiv hielt sich ohnehin in Grenzen; alle Betroffenen waren vor Kurzem verstorben und würden kaum mehr Kopien ihrer Studiennachweise anfordern.

Kurz nach neun verließ Sonia mit den Unterlagen die angenehm kühle Lesehalle des Archivs. Draußen begann sich der Vormittag bereits kräftig aufzuheizen.

***

Als Sonia ins Büro zurückkam, erfasste sie mit einem Blick, dass Hansson nicht im Zimmer war.

»Sag mal, Dorthe, hat Hansson inzwischen angerufen? Oder ist er im Haus unterwegs?«

»Weder noch. Kommt das öfter vor, Sonia, dass euer Chef so abtaucht?«

»Nein, das ist die ganz unverständliche Ausnahme. Wenn er jemals deutlich später dran war, dann hat er mich zumindest informiert. Wie Marie schon sagte, er hat ja niemanden. Aber ohne dass ich mich lustig machen will: Cornelius lebt allein, und seit ihn vor längerer Zeit seine Freundin verlassen hat, fehlt ihm etwas das weibliche Korrektiv. Geben wir ihm noch eine Stunde.«

»Meine Recherche in sämtlichen Datenbanken hat übrigens nichts ergeben, was weiterhelfen könnte. Frenkel hatte als Student einmal Ärger wegen ein paar Gramm Haschisch.«

»Wer nicht?«, unterbrach Sonia schmunzelnd.

»Du sagst es. Unser pädophiles Miststück Elmar Strube ist mit seinen Taten als Kinderarzt auch erfasst. Seine aktuellen Verbrechen fehlen natürlich noch. Was Fuhrmann, das erste Opfer, betrifft: Er hat als Gymnasiast bei einer Demo einen Müllcontainer angezündet und wurde dafür zu einem Wochenende Sozialarbeit verdonnert.«

»Wahnsinn … Und weiter?«

»Nichts weiter. Alle anderen Namen liefern kein Ergebnis. Ich informiere nur kurz unseren Kollegen Karim.«

Während Hauptkommissarin Dorthe Simonek im anderen Büro – auffallend ausführlich – Karim auf den aktuellen Stand brachte, erkundigte sich Sonia in Tübingen nach dem beruflichen Werdegang von Dr. Tamara Binsfeld. Ihrem Gefühl nach war nichts zu erwarten, und genau darauf lief es hinaus. Die hilfsbereite Sekretärin in der Uni Tübingen ging zwar am Telefon Schritt für Schritt den Lebenslauf der Binsfeld durch, aber die hatte allem Anschein nach ihr gesamtes Studium an den Universitäten Lüttich, Brüssel und Tübingen absolviert.

»Und es findet sich kein Eintrag, wenigstens für ein Gastsemester, in Heidelberg?«

»Nein, Frau Nerlinger, tut mir leid. Ich faxe Ihnen gleich den ganzen Lebenslauf von Frau Dr. Binsfeld.«

Sonia bedankte sich und drückte den Knopf der Sprechanlage. »Kommt ihr bitte herüber? Wir haben ein neues Problem.«

Gleichzeitig mit dem Erscheinen ihrer Kollegen liefen die Kopien aus dem Fax.

»Was Interessantes?«, fragte Karim und nahm neugierig die ersten Blätter aus dem Gerät. »Sieh da, ein Lebenslauf unserer Frau Dr. Binsfeld.«

Sonia sah bekümmert aus. »Wie ich sagte – ein neues Problem, das unsere wichtigste Annahme über den Haufen wirft.«

Das Fax verstummte.

Karim griff nach dem letzten Blatt und setzte sich zu Dorthe und Sonia an den Besprechungstisch, ohne seinen Blick von der ausgedruckten Liste zu wenden. »So, wie das auf den ersten Blick aussieht, hat die Binsfeld –«

»... kein einziges Semester in Heidelberg studiert, ja. Genau das hat man mir vorhin auch im Archiv bestätigt«, ergänzte Sonia. »Wenn aber die Binsfeld nie in Heidelberg gewesen ist, wo soll dann ihr Berührungspunkt mit den übrigen Opfern liegen? Wie kam sie auf die Abschussliste unseres Täters? Unsere Konstruktion wackelt ganz gewaltig. Irgendeine Idee dazu, Kollegen?«

»Ein Trittbrettfahrer? Vielleicht gehört die Binsfeld gar nicht zur offiziellen Todesliste unseres Irren?«, meinte Dorthe etwas voreilig.

Karim wehrte ab. »Auf keinen Fall. Die Meldung an unsere Zentrale kam mit dem gleichen Wortlaut wie bei allen anderen Fällen, und auch der Fundort passte räumlich genau ins bisherige Raster. Wo die nächste Leiche liegen musste, das konnte einfach kein Außenstehender wissen.«

Sonias Handy klingelte. Ihre Miene hellte sich auf. »Hallo Corne... ach, Jonas, du bist es. – Nein, ich bin nicht enttäuscht. – Heute Mittag erst? Ist gut, bis dann.« Sie legte das Telefon beiseite. »Jonas hat noch länger zu tun, aber das habt ihr ja mitbekommen.«

Dorthe deutete auf den Lebenslauf der Binsfeld, der vor Sonia auf dem Tisch lag. »Wisst ihr, ganz gleich, was hier steht, wir sollten bei unserem Konzept bleiben und die Lebensläufe der anderen vergleichen. Vielleicht gibt es eine einfache Erklärung für die Abweichung bei Tamara Binsfeld.«

»Das sehe ich auch so«, stimmte Karim zu.

»Aber ...« Sonia schien nicht völlig überzeugt zu sein. »Ohne

Hansson vorgreifen zu wollen – wenn wir bis Ende dieser Woche nicht wenigstens *eine* brauchbare Spur haben, dann müssen wir Dyckerhoff klarmachen, dass wir eine große Sonderkommission brauchen. Spätestens dann hilft nur noch äußerste Akribie – oder ›Kommissar Zufall‹.«

Karim sah auf die Uhr. »Fast halb elf. Was ist denn nun mit unserem Dezernatsleiter? Ich kenne ihn noch nicht so lang wie du, Sonia, aber einfach wegzubleiben, ohne jede Nachricht – das passt nicht zu ihm. Sein Abgang gestern war auch schon von der merkwürdigen Art.«

»Hast recht, mal sehen, was los ist.« Sie griff zum Telefon, schaltete auf Außenempfang, wählte mehrmals sein Handy an. Außer dem Freizeichen kam nichts zurück. »Seltsam. Sein Telefon ist eingeschaltet, aber er nimmt nicht ab. Ich hoffe, Cornelius ist nichts passiert.« Sie wählte nochmals. »Hermann, kannst du bitte mal eine Ortung von Hanssons Handy veranlassen? – Ja, jetzt gleich. Du hast seine Nummer? – Ist gut, ich warte.«

Mit dem Telefon am Ohr winkte sie Marie herbei, die aus ihrem Glaskasten besorgt herübersah. »Marie, es geht um Hansson, frag bitte bei unserer Zentrale und bei den Notaufnahmen der Kliniken nach, ob seit gestern Abend ein schwerer Unfall im Raum Mannheim–Heidelberg registriert wurde. Mach dir keine Sorgen, das ist nur zur Sicherheit, ich denke nicht, dass er wirklich … Hallo, Hermann? Ich bin noch dran, sicher. – *Wo* ist sein Handy? Nein, erspar mir die Koordinaten, die ungefähre Adresse reicht. – Die Position ist Ladenburg, am Anfang der Heidelberger Straße? Ja, das hat mir sehr geholfen, danke.«

»›Hier werden Sie geholfen …‹ Euer Hermann ist ein fixer Junge«, meinte Dorthe. »Sehr beruhigt siehst du aber trotzdem nicht aus.«

»Bin ich auch nicht. Hansson wohnt in der Heidelberger Straße, und dort wurde eben sein Telefon geortet. Das muss aber nicht heißen, dass er sich auch im Haus aufhält. In letzter Zeit lässt er das Ding andauernd liegen. Karim, fährst du mal rüber? Du weißt doch, wo Cornelius wohnt, oder? Sieh dich mal um, eventuell sogar im Haus, und tu, was du für erforderlich hältst. Aber bitte sehr dezent. Das ist alles inoffiziell und bleibt unter uns; ich will Hansson nicht vor den Kopf stoßen. Vielleicht steht er nach dem Mittagessen fröhlich pfeifend im Büro und lacht über unsere Besorgnis.«

»Sicher. Wir machen das schon richtig. Bis dann.«

***

Karim erinnerte sich gut an den Weg. Er kannte Hanssons Haus von einem kleinen Umtrunk, den dieser zu Karims Dienstantritt in der Abteilung gegeben hatte.

Hanssons Wagen stand nicht vor dem Haus. Das musste kaum etwas bedeuten – vielleicht hatte er ihn am Vorabend vor irgendeinem Lokal in Ladenburg stehen lassen und war zu Fuß nach Hause gegangen. Den Wagen würde man schnell finden.

Karim öffnete das Gartentor und trat ein. Der Kies knirschte unter seinen Schritten. Im Nachbarhaus knarrte eine Tür; zu sehen war dort niemand, denn dichte Fliederbüsche versperrten den direkten Blick von Haus zu Haus – außer man bog die Zweige etwas auseinander.

Karim grinste. Vier Treppenstufen brachten ihn vor die altertümlich solide Haustür. Aus ihrer Mitte ragte der abgewetzte Flügel einer Drehklingel aus Omas Zeiten. Karim ließ die Schelle mehrmals schwungvoll rotieren. Jedes Mal vernahm er deutlich das Läuten im Hausflur, doch im Haus blieb alles still. Hansson hatte auch das einfache Zylinderschloss der Eingangstür beibehalten, das sicher fünfzig Jahre auf dem Buckel hatte. Na ja, eben Hansson! Karim brauchte keine zwanzig Sekunden, bis es offen war.

Hinter den Fliederbüschen raschelte und knackte es vernehmlich.

Dann stand er im Flur. »Cornelius! Hallo, Cornelius!« Alles blieb totenstill. Er streifte Latexhandschuhe über und überprüfte Raum für Raum. Nirgends brennende Lampen, keine eingeschalteten Herdplatten, auch nichts, was auf ein hektisches Verlassen des Hauses deutete. Vor allem entdeckte er keine Blutspuren oder Spuren eines Kampfes.

Im Erdgeschoss schnarrte gedämpft ein Handy. Es fand sich

auf der Garderobe, unter einem hingeworfenen Hemd. Karim überprüfte den Rufnummernspeicher des Telefons, die letzten eingegangenen Anrufe, dann die Mailbox. Nichts erregte seinen Argwohn. Er legte es zurück, trat ins Freie und umrundete das Haus.

Über die gesamte Breite der Rückseite zog sich eine verglaste Veranda, die auf einer bogenförmig durchbrochenen Stützmauer ruhte. Den halb geschlossenen Raum unter der Veranda hatte man seinerzeit als Lager für die Schnittabfälle der Schreinerei genutzt. Gebückt spähte Karim in jeden Winkel des dämmrigen Hohlraums, doch außer eindrucksvollen Netzen mit fetten Kreuzspinnen gab es hier nichts zu entdecken.

Der gepflasterte, abfallende Hofbereich zur Gartenseite schloss sich an, beiderseits von alten Gebäuden begrenzt. Rechts das ehemalige Waschhaus, in dem er sogar noch einen verrosteten Kessel fand, daneben niedrige Geräteschuppen und offenbar der Schweinestall. Gegenüber ragte das zweistöckige Holzlager der früheren Schreinerei auf, ein luftiger schwarzbrauner Bau mit durchhängendem Ziegeldach.

Doch nirgends fand sich eine Spur von Hansson.

Gedankenvoll schlenderte Karim wieder zum Hauseingang zurück. Er zog die Haustür ins Schloss und ging zum Wagen.

»Hallo, Sie da, warten Sie mal!« Das laute Rufen galt augenscheinlich ihm.

Auf dem Treppenabsatz, vor der offenen Haustür des Nachbarhauses, stand eine drahtige ältere Frau, kaum zehn Meter von Karim entfernt. Obwohl ihre Haltung und ihre Stimme überdeutlich Angst signalisierten, fauchte sie ihn dennoch tapfer an: »Was haben Sie denn am Haus von dem Herrn Hansson rumzuschnüffeln? Sie! Ich habe mir Ihre Autonummer notiert und die Notrufnummer der Polizei schon angewählt. Ich brauch bloß noch draufzudrücken, dann ist sofort unsere Polizei hier!« Sie hielt drohend ihr Telefon hoch. »Wissen Sie, ich beobachte Sie schon die ganze Zeit! Sie sind ja sogar in sein Haus *eingebrochen*!«

Karim wandte sich in ihre Richtung. »Das ist ein Missverständnis, Frau –«

»Bleiben Sie ja stehen! Ein Schritt und ich schrei das ganze

Viertel zusammen und hol die Polizei! Kommen Sie mir nicht näher! Ich habe auch einen Hund!«

»Beruhigen Sie sich doch bitte! Mein Name ist Karim Abakay, ich bin selbst Kommissar, ein Kollege aus Herrn Hanssons Abteilung. Schauen Sie, hier ist mein Ausweis.« Er hielt den Dienstausweis in ihre Richtung und bewegte sich behutsam nach vorne.

»Ausweise kann man fälschen. Stehen bleiben! Kommen Sie ja nicht her! Das ist doch bloß ein Trick. Und wenn Sie dann ganz nah bei mir sind –«

»Moment! *Das* werden Sie ja hoffentlich glauben!« Karim ging zum Wagen zurück und öffnete die Tür.

»Ich hab Ihre Autonummer, wenn Sie jetzt abhauen!« Ihre Stimme wurde schriller, und sehr zu ihrem Leidwesen drängte sich jetzt auch noch fiepend das winzige weiße Tierchen zwischen ihre Beine, das sie gerade mit »Hund« gemeint hatte. Keine wirkliche Abschreckung!

Lange hält sie diese Aufregung nicht mehr aus, dachte Karim amüsiert. Er griff ins Wageninnere, bewusst aufrecht stehend, damit sie nicht glaubte, er wolle einsteigen und flüchten, und stellte das Blaulicht aufs Dach. »Sehen Sie her! Soll ich's auch noch einschalten?«

»Nein, nein.« Die grauhaarige Frau tappte vorsichtig die Treppe herunter, die Augen auf jede Stufe geheftet, und kam an ihren Gartenzaun – mit einem Meter Abstand. Die Gartentür hielt sie geschlossen. »Kann ich jetzt noch mal Ihren Ausweis sehen?«

Nachdem Frau Gutmann – so hieß Hanssons wachsame Nachbarin – diesen gründlich gemustert hatte und auch sicher war, dass der dunkle, fremdartig aussehende Mann auf dem Foto *wirklich* ihr Gegenüber war, schien sie erleichtert. Ein Fünkchen Misstrauen blieb dennoch. Erst als Karim Abakay ihr dann auch noch versichert hatte, sie habe sich durchaus verständlich und ganz richtig verhalten, wurde sie aufgeschlossener – und sofort neugierig.

»Aber was haben Sie denn wirklich auf Herrn Hanssons Grundstück und in seinem Haus gemacht? Wenn er Ihr Kollege ist, dann können Sie ihn doch fragen, wenn Sie was wollen.«

Da hatte sie peinlicherweise recht. Karim überlegte einen Moment, wie weit er offen reden konnte, doch genau genommen blieb ihm gar nichts übrig; vielleicht brauchte er sie als Zeugin. Er trat deshalb die Flucht nach vorn an und erklärte ihr den Sachverhalt. Sie schüttelte entsetzt den Kopf.

»Nein, das täte mir aber furchtbar leid, wenn ihm etwas zugestoßen wäre! Wir kommen nämlich gut miteinander aus, der Herr Hauptkommissar Hansson und ich. Bis auf gestern Nacht, da hat er nämlich meinen Fido furchtbar erschreckt. Wissen Sie, Herr Abrakadab –«

»Abakay, aber Karim genügt auch.«

»Ja, also, da hat er beim Wegfahren kurz die Sirene aufheulen lassen. Mein Fido bekam schreckliche Angst. Er sollte eigentlich Gassi gehen, aber das hat er sich danach nicht mehr getraut. Später … Na ja, Fido hat in sein Körbchen gemacht. Das kommt sonst nie vor! Der Arme war richtig verstört.«

»Wissen Sie denn noch ungefähr, wann das war, Frau Gutmann?«

»Das weiß ich sogar ganz genau: um halb zwei Uhr in der Früh. Ich hab extra noch auf die Uhr geschaut, weil mich die Sirene so geärgert hat.«

***

»Stand der Dinge: Uns ist ziemlich spurlos ein leibhaftiger Hauptkommissar abhandengekommen, samt Dienstwagen. Ich meine, wir sollten Hanssons Verschwinden ernst nehmen und schnellstens reagieren«, schloss Karim seinen kurzen Bericht über die Nachforschungen rund um Hanssons Haus. »Ich war schon drauf und dran, eine Fahndung nach seinem Wagen auszulösen, aber dann wird sein Verschwinden mit einem Schlag hochoffiziell. Also?«

Dorthe und vor allem Sonia saßen reichlich bedröppelt da, und Karim fühlte sich auch nicht viel besser.

»Sieht wahrhaftig nicht mehr so aus, als hätte er bloß verschlafen«, meinte Sonia. »Aber Cornelius war manchmal schon etwas kurios. Daher besteht zumindest eine geringe Chance, dass er einfach Mist gebaut hat und sich gerade eine Auszeit verschafft. Ich möchte ihm da nichts verbauen.«

Karim widersprach energisch. »Macht er nicht. Das wäre völlig indiskutabel mitten in einer komplexen Ermittlung. Hansson weiß das. Sonst wäre er reif für die Klapsmühle! Was denkst du denn, Dorthe?«

»Können wir einen Unfall ausschließen? Wie weit ist Marie mit ihren Telefonaten?«

»Gute Frage.« Sonia ging zu Marie in die verglaste Zimmerecke hinüber. Schon kurz darauf kam sie zurück. »Ein oder zwei Kliniken stehen noch aus. Es gab aber seit gestern keine einzige polizeiliche Unfallaufnahme mit erwähnenswerten Personenschäden im ganzen Großraum. Unwahrscheinlich, dass Hansson unerkannt in einer Klinik liegt, er hatte ja auch Papiere dabei und ist im Dienstwagen unterwegs.«

»Dann«, begann Dorthe, und man sah ihr an, dass sie jedes Wort genau überlegte, »will ich mal aussprechen, was wir inzwischen alle denken: Wurde Hansson im Zusammenhang mit den Mordfällen entführt? Nicht unmittelbar aus seinem Haus allerdings – das ist ja nach der Aussage dieser Frau Gutmann auszuschließen. Hat ihn der Killer vielleicht sogar auf seine Todesliste gesetzt, weil er zu nahe an der Lösung war? Denn ohne eurem Chef zu nahe treten zu wollen – ich bin nicht sicher, ob Hansson stets alle Informationen zum Fall weitergegeben hat.«

Karim nickte zustimmend. »Den Eindruck hatte ich in letzter Zeit öfter.«

»Für das aktuelle Vorgehen muss ich die Genehmigung von oben erhalten«, erklärte Sonia. »Ich werde für vierzehn Uhr Dyckerhoff und Staatsanwältin Winterstein zu einer Eilbesprechung zu uns bitten. Ich hoffe, die sind beide verfügbar. Bringt ihr bitte Jonas auf den aktuellen Stand? Wir treffen uns spätestens dreizehn Uhr dreißig alle wieder hier. Ich muss sofort los.«

»Verschwindest du jetzt auch so ratzfatz wie Cornelius?«, fragte Karim lächelnd. Er hatte das für einen guten Scherz gehalten, gerade wegen der ernsten Lage, doch Sonia reagierte biestig.

»Quatsch! Ich kontaktiere noch die Chefetage, dann bin ich bei einem schon vor Wochen angesetzten Mittagessen. Das wird man ja noch dürfen. Oder glaubst du, wir finden Hansson schneller, wenn ich das Essen sausen lasse? Noch was – bei neuen Erkenntnissen zur Sache Hansson sofort Mitteilung an uns alle. Und tschüss!« Damit rauschte sie aus dem Zimmer.

»Aha«, sagte Dorthe zu Karim, ohne das Gesicht zu verziehen.

»Gehst du mit in die Kantine?«, fragte er. »Bei dem, was wahrscheinlich auf uns zukommt, sollte man wenigstens ausreichend gegessen haben.«

***

Nachmittags, vierzehn Uhr. Noch immer keine Spur von Hansson.

Angesichts dieser bedrückenden Situation saßen auch Kriminalrat Dyckerhoff und Staatsanwältin Friederike Winterstein am Tisch des Dezernats 2.

Das schmale Gesicht der Winterstein leuchtete noch blasser als sonst zwischen ihren rötlichen Haarsträhnen hervor. Ihre Besorgnis war nicht zu übersehen. Sie hatte ohne Zögern eine wichtige Dienstbesprechung ihrer Behörde verschoben, um teilnehmen zu können, und Sonia gegenüber angedeutet, dass sie Hanssons möglicherweise erzwungenes Verschwinden für einen dreisten Angriff auf die Staatsgewalt halte – sollten wirklich alle anderen Möglichkeiten ausscheiden.

Dyckerhoffs Gedanken kreisten auch um die Frage, ob der unerfreuliche Sachverhalt seine erneute Kandidatur für den Posten des Landrats gefährden konnte. Die Wahlen standen Mitte September vor der Tür. Immerhin hatte er deswegen schon den Entwurf seiner Kurzbiografie für die Zeitung vorübergehend unterbrechen müssen, um den ihn seine Parteifreunde gebeten hatten. Aber ein verloren gegangener Dezernatsleiter war selbstverständlich erst einmal dringlicher. Er war jedoch erleichtert, dass die Winterstein diese Angelegenheit betrieb und er nicht selbst allzu aktiv werden musste.

Die Staatsanwältin zupfte ihr graues Jeanskleid zurecht und sah in die Runde. »Kolleginnen, Kollegen, bevor wir Entscheidungen treffen, möchte ich gern alle näherliegenden Möglichkeiten rund um Herrn Hanssons unerklärliches Verschwinden ausschließen. Mein erster Punkt betrifft die rein psychische Seite: Menschen halten Beanspruchungen nicht unbegrenzt lang aus. Sie haben im Dezernat 2 eine Mordserie, die Herrn Hansson als Verantwortlichen vielleicht weit stärker unter Erfolgsdruck gesetzt hat, als das für seine Mitarbeiter erkennbar war. Können wir ausschließen, dass er in einem psychischen Ausnahmezustand und aus eigenem Antrieb gehandelt hat?«

Ihr Blick blieb an Sonia hängen.

»Nachdem eine ganze Nacht dazwischenlag und er nicht einmal *mich* als langjährige Mitarbeiterin kontaktiert hat: Ja, das können wir nach gemeinsamer Ansicht ausschließen.«

Winterstein fuhr fort: »Frau Nerlinger, Sie haben bereits einen Verkehrsunfall Hanssons und – wenn auch nicht auf ganz legale Art – einen häuslichen Unfall oder gar einen Suizid ausgeschlossen. Ich möchte aber betonen, dass ich Ihr Vorgehen gutheiße; es lag durchaus im Interesse von Hauptkommissar Hansson. Für mich stellt sich nun die Sachlage so dar.« Sie spitzte für einige Sekunden ihre blassrot geschminkten Lippen und starrte auf die Tischplatte, bevor sie weitersprach. »Hauptkommissar Hansson wurde offenbar veranlasst, sich zu einem bestimmten Ort zu begeben. Er wird dort oder an einem unbekannten Platz gewaltsam festgehalten. Wir alle hoffen, er ist am Leben. Hat jemand Anmerkungen dazu? Herr Dyckerhoff?«

»Nein, nein.«

Staatsanwältin Winterstein strich sich mit beiden Händen ihre schulterlangen Haare aus dem Kragen. Dann wurde ihr schmaler Oberkörper noch einen Tick straffer, und sie verkündete wie bei Gericht: »Gut, dann ordne ich vorerst Folgendes an: Erstens, über die Angelegenheit Hansson wird eine Informationssperre verhängt, zweitens, nach seinem Wagen ist eine Fahndung einzuleiten, drittens, das Haus Hansson soll nach den Richtlinien für Tatorte sofort und ohne Einschränkungen durchsucht werden; sämtliche Spuren sind zu sichern. Die volle Weisungsbefugnis für alle Aktionen liegt bei Frau Nerlinger. Bitte halten Sie mich und natürlich auch Herrn Dyckerhoff als Ihren unmittelbaren Vorgesetzten auf dem Laufenden. Danke.«

Sie lächelte verbindlich in die Runde und ging.

Nachdem Dyckerhoff auch einige Sprechblasen abgesondert hatte, um seine Führungsfähigkeit unter Beweis zu stellen, waren Sonia, Dorthe, Karim und Jonas wieder allein im Raum.

Marie Flügel öffnete die Tür und trat einen Schritt ins Zimmer, sehr bedrückt. »Von meinem Büro aus hört man jedes laute Wort, wenn es ringsherum still ist, dazu muss man nicht lauschen. Ich sag's nur … Aber glauben Sie, der Herr Hauptkommissar ist tatsächlich dem Verrückten in die Hände gefallen?«

»Das weiß niemand. Wir werden ihn suchen. Aber gut, dass du gerade da bist, Marie. Dann hast du ja auch mitbekommen, dass absolute Verschwiegenheit geboten ist, ja?«

»Selbstverständlich.«

Bereits auf dem Rückweg in ihren Glaskasten musste Marie noch etwas loswerden. »Übrigens: Wenn Sie mir gesagt hätten, dass um zwei das Meeting geplant war, dann hätt ich doch Kaffee gekocht. Das wäre doch kein Problem gewesen.«

»Danke, Marie, heute ging es mal ohne.«

»Manchmol geht eim d' Marie scho gewaltig uf de Senkel«, raunte Jonas seinem Nebenmann zu.

Ehe Karim antworten konnte, begann Sonia mit der Verteilung der Aufgaben. »Jonas, übernimmst du bitte die Fahndung nach Hanssons Wagen? Mach dich auch bei Hermann schlau, ob sie irgendwie den Standort des Fahrzeugs lokalisieren können. Wenn das läuft, hätte ich dich und Karim auch gern drüben in Ladenburg bei der Durchsuchung von Hanssons Haus. Dorthe und ich fahren jetzt gleich los. Karim, dein diplomatisches Geschick ist dabei gefragt. Wir brauchen die Spurensicherung und ein paar Kollegen in Zivil, um notfalls das Grundstück abzusperren – aber das Ganze möglichst diskret. Nehmt die hintere Hofeinfahrt, und sprich bitte auch mit Hallermeyer. Vielleicht kann die Spurensicherung ausnahmsweise erst im Hausflur ihre weißen Klamotten überziehen. Ich will nicht, dass sich ein Volksauflauf vor Hanssons Haus bildet. Und: nicht die kleinste Info an die Presse! Sieh zu, dass die Kollegen neugierige Schreiberlinge nicht auf das Grundstück lassen.«

»Keine Sorge.«

Sonia sah aus dem Fenster und schwieg einige Sekunden. »Falls Cornelius plötzlich auftaucht, soll das kein Spießrutenlauf für ihn werden. – Fragen?«, stieß sie dann hervor, übertrieben energisch.

»Kamera?«, erkundigte sich Jonas ebenso zackig wie überflüssig, denn er hätte sie sowieso mitgenommen.

Sonia bemerkte seine kleine Stichelei gar nicht. »Ja, nimm sie mit. Bis später, Kollegen.«

***

Sonia parkte gegenüber von Hanssons Haus. Dorthe Simoneks Blick lief erstaunt über die breite Straßenfront des Gebäudes. »In *dem* Kasten hat er ganz allein … ich meine, wohnt er ganz allein? Das Ding ist ja riesig, für eine Person.«

»Na ja, das hatte sich Cornelius auch anders gedacht. Aber wie das Leben eben so spielt. Männer haben oft merkwürdige Vorstellungen von einer Partnerschaft.« Sie streifte Handschuhe über und ließ die Drehklingel läuten. »Falls er inzwischen doch da sein sollte.«

Dorthe zog erstaunt die Augenbrauen hoch. »Nicht dein Ernst, oder? Soll ich die Tür aufmachen, oder willst du?«

»Nur zu, sonst ist die Spurensicherung da, bevor ich das geschafft habe.«

Nach weniger als einer halben Minute standen beide auf dem Terrazzoboden des Flurs.

»Nicht schlecht, Frau Kollegin.« Sonia lächelte anerkennend.

»Das Schloss ist alt und ausgeleiert«, sagte Dorthe entschuldigend und wurde leicht rot.

Im Haus hing eine abgestandene Mischung aus Küchengeruch und alten Holzböden in der Luft, von der brütenden Wärme der letzten Tage aufgekocht. Sie begannen, die Räume zu untersuchen. Einige Zeit lang hörte man nur das Schaben und Klacken von Schubladen, Papiere raschelten, mitunter fielen einige Blätter zu Boden.

»Sieh mal, Sonia, sein Terminkalender! Unter den Adressen ist eine Charlotte Hansson eingetragen, die in Michelstadt wohnt. Seine Ex oder eine Schwester?«

»Das muss die Tante sein, von der er mir gelegentlich erzählt hat. Die werden wir später kontaktieren, vielleicht hat er sich bei ihr gemeldet. Hier ist noch was … sieht aus wie ein Manuskript. ›Selaphos‹. Wir werden uns später damit befassen.«

»Lass mal sehen.« Dorthe griff nach den Papieren und sah die Seiten im Schnellgang durch. »Übrigens: Da liegt ein Sticker neben dem Sessel, hast du gesehen? ›Letzter Teil des Manuskripts. Gruß, Agricola‹ – sagt dir das was?«

»Cornelius hat mir vergangene Woche von einem Typen erzählt, der ihn nach seiner letzten Autorenlesung angesprochen hat. Dem sollte er bei seinem ersten eigenen Roman helfen – Ratschläge geben, Korrektur lesen oder so was. Wahrscheinlich stammt das Manuskript von ihm. Schon möglich, dass er auch diesen Namen erwähnt hat.«

Vor der Haustür waren Schritte zu hören. Sonia öffnete den Männern der Spurensicherung und ihren beiden Kollegen Karim und Jonas.

»Hallo, die Damen, können wir gleich anfangen?« Hallermeyers Blick wanderte wie ein Suchscheinwerfer durch das Zimmer. Schließlich blieb er auf den Manuskriptblättern in Dorthes Hand hängen. »Die Papiere da, die müssten wir aber erst noch testen, bevor ihr die mitnehmen könnt.«

»Logo.« Dorthe reichte ihm das Bündel.

»Äh … ja.« Irgendetwas drückte ihn noch. Er stand verlegen herum. »Was ich noch sagen wollte: Das ist so ziemlich der merkwürdigste Einsatz, den ich jemals hatte. Wir hoffen alle, dem Cornelius ist nichts zugestoßen!«

Sonia seufzte. »Ja, wir auch. Und danke, dass ihr so schnell gekommen seid. So, ich gehe mit Jonas durchs Haus. Dorthe, wenn du vielleicht mit Karim … und sucht auch nach Laptops. Unwahrscheinlich, dass er bloß einen einzigen Computer hat.«

Karim nickte. »Wir fangen ganz oben an, in Cornelius' Allerheiligstem.«

»Ich möchte gern, dass du für uns alle wichtigen Dokumente und Fotografien ablichtest«, sagte Sonia auf der Treppe zu Jonas. »Wir bekommen zwar später alles, aber Hallermeyer und das Labor werden sicher einen ganzen Tag brauchen, um die Fundstücke auszuwerten. So lange haben wir nicht Zeit. – So, hier im ersten Stock ist Hanssons Büro. Du bist doch fit in Informatik?«

»Ha, woisch, mei zwoiter Name isch PeZee.« Jonas' Selbstbewusstsein war kaum zu toppen.

»Mein Lieber, wenn das bloß heiße Luft ist! Keine Ahnung, welches Passwort Cornelius für den Computer verwendet oder wie man sonst reinkommt. Hallermeyer nimmt die Kiste sowieso mit, aber ich hätte gern heute noch alle Mails, die du finden kannst. Hast du einen Memorystick oder sonst ein Speicherzeugs dabei?«

»Chefin!« Er schüttelte entrüstet den Kopf.

»Fragen wird man dürfen. Also, mach dich dran, bevor der PC eingepackt wird. Ich sehe mich inzwischen in seinen Schränken um.«

Sie fand jedoch nichts von Belang außer zwei Bildern: Das erste zeigte eine Anzahl junger Männer, die sich für den Fotografen in einer Doppelreihe hintereinander aufgestellt hatten. »Abiturklasse 13a« stand in Handschrift auf der Rückseite. Auf den ersten Blick erkannte sie darauf den jungen Hansson, stämmig, aufrecht, mit ernsthaftem Gesichtsausdruck und damals schon mit Schnauzbart.

Das andere Bild war eine erstaunlich gekonnte Wachsstiftzeichnung: das Brustbild eines Mannes im roten Rollkragenpullover, etwa in ihrem Alter, der sie aus schmalen Augen anstarrte. Dichte pechschwarze Haare hingen glatt und schulterlang zu beiden Seiten des blassen Gesichts über die Wangen, nur mit ein paar Glanzlichtern aufgehellt. Zusammen mit der ungewöhnlich hohen Stirn wirkte es dadurch noch länger und noch bleicher. Möglicherweise hatte der Zeichner hier übertrieben, ebenso wie bei der scharf geschnittenen, etwas zur Seite gekrümmten Nase und dem leicht geöffneten Mund, der nicht wirklich lächelte, sondern den Betrachter höhnisch angrinste.

Rechts unten, im Ärmel des roten Pullovers, entdeckte sie eine Art Signatur, mit einem spitzen Gegenstand tief in das rote Wachs gekratzt. Es war ein krakeliges großes »A«.

»Die beiden Bilder müssen auch fotografiert werden – in Spitzenqualität, sodass man sie noch gut vergrößern kann«, sagte sie zu Jonas und legte die Bilder auf den Tisch. »Wie weit bist du denn? Kommst du in den Computer rein?«

»Null Problemo, aber sonderbar isch des scho!«

»Jonas, meine Nerven sind gerade nicht die besten.«

»Also, er het zwar e Mailprogramm auf dera Kischt, aber von dem Programm isch noch nie e oinzig's Mail g'sendet worde.«

»Gelöscht?«

»Noi, des Mailprogramm isch net emol zu End inschtalliert! Vielleicht het er irgendwo en zwoite PeZee.«

»Sieh zu, was du noch herausholen kannst. Alle Dateien aus dem vergangenen Vierteljahr sind von Bedeutung. Ich bin unten.«

Im Erdgeschoss traf sie Karim und Dorthe. »Habt ihr irgendwas gefunden?«

Dorthe war schwer beeindruckt. »Außer der größten Privatorgel, die ich je gesehen habe – absolut nichts. Keine relevanten Dokumente, keine Aktenordner, keine Auffälligkeiten.«

»Gott sei Dank ist das hier auch kein Tatort«, entgegnete Sonia. »Hallermeyer«, rief sie dann, »wir wären so weit fertig.«

»Moment!« Der Mann in der weißen Schutzkleidung hielt ihnen das Bündel mit den Manuskripttexten entgegen. »Kleiner Hoffnungsschimmer! Wir haben einige Seiten im Schnelltest geprüft – sind massenhaft Fingerabdrücke drauf. Und es sind fast hundertzwanzig Blätter. Vielleicht bekommt ihr endlich eine handfeste Spur. Die Blätter gehen nachher sofort ins Labor, zusammen mit dem gelben Notizzettel. Ihr kriegt die Ergebnisse und auch die Originale spätestens morgen Nachmittag.«

»Kümmert ihr euch auch um Cornelius' Telefonlisten?«, fragte Sonia.

»Gehört zum Service«, antwortete Hallermeyer lächelnd. »Aber Ergebnisse gibt's auch hier nicht vor morgen Mittag.«

»Und die Nebengebäude?«

»Da sind schon die ganze Zeit zwei Leute dran. Bis jetzt ist nix dabei, was euch weiterhelfen könnte. So, ich muss wieder.« Er verschwand wieder in Hanssons Wohnzimmer, gefolgt von Dorthe.

Karim sah ihm nach. »Der tut sich leicht. Für Hallermeyer

und seine Leute ist *jeder* Fall ein Erfolgserlebnis, und wir haben immer noch keine Ahnung, wie wir Cornelius finden sollen. Oder haben wir?«

»Nö«, sagte Sonia.

Eben trat Dorthe wieder zu ihnen. Sie hatte sich nochmals die Manuskripte geholt, setzte sich damit auf die Treppe und blätterte mit ihren Latexhandschuhen suchend darin herum.

»Hallermeyer will sie doch hierbehalten, denk ich.« Karim war irritiert.

»Kann er doch. Mir ist nur was aufgefallen. Ich möchte euch das kurz vorlesen. Ah ja, hier, fast am Ende: *Sechs bleiche Gesichter über grünen Kitteln starrten mich an. Sechs – ich habe sie alle genau gesehen, und jedes einzelne hat sich in mein Gedächtnis gebrannt, während sie sich hastig von den Kabeln auf ihren Köpfen befreiten.*«

»Kann ich mal?« Sonia griff nach den Blättern.

»Fällt euch nichts auf?«, fragte Dorthe. »Grüne Kittel? Ärzte! Sechs Gesichter und ein offenbar Betroffener? Alles Zufall?«

»Jonas!«, rief Sonia statt einer Antwort nach oben. »Kommst du mal? Und bring die Kamera mit!«

Mit ein paar schweren Schritten stampfte Jonas gleich darauf die Treppe herunter. »Drobe bin i sowieso fertig. Da isch nix zu finde. Und die beide Spezialfotos hen i au' scho g'macht. Was gibt's, Chefin?«

Sonia reichte ihm die Blätter. »Hier. Wir brauchen von den ersten und den letzten fünf Seiten des Manuskripts gut lesbare Aufnahmen und eine vom Deckblatt. Hallermeyer, wir fahren zurück. Macht ihr das Grundstück dicht?«

Die Antwort schallte aus den Kellerräumen herauf. »Geht klar! Und viel Erfolg!«

***

Kurz nach sieben Uhr abends trafen Jonas und Karim wieder im Polizeipräsidium ein und warteten auf ihre Kolleginnen. Sonia war mit Dorthe noch zu Hanssons Stammlokal in Ladenburg gefahren, und offenbar zog sich ihr Aufenthalt dort länger hin als erwartet. Vielleicht ein gutes Zeichen.

»Gehst du noch kurz zur Kriminaltechnik runter und holst die letzten Ergebnisse?«, fragte Karim den jüngeren Kollegen.

»Klar, Herr Kommissar, i brauch sowieso e bissle Bewegung.«

Als Jonas mit einigen Unterlagen aus dem Büro der Kriminaltechnik zurückkam, beendete Karim gerade ein Telefonat.

»Aha, Freundin auf später vertröschtet? Pass nur auf, bei dem hitzige Wetter werde d' Weiberleut wepsig. Do hesch glei' en Konkurrent an de Hacke«, flachste er.

»Eher nicht. Kurzer Anruf bei Hanssons Tante. Dort ist Cornelius natürlich auch nicht aufgetaucht. Ich hatte alle Mühe, sie mit meiner Fragerei nicht zu beunruhigen. Und, läuft bei dir was, erkenntnismäßig?«

»Lass gucke.« Jonas warf sich in den federnden Bürostuhl, legte seine Beine über die Tischecke und sah die Unterlagen des Labors durch. »Noi, nix was m'r net scho wisset. Do, vielleicht findescht du was.«

Er schubste den dünnen Hefter zu Karim hinüber und gähnte herzhaft. Die Ruhe im Büro war einschläfernd. Kein Blubbern aus der Kaffeemaschine, kein Tastaturklappern, nur aus den Computern und der Klimaanlage rauschte es leise. Auch aus Maries Glaskasten kamen keine Geräusche. Marie hatte – wie die meisten Kollegen – an diesem heißen Abend frühzeitig Schluss gemacht. Wahrscheinlich saß sie irgendwo im Schatten beim Grillen. Beneidenswert!

Jonas studierte bereits zum dritten Mal die Fotos, die er in Hanssons Haus gemacht hatte. Sie erzählten ihm nichts, im Gegensatz zu den fotografierten Textseiten. Deren Botschaft ließ keinen Zweifel: In Agricola hatten sie *die* Schlüsselfigur der ominösen Vorgänge gefunden. Abgesehen von dieser blutleeren Erkenntnis war Jonas jetzt bloß noch hungrig und gähnte lauthals im Minutentakt.

Auch Karim entdeckte in den Fotos nichts von Bedeutung. Er schubste sie quer über den Tisch und blätterte gelangweilt eine herumliegende Hochglanzbroschüre durch, die er auf Sonias Schreibtisch gefunden hatte.

»Schau mal«, sagte er plötzlich und hielt breit grinsend den Prospekt hoch. »Ist das nicht ein herziger Titel? ›Willkommen im Psychiatrischen Zentrum Nordbaden‹.«

»Vielleicht machet se in der Klapse e Abteilung für berufsg'schädigte Polizischte uf. Oder veranstaltet Selbschterfahrungswochenende im Irrehäusle. Wo hesch denn des Ding her?«

»Von Sonias Schreibtisch.«

»Hä? Isch se scho *soo* weit?«

»Bleib ruhig. Sie hat den Prospekt ja nicht wegen der Titelseite.« Er drehte feixend die Broschüre um. »Sondern *deshalb*.«

Das Foto eines gepflegten, sehr gut aussehenden Mannes im mittleren Alter strahlte dem Betrachter entgegen.

Jonas beugte sich über den Tisch und las laut die Bildunterschrift: »Professor Dr. Gert Bonkhorst. Ja, und?«

Karim grinste immer noch. »Ihr neuer Freund. Der medizinische Leiter der Klinik.«

»Ooo-haa«, antwortete Jonas gedehnt und lächelte ironisch. »Die Dame woiß, wo's nach obe geht.«

»Lass sie das nicht hören, Kleiner«, meinte Karim. Er stand auf und legte die Broschüre auf Sonias Schreibtisch zurück, absichtlich mit Bonkhorsts Gesicht nach oben.

»I gang an de Automat nunter und hol mir was zum Futtere – willsch au' was?«

Ehe Karim antworten konnte, trafen die beiden Kommissarinnen ein. Sie brachten Neuigkeiten mit.

Hansson war an diesem Abend bis nach dreiundzwanzig Uhr in der Kneipe »Kartoffel« gewesen. Der Wirt hatte ihnen auch von Hanssons angeregter Unterhaltung mit einem gewissen »Bonzo« erzählt. Den Inhalt des Gesprächs habe er zwar nicht verfolgt, doch Hansson müsse den Mann gut gekannt haben, meinte er. Man habe sich geduzt, und der andere habe sogar die gemeinsame Rechnung beglichen.

»Könnte gut sein, dass dieser Bonzo der letzte Mensch war, der vor Hanssons Verschwinden mit ihm gesprochen hat«, setzte Dorthe hinzu. »Das macht ihn zwar nicht unmittelbar verdächtig, es wäre aber schon interessant zu erfahren, worüber die beiden kurz vor Hanssons Verschwinden geplauscht haben. Eventuell hat er ja indirekt damit zu tun, dieser Bonzo.«

»Aber wie d'r Eppelein von Gailingen seinerzeit scho g'spottet het: ›Die Nürnberger hängen keinen – es sei denn, sie *fingen* ihn zuvor.‹«

»Witzbold.« Karim sah ihn mit hochgezogenen Augenbrauen an. »Das wissen wir alle. ›Bonzo‹ klingt für mich nach einem Spitznamen oder einem Künstlernamen. Falls der Knabe bisher nicht kriminell war, braucht's schon eine ganze Portion Glück, ihn in einer Datenbank zu finden.«

Sonia winkte ab. »Mit etwas Glück geht es viel einfacher: Der Wirt kommt morgen Mittag vorbei. Ich hoffe inständig, seine optische Erinnerung an diesen Bonzo ist gut genug für ein Fahndungsbild. Wir könnten notfalls sogar einen Medienaufruf starten.«

Über den Unbekannten namens Agricola und seine Stellung im »Fall Hansson« waren sie sich einig: Die letzten Sätze von Agricolas Manuskript machten ihn zum Hauptverdächtigen. Die Parallele zwischen dem Ende von Agricolas Text und den toten Ärzten entlang der B 3 stach ins Auge wie verkleckerte Heidelbeermarmelade auf einer weißen Jeans. So viel Deutlichkeit konnte man einfach nicht ignorieren.

Jonas betrachtete nochmals die Zeichnung. »Vielleicht het der Typ zu seiner Story glei' e Selbschtporträt mitg'liefert. Mann, der het weiß Gott e böse Fresse«, kommentierte er das Bild.

»Da sagst du was«, antwortete Sonia. »Übrigens – ich habe das Dorthe vorhin schon erzählt –, Cornelius hat vor Kurzem einen merkwürdigen Vogel erwähnt, dessen Texte er redigieren sollte. Er nannte zwar keinen Namen, aber alle Hinweise würden auf diesen Agricola passen. Der Mann hat sich ihm nach einer Autorenlesung regelrecht aufgedrängt, vor einigen Tagen, als Hansson seinen neuen Krimi vorstellte.«

Karim sah sie zweifelnd an. »Wie, denkst du, der Typ lässt ihn erst sein Manuskript verbessern und entführt ihn dann? Damit er die Kosten für Hanssons Arbeit einspart? Das klingt schon extrem bescheuert, musst du zugeben.«

»Quatsch! Wer spricht denn von Entführung? Aber immerhin könnte das Manuskript die Verbindung zwischen Hansson und diesem Agricola sein«, beharrte Sonia.

Im Hintergrund begann ein Laserdrucker zu brummen.

»Was treibst *du* denn dahinten?«, fragte Sonia über ihre Schulter. »Wir halten hier eigentlich eine Besprechung ab.«

»Sicher, Moment, bin sofort wieder da.« Dorthe Simonek war schon vor einigen Minuten zu ihrem Schreibtisch hinübergegangen. Jetzt kam sie mit einem dünnen Stapel Blätter an den Besprechungstisch zurück. »Was glaubt ihr, wie viele Agricolas es hier in der Gegend gibt, im Umkreis von etwa fünfzig Kilometern?«, fragte sie.

»Fünfzig Kilometer? Da wohnen bei der Dichte hier verdammt viele Leute. Sagen wir zwanzig? Dreißig? Oder mehr? Keine Ahnung.« Karim zuckte mit den Achseln.

»Ganze sechs Personen, zu unserem Glück.« Dorthe drückte jedem ihrer Kollegen zwei bedruckte Blätter in die Hand. »Hier, Daten und Adressen unserer Agricolas.«

»Bloß sechse! I stell mir grad vor, er hätt Meier g'heiße«, nuschelte Jonas.

Sonia nahm wortlos die Liste entgegen, war aber sichtlich *not amused* über Dorthes Aktion. Klar, irgendwie musste sich die Frau einbringen, als Hauptkommissarin vom LKA mit Sonderauftrag stand sie unter Erfolgsdruck. Trotzdem ging Sonia ihr zunehmender Aktionismus gewaltig auf den Geist. Hier im Team, in *Sonias* Team, dachte man erst zu Ende und handelte dann. Solche Ruck-zuck-Alleingänge passten nicht in Sonias Arbeitsweise. Ich werde alt, schoss es ihr durch den Kopf, alt und vielleicht betriebsblind. Trotzdem legte sie ungerührt die Blätter auf den Tisch, ohne sie auch nur mit einem Blick zu streifen.

»Unsere Agricolas?«, fragte sie anzüglich zurück. »Da sei dir mal nicht so sicher – der richtige Agricola ist anscheinend ein erfolgloser Hobbyschriftsteller. Wer sagt dir denn, dass sein ausgefallener Name nicht bloß das wichtigtuerische Pseudonym eines Spinners ist?«

Dorthe war der spitze Unterton nicht entgangen. »Niemand natürlich! Aber wo sollen wir denn sonst ansetzen?« Sie stand vor Sonia, mit weit aufgerissenen Augen, eine Hand in ihren wilden Haarschopf vergraben, die andere in die Hüfte gestemmt. Hätte nur noch gefehlt, dass sie Zöpfe und einen roten Wollstrumpf getragen hätte und mit dem Fuß aufstampfte!

Sonia musste lachen, über ihre eigene verletzte Eitelkeit ebenso wie über Dorthes berechtigten Protest. Pippi Langstrumpf im Dezernat für Gewaltkriminalität!

»Du hast natürlich recht. Hanssons Verschwinden hat mich leider mehr beunruhigt als die Mordfälle zuvor.«

»Ich dachte auch nur, dass –«

Karim kam die Situation unangenehm bekannt vor, die sich gerade anbahnte. Er hatte zwei Schwestern, bei denen jede kleine Gereiztheit ein Anlass für minutenlange gegenseitige Erklärungen und Beteuerungen war. Auf solchen Quark hatte er um diese Tageszeit überhaupt keine Lust. »Ich habe mit Hanssons Tante Charlotte telefoniert, aber sie weiß auch nichts über seinen möglichen Aufenthaltsort«, warf er barsch ein, um Sonia und Dorthe an genau so einer Debatte zu hindern. »Bei ihr hat er sich jedenfalls nicht gemeldet. Mein Anruf verstörte sie einigermaßen – na ja, es war leider nichts Halbes und schon gar nichts Ganzes, was ich ihr sagen konnte. Sollen wir sie nicht morgen kurz aufsuchen, um ihr die Lage zu erklären?«

Sonia lehnte ab. »Tante Charlotte muss warten. Oberste Priorität haben morgen wirklich die Agricolas.« Sie musterte endlich die Daten auf Dorthes Liste. »Am weitesten entfernt wohnt ein gewisser Gernot Agricola, drüben an der Weinstraße. Alle anderen liegen näher. Okay, das schaffen wir locker bis Mittag.«

»Ich würde den Opa in Bad Dürkheim übernehmen. Der kommt als Bösewicht zwar weniger in Betracht, mit vierundachtzig Jahren … Danach Ludwigshafen und Worms – da handelt es sich wohl um ein Ehepaar, das ist sowieso ein Aufwasch«, meinte Karim.

»Dann bleibt uns noch Zeit für die aktuellen Hinweise der Spurensicherung zu den zwei toten Ärzten. Die gibt es ja auch noch.« Dorthe stand auf und stellte nochmals ihre Kaffeetasse in den Automaten.

»Gut, Karim, dann nehme ich mir mit Dorthe zusammen die beiden Agricolas in Durlach und Waldmichelbach vor. Das wäre dann der Student und der … *Fahrgeschäfte-Mechaniker*. Hä? Was soll denn das sein? Hat er sich die Bezeichnung selbst ausgedacht?«

»Noi, so hoißet jetzt die, die wo die Rieseräder, Karussells und Achterbahne auf de Jahrmärkt z'semmeschraubet. Für den Job braucht m'r heut a Zertifikat vom TÜV. Schriftsteller gibt's unter dene net viele, denk i, aber des woisch ja nie ganz sicher.« Das Ende von Jonas' Satz ging in einem heftigen Gähnanfall unter, gegen den er sich nicht mehr wehren konnte.

»Danke für die Aufklärung, Jonas. Müde? Du fährst morgen mit Karim.«

»Noi, Chefin. Jo … Sorry. Sauerstoffmangel.«

Sonia sah auf ihre Armbanduhr. »Heute wird nicht mehr viel laufen. Noch Vorschläge? Nein? Machen wir also Schluss.« Sie sammelte Jonas' Fotos ein und begann, sie betont langsam und übertrieben sorgfältig an die Magnettafel zu heften. Irgendwie war sie doch angesäuert wegen Dorthes Verhalten.

»Geht jemand mit zum Essen?«, fragte Dorthe.

»Aber gern, wenn's nicht gerade beim Chinesen sein muss«, antwortete Karim.

»Nein, muss es nicht. Noch jemand?«

Jonas winkte ab. »Danke, heut grad net. I will noch e straffe Runde aufm Rennrad drehe. Wege dem Sauerstoffmangel.«

Auch Sonia lehnte ab.

»Ja, dann gehen wir doch mal«, sagte Karim vergnügt und wies Dorthe mit einer Hand galant den Weg zur Tür.

Jonas sah den beiden amüsiert nach, bis sich die Tür hinter ihnen geschlossen hatte. Dann verließ er ebenfalls das Büro.

***

Sonia notierte noch einige Gedanken zum aktuellen Stand und für den weiteren Zeitplan. Hanssons Verschwinden war doppelt fatal, hatte es doch inzwischen sämtliche Ermittlungen in den Ärztemorden so gut wie zum Stehen gebracht. Wenn der Täter *das* bezwecken wollte, dann hatte er mit der Entführung Hanssons genau ins Schwarze getroffen. Bestimmt war es einfach gewesen, Hansson mit irgendeiner Finte in die Falle zu locken. Ein fingierter Hinweis, der Anruf eines falschen Zeugen, der vorgab, mitten in der Nacht den Killer beobachtet zu haben. Jeder aus ihrem Team wäre solch einer heißen Spur sofort gefolgt – keiner allerdings ohne Unterstützung, da war sie sicher.

Aber das war eben Cornelius Hansson. Er bemerkte eine reale Gefahr erst, wenn er schon mit seinem sturen Schädel dagegengerannt war. Dabei spielte er nicht einmal absichtlich den Helden, er besaß nur einfach keinen Sensor für ein Risiko.

Cornelius, du eigensinniger Idiot, dachte sie, verärgert, aber gleichzeitig tieftraurig. Für einen einzigen kurzen Anruf in der Zentrale wäre doch bestimmt Zeit gewesen!

Alles sah danach aus, als ob er in einen Hinterhalt getappt war, und jeder im Team wusste, wie niedrig die Hemmschwelle des Killers nach fünf Morden sein musste. Ob man ihn zu fünfmal oder sechsmal oder hundertmal lebenslänglich verurteilte, falls sie ihn überhaupt erwischten – für ihn blieb es sich gleich.

Einen ermittelnden Hauptkommissar vorübergehend aus dem Verkehr zu ziehen und anschließend mit viel Risiko wieder laufen zu lassen … Das war blanker Unsinn, nichts als Wunschdenken!

Sie zog die Bürotür ins Schloss, ging zum Aufzug, drückte den Rufknopf. Die Kabine summte empor, hielt mit einem sanften Ruck an, und leise zischend fuhren die Türen auseinander. Sonia blieb vor dem leeren Lift stehen wie hypnotisiert, betrachtete gedankenleer ihr Ebenbild im Innenspiegel, während die matt glänzenden Edelstahltüren sich langsam wieder schlossen. Erst im letzten Moment trat sie in die hell beleuchtete Kabine, starrte wie gebannt auf die Leuchtziffern der Stockwerksanzeige und schien vergessen zu haben, wie es weitergehen sollte.

Wie viel Hoffnung gab es noch für Hansson? Warum kroch die Ermittlung noch immer mit so quälender Langsamkeit dahin? Wo hatte sie den entscheidenden Hinweis übersehen? Wenn ihnen nicht ein Wunder zu Hilfe kam, war Hansson so gut wie tot. Sonia schrieb die bisher so ergebnislose Suche ihrer eigenen Unfähigkeit zu. Sie fühlte sich miserabel dabei.

Endlich wählte sie die Tiefgarage an. Der Lift glitt nach unten. Mit einem Schlag kippte Sonias Hilflosigkeit in bitterbösen Zorn um. »Verdammt!«, schrie sie. »Verdammt, verdammt, verdammt!«

Bei jedem Schrei trat sie wütend gegen die Wandverkleidung des Lifts. Der Aufzug nahm ihr die Tritte übel; mit einem harten Ruck blieb er zwischen den Etagen hängen. Sonia atmete tief durch und schloss die Augen, um sich nicht im Spiegel der Kabine sehen zu müssen. Die Nerlinger als Furie – das war eigentlich kein Bild, mit dem sie sich identifizieren mochte. Ausbrüche waren bisher nicht ihr Ding gewesen, aber dieser eben – er war wie ein Orgasmus über sie gekommen.

Trotzdem peinlich, wenn die an der Pforte nicht nur ihr Geschrei gehört, sondern auch ihre Stimme erkannt hatten.

Was soll denn das, du feige Trine?, dachte sie, noch immer wütend. Es kostet dich weder den Job noch das Leben. Im Übrigen ist es dem Rest der Welt schnurzpiepegal, was du treibst. Kein Schwein interessiert sich dafür!

Sonia fühlte eine neue Art von Kraft in sich aufkeimen. War es das, was man oft den »Mut der Verzweiflung« nannte? Mit grimmigem Vergnügen setzte sie lauthals noch eins drauf: »Hoffentlich bewegt sich dieser *Scheiß*lift wieder, ohne dass ich einen *gottverdammten*, *saublöden* Hilferuf zu den *Pfeifen* an der Pforte schicken muss!«

Das tat gut, richtig gut! Unbekannte Medizin. Sonia, die Wohlerzogene, genoss ihre ordinäre Eruption. Sie fühlte sich danach sehr erleichtert.

Dann presste sie energisch ihren Daumen nochmals auf den chromglänzenden Knopf, neben dem »Tiefgarage« stand. Der Aufzug reagierte; leicht vibrierend setzte die Kabine den Weg nach unten fort. Sonia bemerkte beruhigt, dass nicht einmal die Verkleidung des Lifts Schaden genommen hatte. Nur *sie*! Ihr rechter Fuß schmerzte hundsgemein.

Leise stöhnend humpelte sie aus dem Lift zum Wagen hinüber und kramte nebenbei das Handy aus der Tasche, um Gert Bonkhorst anzurufen. Zu ihrer Verwunderung schien wenigstens am Abend dieses lausigen Tages das Glück auf ihrer Seite zu sein: Gert meldete sich sofort, freute sich auch hörbar über ihren Anruf und hatte abends keine beruflichen Verpflichtungen. Sie verabredeten sich daher im »Chez Maurice«, gleich neben der »Alten Universität« von Heidelberg.

Gerts ruhige, sonore Stimme tat ihr bereits am Telefon gut, und die Aussicht auf einen Abend mit ihm, ohne düstere Gedanken, baute sie wieder auf. Beinahe aufgeräumt fuhr sie nach dem Telefonat die Rampe des Parkhauses hoch, in die Hitze des Sommerabends hinaus – Gert entgegen.

***

Fünf Minuten später betrat Sonia das kleine Lokal. Gert Bonkhorst war, wie erwartet, noch nicht da. Er brauchte von der Klinik in Wiesloch bis in diesen Teil der Heidelberger Altstadt mindestens zwanzig Minuten.

»Bonsoir, Madame. Vielleicht der Tisch dort drüben, Madame?«

Der Kellner François, der eigentlich Istvan hieß und aus Ungarn kam, deutete mit eleganter Geste zu den weit aufgeschobenen Glastüren hinüber, wo der Fliesenboden des Gastraums unmittelbar an den Innenhof grenzte. Niedrige Berberitzenbüsche überwucherten dort draußen jeden Quadratzentimeter Erde, und das war gut so, sparte es doch Personal für die Gartenpflege und sah stets »ordentlich« aus.

»Gern.« Er geleitete sie hinüber. Um die übliche Prozedur abzukürzen, fügte sie gleich noch hinzu: »Für zwei Personen. Und für mich keinen Aperitif.«

»Merci, Madame«, antwortete François lächelnd, entfernte zwei überzählige Gedecke vom Tisch und rückte das Blumendekor zurecht.

Sie nahm Platz und sah sich um. Das »Chez Maurice« war an diesem ganz gewöhnlichen Wochentag erstaunlich gut besucht. Sonia hatte gerade noch den vorletzten Tisch ergattert, und soeben belegten zwei ältere Paare den allerletzten. Glück gehabt, dachte sie und klappte eine der Speisekarten auf, die der Kellner diskret über ihrer Tischecke abgelegt hatte.

Die Auswahl machte Appetit, und von ihrem ersten Besuch her hatte sie in guter Erinnerung, wie hervorragend man hier kochte. »Seeteufel wäre nicht schlecht«, sprach sie leise vor sich hin, »oder Gambas. Oder vielleicht doch lieber das Rindsfilet mit Rotwein-Schalotten-Paste? Oh, Entenbrust mit Orangensoße gibt's auch.«

»Ich würde zum Filet raten. Es schmeckt wirklich exzellent.«

Eine warme Stimme dicht neben ihrem linken Ohr, ein Kuss auf die Wange.

»Gert! Du bist schon da? Hast du sämtliche Verkehrsregeln missachtet?«

»Aber sicher, wie immer. Bei *den* Verbindungen zur Polizei. Hallo, mein Schatz!«

»Ich bin so froh, dass du kommen konntest.«

Der gut gekleidete Mann nahm Sonia gegenüber Platz, schob die offene Speisekarte zur Seite und griff über den Tisch hinweg nach ihren Händen. »Das klingt nicht so, als wäre das heute einer der ganz guten Tage gewesen«, sagte er.

»Nein, bestimmt nicht. Aber seit du hier sitzt, geht es mir schon besser. Sag bloß, wie kannst du bei deinem Beruf so viel Ruhe ausstrahlen? Du wirkst wie –«

»Valium?«

Sie lachte hell auf. »Na, das bestimmt zuletzt. Das sagst du doch bloß, um ein Kompliment einzufahren.«

»Aber *genau* weißt du es nicht.« Gert Bonkhorst zuckte lachend die Schultern. »Das ist der Basistrick bei uns Irrenärzten. Nie erkennen lassen, was wir denken. Und vor allem: ob wir *überhaupt* etwas denken. Man wird landläufig gern für weise gehalten, solange man nur den Schnabel hält. Soll ich dir noch die restlichen zwei Kniffe verraten, mit denen man es in unserem Metier weit bringt?«

Er gab sich keinerlei Mühe, besonders dezent zu sprechen, im Gegenteil, es schien ihm Vergnügen zu machen, wenn die Umgebung reagierte. Und das gelang durchaus. Von den Nachbartischen starrten einige Augenpaare kurz herüber, wandten sich aber sofort wieder ab. Man wusste schließlich, was sich gehört, nahm allerdings die eigene Unterhaltung vorerst auch nicht wieder auf, sondern schaltete dezent auf Empfang.

Sonia bemerkte das amüsiert aus den Augenwinkeln. »Lässt du dich abhalten? Mach mal! Vielleicht nützt es mir irgendwann beruflich.«

Er ließ ihre linke Hand los und hob vielsagend seinen Zeigefinger. »Trick zwei: Unter allen Umständen bedeutungsvoll und ernst schauen – auch wenn man sich eigentlich totlachen möchte.

Du ahnst nicht, was für ›Proppleme‹ einem Psychiater in seiner alltäglichen Praxis über den Weg laufen.«

Auch François hatte nicht überhört, dass der erwartete zweite Gast inzwischen an Sonias Tisch saß. Es machte den Anschein, als würde der Kellner gern Bonkhorsts Exkurs abkürzen – wusste man denn, was *noch* kam? Er eilte heran.

»Pardon, haben Sie schon gewählt, Madame, Monsieur?«

Bonkhorst war weder zu beirren noch zu bremsen. »Einen winzigen Augenblick, bitte!«

»Selbstverständlich. Gern.« François trat einen halben Schritt zurück, blieb aber an Sonias Tisch stehen. Nervös ließ er die Spitze seines Kugelschreibers über dem aufgeschlagenen Notizblock kreisen, während er unaufdringlich, mit geübtem Blick, die übrigen Tische im Auge behielt.

»Trick drei ist überhaupt der wichtigste: Gib den Dingen gewichtige Namen in Latein oder Griechisch, und seien sie noch so blödsinnig. ›Multiple XYZ‹ wirft jeden vom Schemel, ›psychosomatisch‹ passt oft, mit ›Syndrom‹ machst du selten etwas falsch, ›hypo‹ und ›hyper‹ kann der Patient sowieso nicht unterscheiden, und es ist fast egal, was als zweite Worthälfte folgt. Glaub mir, wir Ärzte verfügen über unerschöpfliche Quellen der belanglosen Verschleierung. Ich nehme das Filet, medium gegart«, setzte er übergangslos hinzu.

»Äh, ja … das *Filet de Bœuf*, medium.« Bonkhorsts komisches Talent hatte auch auf dem Gesicht des Kellners ein Lächeln hinterlassen. Gern hätte er inzwischen dem pseudomedizinischen Beitrag applaudiert, aber das ging nun wirklich nicht. »Und Madame?«, fragte er stattdessen.

»Für mich die Entenbrust«, entschied sie.

Bonkhorst hob künstlich entrüstet die Augenbrauen. »Oh! Du ignorierst meine Empfehlung? Das könnte das Ende unserer Beziehung sein!«

Sonia lachte hell auf.

Nachdem François die Getränkebestellung aufgenommen und bereits kurz darauf an ihren Tisch serviert hatte, waren sich die beiden wieder selbst überlassen; an den Tischen in Hörweite floss die Unterhaltung weiter. Bonkhorst hatte es wirklich geschafft,

Sonia in diesen paar Minuten aufzuheitern. Er besaß einen *zu* verführerischen Charme – und genau aus diesem Grund hatte sie aus purer Opposition Ente bestellt. Das Filet wäre ihr eigentlich lieber gewesen, aber sollte ihr hübscher Charmebolzen nur nicht glauben, er könne ihr *alles* verkaufen!

»Genug gekaspert«, sagte er schließlich in sehr diskreter Lautstärke. »Wie kann ich dir helfen? Geht es um die Arbeit – falls du darüber sprechen kannst – oder um mich?«

»Nimm dich nur nicht zu wichtig!« Sie lächelte und überlegte einen Augenblick. »Es geht selbstverständlich um die Arbeit. Ich habe dir ja grob von den Ärztemorden erzählt. Mein Chef ist spurlos verschwunden. Samt Dienstwagen sogar.«

»Ist das dieser … Hansen?«

»*Hansson!* Ja. Und wir haben nicht den Schatten einer Spur, nicht den geringsten Hinweis, kein Motiv, keine Zeugen. Ich fürchte, er ist dem Killer in die Hände gefallen. Alles hängt davon ab, dass wir ihn schnell finden. Unser Serientäter hat bereits fünf Menschen auf dem Gewissen.«

Gert Bonkhorsts fröhliches Gesicht veränderte sich schlagartig. In seine glatten, ausgeglichenen Züge gruben sich scharfe Falten, die Wangenmuskeln traten hervor. Sonia fiel das nicht auf. Sie war zu sehr mit ihren Gedanken beschäftigt.

»Seit wann ist er nicht mehr aufgetaucht?«, fragte er, während sich sein verkrampfter Gesichtsausdruck allmählich wieder entspannte.

»Seit Dienstagnacht. Da hat ihn eine Nachbarin zuletzt gesehen.«

»Seid ihr ganz sicher, dass kein Unfall, Blackout oder ein Herzinfarkt in Frage kommt? Er könnte doch im Wald oder sogar in seinem Auto liegen, und es hat ihn nur noch keiner gefunden. Wie alt ist denn der Knabe?«

»So alt wie du – vierundvierzig. Wir haben alles überprüft, was momentan möglich ist. Aber natürlich hast du in diesem einen Punkt recht: *Jedes* Waldstück, *jedes* Gebüsch, *jeden* Acker können wir nicht durchsuchen. Nur – in unserem dicht besiedelten Gebiet bleibt keiner lange verschwunden. In solchen Fällen hilft meistens der Handystandort, aber unsere Technik konnte keine

Ortung durchführen. Hansson hat das Telefon zu Hause liegen lassen.«

»Das hört sich nicht gut an. Dann hast du jetzt seine Aufgaben übernommen?«

»Ja. Die offenen Serienmorde … und dazu auch seinen Fall.«

Bonkhorst fasste liebevoll ihre Hände. »Du weißt, ich helfe dir gern«, sagte er leise, weit zu ihr herübergebeugt. »Was mich aber schon wundert …« Er räusperte sich und fuhr fort: »Habt ihr denn gar nichts Auffälliges entdeckt, irgendetwas scheinbar Sinnloses, das vielleicht hilft, das Motiv für sein Verschwinden einzukreisen? Oder auch als Unterstützung für ein psychologisches Täterprofil.«

»Doch.« Sonia zögerte. Wie weit konnte sie offen sprechen? »In seinem Haus fand sich das Romanmanuskript eines Unbekannten. Ziemlich wirres Zeug. Es handelt von phosphoreszierenden Menschen, die in einem völlig schwarzen Raum gefangen sind, eine richtige Alptraum-Story. Der Text endet auffallend abrupt, seltsamerweise ausgerechnet mit einer Szene über Ärzte, die offenbar *Schuld auf sich geladen haben*, wie sich der Autor ausdrückt. Noch merkwürdiger ist, dass die Geschichte allem Anschein nach parallel zu den Ärztemorden geschrieben wurde.«

»Was? Woher willst du das wissen?«

»Vor Kurzem erzählte mir Hansson, dass er zurzeit einen unerfahrenen Autor bei seinem ersten Kriminalroman berate. Er selbst schreibt ja seit Jahren Krimis und ist in der Region dadurch recht bekannt geworden. Der Fremde trat mit einem ersten Teil des Manuskripts an ihn heran, wie Hansson erzählte, bereits ganz kurz nachdem die Mordserie begonnen hatte.«

Sie sah kopfschüttelnd auf Gert Bonkhorsts Hände, die immer noch die ihren umschlossen. »Gibt es solche Zufälle? Ich kann das einfach nicht glauben.«

»Hat der Autor auch einen Namen?«, fragte Bonkhorst gespannt.

»Vorsicht bitte, die Teller sind sehr heiß.« Kellner François hielt zwei große ovale Porzellanteller in den Händen. Zwei blütenweiße steife Tücher schützten die Finger des Kellners vor der Hitze. »Voilà«, sagte er und platzierte die Platten schwungvoll vor Sonia und Bonkhorst. »Guten Appetit.«

»Danke«, antwortete Sonia, »das sieht appetitlich aus.«

Sie betrachtete ihren Teller. Dünne schwarzbraune schwungvolle Soßenfäden überzogen die Tellerränder wie barocke Ornamente, schlangen sich unter Zitronengrasbüschelchen und hauchdünnen Zierobstscheibchen hindurch, umschlossen den kleinen Napf mit Orangensoße, der auf Minzeblättern ruhte. Und im Zentrum der Porzellanplatte lag *es*, das eigentliche Mahl: aufgeschnittenes Entenbrustfleisch, nicht zu viel, wahrhaftig nicht – eben in der Menge, wie man hierzulande die französische Küche interpretierte –, umringt von diversen Beilagenhäufchen. Kohlrabipüree, winzige Möhrchen, Fenchelchen, Spargelchen, Böhnchen – auch nicht viel von allem, aber wenigstens genug, um einen verlockenden Duft zu verbreiten.

»Wie ist deine Ente?«, fragte Bonkhorst, nachdem Sonia die erste Scheibe ihrer Entenbrust verspeist hatte, außen knusprig braun, innen saftig hellrot. Es hätte ihm schon geschmeichelt, wenn ihn Sonia wenigstens *etwas* um sein Filetsteak beneidet hätte.

»Sehr fein, wirklich vorzüglich«, antwortete sie. »Eine gute Wahl. Musst du auch mal probieren.«

»Gewiss, nächstes Mal, Sonia. Ach, um nochmals auf das ominöse Manuskript zu kommen – du wolltest mir noch den Namen des Autors sagen.« Bonkhorst versuchte, seine Frage nebensächlich klingen zu lassen.

»Wollte ich?« Sie nahm sehr bedächtig einen Schluck Wein. Konnte sie Gert so weit in die Ermittlungen einweihen?

»Ihr sucht schon nach ihm, richtig?«, fragte er ungeduldig nach.

Sonia sah ihm in die Augen. Gert war kein Dummkopf. Sie verteilte den kleinen Napf Orangensoße gleichmäßig über die restliche Entenbrust. »Was willst du denn mit dem Namen? Auf eigene Faust ermitteln, als ›Mister Marple‹ der Psychiatrie?«

»Natürlich nicht. Aber ich möchte dir doch helfen. Immerhin wäre es doch denkbar, dass mir der Name schon untergekommen ist. Wir haben in Wiesloch täglich mit merkwürdigen Charakteren zu tun.«

»Merkwürdige Charaktere … Da sagst du was. Aber ich will

mich nicht um deine Frage drücken: Auf dem Manuskript klebte ein Notizzettel. Darauf erläutert der Autor, dass es sich um den letzten Teil seines Textes handle. Unterschrieben hat er freundlicherweise auch – mit ›Agricola‹.«

»Agricola«, wiederholte Bonkhorst gedehnt. Er wirkte erleichtert.

»Macht dich das so glücklich, den Namen doch aus mir herausgequetscht zu haben?«, fragte sie erstaunt, mit leisem Spott in der Stimme.

»Glücklich? Bin ich doch schon – jetzt, hier, heute Abend! Aber leider sagt mir Agricola gar nichts; ist einfach lateinisch für ›Bauer‹ oder ›Landmann‹. Ein Vorschlag: Ich werde mich in unseren Archiven umsehen. Sollte ich dort wirklich auf einen ›Kunden‹ mit diesem Namen stoßen, dann könnt ihr ja mit richterlicher Anordnung seine Daten –«

Sie hob schmunzelnd die Hand. »Stopp, stopp – hier beginnt *mein* Job.« Auf jeden Fall beruhigte Bonkhorsts Angebot ihr schlechtes Gewissen. Bonkhorst gehörte damit einfach zu ihren Quellen. Das konnte man vertreten.

Den weiteren Abend verbrachte das Paar sehr harmonisch und entspannt, ohne noch einmal auf das Thema Hansson zurückzukommen, und Sonias inneres Gleichgewicht festigte sich allmählich wieder.

Kurz nach halb ein Uhr fiel sie in ihr Bett. Allein, todmüde, aber bereit für den nächsten Tag.

Kleine Offenbarungen

»Wohin düset mir z'erscht, Herr Oberkommissar?«, fragte Jonas Federle und gurtete sich an.

»Am sinnvollsten ist Worms, Bad Dürkheim, Ludwigshafen und dann zurück, meinst du nicht?«, erwiderte Karim.

Jonas startete. Er zog den Wagen mit kreischenden Reifen erst rückwärts aus dem Parkplatz, ließ ihn dann mit Vollgas nach vorne schießen und jagte über die Ausfahrtrampe der Tiefgarage empor. Karim versuchte währenddessen vergeblich, seinen Sicherheitsgurt einrasten zu lassen. Als es ihm endlich gelang, hatten sie das Polizeipräsidium bereits hinter sich gelassen.

»Sag mal, spinnst du? Das ist kein Notfall!«

»Woiß scho, Straßenverkehrsordnung und so ... Aber so macht's äbe en Höllespaß! Du würdescht mir doch net in de Rücke falle, wenn i von de Kolläge erwischt werde tät? Dann ischt es für die doch ein Notfall, oder?«

»Mann, jetzt benimm dich aber.« Manchmal nervte ihn der lange Jonas, wenn er sich wie ein Vierzehnjähriger aufführte. Es gab wahrhaftig Wichtigeres als Jonas' Formel-1-Allüren.

Karim gingen die Agricolas durch den Kopf. Von seinem eigenen Einsatz in den drei Orten erwartete er nicht viel. Die beiden Agricolas, die Sonia und Dorthe überprüfen wollten, das konnte schon eher eine Spur sein. Dramatisch wurde es nur, wenn *alle* sauber waren.

Jonas drängelte sich durch den Morgenverkehr, die A6 nach Norden hoch, bis die blauen Hinweistafeln »Autobahnkreuz Viernheim« ankündigten.

»Rundfahrt via Worms od'r Hin- und Rückfahrt Worms?«, fragte er plötzlich.

»Wie? Geht's noch? Fahr einfach nach Worms.« Karim sah ihn entgeistert von der Seite an.

»Scho recht, mir nehmet dann die Rundfahrt über Lorsch nach Worms und dann nach Süde z'rück. Sonscht ging's über Frankethal hin und z'rück! Des wär vergleichsweise langweilig.«

»Du liebe Güte! Merkst du nie, wann du anderen Leuten auf die Nerven gehst?«

Unmöglich, Jonas von einem Thema abzubringen. Ungerührt quasselte er weiter. »Hättescht du übrigens g'wusst, dass in Lorsch a'gäblich der Schatz der Nibelungen liege soll? Weil der Rhein zu selbiger Zeit en and're Verlauf g'habt het?« Ohne eine Antwort zu erwarten, sah er feixend zu Karim herüber. »I seh scho: koi historisch's Int'resse! Perle vor d' Säu! Het denn Euer Gnade gar nix zu verzähle?«

»Schau auf die Straße! Und nimm das aufdringliche Gegrinse aus dem Gesicht. Ist ja heute noch schlimmer als sonst.« Karim überlegte kurz. »Erzählen? Ach du meine Güte, darum geht es! Dann frag doch endlich.«

»Na guet, also: Wie war's geschtern Abend mit der Dorthe? Isch se wirklich so e Knaller?«

Karim holte tief Luft.

»Aha! Also koi Happy End«, resümierte Jonas.

»Was soll das jetzt wieder? Erst einmal: Was ich dir vertraulich – hörst du, *vertraulich* – mitteile, hat alles nichts mit Dorthes Kompetenz als Hauptkommissarin zu tun. Lass dir nicht einfallen, jemals Andeutungen darüber im Team zu machen! Das ist mein voller Ernst, verstanden?«

»Scho klar. Mach e bissle, Karim – mir si' glei' in Worms.«

Trotz aller Fahndungsprobleme und trotz seiner Sorge um Hansson zogen sich jetzt auch Karims Mundwinkel nach oben, bis ein fettes Feixen in seinem Gesicht stand. »Sie *ist* ein Knaller«, sagte er und schlug sich mit den flachen Händen auf die Oberschenkel. »Allerdings … auf die unerwartete Art.«

»Lesbisch?«

»Das ganz gewiss nicht! Also, wir waren bis halb zwölf in einem netten Lokal, optimal für eine lockere Unterhaltung. Wahrscheinlich ist mir ein Riesenfehler unterlaufen, weil ich sie gleich zu Anfang animiert habe, über sich zu erzählen. Hat sie dann prompt gemacht! Mit einigen kurzen Schnaufpausen musste ich nonstop die Geschichte sämtlicher früherer Beziehungen und Liebschaften erfahren, alles! Klitzeklein, total ungeniert und offen – die Frau war einfach nicht zu bremsen. Wenn man gehässig wäre, könnte man in Bezug auf ihre rasante Karriere auf die blödesten Ideen kommen. Jedenfalls, sämtliche Versuche, andere Themen ins Gespräch zu bringen, gingen in die Hose – im wahrsten Sinn des Wortes. Sie hat gnadenlos jeden Themenwechsel als Aufhänger für die nächste Story genützt. Ich war am Schluss umstellt von lauter tollen Typen – und mittendrin: *Dorthe love machine!*«

»Heilig's Blechle! Und danach?«

»Danach? Danach war ich froh, dass der Abend vorbei war. Mann, sag, wer will denn so was wissen, wenn er mit einer Frau ausgeht? Vielleicht ist das ja ihre Art, sich interessant zu machen. Jedenfalls bin ich mir vorgekommen, als sollte ich ihre Biografie für den ›Playboy‹ schreiben. Es war einer der irrsten Abende meines Lebens.«

»Und i war beinah scho neidisch. Woisch, vielleicht het se oi'fach en kloine Knall, die Dorthe – in *däre* Beziehung«, rundete Jonas den Bericht seines Kollegen ab. Dann deklamierte er mit bedeutungsvoller Feierlichkeit: »Manchmal woiß m'r net, was ei'm erspart bliebe isch, weil m'r net kriegt het, was m'r eigentlich hätt habe welle.«

Karim warf lachend einen Blick auf seine Adressenliste. »Schillerstraße 35 – und *kein Wort* zu den Kollegen.«

Casting für einen Serienmörder

»Der Block da drüben, das müsste dieses Studentenwohnheim sein. Unser Agricola wohnt in Zimmer 16, Eingang Nord, angeblich Erdgeschoss rechts.« Sonia deutete auf einen lang gestreckten, zweistöckigen Wohnblock, in dem viele Fenster offen standen. Vor dem Haus zog sich ein vertrockneter Grünstreifen entlang, der nur noch als Abstellplatz für alle möglichen Zweiräder diente. »Wir haben erst halb neun«, sagte Sonia und warf die Autotür ins Schloss. »Um diese Zeit dürften die meisten noch zu Hause sein und nicht in der Uni.«

Dorthe sah ihre ältere Kollegin zweifelnd an. »Meinst du? Meistens läuft das heute anders. Sei mal froh, wenn wir unseren Studenten nicht noch aus dem Bett holen müssen. – Hallo, Jungs«, sprach sie eine kleine Gruppe junger Männer an, die heftig diskutierend den Eingang des langen Flurs versperrten. »Könnt ihr uns vielleicht weiterhelfen? Wo findet man den Clemens Agricola?«

»Aber hallo! Schau an, der Einstein«, sagte einer, breit grinsend, während sein Blick wie ein Scanner an den beiden Frauen auf- und ablief.

Ein hagerer Jungmann mit kurz geschorenen Haaren schob seine Kommilitonen zur Seite. »Der wohnt ein paar Zimmer weiter, rechte Seite, die Tür mit der Einstein-Karikatur – nicht zu verfehlen«, antwortete er höflich.

»Sie können anschließend gern noch bei mir vorbeikommen. Zimmer vier!«, rief ihnen ein anderer nach.

»Machen wir wirklich *so* einen Eindruck?« Sonia wunderte sich.

»Natürlich nicht. Die Kinder haben einfach Überdruck. Reines Altersproblem.«

Die abgewetzte Tür mit dem Einstein-Plakat war geschlossen. Sonia klopfte an, wartete einen Augenblick und trat ein – so weit man in dieses Zimmer überhaupt eintreten *konnte*. Der kleine Raum enthielt nur das Allernötigste: einen Schrank, einen winzigen Schreibtisch, davor einen gepolsterten Bürostuhl, dem schon die Eingeweide aus der Sitzfläche hingen, ein Bett, ein vollgepacktes, durchhängendes Bücherregal über dem Fenster. Dort, wo eigentlich freie Bodenfläche sein sollte, lag eine schmale Matratze auf dem Fußboden, die offenbar als weiteres Bett diente. Immerhin blieb so viel Platz, dass sich die Tür öffnen ließ.

Ein schmächtiger hellblonder Student, auf dem Fensterbrett hockend, sah irritiert von seiner Lektüre auf, als Sonia und Dorthe eintraten. »Ja?«, sagte er nur.

»Ich habe geklopft. Wahrscheinlich zu leise«, erklärte Sonia und hielt ihm ihren Ausweis entgegen. »Kripo Heidelberg, mein Name ist Sonia Nerlinger, und das ist meine Kollegin Dorthe Simonek vom LKA. Wir suchen Herrn Clemens Agricola.«

»Oh ja, der Clemens … der ist gerade im Waschraum, aber ich werde ihn für Sie holen.« Er sprang ziemlich verdattert vom Fensterbrett auf die Matratze herunter, drängte sich an den beiden Frauen vorbei und hastete aus dem Zimmer.

Dorthe musterte den Raum. »Die Zellen im Knast sind komfortabler! Sieh dir das an – zwei Studenten auf so engem Raum! Wie kann man so leben und lernen, jahrelang?«

»So primitiv kenne ich das auch nicht.« Sie sah unruhig zur Tür. »Wo ist denn nun der junge Mann? Moment mal!«

Mit einem schnellen Schritt stand Sonia wieder auf dem Flur. Der freundliche Kurzhaarige von vorhin kam gerade vorbei.

»Ah, ich sehe, Sie haben ihn gefunden«, sagte er zufrieden. »Sonst hätte ich jetzt nach ihm geschaut.«

»Nein, wir warten noch auf ihn. Sein Mitbewohner –«

Der Student blieb stehen. »Ja, jetzt verstehe ich nichts mehr. Clemens kam doch gerade aus seinem Zimmer.«

»*Das* war Clemens Agricola? Danke. Dorthe! Schnell, der Kleine hat uns gelinkt.«

Ihre anschließende Suche blieb erfolglos. Sonia veranlasste deshalb eine dringende Fahndung im Nahbereich um das Studentenwohnheim. Dann fuhren die beiden Hauptkommissarinnen in ziemlich gedrückter Stimmung in Richtung Odenwald, nach Waldmichelbach, und damit zum endgültig letzten Agricola auf der Gesamtliste.

»Glaubst du das, Dorthe? Dieses Kerlchen soll Leichen durch die Gegend geschleppt haben?«

»Falls er mit viel Grips geeignete Hilfsmittel eingesetzt hat, wieso nicht? Kann ja auch sein, dass er einen Helfer hatte. Und warum ist er getürmt?«

»Weiß nicht. Vielleicht handelt der Knabe mit Drogen, oder er hat ein Fahrrad geklaut. Oder eine Diplomarbeit aus dem Internet abgekupfert. Aber wir werden es bald wissen. Für ihn gab es zweifellos genügend Grund, vor uns Reißaus zu nehmen.«

Noch bevor sie Waldmichelbach erreicht hatten, kam ein Anruf von den Polizeikollegen in Karlsruhe, dass man den gesuchten jungen Mann soeben aufgegriffen habe. Sonia ließ ihn zum Verhör nach Heidelberg überstellen.

»Siehst du ... stille Wasser! Und wenn *der* nicht unser Killer ist, vielleicht fahren wir jetzt gerade auf das Haus des wirklichen Mörders zu.«

Das Domizil des Roland Agricola passte gut in diese Erwartungshaltung. Inmitten eines großen verwilderten Grundstücks gelegen, am Waldrand, gerade noch in Sichtweite des Ortes, bestand es im Kern aus einem Ziegelbau, den mehrere Schuppen umringten. Zwischen ihnen und dem »Haupthaus« spannten sich verschlissene, tief durchhängende Bundeswehr-Tarnnetze, die an manchen Stellen das hohe Gras streiften. Das übrige Areal teilten sich gleichmäßig ein Sammelsurium von Fahrzeugteilen, Autowracks, Schrott, rostigen Rasenmähern und die Innereien eines halb zerlegten Grenzschutz-Lasters.

Agricola war nicht zu Hause.

»Ach, den Roland suche Sie? Jo, der is zurzeit uff der Kärwe in Speyer«, erklärte ihnen ein Nachbar. »Jetz geht doch widder demm seu Hauptsaisong an, jetz im Herbscht. Do is der immer weg. Muss er doch, im Winter geht jo lang Zeit nix.«

Was sie sonst noch über diesen Agricola erfuhren, passte kaum in ihr Täterprofil. Gutmütig und offen, freundlich, hilfsbereit sollte er sein. Und ruhig. Außer, wenn seine Bikerkumpel für kurze Zeit zu Besuch waren, was selten vorkam. Und ab und zu aufräumen hätte er sollen. Aber sonst? Roland Agricola war einfach ein netter Zeitgenosse. Man mochte ihn.

»Aber«, dozierte Dorthe mit erhobener Stimme, »auch der massenmordende Metzger Haarmann war bei allen Nachbarn beliebt. Überhaupt erschienen die wenigsten Serienmörder ihrer Umgebung als unangenehme Mitmenschen. Und ganz nebenbei: Verstecken könnte man in diesem Tohuwabohu so ziemlich alles, auch haufenweise Schubkarren oder einen Kleinlieferwagen.«

»Danke für die Information!« Sonia überging Dorthes überflüssige Belehrung und griff zum Telefon. »Ich lasse ihn zu einem Gespräch ins Präsidium holen. Dann können wir bis heute Mittag Klarheit haben.«

***

Jonas und Karim standen an der übervollen Magnettafel, als ihre Kolleginnen eintrafen.

»Wo ist denn Marie?«, fragte Sonia verwundert. »Hitzefrei?«

»Krank.« Karim wandte sich um. »Sie lässt ausrichten, dass sie gestern Abend wahrscheinlich ein Stück verdorbenes Hühnerfleisch erwischt hat. Salmonellen, meinte der Arzt. Die Gute ist vorerst mal für eine ganze Woche krankgeschrieben.«

»Aha. Na, man stirbt zum Glück nicht so leicht daran.« Sonia deutete auf den Tisch. »Kurzes Briefing. Bitte, die Herren.«

»Mei, bei dere Hitz im Bett liege. Jo, da gangsch m'r aber«, stöhnte Jonas. Er flegelte sich in seinen Lieblingssessel und begann, kräftig zu wippen.

Sonia sah ihm missbilligend zu. »Im Sessel liegt sich's offenbar noch bequemer als im Bett. Also, was habt ihr?«

Jonas rutschte ein Stück höher und hörte auf zu wippen. »Sorry, Chefin! Woisch, des liegt ei'fach an dem derzeitige Schönwetterfeld. Des übersteigert mei Bedürfnis nach körperlicher Entschpannung. Sicher kennsch du die int'ressant Theorie von dem sommerliche elektromagnetische Feld, des, wo –«

»Geh mir nicht auf den Nerv, Jonas! Also, was habt ihr trotz Schönwetterfeld herausgefunden, Karim?«

Karim überflog seine Notizen. »Leider kaum das Benzin wert. Ludger und Thea Agricola aus Worms, beide Mitte fünfzig, wohlhabend, befinden sich seit Juni auf Mallorca, wo sie alljährlich den

Sommer verbringen. Die beiden sind im Hotel erreichbar und waren seit ihrem Abflug in den Süden nicht mehr im Lande – nicht ein einziges Mal. Wir haben das überprüft. Dann Gernot Agricola aus Bad Dürkheim, früher bei der Bahn. Der Mann ist, wie in der Datenbank richtig eingetragen war, vierundachtzig, alleinstehend und könnte leider genauso gut Gernot Alzheimer heißen. Als einziger potenzieller Täter käme überhaupt bloß der jüngste unserer Agricolas in Frage, Marco Agricola, unverheiratet, dreiundzwanzig Jahre. Bis zum sechsten Geburtstag im Heim, wurde dann in die Obhut einer Pflegefamilie gegeben, behielt aber seinen Geburtsnamen. Allerdings ist der junge Mann Polizist. Gibt unter uns auch schwarze Schafe, klar, aber Marco hatte in der Nacht von Hanssons Verschwinden Innendienst, mit einem Kollegen zusammen. Um ihn herum gibt es keinerlei Fragezeichen. Außerdem lebt Marco Agricola noch bei seinen Pflegeeltern im Reihenhaus, in einer popeligen Ludwigshafener Siedlung; eine Straße *vor* jeder Häuserzeile, eine Straße *dahinter* … Schon deshalb könnte er kaum etwas tun, was unbemerkt bliebe. Eltern, Nachbarschaft, Jugendgangs im Viertel – einer hat immer die Nase in deinem Leben drin.« Karim lehnte sich zurück und sah in die Runde.

»Das war wirklich alles?«, fragte Sonia enttäuscht.

Er hob bedauernd die Achseln.

»Bei uns war mehr Dampf dahinter«, sagte Dorthe und schilderte ungefragt, aber sehr anschaulich und genau die Ereignisse in Karlsruhe. Sonia mischte sich nicht ein. Sie hatte inzwischen beschlossen, Dorthes aufdringliches Verhalten als eine Art »Krankheit« zu betrachten. So fiel es ihr sehr viel leichter, damit umzugehen.

Es klopfte an der Tür.

Ein Praktikant brachte den Laborbericht über die Manuskriptseiten, die man in Hanssons Haus gefunden hatte, und auch den ganzen Packen bedruckter Blätter mit Agricolas Text, sauber in Folie eingeschweißt. Sonia überflog den Rapport. Dabei wurde ihr Gesicht immer missmutiger.

»Keine guten Neuigkeiten?«, fragte Dorthe.

»Seh ich glücklich aus? In aller Kürze: Auf jeder Seite des

Textes finden sich zahlreiche Abdrücke, aber alle, ohne Ausnahme, stammen von Hansson. Da muss sich jemand verdammt viel Mühe gegeben haben, keine eigenen Fingerprints zu hinterlassen.«

»Wen wundert's!«, sagte Karim. »Wenn dieser Agricola die ausgedruckten Seiten mit Handschuhen aus dem Drucker genommen hat, reicht das schon.«

Sonias Handy klingelte. »Ja? – Ausgezeichnet. Bringen Sie die beiden bitte nach oben in die Verhörräume. Dezernat 2. – Okay, ist gut.« Sie klappte das Telefon zu und erhob sich. »Herrschaften, wir bekommen soeben eine Lieferung Agricolas.«

***

»Nicht gerade der typische Gewaltkriminelle.« Karim betrachtete erstaunt den schmächtigen Clemens Agricola, der am Tisch den beiden Hauptkommissarinnen gegenübersaß, ziemlich schuldbewusst, mit gesenktem Kopf.

Jonas stand neben seinem Kollegen am Spiegelfenster zum Verhörraum. »Woiß m'rs? Mal gucke, wie guet se sind, uns're Oberinne.«

Drinnen schaltete Sonia das Mikrofon ein und wandte sich, nach den üblichen Dokumentationsfloskeln, freundlich an den Studenten. »Herr Agricola, Sie sind nicht verhaftet, aber in Ihrem eigenen Interesse sollten Sie uns ein paar klärende Angaben machen. Sie haben sich immerhin einer ersten Befragung an Ihrem Wohnort entzogen, sodass wir Sie zumindest achtundvierzig Stunden hierbehalten können. Haben Sie das verstanden?«

»Ja«, antwortete er mit belegter Stimme. »Aber ich habe morgen Vormittag ein wichtiges Seminar.«

»Es liegt ganz bei Ihnen, ob Sie anwesend sein können. Also: Sie wohnen im Studentenheim der Markus-Kolleg-Stiftung in Karlsruhe, Zimmer 16. Ist das ausschließlich Ihr Zimmer?«

»Ja.«

»Was glauben Sie, aus welchem Grund wir Sie sprechen wollten?«

Clemens Agricola senkte den Kopf und blieb stumm.

»Herr Agricola – wir warten.«

Der schmale junge Mann atmete tief durch und legte seine Handflächen auf die kühle, glatte Tischplatte. Um seine Hände herum zeichnete sich auf dem Tisch ein matter Schweißrand ab. »Sie hätten ihn doch sofort abgeschoben«, sagte er. »Und das im siebten Semester.«

»Wen, bitte?«

»Den Jona ... Jonathan M'Bele. Aber was fragen Sie? Deswegen wollten Sie doch zu mir.«

»Und mit dem Herrn M'Bele teilen Sie sich das Zimmer?«

»Ja. Der Jona kann sich nämlich kein eigenes Zimmer leisten, sonst müsste er für seinen Lebensunterhalt arbeiten gehen, aber das ist zu riskant. Also helfen ihm ein paar Freunde und ich über die Runden. Er wohnt reihum bei uns, und nach der Diplomprüfung geht Jona sowieso zurück in den Senegal. Nur noch zwei Semester. Das schadet doch keinem, wenn er bei uns fertig studiert. Und volkswirtschaftlich gesehen ist das sowieso ein Witz.« Er sah Sonia trotzig ins Gesicht.

»Ah, so ist das. Weshalb genau sind Sie vor uns davongerannt?«

»Ich musste den Jona warnen, damit man ihn nicht wegfängt. Weiß doch jeder, wie das läuft. Und dann noch die dauernde Terrorhysterie. Jona ist nämlich Moslem.«

Sonia lächelte. »Ihn warnen, weil er illegal im Land ist? Hat's geklappt mit der Warnung?«

»Ja. Zum Glück. Sie haben ihn doch nicht, oder?«

Seit die Katze aus dem Sack war, fühlte sich Clemens Agricola sichtlich wohler. Er saß aufrecht am Tisch, sein Blick wich Sonia nicht aus, und das schmale Gesicht drückte Entschlossenheit aus, nicht Angst. Die hatte er anscheinend nur um seinen schwarzen Freund.

»Nein, und wir sind auch gar nicht hinter ihm her. Eine einfache Frage, Herr Agricola: Wo waren Sie Dienstagnacht, zwischen dreiundzwanzig Uhr und sechs Uhr morgens?«

»Dienstag diese Woche? Ich bin bis Mittwochabend mit einigen Kommilitonen in Konstanz gewesen. Mit der Uni dort haben wir eine studentische Forschungskooperation zur Solartechnik. Am Dienstag hatten wir unser großes Kolloquium, das ging bis spät in die Nacht. Wissen Sie, wir treffen uns regelmäßig, einmal in Konstanz, einmal in Karlsruhe. Wir haben in Konstanz im Heim einer Studentenverbindung geschlafen. Reicht das?«

»Clemens, kennen Sie einen Mann namens Hansson?«, mischte sich nun auch Dorthe in die Befragung ein. Sie musterte eindringlich sein Gesicht, während er antwortete. Doch Clemens zeigte keinerlei Irritation.

»Nein, sollte ich? Wer ist das?«

»Ist gut, danke.«

»Okay? Fertig?« Sonia sah Dorthe an.

»Fertig, ja.«

Sonia schob dem jungen Mann ein Blatt und einen Stift über den Tisch. »Notieren Sie bitte die genauen Daten dieser Fahrt nach Konstanz, der Unterkunft und ebenso die Namen von zwei bis drei Kameraden, die Sie begleitet haben, und Ihre eigene Handynummer. Ich lasse Sie anschließend nach Hause bringen.« Sie schaltete das Mikrofon aus. »Ende der Befragung Clemens Agricolas um elf Uhr fünfundvierzig.«

Der Student setzte den Stift aufs Papier, stockte dann aber. »Und was geschieht mit Jonathan?«

»Versprechen kann ich im Augenblick nichts, da muss ich erst ein paar Dinge klären. Sie hören jedoch in Kürze von mir, via Handy. Ehrenwort. Tun Sie in der Zwischenzeit nichts Unüberlegtes. Und halten Sie auch Ihren Freund von Kurzschlussreaktionen ab.«

Für einige Minuten erfüllte nur das Schreibgeräusch den Raum, aufdringlich laut, durch die großflächige Tischplatte verstärkt.

»Hier, ich hoffe, Sie können das lesen.« Erleichtert reichte ihr Agricola seine Notizen.

Sonia überflog das Blatt. »Ja, kein Problem.«

»Und ich kann einfach so gehen? Und Sie rufen mich auch wirklich an?«

»Zweimal ja. Warten Sie bitte noch auf meinen Kollegen, der Sie nach Karlsruhe zurückbringen wird.«

Clemens Agricola stand zögernd auf. »Aber … Sagen Sie, Frau Kommissarin, wenn es nicht wegen Jonathan war …«

»Wir werden Ihre Angaben überprüfen. Wenn sie zutreffen, hat sich unsere ursprüngliche Sache erledigt. Danke, Clemens, dass Sie so offen waren.«

***

Kurz darauf stand das Team gemeinsam vor dem Beobachtungsfenster. Der Student Clemens Agricola wartete geduldig im Verhörraum auf den versprochenen Fahrer.

Karim lächelte. »Du liebe Güte, Sonia, ich bin emotional total entgleist! Wir suchen einen gefährlichen Killer und du führst uns diesen Nachwuchs-Gutmenschen vor. Treibt einem ja die Tränen in die Augen.«

»Wenn es denn wahr ist, was uns der junge Mann erzählt hat. Das klang schon beinahe wie das Drehbuch für eine Seifenoper!«, kommentierte Dorthe streng.

Sonia deutete auf die Glasscheibe. »Schau ihn dir doch an. Ich denke, er hat die Wahrheit gesagt, aber natürlich müssen wir uns vergewissern. Ein schöner Job für dich, Jonas. Fahr den Jungen nach Karlsruhe zurück. Und geh unterwegs irgendwo mit ihm zum Essen – das Dezernat 2 bezahlt.«

Jonas war sichtlich erfreut. »Tipptopp, Sonia! Bin gäge sechzehn Uhr z'rück.«

»Nimm dir im Studentenwohnheim seine Zeugen vor. Es werden ja nachmittags hoffentlich einige seiner Kommilitonen aufzufinden sein, um sein Alibi zu überprüfen.«

»Und was willst du in Bezug auf seinen illegalen schwarzen Freund unternehmen?«, wollte Dorthe noch wissen.

»Hast *du* einen Schwarzen in seinem Zimmer gesehen? Ich nicht.«

»Nein, natürlich nicht. Aber falls die Ausländerbehörde oder der Verfassungsschutz –«

»So kannst du vorgehen, wenn du wieder beim LKA bist«, antwortete Sonia gereizt. »Wenn sein Alibi geklärt ist, geht uns die Angelegenheit nichts mehr an; dafür übernehme ich die Verantwortung. So, nun zu unserem letzten Trumpf im Ärmel.«

»Wer übernimmt ihn?«, fragte Karim.

»Mach du das. Aber bitte drüben in eurem Büro. Schließlich ist das nur ein Gespräch, keine Vernehmung.«

***

Als Roland Agricola ins Zimmer kam, war die Türöffnung in alle Richtungen gleichmäßig gut ausgefüllt; er konnte gerade noch aufrecht eintreten, ohne den oberen Türrahmen zu streifen.

»Guten Tag, Herr Agricola«, sagte Karim freundlich und sah beunruhigt auf die riesige Pranke, die ihm der Hüne entgegenstreckte.

Agricola hatte den Blick wahrgenommen. Er schmunzelte. »Taach, Herr Kommissär! Kä Sorsch, isch pass uff.«

Das tat er. Sein Händedruck war so sanft, dass nicht einmal ein Hühnerei darunter zerbrochen wäre. Dafür dröhnte seine Stimme wie ein Nebelhorn. Agricola sprach den breiten Dialekt der Gegend, einen derben Slang, der klang, als würde man auf den Vokalen herumtrampeln, bis sie platzten und sich als Brei über den Rest des Wortes ergossen.

Wie bei uns Jungs früher auf dem Fußballplatz, dachte Karim. Er sprach längst Hochdeutsch, doch dieser Dialekt hatte ihn durch die ganze Kindheit begleitet, neben den letzten Resten Türkisch, in dem sich nur noch seine Großeltern unterhielten.

»Bitte, nehmen Sie Platz.«

Der Bürostuhl ächzte.

»Herr Agricola«, begann Karim, »ich will ganz offen zu Ihnen sein: Im Rahmen einer Ermittlung ist eine verdächtige Person in den Blickpunkt geraten, von der wir nur den Namen kennen, nämlich Agricola, aber nicht Wohnort, Alter, Beruf und schon gar nicht das Aussehen. Wir befragen deshalb alle Agricolas im Großraum Mannheim–Heidelberg. Meine Kollegen waren heute früh auch bei Ihnen zu Hause, haben Sie aber leider nicht angetroffen.«

»Klaar, isch bin jo uff der Kärrwe, uff Montaasch, driwwe in Speyer.«

»Ja, das hat Ihr Nachbar meinen Kollegen auch erzählt. Fahren Sie da jeden Abend wieder nach Hause, oder wie läuft das so ab auf Montage?«

»Nää, des dauert jo bloß vier Taach, do schloof isch immer driwwe im Wohnwaache. Mit dene annere Kollesche.«

»Aber Ihr Auto haben Sie dabei?«

»Isch heb gar keens – bloß e Maschin. E-Bike, wisse Se. Awwer was fir ähns!«

»Das glaube ich gern. Und die anderen Kollegen, mit denen Sie zusammenarbeiten, können die bestätigen, dass Sie die ganze Zeit in Speyer waren?«

»Ah jo, mer spiele doch owends Karte, die halb Nacht dorsch. Meeschtens gewinn isch.«

»Sind Sie so gut im Kartenspielen?«

Roland, der Riese, lachte schallend; die Federung des Bürostuhls knarzte im Takt. »Nä, des nät, awwer ab zwölf sin die annere Kollesche zimmlisch besoffe. Des is donn … hahaha … die groß Stund vum Roland Agricola!«

»Vertragen Sie so viel mehr als die anderen?«

»Nä, isch drink nix meh, isch bin Anti-Alkoholikä, isch hebb nemlisch gonz frieer mol ä Problämsche domit g'habbt.«

»Ach so.«

Karim hätte sich viel lieber vorgestellt, dass der freundliche Roland Agricola jeden Abend voll wie eine Haubitze im Wohnwagen eingeschlafen wäre, im Kreise seiner Kollegen. Aber so – das war nicht gut, er, als einziger Nüchterner unter lauter Angetrunkenen, mit einem schnellen Motorrad. Die Strecke Speyer–Ladenburg zu Hanssons Haus war ein Klacks, zur Nachtzeit sowieso.

»Herr Agricola«, begann Karim bedächtig und hielt ihm seinen Stift und einen Notizblock hin, »können Sie mir bitte die Namen von zwei oder drei der Männer aufschreiben, mit denen Sie am Dienstagabend – diesen Dienstagabend – den Feierabend verbracht haben?«

»Nää«, entgegnete Agricola, von einem Ohr zum anderen grinsend, »nä, des konn isch werklisch nät.«

»Sind Sie denn Dienstagnacht nicht mit den Arbeitskollegen zusammen gewesen?«

Agricola lachte wieder. »Doch, doch … awwer … des geht trotzdem nät.«

Karim sah ihn entgeistert an. Hielt der ihn zum Narren? »Warum denn nicht?«

»Weil isch iwwerhaapt nät schreiwe konn. Isch bin amtlisch anerkonnter Analphabet. Des weeß jeder, der wo misch kennt. Nä, nä, Herr Kommissar, schreiwe misse Se selwer.«

»Na, Sie sind vielleicht einer.« Karim zog kopfschüttelnd, jedoch erleichtert seine Hand mit den Schreibutensilien wieder zurück. Agricolas Heiterkeit war ansteckend, Karim musste auch lachen. Falls seine Behauptung stimmte – und daran war kaum zu zweifeln –, dann war der Mann in jedem Fall aus der Schusslinie. Dass Agricolas Zeugen seinen Aufenthalt bestätigen konnten, war nur noch eine nette Zugabe. Und falls sich vor lauter Suff keiner von ihnen erinnern konnte, ob Agricola die ganze Nacht bei ihnen gewesen war – auch in Ordnung. Als Schreiber des Manuskripts und Drahtzieher hintergründiger Morde kam dieser gutmütige Hüne kaum in Frage.

Karim notierte die Namen und Wohnorte von Agricolas Zeugen, beauftragte den Fahrer des Streifenwagens, von diesen Personen eine Bestätigung für Agricolas Alibi einzuholen, und wies ihn an, Roland Agricola wieder nach Speyer zurückzubringen.

»Polizeitaxi. Nobel, nobel! Der Wachtmeeschter muss awwer aach moim Scheff erkläre, dass isch uff die Polizei gemisst heb. Un dass isch sauwer bin … un dass des bloß ä Foormsach war!«

Karim versicherte ihm, alles werde ohne Nachteile für ihn geregelt, verabschiedete sich mit einem vorsichtigen Handschlag und entließ ihn mit dem Streifenpolizisten.

Kurz vor der Tür drehte sich der große Roland nochmals um. »Falls Se misch noch emol brauche, Herr Kommissär, rufe Se misch äfach on, kä Vorladung schicke, weil *lese* …«, sein Brustkorb bebte vor Lachen, »… *lese* konn isch nemlisch aach nät. Bloß Ziffere … wisse Se, bloß Ziffere … am liebschde die uff de Geldschoi! Allaa, bis donn!«

Agricola fand den eigenen Witz überaus gelungen. Sein Gelächter hallte noch durchs Gebäude, als Karim schon seine Anfrage an das Personenstandsregister in den Computer tippte. Gerade noch, bevor sich über alle Ämter und Institutionen die mittägliche Kommunikationsverweigerung legte – also mindestens eine Viertelstunde *vor* der offiziellen Mittagspause –, bestätigte man ihm, was er ohnehin erwartet hatte: In Roland Agricolas Daten war der Vermerk »des Lesens und Schreibens nicht mächtig« eingetragen.

***

Als Karim wieder Hanssons Büro betrat, standen Sonia und Dorthe vor der Landkreiskarte, in ein Gespräch vertieft.

»Mann, der letzte Agricola war eine Schau«, sagte Karim und trat neben sie. »Habt ihr ihn gesehen?«

»Den Riesen? Ja. Kurz, auf dem Flur. Zu überhören war er ja auch nicht, bei dem Organ. Das ganze Stockwerk hat seine Anwesenheit mitgekriegt.« Sonia deutete auffordernd auf den Besprechungstisch und nahm selbst Platz, angespannt, steif wie ein Brett, auf der Vorderkante des Schwingsessels. »Also – erzähl uns etwas Erfreuliches, Karim. Wo stehen wir nach der letzten Befragung?«

»Für Roland Agricola hätte ich was Erfreuliches: Er kommt wahrscheinlich nicht als Täter in Frage, sein Alibi wird gerade überprüft. Nach meinem persönlichen Eindruck ist er ein pfiffiger, aber harmloser Zeitgenosse. Und als Autor fällt er völlig aus, weil er –«

»… Analphabet ist«, ergänzte Dorthe. »Haben wir vernommen. Wie Sonia schon angedeutet hat: dünne Wände, laute Stimme.«

Sonia warf resigniert ihren Stift auf den Tisch und ließ sich in den Sessel zurückfallen, der wild zu wippen begann. »David und Goliath … *Zusammen* hätten sie unser Täter sein können, die beiden Agricolas! Clemens, das Gehirn, und Roland, der Kraftmensch. Du hast aber sicher recht, Karim. Bei der Überprüfung der beiden wird nichts Belastendes herauskommen. Schön für die beiden! Nur blöd für uns. Wir stehen wieder ohne jede Spur da, die uns zu Hansson führen könnte. Verdammt noch mal! Von den anderen Fällen rede ich schon gar nicht mehr. Immerhin: Dyckerhoff hat dem Dezernat einen Helikopterflug genehmigt, um nach dem Dienstwagen zu fahnden. Der kann sich schließlich nicht in Luft aufgelöst haben. Mit etwas Glück steht er im Freien.«

»Haben die Kollegen nicht schon alles abgeklopft – Autobahnparkplätze, Raststellen, Park-and-ride-Plätze?«

»Schon, aber der Heli sucht die Flussufer des Neckars ab, von Heidelberg bis Mannheim, auch die Ränder der Altwasser und die Areale rund um die Schleusen, besonders die Stellen, die von keiner Uferseite aus einsehbar sind.«

»Fliegst du selbst mit?«, fragte Karim.

»Nein, das macht Dorthe.« Sie sah auf ihre Armbanduhr. »Halb eins. Der Wirt der ›Kartoffel‹ wird hoffentlich gleich noch auftauchen, wegen des Phantombilds von diesem Bonzo. Dorthe, du kannst dann gehen. Vergiss deine Liste nicht. Ich warte mit Karim auf den Wirt.«

»Hä? *Ich warte mit Karim …?* Mittagspause ist inzwischen wohl ganz abgeschafft?« Karim war zwar nicht hungrig, ärgerte sich aber darüber, mit welcher Selbstverständlichkeit Sonia über seine Mittagszeit verfügte.

»Stell dich nicht so an – oder willst du später sagen müssen: ›Wir kamen für Hansson leider zu spät, weil ich in Ruhe Rindsroulade mit Rotkraut essen musste‹?«

»Na, mit der Begründung kannst du auch die Nachtruhe abschaffen. Arbeiten wir doch gleich bis Anfang nächster Woche durch!«

»Wenn der Kneipenwirt seine Beschreibung abgegeben hat, können wir essen gehen. Ich hätte dich aber gern wegen des Phantombildes dabei. Mit dem Computer bist du besser als ich.«

Karim verdrehte die Augen. »Jetzt bin ich aber sehr geschmeichelt.«

»Habt ihr's dann? Das ist unprofessionell, wenn man das mal anmerken darf«, warf Dorthe kopfschüttelnd ein. Sie stand auf und griff nach ihrer Liste. »Wir sehen uns gegen vier Uhr, okay?«

»Falls Karim bis dahin mit seinem Mittagessen fertig ist, ja«, spöttelte Sonia.

Im Vorbeigehen streifte Dorthes Hand wie zufällig Karims Haar. »Ciao, bello«, hauchte sie aufdringlich.

»Oh, aber *das* ist professionell«, kommentierte Sonia giftig. Dorthe winkte nur lasziv zurück, ohne sich umzudrehen.

Die Gereiztheit im Team wuchs unaufhaltsam. Auch wenn Hanssons Name nicht mehr genannt wurde, seine Zeit lief ab. Mochte sein Verschwinden eine Art von schicksalhafter Bestimmung sein, doch dass sie ihn nicht schneller finden konnten, empfand jeder als ganz persönliches Versagen.

»Ich hole noch die letzten Berichte von der Spurensicherung, Sonia. Ruf mich an, falls der Kneipier kommt, bevor ich zurück bin. Und keine Sorge, ich gehe nicht zum Mittagessen.«

Sie winkte ihm wortlos genauso verführerisch schlaff zu wie Dorthe vorhin, schob mit einer affektierten Bewegung den Sessel zurück und trat ans Fenster.

»Affentheater«, murmelte Karim und ließ die Tür hinter sich ins Schloss fallen.

Ende eines Traums

Kurz darauf trat Richard Beckenbach ein, der Wirt der »Kartoffel«.

»Tut mir leid, dass es später geworden ist, Frau Kommissarin. Es kommt zum Glück nicht oft vor, aber heute ist eine Gemüselieferung ausgefallen«, sagte er bedauernd. »Ich bin den ganzen Vormittag durch die Läden gehetzt, um die Ware selbst zusammenzukaufen. Bei uns wird nämlich jeden Tag frisch gekocht.« Beckenbach wischte sich mit einem zusammengefalteten Taschentuch mehrmals über die feucht glänzende Halbglatze, als wolle er Sonia Zeit für eine lobende Anmerkung geben. Da nichts kam, sprach er weiter: »Lang wird's doch nicht dauern, oder?«

»Nein. Ich nehme an, Herr Beckenbach, Sie als Wirt haben ein gutes Personengedächtnis. Wir werden den Computer zu Hilfe nehmen, damit sollte in einer Viertelstunde alles abgewickelt sein. Lassen Sie mich nur noch unseren Spezialisten rufen. Bitte, nehmen Sie doch da drüben Platz.«

»Sicher.« Vor ihrem Schreibtisch blieb er wie angewurzelt stehen, während Sonia noch darauf wartete, dass Karim ans Telefon ging.

»Aber – das *ist* er doch, Frau Kommissarin!«

Sonia war mit zwei Schritten neben ihm.

»Na, der da, auf dem Farbfoto, das ist der Bonzo, wie er leibt und lebt!« Sein fleischiger Finger zielte nachdrücklich auf die Broschüre des Psychiatrischen Zentrums Nordbaden, von der dem Betrachter das große Porträt des Professor Dr. Gert Bonkhorst entgegenstrahlte.

Sonia wurde es eiskalt. »Das ist Bonzo? Sind Sie ganz sicher?«

»Todsicher«, antwortete er.

Sonia bedankte sich bei Richard Beckenbach, mühsam die Fassung bewahrend, und geleitete ihn zur Bürotür.

Gert Bonkhorst und Hansson … Wo war ihr bloß in den vergangenen Tagen schon einmal, nur halb bewusst, dieser Zusammenhang in den Sinn gekommen? Ja, auf dem Foto in Hanssons Haus!

Sie ging langsam zu den Tafeln hinüber, an denen sämtliche wichtigen Materialien hingen. Noch im Gehen entdeckte Sonia die gesuchte Fotografie. Ohne ein Auge von ihrem Fund zu wenden, setzte sie sich an den Tisch und musterte das leicht rotstichige Farbfoto. Hanssons Abiturklasse. Zwei Reihen junger Männer, vor einer grauen Hausfassade aufgestellt, blickten dem Betrachter voller Selbstbewusstsein entgegen. Cornelius stand unverkennbar gleich in der vordersten Reihe, ernsthaft, etwas angespannt, kräftig gebaut, aber nicht dick. Und schon damals, vor fünfundzwanzig Jahren, trug er einen dünnen Schnauzbart.

Aber da, in der mittleren Reihe ... Da stand Gert Bonkhorst! Selbstsicher wie ein junger Gott, beinahe schon arrogant, mit demselben gewinnenden Lächeln wie heute. Gert, der sie offensichtlich immer wieder belogen hatte, um aus unerfindlichen Gründen seine Verbindung mit dem alten Klassenkameraden Hansson zu verbergen.

Sonia griff nach einem Filzstift und kreiste die beiden Gesichter ein. Bis zu dieser Minute hatte sie gehofft, der Wirt der »Kartoffel« habe sich mit seiner Identifikation doch geirrt. Damit war es nun vorbei.

Bonzo war Bonkhorst.

Eine Riesenwut kochte in ihr hoch. Hauptkommissarin Sonia Nerlinger hastete aufgewühlt zu ihrem Platz zurück, packte die Hochglanzbroschüre mit beiden Händen und schrie Bonkhorsts Foto an: »Konntest du nicht offen mit mir reden? *Du* hast Geheimnisse, aber *mich* fragst du andauernd aus! Du ... du ... schein...hei...li...ger Tropf!« Mit jeder Silbe klatschte sie die Broschüre gegen die Tischkante wie einen nassen Lappen. Schließlich schleuderte sie das zerfledderte Papierbündel mit einem wütenden Schrei in den Papierkorb, ging hektisch auf und ab, wutschnaubend, versuchte sich zu beruhigen. Und sie war froh um jede Minute, die ihr bis zu Karims Rückkehr blieb.

Welches Geheimnis verband die beiden – außer, dass sie Schulkameraden waren? Darüber musste sie sich schnellstens Klarheit verschaffen, ohne vorerst das Team davon zu unterrichten. So weit die berufliche Seite. Dass Gert auch ganz privat ihre Zuneigung missbraucht hatte … Sie verdrängte den Gedanken daran mit aller Macht.

Kurz darauf kam Karim zurück. »Und? Hast du das Fahndungsbild erstellt?«

»Ja, schon im Computer«, log sie. »Ich hab's selbst hinbekommen. Und bei dir? Neues von der Spurensicherung? Ach, was soll's, geh endlich zum Essen, bevor ich die nächste Beschwerde bekomme. Um sechzehn Uhr ist Teambesprechung.«

Sie griff nach ihrer Jacke und rauschte aus dem Zimmer.

***

Sonia verbrachte eine äußerst unangenehme Mittagspause. Gern hätte sie Bonkhorst persönlich getroffen, aber er befand sich auf einer Konferenz in Frankfurt. So blieb nur das Telefon, wenn sie nicht auf eine spätere Klärung ihrer Fragen warten wollte. Aber *das* hatte sie keinesfalls vor.

Sie griff zum Telefon.

Falls Gert Bonkhorst von Sonias entrüsteten Vorhaltungen überrascht war, so konnte er das perfekt überspielen. Er stritt nichts ab – dazu war er viel zu gut mit der menschlichen Psyche vertraut –, gab andererseits auch nichts zu, sondern spielte den Verständnisvollen, der falsch interpretiert wurde. Seine Bekanntschaft mit Hansson habe er ihr lediglich aus Sorge verheimlicht, um Sonia nicht in ein berufliches Dilemma zu stürzen. Es sei seines Wissens keine Empfehlung für ihre Unbefangenheit, dass er, als Freund der ermittelnden Kommissarin, gleichzeitig Jugendfreund des verschwundenen Hansson sei und zudem eine der letzten Personen, die mit ihm gesprochen hatten. Selbstverständlich habe er seinen Klassenkameraden Hansson in der Kneipe rein zufällig getroffen, schließlich sei die »Kartoffel« ein Geheimtipp weit über die Ortsgrenzen von Ladenburg hinaus. Die Gäste des Lokals kämen bis von Karlsruhe oder aus dem Odenwald, soweit er wisse. Und was den Inhalt seines Gesprächs mit Hansson betreffe: aufgewärmte Erinnerungen an die Schule, belangloses Geschwätz über belanglose

Dinge, die sich seit dem letzten Klassentreffen ereignet hatten. Männergerede.

Was sonst?

Keinesfalls habe er doch Sonia privat ausfragen wollen. Nur aus mitfühlendem Interesse habe er sich nach dem einen oder anderen Aspekt ihrer Ermittlung erkundigt, um vielleicht helfen zu können. Das könne sie doch nicht *so falsch* aufgefasst haben.

Als Sonia aufgelegt hatte, fühlte sie sich elender als zuvor. Bonkhorst hatte sie mit seinen gewandt-einleuchtenden Antworten so sehr verunsichert, dass sie – neben einem schlechten Gewissen ihm gegenüber – nun auch noch eine gehörige Wut auf sich selbst bekam. Sie hatte sich verrannt, einen Sack voll unsinniger Fragen gestellt und fühlte sich nun wie ein Schulkind, das man soeben liebevoll, aber kopfschüttelnd auf seine Dummheiten hingewiesen hatte.

Und der Nutzen ihrer ganzen Fragerei? Eben. Ein echt professionelles Ergebnis!

Sie brauchte Luft und Bewegung. Trotz der brütenden Mittagshitze ging sie zu Fuß am Neckarufer entlang bis zur malerischen Karl-Theodor-Brücke, setzte sich dort in ein klimatisiertes Café und bestellte eine Sachertorte mit einer Portion Kaffee. Nachdem sie sich, als ganz große Ausnahme, noch ein Stück Sahnetorte gegönnt hatte, ging es ihr bedeutend besser. Kurz nach drei Uhr war sie im angenehmen Schatten der Häuserzeilen auf dem Rückweg ins Präsidium.

***

Es wurde fast halb fünf, bis alle Mitglieder von Sonias Team komplett waren. Dorthe traf als Letzte ein. Dafür begann sie als Erste mit ihrem Kurzbericht:

»Um es gleich zu sagen: Leider konnten wir Hanssons Dienstwagen nicht finden. Dafür zwei gestohlene Fahrzeuge. Die Diebe hatten sie ins viel zu seichte Altwasser gefahren, wo sie natürlich nicht tief genug versanken, schon gar nicht bei dem Niedrigwasser, das wir zurzeit haben.«

Sonia stand die Enttäuschung ins Gesicht geschrieben. »Jonas?«

»Der Kloi, der Clemens, het sich mächtig g'freut über des koschtelose Esse. Mir habet sehr preiswert jeder a Rieseschnitzel mit Pommes und Salat und d'rnach –« Er bemerkte Sonias sauren Blick. »Noi? Passt grad net, hä? Also guet, die Alibigäber von dem Kloine hend alle bestätigt, dass der Clemens tatsächlich mit ihne zu Konstanz gwä' isch – und zwar durchgehend. Außerdem – wenn m'r den Bursch näher kennt, der kann gar net –«

»Er hat dich vielleicht nur eingeseift«, spöttelte Dorthe.

»Von wäge ei'g'seift!«

»Kann man also davon ausgehen, dass sein Alibi hieb- und stichfest ist, Jonas?«

»I hen auf der Rückfahrt au' no' in Konstanz a'grufe, do isch au tutti paletti – der Clemens war dort, Dienschtag und Mittwoch. Des Alibi isch bombesicher!«

Obwohl ihnen damit der vorletzte mögliche Täter wegbrach, huschte ein erleichterter Ausdruck über Sonias Gesicht. Sie rief Clemens Agricola an, um ihm mitzuteilen, die Sache habe sich erledigt, wie besprochen.

»Nein, es kommt nichts mehr. Ja, das freut mich«, beendete sie ihr Gespräch. »Für den und seinen afrikanischen Freund ist heute Weihnachten. So, Karim, bitte.«

»Erwartet euch nichts. Die Spurensicherung hat in Hanssons Haus nur seine eigenen Fingerabdrücke und die einer Zugehfrau gefunden. Unmittelbar am Eingang und im Windfang gibt's noch ein paar Abdrücke, die wahrscheinlich von Postboten, Lieferanten oder so herrühren. Die tauchen aber im Haus nirgends mehr auf. Am Manuskript –«

»Und was ist mit seinem Handy? Telefonliste gecheckt?«, unterbrach ihn Dorthe.

Karim nervte ihre dreiste Einmischung. Ohne darauf einzugehen, fuhr er fort. »… fanden sich Schabspuren, die von den Rändern des Briefkastenschlitzes stammen.«

»Ja, und?« Dorthe wirkte eingeschnappt, weil Karim sie ignorierte.

»Das beweist, liebe Kollegin, dass es höchstwahrscheinlich keine persönliche Übergabe des letzten Manuskriptteils an Hansson gab. Agricola deponierte es ganz einfach im Briefkasten.« Sonia sprach mit ihr wie mit einem Kind, sanft, langsam, und sie genoss die Gelegenheit, Dorthe dezent vorzuführen.

»Hermann hat die Adressliste in Hanssons Handy und seine Verbindungsdaten überprüft. Neben allen dienstlichen Telefonaten gab es Anrufe bei Restaurants, beim Weinhändler, beim regionalen Kartenvorverkauf für Konzerte. Außerdem …«, Karim konnte sich ein süffisantes Lächeln nicht verkneifen, »außerdem zahlreiche Telefongespräche mit zwei, sagen wir, ›spezialisierten‹ Etablissements, vor allem mit deren weiblichem Personal. Alles überprüft, von dieser Seite her drohte ihm sicher keine Gefahr; Hansson war ein äußerst gern gesehener Gast.«

»Koi Wunder! Da strahlt die Freude'dam, wenn d'r Freier guet bei Kasse ischt.«

»Du musst das ja wissen, Kleiner. Aber was ich mich wirklich frage – versteht das jetzt bitte nicht falsch –, wir wissen alle, was man als leitender Hauptkommissar verdient. Hansson hat zwar ordentlich Dienstalter drauf, aber nach Steuerabzug – alleinstehend, ohne Kind, dazu das große Haus, Auslandsreisen … Kann man sich da *regelmäßig* solche Ausgaben leisten?«

Sonia lächelte. »*Er* kann. Ich kenne Cornelius Hansson seit fast zehn Jahren, und in diesem Punkt kann ich dich beruhigen: Cornelius hat schon als Jugendlicher durch den Tod seiner Eltern ein sehr respektables Vermögen geerbt. Mit der Verzinsung und später ein paar gelungenen Investitionen gewann er noch einiges dazu. Hansson könnte jederzeit ohne seinen Job sehr komfortabel existieren.«

»Bist du sicher?«, fragte Karim ungläubig. »Männer erzählen viel, um sich interessant zu machen.«

»Verlass dich drauf – es stimmt.«

Es dauerte einen Augenblick, bevor dieser Eindruck verarbeitet war.

»Dann habet mir sozusage en Hobbykommissar als Chef. Sapperlot, des glaubsch ja net!«, stellte Jonas irritiert fest.

»Sonst noch was von der Spurensicherung? Vielleicht mal was Hilfreiches?« Sonia bemühte sich, die Frage möglichst forsch klingen zu lassen. Es klappte nicht; die Resignation stand ihr zu deutlich im Gesicht.

»Entschuldige, Sonia, bevor wir's vergessen: Wie weit sind wir eigentlich mit der Identifikation dieses Bonzo? Du wolltest doch eine Fahndung anleiern, oder?«

Sie hatte die Frage erwartet und war inzwischen gut genug darauf vorbereitet, um nicht überrascht auszusehen. Allerdings musste Bonkhorsts Name nicht unbedingt ins Gespräch kommen. »Ohne Bedeutung«, antwortete sie. »Nur ein Schulfreund Hanssons, der zufällig auch in der ›Kartoffel‹ war. Ich habe schon mit ihm gesprochen. Wie er sagte, sind sie sich das erste Mal seit Jahren wieder über den Weg gelaufen. Und für Dienstagnacht hat er ein Alibi. Die Spur können wir auch begraben. Übrigens …«, sie deutete auf die Magnettafel, »auf dem Foto von Hanssons Abiturklasse sind beide drauf, mit einem Kringel markiert.«

Zu Sonias großer Verwunderung bohrte Karim nicht weiter nach. Er fragte weder nach dem Namen des Schulfreundes noch danach, wie der Wirt der Kneipe ausgerechnet auf Hanssons Abiturfoto gekommen sein sollte, sondern machte einfach weiter.

»Noch eine Negativbilanz zum Schluss«, nahm Karim seine Ausführung wieder auf, »unser Riesenanalphabet Agricola hat gleich mehrere Zeugen für sein Alibi. Schön für ihn! Leider bedeutet das für uns: Ende der Fahnenstange.«

Karims letzter Satz fasste exakt den äußerst unerfreulichen Stand ihrer Ermittlungen zusammen. Der Frust darüber quoll ihnen aus allen Knopflöchern, füllte den Raum wie der Gestank aus einem Aschenbecher voll alter Kippen.

Stille. Zehn Sekunden, zwanzig Sekunden …

Dann fiel Dorthe der Stift aus der Hand, sprang klappernd wieder hoch, rollte über den Fußboden. »Wir können doch nicht jeden gottverdammten Agricola in ganz Deutschland vorladen«, sagte sie ärgerlich und hob ihn auf. »Außerdem haben wir noch immer keine Ahnung, ob ›Agricola‹ nicht bloß ein Pseudonym ist.«

»Ich frag ihn, wenn wir ihn haben.« Karim lächelte matt.

»Hahaha. Also – irgendeine Idee, *anybody*?« Sonia fragte nur, um nichts unversucht zu lassen.

»Wer het bloß des Scheißmanuskript g'schriebe?«

»*Idee*, sagte ich, nicht Unflat.« Mit hochgezogenen Augenbrauen musterte Sonia reihum ihre Kollegen. »Okay, Leute, dann ist eben vorerst Ende. Ich muss Dyckerhoff und Staatsanwältin Winterstein davon unterrichten. Die Entscheidung, wie es weitergehen soll, kann ich nicht allein treffen. Falls inzwischen noch jemand einen Geistesblitz hat – wir sprechen uns noch mal in einer halben Stunde.«

Sie war kaum ein paar Schritte auf dem Flur gegangen, da hörte sie Karims Stimme hinter sich.

»Sonia! Warte mal!«

Sie blieb stehen.

»Hier«, sagte er. »Lag unter deinem Schreibtisch. Ich dachte, es ist dir lieber so, nicht vor den Kollegen.« Karim reichte ihr einen farbigen Papierfetzen so groß wie seine Handfläche. Sonia erkannte die Abbildung sofort. Es war ein kleines Stück der Wiesloch-Broschüre mit Bonkhorsts Porträt.

»Du hast es gleich kombiniert, oder?«, fragte sie betreten.

»Dass Bonkhorst dieser ominöse Schulfreund ist? Ja, klar. Nachdem ich zufällig auch noch die misshandelte Broschüre in deinem Papierkorb gesehen habe. Und nach deiner vagen Erklärung … Aber es gibt keine Notwendigkeit, das breitzutreten. An unserem Misserfolg hätte sich damit nichts geändert.«

Sie atmete erleichtert auf. »Danke. Ich wollte einfach nicht … Der Sachverhalt wirkt schon merkwürdig. Bis nachher dann.«

Bevor sie allerdings ihren Weg zum Büro von Kriminalrat Dyckerhoff fortsetzen konnte, rief nochmals jemand ihren Namen. Dieses Mal war es Dorthe.

»Sonia, Karim, kommt! Anruf aus der Autowerkstatt. Schnell!«

»Wird ja immer komischer! Was wollen die denn von uns?«, fragte sie Karim, der genauso überrascht schaute wie sie selbst. Gleich darauf standen alle vier wieder zusammen im Büro.

»Und?«

»Anruf von einem Mechaniker aus der Kfz-Werkstatt – der hat vor einigen Tagen sein Handy verlegt.«

»Dann soll er's gefälligst suchen. Wir sind doch kein Fundbüro!«

»Nein, hör doch mal zu.«

Jonas ging alles zu langsam. »Weiberleut! Es liegt a'gäblich im Cornelius seim Auto! Des war doch a'fangs der Woch im Service.«

»Mann!«

Karim reagierte als Erster. »Wenn das wirklich stimmt! Hoffen wir, dass der Mechaniker sich nicht geirrt hat.« Einen Tastendruck später hatte er bereits den Techniker am Telefon. »Hermann? Gut, dass du noch da bist! Wir brauchen dringend deine Unterstützung. – Was? Wird nicht lebenswichtig sein? Doch, genau das ist es. Ich bin in drei Minuten bei dir. Wehe dir, wenn du dann schon weg bist!« Seine ungewohnt barsche Stimme ließ keinen Zweifel daran, wie er es meinte.

Sonias Hals lief rosarot an vor Aufregung. »Du meinst, Hermann kann das Telefon orten? Und wenn es ausgeschaltet ist?«

»Dann auch. Du kennst doch unsere jungen Kollegen – topaktuelles Gerät ist bei denen Imagesache. Zum Glück antworten die neuen Handys in jedem Zustand, wenn man sie anfunkt. Jedenfalls solange der Akku nicht leer ist. Bis gleich.«

Karim war schnell zurück. Er brachte den Computerausdruck einer Luftaufnahme mit. »Hat geklappt! Keine Ahnung, wo das sein soll! Ich müsste erst die Koordinaten in den Computer eintippen.«

»Das geht bestimmt auch so! Lass mal sehen.« Unter den angespannten Blicken ihres Teams musterte Sonia das Luftbild. Sie kannte die Gegend zwischen Rhein und Odenwald seit ihrer Kindheit. »Moment … Steinbruch in Schriesheim … im Westen drei spitze Kirchtürme. Das ist Ladenburg! Ja, das muss irgendwo zwischen dem östlichen Ortsrand und der A5 sein, ziemlich weit abseits der Straße, hinter dem Rosenhof. Na klar, die alte Abdeckerei!«

»Sicher? *Das* Gestrüpp? Wie sieht diese Abdeckerei denn aus?« Dorthes Frage verhungerte in der Luft.

»Dorthe, wir beide informieren Dyckerhoff«, sagte Sonia energisch. »Karim, besorg uns inzwischen einen Sanka mit Notarzt und die Spurensicherung; die müssen ein oder zwei Leitern und auch einen Pickel mitnehmen. Wir könnten in dem alten Gemäuer auf erhebliche Schwierigkeiten stoßen. Sie sollen alle im

Hof warten, wir fahren voraus. Kein Blaulicht, kein Martinshorn, normales Tempo. Auch der Sanka bleibt unauffällig. Ich will nicht die halbe Region anlocken.«

»Keine Absicherung durch Bereitschaftspolizei?«, fragte Dorthe.

»Nein, erst wenn wir die Lage vor Ort überblicken. Jonas, du organisierst Nachtsichtgeräte. Es ist zwar noch zwei Stunden hell, aber das Gelände ist stark zugewuchert.«

»Bei der Materialausgab isch doch jetzt koiner mehr do.«

»Das ist mir wurscht«, sagte sie aufgebracht. »Dann such jemand anderen, der sie dir herausgibt. Du kannst jedem androhen, wenn er nicht spurt, häng ich ihm ein Disziplinarverfahren an. Notfalls tritt die Tür ein und klau die Dinger, das nehm ich auf meine Kappe. Und bring vier Headsets für unsere eigene Kommunikation mit. So ...«, sie holte tief Luft, »genaue Zeit ist jetzt ... neunzehn Uhr zehn. In zwanzig Minuten trifft sich das ganze Team im Hof bei den Fahrzeugen mit Schutzwesten, Tarnkleidung, Waffen und zwei Taschenlampen pro Nase. Ist noch was, Jonas?«

»Noi, noi, alles beschtens. Mei lieber Scholli!« Jonas schaute so konsterniert, als sei gerade ein Kugelblitz an ihm vorbeigekullert. Dann stob er mit langen Schritten aus dem Zimmer.

Gestrüpp, Ruinen und ein nackter Mann

Kurz nach halb acht rollten zwei dunkle Limousinen mit Sonias Team auf die belebte Straße hinaus, dahinter der Kombi der Spurensicherung und ein Notarztwagen. Hauptkommissarin Sonia Nerlinger hatte alle wissen lassen, dass es um das Leben von Cornelius Hansson gehe und dass man möglicherweise sogar auf den Serienkiller treffen werde.

Im Übrigen war sie stinksauer. Von wegen Nachtsichtgerät! Das Präsidium besaß, wie Jonas berichtete, genau ein einziges älteres Gerät, und das war seit geraumer Zeit in Reparatur. Es wurde aber angeblich auch nie gebraucht, darum war das Fehlen nicht weiter aufgefallen. Was das Dezernat 2 überhaupt damit wolle – beim Sondereinsatzkommando hätten sie doch sowieso welche.

Der phantastische Tipp traf genau Sonias Nerv. Die Rambo-Truppe wollte sie keinesfalls dabeihaben. Sie würden sich also wirklich mit den Taschenlampen behelfen müssen, wie die Pfadfinder vom Fähnlein Fieselschweif.

»Ist es noch weit?«, fragte Dorthe, als sie in Schriesheim die Bundesstraße 3 in Richtung Ladenburg verließen.

»Nein«, antwortete Sonia knapp und griff nach dem Mikrofon. »An alle: Haltet mindestens zweihundert Meter Abstand zwischen den Fahrzeugen. Ich möchte nicht, dass man uns als Konvoi ins Gelände abbiegen sieht. Noch etwa zwei Kilometer bis zum Zielobjekt. Ende.«

Gleich darauf fuhren sie an einem ausgedehnten, üppig mit Bäumen und Büschen eingefassten Areal vorbei, das die Gleichförmigkeit der abgeernteten Äcker angenehm unterbrach. Die Schmalseite dieser grünen Insel lief unmittelbar neben der Landstraße her und erstreckte sich als langes Rechteck beinahe einen Kilometer nach Norden, weit hinaus in die Wüste der Stoppelfelder.

Sonia bog rechts in eine Lindenallee ab, die wie ein niedriger grüner Tunnel auf das Areal führte. Weit herunterhängende

Zweige streiften das Autodach der Limousine, obwohl die Fahrbahn aus schweren Betonplatten bestimmt für weitaus größere Fahrzeuge gedacht war.

»Ein Lkw kommt da aber nicht mehr durch«, meinte Dorthe erstaunt.

»Muss auch nicht.«

»Was ist denn das hier? Das neuzeitliche lange Gebäude da rechts … die ganzen Ziegelbauten zwischen den Büschen … der uralte Schornstein?«

»Moment noch«, antwortete Sonia und ließ den Wagen im Schritttempo über Betonbrocken und Grasbüschel neben eine Buschgruppe rollen. »An alle: Bitte hier die Fahrzeuge abstellen, sodass sie von der Straße nicht zu sehen sind. Ende.« Sie parkte den Wagen und stieg aus. »Das Gelände«, fuhr sie fort, »diente schon allen möglichen Zwecken. Gedulde dich noch kurz, ich will gleich alle darüber aufklären. Die Information betrifft nämlich entscheidend unser Vorgehen.«

Die beiden Frauen warteten, bis sich der Rest ihres eigenen Teams, die Männer der Spurensicherung und die Besatzung des Notarztwagens bei ihnen eingefunden hatten.

»Kurzes Briefing«, begann Sonia. »Den Koordinaten nach muss Hanssons Wagen noch etwa hundertfünfzig Meter weiter nördlich in diesem Dickicht stehen. Dazu kommen wir gleich. Erst eine Frage: Kennt jemand dieses Areal sehr genau, auf dem wir hier stehen?«

»Den Rosenhof?«, fragte der Fahrer des Sanka. »Nur vom Vorbeifahren.«

Die anderen schüttelten irritiert die Köpfe.

»Okay. Das Gelände mit seinen zahlreichen Gebäuden war um 1900 landwirtschaftliche Versuchsanstalt, eben dieser ›Rosenhof‹, dann zeitweise Abdeckerei für den Großraum Mannheim-Heidelberg. Bei den Nazis trieb man hier anfänglich einiges, worüber nur verstohlen gemunkelt wurde, und während des Krieges entstand eine Munitionsfabrik auf dem Gelände – zu großen Teilen unterirdisch. Nach dem Krieg teilten sich einige Firmen das Areal. Man baute dazu, riss Teile wieder ab und machte schließlich erneut eine ›Tierkörperverwertungsanstalt‹

daraus. Später wurde ein kleiner Industriekomplex hochgezogen. Das Max-Planck-Institut richtete sich darin ein, drüben, in den hellen Gebäuden. Heute ist da gar nichts mehr, und der alte Bereich ist eine grüne Hölle. Soll heißen –«

»... wir haben es hier mit einem undurchschaubaren Chaos von Bauten und Bauresten zu tun, über und unter der Erde«, beendete Dorthe ihren Satz.

»Ja«, bestätigte Sonia, »genauso ist das. Es gibt, außer für den Neubau des Instituts, keinerlei Pläne, dafür aber jede Menge zugewachsene Lüftungsschächte, kaum erkennbare Luken zu Lagerräumen und Kellerabgängen, mürbe Betonplatten, verfaultes Holz. Besonders kritisch ist der hintere nördliche Teil, in dem Hanssons Wagen stehen muss. Also: Ich weiß nicht, wo und wie lange wir suchen müssen, aber achtet auf jeden Schritt, misstraut jedem Untergrund, auch wenn Hansson vielleicht hier irgendwo um sein Leben kämpft. Die medizinische Crew bleibt am Telefon und wartet auf ihren Einsatz, ebenso vorerst die Spurensicherung. Wir gehen in zwei Gruppen – Jonas mit Dorthe, Karim mit mir. Jede Gruppe nimmt eine Aluleiter mit, für alle Fälle. Und los.«

Sie folgten im Gänsemarsch der schwachen Reifenspur im Gras, die auf einem zugekrauteten Weg ins Buschwerk lief. Zweige rieben sich zischend an ihren Schutzwesten. Viel Wegstrecke konnte nicht mehr kommen; der Pfad versackte zusehends zwischen Bäumen und Gebüsch.

»Wird allmählich eng für ein Fahrzeug«, meinte Dorthe.

»Wenn's überhaupt der Wage vom Chef isch! Wer weiß, wo der Kollege aus d'r Werkstatt sei Handy verschlampt hat«, knurrte Jonas und hängte sich die Leiter bequemer auf die Schulter.

Karim musterte besorgt den Himmel. »Mist, das fehlt noch.« Die Abendsonne war in Bergen bleigrauer Kumuluswolken abgetaucht. Es sah nach Unwetter aus. Im Westen grollte bereits schwerer Donner.

»Stopp. Da vorne!«, rief Sonja unvermittelt.

Im Dämmerlicht des heraufziehenden Unwetters leuchtete ihnen ein reflektierendes Nummernschild entgegen. Der Wagen, zu dem es gehörte, war nicht mehr als ein dunkler Fleck im Halbdunkel des Gestrüpps.

»Dunkler Audi. Er isch es. Komm, machet vorwärts«, zischte Jonas, »oder soll i no länger rumstehe wie der Maler Klecksel, mit d'r Leiter auf em Buckel?«

Sonia griff nach ihrer Taschenlampe. Das grellweiße Lichtbündel erfasste den Wagen. Sie näherte sich der Fahrertür, Schritt für Schritt, tief in die seitlichen Büsche gedrückt, öffnete schließlich langsam die Tür, richtete den Lichtkegel ins Wageninnere, beugte sich hinein. Die Entriegelung des Kofferraums schnappte. Leise knarrend schwang der Kofferraumdeckel hoch. Sonia ging um das Fahrzeug herum, leuchtete in die dunkle Öffnung, angespannt, auf jeden Schock gefasst.

Da war nichts. Nur ein sauberer, fleckenloser Kofferraum, der noch den typischen Geruch eines ziemlich neuen Fahrzeugs verströmte.

Sie richtete sich auf. »Puh ... Ich hatte eine Höllenangst, dass wir ihn hier drin finden würden. Karim, ruf Hallermeyer an. Seine Leute sollen sich schon mal den Wagen vornehmen, bevor es anfängt zu kübeln.«

Während Karim den Anruf erledigte, mit der langen Leiter über seiner Schulter kämpfend, arbeiteten sich Dorthe, Sonia und Jonas durch das dichte Gestrüpp seitlich des Pfades. Dahinter trafen sie auf eine ausgedehnte, lang gestreckte Fläche aus verwittertem Beton, anscheinend die Bodenplatte eines vor Jahren abgerissenen Gebäudes. Disteln und Klatschmohn hatten sich durch Risse im Beton ans Licht gekämpft. Es war hier allerdings sinnlos, Spuren in niedergetretenem Gras zu suchen, denn erst jenseits des Platzes, am Rande eines Eichenwäldchens, wuchs wieder spärlich Gras unter Brombeerbüschen und Haselnusssträuchern.

Sonia bog das Mikrofon ihres Headsets näher an den Mundwinkel. »Dorthe, Jonas«, sagte sie leise, »geht ihr bis zum Ende der Betonfläche und von dort weiter ins Gelände. Aber achtet auf den Untergrund.«

»Schau mal.« Karim deutete hinüber zum Waldrand. Hinter den Büschen waren die Umrisse einer breiten, meterhohen Betonmauer zu erkennen. Sie lag unter den ersten Bäumen des Wäldchens und war mit einer kniehohen Laubschicht bedeckt.

»Sieht sehr massiv aus, das muss ein Teil der Nazi-Munitionsfabrik sein. Lass uns nachsehen, ob es darin einen Zugang zur Unterwelt gibt.«

Die Mauer bildete eine Seite des achteckigen Gebildes, das wie ein abgebrochener Pilz aus dem Laub ragte. In der Vorderseite gähnte eine Öffnung, sehr breit, aber höchstens einen Dreiviertelmeter hoch. Sie war an allen Kanten mit breiten Stahlwinkeln verstärkt und gab dem Bauwerk das Aussehen eines weit aufgerissenen Riesenmauls. Seine »Unterlippe« lag tiefer als der Waldboden, und das wirkte, als wolle dieses Maul das ganze Gelände verschlingen. Laub und Erde rieselten in den Schlund, als sich die beiden Kommissare davor auf die Knie niederließen. Im Licht ihrer Taschenlampen schätzten sie, dass die Außenmauer hier mindestens drei Meter dick war. Im Inneren des Betonmauls befand sich ein unerwartet schmaler, tiefer liegender Raum, der nach wenigen Metern in eine Art Treppenhaus überging. Die Treppenstufen endeten an einer massiven, bauchigen Stahltür.

»Ein Bunker?«, fragte Karim.

»Nein, ich glaube, das ist eine bombenfeste Lüftung für die unterirdische Fabrik. Steigst du bitte hinunter? Nur, um die Stahltür zu überprüfen. Vielleicht führt sie ja zu Hansson.«

»In Ordnung. Leuchte mir mal.« Karim legte sich auf den Bauch und robbte mit eingezogenem Kopf in den Schlund. An der Innenkante der dicken Mauer hielt er an. Der Strahl seiner Taschenlampe fingerte nach unten. »Okay, Sonia, schieb die Leiter nach.«

Mit einem schrillen Schabgeräusch schrappte das Alu über den rauen Beton. Keine Minute später stand Karim unten vor der Panzertür, die im Notfall den Luftschacht gegen Bombensplitter und Luftdruck sichern sollte. Das mannshohe Monstrum wölbte sich im Halbkreis aus der Wand – eine Drehtür, ohne Türangeln, deren Seiten unmittelbar in den Betonmauern verschwanden. Karims Lichtstrahl suchte jeden Zentimeter des düsteren Raumes ab, die Ränder der Tür, die Treppenstufen, die Decke.

»Hier geht's nicht weiter«, rief er und suchte im Schutt auf dem Boden einen massiven Steinbrocken. Wie ein Berserker drosch er damit mehrmals gegen die Stahltür, lauschte, schlug wieder zu. Scharfe Echos peitschten durch den Raum, bei jedem Schlag splitterte ein Stück des Steins ab. »He, Sonia! Die Tür klingt wie ein massiver Eisenblock. Ich steige wieder aus.«

Im Strahl ihrer Handlampe sah Sonia, wie Karims Oberkörper wieder auf der Leiter auftauchte. Er kroch mühsam durch das Betonmaul zurück, die hochgezogene Leiter hinter sich herzerrend. Kurz darauf stand er neben Sonia vor dem Höllenschlund, schwer atmend, erleichtert und zugleich enttäuscht.

»Ich hoffe, für Hansson ist es noch nicht zu spät. Falls er sich überhaupt auf dem Gelände befindet. Dieser verdammte Verhau hier!« Er wischte sich die Schweißperlen von der Nase.

In den Ohrhörern knackte es.

»Dorthe an Sonia, wir haben hier etwas gefunden! Könnt ihr sofort kommen? Ihr findet uns etwa dreihundert Meter nordöstlich von Hanssons Wagen.«

Sonia knipste ihr Mikro an und antwortete: »In Ordnung. Wartet mit weiteren Aktionen, bis wir bei euch sind.«

Ihr Weg zum Treffpunkt führte durch ein bizarres Umfeld. Sie entdeckten im Vorbeigehen eine Handvoll einstöckiger Ruinen, deren früherer Zweck nicht mehr erkennbar war. Keine davon eignete sich als Tatort, dafür genügte ein kurzer Blick. Unter den Bauten befanden sich keine Keller, viele besaßen nicht einmal festen Fußboden; gestampfter Lehm, aus dem Brombeersträucher, Erlen, Birken und Holunderbüsche hochgeschossen waren. Die Bäume hatten vor den Dächern aus Brettern und Dachpappe nicht haltgemacht, sondern sich durch die mürbe Masse hindurch einen Weg zum Licht gebrochen. Simple Nachkriegsbauten, vielleicht Lagerräume oder kleine Werkstätten.

Sie stapften an einem mehrstöckigen Fabrikgebäude aus roten Ziegeln vorbei. Eine Verladerampe war angebaut, und zu ihr hatte es seinerzeit offenbar einen Gleisanschluss gegeben. Nur noch das Schotterbett erinnerte daran; keine Schienen, keine Schwellen. Alles geklaut. Aber darauf kam es damals auch nicht mehr an. Nachkriegs-Recycling.

»Vorsicht, Spalt im Boden!«, rief Sonia Karim zu. Er konnte gerade noch stoppen, ehe sein rechter Fuß in der schmalen Mulde versackte. Immer wieder mussten sie Öffnungen im Boden ausweichen, unter denen Kellerräume voller Schutt und morscher Balken zu erkennen waren. Sie stiegen über geborstene, von Laub und Erde fast verdeckte Mauerreste und über die Umfassungen ausgedehnter Becken, in denen man zu Zeiten der Abdeckerei wahrscheinlich die stinkenden Tierkadaver im Freien gehäutet hatte. Sonia versuchte, den Gedanken an die Tätigkeit der Arbeiter zu verdrängen. Hier irgendwo wurde vielleicht Hansson festgehalten.

Zunehmend plagten sie Gewissensbisse. Unverantwortlich, fast idiotisch, sich ohne eine Staffel Bereitschaftspolizei an diese Suche zu wagen, wenn sie schon das SEK nicht dabeihaben wollte. Ihr Team hatte ein Areal von beinahe einem Viertel Quadratkilometer zu durchsuchen, allein schon hier hinten, im ältesten Teil des Geländes. Natürlich, der Schutz von Spuren, der hatte bei ihr den Ausschlag für diese Entscheidung gegeben. Sie wollte um jeden Preis den Killer fassen, und dabei zählte eben jedes kleinste Indiz. Aber wenn sie nicht innerhalb einer halben Stunde einen brauchbaren Ansatzpunkt fanden, dann *musste* sie Unterstützung anfordern.

Ihre Erinnerung hatte Sonia einen bösen Streich gespielt. Sie war sicher gewesen, sich hier passabel auszukennen. Als Mädchen war sie öfter mit den Jungen aus ihrer Straße durch das verwilderte Land um die alte Abdeckerei gestromert. Allerdings – vor mehr als fünfundzwanzig Jahren. Der Wald war seinerzeit viel lichter gewesen, und sie hatten sich immer nur an denselben Plätzen aufgehalten. Viel besser als sie kannten sich die Jungs damals aus. Bei ihren spezielleren Erkundungen – natürlich ohne Mädchen – hatten sie kein Gebäude, kein Dachgeschoss und keinen Keller ausgelassen. Durch jedes Schlupfloch waren sie angeblich gekrochen, jeder Ruine hatten sie einen Namen verpasst. Zumindest hatten sie lauthals damit angegeben.

»Ihr seid gleich bei uns«, meldete sich Dorthe wieder im Headset, »wir hören euch schon durchs Unterholz trampeln. Geht einfach geradeaus weiter auf das Haus zu. Nein, Korrektur, das könnt ihr noch nicht sehen. Haltet auf die Lichtung zu.«

Tatsächlich bemerkten Sonia und Karim das Gebäude erst kurz bevor sie die kleine Lichtung im Fichtenwald erreichten.

Das Haus ging völlig in der Umgebung unter, denn seine Mauern hatten im Lauf der Jahre durch den Bewuchs mit Algen, Schimmel und Flechten die Farbe von Baumrinde und verrottetem Laub angenommen.

Sonia erkannte das düstere Haus auf den ersten Blick wieder: das »Hexenhaus« ihrer Schulzeit, mit dem schrecklichen Wasserbecken davor, in dem die Hexe kleine Kinder ertränkte, um sie danach zu kochen.

In Wirklichkeit stand da ganz prosaisch nur dieser verwitterte Bau, der an eine sehr geräumige alte Autowerkstatt erinnerte; ein breites Zufahrtstor in der Mitte der Hausfront, beide Flügel sperrangelweit geöffnet. Trotzdem war im Inneren nichts zu erkennen. Die gähnende Öffnung gab der Vorderfront ein bedrohliches Aussehen.

So war es hier schon zu Sonias Kinderzeit gewesen. Sie hatte nie gewagt, das düstere Haus zu betreten; vielleicht gab es *sie* ja doch … Lieber ließ sie sich damals von den Freunden auslachen.

Einige Meter über dem Erdboden zog sich eine Reihe großflächiger Fensteröffnungen rund um das Gebäude. Fabrikfenster, wie man sie früher hatte: eiserne Rahmen, mit Metallsprossen unterteilt, und darin eingekittete Glasscheiben. Nur ein paar Bruchstücke davon klebten noch in den Einfassungen, die meisten waren Opfer der Zeit oder Steine werfender Jungs geworden. Auf dem erstaunlich stabilen Flachdach lastete eine meterhohe Laubschicht. Büsche und Bäumchen aller Art hatten sich darin angesiedelt, ein wildes Dickicht hoch über dem Boden.

Jonas und Dorthe saßen vor dem Gebäude auf den kniehohen Mauerresten eines lang gestreckten Bassins – oder was immer das einst gewesen sein mochte!

»Ihr wer'et staune, Kolläge. Kommet nur«, empfing sie Jonas und stampfte mit Riesenschritten auf die linke Seite des Hauses zu. Dort entlang zog sich eine Spur, die man für einen zugewachsenen Fahrweg halten konnte. Sie nahm ihren Anfang bereits am Bassin, lief seitlich am »Hexenhaus« vorbei und verschwand zwischen den Bäumen. Parallel zum Haus stand hier ein kleines Nebengebäude, eine Garage anscheinend, mit einem zweiflügeligen Tor.

Jonas blieb stehen. »Hier, schauet«, sagte er triumphierend und deutete auf das Holztor, an dem das Nagen zahlreicher Jahrzehnte deutliche Spuren hinterlassen hatte. Dennoch – es war solide verschlossen. Jeder der halb verrotteten Torflügel trug einen rostigen Eisenbeschlag. Ein schweres Vorhängeschloss daran hielt beide Türen zusammen. Doch dieses Vorhängeschloss war nagelneu!

»Aufmachen!«, befahl Sonia.

Jonas zog eine kurze Brechstange aus der Tasche seines Overalls, schob sie unter den Beschlag eines Torflügels und wuchtete das Teil mitsamt seinen Befestigungsschrauben einfach aus dem mürben Holz.

Im Dämmerlicht stand ein älterer Renault-Kleinlieferwagen von graublaugrüner Allerweltsfarbe.

»Na denn«, sagte Dorthe und zog Latexhandschuhe über. Die beiden Hecktüren ließen sich fast geräuschlos öffnen.

»Mei lieber Schwan … d'r Schubkarre! Ha, dann isch d'r Chef au net weit.«

Karim deutete auf die Stoßstange. »Leute, habt ihr das Kennzeichen gesehen? Rot auf weißem Grund. Eine belgische Nummer. Genial. Damit hatte er kaum ein Risiko, bei uns jemals kontrolliert zu werden. Welche Streife würde schon ein belgisches Fahrzeug anhalten? Die winkt man doch überall lieber durch – vor allem, wenn man nicht Französisch oder Flämisch spricht. Wir sollten trotzdem …«

Sonia deutete stumm auf Dorthe, die bereits mit dem LKA telefonierte. »Kennzeichen ist vermutlich belgisch, ja. – Fünf Minuten? Okay, Kollegen, das wäre eine Riesenhilfe.«

Im Lieferwagen fanden sie neben der Schubkarre auch ein aufgerissenes Paket mit schwarzen Plastiktüten, daneben eine Rolle schweres Klebeband. Keine Autopapiere.

»Schluss mit der Sucherei, lasst das die Spurensicherung machen«, sagte Sonia. »Jonas, du führst bitte Hallermeyer und Kollegen hierher. Ich denke, sie werden außer der Untersuchung des Lieferwagens noch mehr zu tun kriegen. Wir drei nehmen uns das Gebäude und seinen unterirdischen Teil vor. Soweit ich mich erinnern kann, muss es von hier aus irgendeinen Zugang zu

Kellergewölben geben.« Sie hielt inne und blickte zum Eingang der Garage. »Na, jetzt geht gleich die Welt unter.«

Der Himmel hatte sich nachtschwarz zugezogen, und soeben zerplatzten die ersten schweren Tropfen auf dem Boden. Sekunden später rauschten schon Sturzbäche vom Himmel.

»Aha ... ja, sauber, emmer auf de Jüngscht! E paar Minütlein wird er wohl no' Zeit habe, mei Auftrag, od'r, Sonia?«, fragte Jonas.

Bevor sie antworten konnte, dudelte Dorthes Handy. Die Auskunft vom LKA, erfreulich kurz und bündig. Dorthe stellte nur eine einzige Rückfrage: »Kein Zweifel möglich?« Sie bedankte sich, legte auf, sah bedeutungsvoll in die gespannten Gesichter ihrer Kollegen. Und wartete.

»Ja, was denn jetzt? Ist geklaut, die Karre, nicht?«, meinte Karim.

»Oder bloß ein Phantasie-Kennzeichen. Erzähl schon!«, sagte Sonia verärgert. Immer dieses Theater mit Dorthes Wichtigtuerei!

»Die Nummer auf dem Kennzeichen ist im Prinzip echt und belgisch, wurde aber bisher noch nie zugeteilt. Unser Mann muss gute Kontakte haben – oder viel Glück. Ob der Wagen in Belgien auf der Fahndungsliste steht, lässt sich nur mit der Chassisnummer feststellen, aber ich bin sicher, die ist aufs Gründlichste entfernt – so dämlich war der nicht. Vielleicht ist er sogar Belgier, dann haben wir einen internationalen Fall.«

»Genau *das* ist jetzt unser Hauptproblem«, entgegnete Sonia sarkastisch. Sie leuchtete die Innenwand der Garage ab. »Wir beginnen mit der Tür dort hinten rechts.«

Ihr Lampenstrahl deutete auf eine Eisentür, die nach aller Logik ins Innere des Erdgeschosses führen musste. Sie war nicht abgesperrt und ließ sich mühelos öffnen. Karim und Dorthe verschwanden im Halbdunkel.

»Jonas, zum Donnerwetter, geh endlich los!«, fauchte Sonia ziemlich fuchsig über ihre Schulter. Dann folgte sie ihren Kollegen.

Jonas Federle grantelte noch etwas zurück, das klang wie »... g'scheiter d' Pischtol dr'hoim lasse un en Rägemantel mitnähme«, dann stellte er den Kragen hoch und hetzte mit großen Sätzen über die Lichtung, fluchend wie ein Bierkutscher. Denn gerade so, als sei der prasselnde Regen von oben noch nicht genug, spritzte ihm bei jedem Sprung auch noch von unten die Soße aus dem matschigen Laub entgegen.

***

»*So* übersichtlich hatte ich mir das nicht vorgestellt«, meinte Karim erstaunt, als auch Sonia zu ihnen getreten war.

Sie standen im hinteren Bereich der düsteren Halle. Eine Innenmauer, quer über die Hallenbreite, trennte ihn vom ähnlich geräumigen Eingangsbereich ab. Der offenbar einzige Durchgang nach vorn bestand in einer großen Toröffnung in der rechten Seite der Mauer. Sie ließ sich mit einer riesigen Schiebetür schließen, die links neben der Öffnung in eisernen Laufschienen hing; man hatte sie ganz zur Außenwand geschoben. Durch die Fensteröffnungen weit oben in den Wänden fiel jetzt kaum noch Licht, dafür platschten durch jede Öffnung des Gebäudes breite Wasserschwaden, sammelten sich auf dem unebenen Betonboden und wurden schnell zu wandernden Pfützen.

»Da hast du recht, hier kann sich nicht viel verbergen«, bekräftigte Dorthe und schritt, den tiefsten Wasserlachen ausweichend, dem Eingangsbereich der Halle entgegen.

Karim und Dorthe suchten sehr gründlich alle Innenmauern des Gebäudes ab, gaben aber schließlich achselzuckend auf. Sonia dagegen leuchtete verbissen jeden Quadratmeter Hallenboden ab, klopfte, stampfte auf, ganz gleich, wie tief inzwischen die Wasserlachen darüberstanden.

»Das kann nicht sein. Es muss ihn geben ... Sie haben immer davon erzählt«, murmelte sie halblaut vor sich hin. Ihre Kollegen hörten zwangsläufig über die Headsets mit.

»Vielleicht sollten wir abbrechen, Sonia. Hier gibt es nichts zu entdecken. Oder welche Geheiminformationen hast du noch?«

»Es muss hier einen Abstieg in den Untergrund geben, in eine ziemlich ausgedehnte Anlage aus der Nazizeit, in die man nur aus diesem Gebäude kommt. Sie haben immer damit geprahlt, wie weit sie sich in die Gänge vorgewagt hatten.«

»Wer denn, Sonia?«, fragte Karim, und seine Stimme bekam einen besorgten Unterton.

»Meine Klassenkameraden! Wir sind früher oft zusammen auf dem Gelände herumgestreunt, und die Jungs behaupteten einstimmig, dass es ungeheure ›Geheimräume‹ unter dem Hexenhaus gebe, mit einem Einstieg hier in der Halle. Jetzt erinnere ich mich wieder: Das war immer die Mutprobe für die Neuen – runter in die Katakomben und danach erzählen, wie es dort unten aussieht. Alle gaben dieselbe Beschreibung ab. Der Zugang *muss* in dieser Halle liegen.«

»Spielchen! Du weißt doch, wie Burschen sind«, mischte sich Dorthe ein. »Immer ein großes Maul und nicht viel dahinter.«

»Na, na, Kollegin. Keine feministische Hetze! Sag, warst du selbst nie im Untergrund, Sonia? Wenn ihr doch schon zusammen ...«, fragte Karim.

Sonia holte tief Luft. Sie lächelte verlegen. »Ich hatte Schiss, das Haus zu betreten. Wegen der Hexe. Es war doch *ihr* Haus! Mein Gott, ich war neun Jahre alt. Zurück zu unserem Killer: Zählt doch mal zusammen – Garage, Lieferwagen, Schubkarre ... und alles hier.«

Sonia griff nach ihrem Telefon und wählte die Auskunft an. Kurz darauf hatte sie die Telefonnummer von Winfried Schumacher herausgefunden, einem Klassenkameraden aus der Grundschule. Der Schulfreund freute sich riesig und hätte offenbar auch gern ein Gespräch über die alten Zeiten und die vergangenen fünfundzwanzig Jahre angefangen. Sonia musste sich sehr zwingen, den überaus redseligen Winnie knapp auf den Punkt zu bringen.

Sie stellte ihr Handy auf Lautsprecher. Winnies fröhliche Stimme verbreitete sich im Raum.

»Ja, spielst du denn jetzt wieder in der Abdeckerei, Sonny? Willst du vielleicht die Mutprobe nachholen?«, fragte er, und man hörte ihn dabei von einem Ohr zum anderen grinsen. Sonia bemühte sich krampfhaft, Winfried Schumacher den Ernst der Lage klarzumachen. »In dem Fall ... Also, wenn du versprichst, mir irgendwann alles zu erklären, sag ich's dir. Gibt's noch das riesige Schiebetor in der Halle? Ja? Dann pass mal auf: Geh in den hinteren Raum und stell dich vor das Rolltor. Der Abgang liegt *hinter* diesem Tor, in der Trennwand. – Ja, kannst du mir glauben! Ihr müsst es ein Stück weit nach rechts schieben, vor den Mauerdurchbruch, dann seht ihr die Tür. – Doch, wirklich, die gibt es, ganz links außen, an der Fensterwand.«

Während Sonia sich fahrig bedankte und auflegte, zerrten Karim und Dorthe bereits an dem monströsen Schiebetor, doch das schwere Ding ruckelte nur dröhnend eine Handbreit hin und her und blieb an seinem Platz.

»Es hängt. Das Ding hat seit Jahrzehnten keiner mehr bewegt«, sagte Karim.

Dorthe sah ihn mit hochgezogenen Augenbrauen an. »Wohin soll der Durchgang auch gehen? *In* die dünne Mauer? Wie bei Harry Potter, zum Bahnsteig 9¾?« Schließlich war da wirklich nichts als eine gemauerte Trennwand zwischen zwei leeren Räumen. Kindergeschichten! »Sonia! Der Humorbolzen am Telefon hat dich doch verschaukelt. Sollten wir nicht das SEK rufen?«

Die zierliche Hauptkommissarin Sonia Nerlinger stand mit hängenden Schultern und wütend-resigniertem Gesichtsausdruck in der düsteren Halle, starrte auf das Rolltor und stellte sich genau dieselbe Frage.

Bevor sie sich entschieden hatte, traten Jonas, Hallermeyer und seine »Schneemänner« in die Halle, heftig schnaufend. Jeder der Männer schleppte einen Alukoffer und einen schweren Akkuscheinwerfer. Und vor allem waren sie triefnass. Wobei es Jonas in seinem Baumwoll-Tarnanzug am ärgsten getroffen hatte. So vollgesogen, wie seine Kleidung aussah, musste er mindestens zehn Kilo mehr wiegen als sonst.

Jonas erfuhr von seinen Teamkollegen in Kurzform die Story von der »Geheimtür« zu den Kellerräumen. »Am geheimschte isch's natürlich, wenn's die gar net gibt«, fasste er lakonisch den Stand der Dinge zusammen. »He, Hallermeyer, könntescht du mir kurz mit zwoi Schei'werfer und em Bandmaß aushelfe?«

Der Leiter der Spurensicherung, noch im Gespräch mit Sonia, deutete zu seinen Leuten und nickte.

Grelles Halogenlicht flammte in beiden Teilen der Halle auf.

Sonia zeigte inzwischen den Kollegen von der Spurensicherung den Lieferwagen in der Garage. Sie war schnell zurück.

»Was hat der vor?«, fragte sie.

»Ich ahne, worauf das hinausgeht«, antwortete Dorthe und biss sich nervös auf die Unterlippe. »Sie messen die Länge der Trennwand auf beiden Seiten. Da hätten *wir* auch draufkommen können.«

Sonia ignorierte die Spitze. »Dafür sind wir ein Team. Mal sehen, was herauskommt.«

»Achtzeh Meter vierzig«, rief Jonas. Dann führte er mit Karim dieselbe Prozedur auf der hinteren Seite der Zwischenwand durch. »Sechzeh Meter zehn.« Jonas kurbelte zufrieden grinsend das Bandmaß zurück. »Bis zur Außewand auf dere Seit mehr als zwoi Meter kürzer. Elles klar?«, fragte er.

Karim patschte mit der flachen Hand gegen die vermeintliche Außenmauer. »Wahnsinn! Eine blinde Wand, vielleicht später dazugebaut. Es gibt auf der Seite genug Platz für eine Treppe zwischen ihr und der echten Außenwand. Chapeau, Kleiner!«

»Und das Rolltor?«, drängte Sonia.

Wenig später war dessen Geheimnis enträtselt: Ein ziemlich neu aussehender Eisenbolzen ragte von hinten her durch die Zwischenwand. Er blockierte das Rolltor. Zog man das schwere Teil eine Handbreit aus der Wand zurück, so ließ sich das Tor mühelos verschieben. Und genau wie Winnie Schumacher gesagt hatte, befand sich in der Wand dahinter tatsächlich eine Tür.

»Na bitte!«, sagte Sonia.

»Da hat sich einer verdammt viel Mühe gegeben, den Zugang nach unten zu verbergen«, meinte Dorthe verblüfft.

»Psst, hört mal! Kommt da nicht jemand? Es quietscht so sonderbar«, flüsterte Sonia.

»Noi, des isch bloß es Wasser in meine Schuh. Do, hörsch?«, feixte Jonas, hob einen Fuß und trat kräftig wieder auf den Boden. Es gab ein schmatzendes Geräusch. »Die Soß läuft schö gleichmäßig aus de Klamotte, an de Socke entlang in d' Schuh nei, und wenn i –«

»Hör auf mit dem Quatsch!«, brummte Karim.

»Ha, sie wollt's doch wisse.«

Sonia stellte sich vor die Tür und verschränkte die Arme. »Ist gut, Jonas! Zur Erinnerung: Wir suchen noch immer nach Cornelius Hansson.« Sie ließ einige Sekunden verstreichen, ehe sie weitersprach. »Ein paar Anweisungen, bevor wir da runtergehen. Erstens: Alle Headsets bleiben *dauernd* eingeschaltet, auch die Mikros. Jonas, nimm bitte einen Scheinwerfer mit nach unten. Wenn wir Hansson finden, brauchen wir freie Hände. Zweitens: Ich glaube nicht, dass wir auf den Killer treffen. Deshalb ist es umso wichtiger, dass jede kleinste Spur erhalten bleibt – Handschuhe sind obligatorisch. Und drittens: Dorthe sichert, für alle Fälle; wir suchen. Alles angekommen?«

Drei Köpfe nickten.

»Aber«, begann Sonia erneut, »Hanssons Leben hat Vorrang vor allen Spuren.« Sie schaltete ihre Taschenlampe ein und drückte den rostigen Türgriff nieder. Die Eisentür war unversperrt; sie schwang quietschend nach innen auf.

***

Die Lichtfinger ihrer Taschenlampen verloren sich auf einer Betontreppe ohne Geländer, die tief ins Dunkel führte.

»Geht einzeln«, sagte Sonia. »Wer weiß, was dieses Ding noch aushält ... hält ... hält ... hält ...« Das Echo ihrer Stimme schallte lange nach.

Feuchtigkeit und ein widerlich bitterer Geruch schlugen ihnen entgegen, während sie nacheinander die Treppe hinabstiegen.

»Aasgeruch«, meinte Karim. »Muss nichts Schlimmes bedeuten – dafür reicht schon eine einzige tote Ratte.«

Im Gegensatz zur brüchigen Treppe bestand der Fußboden unten aus solidem Beton und schien sich weit in jede Richtung zu erstrecken. Sie versuchten, sich im Licht ihrer Taschenlampen zu orientieren. Offenbar standen sie in einer ausgedehnten fensterlosen Fabrikhalle aus Stahlbeton. In regelmäßigen Abständen waren dicke Pfeiler in die Wände eingelassen, deren breite Nasen die Laufschienen der Hallenkräne getragen hatten. Bizarre, vielfach gelochte Betonklötze erhoben sich vom Boden, Fundamente von schweren Arbeitsmaschinen.

An einigen Stellen ragten balkonartige Plattformen ohne Geländer aus den Wänden, mit Stützpfeilern darunter. Von jeder Plattform führte eine Treppe herab.

»Wahrscheinlich die Kabinen der Aufseher und Werkmeister«, raunte Sonia unnötig leise.

Sie arbeiteten sich an den Wänden entlang, stiegen über Trennmauern und folgten betonierten Rollwegen im Fußboden. Schließlich erreichten sie den einzigen Ausgang. Er schloss sich an die Halle an wie ein Verbindungsgang in der U-Bahn. Bereits nach etwa zwanzig Metern endete er an einem Tor, so breit und hoch, wie es seinerzeit für die Materialwagen erforderlich gewesen war. Auch der Tunnel bestand ringsum aus Beton, grob, scharfkantig; man sah noch deutlich die Abdrücke der Schalungsbretter und die Holzmaserung darin.

Noch bevor sie das Tor erreicht hatten, ließ der Aasgeruch deutlich nach. Sie entdeckten schnell die Ursache der Verbesserung, einen Lüftungsschacht, hüfthoch über dem Boden, der anscheinend immer noch funktionierte. Man konnte allerdings seinen Verlauf kaum zehn Meter weit verfolgen, denn danach knickte er scharf ab.

Sonia zeigte mit dem Leuchtkegel ihrer Lampe auf die Öffnung. »Freiwillige? Nur bis nach dem Knick.«

»Scho guet.« Jonas stellte den schweren Scheinwerfer auf den Boden und kroch auf Händen und Knien in das schwarze Loch. Seine Kollegen leuchteten hinter ihm her, was einigermaßen sinnlos war, denn Jonas half das nicht, und zu sehen gab es nur Jonas' Hinterteil und dunkle Wasserspuren dort, wo seine klatschnasse Kleidung die Betonwände des Gangs streifte. Dann verschwand sein Körper für kurze Zeit hinter der Biegung.

»Was Interessantes?«, raunte Sonia in ihr Mikro.

»Noi, nix. Bloß Klauschtrophobie derfsch hier koine kriege.« Jonas' Stimme klang, als komme sie aus einer Kloschüssel. Zurück bei den Kollegen zupfte er seine Kleidung zurecht. »Lieber Mann! Do schleppt koiner ebbes durch. Mir het's Durchkrabble solo scho g'reicht.«

Der Schacht laufe nach dem ersten Knick mindestens dreißig Meter weiter, berichtete er, danach biege er nochmals ab.

»Dann also weiter.«

Das Tor vor ihnen bestand aus einem schweren Stahlrahmen, in den massive Stahlbetonplatten eingelegt waren. Karim leuchtete die Ränder ab.

»Schaut euch die Türangeln an. Dick wie Bierflaschen … und von oben bis unten durchgehend«, sagte er bewundernd.

Sonia war noch immer auf ihrem Belehrungstrip. »Ein Panzertor. Ich denke, wir kommen in einen Bereich, wo sie Pulver in Leinensäckchen eingenäht haben. Aber auch zum Schutz nach innen – wegen der Luftangriffe.«

»Aaa-haa.« Karims leiser Spott zündete nicht; er ging in der Anspannung seiner Kollegen unter, die einen der Türflügel aufwuchteten. Es kostete sie einige Anstrengung, das Monstrum in Bewegung zu setzen. Schließlich begann das Panzertor langsam aufzuschwingen wie die Tür eines Safes.

Der erste Luftzug aus dem Türspalt traf Dorthes Nase. »Pfui Teufel!« Sie zuckte zurück. »Was stinkt denn jetzt schon wieder so furchtbar? Noch mal Aas? Dann müssen ja hier hundert tote Ratten liegen.«

»Eher zwanzig Plumpsklos.«

»Bleibt zurück.« Aufmerksam, mit jedem Schritt den Boden ableuchtend, trat Sonia als Erste durch die Türöffnung. Der Klang ihrer Schritte veränderte sich, rollte in langen Echos durch den dunklen, offenbar auch sehr großen Raum. Sie blieb stehen. Der Boden vor ihr ging in eine breite, gleichmäßig abfallende Rampe über. Bedächtig führte Sonia den Lichtkegel der Lampe weiter, die lange Schräge hinab bis hinunter auf den ebenen Boden der Halle. Große, leere Flächen zumeist, an einigen Stellen mit Schutt und Mauerresten bedeckt. Schließlich blieb der Lichtfleck zitternd in der Mitte des Raumes stehen.

»Den Scheinwerfer«, sagte sie tonlos. »Jonas, schnell!«

Die stechende Helligkeit der Halogenlampe beleuchtete ein riesiges Gewölbe, dessen hohe Decke ohne Stützen den gesamten Raum überspannte. Rostbraune Rohre liefen an der vor Nässe bläulich glänzenden Decke entlang und verschwanden in der Rückwand, die den Raum fugenlos abschloss. Keine Fensteröffnungen, keine weiteren Zugänge. Offensichtlich standen die

Kommissare am hoch gelegenen Eingang eines Arbeitsbunkers, gut zwei Stockwerkshöhen über dem Hallenboden. Die Massigkeit des Bauwerks war körperlich fühlbar, aber nur an einem Luftschacht, der die Wand durchbrach, konnte man die gewaltige Dicke seiner Mauern tatsächlich erkennen.

Was ihre Blicke anzog, waren aber nicht die eindrucksvollen Betonwände oder die morbiden Farbreflexe auf den feuchten, von Algen bewachsenen Mauern, sondern fünf klobige Lehnstühle in der Hallenmitte. Sie bildeten einen sehr ungewöhnlichen Stuhlkreis: Nicht die Sitzflächen, sondern alle Rückenlehnen waren zur Mitte des Kreises gewandt; keiner der dort Sitzenden würde die anderen sehen können.

Vier Stühle waren leer.

»Cornelius, wir kommen!«, schrie Sonia gellend quer durch den Raum und stürmte die Rampe hinunter, gefolgt von Dorthe. »Halte durch!« Die Echos ihres schrillen Schreis überschlugen sich im leeren Raum.

Karim packte Jonas am Arm. »Führ den Arzt und die Sanis her. Die sollen so nahe heranfahren wie möglich. Und informiere Hallermeyer!« Während noch das Stampfen von Jonas' schweren Tritten verklang, hastete auch Karim zu dem Stuhlkreis hinunter, im Lauf seine Latexhandschuhe glatt ziehend.

In einem der Lehnstühle saß Cornelius Hansson.

Steif und bleich wie eine Wachsfigur, sprachlos, splitternackt. Der stumme Mann war zweifellos am Leben und auf den ersten Blick völlig unversehrt. Seine Augenlider schlugen in regelmäßigen Abständen, sein Brustkorb hob und senkte sich, und ab und zu konnte man die Muskeln um seine Lippen zucken sehen, doch Hansson reagierte in keiner Weise auf das Auftauchen seiner Kollegen.

Man hatte den linken Arm und beide Ober- und Unterschenkel des stämmigen Mannes mit breiten dunkelblauen Bändern an den Stuhl geschnallt. Auch über Brust und Hals spannte sich eine solche Fessel und presste ihn an die solide Holzkonstruktion des Lehnstuhls. Lediglich sein rechter Unterarm hing frei neben der Armlehne herab.

Hanssons blasse wulstige Nacktheit berührte Karim unangenehm. Es war nicht Prüderie, er empfand Schmerz über die hilflose Zurschaustellung dieses Menschen, den er schätzte. Auf einem langen Holztisch an der Seitenwand hatte er im Vorbeilaufen Kleidungsstücke liegen sehen, wahrscheinlich sogar Hanssons Kleider. Karim zerrte ein Hemd aus dem hingeworfenen Bündel und breitete es über Hanssons Schoß. Jetzt fiel es ihm erheblich leichter, ihn genauer zu betrachten.

Sonia tätschelte immer wieder Hanssons Arme, seine Wangen, sah ihm in die Augen und sprach beschwörend auf den stocksteifen Mann ein, aber in seinen Gesichtszügen veränderte sich dadurch nichts. Sie wirkten erstaunlich klar und entspannt, doch der Blick aus seinen geweiteten Pupillen ging durch Sonia hindurch.

Cornelius Hansson war einfach nicht anwesend.

»Er muss sich in einem tiefen Schock befinden, seine Seele ist weit weg«, versuchte sie zu erklären, hilflos, mit Tränen in den Augen. »Hoffentlich kommt der Arzt bald! Cornelius braucht unbedingt Flüssigkeit.«

»Jonas ist unterwegs und lotst ihn her.«

Es stank widerwärtig nach menschlichen Exkrementen. Karim bemerkte die Haufen nicht nur unter Hanssons Stuhl, sondern auch unter allen übrigen. An jedem Stuhl fehlte die Mitte der Sitzfläche, wie bei einem Toilettensitz, und von allen Stühlen hingen zerschnittene blaue Plastikbänder herab.

Dorthe stand über die Rückenlehne von Hanssons Sitzmöbel gebeugt und zerrte erfolglos an den Fesseln. »Wollt ihr mir nicht endlich helfen? Diese verdammten Dinger, ich krieg sie einfach nicht auf«, schimpfte sie.

Karim untersuchte Hanssons Brustfessel. »Das sieht aus wie Klettband, also warum … Lass mich mal hin.« Er hatte zwar recht mit dem Klettband, doch es hielt auch seinen Anstrengungen ohne Probleme stand.

»Und?«, fragte Dorthe mit spöttisch hochgezogenen Augenbrauen.

»Muss zusätzlich verklebt sein. Warte!« Karim knöpfte eine Tasche seines Overalls auf. Dann hatte er ein Messer in der Hand, schob die Klinge flach unter die Armfessel und durchtrennte sie.

Merkwürdigerweise blieb Hanssons Arm genau so auf der Armstütze liegen wie vorher. Er machte gar keinen Versuch, ihn zu bewegen.

»Aber lass den Brustgurt besser dran, bis die Sanis kommen, sonst kippt er uns vom Stuhl«, meinte Sonia. »Ich glaube nämlich nicht, dass er stehen könnte.«

Gleich darauf waren auch Hanssons Hals, seine Oberarme und das linke Bein befreit. Erst als Karim die Gurte um den rechten Schenkel durchtrennte, fiel ihm die durchsichtige Injektionsspritze auf, die am Holzrahmen des Stuhls angebracht war. Ein dünner Schlauch verband sie mit einer Kanüle in Hanssons rechtem Oberschenkel.

»Guckt euch das an! Das ist abgefeimt«, stieß Karim grimmig hervor. »Er hätte sich jederzeit eine Injektion setzen können. Sein rechter Unterarm hatte genug Bewegungsfreiheit; nicht genug, um sich zu befreien, aber ausreichend, um sich zu töten. Was für eine Unmenschlichkeit!«

»Genau wie bei allen anderen, eine Injektion in die richtige Stelle des Blutkreislaufs und aus. Abscheulich. Widerwärtig«, setzte Sonia hinzu. Sie hatte vorerst ihre Bemühungen abgebrochen, zu Hanssons Bewusstsein vorzudringen. »Verdammt, wo bleiben die denn?«, schimpfte sie erregt und sah zur Eingangstür hoch.

Karim legte den Arm um sie. »Beruhige dich. Cornelius hat bis jetzt durchgehalten, ein paar Minuten mehr werden ihn nicht umbringen.«

»Sollten wir nicht die Zeit nutzen, um uns einen genaueren Überblick zu verschaffen? Für Hansson können wir im Augenblick nichts tun«, schlug Dorthe vor.

Sonia antwortete sehr entschieden. »Ich kann jetzt nicht weg. Übernehmt ihr das. Vielleicht reagiert Cornelius ja doch, dann möchte ich bei ihm sein.«

Karim und Dorthe sahen sich um. Als Erstes umrundeten sie den Stuhlkreis, sehr achtsam, um keine Spuren zu zerstören.

Dorthe bückte sich. »Diese weißlichen Brösel …« Sie zerrieb einen hellen Krümel zwischen den Fingern. »Die könnten sehr wohl das Feuerlöschpulver sein, das wir an den Schuhen der Opfer gefunden haben. Was denkst du?«

»Gut möglich«, antwortete Karim. »Hallermeyer wird das klären. Schon den Tisch da drüben gesehen?«

Der Holztisch, von dem Karim vorhin das Hemd genommen hatte, maß mindestens zwei Meter in der Länge; übel verschrammt, ein primitives Möbel, wie man es eigentlich nur bei Gartenfesten oder als Abstelltisch im Keller verwenden konnte. Auffallend stabil war er immerhin, mit schrägen Streben zu den Tischbeinen. Unter dem Tisch, das hatte Karim in der ersten Aufregung vorhin übersehen, stand ein großer Plastikeimer voller Flüssigkeit. Ein grauer Putzlappen hing säuberlich ausgebreitet über dem Eimerrand.

»Und? Was meinst du?«, fragte er.

»Stinkt auch wie Hölle! Ich nehme an, das kommt von der trüben Brühe. Will gar nicht wissen, was es ist.«

»Fauliges Schmutzwasser mit jeder Menge …«, Karim überlegte, wie er den Satz erträglich beenden konnte, »… *biologischem* Schmutz drin.«

Er hätte sich die verkrampfte Mühe sparen können. Dorthe besaß durchaus Sinn fürs Drastische; eigentlich sollte er das inzwischen bemerkt haben. »Auf diesem Tisch«, fasste sie flapsig zusammen, »hat er also die verkackten Leichen gewaschen und danach wieder angekleidet, sie in irgendwas eingewickelt und dann den ganzen Weg bis nach oben zum Lieferwagen hochgeschleppt. Eine schaurige Vorstellung.« Trotz ihrer Ruppigkeit war sie sichtlich angeekelt.

»Mit Hansson sollte das ebenso laufen. Der Gute hatte deutlich mehr Glück als seine Vorgänger. Falls … na ja … falls er wieder wird. Glaubst du, Hansson kann uns in absehbarer Zeit eine Täterbeschreibung geben?«

»Will doch hoffen, dass er bald wieder auf die Beine kommt.« Karims Blick ging zu dem Stuhlkreis zurück, wo Sonia nun erneut auf den stocksteif dasitzenden Mann einredete. »Schau noch mal da rüber. Fällt dir nichts auf?«, fragte er Dorthe. Sie sah ihn verständnislos an. »Na, die Stühle. Fünf Stühle, und wir haben fünf Leichen. Das passt. Mit Hansson wären es aber sechs Tote. Warum also nicht sechs Stühle? Ich frage mich das schon die ganze Zeit.«

»Weil, weil … es ziemlich ausgefallene Modelle sind, diese Todesstühle. Extrem stabil. Ich glaube, so was bekommst du nicht gleich um die Ecke. Vielleicht ist der Killer ein Ästhet, und alle Stühle müssen unbedingt vom selben Typ sein.«

»Na, na.«

Aber Dorthe stand schon bis zu den Knien im Unsinn, und so fuhr sie beinahe kindlich auf derselben Schiene fort. »Wenn der Irre halt nur fünf aufgetrieben hat? Gut, er hätte bei eBay inserieren können: ›Suche Holzstühle für Hinrichtungskreis, Bauart siehe Foto‹.«

Karim schüttelte ärgerlich den Kopf. »Ist gut jetzt. Spar dir die schlappen Witzchen!«, zischte er.

Sie schwieg einen Augenblick. »Sorry, ja, dummes Geschwätz. Du hast schon recht. Bei der sonstigen Präzision unseres Täters fällt diese Abweichung aber ganz dicke aus dem Raster. Es sei denn, er hat plötzlich die Nerven verloren. Wir werden noch gründlich darüber nachdenken müssen. Ah, da kommt auch endlich die mobile Klinik. Und Robert Redford für Arme. Guck mal, der ist doch süß!«

Zwei Sanitäter trabten mit einer zusammengeklappten Bahre hinter einem smarten jungen Notarzt die Rampe herab. Ihm galt Dorthes ungeteilte Aufmerksamkeit. Wie angeklebt hing ihr Blick an seinen geschmeidigen Bewegungen und seiner Frisur, die wirklich an Redford erinnerte.

Sie lässt nichts aus, dachte Karim leicht angewidert, nicht mal unter diesen Umständen. Der nächste Kerl, der in ihr Beuteschema passt.

Als die drei Männer den Stuhlkreis erreicht hatten, tauchten Jonas und Hallermeyer, der Boss der Spurensicherung, mit seinen Kollegen oben an der Panzertür auf.

»Trampelt bloß nicht unnötig herum, Kollegen, sonst wird das nachher nix mit den Spuren«, röhrte er herunter.

»Wir haben ihn. Und er lebt!«, rief Sonia zurück, ohne auf seinen Hinweis einzugehen. Sie stand mit ihrem Team einige Meter von Hansson entfernt, während Notarzt Dr. Goetzinger bereits dabei war, mit einer Verbandsschere Hanssons Brustfessel zu durchtrennen.

»Ihr haltet ihn an den Schultern«, wies er die beiden Sanis an. »Könnte sein, dass er uns sonst entgegenkippt. Achtung … und … jetzt!«

Hansson fiel nicht. Er blieb ohne den Plastikgurt genauso steif und aufrecht sitzen wie vorher.

»Du meine Güte!« Dr. Goetzinger machte gerade eine neue Erfahrung. »Lasst ihn trotzdem nicht los, ich muss erst sehen, ob er transportfähig ist. Herrgott noch mal, stinkt das hier!« Nur kurz darauf kam er zu einer weiteren Erfahrung, dieses Mal zum Thema »was Menschen Menschen antun können«, als er nämlich kopfschüttelnd die Kanüle in Hanssons Bein entfernte und von Sonia nebenbei die Hintergründe erfuhr. »Pervers, eine absolut kranke Sauerei!« Danach untersuchte er den Nackten auf Wunden, fand jedoch nichts. Nachdem er Blutdruck, Atmung und Herztätigkeit kontrolliert und ihm ein Kreislaufmittel gespritzt hatte, fragte er über die Schulter: »Wie heißt der Mann?«

»Cornelius Hansson«, antwortete Karim. »Wie geht es ihm denn?«

»Organisch erstaunlich gut«, sagte Goetzinger und wandte sich an die noch immer stumme Gestalt. »Herr Hansson, wir werden Ihnen jetzt beim Aufstehen helfen, hören Sie? Sie können sich mit unserer Hilfe aufrecht hinstellen.«

Die beiden Sanitäter griffen unter Hanssons Schultern und versuchten ihn anzuheben, erst vorsichtig in der Hoffnung, dieser Reiz werde ihn aktivieren, dann mit zunehmend mehr Anstrengung. Alles, was sie erreichten, war, dass Hanssons nacktes Hinterteil mit ihrer Hilfe einen Viertelmeter über dem Stuhlsitz schwebte. Der schwebende Mann bot einen unwirklichen Anblick – als hätte man eine Statue hochgehoben, denn seine Arme und Beine blieben genau so abgewinkelt, wie er gesessen war. Dann gingen den Sanis die Kräfte aus, sie ließen ihn wieder sinken.

Der groteske Anblick des »eingefrorenen« Hansson erschreckte die Umstehenden. Sogar der junge Notarzt war deutlich irritiert. Er dachte einen Moment nach, ergriff dann Hanssons linken Unterarm und hob ihn ein gutes Stück weit an.

Er wird doch jetzt nicht loslassen, dachte Sonia. Cornelius

muss sich ja fürchterlich wehtun, wenn sein Arm auf die hölzerne Lehne knallt.

Doch Dr. Goetzinger *ließ* den Arm los.

Und *nichts* knallte. Der Arm verharrte einfach in seiner neuen Lage. Hansson, der Plastik-Mann.

»Da haben wir ein Problem«, sagte der Arzt nachdenklich und drückte Hanssons »Gummiarm« behutsam auf die Armlehne zurück.

»Katalepsie. Schockstarre. Ich muss zugeben, so etwas kenne ich auch nur aus der Theorie. Wir könnten ihn jetzt – eben auch nur theoretisch – Glied für Glied gerade biegen und auf die Bahre legen, aber das möchte ich nicht riskieren. Ich habe keine genaue Vorstellung davon, was ich dadurch in seinem Nervensystem anrichten würde.«

»Verschwind't das wieder?«, fragte Jonas, vor Betroffenheit fast auf Hochdeutsch.

Dr. Goetzinger lächelte etwas hilflos. »Schon … theoretisch, wie gesagt … Aber das ist nicht mein Fachgebiet, wir werden ihn in eine psychiatrische Klinik bringen müssen. Hier in der Nähe gibt es doch eine spezialisierte Einrichtung in … in … Wissen Sie, ich bin nicht aus der Gegend.«

»Und woher kommen Sie?«, setzte Dorthe neugierig an.

Sonia schnitt ihr das Wort ab. »Wiesloch«, sagte sie scharf und überlaut. »Ich kenne den Direktor dort. Verlangen Sie Professor Dr. Gert Bonkhorst und informieren Sie ihn, dass dieser Patient Hauptkommissar Cornelius Hansson ist. Ich rufe dort sofort an, wenn wir diesen Stahlbetonkeller wieder verlassen haben. Nein, besser, ich fahre mit Ihnen.«

»Danke.« Goetzinger hatte seine Sicherheit wiedergefunden. »Okay, Leute, dann muss der Mann in seinem Stuhl …«, ein kleines Grinsen huschte über sein Gesicht – wohl wegen der unappetitlichen Doppelbedeutung des Wortes, »… transportiert werden. Links und rechts anfassen, leichte Rücklage. Wickelt ihn am Sanka in Alufolie, so weit es geht. Und Abflug.«

»Langsam, gaaanz langsam«, meldete sich sehr entschieden eine kräftige Stimme. Es war Hallermeyers Organ, der sich mit seinen beiden Kollegen bisher ruhig im Hintergrund gehalten hatte. »Auch wenn Hansson so schnell wie möglich in die Klinik soll – das ist ein Tatort! Und deshalb nehmen wir jetzt endlich diesen Tatort auf, mit den nötigen Fotos und natürlich auch mit Hansson. Darf ich mal alle bitten, sich möglichst weit nach oben auf die Rampe zu begeben?«

»Hallermeyer hat recht«, bekräftigte Sonia. »Meine Schuld. Ich habe vor lauter Sorge um Hansson ein paar wichtige Standards außer Acht gelassen. Also, machen wir Platz.«

»Denkst du daran, die Winterstein und Dyckerhoff zu informieren?«, erinnerte Karim seine Chefin, während sie auf die Rampe wechselten.

»Ich regle das telefonisch von unterwegs. Die werden beide mehr als erleichtert sein, dass Hansson noch vor dem Wochenende lebend gefunden wurde. Übernimmst du die Leitung für den restlichen Ablauf?«

»Ja, klar. Übrigens: Sollten wir Hansson in der Klinik nicht bewachen lassen?«

»Nein, nicht nötig, der Täter nimmt noch immer an, dass er gerade planmäßig in dieser Unterwelt stirbt.«

Die Spurensicherung durchforstete in professioneller Gründlichkeit, aber auch sehr zügig den Stuhlkreis und dessen näheres Umfeld. Kaum eine Viertelstunde später erlaubte Hallermeyer zumindest den Abtransport. Sonia schloss sich den Sanitätern an, die auf sehr unbequeme Art Hansson in seinem schweren Sitzmöbel transportierten.

»He, Jonas! Wir brauchen noch jemanden zum Leuchten. Alles Weitere am Montag«, rief sie nach unten.

Jonas eilte die Rampe hinauf und setzte sich an die Spitze des Grüppchens, zwei Taschenlampen in der Hand. Dorthe blickte Dr. Goetzinger hinterher, bis seine rote Jacke mit den Leuchtstreifen im Dunkel des Panzertors verschwunden war.

»So, dann wollen wir das mal ordentlich zu Ende bringen«, sagte Hallermeyer erleichtert zu Karim und Dorthe. Die »Schneemänner« stellten einen weiteren Scheinwerfer auf, und der erhellte den großen Raum endgültig bis in den letzten Winkel. Die beiden Kommissare ließen sich in halber Höhe auf dem groben Betonboden der Rampe nieder und beobachteten die Männer der Spurensicherung, die Abschnitt für Abschnitt den Boden des Bunkers untersuchten.

»Bist du schon wieder ansprechbar, oder …?«, fragte Karim nach einiger Zeit spöttisch.

»Oder was?«

»Oder träumst du noch von Dr. Redford?«

Dorthe grinste. »Quatsch! Der ist sowieso vergeben. Trug einen Ring. Aber ich hab an seinen Ausspruch gedacht, was er über Hansson gesagt hat, das mit dem ›Glied für Glied gerade biegen‹ – eine ulkige Vorstellung.«

»Na, der Ernst der Situation hat dich offensichtlich nicht erdrückt.«

»Was willst du? Wir haben ihn gefunden, und Hansson lebt noch«, verteidigte sie sich.

Karims Anspannung fiel ab. Er lachte. Dorthe war vielleicht verdorben, aber wo sie recht hatte …

»Wir sind in einer trostlosen Lage«, begann Karim nach einigen Minuten wieder ein Gespräch. »Fünfeinhalb Morde und nichts, aber auch gar nichts in der Hand. Wenn die Spurensicherung uns nicht einen Durchbruch bescheren kann –«

Wie auf Zuruf meldete sich Hallermeyers tiefe Stimme, begleitet von zahllosen Echos. »He, Karim, das wär vielleicht was für euch! Komm mal runter!«

»Wo steckst du denn?«

»Hier, neben der Rampe, in der Ecke.«

Hallermeyer hielt ihm erwartungsvoll einen Herrenschuh entgegen. »Vielleicht beim Abtransport von der Rampe gefallen. Größe zweiundvierzig, in einem wirklich hübschen, ausgefallenen Dekor.«

»Ja, sehr schön, schwarzer Schuh mit schneeweißer Kappe. Leider, leider nicht vom Täter. Stammt von unserem amerikanischen Doktor, diesem Jeremy Coleman. Den anderen haben wir bei seiner Leiche gefunden. Immerhin beweist er, dass dies hier wirklich der Tatort ist.«

»Mmm … Mal abwarten, was noch kommt«, brummte Hallermeyer.

Karim kehrte enttäuscht auf seinen Platz neben Dorthe zurück.

»Wenn es wirklich bei diesem Stand an Spuren bleibt«, setzte er sein angefangenes Lamento fort, »dann könnten wir als letztes Mittel den Fall komplett ans LKA abgeben. Vielleicht, dass die das Puzzle zusammensetzen.«

»Vergiss es! Dort wird auch nur mit Wasser gekocht, ich weiß, wovon ich spreche. Und ihr habt euren Job bisher tadellos gemacht, soweit ich das beurteilen kann.«

»Ein Lob? Von dir? Hört, hört.« Er lächelte verlegen. Wollte sie ihn auf die Schippe nehmen?

Doch es schien ihr durchaus ernst. »Ein verdientes Lob, ja. Nur – im *schlimmsten* Fall bleibt diese Mordserie ungelöst. Ich würde mich langsam mit dem Gedanken anfreunden.«

Karim schoss das Blut in den Kopf. »Diese Morde sind in der Großregion das furchtbarste Gewaltverbrechen seit Kriegsende«, erwiderte er betont langsam. »Fünf Tote und einen Mordversuch als ›ungelöst‹ ablegen? Du hast Nerven. Bei der Bevölkerung sind wir dann unten durch, die Medien zerreißen uns in der Luft, und *wir* – *wir* werden uns mit Recht immer wieder fragen, ob wir gut genug waren. Der kann doch nicht in diesem Ausmaß morden, ohne Fehler zu machen.«

Sie zuckte lässig mit den Schultern. »Kann er nicht? Gib nicht dein Herzblut dafür. Bei unserer Arbeit ist Erfolg immer ungewiss – das muss ich dir nicht erzählen. Das FBI hat schon Ermittlungen an Mordserien eingestellt, in denen es um mehr als zwanzig Opfer ging. In einigen Fällen wurde der Täter sogar erwischt und man musste ihn dann wieder laufen lassen – wegen angeblich erpresster Geständnisse, Verfahrensfehler und ähnlichem juristischem Mist.«

»Da sind wir vergleichsweise gut dran – wir haben erst gar nichts zu verlieren«, entgegnete Karim ironisch. »Ich werde mich aber damit nicht zufriedengeben. Denk bloß an Hansson. Falls er, im schlimmsten Fall, nicht wieder wird und uns somit keinen Hinweis geben kann – was bliebe von der Gerechtigkeit für die Opfer? Soll ich wirklich sagen: ›War leider nichts, schade um Hansson und die anderen, aber lasst uns jetzt zur Tagesordnung übergehen?‹«

Dorthe musterte ihn eine Zeit lang, erstaunt, wortlos. »Ich

sehe es dir an, du glaubst das wirklich mit der Gerechtigkeit und so. Überaus nobel, Herr Kollege. Wir werden ja sehen«, sagte sie dann, stand auf und schlenderte langsam die Rampe hinab auf Hallermeyers Gruppe zu.

***

Ohne Sonias Anruf hätte sich Professor Dr. Gert Bonkhorst einen ruhigen Schachabend mit einem Nachbarn gemacht. Als er jedoch hörte, was vorgefallen war, und vor allem, dass es um Cornelius Hansson ging, war er in Rekordzeit in der Klinik in Wiesloch und beaufsichtigte selbst die Aufnahme von Hansson. Zu Dr. Goetzingers Befriedigung hielt Bonkhorst die Schnelldiagnose des jungen Notarztes durchaus für zutreffend.

Wenig später, nach einigen Unterschriften, war die Mannschaft des Sanka wieder entlassen. Sonia wartete inzwischen in Bonkhorsts komfortablem Büro auf seine Diagnose.

Bevor Bonkhorst Hand anlegte, ließ er den armen Kerl samt Stuhl von zwei kräftigen Pflegern unter die Dusche bugsieren, um ihn endlich vom widerlichen Geruch seiner Ausscheidungen zu befreien. Anschließend hoben sie ihn vorsichtig in einen Rollstuhl der Klinik und brachten ihn zu Bonkhorst in den Untersuchungsraum.

»Wird er wieder gesund?«, war Sonias erste Frage, als »Bonzo« Bonkhorst nach weit mehr als einer Stunde in sein Büro zurückkehrte.

Bonkhorst lächelte. »Organisch gesehen ist er zum Glück gar nicht richtig krank. Seine Körperfunktionen sind so weit in Ordnung, dass wir uns in dem Punkt keine Sorgen machen müssen. Aber seine Psyche hat die Verbindung zur Physis weitgehend abgebrochen und ihn in einer ausgeprägten Schockstarre zurückgelassen.«

»Ich weiß, ich frage wie ein kleines Kind, aber sag, kriegt ihr das wieder hin?«

»Cornelius hat Medikamente bekommen und liegt jetzt friedlich im Bett. Ab Sonntag –«

Es klopfte an der Tür. Eine Krankenschwester streckte zögernd den Kopf ins Zimmer. »Entschuldigen, Herr Professor, bei dem Patiente Hansson – bleibt für heute Nacht bei Benzodiazepin?«, fragte sie mit deutlich ausländischem Akzent. Ungarisch ... kroatisch ... oder so.

»Heute und morgen, ja, übliche Dosis, übliches Intervall. Kollege Kleiber übernimmt den Patienten. Sagen Sie ihm bitte, dass ich EKT für angezeigt halte und dass ich ihm ein Krankenblatt für Herrn Hansson auf meinem Schreibtisch hinterlasse. Sonntagmittag komme ich selbst nochmals vorbei. Ach ja, informieren Sie auch die Nachtwache, damit die regelmäßig nach ihm sieht.«

Die Schwester kritzelte nervös mit. »Mache ich. Schöne Abend, Herr Professor.« Dann schloss sie fast unhörbar die Tür.

Gert Bonkhorst sah Sonia an und überlegte. »Entschuldige, du hattest eine Frage?«

»Einiges hat sich eben erledigt. Aber Cornelius liegt im Bett, sagst du?«

»Und schläft – im frischen grünen Nachthemd, sorgsam gerade gebogen. Das ist ohne Schäden möglich, wenn man fachgerecht vorgeht. Ab morgen wird ein Oberarzt mit der Elektrokrampftherapie beginnen, die normalerweise ziemlich rasch Ergebnisse bringt.«

»Klingt gut, fast ein Routinefall also?«

»Könnte man sagen, ja.« Bonkhorst lehnte sich zufrieden und – so erschien es Sonia – übertrieben selbstgefällig in seinen breiten roten Ledersessel zurück.

»Gott, bin ich froh!« Sonia atmete auf.

»›Gert‹ reicht. Nicht übertreiben.«

Sein krampfiges Ärztewitzchen verpuffte ohne Wirkung.

Jetzt, da die vordergründigste Sorge am Abklingen war, hing das letzte Telefongespräch der beiden wie ein grauer Nebel zwischen ihnen. Sonia wartete darauf, dass Bonkhorst irgendetwas von sich gab, das sie als Versöhnungsversuch deuten konnte. Ein kleines Signal wenigstens.

Sie hatte selbst ein schlechtes Gewissen und vielleicht ebenso viel Grund, ihre Beziehung zu normalisieren, aber das durfte man bei einem Menschen wie Gert Bonkhorst nicht zugeben. Lieber abwarten.

Bonkhorst ließ sie zappeln. Er legte in aller Ruhe das Krankenblatt für Hansson an, während sie der Reihe nach gründlich ihre schmutzigen Fingernägel, dann die futuristische Ausstattung des Büros und zuletzt seine teure, geschmackvolle Schreibtischlampe betrachtete. Schließlich erhob sie sich ernüchtert und ging demonstrativ langsam zur Tür.

»Ich geh dann mal.«

»Du hast keinen Wagen dabei«, konstatierte Bonkhorst trocken.

»Taxi. Oder Polizei«, antwortete sie schnippisch, blieb aber sofort stehen.

»Wäre ›Taxi Bonkhorst‹ eventuell auch angenehm?«, fragte er, liebenswürdig schmunzelnd.

»Aber nur bis zum Ortsanfang, keinen Meter weiter, du hinterlistiger Betrüger.«

Bevor sie zusammen die Klinik verließen, bestand Sonia darauf, sich mit eigenen Augen davon zu überzeugen, dass Hansson gut versorgt war.

Sie fand ihn genau so vor, wie Bonkhorst beschrieben hatte, allerdings wirkte sein Körper nun auf eine so seltsam intensive Art ausgestreckt, dass er eher das Bild einer fülligen ägyptischen Mumie abgab als das eines entspannt ruhenden Menschen.

Bonkhorst war Sonias irritierter Blick nicht entgangen. »Das wird sich in Kürze geben.« Er deutete auf den Infusionsständer am Kopfende des Bettes.

Doch statt zu beruhigen, jagte ihr der Anblick des dünnen Schlauchs mit der glänzenden Kanüle in Hanssons Handrücken einen Schauer über den Rücken.

»Keine Angst, er bekommt nur Elektrolyte, Wasser, Medikamente, Traubenzucker«, erklärte er. »In einigen Tagen schon wird sich sein Körper regeneriert haben.«

Außer am Infusionsschlauch hing Hansson noch an einer ganzen Batterie von Messgeräten. Atmung, Sauerstoff, Herztätigkeit … Sonia misstraute den dünnen grünen Zacken, die in regelmäßigen Abständen auf das Display gezeichnet wurden. Sie legte sacht ihre Hand auf Hanssons Brust. Sein Herz schlug kräftig und gleichmäßig, und sie konnte auch fühlen, wie sich sein Brustkorb rhythmisch hob und senkte. Unendliche Erleichterung erfüllte sie.

Hansson war gerettet.

Für einen Moment stieg ihr das Wasser in die Augen. Sie war froh, dass Gert Bonkhorst bereits auf den Flur hinausgegangen war und draußen wartete.

»Alles gut so? Bist du jetzt beruhigt?«, fragte er, als sie aus Hanssons Zimmer kam.

»Natürlich. Danke. Ich freue mich für ihn. Gehen wir?«

»Ja. Mein Wagen steht im Hof. Wir nehmen den Weg durch die Zentralverwaltung. Ist etwas weiter, aber besser für deine Nerven. Bei uns spielen sich zwar keine Szenen ab, wie sie sich die Bevölkerung draußen vorstellt, doch ...« Er ließ den Satz unbeendet.

Eine Zeit lang schritten sie schweigend nebeneinanderher durch menschenleere Flure des Verwaltungsgebäudes.

»Sag mal, Sonia«, begann Bonkhorst unvermittelt, »aber versteh mich nicht falsch – Hansson ist doch eigentlich nur dein Chef ... und ein Kollege. Was bewegt dich so sehr an seinem Schicksal?«

Sie zuckte mit den Achseln. »Wahrscheinlich kommen einige Gründe zusammen. Dass ich in den vergangenen neun Jahren sicher die meiste Zeit mit ihm verbracht habe, dass er ein guter Kerl ist, auch wenn er mir oft auf die Nerven geht. Und dann ... Cornelius ist eigentlich ein armer Hund, unter uns gesagt. Er tut mir oft genug leid, weil er nichts und niemanden mehr hat, seit ihn Beatrice verlassen hat.«

»Seine Tante, irgendwo im Odenwald, hinter den sieben Bergen?«

»Stimmt, die gibt es noch. Sie ist der einzige Rest seiner Familie, aber gewiss kein Ersatz für einen Menschen seiner Altersgruppe. Und schon gar nicht für eine Frau. Ja, und da hockt der Knabe also in seinem viel zu großen alten Haus, nudelt Abende lang zum Verdruss aller Nachbarn auf seiner Orgel herum, hat Geld, aber kaum Kontakte, außer gelegentlich zu ein paar Prostituierten, und quält sich damit ab, zweitklassige Kriminalromane zu schreiben.«

Bonkhorst grinste und zog seine Chipkarte durch den

Türöffner. »Glaub mir«, sagte er, »Cornelius führt ein Leben, um das ihn Millionen Männer beneiden würden – die Dinge eingeschlossen, von denen er dir nichts erzählt hat.«

»Gert, du nimmst mich als Frau nicht ernst.«

»Als *Frau*?« Bonkhorst drehte sie, noch immer feixend, an den Schultern sachte zu den Glasscheiben der Eingangstür, sodass Sonia ihr Spiegelbild sehen konnte – eine kleine Person im fülligen Tarnanzug, noch weiter aufgebläht durch die kugelsichere Weste darunter. Sie sah aus wie eine Raupe auf zwei Beinen. Sonias Blick glitt an ihrem Ebenbild herab bis zu den Schnürstiefeln.

Der Aufzug machte zwar nicht wirklich weiblich, an keinem Körperteil, aber fiel dem Blödmann nichts Besseres ein? Sie war kurz davor, wütend zu werden. So viel Unsinn nach einem anstrengenden Tag!

»Wie ich gerade schon sagte«, antwortete sie nun deutlich verstimmt.

Bonkhorst legte von hinten die Arme um sie und zog sie an sich. »Entschuldige, Sonia. Ich weiß doch, was in der Hülle für eine Kostbarkeit steckt.«

Sie sah ihn mit hochgezogenen Augenbrauen an. »Ja, ja. Du kannst das wohl nicht so richtig, einfach auf der Normalspur?«

Bonkhorst merkte, dass es höchste Zeit war, endlich wieder aus dem Fettnäpfchen zu steigen. »Ich würde dich als Wiedergutmachung gern zu einem späten Abendessen bei Maurice einladen. Oder bist du etwa nicht hungrig?«

»Jetzt, wo du es sagst … Meinst du, dort bekommen wir noch was?«

»Moment.« Bonkhorst griff zum Telefon. Beim türkischen Inhaber des Restaurants meldete er sich absichtlich mit seinem vollen Titel und vergaß auch nicht, mit einer etwas gequält launigen Formulierung darauf hinzuweisen, dass er ihn doch sicher nicht als Kunden verlieren wolle.

Er hatte Erfolg – selbstverständlich.

Dann fuhren sie in seiner Edelkarosse zu Sonias hübscher Dachwohnung in Edingen, damit sie duschen und sich umziehen konnte. Eine gute halbe Stunde später waren die beiden bereits wieder unterwegs in Richtung Heidelberger Altstadt.

Als sie vor dem »Chez Maurice« aus dem klimatisierten Wagen stiegen, klatschte ihnen die dampfige Wärme entgegen, die der heftige Wolkenbruch des frühen Abends ins enge Neckartal getrieben hatte.

***

Der Spätsommer sorgte für wunderbares Wochenendwetter. Endlich fielen die Temperaturen unter dreißig Grad, die Luftfeuchtigkeit ließ nach, und sanfter Ostwind trug frische Luft von den Kuppen des Odenwaldes in die Rhein-Neckar-Ebene herab.

Auch der Montag setzte das Wohlfühlwetter fort.

Sonias gesamtes Team befand sich bereits kurz nach sieben Uhr am Arbeitsplatz, denn Hanssons Rettung erschien ihnen zugleich wie der Startschuss für den lange herbeigesehnten Endspurt ihrer Jagd.

Dass dieser Montag weit mehr für sie bereithielt als herrliches Wetter, das konnte an diesem makellosen Morgen noch niemand ahnen.

Die meistgebrauchte Floskel im Kollegenkreis war an diesem Vormittag: »Wie geht es Hansson?«

Sonia wurde nicht müde, immer wieder seine qualifizierte Versorgung in der Klinik hervorzuheben und besonders die positiven Genesungsaussichten zu bestätigen. Kollegen aus anderen Abteilungen, die Spurensicherung, die Staatsanwaltschaft, Dr. Pfeiffer – alle Welt fragte oder ließ fragen. Sonia rechnete es besonders Dyckerhoff hoch an, dass er gleich nach ihren Teamkollegen der Erste war, der sich persönlich erkundigte. Sie hatte auch den Eindruck, als liege in Dyckerhoffs Frage mehr als nur das pflichtschuldige Interesse des Vorgesetzten.

Kurz nach zehn kam Hallermeyer von der Spurensicherung höchstpersönlich ins Dezernat 2, um ihnen die Ergebnisse seiner Ermittlungen mitzuteilen. Er hatte auch alle Fotos von den verschiedenen Örtlichkeiten auf einem Speicherchip mitgebracht.

Als das erste Bild – Hanssons Wagen zwischen den Büschen – auf der Projektionswand des Beamers aufleuchtete, lief Sonia ein

Schauer über den Körper. Hanssons Entführung hätte auch ganz anders enden können …

»Örtlichkeit bekannt, denke ich«, begann Hallermeyer. »Wir haben es bei diesem einen Foto belassen, weil es weder im Wagen noch außerhalb bemerkenswerte Spuren gab. Massenhaft Abdrücke von Cornelius natürlich, auch einige Fußspuren um den Wagen und in der näheren Umgebung, die von ihm stammen können – aber hier endet schon jede Sicherheit. Der Wolkenbruch am Freitag hat den Boden so schnell und so gründlich aufgeweicht, dass keinerlei eindeutige Nachweise mehr zu führen waren. Ach ja, das Handy, mit dessen Hilfe Hanssons Wagen geortet wurde, das lag unter dem Beifahrersitz. Hansson hat kein einziges Telefonat damit geführt oder erhalten. Ich habe es zurückgegeben.« Er betätigte die Fernbedienung. »Garage und Lieferwagen. Da wären neue Plastiksäcke aus extradickem PVC, die der Täter als Leichensäcke verwendet hat. Sind leider Gottes als robuste Verpackung für Laubschnitt und sonstige Gartenabfälle in jedem größeren Gartencenter erhältlich. Drei gebrauchte Säcke fanden wir in der Vertiefung unter der Ladefläche, wo bei diesem Fahrzeug sonst das Reserverad aufbewahrt wird, aber –«

»Entschuldige mal, Hallermeyer, was ist mit eventuellen DNA-Spuren vom Täter?«, fragte Sonia dazwischen.

»Wollte gerade dazu kommen. An den Säcken konnten wir DNA sicherstellen. Aber nur von den letzten Opfern, keinerlei fremde DNA. Reste von mindestens drei verschmorten Plastiksäcken fanden sich in einer Ecke des Bunkers, aber an denen waren keine Spuren mehr nachweisbar. Um deine Frage vollends zu beantworten, Sonia: Alle Spuren an Verkleidungsteilen innen im Lieferwagen, also im Laderaum, auch im Führerhaus, konnten wir den Opfern zuordnen – vom Fingerabdruck bis zur DNA. So, Augenblick. Hier, der Lieferwagen selbst. Das Fahrzeug ist – dem Typ und der Lackierung nach – vierzehn Jahre alt. Es stammt höchstwahrscheinlich aus einer Betriebsauflösung und gelangte über einen oder mehrere Zwischenhändler an unseren Mann. Wir haben alle Stellen mehrfach untersucht, an denen das Werk Fahrgestell- und Motornummern anbringt – optisch, mit Ultraschall und sogar mit einem Röntgenapparat. Normalerweise findet man auch bei sauber abgeschliffenen Nummern in der Materialstruktur lesbare Reste. Bei diesem Fahrzeug nicht. Geschliffen, angeätzt, danach gehämmert. Die Analysen des Tatorts haben uns übrigens das ganze Wochenende gekostet, wenn ich das mal anmerken darf.«

Dorthe konnte nicht glauben, dass der Mörder wie ein Geist, ohne physische Spuren, durch die Szenerie gewandelt sein sollte. »Was ist mit der Schubkarre? Hier muss der Täter doch irgendeine Art von Abrieb hinterlassen haben.«

»Wir fanden in der Tat jede Menge Lederabrieb von Arbeitshandschuhen an den Griffen. Kein Wunder bei den Kräften, die für den Leichentransport nötig waren. Wir haben im Bunker sogar ein Paar dieser Lederhandschuhe gefunden. Sie waren übersät mit Abdrücken und DNA-Spuren. Aber –«

»Nicht schon wieder!«, stöhnte Sonia.

Hallermeyer hob die Augenbrauen. »In den Handschuhen ließen sich größere Mengen von Talkumpuder nachweisen.«

Karim sah ihn fragend an. »Er trug also Latexhandschuhe in den Arbeitshandschuhen, richtig?«

»Ja. Und bei seiner Gründlichkeit bestimmt zwei Paar übereinander. Aber *die* hat er uns leider nicht hinterlassen. Sonst könnten wir wenigstens aus dem Inneren der Handschuhe seine DNA ermitteln – möglicherweise sogar seine Fingerabdrücke. Was sich auf und teilweise in den Handschuhen befand, waren Spuren von Hinz und Kunz. Wir fanden keinerlei DNA, die im linken *und* im rechten Handschuh vorkam. Nicht verwunderlich, die Dinger stammen bestimmt vom Wühltisch, und die meisten Leute probieren nur einen Handschuh an.«

»Gibt's überhaupt nichts Aufbauendes?« Die Enttäuschung stand Sonia ins Gesicht geschrieben.

»Na ja, wir konnten vieles bestätigen, was eure bisherigen Annahmen zum Ablauf der Taten untermauert. Fest steht, dass alle Opfer im Bunker waren und dass alle dort gestorben sind. Das hat die Analyse der Exkrementproben und der Fingerabdrücke auf den Holzstühlen ergeben. Auf den nächsten Fotos haben wir die Sitzposition jeder einzelnen Person notiert.«

Hallermeyer ließ immer wieder die Fernbedienung klicken.

Seine Truppe hatte jedes makabre Detail akribisch im Foto festgehalten, mit daneben platzierten Nummern für die Dokumentation. Viele dieser Einzelheiten waren dem Team in der Aufregung, der Kürze der Zeit und wegen der anfänglich zu grellen Ausleuchtung mit ihren vielen Schlagschatten entgangen.

»Wir konnten Spuren der Opfer auch auf dem Holztisch nachweisen. Hautabrieb, Schweißreste und Rückstände des eingesickerten Wassers belegen eindeutig, dass die Personen liegend auf diesem Tisch gewaschen wurden.« Er stoppte und holte einmal tief Luft, bevor er weitersprach. »Neues Thema: Fußabdrücke. Gab's ja reichlich, doch leider nicht nur vom Täter und von den Opfern. Einzige Erkenntnis: Die Schuhabdrücke des Täters, mit völlig glatten Sohlen, fanden sich an vielen Stellen des Bunkers, hier … und hier … und hier.«

Die Projektionsbilder wechselten in Hallermeyers Sprechtakt. Mehr als zwanzig ausgewählte Fotos belegten deutlich, dass sich der Täter wirklich an all den Stellen aufgehalten hatte, an denen er sich zwangsläufig für seine Handlungen befunden haben musste.

»Habt ihr nichts über seine Schuhe … die mit den glatten Sohlen? Material? Hersteller?« Sonia hoffte noch immer wenigstens auf ein *kleines* Wunder.

»Nö, nichts wirklich Günstiges. Wir haben den Staub seiner Schuhabdrücke auf dem Boden des Bunkers analysiert. Erd- und Pflanzenreste, selbstverständlich. Die eindeutigsten stammen aus dem Bunker selbst oder aus der näheren Umgebung. Einige winzige Reste könnten noch auf die Ablageorte hindeuten, aber die lassen sich nicht separat identifizieren. Sämtliche Fundorte lagen am Westrand des Odenwaldes, und da ist die Bodenbeschaffenheit überall sehr ähnlich. Ganz sicher wissen wir, dass er sich wirklich über die Sohlen ohne Profil zusätzlich noch zähe Plastikbeutel gezogen hat, um keine Haut- oder Haarspuren zu hinterlassen. Will mal eine Vermutung wagen: Ich bin sogar sicher, dass es Beutel waren, die beinahe bis hoch zum Knie gingen. Einer als Übersocke, bevor er den Schuh anzog, einer über den Schuh und die Wade, dann beide mit einem Strumpfband gehalten. So hätte ich's jedenfalls gemacht. Dieses Plastikbeutelset hat er sicher nach jedem ›Ausflug‹ ganz pedantisch gewechselt und leider irgendwie gründlich vernichtet oder entsorgt. Ach ja, die Spuren an den Schuhsohlen der Opfer. Es ist, wie ihr richtig angenommen habt, eine Mischung aus Eisenrost und dem Treibpulver von Feuerlöschern. Das Zeug ist im Bunker über den gesamten Boden verstreut und beweist auch nur, dass sich alle Getöteten dort aufgehalten haben.«

»Und was ist mit den Reifen?«, fragte Karim. »Mit denen vom Lieferwagen und dann der Schubkarrenreifen?«

Hallermeyer hob die Schultern. Er wirkte verlegen, obwohl er für den Mangel an Spuren nun wirklich nichts konnte.

»Dasselbe wie mit seinen Fußabdrücken – eine Mischung aus Erdboden und Pflanzenresten. Er hat jeden Toten außerhalb der Garage auf die Schubkarre geladen und sie dann über eine Laufplanke in den engen Laderaum des Lieferwagens geschoben. Das beweisen die Reste und die Anordnung der Spuren hier.« Er schaltete auf das nächste Foto und deutete mit dem Lichtzeiger der Fernbedienung auf die Einzelheiten.

»Habt ihr die Planke auch?«, wollte Karim wissen.

»Ja. Ist im Grunde nur Brennholz, kriminologisch ohne jede Bedeutung.«

»Ich kann es nicht glauben. Hat der Kerl nicht einmal am Garagentor, an den Rückspiegeln, Fensterkurbeln oder am Tankdeckel Abdrücke hinterlassen? Da tappt doch jeder unabsichtlich hin«, meinte Dorthe.

Hallermeyers Antwort war kurz und eindeutig. »*Er* nicht. Wie gesagt, es gab Abdrücke der Opfer, die im Lieferwagen noch lebend transportiert wurden. Jede Spur konnten wir eindeutig zuordnen. So, wir sind fast durch. Nur das noch.«

Das nächste Projektionsbild zeigte eine Ansammlung sehr kleiner Plastiktuben, die vor einer Wand des Bunkers verstreut lagen. Hallermeyers Lichtzeiger wanderte von einer zur anderen.

»Das ist Cyanacrylat-Klebstoff, Sekundenkleber, neun Tuben insgesamt. Damit hat er die Klettbänder unlösbar verbunden, mit denen seine Delinquenten gefesselt waren. Alles Markenware, nicht einzeln identifizierbar. Ist vom Schreibwarenladen bis zum Baumarkt überall zu kriegen. Keine verwertbaren Abdrücke drauf.«

Hallermeyer schaltete den Beamer aus. Die Blicke aus vier enttäuschten Gesichtern hingen an ihm, als sei er ihnen noch den großen »Knaller« schuldig. Er sah von einem zum anderen, dann erhob er sich langsam. Sein breites Gesicht bekam einen bekümmerten Ausdruck.

»Wir haben unser Bestes getan, wirklich. Den Bericht und die Fotos lass ich euch selbstverständlich da. Falls meine Kollegen noch was haben, irgendeinen Nachtrag, ein neu bewertetes Detail, steh ich sofort selbst auf der Matte.«

Sonia trat zu ihm und nahm die Unterlagen entgegen. »Danke«, sagte sie freundlich, »auch an deine Kollegen. Mach dir keinen dicken Kopf wegen unserer langen Gesichter. Aber sag selbst: Das gibt es doch alles gar nicht, oder?«

»Wohl wahr!«, bestätigte Hallermeyer. »Ich mach das jetzt mehr als fünfundzwanzig Jahre, aber einen Fall wie diesen … So was brauch ich nicht noch mal. Zum Glück gab's für Cornelius ein Happy End!«

Murmeltiertag im Dezernat 2

»Noch jemand Kaffee?« Karim schob schwerfällig seinen Stuhl zurück und ging zur Kaffeemaschine. Drei Hände hoben sich, niemand sprach. Die Kollegen sahen zu, wie er Kaffeebohnen nachfüllte, Tassen bereitstellte, die Maschine startete. Danach lehnte sich Karim ans Waschbecken und sah zum Besprechungstisch hinüber.

»Übrigens, wann ist denn Marie wieder da?«, fragte er, um die reichlich beklommene Stimmung nach Hallermeyers Bericht etwas aufzulockern.

Sonia war in Gedanken versunken. Es dauerte einen Augenblick, ehe sie auf seine Frage einging. »Oh, noch nicht so bald. Die Kasse hat ihr – frag mich nicht, warum – einen Kuraufenthalt genehmigt.«

Dann herrschte wieder Stille.

»Liebe Kolläge«, setzte dafür Jonas vielsagend an, »i komm mir vor, als wär i grad zu B'such in Punxsutawney.«

»Wo?«

Er blickte ungewohnt verdrießlich um sich. »In dem Kaff, wo d'r Spielfilm vom ›Murmeltiertag‹ handlet. Mit'm … na … komm jetzt net drauf. Jedefalls gerät dort a TV-Wetterfrosch in a Zeitschleif – ha, der Murray war's, d'r Bill Murray! –, und der erläbt jeden Dag wieder genau des selbig.«

Sonia hatte sich wieder gefangen. Sie war ganz froh über Jonas' ulkigen Beitrag. »Da liegst du gar nicht so falsch«, meinte sie, »wir erzählen uns dafür in regelmäßigen Abständen, dass wir wieder nichts haben … wie in – sag's noch mal, es klingt so nett!«

»Punx-su-taw-ney.«

»Wie merkt man sich denn solchen Kram?«, stichelte Karim.

»Mit viel Sinn fürs Detail, lieber Herr Kolläge, und einer beschtens trainierte Großhirnrinde.«

»Ging es gut für ihn aus, für den TV-Mann in … Punx-Dings?«, wollte Dorthe wissen. »Kam er wieder raus aus der Zeitschleife?«

»Ja, klar. Ha, der isch ei'fach a besserer Mensch gwor'de, und damit war 's Happy End im Kaschte.«

Karim balancierte, vorsichtig den Kopf schüttelnd, die randvollen Kaffeetassen zum Tisch. »Wir sind doch schon die Guten. Und bei unserem Killer kann's dauern. Los, Sonia, sag es endlich, vielleicht bricht das den Bann.«

Sonia lächelte frustriert. Sie nahm einen Schluck Kaffee, bevor sie weitersprach. »Na gut – wir haben wieder nichts! So wie es aussieht, muss ich das spätestens morgen früh an Dyckerhoff weitergeben.«

»Langsam, langsam. Wir haben euren Hansson!«, berichtigte Dorthe. »Sobald er vernehmungsfähig ist, kann *er* uns doch am ehesten weiterhelfen. Wann wird er so weit sein, Sonia?«

»Wenn sein Schockzustand ausreichend abgeklungen ist. Ich hoffe, das wird spätestens Donnerstag oder Freitag der Fall sein – so war jedenfalls die ärztliche Auskunft. Möglich, dass zu diesem Zeitpunkt eine Amnesie seine Erinnerung blockiert. Darauf müssen wir uns leider gefasst machen. Inzwischen ...« Sie holte tief Luft. »Inzwischen gehen wir allen augenblicklich noch unvollständig bearbeiteten Spuren nach: Autopsie-Ergebnisse und Biografien der beiden letzten Opfer, familiäre Umgebung, Standardprogramm. Wir hatten doch diese ominöse belgische Autonummer. Was ist denn eigentlich daraus geworden, Dorthe?«

»Haben meine Kollegen vom LKA geklärt. Ich sag's nicht gern: Die Nummer folgt zwar dem neuen Schema für Autokennzeichen der Belgier, doch Kontakte brauchte unser Mann nicht, um sie zu bekommen: In Belgien kannst du dir die Autoschilder bei vielen Firmen prägen lassen, einfach so. Die haben nämlich keine amtlichen Siegel auf dem Schild wie bei uns. TÜV und Zulassungsstelle sind nur in den Papieren vermerkt. Es reicht daher völlig, den aktuellen Stand der offiziellen Nummerierung großzügig hochzurechnen und dann den Schilderkauf auf die illegale Tour über ›Zahlemann und Söhne‹ abzuwickeln.«

Sonia hatte in ihrem Notizbuch mitgeschrieben. »Denkst du, wir können völlig ausschließen, dass er Ausländer ist?«, fragte sie.

Dorthe wiegte zweifelnd den Kopf hin und her. »Lass es mich so sagen: Sollte der Besitzer des Lieferwagens mit der belgischen

Nummer wirklich Ausländer sein, dann kann er nicht zugleich Agricola sein, denn dessen Muttersprache ist eindeutig Deutsch. Seine Ausdrucksfähigkeit liegt weit über dem, was man in einer fremden Sprache zustande bringen kann – das haben wir ja an seinem Manuskript gesehen. Müssten wir aber annehmen, dass der Lieferwagen-Mann und Agricola unterschiedliche Personen wären, dann –«

»… tätet m'r net bloß auf em Schlauch stehe, sondern auf ere ganze Pipeline!« Angesichts der lausigen Faktenlage ging sogar Jonas zusehends der Humor aus.

»Glaub ich nicht. Agricola ist unser Mann! Die Chose mit dem belgischen Kennzeichen stellt einfach einen cleveren Schachzug dar. Garantiert!« Karim ging mit seiner Tasse zum Automaten hinüber und ließ noch eine Füllung hellbraun aufgeschäumten Kaffee hineinblubbern.

Seine Entschiedenheit beruhigte Sonia. »Dieser Meinung schließe ich mich gern an. Vorerst jedenfalls.« Sie sah in die kleine Runde. »Wir haben vielleicht doch noch was – eine Telefonnummer auf einem Abrechnungsbeleg, eindeutig in Hanssons Handschrift. Die Spurensicherung hat sie auf dem Schreibtisch in seinem Haus gefunden – muss nichts bedeuten, kann aber.«

»Lass doch mal sehen.« Dorthe griff danach und musterte den Zettel. »Eine Vorwahl in der Region Hamburg. Schon überprüft?«

»Nein.« Sonia fragte sich selbst, warum das noch nicht geschehen war. »Also, mach mal.«

»Ich will mich aber nicht vordrängen.«

Karim und Jonas ließen Dorthe gern den Vortritt. Zwei Minuten später wussten sie, dass der Telefonanschluss zu einem Pflegeheim in Hamburg-Blankenese gehörte und dass es dort keinen Bewohner, Pfleger oder Sachbearbeiter namens Agricola gab.

»Wie es scheint, bleibt da noch Handlungsbedarf«, stellte Dorthe schnodderig fest. »Soll ich mal übers LKA –«

»Warte, warte! Das ist zu komisch«, unterbrach Sonia, legte ihren Schreibstift ab und suchte in der Telefonliste ihres Handys herum. »Gib mir noch mal den Beleg mit der Nummer, Dorthe.«

Sie schob ihren Sessel zurück und ging langsam zum Whiteboard, das aufgeklappte Handy in der einen, den Zettel in der anderen Hand. Ihr Blick wanderte beim Gehen zwischen beidem hin und her. Dann schrieb sie zwei Telefonnummern untereinander auf die Plastiktafel.

»Oben die Nummer von Hansson, unten die andere, die er auf seinem Notizblättchen festgehalten hat.« Sie sah erwartungsvoll in die Runde. »Und?«

Ihre Kollegen musterten die beiden Ziffernreihen.

»Klar! Einmal vorwärts, einmal rückwärts, es ist dieselbe Nummer, nur gespiegelt«, stellte Karim fest. »Da hat uns – oder wahrscheinlich schon den Cornelius – jemand ganz schön gelinkt.«

»Richtig«, bekräftigte Sonia. »Er hat sie einfach notiert, ohne groß nachzudenken. Die Anfrage beim LKA lassen wir deshalb besser fallen, so viel Zufall kann es nicht geben.«

Dorthe feixte. »Kein Wunder, dass mein Anruf die Leutchen in Hamburg verblüfft hat.«

Sonia trat wieder an den Besprechungstisch, abgespannt, frustriert. »Schade. Ich hatte so sehr gehofft … Aber gut. Dorthe, wir beide setzen uns mit der Rechtsmedizin zusammen und befragen dann noch mal Hallermeyer. Aus meiner Sicht besteht nämlich weiterhin einiger Klärungsbedarf. Unsere Herren *brainstormen* bitte zwischenzeitlich über das Motiv des versuchten Mordes an Hansson, und geht auch den Ablauf am Tag von Hanssons Verschwinden nochmals durch. Falls dann noch Zeit bleibt – die Akten der beiden letzten Opfer liegen auf meinem Schreibtisch. Nächste Besprechung um vierzehn Uhr. *So long!*«

Jonas starrte noch auf die Bürotür, als die sich schon längst hinter Sonia und Dorthe geschlossen hatte. Dann wandte er sich entrüstet an Karim.

»Ha, sapperlot, da beiß mi' doch d'r Wurm! Ja, sind jetzt mir in ere Arbeitsbeschaffungsmaßnahm g'landet? D' Frau Oberin traut uns wohl gar keine eigene Aktivitäte mehr zu. Mir weret behandelt wie blutige A'fänger. Dich trifft's eigentlich noch härter – du bisch doch sogar Oberkommissar, fascht scho Hauptkommissar! Ja, sag doch au' mal was!«

Karim hatte Jonas' Ausführungen verfolgt, ohne eine Miene zu verziehen. »Chefin hat Stress. Kann man verstehen. Und dir fehlt noch viel Gelassenheit, mein Kleiner.«

Nachdem das geklärt war – durchaus nicht zu Jonas' Zufriedenheit –, mühten sich die beiden mit aller Professionalität ein weiteres Mal ab, den Anschlag auf Hansson halbwegs plausibel in das Raster der Ereignisse einzuordnen. Sie kombinierten sämtliche Fakten bis an die Grenzen der Wahrscheinlichkeit und schlossen selbst die abenteuerlichsten Hypothesen nicht aus. Doch wie auch immer sie die zahlreichen Handlungsfäden zusammenknoteten, stets klaffte in ihrem Netz ein großes schwarzes Loch:

Agricola!

Zumindest stand am Ende für die beiden Kommissare fest: Der Versuch, Hansson unschädlich zu machen, zielte vor allem auf Zeitgewinn. Vielleicht hatte der Killer ein einziges Mal *doch* einen Fehler gemacht? Irgendeine Unachtsamkeit, deren Beseitigung ein hohes Risiko darstellte und viel Zeitaufwand erforderte. Zeit vor allem, die er nicht hatte, falls Hansson bereits auf diesen Fehler gestoßen war.

Musste Hanssons Entdeckung einen fünffachen Killer nicht rasend machen?

Sonia hatte ja angedeutet, dass Hansson unmittelbar vor seinem Verschwinden mehr wusste, als er seinem Team noch anvertrauen konnte – oder anvertrauen wollte.

Die Frage, wie der Täter von Hanssons Wissensstand erfahren konnte, riss sofort wieder das nächste Loch in die Hypothese. Oder hatte Hansson sich doch zu vertraulich mit diesem Agricola eingelassen, vielleicht in der Annahme, nur einen harmlosen Schriftstellerkollegen vor sich zu haben?

Es machte keinen Sinn mehr, sich in weiteren Spekulationen zu ergehen. Der aussichtsreichste, wenn nicht sogar der einzige Schritt zur Aufklärung war Hanssons Befragung. Bedauerlicherweise hieß das abwarten, bis Hansson fit genug war.

Und inzwischen? Notlösungen, um überhaupt voranzukommen. Sie konnten alle Fakten nochmals mit äußerster Akribie durchhecheln, notfalls in einer großen Sonderkommission mit LKA und BKA. Man konnte eventuell sogar die Überprüfung sämtlicher greifbarer Agricolas durchziehen – ein haarsträubender Aufwand mit mehr als vagem Ergebnis, denn noch immer hatten sie keine blasse Ahnung, ob Agricola überhaupt ein realer Name war. Man konnte auch erwägen, die Öffentlichkeit über einschlägige Fernsehsendungen zu beteiligen. Als Letztes blieb die hilflos-zynische Variante: Wenn alle Mittel versagten, konnte man immer noch auf »Kommissar Zufall« hoffen.

Irgendwann lungerten beide Kommissare nur noch niedergeschlagen in ihren Bürostühlen herum und starrten an die Decke. Dabei gingen Karim wieder und wieder Dorthes Worte durch den Kopf. Was, wenn sie doch recht hatte? Wenn diese Serienmorde überhaupt nicht aufzuklären waren?

***

Penibel wie immer kehrte Sonia mit Dorthe bereits eine Viertelstunde vor dem angesetzten Besprechungstermin zurück. Ihrem Gesichtsausdruck nach zu urteilen brachte sie keine Erleuchtung mit. Immerhin schien sie sich wieder einigermaßen gefangen zu haben.

Jonas war eben dabei, anhand der vorbereiteten Tafelanschriften die Ergebnisse der »Herrenriege« zu kommentieren, da summte Sonias Telefon. Sie nahm ab und wirkte angenehm überrascht, als sie den Anrufer erkannte. Dann verfinsterte sich ihr Gesicht schlagartig.

»Das … ist nicht möglich!« Sonia zerrte nervös an ihren Haaren. »Du hast doch gesagt … Routine«, warf sie tonlos ein. Der Mensch am anderen Ende der Leitung holte offenbar zu einer längeren Erklärung aus. Sie nickte immer wieder wie ein Automat. »Ich komme sofort«, sagte sie schließlich, klappte wie in Trance das Handy zu, schwieg.

Ein schrecklicher, unerhörter Gedanke hing in der Stille des Raums. Ein Gedanke, der – wie in einem bösen Märchen – keinesfalls ausgesprochen werden durfte, damit er nicht Realität wurde.

Niemand brach dieses Schweigen.

Endlich stand Hauptkommissarin Sonia Nerlinger auf, verstört, mit feucht glänzenden Augen. Sie schob wie in Zeitlupe ihren Schwingsessel an den Tisch heran.

»Cornelius Hansson ist vor einer halben Stunde in Wiesloch gestorben.«

Sie hatte leise gesprochen, aber man hätte die Bedeutung ihrer Worte auch in ihrem Gesicht lesen können.

»Was? Aber … wieso denn?« Karims Worte drückten aus, was im Augenblick in den Köpfen seiner Kollegen rumorte. Es machte keinen Sinn, darauf eine Antwort zu erwarten.

»Ich muss sofort nach Wiesloch. Jonas, du fährst mich. Karim, informiere Staatsanwältin Winterstein und Dyckerhoff. Bitte sie, sich für eine Besprechung nach unserer Rückkehr freizuhalten, wenn möglich.«

Für einen Sekundenbruchteil blitzte in Karim der Gedanke auf, Sonia möge Hansson einen Gruß von ihm ausrichten. Narr! Nicht verstanden?

Hansson ist tot!

Ein einfacher Sachverhalt, aber so absurd, so unbegreiflich weit von jeder Erwartung entfernt …

***

Während der Fahrt nach Wiesloch blieb es totenstill im Wagen. Jonas fuhr mit Blaulicht und Horn, noch rasanter als sonst, froh darüber, dass ihm die notwendige Konzentration keine Zeit für Überlegungen ließ. Schon eine Viertelstunde später stoppte er den Wagen vor dem Nebeneingang des Klinikgebäudes, in dem Hansson untergebracht war. Ein Pfleger erwartete die beiden Kommissare bereits am Eingang und führte sie zu Bonkhorsts Büro.

Hauptkommissarin Sonia Nerlinger hatte sich während der ganzen Fahrt mit Fragen und Vorwürfen gepeinigt. War die Übergabe Hanssons in die Obhut Bonkhorsts nicht ein unverzeihlicher Fehler gewesen? Gewiss, dies war das einzige Fachklinikum im Großraum, aber trotzdem: ausgerechnet zu Gert? Hätte sie ihr – nie ganz ausgeräumtes – Misstrauen gegenüber Bonkhorst nicht von diesem Schritt abhalten müssen? Gerts Geheimniskrämerei um seinen Schulfreund Hansson – steckte vielleicht doch weit mehr dahinter? Und überhaupt, hatte sie sich nicht zu leicht einwickeln lassen, was Gerts seltsames Gehabe in letzter Zeit betraf? Sonia, das kleine Dummchen, das die Fakten – jedes Mal wieder – einfach falsch verstand?

Sie war sich klar darüber, dass ihre private Verflechtung in die Ereignisse völlig inakzeptabel und sie selbst im Augenblick alles andere als objektiv war. Ihre Befangenheit hätte schon längst den Rückzug aus den Fällen erfordert. Sie schob den Gedanken beiseite. Später …

Trotz Sonias Selbstzweifeln – als sie Bonkhorsts Büro betrat, hätte sie sich am liebsten seinen Kopf auf einem Silbertablett servieren lassen.

Bonkhorst saß in seinem roten Luxus-Ledersessel hinter dem Schreibtisch, in ziemlich jämmerlicher Verfassung, blass und augenscheinlich erschöpft, mit hängenden Schultern. Von seiner charmanten Dauer-Selbstsicherheit war nicht viel übrig.

Sonia begrüßte ihn knapp, stellte Jonas vor und verlangte eine Erklärung zu den Umständen von Hanssons Tod. Den angebotenen Sessel ignorierte sie und erwartete seine Antworten demonstrativ im Stehen.

Jonas erstaunte der scharfe Ton, den seine Chefin dem Professor gegenüber anschlug. Er selbst vergriff sich zwar hin und wieder auch im Umgangston, aber Sonia ging im Moment einen veritablen Klinikdirektor und Uniprofessor an wie einen Schuljungen! Außerdem handelte es sich um ein Gespräch und kein Verhör. Schnell war ihm klar, dass die beiden sich privat nahestanden – bis heute jedenfalls.

Bonkhorsts Vermutungen und Erläuterungen zu Hanssons Tod trieften vor Hilflosigkeit. Sein Körper habe auf die am Sonntag begonnene Krampftherapie sehr positiv reagiert, es habe keinen Grund zur Besorgnis gegeben. Im Grunde, so war sein Fazit, könne es ohne Obduktion keine klare Aussage über die Ursachen für den Exitus geben, darüber sei er sich mit seinen Fachkollegen im Hause einig. Vordergründig – und ohne jede pathologische Absicherung – sei er an einem völlig unvorhersehbaren, ja sogar unmöglichen Herzstillstand verstorben, denn

Hansson habe ein gesundes Herz gehabt. Die medizinischen Geräte, an denen er angeschlossen war, hätten durchgehend Werte im normalen Toleranzbereich aufgezeichnet. Man könne das jederzeit überprüfen.

»Das wird auch geschehen, aber nicht hier im Haus«, sagte sie giftig. »Wage nicht, irgendeine Untersuchung in deiner Klinik anzustrengen oder Aufzeichnungen zu verändern. Ich werde Hansson zu uns überstellen lassen. Sofort nach meiner Rückkehr spreche ich mit den zuständigen Instanzen.«

Jonas verließ Bonkhorsts Büro. Es war ihm unerträglich, noch länger Zeuge dieser halb privaten Abrechnung zu sein. Polizeiarbeit war das nicht, was Sonia gerade abzog.

Drinnen lief Sonias Inquisitionstribunal auf Hochtouren weiter. »Und dann dieses überhebliche Gefasel von baldiger Genesung und Routinefall! Du hattest doch vor deiner Diagnose jede Möglichkeit, ihn ausführlich zu untersuchen. Was hast du übersehen? Sag nicht, die Zeit sei zu kurz gewesen.«

Sonia schoss aus allen Rohren, weit entfernt davon, eine halbwegs objektive Bestandsaufnahme zu machen, während Bonkhorst offenbar seine Redegewandtheit völlig abhandengekommen war. Unter normalen Umständen hätte er längst knallhart reagiert und die Person auf die Straße setzen lassen. Was ihn daran hinderte, schien einerseits sein Verhältnis zu Sonia zu sein, ganz offenkundig aber auch ein ausgewachsenes Schuldgefühl in dieser Sache. Und Sonia konnte das buchstäblich riechen.

Sie ließ nicht locker. Es ging nicht mehr um Antworten – es ging um Rache. »Wie war dieses Ende möglich, nur zwei Tage später? Habt ihr zu lange auf eure eigene Kompetenz vertraut? Oder ging es gar nur um *deine* Ansichten über Cornelius' Zustand? Wagt womöglich in deiner Klinik niemand, gegen die Annahmen des großen Professors einen Einwand zu bringen? Der Mann war dein Schulfreund, und ich Idiotin hab ihn nicht zuletzt deshalb deiner persönlichen Fürsorge übergeben! Wahrscheinlich«, setzte sie bissig hinzu, »habe ich aber bloß wieder etwas falsch verstanden!« Gert Bonkhorst setzte reichlich verdattert zu einer weiteren Erklärung an, doch Sonia schnitt ihm barsch das Wort ab. »Lass es! Ich möchte jetzt Cornelius sehen.«

»Komm mit.« Bonkhorst stand auf und ging langsam zur Tür, an Sonia vorbei, ohne sie anzusehen. Jonas hatte auf dem Flur gewartet, sein langes Gestell gegen die Wand gelehnt. Als das schweigende Duo aus Bonkhorsts Büro kam, trottete er mit.

Die hellen Vorhänge des Zimmers, in dem Hansson jetzt lag, hatte man zugezogen. Gedämpftes Nachmittagslicht fiel auf das einzige Bett im Raum. Cornelius Hansson lag auf dem Rücken, beide Arme ausgestreckt und sorgfältig bis zur Brust zugedeckt. Er sah wie ein Schlafender aus, und man konnte sogar meinen, er lächle im Schlaf.

Sonia trat neben sein Bett und verharrte dort. Sie versuchte mit zusammengebissenen Zähnen zu verbergen, wie sehr sie mit den Tränen kämpfte. Es war nicht Mitleid, nicht Bedauern, was ihre Seele schüttelte, sondern das Gefühl der Endgültigkeit, das unabänderliche »Nie mehr!«, das über dem toten Hansson schwebte. Dabei war sie im Grunde ungemein erleichtert über seinen Anblick, durfte man doch annehmen, er sei ohne Schmerz gegangen. »Adieu, Cornelius Hansson«, sagte sie leise und verließ das Zimmer, ohne sich noch einmal umzusehen. Jonas rührte sich nicht vom Fleck.

»Hat er noch etwas gesagt, seit er hier im Hause *therapiert* wurde?«, fragte sie auf dem Flur, mit sehr sarkastischem Unterton. Sie sprach einfach ins Leere, ohne sich zu Bonkhorst zu wenden, und ihre Stimme war wieder fest.

»Nein.«

»Wieso stehen in seinem Zimmer keine medizinischen Messgeräte? Er ist doch erst seit einer guten Stunde tot. Habt ihr schon alles weggeräumt?«

Bonkhorst zögerte. »Cornelius brauchte keine Intensivbehandlung mehr. Schon seit gestern früh nicht. Sämtliche Vitalwerte waren in Ordnung.«

»Soll das heißen, ihr habt ihn gar nicht weiter überwacht, und er starb einfach unbemerkt?« Sonia atmete schwer.

»Wie gesagt, die Vitalwerte waren okay«, antwortete der zerknirschte Professor mit belegter Stimme. »Daran ist nichts zu deuteln. Dass Cornelius so unerwartet verstorben ist, tut mir doch nicht weniger leid als dir. Im Gegensatz zu dir muss *ich* allerdings seinen Tod rechtfertigen.«

Jonas kam leise aus Hanssons Zimmer. Behutsam schloss er die Tür und lehnte sich in einiger Entfernung von Sonia und Bonkhorst an die lackierte Wand des langen Korridors.

Zwischen Sonia und Bonkhorst entspann sich noch eine ziemlich sinnlose Diskussion um einige Belanglosigkeiten; Jonas hörte gar nicht zu. Kurze Zeit später verließ er mit Sonia über eine Nebentreppe das Klinikgebäude.

»Fahr ganz normal, ausnahmsweise. Ich habe es im Moment nicht eilig«, sagte Sonia ausdruckslos, als sie ins Auto stiegen.

Während der Fahrt schwiegen sie, doch ein paar Kilometer vor der Heidelberger Stadtgrenze räusperte sie sich vernehmlich. »Ich hab Mist gebaut«, sagte sie leise. »Mir sind die Nerven durchgegangen.«

Jonas nickte stumm.

Es fiel ihr schwer, sich zu erklären. »Ich traue Bonkhorst zwar nicht mehr – weißt du, da kommen viele Dinge zusammen, vielleicht ist in der Klinik manches falsch gelaufen –, aber er ist trotzdem nur Hanssons Arzt, nicht sein Mörder. Die Situation hat mich total irre gemacht – von einer Minute auf die andere so eine Nachricht. Ich kenne Hansson jetzt schon so lang, und ich hatte ihn wirklich gern. Was für ein schäbiges Lebensende! Das darf doch nicht sein.« Sie wischte wie zufällig in ihren Augenwinkeln herum.

»I han ihn au' gern g'het«, antwortete Jonas. »Elles endre isch scho vergesse. Und die Sach mit dere Autopsie bei uns, beim Dr. Gopf, des isch sicher richtig.«

»Danke.« Sonia lächelte.

Jonas, der Mann mit dem großen Feingefühl bei älteren Damen – wie Karim vor Kurzem aufgedeckt hatte –, hätte zwar zu gern noch einige Antworten zu Bonkhorsts Rolle gehabt, und auch zu Sonias Gründen für ihr Misstrauen gegenüber dem Professor, aber das erschien ihm jetzt nicht der geeignete Zeitpunkt. Sonia war eine gute Kommissarin, die im Augenblick dringend etwas Schonung brauchte.

In Sonia aber wuchs, je weiter sie sich von Wiesloch entfernten, eine unbändige Wut über ihr Verhalten. Nicht nur wegen ihrer Unterstellungen, sie hatte sich dabei auch noch aufgeführt wie eine Furie! Und privat? Das jämmerliche Ende einer Beziehung.

Sie war erleichtert, als sie wieder im Büro ankamen und sie gezwungen war, sich auf die geplante Besprechung zu konzentrieren.

Das Treffen fand am späten Nachmittag in Hanssons Büro statt, mit dem gesamten, noch immer geschockten Team sowie Kriminalrat Dyckerhoff und Staatsanwältin Winterstein. Wie erwartet, befürworteten beide eine Autopsie von Hanssons Leichnam durch Dr. Pfeiffer von der Rechtsmedizin. Außerdem würden sie von der Klinik auch ein Protokoll über Hanssons Behandlung anfordern. Die Winterstein sagte zu, selbst kostspielige Ermittlungen, zum Beispiel weitere Befragungen von Männern mit dem Namen Agricola, zu genehmigen, wenn sie unumgänglich seien. Dyckerhoff gab bekannt, er wolle die offizielle Ehrung Hanssons auf den Tag nach seiner Beisetzung verschieben. Im Übrigen hoffe er, dass man mit schnellen Fortschritten rechnen könne. Für die Zwischenzeit ordnete er Stillschweigen an, solange es zu Hanssons Todesursache keine offenkundigen Erkenntnisse gebe.

Dorthe schlug vor, als Gutachter Professor Dr. Gerald Meixner einzusetzen, der eine Koryphäe auf dem Gebiet der klinischen Psychiatrie sei. Der Professor befinde sich seit Kurzem im Ruhestand, sei aber noch aktiv, und Meixner sei zudem genau *der* Mann, um zu beurteilen, was man von den Behandlungsunterlagen des Psychiatrischen Zentrums zu halten habe. Ganz nebenbei ließ sie durchblicken, dass Meixner einer ihrer Dozenten bei einem Zusatzstudium gewesen war.

Friederike Winterstein, schon auf dem Sprung, ließ sich seine Nummer geben und sagte zu, den Professor umgehend zu kontaktieren. Dann war sie weg.

»Hauptkommissar Hansson … er hat keine Familie, soviel ich weiß, oder?«, fragte Dyckerhoff kurz vor Ende der Zusammenkunft.

»Doch, eine Tante«, erwiderte Sonia. »Sie wohnt in Michelstadt. Seine letzte Angehörige. Ich werde die alte Dame heute noch von Hanssons Ableben unterrichten.«

Dyckerhoff schien bekümmert. »Also ich weiß nicht – telefonisch ist das ein harter Brocken.«

»Kein Telefonanruf«, sagte Sonia. »Ich besuche sie zu Hause, gleich im Anschluss.«

»Ah ja, dann ... Sehr gut, Frau Nerlinger, sehr gut. Halten mich auf dem Laufenden, ja? Und – ist jetzt keine Kritik, selbstverständlich – *müssen* vorankommen! Falls Sie noch personelle Unterstützung brauchen, sprechen Sie mit mir.«

»Natürlich, Herr Rat. Es gibt zum Glück einige bedeutsame Spuren, denen wir noch im Detail nachgehen müssen. Ich bin sicher, wir kommen damit der Lösung näher.«

»Wir haben neue Spuren?«, fragte Karim, als auch Dyckerhoff gegangen war. »Hast du etwas Neues? Welche Spuren meinst du denn?«

»Na ja, *die* Spuren eben.«

»Ach, die!« Karim schmunzelte. »An denen wir schon die ganze Zeit arbeiten? Klar!«

Sonia nahm die Autoschlüssel vom Tisch, griff nach ihrem kleinen Notizbuch und ging langsam zur Tür. »So, halb fünf. Ich fahre jetzt zu Hanssons Tante Charlotte nach Michelstadt. Die Arme lebt immer noch im guten Glauben, dass wir Cornelius gefunden haben und dass er bald wieder auf der Höhe ist. Kommst du mit, Karim? Du *musst* aber nicht – es sind fünfzig Kilometer einfache Fahrt. Nicht, dass ich dann Beschwerden wegen des verspäteten Abendessens kriege.«

Karim erhob sich schwungvoll und nahm seinen Blouson von der Stuhllehne. »Ich wollte schon immer mit leerem Magen quer durch den Odenwald fahren. Also von mir aus kann es losgehen!«

Die Frau im Biotop

Das Grundstück der Charlotte Hansson lag am östlichen Ortsrand von Michelstadt. Aus der Luft betrachtet musste es aussehen wie ein Würfel aus dunkelgrünem Laub, der zufällig in den ausgedehnten, kilometerlangen Wiesengrund gerollt war. Eine lange, schmale Zufahrt zog sich von der Landstraße bis zum Einfahrtstor des Areals.

Auf diesem Gelände durfte einfach alles wachsen, so hoch und so breit, wie es eben in seiner Natur lag: Bäume in allen Größen, üppige Büsche, Efeu und Geißblatt, Unkraut in Massen. Nur der Holzzaun hielt »Tante Charlottes Privat-Dschungel« noch einigermaßen zusammen. So kam es, dass man das ehemalige Forsthaus mit seiner verwitterten Holzverkleidung erst entdeckte, wenn man unmittelbar am Tor stand; es war eingebettet ins Grün wie eine Schnecke im Salatkopf.

Trotz des hellen Spätnachmittags brannte Licht. Charlotte Hansson war daheim.

Sonia läutete.

Sie hatte vorher extra nicht angerufen, weil sie sich scheute, ihr am Telefon Cornelius' Tod eröffnen zu müssen. Sicher hätte die Tante sofort nach Hanssons Zustand gefragt, und Sonia konnte nicht lügen. Sie fürchtete, wie immer bei solchen Anlässen, dass sie am Telefon schon gar nicht die »richtigen« Worte fände. Gab es die überhaupt?

Charlotte Hansson sah aus dem einzigen Fenster im ersten Stock, das noch den freien Blick bis zum Gartentor erlaubte. »Kommen Sie weiter, das Gartentor ist nicht zugesperrt«, rief sie ihnen zu.

Kurz darauf führte die alte Dame ihre beiden Besucher in die Wohnstube im oberen Stockwerk. Ein Hauch von teurem Parfüm wehte hinter ihr her.

Das breite Sprossenfenster fiel als Erstes ins Auge. Es gab den Blick ins Dämmerlicht des Gartens frei, beinahe so, als blicke man in einen Tropenwald, und der Raum duftete nach altem

Holz, Leinöl und Bohnerwachs. Bücherregale, breite Simse über den Türen, die ebenfalls voller Bücher standen, Ölgemälde an den Wänden, Korbmöbel, dunkler Dielenboden, eine niedrige Balkendecke. Als sie sich setzten, knarrten die geflochtenen Sessel.

»Ich nehme an, es hat mit Cornelius zu tun, dass Sie hier sind«, sagte Charlotte Hansson. »Aber erst einmal: Kann ich Ihnen etwas anbieten? Wein werden Sie kaum trinken wollen im Dienst. Vielleicht selbst gekelterten Apfelsaft, Mineralwasser – oder Tee, wenn Sie möchten?« Sie entschieden sich für den Saft.

Während Charlotte in die offene Küche hinüberging, um den Apfelsaft abzufüllen, fragte sich Sonia beklommen, wie sie die Nachricht vom Tode ihres Neffen wohl aufnehmen werde und vor allem – mit welchen Worten sie selbst das Menetekel verkünden sollte. In ihren Ohren toste das Blut.

Die alte Dame im hellen Sommerkleid hantierte flink, obgleich man ihren abgezirkelten Bewegungen anmerkte, dass sie unter starker Arthrose litt. Gläser schlugen leicht aneinander, Flüssigkeit rauschte hinein, die Tür des Kühlschranks ploppte zu. Charlotte Hansson balancierte ein kleines Tablett herein, drei Gläser und eine Gebäckschale darauf, verteilte alles auf dem runden Couchtisch und nahm auf dem dritten Korbsessel Platz.

»Bedienen Sie sich«, ermunterte sie ihre Gäste freundlich und schob das Gebäck noch näher zu ihnen. Karim griff gern zu. Sie lächelte ihn erfreut an, nahm selbst einen Schluck Apfelsaft, setzte behutsam das Glas ab und sah die beiden Kommissare an. »Ich bin schon ziemlich lange auf der Welt«, sagte sie und richtete sich auf, »und man lernt in dieser Zeit eine Menge über die Menschen. Ich fürchte deshalb, es ist kein erfreulicher Anlass, der Sie zu mir geführt hat. Habe ich recht?« Ihr klarer Blick blieb fragend an Sonia hängen.

»Frau Hansson, wir …« Sonia fand keinen Anfang.

»Ich habe also recht!« Die grauhaarige Dame lehnte sich langsam zurück. »Was ist mit Cornelius?«

Karim sah ihr ins Gesicht. »Ihr Neffe Cornelius ist heute Mittag völlig unerwartet verstorben. Es tut uns allen schrecklich leid. Wir wollten Ihnen das persönlich sagen.«

Charlotte Hansson erhob sich langsam. »Ja. Herzlichen Dank.

Bitte entschuldigen Sie mich, ich bin gleich zurück«, sagte sie sanft und verließ hastig das Zimmer. Ihre Schritte tappten über die Holztreppe ins Dachgeschoss und verloren sich dann irgendwo im Haus.

Karim blickte besorgt zur Decke hoch. »Sie wird sich doch nichts …«

»Bestimmt nicht. Mach dir keine Sorgen. Die ist bald wieder da.«

Oben rührte sich nichts mehr. Karim wurde von Minute zu Minute unruhiger, und schließlich, trotz ihrer vorgespielten Sicherheit, ergriff die Unruhe auch Sonia. Dann hörten sie von oben wieder Tante Charlottes Schritte, Türen quietschten, ein Wasserhahn rauschte.

»Entschuldigen Sie vielmals.« Die alte Frau kam bedächtig die Treppe herab und nahm bei ihren Gästen Platz, sehr gefasst. »Ich brauchte ein paar Minuten für mich. Mit dem Schlimmsten hatte ich doch nicht gerechnet. Und jetzt erzählen Sie mir bitte, was geschehen ist. Es wird mir helfen.«

Das kalte Wasser im Badezimmer hatte die Tränen, aber nicht den Schmerz aus ihrem Gesicht gewaschen. Auch ihre Wimperntusche und der dezente Lippenstift, den sie inzwischen aufgetragen hatte, überdeckten ihn nicht. Sie sah unendlich traurig aus.

Sonia erzählte. Von Hanssons Verschwinden, von seinem Martyrium im Bunker, von den Hoffnungen auf seine schnelle Genesung und wie hart seine Todesnachricht alle getroffen hatte. Sicher schmückte sie ihre eigene Zusammenarbeit mit ihm etwas zu positiv aus, doch das entsprach im Augenblick ihrer Empfindung – und seiner alten Tante konnte es nur guttun.

»Das ist jetzt nur eine Frage, und Sie können selbstverständlich auch ablehnen«, sagte Charlotte Hansson plötzlich, »aber falls Sie noch Zeit haben und nicht zu Hause erwartet werden – ich würde für uns drei furchtbar gern einen schönen Imbiss zum Abendessen machen. Lehnen Sie aber wirklich ab, wenn das nicht möglich ist.«

Sonia und Karim taten ihr den Gefallen. Eine halbe Stunde später saßen alle drei an Tante Charlottes massivem Esstisch. Es fehlte nichts, was in dieser Jahreszeit zu einem gepflegten

Abendbrot gehörte, sogar alkoholfreies Bier hatte sie im Haus. »Er hätte nie etwas anderes getrunken, wenn er mich besuchte und anschließend wieder nach Hause fahren musste. Cornelius war sehr gewissenhaft.«

Dann stieß sie mit ihren Besuchern an und bestand darauf, dass man sie Charlotte nannte.

»Ist Cornelius hier in der Nähe aufgewachsen, Charlotte?«, fragte Sonia.

»Nicht in der Nähe – nein, hier im Haus, bei mir, hier war er daheim, nachdem er seine Eltern verloren hatte. Wissen Sie, ich bin der letzte Rest seiner ganzen Familie. Ja, wir Hanssons sterben aus … Vielleicht muss das so sein.« Sie deutete lächelnd zum Fenster. »Ich wohne für diesen Anlass schon sehr günstig – sehen Sie, der Friedhof von Michelstadt ist gleich da drüben.« Um ihre Lippen zuckte es, als sei sie unschlüssig, ob sie noch etwas sagen wolle, dann straffte sich ihr Gesicht wieder, und Charlotte schmunzelte. »Eine alte Schachtel, die Unsinn redet! Entschuldigen Sie! Haben Sie übrigens die ausgedehnten Wiesen auf dieser Talseite gesehen? Und den Wald dahinter?«

Karim nickte. »Ja. Ein wunderbares Stück Natur.«

»Das hat früher alles unserer Familie gehört, bis weit in den Odenwald hinein. Große Waldflächen, sogar ein kleines Jagdschloss, ein Meierhof und ein halbes Dutzend Wohnhäuser gehörten dazu. Wir beschäftigten lange Zeit sogar zwei Verwalter. Cornelius hat das alles von seinen Eltern geerbt, aber später, als er erwachsen war, beschlossen wir beide, den größten Teil zu verkaufen. Mir wurde die Leitung des Besitzes zu anstrengend, und er wollte in die Nähe von Heidelberg ziehen. So ist er schließlich in Ladenburg gelandet, in dem großen Haus mit der Orgel.«

»Ja«, sagte Sonia. »Ich kenne es. Er hat mir auch vom Grundbesitz der Familie erzählt, der bis ins siebzehnte Jahrhundert zurückreicht.« Sie sah zum Fenster. »Platz zum Spielen hatte er jedenfalls reichlich. Davon träumen bestimmt viele Jungs!«

»Für den armen Kleinen war es ein kurzer Traum. Nachdem seine Eltern umgekommen waren, nahm ich ihn zu mir. Cornelius war damals gerade sieben Jahre alt. Es hat lang gedauert, bis wir beide über den ärgsten Schmerz hinweggekommen waren. Aber dann … dann hatten wir ein gutes Leben zusammen.«

»Sind seine Eltern verunglückt?«, fragte Karim.

»Ja. Frederik, mein Bruder, und seine Frau Jasmina. Sie kamen im hintersten Odenwald mit ihrem Wagen von der Straße ab und schleuderten gegen einen Baum. Bis auf der wenig befahrenen Straße jemand vorbeikam und im Dorf nach dem Rettungswagen telefonierte, verging viel zu viel Zeit. Wissen Sie, damals gab es noch keine Handys! Später hieß es, ihre Verletzungen seien nicht unmittelbar tödlich gewesen, doch sie hatten bereits sehr viel Blut verloren, als die Rettung endlich eintraf. Der Sanka führte die übliche Menge Blutplasma mit. Sie haben es während der Fahrt zum Krankenhaus auf Jasmina und Frederik verteilt, aber die Menge genügte für keinen von ihnen zum Überleben. Für eine Person hätte es wohl gereicht. Ich kann verstehen, dass der junge Notarzt diese Entscheidung nicht treffen konnte.«

Sie griff nach ihrem Glas und nahm einen winzigen Schluck. »In Cornelius' Leben war immer viel Tragik. Ich glaube eigentlich nicht an diesen übersinnlichen Quatsch, aber wenn ich mir unsere Familie ansehe … Vielleicht liegt ein Fluch auf den Hanssons. Vielleicht sind wir dazu verdammt, auszusterben, weil unser schwedischer Vorfahr nach dem Dreißigjährigen Krieg das Land der ausgebluteten Bauern an sich gerissen hat und sich hier als Grundbesitzer breitmachte. Späte Gerechtigkeit, wer weiß? Sie kennen die Geschichte, Sonia?«

»Ja. Cornelius war stets sehr offen.«

»Da hatte Ihr Neffe aber richtig Glück, dass er bei Ihnen leben konnte«, sagte Karim anerkennend. Er legte sein Besteck beiseite.

»Essen Sie doch, Karim! Machen Sie mir die Freude, es ist genug von allem da.« Charlotte Hanssons Blick ging nach innen, weit zurück in die Vergangenheit. Sie machte eine Pause. »Oh, es tut mir gut, von dem Jungen zu erzählen«, sagte Charlotte, als sie Sonias fürsorglichen Blick bemerkte. »Wenn Sie wüssten, wie viele schöne Erinnerungen ich habe! Cornelius war so ein liebenswertes Kind … und so begabt! Als er acht war, musizierten und sangen wir gemeinsam, jeden Tag. Ich habe ihm damals auch die Noten beigebracht. Er lernte schnell. Und zeichnen konnte er! Nachmittage lang saß der Knirps mit Bleistift und Zeichenblock in den Bäumen. Damals war das Grundstück noch nicht so zugewachsen wie heute, wissen Sie? Man konnte die Ortschaft sehen, die Wälder und Wiesen. Alles hat er gezeichnet, wenn er in den Ferien hier war. Und so gut!«

»Menschen auch? Ich meine Porträts? Das ist doch besonders schwierig, glaube ich.« Sonias Frage schien die alte Dame zu freuen.

»Alles, wirklich alles! Sie können sich das kaum vorstellen, Sonia, mit einer richtigen Besessenheit hat er sich auf jede Sache gestürzt, die er interessant fand. Cornelius war äußerst vielseitig, nicht nur im musischen Bereich. Auch die Naturwissenschaften fesselten ihn lange Zeit. Chemie, Physik, Elektronik ... Als er fünfzehn war, baute mir mein Junge sogar ein selbst entworfenes elektronisches Klavier! Es steht heute noch auf dem Dachboden, aber ich kann nicht mehr spielen, die Arthrose plagt mich zu arg. Ich nenne ihn *meinen Jungen*, weil er doch meistens bei mir lebte. Das ist vielleicht eine Marotte von alten Tanten, die ohne eigene Kinder durchs Leben gehen müssen.«

»Sie sagten vorhin ›in den Ferien‹?«, fragte Karim erstaunt.

»Ja, davon sprach ich wohl.« Charlotte Hanssons Gesicht wurde bitter.

Karim bedauerte seine Frage. »Es geht uns nichts an. Tut mir leid, dass ich so penetrant gefragt habe.«

»Das ist in Ordnung, Karim. Sie beide und ein junger Schwabe, von dem er mitunter recht amüsiert erzählte – wie heißt er gleich?«

»Jonas Federle?«, antwortete Sonia.

»Ja, der war es. Sie, Sonia, Karim und dieser Jonas waren außer mir die einzigen Menschen, mit denen er intensiveren Kontakt hatte. Ich möchte Ihnen das gern erzählen. Sie haben unter diesen Umständen ein gewisses Recht darauf, sein Leben kennenzulernen, jetzt, da es ... vorbei ist.« Sie atmete tief durch. »Kurz vor Cornelius' neuntem Geburtstag erfuhr ich, dass ich Krebs hatte und mich einer langwierigen stationären Behandlung in Heidelberg unterziehen müsse. Auf die Empfehlung seiner damaligen Lehrer meldete ich Cornelius im Internat Moosau an, einem Schuldorf aus idyllischen Holzhäusern, im Odenwald gelegen und nur fünfundzwanzig Kilometer von Heidelberg entfernt.«

»Moosau?«, warf Karim ein. »Ist das nicht die Schule, gegen die es vor einigen Jahren heftige Anschuldigungen wegen Missbrauch von Schülern gegeben hat?«

»Da haben Sie recht, Karim, aber an so etwas denkt man doch nicht, wenn man sein Kind einer Schule anvertraut! Für uns beide schien mit seinem Einzug in Moosau alles bestens geregelt zu sein. So konnten wir uns wenigstens am Wochenende sehen. Cornelius kam mit dem Bus zur Klinik, wir verbrachten den Nachmittag zusammen, dann fuhr er zurück ins Internat. In dieser Zeit hat sich der Junge sehr verändert. Er musste mit ansehen, wie seine Tante durch die Auswirkungen ihrer Krankheit und der belastenden Therapie zu einer anderen Person wurde, zu einem schwachen Menschen, der ständig auf Hilfe angewiesen war. Ich denke, er hat sich jeden Tag gefragt, was aus ihm werden solle, falls ich sterben würde. Nicht, dass ich mich zu hoch einschätzen will – aber ich war seine Heimat, seine Familie, seine Sicherheit! Auch der Aufenthalt in Moosau setzte ihm zu. In der beginnenden Pubertät wurde er sehr melancholisch und hatte häufig Probleme mit den Rüpeln in seinem Wohnheim. Es war nicht nur das schwierige Alter. Ihn plagten tief sitzende Ängste, die man ihm nicht ausreden konnte – vor der Zukunft, vor einer schweren Krankheit, die ihn töten würde … und immer wieder davor, mich zu verlieren. Nach und nach entwickelte Cornelius einen fanatischen Hang zur Gerechtigkeit. Das erfuhr ich von Zeit zu Zeit aus den Telefonaten mit seinen Betreuern. Stur wie ein Ochse legte er sich für seine Vorstellung von Gerechtigkeit mit jedem an, mit Mitschülern, Lehrern – ganz egal. Die Schule reagierte bald nicht mehr sehr pädagogisch. Sie schickte in dieser Zeit beinahe jede Woche eine Mitteilung über eine Schulstrafe. Zuletzt drohte man ihm den Rauswurf an.«

Charlotte Hansson hielt inne. Ihre Augen glänzten. »Hätte man ihn damals nur wirklich von dieser vermaledeiten Schule ausgeschlossen, dem armen Jungen wäre so viel erspart geblieben. Aber der Reihe nach … Alles begann erfreulich: Cornelius' Klasse bekam einen neuen, jungen Klassenlehrer, der Sport und Latein unterrichtete. Kretschmar hieß er, dieses verkommene Subjekt. Er kam gut bei den Jungs an. Mir fiel bald auf, dass mein Cornelius plötzlich viel fröhlicher und entspannter wurde. Er litt nicht mehr unter seiner Angst um die Zukunft, er stritt sich nicht andauernd herum, sprach auch sehr zufrieden über die Schule in Moosau, kurz – er lebte auf. Mir wälzte diese Entwicklung einen Stein von der Seele. Ich schrieb seine positive Veränderung der Gewöhnung an die Pubertät zu, einer besseren Anpassung an die Kameraden, an alles Mögliche andere. Cornelius wollte unbedingt im Internat in Moosau bleiben, obwohl ich zu dieser Zeit schon wieder hier in meinem Haus wohnte.«

Sie stand auf und knipste noch zwei Wandlämpchen an. »Man braucht viel Licht, wenn man alt wird. Hoffentlich langweile ich Sie nicht mit unseren Familiengeschichten?«

»Keineswegs! Bitte erzählen Sie doch weiter«, versicherte Sonia. »Ich habe immerhin in den vergangenen zehn Jahren die meiste Zeit mit Ihrem Neffen verbracht.«

»Ja … wo war ich? Ach ja, die Sache mit diesem Unhold! Irgendwann kippte Cornelius' Verhalten vollständig um. Er wurde reizbar, ungeduldig, konnte nicht mehr bei einer Sache bleiben, und er hatte für nichts mehr Interesse. Ganz gleich, was ich versuchte, ich fand keinen Zugang mehr zu ihm. Auf Elternversammlungen sickerten plötzlich unglaubliche Gerüchte rund um diesen Lehrer Kretschmar durch. Bald gab es Beweise, und die Schulleitung konnte nicht mehr bestreiten, dass er sich jahrelang an einigen Jungen vergangen hatte. Auch mein Cornelius war unter den Opfern, aber er schwieg dazu, und ich wollte ihn nicht ausfragen. Leider ließ ich mich bewegen, keine Anzeige zu erstatten – wie alle betroffenen Eltern. Der übliche Klüngel – Schulleitung, Schulamt, einflussreiche »Ehemalige« und nicht zuletzt die Pfaffen – hatte uns dazu überredet. Man werde natürlich sofort für Abhilfe sorgen, hieß es, jetzt, da man doch alles wisse! Trotzdem gehe es doch nicht nur um diesen einen Lehrer, der sich schuldig gemacht habe, sondern auch um alle seine anständigen Kollegen, um den bisher tadellosen Ruf der Schule, um die seelische Belastung für die missbrauchten

Schüler … und so weiter und so weiter. Oh ja, die Herrschaften konnten reden! Manche Eltern fürchteten sogar um das Fortkommen ihrer Kinder, wenn sie nach diesen Vorfällen auf eine andere Schule wechselten. Wissen Sie, in diesen verlogenen Zeiten schob man nur zu gern den Opfern die Schuld zu.«

»Aber die Verbrechen dieses Kretschmar müssen doch Konsequenzen gehabt haben!« Sonia war selbst aufgebracht.

»Konsequenzen? Wenn man das so nennen will … Sie haben ihn einfach still und leise von der Schule entfernt. Das war die ganze Konsequenz. Offiziell erfuhr niemand, wohin sein Weg führte. Ich kannte aber damals jemanden, der im Ministerium arbeitete. Von ihm erfuhr ich, Kretschmar habe nicht einmal seinen Lehrerstatus verloren und sei jetzt an einer anderen Schule tätig. Und Konsequenzen für die, die es hätten bemerken müssen, habe es überhaupt nicht gegeben. Das schlug doch jedem Rechtsempfinden ins Gesicht! Ich war so empört!«

Charlotte hatte sich heißgeredet; ihre Wangen leuchteten purpurrot. Sie ergriff ihr Glas und leerte es, ohne abzusetzen.

»Es packt mich noch immer, sehen Sie! Ja … den Rest seiner Gymnasialzeit bis zum Abitur verbrachte er auf einem naturwissenschaftlichen Gymnasium in Heidelberg, dem ein gutes Internat angegliedert war. Cornelius hat es sich selbst ausgesucht und die Wahl nie bereut. Eine ganze Reihe namhafter Persönlichkeiten besuchte die Schule gleichzeitig mit ihm: Lothar Günzel, der Forschungsminister, und Professor Bonkhorst, er ist –«

»Oh ja, ich kenne ihn! ›Bonzo‹ Bonkhorst, nicht wahr?« Sonia lächelte säuerlich.

»Bonzo, richtig, so hat er ihn genannt, den Gert. Cornelius brachte ihn oft mit hierher. Gert war ein ausnehmend hübscher Junge! Ist er immer noch nicht verheiratet?«

Sonia schüttelte stumm den Kopf. Gespräche über Bonkhorst und dessen Heiratsabsichten brauchte sie im Moment am allerwenigsten. Und welche Rolle er in Hanssons letzten Tagen gespielt hatte – wie sollte sie Charlotte *das* beibringen?

Karim übernahm das Sprechen. »Bonkhorst war der behandelnde Arzt. In seiner Klinik in Wiesloch verstarb Ihr Neffe. Inzwischen hat man ihn zu uns nach Heidelberg überführt, weil die Todesursache nicht eindeutig geklärt ist. Sie werden ihn bestimmt noch einmal sehen wollen?«

»Ja, natürlich!« Der alten Dame standen nun doch Tränen in den Augen.

»Könnten Sie morgen Vormittag, wenn möglich vor neun Uhr, im Polizeipräsidium Heidelberg sein, weil danach …« Der Rest des Satzes fiel Karim sichtlich schwer.

»… wahrscheinlich die Autopsie gemacht wird«, ergänzte Charlotte Hansson tapfer.

»Ja.«

»Soll ich Sie um halb acht abholen lassen, Charlotte?«, fragte Sonia.

»Sehr liebenswürdig, Sonia, aber das schaffe ich schon. Ich habe ein kleines Wägelchen in der Garage stehen.«

***

Als am nächsten Morgen Tante Charlotte an Karims Arm den Kühlraum der Rechtsmedizin verließ, hatte sie den kleinen Schwächeanfall bereits überwunden, der sie an der Bahre überfallen hatte.

»Würden Sie mich noch zu meinem Wagen begleiten, Karim?«, fragte sie und blieb stehen.

»Gern, aber …« Karim war besorgt um die alte Dame. »Sind Sie denn überhaupt in der Lage, jetzt Auto zu fahren, Charlotte? Ich könnte jemanden beauftragen …«

»Danke, aber das muss einfach gehen. Man verliert leicht den Anschluss ans wirkliche Leben, wenn man sich zu sehr schont. Nein, meine Bitte hat einen anderen Grund: Ich muss Ihnen einen Briefumschlag von Cornelius' Putzfrau geben, den ich im Auto liegen habe. Die gute Magdalena hat nämlich beim Saubermachen ein Schriftstück unter dem Kühlschrank gefunden, das sie sehr erschreckte. Am Telefon hielt sie es für furchtbar wichtig, aber das will nichts heißen – Magdalena tut sich etwas schwer mit Deutsch. Wahrscheinlich bloß eine Manuskriptseite von Cornelius' letztem Krimi. Na, Sie werden ja sehen. Falls es nur Unsinn ist, werfen Sie das Blatt ruhig weg.«

Dann schritt das ungleiche Paar die gefliesten Korridore entlang. Der strenge Geruch der Sektionsräume verflog allmählich. Karim tat die grauhaarige Frau unendlich leid, die so aufrecht und beherrscht neben ihm ging. Was konnte noch kommen, wenn man in ihrem Alter den letzten nahestehenden Menschen verloren hatte? Nur das Warten auf den eigenen Tod?

»Kommen Sie zurecht, Charlotte, die nächste Zeit? Sie können uns jederzeit anrufen.«

»Keine Sorge, Karim. Ich werde nicht viel zum Grübeln kommen. Mein eigenes Haus und auch Cornelius' Haus in Ladenburg werde ich nun doch verkaufen. Vorher muss aber noch seine Orgel ausgebaut werden, damit es ein Schlafzimmer mehr im Haus gibt. Ich habe schon alles abgemeldet – Strom, Wasser, Telefon.«

»Ah ja. Und Sie, bleiben Sie in der Gegend?«, fragte er.

»Nein, auf keinen Fall. Ich ziehe ins Ausland um. Ins Tessin oder nach Frankreich, in eine kleine Wohnung oder vielleicht eine Altersresidenz. Hierbleiben werde ich sicher nicht. Man muss ja in meinem Alter damit rechnen, dass einen der Staat entmündigt – jetzt, da Cornelius nicht mehr da ist! Und wie geht es bei Ihnen weiter?«

»Genau wie bisher. Wir jagen den Irren, der Cornelius und fünf weitere Menschen auf dem Gewissen … nein, der sechs Menschenleben auf seinem Schuldkonto hat. Ich glaube nämlich kaum, dass dieser Unmensch überhaupt ein Gewissen besitzt!«

Klick-klack, klick-klack … Das Geräusch von Charlottes Absätzen erschien Karim viel lauter als vorher. Oder lag es einfach nur daran, dass Charlotte Hansson plötzlich schwieg? »Die Gerechtigkeit muss doch wiederhergestellt werden«, sagte er schließlich ungewollt heftig.

»Gerechtigkeit. Ja, die sollte am Ende wohl siegen. So hat er es immer gewollt.«

Der Satz klang so müde, war so voller Trauer, dass er sich wünschte, er hätte sich lieber auf die Zunge gebissen.

Die automatische Tür zur Tiefgarage schwang auf. »Da drüben steht mein Wagen«, sagte sie und deutete mit dem Kinn nach vorn. Karims Augen suchten die Fahrzeugreihe nach einem älteren Kleinwagen ab, der zu Charlotte Hansson passte. Seine Wahl fiel auf einen kleinen Skoda, und er bugsierte sie, noch immer untergehakt, zu dessen Fahrertür.

»Fast richtig.« Charlotte ließ seinen Arm los und wandte sich lächelnd um – zu einem gepflegten weißen Cabrio mit roten Ledersitzen; es parkte mit offenem Verdeck neben dem Skoda.

»Oh«, sagte Karim verdutzt. »Ein gediegenes Stück!«

Sie bemerkte seine Blicke, die bewundernd über das Fahrzeug streiften, und ihre Miene hellte sich auf. »Die berühmte ›Renault Floride S‹, Baujahr 1963. Das Lieblingsauto von Brigitte Bardot – und auch meines!« Kokett ließ sie ihre Handtasche auf die Rücksitzbank des Flitzers plumpsen und nahm einen braunen Briefumschlag vom Armaturenbrett. »Hier, Karim. Ich habe noch gar nicht reingesehen. Sie können mich ja wissen lassen, von was für schrecklichen Dingen der Text handelt. Grüßen Sie bitte Sonia!« Dann öffnete sie die Tür und stieg etwas ungelenk ein.

»Charlotte! Wir erfahren doch, wann die Beisetzung ist?«, fragte Karim hastig.

»Selbstverständlich! Cornelius würde sich über Ihre Begleitung freuen – und mir wäre es eine Ehre.«

Der Motor blubberte leise, während sie vorsichtig aus der Parklücke rangierte. Dann hob sie grüßend die Hand und fuhr davon. Karim sah gedankenverloren dem zierlichen Sportwagen nach, bis er hinter den geparkten Fahrzeugen verschwunden war.

Sie wird darüber hinwegkommen, dachte er beruhigt. Charlotte Hansson wird ihren Weg ins Weiterleben finden. Und wir … wir finden den Killer.

***

Bereits auf dem Weg zu Hanssons Büro riss Karim den Umschlag auf. Er enthielt tatsächlich nur ein einziges, doppelseitig bedrucktes Blatt. Karim lehnte sich an die Wand und überflog beide Seiten, zunehmend erregt. Am Ende des Textes angelangt, war ihm klar, dass diese Mitteilung den Wendepunkt ihrer Mörderjagd markierte.

Dorthe, Sonia und Jonas saßen um den Besprechungstisch, als er ins Zimmer stürmte.

»Leute, das müsst ihr euch ansehen! Jonas, wirf das Episkop an! Das hier …«, er hielt das Papier so bedeutungsvoll hoch wie einen Scheck über eine Million, »… ist nämlich der allerletzte Teil von Agricolas rätselhafter Geschichte – mit Auflösung. So, es geht los.« Karim stellte das Episkop scharf.

An der grellweißen Projektionswand klebten dichte Reihen von Druckzeilen bis hinunter zum Blattrand.

***

Als die Dunkelheit mein Bewusstsein wieder freigegeben hatte, befand ich mich in einem schwerelosen Zustand. Tot war ich nicht, dessen konnte ich mir sicher sein, doch grausamerweise schien ich nicht den geringsten Einfluss auf meinen Zustand zu haben.

Die einzige Abwechslung waren meine bösen Träume, die sich in regelmäßigen Abständen wiederholten. Trotz ihrer Widerwärtigkeit ertrug ich sie aber leichter als mein aufgezwungenes Nirwana, das so leer von jeder Empfindung und Hoffnung war.

Die Schrecken in den Träumen ähnelten sich; stets war ich in Begleitung mehrerer Gefährten in endlosen schwarzen Räumen unterwegs, in denen wir oft ohne erkennbare Ursache Schmerzen bis zum Irrsinn ausgesetzt wurden. Wir fielen dann übereinander her, bekämpften uns mit so grimmigem Hass, als seien die Gefährten der Ursprung allen Übels, schlugen uns bis zur Ohnmacht, traten uns in die Leiber, rissen uns die Haut von den Gliedern. Jedes Mittel war uns recht.

Hätten wir nicht einfach das Ende des Alptraums abwarten können?

Das ließ die peinigende, aggressive Unruhe nicht zu, die man uns eingepflanzt hatte. Ein Zwang trieb uns zu kämpfen *– und so zappelten wir wie Marionetten nach dem Willen derer, die unsere Fäden zogen.*

In endlosen Zyklen, wieder und wieder und wieder, tauchten diese »Spielmeister« meine gutmütige Seele in den Sumpf ihrer eigenen Bösartigkeit. Nach manchen Träumen erwachte ich kurz.

Dann sah ich unter den Wimpern hindurch die grün Gekleideten in ihren Stühlen sitzen. Wenn es mir gelang, meinen Körper lange genug bewusstlos zu stellen, um von den Zeigern und Zahlenwerten ihrer Apparate nicht verraten zu werden, dann konnte ich sie reden hören. Sie sprachen über uns wie über Ungeziefer, machten hämische Bemerkungen, spotteten über die Leiden, die wir uns gegenseitig nach ihrem Willen zugefügt hatten, diskutierten offenbar Möglichkeiten zur Steigerung ihrer Macht und vor allem zur dauerhaften Unterwerfung unseres eigenen Willens. Man müsse eben sehen, was möglich sei – beim nächsten Test.

Menschliche Versuchstiere waren wir.

Warum das Grauen schließlich ein Ende fand, weiß ich nicht.

Meine Erlösung begann mit einer milden Lichtflut, die mich beim Erwachen umfing. Sie war nicht von der schrillen, eisigen Helligkeit von Neonlampen oder der Totenkälte fluoreszierender Körper, nein, mich umgab eine Wolke aus freundlichem, warmem Licht, das Geborgenheit versprach.

Die wunderbare Empfindung stürzte mich in Panik.

War das mein tröstlicher, doch unwiderruflicher Übergang zum Tode? Dämmerte ich jetzt eben ins endgültige Nichts hinüber, in einem letzten phantastischen Selbstbetrug meines zerfallenden Gehirns?

»Puh!«, sagte Sonia, die als Erste mit dem Lesen fertig war. »Trotzdem – wo soll hier die Verbindung zur Realität sein? Für mich sieht das immer noch nach einer frei erfundenen Geschichte aus, vielleicht der Plot für einen ziemlich abgefahrenen Schocker, was weiß ich. Gut möglich, dass wir bei unseren Interpretationen zufälligen Parallelen auf den Leim gegangen sind! Wo steckt denn nun die Lösung des Rätsels, Karim?«

»Warte.« Karim wendete das Textblatt.

Plötzlich nahm ich den Duft wahr, unmittelbar vor mir. Frisch, aromatisch, belebend ... nach diesen Früchten. Ich wühlte mühsam in meinem Gedächtnis – nach Zitronen ... oder Pfirsichen? Ich atmete tief ein, genoss das herrliche Aroma, gab es mir doch die stärkste Hoffnung auf meine Lebendigkeit, denn Düfte waren in meinen Alpträumen nie vorgekommen. Gleich darauf wurde das Wunder vollendet: Etwas Weiches, Warmes tätschelte meine Wange. Ich presste meinen Kopf dagegen und weinte vor Glück.

»Hallo, aufwachen!«, sagte eine freundliche Stimme. »Hier, trinken Sie! Es wird Ihnen guttun.«

Mein Leben kehrte in mich zurück. Erinnerungen, Gefühle füllten meinen Kopf, mein Herz, meine Seele. Wenige Tage später – ja, auch die Zeit war in mein Leben zurückgekehrt –, nur wenige Tage später verließ ich das Krankenhaus.

Als ich ins Taxi stieg, hatte ich wieder einen Namen und eine Geschichte.

***

Niemand kann mir nachsagen, ich sei ein rachsüchtiger Mensch gewesen.

Vorher …

Danach war alles anders.

Der Gedanke an Rache durchdrang meine ganze Existenz, er kreiste unentwegt um dieses Ziel, und die Vergeltung konnte nur in der einzig angemessenen Stufe bestehen: dem Tod der Unmenschen. Sie hatten Körper, Geist, Seele der Hilflosen missbraucht, die man ihrer Fürsorge anvertraut hatte. In ohnmächtiger Wehrlosigkeit mussten die Opfer alle Qualen des Infernos erleiden. Man machte sie zu Beobachtern ihres eigenen allmählichen Todes, während gleichzeitig ihre Pein der realen Welt verborgen blieb.

Vielen gelang es nicht, zurückzukehren. Sie litten stumm, bis ihre Organe versagten oder bis man die Maschinen abschaltete, die ihren Lebenstakt erzeugten. Andere erwachten kurz, irgendwann, und haben sich im Wahnsinn verloren.

Mir aber wurde ein unschätzbares Geschenk zuteil:

Ich lebe!

Zu gern hätte ich auf eine »bessere Welt« vertraut, die im Jenseits den Ausgleich aller Schuld bewirkt. Aber auf Gott können wir nicht bauen. Falls er existiert und falls er jemals mit uns war, so hat er sich längst abgewandt.

Ein menschenwürdiges Leben verlangt aber ausgleichende Ge-

rechtigkeit, wenn es nicht im Hohngelächter der Bösen untergehen soll – und es verlangt Gerechtigkeit hier, im Diesseits!

Ich war ihr Werkzeug.

Drei Monate später hatte ich die Namen aller Täter herausgefunden:

Sebastian Fuhrmann, Hartmut Alexander Frenkel, Elmar Strube, Jeremy Francis Coleman, Tamara Binsfeld, Udo Linska.

Sie sind nach meinem Plan gestorben.

Ich sage das an dieser Stelle deutlich, damit kein Zweifel bleibt. Linska konnte ich noch nicht fassen, aber auch seine Zeit wird kommen. Wenn er meine Zeichen verstanden hat, wird er wissen, wie nahe ihm der Tod schon ist.

Sie alle in die Hand zu bekommen war einfacher, als ich erwartet hatte. Bereitwillig folgten sie meinem Ruf. Nicht, weil ihnen die Erbarmungslosigkeit ihres Handelns bewusst geworden wäre, oder gar, um die Last auf der Seele leichter zu machen. Nein, nur, um gegen einen vermeintlich geringfügigen Obolus das bequeme, verdorbene Leben ohne äußeren Makel fortzuführen.

Ihr vorzeitiges Ende war notwendig.

Gleichwohl habe ich allen freigestellt, wie sie den Tod, ihre unabwendbare Sühne, auf sich nehmen wollten – mutig, durch eigenes Handeln, oder feige und jämmerlich, indem sie ihren schwindenden Lebenskräften die Entscheidung über Tag und Stunde des Todes überließen.

Und was mein eigenes Handeln betrifft, so hat mich jede neue Überlegung zum selben Ergebnis geführt:

Es war richtig.

AGRICOLA

Professor Linskas dunkler Kreis

»Guter Gott!«, sagte Sonia nach einer Weile. »Was für eine gnadenlose Tragödie – in beiden Richtungen! Das Opfer als Henker!«

»Nix isch's also mit Zufäll, Sonia! Wenn des elles stimme tät! Mann, do vergoht eim doch beinah die Luscht, den Täter überhaupt z'finde!«

Karim nickte zustimmend und schaltete das Episkop aus. »Jedenfalls sind wir jetzt in der Wirklichkeit angekommen.« Er sah in Maries Büroecke hinüber. »Marie ist immer noch weg? Na egal, ich mache uns schnell ein paar Kopien davon.«

Dorthe sah den Text sehr pragmatisch. »Sagt, was ihr wollt, für mich ist das ganze Gesums nur ein perfektes Geständnis! Mit dem kleinen Schönheitsfehler, dass wir den Urheber nicht kennen und ihn schon gar nicht *haben*! Da spielt sich ein größenwahnsinniger Fanatiker zum Weltenrichter auf. So was können wir nicht zulassen.« Sie ging zu ihrem Computer und hämmerte in die Tastatur. Dann trat Dorthe mit ihrem Bin-ich-nicht-toll-Blick wieder an den Tisch. »Udo Linska, der einzige Name im Text, der uns neu ist.«

Sie legte eine Spannungspause ein.

»Sag's oder lass es, dann sehe ich selbst nach«, bemerkte Sonia ärgerlich.

»Dieser Professor Dr. Udo Linska ...«

Karim kam mit den Kopien zurück. »Hab ich was versäumt?«

»Nein. Ich wollte bloß endlich einen Sachverhalt klären!« Dorthe beeilte sich, das Ergebnis ihrer Recherche an den Mann zu bringen. »Professor Dr. Udo Linska, der auf der letzten Textseite erwähnt wird, muss bis vor etwa elf Jahren ein großes Tier an der medizinischen Fakultät in Heidelberg gewesen sein. Linska war Leiter des Instituts für Neuropsychiatrie, und wenn man den Informationen im Web glauben darf, erforschte er seinerzeit mit sensationellen Ergebnissen die Umkehrbarkeit des Zusammenhangs zwischen Gehirnströmen und Sinneseindrücken. Dann ging er in die USA – und ab dieser Zeit sind keinerlei Daten mehr über ihn zu finden. Seltsam, oder?« Dorthe sah in die kleine Runde, als erwarte sie Applaus.

»Mmm … Den sollten wir genauer unter die Lupe nehmen«, murmelte Karim. »Aber mal eine ketzerische Frage: Was kann das alles mit Cornelius Hansson zu tun haben?«

Sonia griff nach ihrem Notizbuch und stand auf. »Kei-ne-Ah-nung!«, antwortete sie gedehnt. »Dorthe, check doch mal mit Jonas alle Datenbestände nach weiteren Infos über diesen Linska: Biografie, Familie, Berufsleben – eben alles. Karim und ich fahren rüber in die Uni. Die müssen doch über solch eine Kapazität und ihr Umfeld jede Menge Unterlagen besitzen. Um … sagen wir, vierzehn Uhr machen wir uns gegenseitig schlau. Noch Fragen?«

»Jo, scho. Wann het denn der Gopf des Autopsie-Ergebnis vom Chef?«

»Am frühen Nachmittag, meinte er. Bis dann!«

Während Jonas und Dorthe aus sämtlichen verfügbaren Datennetzen »alles über Linska« herauszogen, machten Karim und Sonia Bekanntschaft mit dem komplexen Innenleben der Universität Heidelberg, in dem es von Dekanaten, Dezernaten, Fakultäten, Instituten, Lehrstühlen und Fachbereichen nur so wimmelte. Leider existierte ausgerechnet das »Neuropsychiatrische Institut« nicht mehr, dessen Leiter Linska gewesen war. Bald nach seinem Abgang habe man es einem neu gegründeten Super-Institut einverleibt. Vom ehemaligen Personalstamm sei niemand mehr in der Fakultät vertreten, klärte man sie im Sekretariat auf.

»Wissenschaft ist heute ein höchst dynamisches Arbeitsfeld. Niemand arbeitet länger als fünf oder sechs Jahre, schon gar nicht zehn Jahre an derselben Universität! Wechsel mit Aufwärtsentwicklung, das ist die erwünschte Normalität.«

Man könne in Bezug auf Linskas Arbeit selbstverständlich Akteneinsicht bekommen, aber … »Haben Sie eine Vorstellung, welche Berge an Unterlagen bei uns Jahr für Jahr anfallen? Heute wird zwar jedes Blatt digitalisiert, doch diese uralten Dokumente, das sind einige Zentner Papier, die Sie in Handarbeit durchforsten müssten.«

»Es sollte doch möglich sein, wenigstens unter dem Stichwort ›Linska‹ in Ihren *neueren* Datenbanken zu suchen«, meinte Sonia.

Die Sekretärin fragte im Rechenzentrum nach. »Ja, das geht. Doch alle Daten, die älter als drei Jahre sind, sind auf Archiv-Tapes ausgelagert. Die kann man nur sonntags zurückspielen, nicht unter voller Last. Und Sie müssten uns das genaue Zeitfenster der Daten angeben, die Sie brauchen. Soll ich gleich einen Auftrag ausschreiben?«

»Nein, wir melden uns noch mal. Danke vorerst!«

Zeit zum Überlegen in der Mini-Cafeteria, die nur aus einer Verbreiterung des endlosen Flurs bestand. Flechtstühle mit Alurahmen um ein paar runde Tische, an der Wand zwei Automaten. Einer lieferte Getränke, der andere Sandwiches. Im Prinzip jedenfalls, denn er war leer.

Karims Magen knurrte. Einigermaßen ratlos rührte er in seinem Kaffeebecher herum. »Wirklich ein Riesenladen. Hätt ich nicht gedacht!«, sagte er und schnipste seinen Plastiklöffel in den Abfallbehälter.

»Da hast du recht. Ich sehe uns schon mit drei Hilfskräften tagelang in Riesenhaufen von Papier sitzen … mit völlig ungewissem Erfolg.« Sonia klappte ihr Telefon auf. »Dorthe? – Ja, bei uns dauert's noch. Sag mal, habt ihr schon was über Kontaktpersonen von diesem Linska gefunden? – Nein? Das ist schade. – Ja, bis später!«

Ein grauhaariger Mann in Jeans und Cordsakko steuerte auf den Tisch der Kommissare zu und stellte sich als Professor Theodor Pallenberg vor. »Ich habe vorhin im Sekretariat zufällig mitbekommen, dass Sie von der Kripo sind und sich nach Udo Linska erkundigt haben.«

»Kennen Sie ihn denn?«, fragte Sonia. »Oh – bitte setzen Sie sich doch.«

»Kennen? Das ist ein großes Wort. Linska war Institutsleiter und ich zur selben Zeit stellvertretender Dekan der Medizinischen Fakultät. Wir hatten beruflich wenig miteinander zu tun, und privat … Nun, er war mir nicht sonderlich sympathisch.«

Sonia schlug ihr Notizbuch auf.

»Nehmen Sie das aber nicht gleich als offizielles Statement, was ich da von mir gebe«, sagte er irritiert.

»Uns hilft jeder Hinweis weiter, Herr Professor. Alles andere ist ohnehin die Sache zusätzlicher Ermittlungen.«

»Ja, verstehe. Gut, also, Linska hatte ein kleines Team von jungen Medizinern um sich geschart, lauter ehrgeizige, begabte Leute, mit denen er ziemlich freizügig forschen konnte. Er war in der Lage, ihnen für akademische Maßstäbe ungewöhnlich hohe Vergütungen zu zahlen. Aus welchen Quellen die Mittel flossen, wussten nur wenige Eingeweihte aus dem obersten Finanzausschuss – ich gehörte nicht dazu. Aber natürlich wurde gemunkelt! Wissen Sie, gesetzte Professoren gebärden sich manchmal wie ein Club neidischer Tratschweiber. Ich will diese Gerüchte lieber nicht weiterverbreiten. Jedenfalls, Linska kam bald zu Ergebnissen, die in der Fachwelt erhebliches Aufsehen erregten. Aber er hatte eine überaus raffinierte Art zu veröffentlichen, voll von Behauptungen und nebulös umschriebenen Fakten, doch den Kern und die Methodik seiner Arbeit legte er nie offen. Wir erwarteten deshalb alle sehr gespannt seine Folgepublikationen, in denen er wohl Farbe bekennen musste.«

Sonia wunderte sich. »Entschuldigen Sie, Professor, warum publizierte er dann überhaupt, wenn er doch offensichtlich nichts weitergeben wollte?«

»Es blieb ihm doch gar nichts anderes übrig. Als Forscher an der Universität ist man verpflichtet, in angemessenen Abständen zu berichten. Bevor es aber zu weiteren Veröffentlichungen kam, verließ Kollege Linska von einem Tag auf den anderen die Universität Heidelberg und ging in die USA – klammheimlich wie ein Verbrecher, möchte ich sagen. Seitdem ist er als Person verschwunden, und selbst Linskas Name tauchte in keiner Veröffentlichung mehr auf.«

»Erinnern Sie sich an seine Mitarbeiter?«, fragte Sonia.

»Ich hoffe doch! Wenn man für dieselbe Fakultät arbeitet … Die Namen guter Leute sprechen sich schon herum. Wir haben uns damals sehr über Linskas Auswahlkriterien gewundert, er rekrutierte seine Mitarbeiter querbeet aus der Medizin. Einer, Fuhrmann, kam von der Gynäkologie und arbeitete nur einige

Monate am Institut. Coleman, ein Amerikaner, war wenigstens Neurologe. Die anderen … Lassen Sie mich nachdenken.«

»Frenkel? Strube? Binsfeld?«, warf Karim ein.

»Oh ja, Frenkel, so ein kleiner Bohemien. Ist er nicht Psychotherapeut? Und Strube … An den erinnert man sich nicht gern. Er wurde später verurteilt, weil er –«

»Danke, wir wissen davon. Aber was ist mit Tamara Binsfeld?«, fragte Karim. »Eine Neurophysiologin aus Luxemburg. Die hätte doch am ehesten in sein Team gepasst!«

Pallenberg schien erstaunt. »Binsfeld … Binsfeld … Nein, da klingelt nichts. Sie war sicher nie an unserer Fakultät. Ich bin selbst Neurologe und Psychiater, und als Kollegin aus der Neurophysiologie … Ich hätte sie einfach kennen müssen.«

»Gab es irgendwelche Auffälligkeiten in der Amtszeit von Professor Linska?«

Theodor Pallenberg lachte kurz auf. »Na, bestimmt schon mal sein fulminanter Abgang damals! Und – außer den merkwürdigen Publikationen – die gänzlich unakademische Geheimniskrämerei um sein letztes Forschungsprojekt an der Poliklinik. Manchen Kollegen, mich eingeschlossen, erschien Linskas Arbeit etwas, sagen wir, *fragwürdig*, aber es gab keinen offensichtlichen Grund, sich einzumischen. Schließlich sind wir alle der wissenschaftlichen Ethik verpflichtet. Dennoch fiel irgendwann der Klinikleitung auf, dass seit dem Anlaufen von Linskas Projekt die Zahl der verstorbenen Komapatienten ungewöhnlich hoch war. Einige der Todesfälle wurden schließlich überprüft.«

»Wissen Sie, was dabei herauskam?« Sonia sah von ihrem Notizbuch auf.

»Absolut nichts. An keinem einzigen der Verstorbenen fanden sich Anzeichen für unsachgemäße oder unangemessene Behandlung. Die Untersuchungen wurden eingestellt, und man erklärte, die Häufung sei zwar ungewöhnlich, aber dennoch ein Zufallsergebnis.«

»Worum ging es denn bei Linskas letztem Projekt?«, fragte Karim.

»Wie ich schon erwähnte, darüber wurde so gut wie nichts bekannt. Im weitesten Sinne forschte sein Institut an der Beeinflussung von Gehirnregionen mit Hilfe schwacher Ströme, eine Art Umkehrung des EKG. Aber warum fragen Sie nicht einen seiner damaligen Mitarbeiter?«

»Vielleicht haben Sie von den Ärztemorden gehört?« Sonia schloss langsam ihr Notizbuch.

»Vor ein paar Tagen brachten sie etwas in den Nachrichten. Waren etwa Mitarbeiter von Linska unter den Getöteten?«

»Ja. Alle, deren Namen Sie genannt haben.«

Pallenberg schwieg einen Augenblick. »Abscheuliche Sache. Ich kann mir nicht vorstellen, was jemanden dazu treibt. Hat es Bonkhorst auch erwischt?«

»Professor Bonkhorst ist wohlauf«, entgegnete Karim. »War er etwa auch einer von Linskas Mitarbeitern?«

»Mitarbeiter? Sie scherzen! Bonkhorst war Linskas rechte Hand!«

***

Kurz vor halb ein Uhr rollte der Wagen mit den beiden Kommissaren vom Parkplatz des Universitätsgeländes. Beide waren fassungslos. Dennoch war diese Erkenntnis endlich eine Spur, vielleicht ein erster Lichtstrahl ins Dunkel der Geschehnisse.

»Doch wie passt Hansson in diese Vorfälle?«, fragte Karim.

Sonia, auf dem Beifahrersitz, schien ihn gar nicht zu hören. Sie starrte wie hypnotisiert auf die lebhafte Holzmaserung des Armaturenbretts; wenn sie lange genug auf eine Stelle sah, formten sich aus den Schleifen und Wirbeln des Holzes skurrile Bilder. Sie überließ sich gern diesem hypnotischen Spiel, verdrängte es doch eine Zeit lang die Wut über ihre eigene Einfalt. Warum hatte sie sich so narren lassen? Irgendwann in einer Beziehung belogen zu werden war eine Sache … Schmerzlich, gewiss, doch das kommt vor, und sie hatte ihm verziehen. Aber Hanssons Ende, das war eine andere Dimension! Im Lichte von Pallenbergs Bericht wirkte sein Tod äußerst suspekt. Falls Gert wirklich Versuche mit wehrlosen Menschen durchgeführt hatte, lag dann nicht nahe, dass er auch an Hanssons unerwartetem Ende Schuld trug? Und falls das so war – warum sollte Hansson überhaupt sterben?

Gab es tatsächlich diese zwei Gesichter des Gert Bonkhorst? Jekyll und Hyde, direkt vor ihrer Nase? Wieso war ihr nichts aufgefallen?

Sie konnte Bonkhorst fragen, gewiss. Doch wie bisher hätte er bestimmt auf jede ihrer Fragen die passende Antwort, in seiner überlegenen, alles verstehenden Psychotour. Sonia musste sich eingestehen, dass sie sich ihm gegenüber immer unterlegen gefühlt hatte. Die gutgläubig-redliche Polizistin und er, der allwissende Herr Professor. Daran würde sich nichts ändern. Nein, keine weiteren Fragen. Sie ertrug diesen Mann nicht mehr. Schluss damit also, über Gert Bonkhorsts Innenleben nachzudenken. Viel wichtiger war, die richtigen Konsequenzen zu ziehen.

Karims Blick streifte sie. »Tut mir wirklich leid, diese neue Wendung mit Bonkhorst. Ich meine, persönlich, für dich. Wir werden ihn auf jeden Fall vorladen – schon wegen der angeblichen Experimente«, sagte er.

»Klar, mach dir deswegen keinen dicken Kopf. Ich lasse mich vorerst wegen möglicher Befangenheit beurlauben – war sowieso höchste Zeit dafür. Gleich nach der Mittagspause spreche ich mit Dyckerhoff.«

»Kann ich verstehen. Wir halten dich aber auf dem Laufenden.«

Sonia lächelte matt. »Ihr kriegt den Endspurt allein hin, das weiß ich, aber danke für das Angebot.«

Karim räusperte sich. »Weißt du, man fragt sich ja schon … Er taucht immer wieder unvermutet auf, der gute Professor Bonkhorst, wie ein Schlossgespenst. Höchste Zeit, dass wir mehr über seine Aktivitäten erfahren. Ich habe noch ein paar Gedanken zu diesem Herrn … Können wir darüber reden? Ich meine, packst du das?«

»Sind wir Profis oder nicht?«, erwiderte Sonia forsch, hoffend, dass sie wenigstens halb so cool war, wie sie tat.

»Na gut. Sag mal, findest du es nicht seltsam, dass Bonkhorst als Einziger aus dem Linska-Team noch am Leben ist? Linska selbst ist ja auch weg vom Fenster – unter die Räder gekommen, untergetaucht oder sonst was, wir werden das herausfinden. Sogar die Binsfeld wurde umgebracht, obwohl sie nach Professor Pallenbergs Darstellung gar nichts mit der ganzen Institutsgeschichte zu tun hatte. Bonkhorst dagegen lebt fröhlich und erfolgreich am obersten Ende der sozialen Leiter, obwohl sich um ihn herum die Zufälle bis zur Zimmerdecke stapeln.«

»Sprichst du auch von meiner Beziehung zu ihm?«

»Nicht speziell. Das geht mich nichts an.«

»Ich sag es dir trotzdem. Wir haben uns vier Wochen vor dem ersten Mord kennengelernt, aber das –«

»… war hundertprozentig reiner Zufall«, beendete Karim ihren Satz. »So wie der Zufall, dass ausgerechnet sein Name in Agricolas Manuskript als einziger nicht genannt wird, obwohl gerade er zum engsten Kreis von Linskas Team gehörte.«

Sonia lief hellrot an. »Willst du behaupten, Gert Bonkhorst sei Agricola?«

»Wollen würde ich schon – beweisen kann ich nichts. Ich spekuliere vorerst, aber ganz abwegig ist die Idee ja nicht, oder? Stell dir mal vor, Bonkhorst hätte sich mit dem Manuskript ein Riesending ausgedacht, um die Morde als Rache eines gequälten Opfers erscheinen zu lassen. Also schreibt Agricola zwar aus der Perspektive der Opfer, doch das tatsächliche Motiv für die Morde sieht völlig anders aus – das wäre doch ein echter Geniestreich! Bonkhorst muss das Manuskript nur noch an der richtigen Stelle platzieren, ohne Verdacht zu erregen.«

Obwohl sich in Sonia noch alles dagegen sträubte, Gert Bonkhorst als gnadenlosen Schlächter zu sehen – Karims Gedankengang war einfach zu plausibel, als dass man ihn beiseitewischen konnte.

»Jetzt mal langsam«, bremste sie, ziemlich verdattert.

»Hör zu: Das Agricola-Manuskript, richtiger das Bonkhorst-Manuskript, sollte genau dorthin gelangen, wo es schließlich gelandet ist«, sagte er, »nämlich zur Polizei, über Hansson und seine Schriftstellerei, als unzweifelhafte, aber falsche Fährte für die Ermittlungen in allen Ärztemorden. Das letzte Blatt sagt in dieser Hinsicht alles! Bonkhorst kannte seinen alten Kumpel Cornelius gut genug, um zu wissen, wie er sich auf den Text stürzen würde.«

»Du hast den Menschen Agricola vergessen! Den gab es doch,

Hansson traf ihn ja mehrfach, und seine Rolle kann Bonkhorst nicht selbst gespielt haben.«

»Richtig. Ein Strohmann, vielleicht sogar ein Patient aus Bonkhorsts Klinik. Sagte Hansson nicht sogar, dass er ihm irgendwie gestört vorkam? Ich kann mir vorstellen, dass der arme Kerl nach seinem letzten Einsatz dort auch ums Leben kam – auf die unauffällige medizinische Art. Ich durchschaue noch nicht alles, doch fatalerweise für Hansson lief dann der schöne Plan des Professor Bonkhorst aus dem Ruder.«

»Warum sollte er?«

»Weil Bonkhorst Hanssons Intelligenz und Verbissenheit unterschätzt hatte. Vielleicht kombinierte Cornelius viel zu gut und verdächtigte Bonkhorst längst. Vielleicht hat er ihn leichtsinnigerweise sogar darauf angesprochen. Jedenfalls reagierte Bonkhorst prompt und ließ ihm den Hinweis auf die alte Abdeckerei zukommen. Hansson schluckte den Köder und fuhr dorthin, mitten in der Nacht, versessen darauf, den Fall zu Ende zu bringen.«

»Aber das wirkliche Motiv für die Mordserie? Warum sollte Bonkhorst seine ehemaligen Kollegen aus dem Institut töten?«

»Nehmen wir weiter an, Bonkhorst hätte seinen Aufstieg nur den Arbeitsergebnissen des Teams Linska zu verdanken. Nachdem Linska verschwunden ist, reißt er sich dessen Forschungsergebnisse unter den Nagel und legt damit eine wissenschaftliche Super-Karriere hin. Die anderen stehen mit leeren Händen da. Gäbe das nicht ein sattes Erpressungsmotiv für jeden seiner damaligen Teamkollegen ab? Es muss ja nicht um Geld gegangen sein, womöglich hat man nur eine öffentliche Klarstellung von Bonkhorst verlangt. So eine Forderung konnte er keinesfalls erfüllen, sie wäre sein beruflicher Untergang gewesen. Ob ihn nur ein Einziger unter Druck gesetzt hat oder ob seine Exkollegen zusammen handelten, wissen wir nicht. Ich bin aber sicher, Bonkhorst wusste es genauso wenig. Kühl und konsequent beschließt er daher, *alle* umzubringen! Die perverse Methode für ihre Tötung – Selbstmord aus Verzweiflung oder wegen unerträglicher Schmerzen – suggeriert er dem Leser bereits in Agricolas abstrusem Manuskript als Rache eines Opfers, das überlebt hat. Jetzt führt er sie auf genau diese gnadenlose Art durch, gefesselt, im Bunker, mit den Injektionsspritzen. Das ganze Drumherum, die riskante Art, alle Opfer zu präsentieren, das Näherrücken der Fundorte … Alles nur falsche Spuren, um uns in die Irre zu führen. Der arme Cornelius Hansson musste nach seiner unerwarteten Rettung natürlich schnellstens in der Klinik sterben. Seine Aussage wäre Bonkhorsts Ende gewesen. Übrigens: Auch die Tatsache, dass Linska sich so plötzlich in Luft aufgelöst hat, ist eine Nachforschung wert.«

»Meine Güte! Wenn das stimmen würde!« Sonia ließ ihren Kopf gegen die Nackenstütze fallen. »Aber was ist mit dieser Tamara Binsfeld? Sie passt überhaupt nicht ins Bild.«

Der Wagen rollte weich in die Tiefgarage des Polizeipräsidiums hinab.

»Die Binsfeld muss mit einem Mitglied des Teams befreundet gewesen sein. Irgendwie bekam sie dadurch mit, auf welche Art Bonkhorst Karriere gemacht hat, und sie zog ihre Schlüsse daraus.« Karim stellte den Motor ab und sah Sonia an. »Ich bin sicher, dass Tamara Binsfeld an der Erpressung Bonkhorsts zumindest beteiligt war. Wie sonst hätte er von ihrer Existenz erfahren sollen? Zum Linska-Team gehörte sie ja nicht. Im fatalsten Fall war überhaupt nur sie die Erpresserin und hat damit den Rundschlag Bonkhorsts provoziert, der letztlich alle das Leben kostete. Was weiß ich, vielleicht ging's ja doch nur um Geld.«

Sie schlenderten schweigend zum Aufzug.

»Klingt das für dich so weit logisch?«, fragte Karim, während der Lift nach oben schwebte.

Sonia nickte bedrückt. »Und ob. Erschreckend logisch. Gute Arbeit, Karim. Das wäre die perfekte Struktur, um alle Zusammenhänge zu klären. Wir müssen der Winterstein deine Vermutungen vortragen, noch bevor ich mich beurlauben lasse. Für einen Haftbefehl wird es nicht reichen, aber für Gert Bonkhorsts Vorladung auf jeden Fall.«

***

»Ihr werdet nicht glauben, was wir über diesen Linska gefunden haben«, überfiel Dorthe Simonek ihre Kollegen beim Eintreten.

Jonas saß bei ihr am Besprechungstisch und hatte offenbar ziemlich miese Laune. Bei Dorthes hektischem Empfang verdrehte er die Augen.

»Aber die Tür kann ich vorher noch schließen, oder?«, sagte Sonia angekratzt.

Karim zapfte zwei Cappuccino aus der Maschine, balancierte eine Tasse zu Sonia und setzte sich mit seinem Kaffee neben Jonas.

»Moment.« Sonia klappte ihr Notizbuch auf und drückte es provokativ langsam platt. »Also?«

»Dieser Professor Udo Linska, der ist angeblich tot«, stieß Dorthe hervor.

»Holla! Das ist wirklich eine Neuigkeit«, meinte Karim. »Ich nehme mal an, er ist nicht an der Vogelgrippe gestorben, oder?«

»Noi«, sagte Jonas grimmig, »wär aber net schlecht gwä'!«

Dorthe reichte Karim und Sonia ein paar Computerausdrucke über den Tisch.

»Nach seinem eiligen Abgang in die USA, der offenbar von langer Hand und sehr gründlich vorbereitet worden war, forschte Linska für das Pentagon. Ich konnte nur erfahren, dass es dort eine Abteilung für spezielle Kriegsführung gibt. Sie experimentieren mit Gedankenmanipulation und Gehirnwäsche, auch mit dem ›Umdrehen‹ feindlicher Agenten, Eingriffen ins Bewusstsein und so. Linska passte genau in diese Richtung.«

»So wie im Film ›Total Recall‹ mit dem Arnie Schwarzenegger, bloß in echt! Saubande, dreckige!«, schimpfte Jonas. »I hoff bloß, dass der Linska wirklich überm Jordan isch.«

»Danke für die Überleitung, darauf wollte ich gerade eingehen«, sagte Dorthe unbewegt. »Udo Linska kam bereits ein halbes Jahr nach seinem Neustart in den USA bei einem Flugzeugabsturz ums Leben. Die Kurzmeldung aus dem Pentagon, die meinem Vertrauensmann vorlag, spricht vom Unfall einer Militärmaschine. Aaaber … außer Linska werden darin seltsamerweise keine Opfer genannt.«

»Wahrscheinlich isch er als Oinziger oifach en Kilometer z'früh ausg'stiege.«

Dorthe warf Jonas einen verärgerten Blick zu, dann sprach sie weiter. »Vielleicht hat man ihm auf diese Weise eine neue

Identität verpasst, dem wichtigen Herrn Professor. Jedenfalls existiert er offiziell nicht mehr. Für uns ist Linska damit außer Reichweite.«

»Nur gut, dass wir ihn vorerst gar nicht brauchen«, sagte Sonia. »Was sonst noch – Familie, Freunde, sonstige Kontaktpersonen?«

»Keine Kontakte zu ermitteln, Eltern sind schon längst verstorben, Linska hat keine Geschwister.«

»Gott sei's gedankt«, stänkerte Jonas. »Oi solcher isch scho oiner z'viel!«

Karim klopfte ihm fürsorglich auf die Schulter. »Bleib friedlich, Kleiner. Auch wir haben Neuigkeiten – es geht voran.«

»Viel gibt es sonst nicht mehr zu melden«, sagte Dorthe nach einem letzten Blick auf ihre Unterlagen. »Linska hatte keine Vorstrafen, er war in keinem Verein und keiner Verbindung Mitglied, ein manischer Einzelgänger, wie er im Buche steht. Kurz noch zu seinem Institut: Außer den paar Details, die ich euch ausgedruckt habe, wurde nirgendwo etwas darüber veröffentlicht. Nicht einmal die Namen seiner Mitarbeiter sind erwähnt.«

»Danke. Dann bringen wir euch jetzt auf den aktuellen Stand«, sagte Sonia.

Eine Viertelstunde später waren Jonas und Dorthe über die Neuigkeiten aus der Universität und Karims Verdacht gegen Bonkhorst im Bilde. Sie nahmen die Ausführungen fast euphorisch auf. Endlich, endlich eine Spur, der man folgen konnte! Sie gab der Motivation des Teams neuen Schub, auch wenn es bedauerlich war, dass dabei ausgerechnet Sonias Freund Bonkhorst ins Fadenkreuz der Ermittlung geriet. Aber falls er wirklich so tief in der Sache steckte, wie es im Moment schien, dann war das eben der unvermeidliche harte Gang der Dinge.

Karim sah auf die Uhr. »Ich geh zum Essen, Leute, sonst ist wieder alles vergriffen außer diesen komischen Sandwiches mit nassem Salat drin – oder alternativ Kaffee und Kuchen.«

»Wart, i komm mit. Heut gibt's Krautwickel, die machet se wirklich guet.«

Auf dem Weg nach unten blieb Jonas stumm. Er wirkte ungewöhnlich nachdenklich. »Woisch, Karim«, begann er im Flur, kurz vor der Kantine, »i wollt's erscht emol mit dir diskutiere – die Theorie über den Bonkhorscht als Täter het für mi' e kloins Löchle.«

»Und das wäre?« Karim blieb stehen und sah ihn gespannt an.

»Wieso sollet ihn seine Exkolläge erscht nach so ere lange Zeit erpresse, weil ihne sei Aufstieg stinkt? So ganz plötzlich?«

»Habe ich mir auch überlegt. Wenn es ihnen nicht um eine finanzielle Erpressung ging, wie ich fest annehme, sondern nur um seinen möglichst tiefen Sturz, dann war es sinnvoll, zu warten, bis Bonkhorst die richtige ›Fallhöhe‹ erreicht hatte. Sein Aufstieg hat doch immerhin einige Jahre in Anspruch genommen. Die Ironie des Schicksals dabei ist: Hätten sie gewusst, dass er seit Kurzem sogar als Kandidat für den Posten des Gesundheitsministers gehandelt wird – ich wette, sie hätten gern noch länger gewartet.«

»Des leucht unmittelbar ei«, antwortete Jonas und setzte sich mit großen Schritten wieder in Bewegung, der Kantine entgegen. »Riech'sch es? Des isch a Duft! Kommt vo dene Krautwickel.«

***

Sonia ließ ihr Mittagessen ausfallen. Jedes Hungergefühl hatte sich längst verflüchtigt, denn sie empfand den anstehenden Besuch in der Rechtsmedizin wegen Hanssons Todesursache wie ein Damoklesschwert. Stattdessen unternahm sie einen ausgedehnten Spaziergang in den Neckar-Anlagen.

Auf dem Rückweg erreichte sie der Anruf des Rechtsmediziners. Sie verabredete sich telefonisch mit ihren Kollegen. Als sie ankam, warteten Karim und Jonas bereits vor der Stahltür, die Dr. Pfeiffers Sektionssaal von der Welt der Lebenden trennte.

»Hast du was von Dorthe gehört? Wo steckt sie denn?«, fragte Karim.

Sonia zuckte mit den Achseln. »Keine Ahnung! Ihr Handy ist ausgeschaltet.«

»Aber die wusste doch … Na ja. Sollen wir dann?«

Sonia streifte sich nervös eine Haarsträhne hinters Ohr. »Ja, klar.«

Dr. Pfeiffer war allein im Raum. Er stand mit verschränkten Armen vor einem der großen Fenster zum Innenhof. Sein Blick lag so unverwandt darauf, als gäbe es hinter der mattierten Scheibe mehr zu sehen als nur die gedämpfte Helligkeit des Nachmittags.

Als die drei Kommissare eintraten, drehte er sich um und ging ihnen entgegen. »Schön, dass ihr da seid. Tut wirklich gut, euch zu sehen.« Anders als sonst trug er keine Gummischürze und keine Handschuhe.

»Hallo, Doktor«, sagte Sonia und reichte ihm die Hand. »Es hat uns alle so unerwartet getroffen. Erst die glückliche Rettung in letzter Minute … und jetzt –«

Pfeiffer wirkte bedrückt. »Hätte auch nie gedacht, dass ich mal auf diese Art mit dem guten Cornelius zu tun haben würde. Wir fingen damals fast gleichzeitig hier an. Lange her … Kommt, gehen wir nach nebenan.«

Sonia fröstelte. Vor den glänzenden Schubfächern der Kühlkammer stand die Bahre mit Cornelius Hansson. Sein Körper war ringsum akkurat mit einem grellweißen Laken abgedeckt bis hinauf zu den Schlüsselbeinen, sodass auch der Ansatz der langen Obduktionsschnitte verborgen blieb.

Zu Sonias großer Erleichterung sah er keinesfalls schlechter aus als kurz nach seinem Tod in Bonkhorsts Klinik. Hanssons Schnurrbart war sorgfältig gebürstet und gestutzt, die Haare so gekämmt, wie er seine Frisur zumeist getragen hatte.

Pfeiffer bemerkte Sonias Blickrichtung. »Es macht ihn nicht wieder lebendig. Ich dachte bloß …«, sagte er verlegen.

»Danke.«

Jonas stand eine Zeit lang stocksteif und schweigend neben der Bahre, dann hastete er wortlos zurück in den Obduktionssaal. Drüben, auf dem gefliesten Boden, marschierte er hin und her wie ein Roboter. Fünf Schritte hin – umdrehen – fünf Schritte zurück …

Sonia blickte Pfeiffer in die Augen. »Woran ist Cornelius nun gestorben, Doktor?«

Die Antwort fiel ihm sichtlich schwer. »Rundheraus: Die Todesursache war ganz eindeutig ein Herzstillstand«, entgegnete er betreten. »Hat mich sehr erstaunt, und ich weiß, euer Verdacht ging in eine ganz andere Richtung.«

»Aber … das kann nicht sein«, widersprach sie erregt.

»Die vorliegenden Ergebnisse erlauben keine andere Schlussfolgerung. Merkwürdig ist allerdings, dass kein erkennbarer Anlass für dieses Versagen vorlag. Sein Herz war physisch völlig gesund, gut durchblutet, ohne Gerinnsel oder Thromben, auch nicht in den Kranzgefäßen. Es muss bis zum Stillstand ausreichend mit Sauerstoff versorgt gewesen sein. Der Zustand aller anderen Organe entsprach seinem Lebensalter. Wir wissen ja alle, Cornelius hielt nicht viel von Sport, doch trotz seiner bewegungsarmen Lebensweise waren nirgendwo spezifische Schädigungen zu erkennen.«

»Vielleicht eine Fehlsteuerung im Gehirn? Ein Gehirnschlag? Eine Blutung? Entschuldigen Sie meine Besserwisserei, Doktor, nur … ich weiß nicht mehr, wohin mit meiner Fassungslosigkeit.«

»Schon in Ordnung, Sonia, ich verstehe das. Dennoch muss ich Sie nochmals enttäuschen. Die gründliche Untersuchung seines Gehirns hat nichts Krankhaftes ergeben, keine lokalen Ausfälle, keine Blutungen, keine Läsionen. Absolut nichts. Es ist für mich eigentlich blamabel, aber ich muss gestehen: Cornelius' Herz blieb stehen, und ich weiß nicht, warum. So abwegig das klingt: Cornelius ist gesund gestorben. Sein Exitus ähnelt dem ›plötzlichen Kindstod‹, einem Phänomen, das wir sonst nur bei Kleinkindern vorfinden.«

»Besteht die Möglichkeit einer Vergiftung?«, wollte Karim wissen.

»Die besteht immer. Selbstverständlich habe ich mit Zustimmung der Staatsanwaltschaft bereits sämtliche gängigen Toxikologietests machen lassen – ohne jeden Befund. Man fand nur unbedenkliche Reste der in Wiesloch verabreichten Medikamente, sonst nichts. Und weil Sie bestimmt gleich danach fragen, Karim: Ja, es gibt ein oder zwei Gifte, die sich auch heute noch nicht nachweisen lassen. Und ein weiteres Mal ›Ja‹: Ein versierter Mediziner könnte sie kennen. Sie zu kriminellen Zwecken zu beschaffen, das türmt jedoch unüberwindbare Schwierigkeiten auf. Auch als Mediziner oder Forscher braucht man Genehmigungen von anerkannten Institutionen, und der Lieferant verlangt beglaubigte Verwendungsnachweise, aufs Zehntel Milligramm genau.«

»Ein Rest von Zweifel bleibt also?« Sonia, noch immer aufgewühlt, schöpfte neue Hoffnung.

»Ein winziger Rest, ja. Aber die Wahrscheinlichkeit einer Fremdeinwirkung liegt hier bei null. Cornelius ist *gestorben* – niemand hat ihn getötet.« Pfeiffer schwieg einen Moment. »Ich sehe keine Möglichkeit und keine Veranlassung, weitere Beweise zu erbringen.« Er machte eine hilflose Geste. »Mehr hab ich nicht. Staatsanwältin Winterstein ist informiert, sie hat ihn bereits für die Familie freigegeben.«

Wenig später trotteten die drei nachdenklich zum Aufzug zurück.

»Und, was denkt ihr?«, wollte Sonia wissen.

»Der Doc ist ein gewissenhafter Mann. Hansson hätte ihm bestimmt geglaubt.«

»Bestimmt hätte er das. Und was sagst du, Jonas?«

»Lass gucke, ob der Bonkhorscht wirklich so a raffinierter Kerle isch, dass er den Pfeiffer und die gesamt medizinisch Analytik überlischte kann. Außerdem wär's mehr wie schwachsinnig gwä', den Cornelius im Bonkhorscht seiner eigene Klinik umz'bringe.«

»Ja«, sagte Karim. »Hanssons Tod geht auf das Konto dieses Agricola. Hätten wir ihn nicht gefunden, dann wäre er doch schon im Bunker jämmerlich umgekommen. Die Kernfrage bleibt also: Wer ist Agricola?«

Sonia hatte sich beruhigt, sie konnte wieder klar denken. »Richtig. Nur, wenn Bonkhorst gleichzeitig Agricola ist, machte es für ihn Sinn, Hansson zu töten. Steckt Bonkhorst aber *nicht* hinter der Figur des Agricola, dann hat er wohl mit den Morden nichts zu tun. Dennoch bleiben zumindest die illegalen Experimente an ihm hängen, mit allen rechtlichen Konsequenzen.«

»Wie's ausschaut, kann d'r Herr Professor Dr. Bonkhorscht ei'packe – so oder so.«

»Nicht so eilig!«, sagte Karim. »Wir müssen ihm die Beteiligung an den Versuchen erst mal nachweisen. Professor Pallenbergs Aussage allein wird nicht genügen.«

»Den Sauhund krieget m'r trotzdem«, murmelte Jonas grantig.

***

Dorthe werkelte an ihrem Computer. Ihre Frisur sah aus, als sei sie in der Mittagspause durch einen vollen Kleiderschrank gekrochen. »Wo kommt ihr denn her?«, fragte sie eingeschnappt.

»Du hast Nerven! Von dort, wo du eigentlich auch gewesen sein solltest – aus der Rechtsmedizin. Hatten wir nicht ausgemacht –« Sonia kam nicht dazu, den Satz zu beenden.

Dorthe fiel ihr schnippisch ins Wort. »Ja, und warum informiert mich keiner? Kollegial ist das nicht gerade.«

»Jetzt glaub ich's aber! Weil es Leute gibt, die einfach ihr Telefon abstellen, wenn ihnen gerade danach ist, Frau Hauptkommissarin Simonek! Wo warst du denn?«

»Abgeschaltet?« Sie griff nach ihrem Handy, warf einen Blick darauf und bemerkte peinlicherweise, dass es noch immer ausgeschaltet war. »Fitnessstudio … Oh, sorry!«, antwortete sie knapp und aktivierte es wieder. Dann quasselte sie weiter, selbstsicher wie immer. »Dafür habe ich inzwischen ein paar Fakten zum Fall des Professor Udo Linska ermittelt – soll ich?«

»Nun mach schon«, sagte Sonia.

»Ich habe meine Beziehungen zum Auswärtigen Amt eingesetzt. Wenn wir den Linska haben wollen, muss die Staatsanwaltschaft einen Auslieferungsantrag an die USA richten. Das ist die übliche Praxis und auch der einfachere Teil.« Sie schob eine Kunstpause ein. »Unser Hauptproblem liegt darin, dass die USA einen Auslieferungsantrag nur entgegennehmen, wenn er sich auf eine nachweislich lebende Person bezieht, und im Antrag muss zumindest *eine* Wohnadresse dieser Person angegeben sein. Ist nicht beides vorhanden, wird die Anfrage von vornherein abgelehnt. Ganz nebenbei, meine Kontaktperson hat sich königlich amüsiert über die Idee, jemanden zu verfolgen, der für das US-Militär, die CIA oder auch nur eine der zahlreichen US-Organisationen am, sagen wir, ›äußersten Rand der Gesetze‹ arbeitet.«

»G'sindel«, motzte Jonas. »Aber em Rescht der Welt drehet se ihr sog'nannte ›Demokratie‹ an, die Saubermänner.«

»Und die Auskunft ist absolut zuverlässig?«, fragte Sonia, ohne auf ihn einzugehen.

»Wurde mir glaubhaft versichert.«

»Na prima.« Sonia verschränkte die Hände hinter dem Kopf. »Da haben die Herrschaften im Pentagon ja erfolgreich vorgebaut. Jetzt wissen wir wenigstens, wie wir dran sind.« Sie stand verärgert auf. »Gehen wir kurz in dein Büro, Karim.«

Dorthe sah ihnen missmutig hinterher. Sie war nur mit halbem Kopf bei der Sache, während Jonas sie über die Ergebnisse von Hanssons Obduktion informierte. Die beiden würden sich über sie auslassen, sonnenklar.

Weit gefehlt. Im Büro auf der anderen Seite des Flurs ging es nur darum, dass Sonia Karim bei Kriminalrat Dyckerhoff zum zeitweiligen Leiter des Dezernats 2 vorschlagen wollte.

Karim legte die Stirn in Falten. »Und du meinst, er wird darauf eingehen? Dorthe steht immerhin einen Dienstgrad höher.«

»Dorthe ist bei uns nur ›Gastarbeiterin‹, sie kann die Leitung der Abteilung gar nicht übernehmen. Außer dir hat er doch niemanden. Ich kläre das mit Dyckerhoff, mach dir keine Gedanken darüber. Wärst du denn einverstanden?«

»Natürlich. Und, wie gesagt, Sonia, wir halten dich auf dem Laufenden, was den Fall betrifft.«

Sonias Gespräche mit Friederike Winterstein und Robert Dyckerhoff verliefen kurz und ziemlich glatt.

Für die resolute Winterstein war Bonkhorst ein Verdächtiger wie jeder andere. Ihr genügten ein paar Rückfragen an Sonia, um sich von der Stichhaltigkeit der Verdachtsmomente zu überzeugen. Dann ordnete sie Bonkhorsts Vorladung an, um Licht in seine ominöse Verbindung zu Hansson zu bringen, aber auch, um die möglicherweise illegalen medizinischen Tests unter Linska zu durchleuchten. Winterstein brauchte endlich Ergebnisse. Die ungeklärten Serienmorde, Hanssons Tod, das war der härteste Stoff, mit dem sie bisher konfrontiert worden war. Sie würde sogar das Risiko einer Fehlentscheidung auf sich nehmen, um endlich voranzukommen.

Kriminalrat Dyckerhoff dagegen, mit einem Auge stets auf seine erhoffte politische Karriere schielend, war *not amused* über Wintersteins pragmatische Entscheidung. Einen Mann wie

Professor Dr. Gert Bonkhorst vernahm man nicht einfach wie Hinz und Kunz! Fehler würde man *ihm* anhängen, und wenn etwas schiefging, mit Genuss seine Qualifikation für das Amt des Landrats damit sabotieren. Andererseits – mischte er sich zu sehr in die Arbeit seiner Abteilung ein, käme das im Hause nicht gut an. Sprüche wie »Der gute Dyckerhoff muss selbst eingreifen, sonst baut sein Laden Mist« – nein, das ging schon gar nicht. Aber ein Oberkommissar als Leiter des Dezernats? Er kannte den Mann ja kaum!

Dyckerhoff hatte gar keine Wahl. Er erklärte Sonia jedoch, dass er Bonkhorsts Befragung als »Mann hinter dem Spiegelfenster« verfolgen wolle. Nur als erfahrener Berater, um alle Ressourcen des Dezernats 2 voll auszuschöpfen – das werde Oberkommissar Abakay ja gewiss verstehen. Sonias Dilemma wegen ihrer persönlichen Beziehung zu Bonkhorst hingegen schien Dyckerhoff ehrlich leidzutun. Er versicherte ihr ausdrücklich, dass er ihre Bitte um Beurlaubung als ein Zeichen von großem Verantwortungsbewusstsein sehe.

»Kann ich Ihre Entscheidung so an Herrn Abakay weitergeben?«, fragte Sonia und erhob sich.

»Tun Sie das, Frau Nerlinger. Und Sie selbst sind ab morgen vorübergehend suspendiert. Erholen Sie sich.« Er reichte ihr die Hand. »Wir sehen uns auf Kollege Hanssons Beisetzung.«

***

Als Sonia ins Büro zurückkam und den Kollegen ihre Beurlaubung mitteilte, durchlebte Dorthe eine volle Minute der freudigen Erwartung. Wenn Sonia ging … Dorthe selbst war Hauptkommissarin, Karim nur Oberkommissar. Zweifellos würde man ihr die Leitung übertragen.

Wie gesagt, eine Minute …

»Wieso Karim und nicht ich? Dem Dienstgrad nach …« Dorthe beherrschte nur mühsam ihre Entrüstung, als Sonia ihr Dyckerhoffs Entscheidung mitteilte.

»Du gehörst nicht zum Dezernat«, entgegnete Sonia. »Und jetzt ist es gut damit.«

»Außerdem si' mir jetzt bloß no' zu dritt. Und wenn's Team kloiner wird, müsset au' d' Chefs kloiner were. Da tut's dann au' e Oberkommissär, gell, Karim?«

Karims Kopfnuss verfehlte ihn um Haaresbreite.

Sonia blickte verlegen auf die Uhr. »Okay, Leute, für mich ist vorerst Schluss. Karim – *dein* Team. Viel Erfolg!« Sie ging zögernd zur Tür, legte die Hand auf die Klinke, blieb stehen. »Lasst Hanssons Mörder nicht davonkommen.«

»Bestimmt nicht. Ich werde Bonkhorst gleich für morgen Nachmittag vorladen«, antwortete Karim, um die merkwürdig leere Situation irgendwie zu füllen.

»Gut.« Sonia verließ das Zimmer, so irritiert, als habe man sie eben in den Ruhestand geschickt, und fuhr nach Hause.

***

Aus der Dachwohnung schlug ihr die aufgestaute Hitze des ganzen Spätsommertages entgegen. Unangenehm blendendes Nachmittagslicht füllte die Räume, denn sie hatte wieder einmal vergessen, die Sonnenrollos vor den großen Dachflächenfenstern herabzulassen. Sonia warf den Schlüsselbund auf den Küchentisch, riss hastig alle Fenster bis zum Anschlag auf und ließ die Wohnungstür sperrangelweit offen stehen. Mehr als einen schwachen Lufthauch aus dem Treppenhaus brachte das nicht.

Der Schweiß brach ihr aus allen Poren, die Kleidung klatschte an den Körper; ihre Kopfhaut begann zu kribbeln. Sonia schüttelte das straff zusammengesteckte Haar locker und bürstete es genussvoll durch, massierte dann ihren Nacken und begann anschließend, noch immer im Flur stehend, sich zu entkleiden. Der Luftzug wurde stärker, doch erst die Schritte auf der Treppe erinnerten sie schlagartig daran, dass sie gleich splitternackt fast im Treppenhaus stehen würde. Sie warf ihre Wohnungstür zu, eben noch, bevor das junge Pärchen von gegenüber den Treppenabsatz erreichte.

Unter der Dusche überfiel sie ohne Vorwarnung der große graue Weltschmerz. Sie kauerte sich auf den Boden des Duschbeckens, schlang die Arme um die Knie und schluchzte hemmungslos in die kleinen Bäche, die ihr der Strahl der Dusche übers

Gesicht trieb. Wegen Gert Bonkhorst, der ihr fehlte und der noch nicht wusste, dass er seinem ganz privaten Desaster entgegenging; sie heulte wegen Cornelius Hansson und weil niemand da war, mit dem sie reden konnte, und weil sie Kommissarin geworden war und nicht Kinderärztin … und einfach wegen allem …

Der Ausbruch erleichterte sie, doch schon bald fand Sonia ihr Verhalten ausgesprochen komisch. Sie schüttelte lächelnd den Kopf, wischte noch ein paar imaginäre, längst vom Wasser weggespülte Tränen aus den Augen und drehte die Dusche ab. Ihr Magen meldete sich; das ausgefallene Mittagessen ließ grüßen.

Beim Anziehen entschied sie daher, an diesem Abend essen zu gehen. Vielleicht sollte sie das jeden Tag tun, solange ihre Zwangspause dauerte? Für Rentner wird doch auch ein strukturierter Tagesablauf empfohlen. Nein, Sonia war einfach nicht gewohnt, freie Zeit zu haben. Richtiger Urlaub, das war etwas anderes, da verreiste man und war alle Überlegungen los. Hätte sie nach Hanssons Beisetzung eigentlich machen können, zumindest für zwei Wochen. So lange würden die Jungs auf alle Fälle noch brauchen, um die Serienmorde aufzuklären.

Die Jungs … Meine Güte, du drückst dich schon aus wie Hansson, dachte sie. Irgendwann wird dir auch noch sein Schnauzbart wachsen!

***

Karim stellte eine dritte Tasse Kaffee auf das Serviertablett, dazu Milch und Zucker, legte ein paar Teelöffel daneben und balancierte seine schwappende Last vorsichtig in Richtung Tür, als, schwungvoll wie meistens, der lange Jonas ins Büro stürmte.

»Vorsicht, Jonas!«

»Scho g'sähe! Sag, hesch du jetzt de Etageservice übernomme? Oder sind etwa Ihro Gnaden Professor Dr. Bonkhorscht scho vorg'fahre und müsset bewirtet were?«

»Quatsch nicht, du Kindskopf! Ja, der Professor ist schon da. Zwanzig Minuten früher als geplant, aber wir können ihn ja nicht auf dem Flur warten lassen. Also beginnt die Vernehmung jetzt gleich.«

»Des möcht i im Kino emol erläbe, dass d'r Film früher a'fängt, bloß weil i scho do bin. Ja guet, Herr Ober, dann geh i glei' mit dir 'nüber und hock mi ins Spiegelkämmerle.«

»Nichts da! Erstens wirst du noch die Recherche erledigen; ich habe dir die Daten auf den Schreibtisch gelegt, und –«

»Aha, losset m'r jetzt de Chef raushänge!«

Karim warf ihm einen ärgerlichen Blick zu.

»Scho guet. Wie's scheint, bin i inzwische auf der Marie Flügel ihre Arbeitsniveau ab'grutscht. Und zweitens?«

»Zweitens stößt Dyckerhoff noch dazu. *Er* wird als Beobachter in der Spiegelkammer sitzen und –«

»… aufpasse, dass ihr zwoi dem ehrenwerten Professor Doktor net zu nahe tretet.«

»Mag sein. Kann ich nichts dagegen tun. Aber solange er nur passiv Anteil nimmt, ist das für mich in Ordnung. Du bekommst natürlich eine Kopie des Vernehmungsmitschnitts. Okay?«

Jonas öffnete ihm die Tür. »Als Tröschterle, wie bei de kloine Kinder! Jetzt gang scho, sonscht wird em Professore sei Kaffee kalt!«

***

Bonkhorst saß bereits im Vernehmungsraum. Beide Ellbogen auf die dunkelgrüne Tischplatte aufgestützt, rührte er endlos in seinem Kaffee herum, den Blick auf die kleinen Inseln aus Schaum geheftet, die auf der dunklen Flüssigkeit kreisten. Von seiner Selbstsicherheit, von seinem Charme war an diesem Nachmittag nichts zu erkennen, denn beides funktionierte nur, solange er sich unangreifbar und überlegen fühlte.

Immerhin war er dankbar für den Umstand, dass nicht Sonia die Befragung durchführte. Befangenheit, natürlich, wegen der Beziehung zu ihm. Er hatte immer wieder vergebens versucht, sie wenigstens telefonisch zu erreichen, um zu retten, was vielleicht noch zu retten war. Retten? Unsinn! Klären konnte er noch manches. Mehr nicht.

»Herr Professor Dr. Bonkhorst«, unterbrach Karim Bonkhorsts Grübelei, nachdem er die üblichen Identifikationsfloskeln ins Mikro diktiert hatte.

»Professor genügt. Machen wir es nicht zu kompliziert«, korrigierte Bonkhorst.

»Danke. Sie wissen, dass wir die Umstände des ebenso unerwarteten wie unerklärlichen Todes unseres Kollegen Cornelius Hansson untersuchen?«

»Ist mir bekannt.«

»Bitte beschreiben Sie kurz Ihr Verhältnis zu Kriminalhauptkommissar Hansson.«

»Cornelius war ein Schulfreund aus der Gymnasialzeit in Heidelberg, meistens sogar mein Banknachbar. Wir besuchten durchgehend dieselbe Klasse, seit er aus dieser Schule im Odenwald zu uns gekommen war. Dort im Internat hatte man ihm offenbar übel mitgespielt. Er rückte nie so richtig heraus damit, wohl aus Scham. Anscheinend ging es um sexuellen Missbrauch, soweit ich mir das aus dem wenigen zusammenreimen konnte, was ich erfuhr. Jedenfalls waren Cornelius und ich damals richtig gute Freunde, so wie man sich das eigentlich vorstellt. Wir besuchten uns auch gegenseitig zu Hause. Ich war öfter mit ihm bei seiner Tante – wie hieß sie gleich … Carla … Charlotte, mit der er ein Häuschen im Odenwald bewohnte. Sie erzog ihn. Eine liebenswerte Frau. Eltern hatte der arme Kerl ja nicht mehr.«

Er hielt inne, bis sich das leichte Zucken um seine Lippen gelegt hatte. »Trotzdem verloren wir uns nach dem Abitur aus den Augen. Bis auf gelegentliche Klassentreffen in großen Abständen hatte ich danach keinen Kontakt mehr zu ihm, obwohl wir uns bis zuletzt gut verstanden haben. Wir wohnten nicht einmal weit auseinander! Nun, wie das eben so ist – man legt es nicht darauf an, doch jeder taucht schließlich in sein eigenes Leben ab.«

»Wann sind Sie ihm zum letzten Mal begegnet – *vor* der Einlieferung in Ihre Klinik?«, fragte Karim.

»Ah, Sie spielen auf das Zusammentreffen in Ladenburg an? In diesem Weinlokal, der ›Kartoffel‹.«

»Ja. Ein Zeuge hat berichtet, dass Sie sich mit Hansson mehr als eine Stunde lang sehr intensiv unterhalten haben. Worum drehte sich denn dieses Gespräch?«

»Sonia – Frau Nerlinger – hat mich das auch schon gefragt. Es ging um alte Zeiten, um Belanglosigkeiten, Ereignisse aus unserem gemeinsamen Kameradenkreis. Was halt zwei ältere Knaben so quatschen, wenn man sich unerwartet wiedertrifft.«

»Waren Sie zu Fuß da?«, fragte Dorthe dazwischen.

»Nein, ich wohne in Baiertal bei Wiesloch, dreißig Kilometer von Ladenburg entfernt. Ich kam selbstverständlich mit dem Wagen.«

»Verkehren Sie regelmäßig in diesem Lokal?«, fuhr sie fort.

»Nein, eher selten, obwohl der Wein wirklich exzellent ist.«

»Unser Zeuge, der Wirt der ›Kartoffel‹, versichert sogar, er habe Sie bisher noch nie unter seinen Gästen bemerkt.«

»Ist es nicht etwas zu viel von dem Mann verlangt, sich alle seine Gäste einzuprägen?«

»Sie sehen nicht aus wie Hinz und Kunz«, bemerkte Karim.

Bonkhorst lächelte verlegen.

Dorthe blätterte in ihren Unterlagen. »Schüler geben sich häufig Spitznamen. Wie lautete denn Ihrer?«

»Sie nannten mich wohl ›Bonzo‹. Aber wie kommen Sie denn jetzt … Sollte das von Bedeutung sein?«, fragte Bonkhorst indigniert.

Dorthe ging gar nicht auf seine beleidigte Rückfrage ein. »Professor Bonkhorst, was hat Sie an diesem Abend bewogen, die ›Kartoffel‹ aufzusuchen? Waren Sie verabredet? Oder hatten Sie vor, sich solo einen angenehmen Abend zu machen?«

»Ich wollte dort den Abend verbringen. Allein, ja. Das ist wohl kaum kriminell!«

»Nein. Sind Sie ein guter Autofahrer, Professor Bonkhorst?«

»Also bitte, das gehört nun wirklich nicht hierher. Herr Kommissar …« Er wandte sich hilfesuchend an Karim, als erwarte er von ihm ein Machtwort.

Auch Karim schien die Frage eher unbedeutend. Doch die Art, wie Dorthe die Befragung anpackte, wirkte zielstrebig und professionell, also ließ er sie gewähren. »Bitte, Herr Professor, beantworten Sie die Frage meiner Kollegin«, sagte er freundlich.

Bonkhorst holte tief Luft. »Ja, ich halte mich für einen guten, gewissenhaften Autofahrer. Bisher hatte ich keinen einzigen Unfall und nicht einen einzigen Punkt in Flensburg.«

Dorthe beeindruckte das nicht. »Dann fasse ich mal kurz

zusammen: Sie haben sich an diesem bewussten Tag spontan entschlossen, den Abend in einem Weinlokal zu verbringen, das von Ihrem Wohnort doppelt so weit entfernt liegt wie die zahlreichen Weinstuben in Heidelberg, die preiswert mit dem Taxi zu erreichen sind. Dazu nahmen Sie – ohne weiteren Grund, wie Sie uns glauben machen wollen – mit dem Wagen einen Weg von sechzig Kilometern hin und zurück auf sich, mit dem Risiko, auf der Rückfahrt alkoholisiert erwischt zu werden, was immerhin einen erheblichen Schaden für Ihr Ansehen bedeuten könnte –«

»Aber hören Sie mal!« Bonkhorst unterbrach sie verärgert. »Ich werde mir doch noch aussuchen können, wo und wie –«

»Ja?« Die Kommissarin auf der anderen Tischseite sah ihn abwartend an.

Bonkhorst fuhr sich ärgerlich durch die Locken. »Ach was, nein, nichts mehr.«

Emotionslos resümierte Dorthe Simonek weiter. »Der Wirt der Weinstube hat bestätigt, dass an diesem Abend ein Mann in seinem Lokal war, der bei Hansson am Tisch saß und sich sehr angeregt mit ihm unterhielt. Hansson redete ihn mit ›Bonzo‹ an. Der Wirt erkannte *Sie* als diesen Mann. Nun, Sie legten uns soeben dar, dass Sie sich in der ›Kartoffel‹ einen angenehmen Soloabend machen wollten. Dann trafen Sie Cornelius Hansson – aus reinem Zufall. Ab hier wird Ihre Einlassung für mich schwer verständlich: Jetzt, da Sie eigentlich angenehme Gesellschaft für den Abend haben, dazu noch von einem Menschen, den Sie nach Ihrer Darstellung gut leiden können, da disponieren Sie plötzlich um und beenden den Abend relativ früh gegen zehn Uhr.«

»Sie verwirren mich, Frau Kommissarin. Nichts gegen Ihre nette Zusammenfassung, aber worauf soll das eigentlich hinaus?« Bonkhorsts Blick ging erneut zu Karim, als erwartete er, dass dieser dem Treiben seiner Kollegin nun endlich ein Ende setze.

Karim reagierte nicht darauf.

Dorthe sah Bonkhorst voll ins Gesicht. »Ich denke, Herr Professor, Sie sind ein Mensch, der sich extrem gut unter Kontrolle hat. Deshalb nehme ich Ihnen nicht ab, dass Sie ohne einen wirklich handfesten Grund unnötige Risiken auf sich nehmen.

Und ich glaube nicht an Zufälle: *Zufällig* entschließen Sie sich zu der Fahrt ins unpraktisch weit abgelegene Ladenburg, *zufällig* besuchen Sie dort genau die Weinstube, in der Hansson Stammgast ist, *zufällig* treffen Sie ihn dort sogar an. Dann ändern Sie *zufällig* Ihre Absicht, den Abend dort zu verbringen, verlassen vielmehr das Lokal lange vor ihm – und *zufällig* verschwindet Hansson genau in dieser Nacht.«

»Ich verbitte mir … Was unterstellen Sie mir denn da! Eine Aneinanderreihung diverser Zufälligkeiten, von denen nur die unselige Fahrt in dieses Lokal meine eigene Entscheidung war.«

»Ich *unter*stelle nichts, Herr Professor, ich *stelle* … und zwar Fakten nebeneinander, und anschließend betrachte ich das Gesamtbild, das sie abgeben. Falls Sie jedoch eine Erklärung für diese Koinzidenz haben, höre ich gern zu.«

Bonkhorst begann, nervös in seiner Kaffeetasse zu rühren. Er nahm einen großen Schluck, tupfte sich die Lippen ab. Verunsicherung breitete sich auf seinem Gesicht aus und begann, die ebenmäßigen Gesichtszüge zu verzerren.

»Machen wir einen Sprung, Herr Professor Bonkhorst«, übernahm Karim das Wort. »Würden Sie uns bitte beschreiben, in welcher Verfassung Cornelius Hansson in Ihrer Klinik eingeliefert wurde?«

»Ja, gern. Nun, er war in einem hochgradig kataleptischen Zustand, in einer Schockstarre, die bereits längere Zeit auf ihn eingewirkt haben muss. Er verhielt sich völlig apathisch.«

»Ich als Laie sehe das ausschließlich als Beschreibung seiner Psyche an, richtig?«

Bonkhorst nickte. »Das ist richtig, wobei es natürlich erhebliche, weitgehend ungeklärte Wechselwirkungen zwischen Psyche und Physis gibt. Sie sind dazu noch sehr vom individuellen Menschen abhängig.«

»Und wie beurteilten Sie zu dieser Zeit seine körperliche Verfassung?«, fragte Karim. Er merkte, wie Bonkhorst bei diesen fachlichen Fragen seine Ruhe zurückgewann. Das war gut so.

»Ich untersuchte ihn sehr gründlich, doch außer seiner Bewusstseinsblockade konnte ich keine Beschädigungen feststellen. Er hatte ein paar ringförmige Druckstellen um die Gelenke, wahrscheinlich von einer Fesselung, nichts Gravierendes. Und was seine Messwerte betrifft: Sie lagen kaum außerhalb der Normalbereiche.«

»Sie meinen Blutdruck, Zucker, Cholesterin, Hormone … So etwas?«

»Lieber Kommissar, nicht nur diese! Wir – mein Oberarzt und ich – führten getrennt sämtliche Untersuchungen nach dem Stand der Medizin durch. Glauben Sie mir, wir haben alle Möglichkeiten in Betracht gezogen. Das übereinstimmende Ergebnis: Cornelius Hansson war körperlich weder verletzt noch krank! Aber das muss doch mein Fachkollege von der Rechtsmedizin ebenfalls konstatiert haben.«

Der Professor hatte sich während seiner Erklärung auf dem Stuhl so gedreht, dass er nur noch Karim zugewandt war, anscheinend in der Hoffnung, die Befragung werde sich zu einem »vernünftigen« Dialog mit Karim umfunktionieren lassen. Dorthe ignorierte er demonstrativ.

»Das hat er in der Tat«, bestätigte Karim.

»Dann verstehe ich nicht, was das hier soll.« Bonkhorst schob in verärgerter Ratlosigkeit seine gespreizten Hände von vorn bis hinten durch die üppigen nackenlangen Haare.

Karim beugte sich über die Tischplatte und fixierte das blasse Gesicht seines Gegenübers. »Herr Professor Bonkhorst, wir stehen immer noch vor der Frage, wie ein gesunder Mensch in Ihrer Fachklinik, unter Ihren erfahrenen Händen von einem Tag auf den anderen zu Tode kommen konnte. Jedoch liegt der rein medizinische Sachverhalt weit abseits unserer Fachkompetenz. Damit wird sich die Ärztekammer und eventuell ein vereidigter Gutachter auseinandersetzen müssen.«

So beruhigend dieser letzte Satz als Abschluss hätte sein können, so sehr beunruhigte er den Professor, weil Karims lange Pause danach nicht den Eindruck erweckte, die Befragung sei beendet. Im Gegenteil – da hing ein unausgesprochenes fettes »Aber« in der Luft. Zudem blieben beide Kommissare sitzen wie festgewachsen. Bonkhorst entging auch der flüchtige Blick nicht, den der Kommissar seiner Kollegin zuwarf. In seinem Kopf schrillten die Alarmglocken. Man hatte ihn doch sicher nicht vorgeladen, um ein paar lächerliche Verdächtigungen auszusprechen und ihm diese Selbstverständlichkeit aus der Rechtsmedizin mitzuteilen!

»Herr Professor Dr. Bonkhorst«, sprach Dorthe ihn von der Seite an, mit spöttisch überzogener Höflichkeit, »ich werde Ihnen jetzt ein paar Namen nennen und wäre Ihnen sehr verbunden, wenn Sie uns mitteilen würden, ob Ihnen diese Namen irgendwie geläufig sind oder ob Sie diese Personen vielleicht sogar kennen. Also: Sebastian Fuhrmann, Alexander Frenkel, Elmar Strube …«

Bonkhorst zögerte. »Entschuldigen Sie«, antwortete er dann, ohne auf die Frage einzugehen, »ich fühle mich etwas ausgelaugt – diese heißen Spätsommer setzen mir immer sehr zu. Könnten wir vielleicht eine kurze Pause machen? Und wäre es wohl möglich, ein Glas Wasser zu bekommen?«

»Aber gern, Herr Professor, lassen Sie uns gerade noch diese einfache Frage zu Ende bringen«, antwortete Dorthe, wiederholte überdeutlich die zuerst genannten drei Namen und setzte noch, ebenso unmissverständlich, »Jeremy Francis Coleman« und »Tamara Binsfeld« hinzu.

Bonkhorst tat, als überlege er gründlich. Dann schüttelte er entschieden den Kopf. »Nein, mit den Namen verbinde ich wirklich gar nichts. Könnte ich nun das Wasser –«

»Sind Sie sicher?«, vergewisserte sich Karim nochmals.

»Ja. Sagte ich doch eben.«

Der junge Kommissar bohrte nicht weiter, sondern vereinbarte mit dem Professor eine Pause von zehn Minuten. Während Bonkhorst bedrückt, wohl auch verärgert, auf dem Flur auf und ab ging, das Wasserglas in der Hand, verbrachten Dorthe und Karim die Pause am Konferenztisch in Hanssons Büro. Kriminalrat Dyckerhoff, der den Verlauf der Befragung aus dem Spiegelraum verfolgt hatte, war ebenfalls zu ihnen gestoßen. Er wirkte reichlich geschafft. Machte er sich Gedanken um den Erfolg der Ermittlungen oder galten seine Stirnfalten dem Umgang des Teams mit Bonkhorst? Gekonnt hievte Dyckerhoff, der »laufende Meter«, sein halbes Hinterteil auf die Ecke von Sonias Schreibtisch und ließ lässig ein Bein baumeln, die Arme über der Brust verschränkt.

»Sind ja überaus professionell an die Sache rangegangen, liebe

Kollegen«, begann er ebenso freundlich wie diplomatisch. »Was mir nur Sorge macht … Haben ja bisher sehr ausgeprägt mit Vermutungen, Spekulationen und unerwarteten Wendungen gearbeitet, die ermittlungstechnisch durchaus Sinn machen, nur …«, er sah konzentriert auf sein pendelndes Bein, »… wenn sich der Professor von seinem ersten Schreck erholt hat, werden wir handfeste Beweise brauchen. Haben wir die?«

Karim bemühte sich, glaubhaft zu wirken. »Für die Zusammensetzung des ehemaligen Linska-Teams und für die Einschätzung von Bonkhorsts wissenschaftlichen Arbeiten gibt es zumindest *einen* sehr glaubwürdigen Zeugen. Einen Wissenschaftler aus Bonkhorsts Fachrichtung, Professor wie er selbst, der uns gern zur Verfügung stehen wird. Zudem ist Kollege Federle gerade damit befasst, Dokumente aus den Universitätsarchiven zu beschaffen, die unsere Behauptungen auch schriftlich belegen. Insoweit … Ja, da sind wir abgesichert. Ich denke, Herrn Professor Bonkhorst stehen noch einige weitere Schrecksekunden bevor.«

»Und wir rechnen fest damit, dass wir ihn dadurch für eine zweite Befragung zu einem späteren Termin in Widersprüche verwickeln können«, ergänzte Dorthe. »Er belügt uns jetzt schon nach Strich und Faden. Die Namen, die ich aufgezählt habe, die *muss* er kennen. Es sind alles frühere Mitarbeiter aus seinem Forschungsteam, Mediziner, die bei den Serienmorden umgekommen sind.«

»Ist mir selbstverständlich bekannt, ja. Wollen heute noch länger dranbleiben, Herr Kollege … äh … Abakay?« Dyckerhoff war noch immer nicht restlos beruhigt.

»Nicht mehr lange. Nur, bis wir ihn so gründlich wie möglich verunsichert haben. Dann kann er erst einmal gehen.«

Dyckerhoff versuchte ein gequältes Lächeln. »Behalten Sie nur Murphys Gesetz im Auge, Kollegen – wissen ja, was schiefgehen kann, das geht auch schief! Verlasse mich darauf, dass Sie nichts schiefgehen lassen und dass Sie den Mann weiterhin mit größtem Respekt und als Unschuldigen behandeln. Ist immerhin noch nicht einmal angeklagt.« Dyckerhoff rutschte von der etwas zu hohen Tischecke herab. Mit einem leisen Plumpsgeräusch landete er auf den Füßen.

»Wir werden mit äußerster Umsicht vorgehen, Herr Rat«, versicherte Karim. Von seinem halb unterdrückten Schmunzeln bemerkte Dyckerhoff zum Glück nichts.

»Verhalten erfordert weiterhin extreme Sensibilität. Denke, Sie haben verstanden, wie ich das meine!« Dyckerhoff warf noch einen Blick zu den Gesichtern seiner Mitarbeiter hinauf, die aus Höflichkeit ebenfalls aufgestanden waren und ihn nun um einiges überragten. »Werde Ihnen nun die weitere Arbeit vertrauensvoll allein überlassen und mich wieder meinen wartenden Aufgaben zuwenden. Machen das schon! Zwischenbericht in den nächsten Tagen?«

»Danke für Ihr Vertrauen, Herr Kriminalrat. Selbstverständlich, Bericht so schnell wie möglich.«

Ein paar Augenblicke später schloss sich die Tür hinter dem – wie immer – eiligen Dyckerhoff.

Dorthe sah grinsend auf die Bürouhr. »Wollen wieder? Haben noch viel zu tun«, imitierte sie Dyckerhoffs Steno-Sprechweise.

***

»Wir werden uns bemühen, Ihre Zeit nicht mehr lange zu beanspruchen, Herr Professor«, eröffnete Karim die zweite Runde der Befragung.

»Na, dann ist es ja gut!« Bonkhorst nickte unwirsch und lehnte sich zurück.

»Bleiben Sie dabei, keinen der vorher genannten Namen zu kennen?«, fragte Karim nochmals nach.

Bonkhorst nickte erneut. »Ja. Ich weiß nicht, wer diese Leute sind. Vielleicht können Sie mich freundlicherweise aufklären?«

»Nun, diese Personen haben eine höchst unerfreuliche Gemeinsamkeit: Alle waren Mediziner, und sie alle wurden in kurzen Abständen ermordet.«

Bonkhorst nahm die Information bemerkenswert unbeteiligt entgegen.

Karim sprach betont langsam weiter. »Da wäre eine weitere Person. Hatten Sie jemals Verbindung zu einem Udo Linska? Bitte lassen Sie sich Zeit mit Ihrer Antwort.«

Jetzt wurde Bonkhorsts blasses Gesicht um eine Nuance fahler, aber er behauptete gereizt und viel zu hastig, auch diesen Namen noch nie gehört zu haben.

»Ihnen ist klar, dass sämtliche Antworten im Gesprächsprotokoll landen, Herr Professor?«

»Sei's drum. Wenn Sie auf dieser jämmerlichen Art von Frage-und-Antwort-Spiel bestehen, bitte.«

»Nun, es gibt Leute, die uns glaubhaft versicherten, dass Sie lange Zeit sogar die rechte Hand eines Professor Udo Linska gewesen seien«, fuhr Dorthe fort.

»Glauben Sie nicht jedem Narren, das könnte ins Auge gehen. Ich hoffe, Sie haben Ihr Vorgehen mit Ihrem Vorgesetzten abgesprochen. Schließlich sollte ich mich zu meinem Verhältnis zu Hansson äußern. Das war doch die Ausgangsbasis, nicht wahr?«

Karim sprach ungerührt weiter. »Dieselben Leute behaupten sogar, Sie, Herr Professor, verdanken Ihren eindrucksvollen Aufstieg zum größten Teil den Arbeiten dieses Linska, der plötzlich von der Bildfläche verschwunden war. Um es deutlicher zu sagen: Man behauptet, Sie hätten zumindest Teile seiner Arbeitsergebnisse als die Ihren ausgegeben und damit Furore gemacht. Was meinen Sie dazu?«

»Schwachsinn! Wer behauptet so etwas? Neider? Schwächlinge, unfähige Nichtse. Ich werde mich dazu nicht äußern! Im Übrigen, was maßen Sie sich eigentlich an, Herr Kommissar? Ich verwahre mich scharf dagegen, dass meine fachlichen Leistungen hier offenbar auf Polizisten-Niveau abgeurteilt werden sollen. Grotesk! Hätte ich gewusst, auf was ich mich hier einlasse …« Bonkhorst funkelte Karim zornig an.

Karim hielt kurz inne, bevor er ruhig und freundlich weitersprach. »Dann beenden wir für heute diese Befragung. Danke, Herr Professor! Es wird allerdings kaum zu umgehen sein, dass wir Sie in einigen Tagen nochmals bemühen.«

»Das wird sich zeigen! Aber jetzt kann ich erst einmal gehen, oder?«, stieß Bonkhorst hervor.

Dorthe öffnete ihm die Tür. Bonkhorst schoss hinaus, bebend vor verhaltener Wut.

Als er im Aufzug stand, presste er seine flatternden Hände

gegeneinander, um sich zu beruhigen. Seinem Innenleben half diese Geste nicht. Ihm war klar, dass sich im Zentrum seiner Existenz gerade ein schwarzes Loch auftat.

***

»Mein lieber Schwan, den haben wir aber auf Touren gebracht«, kommentierte Dorthe seinen fulminanten Abgang, während sie zum Büro zurückgingen.

»Ja. Auf Touren schon – bloß sind Anschuldigungen leider keine Beweise. Machen wir uns nichts vor, Bonkhorst ist kein Dummkopf, und ohne Anwalt wird der hier nicht noch einmal erscheinen. Da liegt noch harte Arbeit vor uns.«

Dorthe schwieg.

Die Schritte der beiden Kommissare klapperten aufdringlich laut auf dem Steinboden des Flurs. »Schade um den Mann«, begann sie dann. »Weißt du, Karim, eigentlich ist er mir sehr sympathisch! Ich kann gut verstehen, dass Sonia auf den abgefahren ist. Kultiviert, gut betucht, erfolgreich, sieht sagenhaft aus …«

»… für sein Alter, ja. Deine Sympathie hast du aber sehr gut kaschiert! Eine Art von Überkompensation? Nun ja, sollte er wirklich mit den Morden zu tun haben, dann wird das sagenhafte Aussehen das Einzige sein, was ihm bleibt. Pech für ihn! Im Knast ist so ein Rauschgoldengel-Touch mit langen lockigen Haaren nicht vorteilhaft. Viele Knackis sind ganz wild auf so einen.«

»Was ereiferst du dich denn so? Ah, du bist neidisch. Richtig! Das ist es.« Sie begann lauthals zu lachen. »Er ist neidisch, der Arme!«

»Hör auf mit dem Gequietsche. Was wird denn Dyckerhoff denken, wenn der uns hört!«

»Und was i mir denk, isch wohl wurscht, oder?« Jonas Federle war unbemerkt aus seinem Büro gekommen und neben die beiden getreten. »I Depp mach d' Arbeit, und bei euch isch's luschtig! Ja, recht so. Nur weiter!«

»*Die* ist schuld!« Karim deutete auf Dorthe, öffnete betreten die Bürotür und bugsierte seine Kollegen hinein. Er kam sich unanständig vor, weil er die Kinderei angefangen hatte – und morgen war Hanssons Beisetzung.

Ein paar Tassen Kaffee später wusste Jonas, wie die Befragung gelaufen war, und Karim konnte zumindest sicher sein, dass die Universität noch schriftliche Nachweise über Linskas Institut und die Namen seiner Mitarbeiter im Archiv hatte. Jonas hielt bereits die ersten gefaxten Kopien in Händen.

Karim brummte dennoch der Kopf. Gut, mochte Bonkhorst gelogen haben. Dann konnte man den Gründen für seine »Vergesslichkeit« nachgehen, ohne bei Dyckerhoff und der Winterstein eine Bauchlandung zu riskieren. Wenn Bonkhorst aber nur aus ganz banalen privaten Gründen log, was hatten sie dann in der Hand? Einem Institut angehört zu haben, dessen Team gerade von einem Irren eliminiert worden war, das war schließlich kein Vergehen. Nein, Hansson und Bonkhorst verband irgendein düsteres Geheimnis – und sie kamen nicht dahinter.

»Was ist mit den Inhalten und Zielen von Linskas Experimenten? Gibt es da keine Fakten?« Karim legte Jonas' Kopien beiseite und sah ihn gespannt an.

»Die müssen doch auch Laborbücher führen, oder? Das ist doch eigentlich üblich«, fragte Dorthe dazwischen, ohne Jonas' Antwort abzuwarten.

»Jo, da pinkelt uns die akademisch Freiheit gewaltig ans Bein! So e Koryphäe wie d'r Professor Linska het offebar Narrefreiheit g'het. Der het doch koine Nachweis mehr liefere müsse! Außerdem, oiner vo dene alte A'gstellte bei d'r Uni het g'moint, alle eventuelle Notize wäret mit dem Linska z'gleich verschwunde – sie hättet nix meh!«

Karim trat an die Flipchart. »Die Ermittlungen sind sehr komplex geworden. Ich will kurz unsere Möglichkeiten festhalten, damit wir nicht den Überblick verlieren.« Der Filzstift in seiner Hand quietschte eine fette »0« auf das karierte Papier.

»Punkt null? Dein Ernst?«

»Moment, Kollegin, das hat Gründe.« Hinter der Null wuchs ein Textband aus dem schabenden Stift. »Mord an Hansson und … den anderen … werden wir Bonkhorst … nie *direkt* … nachweisen können.«

»Richtig?«, wollte Karim von Dorthe und Jonas wissen.

»Wohl wahr. Mir habet von elle Morde weder Todestag noch en Todeszeitpunkt. Also isch's nix mit d'r Lieblingsfrag vo jedem Fernsehkommissär: ›Wo waret Sie bitte am dreiundzwanzigschte Auguscht zwische neunzehn Uhr dreißig und zweiundzwanzig Uhr dreißig?‹«

»Außer bei Hansson, falls es real ein Mord gewesen sein sollte«, berichtigte Dorthe, »aber da hilft uns die Anwesenheit Bonkhorsts am ›Tatort‹, in seiner Klinik, einen feuchten Staub. Man müsste eine Hausdurchsuchung beim Professor durchführen können.«

»Vergiss das, Dorthe. Dafür hält die Winterstein ihren Kopf nicht hin. Wir haben doch fast nichts gegen ihn in der Hand. Punkt eins also: Auch wenn wir heute den Bonkhorst kräftig aus dem Gleichgewicht gebracht haben, wir müssen ihm nachweisen, dass ihm sein Aufstieg nur mit Linskas Forschungsergebnissen und damit auch auf Kosten seiner damaligen Teamkollegen gelungen ist, sonst bricht uns sein Mordmotiv weg.«

Er warf in seiner großzügigen Handschrift den nächsten Textblock aufs Papier. »Zweitens: Mit viel, viel Glück können wir vielleicht belegen, dass er tatsächlich das Agricola-Manuskript geschrieben hat. Mag sein, dass die Kriminaltechnik dabei noch weiterhelfen kann. Sogar das wäre jedoch nur ein dünner Teilerfolg, denn –«

»Des Zeugs könnt er au' weitgehend frei erfunde habe.«

»Leider nur zu wahr«, stimmte Karim zu und brachte die nächsten Gedanken aufs Papier. »Er braucht nur zu behaupten, sein Freund Cornelius Hansson habe ihm die Namen aller Mordopfer verraten, dann haut ihn ein guter Anwalt aus diesem Vorwurf leicht heraus. Seine Motivation für das Manuskript ist zwar völlig absurd, und er wäre als Autor des Textes ein Fall für seine eigene Klapsmühle, aber für den Mord an Hansson und den Ärzten würden wir ihn nicht drankriegen.« Wieder schabte der Filzstift übers Papier und setzte anschließend eine »3« unter den Text.

»Und?«, fragte Dorthe. »Drittens – die Experimente?«

»Mmmh. Beteiligung an Straftaten gegen die Menschlichkeit – falls es die jemals gegeben hat. Ich wäre schon froh, wenn wir Bonkhorst *dafür* festnageln könnten. Sicher, es wär nicht die ›richtige‹ Gerechtigkeit, aber besser als nichts. Wird halt nur über schriftliche Belege, Aussagen von Beteiligten oder Zeugen funktionieren. Wir haben noch nichts von alledem.«

Die Flipchart füllte sich. Karim fügte eine dünne »4« dazu.

»Viertens – steht wofür?«, wollte Dorthe wissen.

»Ha, woisch, der Karim will uns beweise, dass e Oberkommissar net bloß bis drei zähle kann.«

»Halt die Luft an, Kleiner. ›4‹ steht für das Glück des tüchtigen Kriminalisten. Wenn *wir* gut genug sind und *der* sich in den komplizierten Zusammenhängen verheddert, dann haben wir eine Chance.«

»Was ist übrigens mit dem Prof, den ihr an der Universität getroffen habt? Der den Linska angeblich selbst kannte?«

Karim holte tief Luft. »Der Pallenberg? Bisher unser einziger Zeuge. Aber immerhin ist der Mann selbst Universitätsprofessor auf dem medizinischen Sektor, das heißt, seine Aussage hat fachliches Gewicht – genau das, was wir brauchen.« Der Filzstift klapperte in die Blechrinne unter der Tafel. »So, Leute, ich muss weg, heute Abend endlich mal wieder zum Sport. Übrigens«, bemerkte er noch im Gehen, »nur zur Erinnerung: Morgen um vierzehn Uhr findet in Ladenburg die Beisetzung von Cornelius Hansson statt. Wir fahren gegen dreizehn Uhr gemeinsam in meinem Wagen ab. Angemessene Kleidung wird vorausgesetzt.«

Dorthe sah ihm säuerlich nach. »Das war doch ein Schuss in meine Richtung, oder?«, fragte sie Jonas, als Karim den Raum verlassen hatte.

»Des isch d'r Aufstieg«, kommentierte er trocken. »Da fehlts nachher an d'r Bodehaftung und am Bezug zum oifache Kolläge. Kannsch nix mache!«

Charlotte leidet

Aus der Friedhofskapelle des alten Ortes tröpfelt eine kleine Trauergemeinde in die grelle Hitze des Sommernachmittags. Ein paar Stare auf dem Dachfirst äugen misstrauisch zu den Menschen hinunter, die soeben gemessenen Schrittes den Raum der Andacht verlassen.

Als der Beamte der Friedhofsverwaltung mit salbungsvoller Umständlichkeit die Urne aufgenommen hat, setzt sich der Trauerzug in Bewegung.

Hinter dem Urnenträger schreitet Charlotte Hansson, ganz in Schwarz und mit einem altmodischen Tüllnetz vor dem Gesicht, dahinter Sonia, Karim, Jonas und Dorthe. Kriminalrat Dyckerhoff schließt sich an, als einziger offizieller Vertreter der Polizeidirektion. Würdevoll trägt er ein sehr bescheidenes Blumengesteck, das kaum seine schmale Brust verdeckt. Sie hatten in der Dienststelle für einen Kranz zusammengelegt, wie er Hansson zustand, doch für Beisetzungen auf der Friedwiese erlaubte die Verwaltung nichts Größeres.

Zwei von Hanssons Nachbarn bilden den Schluss, obwohl Hansson nie viel von Kontakten gehalten und sie schon gar nicht gepflegt hat. Im Gegenteil – er war der Nachbarschaft mit seinen nächtlichen Orgel-Exzessen furchtbar auf die Nerven gegangen.

Es ist gewiss einer der kleinsten Trauerzüge, die sich je über den Friedhof von Ladenburg bewegt haben. Das entspricht jedoch Tante Charlottes ausdrücklichem Wunsch, die Beisetzung ihres geliebten Neffen, ihres letzten Verwandten, im kleinsten Kreis und ohne Feier zu vollziehen.

Kaum eine Viertelstunde später hat sich die Trauergesellschaft verlaufen.

***

Die Sonne stach. In einiger Entfernung von der Friedwiese zogen Karim und Jonas ihre Sakkos aus und knöpften erleichtert die

Hemdkrägen auf. Polizeirat Dyckerhoff gesellte sich mit einem wortlosen Nicken zu dem Grüppchen seiner Kommissare. Nach ein paar Schritten verabschiedete er sich allerdings schon wieder – wegen angeblich unaufschiebbarer Arbeiten.

»Wenn ich Ihnen sage … die Stapel auf meinem Schreibtisch … katastrophal! Sekretärin macht täglich Überstunden. Sehen uns ohnehin spätestens bei der Würdigung unseres verstorbenen Kollegen im Präsidium. Einladung erhalten Sie noch!« Er eilte davon. Der Splitt knirschte unter dem schnellen Schritt des »laufenden Meters«.

Sonia ging neben Karim her, ganz in Gedanken versunken. Eigenartig. Sie wusste seit Bonkhorsts Anruf, dass Hansson tot war, aber erst der Weg zur Friedwiese ließ sie wirklich begreifen, dass seine Existenz erloschen war. Diese Erkenntnis machte es ihr nicht schwerer, im Gegenteil – sie konnte den Schmerz des Abschieds und viel von ihrer Traurigkeit an diesem stillen Ort zurücklassen. In Sonias Gemüt breitete sich tiefer, warmer Frieden aus.

Was würde bleiben? Freundliche Erinnerungen an ein vertrautes Menschenleben. Und ihre Schuldigkeit, einen schändlichen Tod zu sühnen.

Sonia hob den Kopf und atmete tief ein.

Durch das schmiedeeiserne Eingangstürchen am südlichen Friedhofseingang erreichten sie den winzigen Parkplatz.

»Wir warten doch auf Tante Charlotte, oder?«, fragte Sonia.

»Klar warten wir, und dann …« Karims Satz vertrocknete in der heißen Luft. Die vier setzten sich im Schatten eines Ahornbaumes auf die niedrige Sandsteinmauer. Gegenüber stand Charlotte Hanssons gepflegter Oldtimer mit den roten Lederpolstern.

Karim starrte auf den Wagen. »Ich hoffe bloß, es ist ihr nicht unangenehm. Sie war doch ausdrücklich gegen ein Zusammentreffen nach der Beisetzung. Nicht, dass es so aussieht, als wollten wir ihr jetzt eine Feier aufzwingen.«

Dorthe verzog das Gesicht. »Krieg dich wieder ein, Karim. Ich kenne die Frau zwar nicht näher, aber ein paar aufbauende Worte zu so einem Anlass – das wird sie verkraften! Ist doch besser, als wenn sie nach Hause fährt und allein in ihrer Bude hockt.«

»Wir sollten sie einladen in ein Café oder so«, schlug Sonia vor. »Am Marktplatz gibt es eins, da sitzt man wunderbar im Schatten.«

Die Kollegen waren einverstanden.

Tante Charlotte zierte sich zunächst, fühlte sich aber letztlich von der Hartnäckigkeit geschmeichelt, mit der Cornelius' Kollegen sie zu der kleinen Zusammenkunft drängten. Sie bestand jedoch darauf, die Zeche zu übernehmen; das sei unbedingt in Cornelius' Sinn. Sonst müsse sie mit Bedauern ablehnen!

Sie fuhren alle zusammen in Karims Wagen zum Marktplatz und ergatterten einen Holztisch im Schatten der ausladenden Linde vor dem »Kaffeehaus«. Das Gebäude fügte sich hell und beinahe unauffällig zwischen der etwas historisch überdekorierten Apotheke und dem riesigen Fachwerkbau des »Neunhellerhauses« ein. Selbst hier, wo seit dem Morgen kein Sonnenstrahl gelandet war, zeigte das Thermometer an der Hauswand dreißig Grad.

Tante Charlotte legte dennoch nur Tüllnetz und Handschuhe über die Armlehne des weiß lackierten Bistrostuhls und fächelte sich mit der Eiskarte Kühlung zu. Ihr schwarzes Bolerojäckchen behielt sie eisern an.

Jonas musterte gründlich die bunten Fachwerkbauten rund um den Marktplatz. »Putzig. Elles wunderbar renoviert«, meinte er spöttisch, »aber d' Farb müsset se im Städtle fascht umsonscht kriege – e bissle weniger hätt au' net g'schadt!«

Charlotte lächelte. »Die Touristen mögen das, hat mir Cornelius bei einem Stadtrundgang mal erklärt, diesen leichten … na ja … ›Disneyland-Look‹. Das Städtchen lebt ganz gut davon. Nachdem man heute weiß, dass von den Griechen bis über die Gotik knallbunt immer en vogue war, geht das ja sogar historisch in Ordnung.«

Der Service des Hauses arbeitete flink. In kürzester Zeit stand von Marzipantorte bis Eiskaffee alles auf dem Tisch.

Charlotte Hansson fühlte sich beschämt, weil sie ein Beisammensein nach der Beisetzung nicht von sich aus geplant hatte. Es wäre eigentlich ihr Part gewesen. Gut, dass man sie ein wenig zu ihrem Glück gezwungen hatte, denn die Gesellschaft der jungen Leute tat ihr gut.

»Wie weit sind Sie denn mit Ihren Auswanderungsplänen, Charlotte? Haben Sie sich schon entschieden?«, fragte Karim.

»Oh, Sie erinnern sich noch! Es wird jetzt doch Frankreich werden. Eine Jugendfreundin hat für mich eine Wohnung in einer charmanten Villa gefunden, hoch oben am Hang über Villefranche-sur-Mer; die werde ich kaufen. Ich hatte ja erst mit einem Haus geliebäugelt, doch ein Haus würde mir sowieso bald zu viel. Außerdem – um ehrlich zu sein: Mein ganzes Vermögen geht schon für diese Wohnung drauf. Sie müssen wissen, die Preise dort sind ein wenig ...« Sie wedelte mit gespreizten Fingern vor ihren Augen hin und her. »Na ja. Außerdem: Eine alte Schachtel wie ich lebt sicherer in einer Wohnung als allein in einem Haus. Auf jeden Fall ist das Klima wunderbar und die Lage der Villa ein Traum.«

»An der schönsten Bucht der Welt, beneidenswert.« Dorthe hatte einen Reisebericht darüber gesehen.

»Ja, das behaupten viele Leute. Ich bin schon ganz aufgeregt.«

Das Gespräch plätscherte dahin, derart ungezwungen heiter, als hätten sich die fünf Menschen einfach so an einem Sommernachmittag zum Kaffee verabredet. Doch je länger sie sich unterhielten, desto unruhiger wurde Sonia. Klar, es war wichtig für Charlotte, den Blick wieder aufs Leben zu wenden. So war diese Einladung gedacht gewesen, und das schien ausgezeichnet zu funktionieren. Gleichwohl kam es ihr vor, als vermeide Charlotte Hansson zwanghaft jede Thematik, die zu Äußerungen über ihren verstorbenen Neffen führen konnte.

Nach mehreren Nachbestellungen, zu denen Charlotte ihre Gäste immer wieder drängte, erreichte das Gespräch allmählich ruhigeres Fahrwasser. Die Pausen wurden länger, und zumindest Sonia hatte den Eindruck, ihr Beisammensein gehe seinem Ende entgegen. Wenn sie also noch einige Worte an Charlotte richten wollte, dann war jetzt die Zeit dafür. Ob Charlotte das passte oder nicht, setzte sie innerlich mit mildem Grimm hinzu, aufgebracht darüber, dass Cornelius' Tod mit banalen Alltäglichkeiten zugeschüttet wurde.

»Ich will Ihnen ... nun, ich will Ihnen das Herz nicht schwer machen, Charlotte«, begann Sonia holprig. Guter Gott, was babbelst du da für ein unbeholfenes Zeug?, ging es ihr durch den Kopf. »Aber ich möchte Ihnen, bevor wir auseinandergehen, nochmals versichern, dass es uns alle sehr trifft, einen guten Menschen wie Cornelius verloren zu haben, und wie fassungslos wir darüber sind, dass es gerade *sein* Schicksal war, auf diese furchtbare Weise von uns zu gehen – vor allem, nachdem seine Rettung bereits so sicher erschien. Es tut uns so leid.«

Charlotte Hansson hörte ihr vom ersten Wort an aufmerksam zu, ergriff schließlich Sonias Hand und tätschelte sie. »Danke, Sonia, ich danke Ihnen allen. Wissen Sie«, erwiderte Charlotte, »ich glaube nicht an das Schicksal. Ich sehe das eher so: Vor jedem neugeborenen Menschen liegt ein schnurgerader Weg, wie eine ganz persönliche Autobahnspur, vom Augenblick seiner Geburt bis zu seinem Tod. Viele Einflüsse bestimmen mit, wie der Weg später verläuft – angeborene Stärken und Schwächen, Talente, Neigungen, Erziehung, äußere Umstände … Die Lebensbahn ist vielen Stößen ausgesetzt; sie hinterlassen Verbiegungen bei den meisten von uns. Möglicherweise landen wir nicht an dem Ziel, das wir hätten erreichen können, aber eben doch an einem guten und richtigen Endpunkt als einer Möglichkeit von vielen. Das ist kein Unglück, und niemand muss daran zerbrechen. Wirklich unglücklich sind aber die wenigen, denen das Leben so viel antut, dass ihr Weg zu einer Spirale wird. Ihr Entscheidungsraum wird immer enger, alles beschleunigt sich, sie sind nur noch getrieben, ohne dass sie selbst mitbestimmen können – und dann, am Endpunkt der Spirale, verglühen sie.«

Keiner am Tisch begriff im Entferntesten, was Charlottes philosophischer Exkurs mit Cornelius Hansson zu tun hatte. Aber sie war eine respektable alte Dame, der das Leben eben einen bösen Schlag versetzt hatte, und so sah man ihr selbstverständlich die leichte Verwirrung nach und nickte wenigstens, als habe man verstanden.

»Die Gerechtigkeit wird am Ende siegen, Charlotte«, versicherte ihr Karim, um sie zu trösten, aber auch, um seine Ratlosigkeit zu überspielen.

Charlotte sah auf Sonias Hand, die sie noch immer in der ihren hielt. »Ja, die Gerechtigkeit wird siegen«, wiederholte sie, nun doch unerwartet bewegt, »auch wenn das in manchen Fällen … nun ja …« Sie brach ab, tätschelte Sonias Hand nochmals, ließ sie dann los. Ihr Blick schweifte in die kleine Runde. »Ich bin sicher, Sie alle werden dafür sorgen. Was bliebe denn auch von der Welt ohne Gerechtigkeit? Nicht einmal der Himmel kommt ohne sie aus.«

Ein schlanker junger Bursche war an den Tisch getreten. »Darf ich bei Ihnen abkassieren? Wir haben nämlich Schichtwechsel, und da ist es bei uns üblich …«

Charlotte sah ihn freundlich an. »Dürfen Sie, dürfen Sie, mein Junge. Machen Sie mir die Rechnung fertig, alles zusammen, bitte!«

Der junge Mann war erfreut über die einfache Abrechnung und noch erfreuter über das großzügige Trinkgeld, das ihm Charlotte Hansson gab.

Eine Viertelstunde später, nach einem weit weniger tiefsinnigen Ausklang, saß Charlotte bereits in ihrem Cabrio mit den roten Ledersitzen. Beim Anlassen verschluckte sich der Motor kurz, dann rollte das zierliche Fahrzeug leise brummend davon; hinter ihm hing ein dezenter Hauch von unverbranntem Benzin in der Luft.

Agricola wird enttarnt

Sonia brauchte nach dem Aufwachen einige Zeit, bis sie sich über zwei Dinge im Klaren war. Erstens: Dieser Tag hieß Montag, und zweitens: Sie musste trotzdem nicht zum Dienst nach Heidelberg. Sie hätte also im Bett bleiben können.

Aber Hauptkommissarin Sonia Nerlinger hatte andere Pläne. Sie holte eine Landkreiskarte aus ihrem Sekretär, strich sie auf dem Esstisch glatt und durchsuchte die Region östlich von Heidelberg. Hier ... Moosau im Odenwald; etwa eine halbe Stunde Autofahrt, über Neckarsteinach und Hirschhorn, wie es der Schulleiter am Telefon beschrieben hatte.

Während Sonia eine Banane fürs Frühstück zerschnippelte, gingen ihr die Vorgänge um die Internatsschule Moosau durch den Kopf. Dieser hochgelobten »Perle der Reformpädagogik« war es ab den Siebzigern gelungen, sich weitgehend von der Gesellschaft abzukoppeln – nicht nur örtlich, sondern in bestimmten Bereichen auch von Gesetz, Ethik und vor allem von der Achtung der Menschenwürde.

Cornelius war nicht der Einzige und nicht der Letzte, der dort unbemerkt gelitten hatte. Erst lange nach seiner Zeit wagten ehemalige Schüler, an die Öffentlichkeit zu gehen. Damit lösten sie in den Medien zwar eine Flut der Empörung aus, doch alle Missbrauchsfälle waren verjährt. Anstatt ihnen Gerechtigkeit zu verschaffen, goss man gezielt Häme und Verunglimpfung über die Opfer. Die Täter blieben – nach einer kurzen Schamfrist – unbehelligt, sie konnten danach ihren Beruf weiter ausüben. Ein »Berufsverbot« für untragbar verkommene, kriminelle Pädagogen wurde nie ausgesprochen.

Seit Charlotte damals versucht hatte, für den jungen Cornelius Recht zu bekommen, hatte sich also nichts geändert.

Sonia rührte kalte Milch in ihr Bananenmüsli und begann nachdenklich zu futtern. Ihre bevorstehende Fahrt nach Moosau hatte auch mit Charlottes merkwürdigen Äußerungen im »Kaffeehaus« zu tun. Die Kollegen sahen darin zwar nur einen Ausdruck von zeitweiliger Verwirrtheit; Dorthe deutete das anschauliche Sinnbild von der Lebensspirale sogar als die Fiktion eines »müden« Gehirns, das mit allen Mitteln versuchte, einem schweren Schicksalsschlag nachträglich Sinn zu verleihen. Was aber, wenn Charlotte damit doch eine Botschaft weitergeben wollte? Die bedrückende Vision vom Lebensweg eines Menschen, der in einer zerstörerischen Spirale endet – die Vorstellung ließ Sonia nicht los. Wollte Charlotte Hansson andeuten, Cornelius habe sich das Leben genommen?

Dafür sprach wenig. Zwar hatten zwei exzellente Mediziner seine Todesursache nicht abschließend klären können, aber von Suizid war nie die Rede gewesen. Sonias eigener Instinkt lehnte bei Hansson die Möglichkeit eines Selbstmordes sowieso vehement ab, schließlich hatte sie lange Jahre neben ihm verbracht. Andererseits wollte sie nicht den Fehler mancher Frau machen, die glaubt, alles über den Mann an ihrer Seite zu wissen. Nein, auf die Frage, ob bei Hansson Selbstmord in Frage kam, fand Sonia im Moment keine emotionslose Antwort. Im besten Falle, weil schon die Frage einfach Blödsinn war – und die gute Charlotte wahrscheinlich doch reichlich tüdelig.

Sonias eigene Vermutungen bewegten sich in eine ganz andere Richtung: War es denkbar, dass dieser mörderische Agricola bereits früher unbemerkt Hanssons Lebensweg gekreuzt hatte? Und dass er ihm irgendwann viel später nach dem Leben trachtete? Aus Gründen, die noch im Dunkel lagen?

Sie musste sich eingehend mit den Stationen von Hanssons Lebensweg befassen, keine Frage, denn allem Anschein nach barg er doch ein Geheimnis. Das Internat Moosau war nur die erste Station, und ihre Nachforschungen waren höchst inoffiziell. Was hätte sie Dyckerhoff auch als Begründung dafür angeben können? Ihr Bauchgefühl?

Die ausgedehnte Schulanlage überraschte Sonia. Im Internet und in einigen Zeitungen waren zwar Bilder des Internats Moosau veröffentlicht worden, als damals die Missbrauchsfälle durch die Medien gingen, aber die Größe der Anlage konnte man sich danach nicht vorstellen.

Bereits die Privatstraße vom Rand des Schulgeländes bis zum Verwaltungsgebäude hatte die Länge einer kleinen Dorfstraße. Zu beiden Seiten erhob sich eine hügelige Parklandschaft mit ausladenden alten Buchen, Eichen, Birken und Nadelbäumen, dazwischen lagen Grasflächen und Büsche. Immer wieder zweigten schmale asphaltierte Fahrwege ab, und überall zwischen den Bäumen waren einladende Häuser im traditionellen Stil zu erkennen. Manche sahen aus wie kleine Bauernhöfe, andere wie noble Stadthäuser, mehrstöckig, hoch aufragend, mit steilen Schindeldächern und vielen Dachgauben. Zwischen allen Gebäuden erstreckte sich ein Netz von Fußwegen, das sie untereinander und mit zahlreichen Plätzen verband. Sonia war irritiert, weil sich in ihrem Kopf diese beinahe romantischen Bilderbucheindrücke so gar nicht mit den damaligen Vorfällen zusammenfügen wollten. Aber genau das war wohl auch ein Teil des Problems gewesen, die Diskrepanz zwischen Rahmen und Inhalt.

Das ockerfarbene Verwaltungsgebäude passte allerdings weniger dazu – ein quaderförmiger moderner Zweckbau, nicht hässlich, aber eben gründlich anders.

Sonia wurde schon erwartet. Kaum dass sie ihren Wagen geparkt hatte, kam ihr bereits die Sekretärin der Schulleitung entgegengeeilt, begrüßte sie förmlich-kühl und führte sie ins Büro des Schulleiters Karl Beran.

»Kaffee, Frau Kommissarin? Oder was darf ich Ihnen sonst anbieten?«, fragte Beran, ein älterer Herr mit grauem Haarkranz, krausem Vollbart und eindrucksvoller Statur, den Sonia auf Anfang sechzig schätzte. Er machte auf den ersten Blick einen angenehmen, sogar einnehmenden Eindruck auf sie, und zwischen Beran und seiner Besucherin entwickelte sich – ganz gegen Sonias Erwartungen – von Anfang an ein sehr sympathisch entspanntes Gesprächsklima.

Sie hatte ihm bereits am Telefon mitgeteilt, dass sie im weitesten Sinne Ermittlungen zu Kriminalhauptkommissar Hanssons Tod anstelle, und nachdem man die üblichen freundlichen Floskeln ausgetauscht hatte, kam Beran von sich aus auf ihr Besuchsmotiv zu sprechen.

»Oh, ich erinnere mich noch an den jungen Hansson! Ein

körperlich robuster, aber sehr sensibler Junge, der sich wirklich für alles interessierte. Dies hier war meine erste Stelle als junger Lehrer, nun, da bleibt vieles besser in Erinnerung.« Er lächelte. »Wenn ich ganz ehrlich bin, noch deutlicher steht mir seine Tante vor Augen. Ich erfuhr leider erst viel später, dass sie schwer krank war. Man sah ihr das damals noch nicht an. Frau Hansson war eine äußerst aparte, selbstsichere Frau in den Vierzigern, und sie hat mich ungeheuer beeindruckt. Ob Sie es glauben oder nicht, ich habe mir in dieser reichlich prüden Zeit monatelang vorgestellt, wie das wohl wäre – diese schöne, reife Frau und ich.«

»Ach«, antwortete Sonia tonlos, »das ist sicher nicht verwerflich für einen jungen Mann. Manche Ihrer Kollegen haben sich da ganz andere Dinge vorgestellt, damals, in der ›prüden Zeit‹. Und gar so prüde war sie hier auf dem Schulgelände offenbar nicht, diese Zeit.«

Beran schwieg. Er betrachtete seine Hände, dann lief sein Blick langsam über den Tisch, über Sonias Kaffeetasse, schließlich zu ihrem Gesicht empor. »Es hört nicht auf«, erwiderte er betroffen, »aber es hat ja auch für die vielen Kinder nicht aufgehört, seinerzeit. Ich nehme das als meinen gerechten Anteil, obwohl ich nie davon wusste und schon gar nichts damit zu tun hatte, glauben Sie mir! Vielleicht hätte ich davon wissen müssen.«

»Vielleicht«, wiederholte Sonia.

»Was ist denn aus Charlotte Hansson geworden? Ich hoffe doch, sie konnte geheilt werden. Kennen Sie sie?«, fragte er nach einer Pause.

»Charlotte lebt noch. Sie ist fast fünfundsiebzig, eine sehr angenehme alte Dame mit Stil und Kultur. So, wie sie ihren Krebs besiegt hat, wird sie auch über den Tod ihres Neffen hinwegkommen – obwohl das ein schrecklicher Schlag war.«

Beran stand auf und ging langsam zum Fenster. »Das ist beruhigend zu hören. – Ein wunderbarer Tag, Frau Nerlinger! Wollen wir uns nicht ein wenig die Beine vertreten? Ich stehe Ihnen gern unterwegs Rede und Antwort, in unserer gesunden Waldluft.«

Es war die richtige Idee im richtigen Augenblick. Der Wechsel nach draußen tat Sonia ebenso gut wie Karl Beran. Er führte sie erst auf Fußwegen durch das ausgedehnte Tal, vorbei an Werkstätten, Ateliers, Sporthallen, einem schattigen Amphitheater, der Mensa und zahlreichen Wohngebäuden, dann auf einem Höhenweg am oberen Rand des Hangs entlang. Sie erreichten einen halbkreisförmigen Platz hoch über dem Talgrund. Beran hielt an. Er deutete hinab.

»Da unten liegt es, unser Moosau, und wie seinerzeit das alte Rom ist es von sieben Hügeln umgeben. – Wollen wir uns setzen?« Er deutete auf die Steinbank, die bogenförmig den geschotterten Platz umgab.

Sie unterhielten sich einige Zeit über die malerische Aussicht, dann fragte ihn Sonia nochmals, ob nie ein Lehrer, Erzieher, Gärtner oder Koch mit dem Namen Agricola in Moosau beschäftigt gewesen sei.

»Nein.« Die Antwort kam sehr entschieden.

»Und es hat nie einen einzigen Schüler mit diesem Namen gegeben?«

»Aber nein, ich habe das alles schon bei Ihrer offiziellen Anfrage angegeben.« Beran war leicht ärgerlich, schwor aber Stein und Bein. Sie glaubte ihm. Man konnte Beran ansehen, dass er nur zu gern gewusst hätte, was es mit diesem Agricola auf sich hatte. Doch Neugier duldete er nicht – vor allem nicht bei sich selbst.

Stille.

Sonia stand auf und trat an den vorderen Rand des Halbkreises. Links und rechts wurde er von zwei dicken Buchen begrenzt, hinter deren Stämmen sich sogar ein Kerl wie Karl Beran hätte verstecken können.

»Ach, wie süß … *grande amore*! So etwas habe ich schon lange nicht mehr gesehen.« Sonia lachte hell auf und deutete auf ein krakeliges Symbol in der glatten Buchenrinde. Es sollte ein Herz darstellen, von einem Pfeil durchbohrt, mit zwei eingeritzten Namenszügen daneben. »Fredi und Julia«.

Man konnte nur noch erahnen, wer sich so innig geliebt hatte, denn die Baumrinde hatte ihre Verletzungen längst zu dünnen Kratzern zusammengeschoben.

Beran trat schmunzelnd neben sie. »Das ist Historie, Frau Nerlinger! Diese Ritzbilder sind jahrzehntealt. So viel Mühe machen sich die jungen Liebespaare heute nicht mehr – wird jetzt alles elektronisch erledigt.«

Inzwischen hatte Sonia den Baumstamm beinahe umrundet. Witzig! Eine natürliche Plakatsäule – der Stamm war an jeder erreichbaren Stelle »tätowiert«! Die ältesten Ritzbilder hatten sich mit dem Wachstum des Baums ein ganzes Stück in die Höhe geschoben.

»Herr Beran, hier, schauen Sie sich das an«, rief sie plötzlich sehr erregt.

Knapp über Sonias Kopf zeichnete sich in der Rinde das Ritzbild eines stilisierten Männchens mit gigantisch erigiertem Penis ab.

»Na ja, Frau Kommissarin, da sind wir heute Schlimmeres gewohnt«, meinte er verständnisvoll. »Ist doch auch schon uralt. Jungs in einem bestimmten Alter – nein, sogar in ziemlich vielen Altern – sind eben furchtbare kleine Ferkel. Das ist nicht weiter bedenklich.«

»Nicht das Bild – die Schrift darunter, der Name! Sehen Sie doch.« Sonias Stimme klang unangenehm schrill.

»Oh!« Karl Beran riss die Augen auf. Unter dem Penismännchen war mit vielen kurzen Messerschnitten unbeholfen ein Name eingeritzt: *»A g r i c o l a«*.

***

»Kommen Sie, Frau Nerlinger«, sagte er und deutete auf den Fußweg neben der Buche. »Gleich hier entlang. Wir fragen jemanden, der über diese Zeit viel besser Bescheid weiß als ich.«

Sie eilten auf dem kürzesten Weg in Berans Büro zurück.

»Gerlinde, rufen Sie bitte bei Michael an. Er möchte kurz in meinem Büro vorbeikommen. Es ist sehr dringend.« Er bot Sonia den bequemen Ledersessel seiner Besucherecke an. »Noch einen Kaffee, Frau Nerlinger?«

»Nein, danke. Wer ist das, der mir weiterhelfen könnte?«

»Michael Kohler, ein lieber Kollege, der kurz vor mir in Moosau angefangen hatte. Wenn es etwas zu wissen gibt, weiß es Michael. – Oh, nein«, wehrte er ab, als er Sonias befremdeten Blick bemerkte. »Ziehen Sie keine falschen Schlüsse, Frau Nerlinger. *Das alles* wusste er nicht. Ich kenne ihn schon so lange.«

Trotzdem bildete sich Sonia ein, dass ein flüchtiger Schatten über Berans breites Gesicht gehuscht war. Und sie dachte daran, wie viele Jahre sie Hansson gekannt hatte, wie viele Tage das gewesen waren, mit wie vielen Stunden, und wie wenig sie dennoch von ihm wusste.

»Michael ist eine gute Haut, der hatte immer mehr Kontakte als ich, und sein Gedächtnis ist heute noch viel besser als meins. Ich meine, natürlich nicht, was … Dinge betrifft, wie sie –«

Es klopfte.

»Komm rein, Michel!«, rief Beran.

Michael Kohler trat ein, Karl Berans genaues Gegenstück: hager, faltig wie eine Schildkröte, mürrisches Gesicht, rot-weiß kariertes Hemd, eng anliegende Jeans über dünnen Beinen, Turnschuhe. Sicher ein paar Jahre älter als Beran; trotzdem kräuselte sich volles Haar über seiner Stirn.

Beran machte die beiden bekannt und schob für Kohler einen Bürostuhl an den Tisch. »Danke, dass du so schnell kommen konntest, Michel. Es geht darum: Frau Nerlinger sucht eine Person namens Agricola – du erinnerst dich, vor Kurzem haben wir uns darüber unterhalten, als die Anfrage von der Kripo Heidelberg kam.«

»Ja, jaa … den gab's und gibt's hier aber nicht, das hab ich dir doch schon gesagt. Nicht einmal als Gärtner hatten wir je einen Agricola«, entgegnete Kohler kopfschüttelnd und schlug die Beine übereinander.

Sonia erklärte ihm knapp und leicht unwirsch den Sachverhalt.

Kohler konnte doch lächeln. »Ach so, das Penismännchen! Das Kunstwerk in der alten Buche, ja, das kenne ich. Aber eine Beschriftung ist mir nie aufgefallen, Frau Kommissarin.«

»Hm … Eine andere Frage noch: Wissen Sie etwas über einen Lehrer namens Kretschmar?«, fragte Sonia.

»Allerdings. Dieses verkommene Subjekt werde ich im Leben nicht vergessen.« Kohler wandte sich an Beran. »Karl, du erinnerst dich auch noch an den Rüdiger … Rüdiger Kretschmar?«

»Nicht gern.«

»Richtig. Wir haben ihn gefeuert, weil er üble Schweinereien mit den Jungs in seiner Wohngruppe angestellt hat.«

Sonias Nerven vibrierten. »Dieser Kretschmar müsste etwa zu Cornelius Hanssons Zeit Lehrer für Sport und Latein an dieser Schule gewesen sein, richtig?«

Kohler nahm sich Zeit für eine bedächtige Antwort. »Ja, richtig. Bei der Kretschmar-Sache ging es auch um den Cornelius Hansson und einige seiner Kameraden. Ich war damals Mitglied der Untersuchungskommission, und ich sage Ihnen, was wir nach und nach zu hören bekamen, war schrecklich, widerwärtig, unvorstellbar – ein pädagogischer Alptraum.« Er atmete schwer. »Man erinnert sich nicht gern an solche Dinge, Frau Kommissarin. Kretschmars ›Aktivitäten‹ müssen schon kurz nach seinem Dienstantritt hier begonnen haben, aber es gelang diesem Mistkerl immer wieder, seine Verfehlungen unter sämtliche Teppiche zu kehren. Er konnte gut mit Kindern – leider. Die meisten müssen ihn geliebt haben, trotz der Schweinereien, die er von ihnen verlangte. Man muss das allerdings im richtigen Kontext sehen. Für manche der Jungs war tatsächlich die Schule *mit* Kretschmar erträglicher als ihr Zuhause mit den eigenen Eltern. Glauben Sie mir, wir hatten und haben nicht nur die Crème de la Crème des Bildungsbürgertums als Kunden, und selbst da …« Er stockte plötzlich. Dann starrte er für ein paar Sekunden ins Leere, so als würde er scharf nachdenken. Sonia konnte beobachten, wie sich seine Stirn in noch krausere Falten legte und ihn schließlich eine Art Erleuchtung überkam. »Aber ja«, rief er aufgeregt. »Jetzt fällt es mir wieder ein. Kretschmar unterrichtete ja als Hauptfach Latein, wie Sie wissen, und er entwickelte schon bald die Marotte, jeden neuen Lateinkurs mit dem Satz zu beginnen ›Agricola arat‹ – der Bauer pflügt. Vielleicht hatte er zu oft die ›Feuerzangenbowle‹ gelesen und wollte sich eine Art Markenzeichen schaffen, was weiß ich. Ist ihm anscheinend auch gelungen, irgendwann hieß er bei den Schülern nämlich nur noch ›Agricola‹.«

Natürlich, schoss es Sonia durch den Kopf. Ein *Spitzname*! Wir waren so nah dran.

»Deshalb fanden Sie diesen Namen bei dem höhnischen Ritzbild, das Sie heute entdeckt haben. Damals wusste wahrscheinlich jeder, wer gemeint war. Bedauerlich, dass ich nicht früher daran gedacht habe. Ich wollte Ihnen nur noch erzählen, wie die Angelegenheit Kretschmar endete: Wir – das Untersuchungskomitee – hatten seine Umtriebe der Schulaufsichtsbehörde gemeldet. Er sollte nach seiner Entlassung von der Schule vor Gericht gestellt werden, aber ich glaube, das ist nie geschehen – mit Rücksicht auf … blabla … blabla …«

»Wissen Sie, wo er sich heute aufhält, Herr Kohler? Oder haben Sie nochmals von ihm gehört?«, bohrte Sonia nach.

»Nein. Das hätte mir noch gefehlt!«

Beran stand auf und fing an, ein Bücherregal zu durchsuchen.

Sonia schlug ihr Notizbuch auf. »Wissen Sie vielleicht noch seinen Geburtsort, Herr Kohler? Der müsste ja in der Untersuchung gegen ihn öfter aufgetaucht sein.«

»Schon, schon. Aber dieses Detail ist mir entfallen, immerhin liegen beinahe fünfunddreißig Jahre dazwischen. Warten Sie … doch, ja, er hatte irgendetwas mit der Rauen Alb zu tun. Kommen Sie damit weiter?«

»Ganz sicher, ganz sicher.« Sonia war richtig euphorisch. Ein Kinderspiel, mit diesen Angaben Kretschmar zu finden. Sie musste sofort ihr Team informieren.

»Ich habe da auch noch etwas, ein Foto von diesem Lumpenhund!« Beran stand mit einem altmodischen Fotoalbum neben Sonia, einen Finger zwischen die Blätter geklemmt. Als das Album offen auf dem Tisch lag, deutete Beran auf die Mitte eines kleinformatigen Fotos, kaum größer als der Bildschirm eines Handys.

Michael Kohler rückte neugierig näher. »Dass du daran noch gedacht hast, Karl! Unsere ersten Ausflüge mit dem Kollegium.«

»Ja, ja, und der hier, Frau Nerlinger, das ist Kretschmar.« Der Hinweis war vorerst nicht hilfreich, Berans kräftiger Finger verdeckte schon die halbe Fläche des Bildchens.

»Darf ich?« Sonia fädelte es vorsichtig aus den Fotoecken und hielt es dichter vor die Augen. Es zeigte eine Gruppe von ungefähr fünfzehn Menschen, die sich vor einem Gebüsch aufgestellt hatten. Eigentlich waren nur fünfzehn helle ovale Flecke in dunkelgrauer Umgebung auszumachen. Unmöglich, bei dieser Größe ein einzelnes Gesicht zu erkennen!

»Der Dritte von links«, erklärte ihr Beran, »das ist Kretschmar.«

»Ja, das ist er«, bekräftigte Kohler, der sich erhoben hatte und über Sonias Schulter auf das Bildchen schielte.

»Hätten Sie vielleicht eine Lupe, Herr Beran?«

Als sich Sonia mit dem schweren Vergrößerungsglas erneut über das Foto hermachte, blieb sie wie versteinert am Gesicht des Mannes hängen. »Das ist doch nicht möglich. Ein Phantom«, murmelte sie mit einem dicken Kloß im Hals.

Aus dem Hochglanzfoto lächelte ihr ein blasses langes Gesicht entgegen; dunkle schulterlange Haare und die hohe bleiche Stirn ließen es noch schlanker erscheinen, und die schmalen Augen über einer scharf geschnittenen, leicht zur Seite gebogenen Nase gaben ihm den Ausdruck eines Raubvogels.

Kein Zweifel, die Skizze, die man in Hanssons Haus gefunden hatte, sie zeigte diesen Mann, Kretschmar.

»Großartig«, versicherte sie Beran. »Das Foto ist uns eine ganz wichtige Hilfe.«

»Übrigens: Jetzt, wo ich sein Gesicht wiedergesehen habe, fällt mir noch was zu Kretschmar ein«, bemerkte Beran, sichtlich erfreut über ihre Anerkennung. »Der hatte noch andere Macken! Erinnerst du dich, Michel, er trug in jeder Jahreszeit Rollkragenpullover. Dünne im Sommer, dicke im Winterhalbjahr, aber immer Rolli. Hier auf dem Foto macht er auch keine Ausnahme – und das wurde im Hochsommer aufgenommen. Schauen Sie, wir anderen alle in Hemden, die Damen in Blusen – Kretschmar im Rollkragen.«

»Wenn es bloß diese Macke gewesen wäre!«, knurrte Kohler und blätterte grüblerisch in Berans dickem Fotoalbum.

Sonias Gedanken kreisten nur noch um den enttarnten Agricola. Sie bat darum, das eine Foto mitnehmen zu dürfen, bedankte sich bei den beiden Herren für die Unterstützung und verließ ziemlich eilig und sehr aufgeregt das Gelände des Internats Moosau.

Wir werden ihn kriegen, hämmerte es in ihrem Kopf. Cornelius, wir fassen ihn!

Auf dem Rückweg bog sie in den erstbesten Parkplatz neben der Straße ein und wählte hastig Karims Nummer.

»Hallo, Sonia, schön, dich zu hören. Wie geht's dir denn im Urlaub? Du liegst wahrscheinlich faul im Schwimmbad, und wir hier –«

Sie schnitt ihm das Wort ab. »Keine Zeit für so was, hör zu, Karim: Ich weiß, wer Agricola ist!«

»Was? Das wäre eine Riesensache! Und wie –«

»Frag jetzt nicht groß, wie ich dazu komme. Ich bin auf dem Rückweg vom Internat Moosau im Odenwald. Ja, war nicht ganz legal, aber das ist mir im Moment so was von wurscht. Hör einfach zu! Ihr müsst sofort den Aufenthalt einer männlichen Person ermitteln namens – hast du was zu schreiben, ja? – Okay, also, er heißt Rüdiger Kretschmar. Rüdiger wie Rüdiger, Nachname … ich buchstabiere … K-r-e-t-s-c-h-m-a-r. Er soll aus der Rauen Alb oder der Gegend dort stammen. Alter: ungefähr sechzig. Hängt euch rein! Und wenn ihr das Ergebnis habt, bitte ruf mich sofort zurück. Viel Erfolg!«

»Kretschmar? Das ist doch der Kinderschänder, von dem Tante Charlotte erzählt hat? Und *der* ist Agricola?«

»Ja, offenbar.«

»Du weißt aber schon, dass die Recherche gut zwei Stunden dauern kann, Sonia.«

»Ganz egal – ihr müsst das sofort klären! Nehmt euch so viel Zeit wie nötig, aber zieht das unbedingt mit allen Mitteln durch. Ich bin jederzeit auf Empfang. Bis später!«

Als sie auflegte, stand Sonia das Adrenalin bis zur Stirn. Irgendwie musste sie die Zeit bis zum Rückruf überbrücken. Essen gehen? Sie konnte jetzt nichts mit Appetit zu sich nehmen. Nach Hause fahren, ruhig dasitzen, bis der ersehnte Anruf kam? Unmöglich. Auch keinerlei Lust, sich zu bewegen, bei dieser Hitze und in der Mittagszeit.

Aber – *das* wäre nicht schlecht!

Sonia startete den Wagen, bog wieder auf die Bundesstraße ein und fuhr am Neckar entlang durch Heidelberg, dann weiter bis zum Anlegeplatz der Fähre in Neckarhausen. Nahe der Landestelle quetschte sie ihren Wagen an den Straßenrand, schlenderte zum Fluss hinab und wartete auf die Fähre.

Der Neckar war an dieser Stelle nicht sehr breit. Sie konnte gut zusehen, wie die Fähre eben auf der Ladenburger Uferseite ein einzelnes Auto und einige Radfahrer abholte.

Den Fährbetrieb hier gab es schon seit ewigen Zeiten. Zwar überspannte in Ladenburg bereits seit hundertfünfzig Jahren eine eindrucksvolle Eisenbahnbrücke aus rotem Sandstein den Neckar, doch nur Fußgänger und Radfahrer konnten auf ihrem schmalen Nebensteg ebenfalls den Fluss überqueren – Autos nicht. Davon profitierte die Fähre, die zwischen Ladenburg und Neckarhausen verkehrte. Man sparte sich dadurch den Weg zu den weit entfernten Brücken oberhalb und unterhalb der Fährstation.

Die Fähre selbst hatte nichts von einem Wasserfahrzeug. Kein Boot, eher ein Stück Straße auf Wanderschaft überquerte den Neckar, eine Fahrbahn aus Stahlplatten, rechteckig, getragen von einer wasserdichten, flachen Eisenkiste. Am Rand der Fahrbahn stand ein lang gestrecktes, schmales Fährhaus, daneben schlossen sich einige Sitzbänke an, mit einem Blechdach darüber. Geländer an den Längsseiten, zwei rot-weiße Schlagbäume an den Fahrbahnenden, fertig. Auch der Antrieb war simpel: Die Motorwinde dieses Unikums holte vorne eine triefende Eisenkette vom Flussgrund herauf, hangelte sich mit einer Motorwinde an den Kettengliedern entlang und ließ die Kette hinter der Fähre wieder ins trübdunkle Wasser sinken. Damit die Strömung dieses »fahrende Backblech« nicht einfach den Neckar hinabschob, hing es seitlich an einem Stahlseil, das weit stromaufwärts im Fluss verankert war. Mit solcher Sicherheit versehen, konnte das Gefährt gemächlich in einem leichten Bogen zwischen Neckarhausen und Ladenburg pendeln und Fahrzeuge bis hin zum mittelgroßen Lkw über den Fluss tragen.

Ungewöhnlich geruhsam ging es hier zu. Der Fahrgast musste schon etwas Zeit mitbringen: Die Fähre wartete nämlich jedes Mal am Ufer, falls ein gerade vorbeikommender Frachtkahn ihren Kurs kreuzte, und mitunter lief sogar eine Warteschlange von Fahrzeugen zu beiden Uferseiten auf – da war Geduld gefragt.

Soeben schrappte die Zufahrtsrampe der Fähre ein Stück weit das blassrote Kopfsteinpflaster der Landestelle empor, kam zum Stehen, die Schranke schwenkte hoch. Dann rollte das Auto von der Fähre, begleitet vom Dröhnen der Stahlplatten unter seinen

Reifen. Sonia sah zu, wie die letzten Passagiere die Fähre verließen – eine Gruppe offenbar masochistischer Radsportler, die sich die superschmalen Sättel zwischen die Pobacken klemmten und auf der leicht ansteigenden Straße hinauf zum Ort strampelten, vermutlich einem Hitzschlag entgegen. Der Fährmann verschwand in einer kleinen Kabine.

Sonia schlenderte auf die Fähre hinunter und setzte sich auf die überdachte Bank mit dem Blechdach darüber. Sie genoss den sanften Luftzug, der über den Neckar strich.

Eine Schwade von Dieselgeruch verbreitete sich, als der Fährmann im blauen Overall wieder ans Tageslicht kam.

Der Fährmann war eine Fährfrau.

»Taach«, sagte diese. »Verzisch Cent, bitte.«

»Und mehrere Fahrten?«

»Jo, donn natierlisch fir jedes Mol verzisch Cent.«

»Nein, ich meine, für zwei Stunden, ungefähr?«, fragte Sonia ganz ernsthaft.

»Jungi Fraa, mer mache doch kä Rundfadde! Des geht riwwa un niwwa, un do demit hot sisch's.« Die Fährfrau musterte Sonia zweifelnd. Sympathisches Mädchen, im Grunde ... Die war doch nicht in Wiesloch abgehauen?

»Nein, das ist klar. Ich will einfach zwei Stunden auf Ihrer Fähre sitzen bleiben und mitfahren. Luft um die Nase, aufs Wasser gucken. Ich hätte gerade Zeit dafür und habe mir das schon immer gewünscht. Kein Witz.«

Die stämmige Schifferin lachte. »Saache Se blooß, so ebbes war jo noch nie do. Des muss isch heit owend moim Monn verzehle, der werd sisch kringele. Alla, gewwe Se mer zwee Euro, donn kenne Se sitze bleiwe bis zur Tagesschau.« Mit einer Hand nahm sie die Münzen entgegen, mit der anderen patschte sie gegen die Blechtür, fröhlich lachend, und konnte sich kaum mehr einkriegen. »›Urlaub uff da Neckarheiser Fähr‹ – vielleischt sollt isch Reklam'schilder uffstelle un Wäbbung in de Monnemer Zeitung mache odder im Internet ... nä, so was awwer aach!«

Ein neuer Fahrgast schob sein Rad auf die Fähre.

»Wolle Sie aach Urlaub uff moiner Fähr mache?«, begrüßte sie ihn noch immer lachend. Er glotzte sie verständnislos an, bekam aber trotzdem sein Ticket. Einfache Überfahrt, ein Erwachsener mit Fahrrad – fünfzig Cent.

***

Der Spaß erfüllte durchaus Sonias Erwartungen. Gewiss, es war nicht wie auf einem Bodenseedampfer, doch Wind und Wasser verbreiteten trotz der Hitze ein wenig Frische, es roch nach Wasser und Algen. Sie fühlte bei jedem Ablegen ein leichtes Kribbeln, als gehe es tatsächlich auf eine Reise. Unterwegs betrachtete sie von der einen Seite aus die Silhouetten von Edingen und Neckarhausen, von der anderen Seite Ladenburg und die dunstigen Hügel des Odenwalds, und sie genoss den Anblick der großen Weiden am Ufer, deren buschige Kronen beinahe auf dem Wasserspiegel lagen.

Immer wieder folgte Sonias Blick auch den Frachtkähnen, besonders wenn sie unbeladen flussabwärts zogen, mit ihren hoch aus dem Wasser aufragenden teerschwarzen Rümpfen und dem Ruderhaus obendrauf. Aus der Sicht der Fähre wirkten sie im Vorbeifahren riesengroß, und der Eindruck verstärkte sich noch durch das dumpfe, bedrohliche Brodeln der Schiffsschraube, die von den Ufern das Wasser an sich zog und es, Wellen schlagend, hinter sich wieder ausstieß, während sie sich durch den Fluss wühlte. Jedes Mal, wenn so ein schwarzer Kahn in seiner ganzen Wucht auf die rote Sandsteinbrücke Kurs hielt, befürchtete Sonia einen Augenblick, er werde den flachen Durchfahrtsbogen der Brücke streifen.

Während der Überfahrten auf der Fähre war der Blick weitaus reizvoller als vom Land aus, weil sich unentwegt die Perspektive veränderte. Mit jedem Meter Fahrt ordneten sich die Panoramen der Flussufer neu an.

Manchmal verfolgten ihre Augen die Kette, wie sie magisch aus dem trüben Fluss auftauchte, tropfend, hin und wieder mit Wasserpflanzen behängt, oder sie erwartete gespannt den Augenblick, wenn kurz vor dem Ufer bereits der Flussgrund zu erkennen war.

Sonia zählte nicht mit, wie oft sie den Fluss überquerte. Es war bedeutungslos. Eine Zeit lang gehörte sie einfach zu einem anderen Kosmos, dessen Bilder, Geräusche, Gerüche sie aus ihrem Leben heraushoben. Es fiel ihr deshalb erstaunlich leicht, jede Anspannung auszublenden.

***

Karims Rückruf beendete ihre Träumerei nach eineinhalb Stunden. »Hallo, Sonia.«

Oh … Euphorie klingt anders!, war Sonias erster Gedanke. »Und, habt ihr Kretschmar gefunden?«, drängte sie, erregt, mit gedämpfter Stimme.

»Jein.«

»Wie? Jetzt lass dir doch nicht alles aus der Nase ziehen, Herrgott! Wo ist er denn?«

»In Merklingen. Adresse haben wir. Zwischen Mühlhäusler und Breuning. Aber –«

»Warst du schon bei der Winterstein? Die wird euch doch sofort einen Haftbefehl ausstellen, wenn du ihr die Fakten vorträgst. Bestimmt kann der Kerl morgen schon vorgeführt werden. Aber was meinst du mit ›zwischen Mühlhäusler und Breuning‹?«

»Wollte ich ja eben sagen. Die Namen stehen auf den Grabsteinen links und rechts von Kretschmars vergammelter Grabstelle.«

»Auf dem *Friedhof* in Merklingen? Kretschmar ist tot? Sag, dass das nicht wahr ist!«, stöhnte sie. Lange Pause. Sonias Kopf war wie leer geblasen.

»Sonia? Bist du noch dran?«, fragte Karim nach einiger Zeit.

»Ja … ja. Die Identifizierung der Person war doch bestimmt ganz eindeutig, oder? Es ist *unser* Kretschmar?«

»Sonia, bitte. Zu zweihundert Prozent. Wir haben jeden seiner Schritte verfolgt – viele waren es nämlich seit Moosau nicht mehr. Also, nachdem sie Kretschmar in Moosau gefeuert hatten, konnte er erstaunlicherweise bereits zum nächsten Schuljahr in Allensbach am Bodensee an einer Internatsschule unterkommen. Dort unterließ er für einige Monate seine Übergriffe, fiel aber danach wohl in sein altes Verhalten zurück. Doch dieses Mal geriet er an die Falschen. Noch vor dem Ende des Schuljahres ereignete sich in der Schule ein seltsamer Unfall, bei dem Kretschmar ums Leben kam. Willst du Einzelheiten?«

»Ja, klar.« Sonia hatte sich wieder im Griff.

»Er gab auch Sportunterricht, wie du weißt. Man fand ihn nach einem langen Wochenende tot im Geräteraum der Turnhalle. Du kennst doch diese dicken, elend schweren Gummimatten, wie sie in jeder Turnhalle verwendet werden? Nun, ein ganzer Stapel von denen war zufällig genau auf ihn gekippt; das hat ihn erstickt und halb zerquetscht. Sie haben uns das Polizeifoto geschickt, ziemlich übel. Der Unfallhergang konnte nie geklärt werden. Fest steht: Unser Kretschmar ist seit fast dreißig Jahren tot. Nächstes Jahr wird sein Grab aufgelöst, weil es keine Familienangehörigen mehr gibt.«

»Na, da kommt er als Agricola wohl weniger in Frage«, sagte Sonia sarkastisch.

Karim bemerkte den frustrierten Unterton in ihrer Stimme. »Hätte aber sein können, bei der Sachlage! Du kommst doch mit dem Rückschlag klar, oder soll ich –«

»Nein, nein. Mach dir darüber keine Gedanken. Dann bis zu eurer Aufklärung oder zu meinem nächsten genialen Ermittlungsergebnis! Tschüss, Karim.«

***

Als die Fähre wieder in Neckarhausen anlegte, stieg Sonia aus.

Die Fährfrau hatte ein paar Fetzen von Sonias Gespräch mitbekommen und ihren Stimmungsabsturz bemerkt. Leider zog sie nicht ganz die richtigen Schlüsse daraus.

»Jungi Fraa, ärschern Se sisch net iwwer den Kerl, uff Menner is selte Verloss! Unn wann Se widder mol Urlaub brauche … Mer sinn im negschde Jahrhunnerd aach noch do!«, rief sie ihr tröstend nach.

Sonia winkte schlapp zurück und stapfte zu ihrem Wagen hoch, enttäuscht, auch verärgert über sich selbst. Ihre Theorie war nichts als ein verlockender Schnellschuss gewesen! Ja, die Fakten hätten perfekt zu ihrer Annahme gepasst, dass Hansson seinem Mörder schon früher begegnet sein musste. Und alle

Puzzlesteinchen hätten sich so schön zusammengefügt – bis auf das eine, ganz große Fragezeichen: Warum sollte Kretschmar/Agricola seinen Exschüler nach dreißig Jahren töten?

Gut, man konnte auch dazu eine inzwischen völlig nutzlose Theorie aufbauen: Falls Hansson wegen seines durch ihn erlittenen Traumas diesen Unmenschen jahrzehntelang im Auge behalten hatte, vielleicht wusste er dann aus neuester Zeit etwas von ihm – Kindesmissbrauch oder Schlimmeres –, das es Kretschmar wert war, dafür Menschenleben zu vernichten. Hanssons Leben. Aber welchen Platz hätten die ermordeten Ärzte in dieser Theorie?

Blödsinn, Blödsinn, Blödsinn!

Wie man es auch drehte, der Zeiger stand wieder einmal auf Anfang – oder deutlicher: alles auf null.

***

Frustriert und hungrig fuhr Sonia Nerlinger in ein nahe gelegenes Eiscafé und löffelte viel zu gierig einen viel zu üppigen Eisbecher. Zehn Minuten nachdem sie die Glasschale geleert hatte, wurde ihr speiübel. Zu Hause wäre sie jetzt ins Badezimmer gegangen und hätte sich den Finger in den Hals gesteckt, aber hier wagte sie im Augenblick nicht einmal aufzustehen. Sie blieb stocksteif sitzen, ließ die Arme herabhängen und versuchte es mit Bauchatmung.

»Geht es Ihnen nicht gut, Signora?«, fragte der Kellner besorgt. »Soll ich Ihnen eine Grappa oder eine Fernet bringen?«

Sie winkte ab. »Nein, danke, es wird schon.« Ihr Handy klingelte. Vielleicht haben sich die Jungs doch getäuscht, und der Kretschmar auf dem Friedhof in Merklingen ist nicht der Gesuchte, hoffte sie.

»Guten Tag, Sekretariat 2 der Universität Heidelberg, Claudia Stechele. Spreche ich mit Kriminalhauptkommissarin Nerlinger? – Ja? Frau Nerlinger, Sie hatten doch vor Kurzem wegen einer Liste der Komapatienten angefragt, die während der Existenz von Linskas Neuropsychiatrischem Institut die Poliklinik durchliefen.«

Durchliefen, dachte Sonia aufgebracht. Klingt so verdammt harmlos, du Schnepfe! Viele sind mit Linskas Hilfe im Koma gestorben!

»Ja, die Anfrage kam von mir«, antwortete sie beherrscht. »Wie weit sind Sie denn schon damit?«

»Die Liste ist fertig. Ich habe Ihnen alle Patienten markieren lassen, bei denen die Krankenakte geschlossen wurde. Sie können die Liste abholen lassen – heute noch bis sechzehn Uhr dreißig oder morgen ab –«

»Moment, Moment«, unterbrach Sonia die Blitzabhandlung der smarten Frau Stechele, »nur zu meinem Verständnis: ›Krankenakte geschlossen‹, das heißt, diejenigen verstarben in der Poliklinik noch im Koma, richtig?«

»So ist es. Wie gesagt, die Liste liegt bereit, und morgens sind wir ab neun Uhr fünfzehn im Haus.«

»Besten Dank. Ich werde nachher selbst bei Ihnen vorbeikommen.« Sonia packte ihr Telefon weg und sah sich um. Der Kellner stand an den Tresen der Eisdiele gelehnt und unterhielt sich mit einem Kollegen. Sie hob die Hand. »Herr Ober!«

Er reagierte sofort. »Doch noch eine Grappa, Signora?«

»Nein, aber einen Espresso, bitte, und die Rechnung.« Ihre Übelkeit schien fast abgeklungen. Vielleicht hatte auch nur Sonias Gehirn die Prioritäten anders verteilt.

Sonia Nerlinger ist schockiert

Die Liste der Komapatienten erwies sich als recht überschaubar, beim ersten Überfliegen kam Sonia auf sechsundzwanzig Einträge. Noch auf dem Universitätsparkplatz zählte sie die Spalte »Akte geschlossen« durch. Nur bei sieben Personen fand sich keine Markierung. Neunzehn Patienten hatten demnach ihr Koma – oder Linskas »Behandlung« – in der Poliklinik nicht überlebt. Im Augenblick konnte sie nicht beurteilen, ob das in vier Jahren wirklich exzessiv viele Todesfälle waren, wie Professor Pallenberg behauptet hatte, aber das ließ sich klären.

Während sie noch darüber nachdachte, lief ihr Blick ziellos über die Liste. Plötzlich blieb sie wie elektrisiert an einer Zeile hängen:

Cornelius Björn Hansson – Motorradunfall.

Das Geburtsdatum stimmte.

Dies war zweifellos *ihr* Cornelius Hansson, auch wenn sie bisher nicht gewusst hatte, dass er mit zweitem Vornamen Björn hieß. Ja, er hatte ihr von dem Crash damals in den Pyrenäen erzählt, der ihm die hässliche Narbe auf dem Rücken eingebracht hatte, nur die Sache mit dem Koma ... Davon wusste sie nichts.

Aus den Datumsangaben des Klinikaufenthalts ergab sich, dass er damals mehr als drei Wochen im Koma verbracht hatte. Sonia dachte kurz nach. Sie hatte sich zwar geschworen, keine neuen Mutmaßungen ans Team weiterzugeben, doch jetzt ging es um harte Fakten. Zehn Minuten später wusste deshalb auch Karim Bescheid.

Dann wählte sie Pallenbergs Nummer und erfuhr, dass er an diesem Tag nicht mehr verfügbar war. Der Professor nehme für den Rest des Tages an einer Kommissionssitzung teil, hieß es. Da es offenbar sehr dringend sei, werde man ihn aber dort kontaktieren. Zehn Minuten später kam ein Rückruf von Pallenbergs Sekretärin. »Frau Nerlinger? Der Herr Professor hält sich am Mittwoch den ganzen Vormittag für Sie frei.«

Schön, dann eben Mittwoch. Sie brauchte auf jeden Fall die Stellungnahme eines Fachmanns.

Es wurde unangenehm heiß im Wagen. Sonia ließ den Motor an und drehte die Temperatur der Klimaanlage bis zum Anschlag herunter. Dann überschlug sie kurz alle weiteren Schritte, fand, dass es in Heidelberg momentan nichts mehr zu tun gebe, und fuhr nach Hause.

Trotz der herabgelassenen Sonnenrollos war ihre Dachwohnung alles andere als angenehm temperiert. Sie holte den großen Standventilator aus dem Wandschrank und baute ihn vor dem Schreibtisch auf. Dann duschte sie, warf den Computer an, griff sich ein kaltes Mineralwasser aus dem Kühlschrank und setzte sich in Shorts und einer hauchdünnen Bluse an den Schreibtisch.

Wenn Pallenberg eine fundierte Aussage zu ihren Fällen abgeben sollte, brauchte er eine präzise Darstellung aller Fakten. Sie begann damit, die Ereignisse rund um die Morde an den fünf Ärzten geordnet aufzuschreiben, was mehr als zwei Stunden in Anspruch nahm. Dann entwarf sie so neutral wie möglich ein Persönlichkeitsprofil von Bonkhorst, schilderte auch mit selbstverletzender Präzision ihre Beziehung zu ihm, ebenso Bonkhorsts Verbindung zu Hansson.

Sonia war sich völlig klar darüber, dass sie jede Grenze des Erlaubten überschritt, wenn sie einem Außenstehenden wie Professor Pallenberg eine solche Fülle interner Erkenntnisse ihrer Dienststelle zugänglich machte. Inzwischen erschien ihr jedoch diese Flucht nach vorn als einzige Chance, auf alle Fragen halbwegs plausible Antworten zu finden. Sie hoffte auch auf einen Hinweis, der vielleicht Hanssons Ende verständlicher machte.

Während sie Seite um Seite in den Computer tippte, wurde ihr schmerzhaft deutlich, wie wenig ihre eigenen Fachkenntnisse als Profilerin zur Lösung des Falls beigetragen hatten. »Der Täter ist körperlich fit, gebildet, zwischen dreißig und vierzig, trägt wahrscheinlich gern Latex und hatte eine dominante Mutter …« Quatsch, das waren Fernsehmärchen, so lief das nicht! Das echte Leben mit echten Menschen war viel zu komplex, um es in eine Handvoll clever konstruierter Modelle zu packen. Die taugten nur für Dozenten – man konnte sich damit elegant um reale Probleme drücken. »Nimm ein Modell, das löst sich schnell!« hatten sie während ihrer Zusatzausbildung gespottet. Jetzt, aus der Distanz betrachtet, mit den aktuellen Fällen im Nacken, ärgerte sich Sonia über diese wichtigtuerische Zeitverschwendung.

Im Zimmer war es düster geworden. Sie erhob sich, steif vom Sitzen, und zog das Rollo hoch. Die dichte Wolkendecke ließ auf den ersehnten Regen hoffen, doch im Westen stand die Sonne bereits wieder strahlend im blauen Abendhimmel – also kein Regen heute.

Bereits halb acht. Sonias Magen fühlte sich unangenehm leer an. Anscheinend hatte sich der Eisbecher vom Mittag gleichmäßig verteilt. Die Gemüsebox des Kühlschranks enthielt noch einen passabel erhaltenen Salatkopf. Sie bestellte beim Pizzaservice eine *Quattro Stagioni* und richtete bis zum Eintreffen des flachen Pappkartons in Ruhe den Salat an. Dann legte sie die Beine auf den gegenüberstehenden Stuhl, stellte das Tablett mit ihrem Abendessen auf die Schenkel und begann zu essen. Nebenbei – nein, sogar hauptsächlich – vertiefte sich Sonia in ihre private Kopie von Agricolas Manuskript.

Mindestens neunzig Prozent des Textes, bis kurz vor Agricolas erschreckender Enthüllung, hatten keinerlei Bezug zur Realität. Das war keine Neuigkeit. Dafür erkannte sie jetzt deutlicher eine Art Leitmotiv: Das Manuskript erzählte die Geschichte eines Menschen, der von Anfang bis Ende als Einsamer, als Verdammter durch diese eiskalte Welt ging, die Agricola für ihn entworfen hatte. Für den Bedauernswerten gab es auf der Reise nur kurze Glücksmomente: Überglücklich, jemanden zu finden, den er »Freund« nennen konnte, verlor er ihn bald wieder an die »anderen«, fügte sich in die Gruppe, verlor dann selbst diese. Er litt unbeachtet und unbemerkt, ohne jeden Kontakt zu seinesgleichen, und bis zuletzt bestimmten fremde Mächte über ihn.

Sonia hielt inne. Wenn der Text auch nur Agricolas plakatives Menetekel war – er verstand es, Anteilnahme, ja sogar überwältigendes Mitleid für dieses bedauernswerte Individuum zu wecken, das durch seine Geschichte irrte. Aber gerade diese starken Gefühle, Verlustangst, ohnmächtige Wut, Ausgeliefertsein,

Trauer, Einsamkeit, Schwermut, auch Hass – die *konnte* man doch nicht einfach erfinden. Entweder hatte Agricola diese Emotionen selbst durchlebt, oder sie waren ihm bis in ihre quälende Tiefe vorstellbar, weil sie in seinem Innersten angelegt waren.

Wie passte diese Annahme zu Gert Bonkhorst?

So oder so nicht, schoss es ihr durch den Kopf. Wenn sie auf ihre eigenen Beobachtungen in der gemeinsamen Zeit vertraute, dann konnte dieser Text keinesfalls von einem Menschen wie Gert Bonkhorst stammen. Gert kam aus einem fürsorglichen, wohlhabenden Elternhaus, er hatte nie den Schmerz von Scheidungskindern erfahren müssen, war nie einsam gewesen, sondern stets umschwärmter Mittelpunkt, hatte nichts entbehrt, sondern war vom Leben immer reich beschenkt worden. Er sah verdammt gut aus, genoss – wie er immer betont hatte – schon als Jugendlicher alle Freiheiten und besaß bereits während des Studiums seinen eigenen Sportwagen. Dann noch die Bilderbuchkarriere …

Karims Theorie vom Täter, der sich als Opfer ausgibt, hatte ein riesiges Loch, nein, die Theorie *war* nur ein Loch! Ihr erster Impuls war, sofort Karim anzurufen, um ihn vor weiteren Fehlschlüssen zu warnen. Nach kurzem Überlegen ließ sie es bleiben. Schließlich kannte sie Gerts Vorleben hauptsächlich aus seinen eigenen Beschreibungen.

Auch ihre Jagd auf Kretschmar, die sie als peinlichen Schlag ins Wasser empfand, sie lag noch viel zu nahe. Sonia hätte schließlich jeden Eid darauf geleistet, dass er der gesuchte Serienmörder Agricola sei. Und nun verrottete dieser Unmensch seit dreißig Jahren in Merklingen auf dem Friedhof! Mit welchem Gespenst von Agricola hatten sie es denn wirklich zu tun?

Sonias Hintern schmerzte. Der Stuhl war auf die Dauer unbequem. Sie schaltete den Ventilator aus, dessen kräftiger Luftzug sich inzwischen unangenehm anfühlte, tappte im Dämmerlicht ins Wohnzimmer und stellte das Dachfenster weit aus. Dann ließ sie sich auf die Couch fallen und durchdachte ihre neue Theorie.

Lag es an den bequemen Polstern oder an den paar Schritten, die sie gegangen war – Sonia wurde sich schlagartig bewusst: Beinahe hätte sie sich schon wieder verrannt! In ihrer Annahme kamen zwei wichtige Gesichtspunkte gar nicht vor. Einmal stellte sich doch die simple Frage: Wer, wenn nicht Bonkhorst, zog einen Vorteil aus dem Tod aller ehemaligen Kollegen aus dem Neuropsychiatrischen Institut? *Cui bono?* – Wem nützt das Verbrechen? –, das war Stoff der Grundausbildung. Und: Wie konnte Gert Bonkhorst, ein Mensch, dem sie als negativste Eigenschaft eine gewisse eitle Oberflächlichkeit zuschrieb, sich überhaupt jemals für Linskas Experimente hergeben? Für Handlungen, die an der Basis jeder Menschlichkeit rührten? Wie willst du diese Doppelgesichtigkeit erklären, Sonia? Vielleicht damit, dass er an dir nie Experimente durchgeführt hat?

Sonia schloss die Augen und versuchte krampfhaft, an gar nichts mehr zu denken. Sie fühlte sich nur noch ausgelaugt, erbärmlich und hilflos. In ihrem Kopf rollte der Fall Bonkhorst hin und her wie eine leere Flasche mit zwei verschieden beschrifteten Etiketten. Nach jedem neuen Anstoß zeigte eine andere Beschriftung nach oben: *Er war es – Er war es nicht – Er war es – Er war es nicht …*

An diesem Abend empfand Sonia großes Verständnis dafür, dass sich manche überforderten Zeitgenossen mit Alkohol betäubten. Einen Gedanken lang zog sie diesen Ausweg in Betracht, doch dann stürzte sie sich erneut auf den Text für Professor Pallenberg. Wenn überhaupt noch eine fundierte Entscheidung zustande kommen konnte, dann durch seine Analyse.

Schließlich – und obwohl ihr dafür noch der ganze Dienstag zur Verfügung stand – setzte sie sich abermals an den Computer und überarbeitete ihr Exposé für Professor Pallenberg so gründlich, als wollte sie damit gleich am nächsten Morgen vor die Weltöffentlichkeit treten. Ihre Unruhe ließ ihr keine Wahl, sie musste diese Sache vernünftig zum Abschluss bringen.

Lange nach Mitternacht fiel sie erschöpft ins Bett.

Sonia erwachte Stunden später, klatschnass geschwitzt, aus einem schlimmen Alptraum. Sie setzte sich benommen auf und versuchte, das Durcheinander aus bedrückendem Traum und Realität zu ordnen.

In dieser kurzen Spanne zwischen Schlaf und Wachsein, da der

Verstand anscheinend vogelfrei und unvoreingenommen durch alle Kammern unseres Gehirns vagabundieren kann, in diesen wenigen Momenten glaubte Sonia, blitzartig alle wirklichen Zusammenhänge zu sehen.

Das Bild, das daraus entstand, erschreckte sie fast zu Tode.

An Schlaf war nicht mehr zu denken. Sie setzte sich an den Schreibtisch und las am Computer nochmals ihr gesamtes Dokument vom gestrigen Abend durch, ergänzte den Text um einige Absätze, änderte hier und da etwas und schickte ihn zum Drucker. Sein Lärm übertönte Sonias leises Weinen, während sie die Kopien ihres Pallenberg-Exposés zusammenklammerte und sie akkurat zu Stapeln schichtete.

Bonzo trifft eine Entscheidung

»Professor Bonkhorst ist an der Pforte? Danke, Kollege, schicken Sie ihn bitte herauf. Er kennt ja den Weg bereits.« Karim legte auf.

»Aha, Ihro Gnaden sind eingetroffen! Het d'r Herr Professor hoffentlich au' sein Hofjurischt dabei, jetzt, wo's vielleicht eng wird?«, frotzelte Jonas.

»Nö, der Kollege unten hat nur eine Person angemeldet. Keine Ahnung, was der Bonkhorst vorhat. Ich wäre nicht ohne Anwalt gekommen.«

Auch Dorthe fand das merkwürdig. »Vielleicht will er uns bloß mitteilen, dass er von nichts was weiß und an allem unschuldig ist, und dann geht er wieder nach Hause. Wir könnten nichts dagegen machen.«

Karim zuckte mit den Schultern. »Bis jetzt nicht. Mal sehen, was wir heute erreichen. Also, gehen wir! Dorthe, wir beide führen wieder die Befragung, Jonas, du kannst im Spiegelkabinett sitzen. Dyckerhoff besteht nicht mehr darauf, uns im Hintergrund zu betreuen. Ist das nicht schön für dich, Kleiner?«

»Wun-der-bar, Boss! Danke, Boss!«, flachste Jonas, öffnete die Tür, drehte sich grinsend nochmals um. »Karim, hesch net was vergesse? Dein Zimmerservice für de Herr Professer Dokter?«

***

Ebendieser Professor Dr. Gert Bonkhorst machte einen unerwartet friedlichen Eindruck auf die beiden Kommissare. Er nahm gern den angebotenen Kaffee an und wartete geduldig, bis Dorthe ein kleines Problem mit der Aufzeichnungsapparatur behoben hatte.

»Ich bedaure die kleine Verzögerung, Herr Professor«, entschuldigte sie sich.

Bonkhorst winkte wohlwollend ab. »So viel Zeit muss sein. Aber bevor Sie nun weitere Fragen stellen, möchte ich eine freiwillige Erklärung abgeben«, begann er zur großen Überraschung der Kommissare. »Ich räume hiermit ausdrücklich ein, dass ich während der Existenz des Neuropsychiatrischen Instituts Stellvertreter des Institutsleiters Udo Linska war. Außerdem war meine Äußerung nicht korrekt, dass mir die Mediziner Fuhrmann, Frenkel, Strube und Coleman unbekannt seien. Sie waren mit mir zusammen am Institut tätig. Allerdings nannten Sie, Frau Kommissarin, noch einen weiteren Namen.«

»Äh … ja, der Name war Tamara Binsfeld, eine Neurophysiologin«, antwortete die verblüffte Dorthe, die sich eigentlich auf ein Wortgefecht mit harten Bandagen eingestellt hatte.

Karim wartete, ebenso verdutzt wie seine Kollegin, immer noch darauf, dass der Pferdefuß von Bonkhorsts übertriebener Freiwilligkeit sichtbar würde. Doch Bonkhorst sprach völlig gelassen weiter.

»Binsfeld? Nein, ist mir persönlich unbekannt. Ich meine zwar, den Namen einmal in privater Runde bei Linska gehört zu haben, aber sie war nie am Institut beschäftigt. Vielleicht eine Freundin Linskas in der Zeit, als ich mich einige Monate in den Staaten aufhielt? Das wäre immerhin möglich. Ansonsten kann ich Ihnen leider nicht verbindlich weiterhelfen.«

»Gut. Dann lassen Sie uns jetzt bitte –«, setzte Karim an, um zu den offenen Fragen überzugehen.

Bonkhorst unterbrach ihn. »Einen Augenblick bitte noch, Kommissar Abakay. Ich bestehe auf einer zweiten, für mich noch bedeutungsvolleren Aussage. Ihr Gerät funktioniert doch?«

Dorthe warf einen prüfenden Blick aufs Display des Rekorders. »Ja, alles in Ordnung.«

Bonkhorst rückte näher an den Tisch und begann so gelassen zu sprechen, als trage er den aktuellen Wetterbericht vor. »Ich, Dr. Gert Bonkhorst, Professor und Medizinischer Leiter des Psychiatrischen Zentrums Wiesloch, erkläre hiermit, dass ich weder mit dem Tod eines meiner ehemaligen Kollegen am Neuropsychiatrischen Institut noch mit dem unerklärlichen Ableben meines alten Klassenkameraden Cornelius Hansson das Geringste zu tun habe. Weder bin ich selbst aktiv geworden, noch habe ich die Tötung dieser Personen in Auftrag gegeben oder sie ermöglicht.« Er schwieg und sah seine verblüfften Gegenüber freundlich an.

»Aha. Das war's?«, fragte Dorthe reichlich plump.

»Von meiner Seite, ja.« Bonkhorst griff nach seiner Kaffeetasse und nahm einen großen Schluck.

»Herr Professor, Sie haben mit Ihren Angaben einen dankenswerten Schritt zur Aufklärung der Vorgänge getan, nur …«

Bonkhorst lächelte süffisant. »… Sie wissen nicht, was Sie davon halten sollen, Kommissar?«

»So ist es«, entgegnete Karim. »Wollen Sie einen Deal aushandeln, nach amerikanischem Muster?«

»Viel einfacher, Kommissar. Ich bin kein Krimineller und spiele nicht deren Spiele.« Bonkhorst setzte sich bequemer hin. »Verständlicher ausgedrückt: Es macht keinen Sinn, Zeit auf kurzlebige Katz-und-Maus-Spielchen zu verschwenden, wenn wenig später doch die Wahrheit ans Licht kommt. Wir sind doch intelligente Menschen, auch wenn ich mich bei unserem vorigen Gespräch etwas unangemessen über die Polizei und Sie beide geäußert habe. Schauen Sie: Sie sind bei Ihren Nachforschungen auf Linskas geheim gehaltene Forschungseinrichtung gestoßen. Das sagt mir: Es wird Ihnen nicht schwerfallen, auch deren Hintergründe und die Namen der Mitarbeiter zu ermitteln. Bestimmt können Sie mühelos beweisen, dass ich am Institut gearbeitet habe. Es wäre also Unsinn … Ich denke, wir verstehen uns so weit.«

»Da bin ich ganz Ihrer Meinung, Professor. Nun, dann werden Sie mir, bei so viel Offenheit zwischen uns, sicher mitteilen können, worüber Sie mit Cornelius Hansson im Weinlokal ›Kartoffel‹ in Ladenburg gesprochen haben«, setzte Karim erneut an.

»Lassen Sie mich einige Anmerkungen vorausschicken: Wie Sie inzwischen wissen, bin ich seit längerer Zeit mit Sonia … mit Frau Nerlinger befreundet. So berührten unsere privaten Gespräche ab und zu Randbereiche der Ermittlungen. Einmal fragte sie mich zum Beispiel, ob mir in meiner Tätigkeit als Psychotherapeut jemals ein Mann namens Agricola bekannt geworden sei, was ich verneinte. Ich betone aber ausdrücklich, dass Frau Nerlinger mir zu keiner Zeit den Stand Ihrer Ermittlungen offengelegt hat! Beiläufig erfuhr ich allerdings, dass Cornelius Hansson an dem besagten Abend wahrscheinlich in seinem Stammlokal anzutreffen sei. Das war wirklich keine bedeutende Information – anderenfalls hätte ich ihn eben in seinem Haus aufgesucht. Doch zugegeben, das Lokal erschien mir unverfänglicher. Mein einziger Grund für das Treffen: Ich musste mir Klarheit darüber verschaffen, ob Cornelius auf meine Tätigkeit in Linskas Institut gestoßen war. Dabei ging es jedoch ausschließlich um meine berufliche Zukunft, nicht um Mord.«

»Das erscheint mir glaubhaft. Noch eine einfache Frage vorweg, Herr Professor: Wissen Sie, wo Udo Linska sich heute aufhält?«

»Und eine einfache Antwort, Kommissar: nein.«

»Bleiben wir bei Ihrer Arbeit am Institut«, fuhr nun Dorthe fort. »Können Sie uns in groben Zügen darstellen, woran dort unter Leitung des Professors geforscht wurde?«

Nachdem Bonkhorst seine Tätigkeit am Institut nicht mehr vor den Kommissaren verbergen musste, fiel ihm das ziemlich leicht. Sein Bericht hörte sich aber so unglaublich an, als erzähle er den Inhalt eines Science-Fiction-Films.

Linska sei darauf gestoßen, dass eine Koppelung der Gehirnströme zwischen verschiedenen Menschen möglich sei, dass man also Eindrücke von Mensch zu Mensch transferieren konnte. Bereits seine ersten Ergebnisse seien derartig sensationell gewesen, dass man ihm den Aufbau seines Neuropsychiatrischen Instituts ermöglicht hatte.

»Sie dürfen nicht glauben, das Institut sei eine Art primitives ›Hintertreppen-Labor‹ gewesen, im Gegenteil! Wir arbeiteten hervorragend ausgestattet, zwar im Geheimen, hatten aber bedeutende Sponsoren – das Innenministerium, den Verfassungsschutz, das Militär … Nachdem Linska sich für mich als persönlichen Assistenten entschieden hatte, warb er in aller Stille Mitarbeiter an, die er für geeignet hielt. Er orientierte sich dabei weniger an ihren medizinischen Fachbereichen als an seinem persönlichen Eindruck, und das tat er mit einem glücklichen Händchen. Es war kein Problem, die in Frage kommenden jungen Mediziner zu ködern, die Bezahlung ließ nichts zu wünschen übrig. Als wir damals anfingen, wusste natürlich keiner von uns, wohin uns diese Forschung bringen würde. Es spielte zuerst auch keine Rolle. Wir führten lange Zeit alle Versuche nur an uns gegenseitig durch«, erklärte Bonkhorst seinen sprachlosen Zuhörern. »Es gelang uns nach vielen Tests, ganz gezielt eigene Bilder in das Bewusstsein eines Kollegen zu transportieren. Schließlich kamen wir so weit, dass die Experimentatoren gezielt beliebige Hirnareale von passiven Probanden ansprechen und steuern konnten.«

Karim hob die Hand. »Langsam, langsam, Professor! Das heißt zum Beispiel, Sie konnten auch mit gedachten Schreckbildern die Probanden in Panik versetzen? Ihnen vielleicht sogar virtuell Befehle erteilen?«

»Stark vereinfacht – ja. Aktions- und Emotionskontrolle. Soll ich fortfahren?«

»Ja, bitte.« Karim warf Dorthe einen vielsagenden Blick zu. Bonkhorsts Darlegungen beschrieben im Grunde den gesamten Inhalt von Agricolas Manuskript. Virtuelle Welten, Quälerei, der man nicht entfliehen konnte, übermächtige Gefühle, schließlich auch die realen Menschen in grünen Kitteln.

Das Manuskript war keine Fiktion!

»Es stellte sich heraus, dass wir bei den Experimenten bald an eine Grenze stießen: die Widerstandskraft der passiven Probanden.«

»Könnten wir sie der Einfachheit halber ›Opfer‹ nennen? Wegen der Anschaulichkeit«, unterbrach ihn Karim nochmals.

»Wenn es dem Verständnis dient, meinetwegen. Die Widerstandskraft der passiven … der Opfer erwies sich als unüberwindbar. Solange wir gegenseitig beide Plätze einnahmen – den des Experimentators und des Opfers –, konnten wir uns als Opfer jederzeit gegen den Einfluss der anderen Person zur Wehr setzen. Und unbeabsichtigt taten wir das auch, reflexartig. Sie können ja auch Ihre Augen nicht daran hindern, sich zu schließen, wenn sich eine Gefahr darauf zubewegt, nicht wahr?«

»Sie suchten daher geschwächte Opfer«, unterbrach ihn Dorthe, um die Darlegung abzukürzen. »Und die fanden Sie, Linska, oder wer auch immer auf die Idee kam, unter den Komapatienten der Poliklinik.«

»Ja«, sagte Bonkhorst leise, »es war medizinisch naheliegend.«

»Ihnen war bewusst, dass Sie die kranken und verletzten Opfer furchtbar quälten?«, fragte Karim erschüttert.

»Ja. Das lässt sich nicht leugnen.«

»Waren die Experimente mit den Komapatienten wenigstens erfolgreich?«

»Oh ja! Extrem erfolgreich sogar. Wir konnten alle Annahmen verifizieren und die Tiefe der Beeinflussung nach Belieben steigern. Linska knüpfte deswegen schon bald Kontakte in die USA.«

»Warum Kontakte in die Staaten? Er arbeitete doch mit dem Geld seiner Sponsoren und Auftraggeber aus Deutschland.«

»Nun, die Vereinigten Staaten boten bessere Arbeitsbedingungen, mehr Geld und weniger ethische Beschränkungen. Denken Sie nur an die Verhältnisse in Guantanamo. Außerdem – ich will das gar nicht leugnen – waren die USA ein ganz anderes Sprungbrett zum Weltruhm. Er hatte diese Technik der amerikanischen Regierung als wirkungsvollstes Verfahren offeriert, um Gedanken zu lesen und zu manipulieren, für Spionageabwehr, Schläfer-Gruppen, Gegenterrorismus … Die Reaktion war beeindruckend: Ein halbes Dutzend Geheimdienste drüben waren sofort höchst interessiert. Ich habe von da an seine Übersiedelung in die Staaten vorbereitet.«

»Wie schön für Professor Linska«, sagte Dorthe bitter. »Ein anderer Punkt: Es gab doch eine Untersuchung, weil die Klinikleitung den Verdacht hatte, die Sterberate der Komapatienten sei ungewöhnlich hoch?«

»Ich kann mich erinnern, aber die Untersuchung förderte keine Beweise zutage.«

Dorthe hatte Mühe, ihn nicht anzuschreien. »Mag sein. Aber Sie, Linska und seine Mitarbeiter, Sie wussten alle – wie Sie eben zugegeben haben –, dass Sie Körper und Geist der Schwerkranken bis zu ihrer Vernichtung strapazierten. Hat Ihnen das nie zu denken gegeben? Ich meine, Sie betrieben hier offenbar Forschung auf einem ethisch so inakzeptablen Stand wie die Ärzte in den KZs. Wie kann man als Mensch, als Mediziner, als Wissenschaftler *dahin* kommen?«

Karim legte ihr beschwichtigend die Hand auf den Arm.

Bonkhorst holte tief Luft. »Bitte, bitte … Ich verstehe Ihre Empörung. Glauben Sie mir, das ist nicht so, dass man sich eines schönen Tages bewusst über alle Schranken hinwegsetzt, es geschieht einfach mit einem, ganz langsam, nur in kleinen Stufen. Anfangs, als wir nur unter uns experimentierten, konnte man die Versuche jederzeit vertreten – wir agierten selbst und wir litten selbst. Irgendwann muss man als Wissenschaftler bis zum Ende gehen, muss unbedingt sehen, wo die Grenzen liegen. Es ist vielleicht ein Widerspruch, aber dieser Zwang ist im freien Geist des Menschen angelegt. Denken Sie an Einstein, Heisenberg, Planck – die planten doch keine Waffen zur Massenvernichtung! Was zuletzt aus den Fortschritten in der Erkenntnis wird, liegt in anderen Händen. In der Wissenschaft gibt es keinen Unterschied zwischen Gut und Böse, weil diese Kategorien nicht existieren. Alle Erkenntnisse der Forschung sind erst einmal wertneutral. Wer Impfstoffe zur Heilung entwickelt, kann ebenso –«

»Wertneutral?«, wiederholte Dorthe befremdet. »Die Entscheidung, diese Menschen zu Versuchstieren zu degradieren, die lag ja wohl in Ihren Händen! Kommen Sie uns nicht mit Einstein!«

Karim fühlte sich äußerst unbehaglich. Auch wenn er Dorthe beipflichtete – diese Art der Befragung lief gewaltig aus dem Ruder. »Entschuldigen Sie, Herr Professor, wenn ich hier abbreche«, warf er hastig ein. »Ich denke, wir beschäftigen uns nicht weiter mit der Ethik der Wissenschaft, sondern mit den letzten Fragen, die wir noch an Sie persönlich haben.« Er kritzelte zwei Datumsangaben auf einen Zettel und schob ihn Bonkhorst über den Tisch. »Können Sie sich erinnern, wo Sie in diesem Zeitraum gewesen sind?«

»Kaum. Das müsste ich unbedingt nachsehen. Im August … Meine Güte, das ist schon ewig lange her! Oder warten Sie … In diesem Sommer … ja, genau, da war ich von März bis Oktober durchgehend in den USA, im Auftrag Linskas – also auch während dieser drei Wochen im Sommer. Verraten Sie mir, wieso dieser Zeitraum so bedeutsam ist?«

»Genau in dieser Zeit war Ihr Schulfreund Cornelius Hansson Patient der Poliklinik. Er lag dort nach einem Motorradunfall im Koma. Wussten Sie das nicht, Herr Professor?«

»Nein, selbstverständlich nicht. Ich hätte nie zugelassen …«, antwortete Bonkhorst fassungslos. Er starrte ins Leere. »Und Sie sind da wirklich ganz sicher?«, fragte er zurück.

Karim nickte stumm und legte seinen Zeigefinger auf den Schalter des Rekorders. »Aktuelle Uhrzeit sechzehn Uhr zweiundzwanzig, Ende der Befragung von Professor Dr. Gert Bonkhorst.«

»Bin ich nun verhaftet? Dann müsste ich allerdings kurz mit meinem Anwalt sprechen«, deutete Bonkhorst an.

»Herr Professor«, erwiderte Karim bedächtig. »Wir ermitteln in fünf Mordfällen und einem unklaren Todesfall. In diesen Fällen sehe ich im Augenblick keine Veranlassung zu Ihrer Verhaftung. Sie sind noch immer ein freier Mann.«

»Was unethische Versuche an Kranken betrifft, die man eventuell auch als Morde auslegen könnte, damit wird sich allerdings eine andere Instanz befassen. Das gilt auch für die Hintergründe Ihrer Karriere. Sollten wir zu unseren Ermittlungen noch Fragen haben –«

»… dann kommen Sie auf mich zu, ich weiß.« Bonkhorsts Gesichtsausdruck wirkte gequält, verstört. Er strich sich eine Haarsträhne aus dem Gesicht, blieb aber stehen. Irgendetwas schien ihn noch heftig zu bewegen. Er räusperte sich. »Kommissar«, begann er fahrig. »Für die weitere Klärung aller Sachverhalte möchte ich Ihnen eine Anzahl nützlicher Dokumente überlassen. Vielleicht könnten Sie morgen Vormittag jemanden bei mir vorbeischicken? So ab, sagen wir, neun Uhr sind Ihre Leute willkommen.«

Karim wunderte sich erneut über das fast schon verdächtige Ausmaß von Bonkhorsts Kooperation, sagte ihm das aber gern zu und verabschiedete ihn dann.

Der junge Oberkommissar war völlig perplex. »Sag mal, Dorthe, hattet ihr das schon mal beim LKA, dass ein Verdächtiger selbst Dokumente zur leichteren Aufklärung anbietet?«

»Nein, kann mich nicht erinnern. Schon gar nicht, wenn er es nicht auf einen Deal anlegt. Auf mich machte er den Eindruck, dass er die Angelegenheit für erledigt hält. Wer weiß, vielleicht will er mit den Unterlagen den tatsächlichen Mörder festnageln.

Ihr Männer habt immer so eine merkwürdige Scheu, direkt zu petzen.«

»Na, na.«

Jonas riss die Tür auf und stürmte herein. »Mei lieber Scholli, des war vielleicht e Vorschtellung! ›Der reuige Sünder‹, Hauptrolle d'r Professer Dokter höchstselbscht!« Er sah die Kollegen einen Moment mit hochgezogenen Augenbrauen an, war dann mit drei Riesenschritten am Tisch und schnupperte an Bonkhorsts Kaffeetasse. »Ha, sag, Karim, was hesch denn dem in de Kaffee? En Esslöffel voll Wahrheitsdroge oder was? Normal isch des doch net! Heut war er beinah menschlich.«

Bonkhorsts Verhalten wurde auch nicht verständlicher, als sie gemeinsam die Aufzeichnung von Bonkhorsts Befragung abhörten. Vor allem die ausdrückliche Erklärung des Professors, er habe niemanden ermordet, hinterließ bei allen ein sehr zwiespältiges Gefühl.

Kurz nach halb sechs hatte sich – von der Weinstraße bis zum Odenwald – eine tief herabhängende blaugraue Wolkenschleppe über den Himmel geschoben. Der heiß ersehnte Regen war im Anmarsch; bald fiel das Wasser herab wie aus zerbrochenen Fässern.

***

Das Rauschen des schweren Wolkenbruchs endete so schlagartig, wie es eingesetzt hatte. Während noch Rinnsale glucksend abliefen und die letzten Regentropfen runde Kringel in die glänzenden Pfützen schlugen, trat Bonkhorst auf seinen Balkon hinaus und sog in tiefen Zügen die würzige Abendluft ein, die mit dem Lufthauch des abziehenden Unwetters vom Waldrand herüberwehte. Sie duftete nach Baumharz und feuchtem Waldboden, nach den ersten Pilzen des Herbstes, nach frischem Grasschnitt und nach feucht gewordenem Heu.

Er sah lange in die Ferne, wo sich die Wolken bereits verzogen hatten. Dann begann sein Blick zu wandern, hinab in den Talgrund, über das Dorf zu den bewaldeten Hügeln gegenüber, zurück auf seine Seite des Tales, in den gepflegten Garten seines Hauses. Seine Augen fixierten jede Einzelheit so konzentriert, als müsse er anschließend Rechenschaft darüber ablegen. Schließlich wandte sich Gert Bonkhorst abrupt um und kehrte in sein geräumiges Büro zurück.

Der massige schwarzbraun gebeizte Eichenschreibtisch mit den kunstvoll geschnitzten Jugendstilverzierungen beherrschte den Raum. Bonkhorst hatte ihn bei jedem Umzug mitgeschleppt, sein erstes teures Möbel, das er sich vom Anfangsgehalt als Assistenzarzt geleistet hatte. Er hing sehr an diesem gediegenen, kunstvollen Stück Handwerksarbeit mit seiner klaren Gliederung: vier makellos sauber gezinkte Schubladen rechts, ein durchgehendes Fach mit Tür links, eine Mittelschublade unter der Tischplatte.

Bonkhorst kniete sich vor dem Möbelstück auf den dichten Teppich, schloss das Schreibtischfach auf und wuchtete aus der Tiefe des Hohlraums mehrere dicke Stapel von Dokumenten auf die Tischplatte; Bündel von angegilbten losen Blättern, verschiedenfarbige Pappdeckelmappen, Hefte, fest zusammengeschnürte Schriftstücke. Auch ein paar großformatige Bücher befanden sich in diesem Fundus, von der Art, wie man sie früher in der Buchhaltung benützte. Er erhob sich, schubste achtlos die Tür des ausgeräumten Fachs mit dem Fuß zu und begann, im Stehen die Dokumente zu sortieren. Das beschäftigte ihn mehr als eine Stunde. Zuletzt legte er die Papiere in mehreren Stapeln auf der Schreibtischplatte aus, richtete sich auf und blieb mit schlaff herabhängenden Armen so absichtslos vor seinen Dokumenten stehen, als sei ihm der Sinn der ganzen Aktion inzwischen entfallen.

Immer noch im Stehen begann der Professor, den einen oder anderen Stapel durchzublättern. Bonkhorst tat dies ziellos, fast uninteressiert; vielleicht beruhigte ihn die Bewegung. Nur selten verharrte er bei einer Seite. Manchmal überflog er dann ihren Inhalt, und mitunter zuckten seine Lippen, während er las. Danach trat seine Hand wieder in Aktion und ließ weiter achtlos Seiten durch die Finger laufen, selbstständig wie eine Maschine.

Nachdem er anscheinend zu einer Entscheidung gekommen war, brachte er in großer Ruhe ein paar Zeilen zu Papier. Diese

Notiz fixierte er mit Klebeband auf dem höchsten Dokumentenstapel.

Er zog am Messinggriff der mittleren Schublade; sie glitt weich und geräuschlos heraus. Ihr vorderer Teil war mit den üblichen Büroutensilien angefüllt, weiter hinten, im Dämmerlicht des Schubladenfachs, lag eine Holzschatulle von der Größe eines Lexikons. Bonkhorst zögerte einen Wimpernschlag lang, bevor er den Kleinkram zur Seite schob und sie herausnahm.

Er trug die Schatulle hinüber zu dem niedrigen Marmortisch neben seiner »Nachdenk-Couch«, stellte sie behutsam ab und verschwand für einige Zeit im Badezimmer.

Mit sorgfältig frisiertem Haar kam er zurück und hatte offenbar auch ein frisches Hemd angezogen. Bevor er auf der Couch Platz nahm, legte er sich auf ihrer Armlehne sorgfältig ein weiches Kissen zurecht und zog die Schuhe aus.

Die Schatulle enthielt drei Gegenstände: eine Injektionsspritze, eine Ampulle und ein Stück breites Gummiband.

Professor Dr. Gert Bonkhorst zog die gläserne Spritze auf, legte die Gummibandage um seinen linken Oberarm und straffte sie. Als seine Adern kräftig genug hervorgetreten waren, stach er die Nadel ein.

Sein Blick folgte gleichmütig dem Kolben, der die klare Flüssigkeit in seine Vene presste.

Nicht legal, aber hilfreich

Professor Theodor Pallenbergs üppiger grauer Haarschopf wogte heftig, als er Sonia sehr herzlich die Hand schüttelte. Er bot ihr Platz in einem bequemen Ledersessel vor seinem Schreibtisch an, ließ Kaffee und Kekse bringen und erinnerte seine Sekretärin daran, dass er keine Störungen wünsche.

Das Treffen mit dem erfahrenen Neurologen und Psychotherapeuten Pallenberg war Sonias letzter verzweifelter Versuch, der Wahrheit auf die Spur zu kommen. Allerdings fühlte sie sich unwohl bei dem Gedanken, dass sie dazu den gesamten Stand der Ermittlungen vor Pallenberg ausbreiten musste. Und dann war da noch der kleine Vorbehalt gegenüber den »Psychoheinis« im Allgemeinen, den Sonia mit zahlreichen Berufskollegen teilte. Sie kam sich ein wenig vor, als habe sie einen Wahrsager auf dem Jahrmarkt aufgesucht, damit er seine Kristallkugel befrage.

Nachdem Sonia ihm einen knappen Überblick gegeben hatte, entschied Pallenberg, mit der Lektüre von Agricolas Manuskripttext zu beginnen.

»Ich darf doch in den Texten arbeiten, Frau Nerlinger?«, hatte er gefragt. Natürlich durfte er. Sonia war gut damit unterhalten zuzusehen, wie akribisch sich der Professor mit den Textseiten beschäftigte. Oft schüttelte er nur den Kopf oder nickte verstehend, manchmal hob er die buschigen Augenbrauen und blätterte einige Seiten zurück, nickte wieder, verzog seinen Mund zu unglaublichen Formen. Ab und zu legte er Blätter zur Seite, verteilte sie wie ein Kartenspiel nebeneinander auf der Tischplatte, verglich sie, kritzelte Randbemerkungen darauf, sortierte sie dann raschelnd wieder in den Stapel ein.

Danach beschäftigte der Professor sich in gleicher Weise und ebenso ausgiebig mit Sonias Exposé. Obwohl er den logischen Aufbau ihres Textes lobte, entspann sich in den folgenden zwei Stunden ein reges Frage-und-Antwort-Spiel zwischen ihm und Sonia. Kaum eine Aussage in ihrem Text, die er nicht aufs Gründlichste hinterfragte, kein Sachverhalt, über den er sich nicht kreuz und quer erkundigte, keine Eigenschaft, die er nicht präzisiert haben wollte. Ganz nebenbei hielt er auf zahlreichen Blättern eigene Anmerkungen fest, in einer großzügigen, spinnwebenartigen Schrift, die hoffentlich nie jemand außer ihm entziffern musste.

Sonia litt unter manchen seiner Fragen, denn seit dem Alptraum in der Nacht zum Dienstag hatte sich ihre Gewissheit so festgebissen, dass sie viele Fragen Pallenbergs bereits als Bestätigung für ihr eigenes Schreckbild sah.

Die Mittagspause schien ihn nicht zu interessieren; erst als der Professor mit seinem Informationsstand zufrieden war, beendete er die Sitzung. Theodor Pallenberg versicherte ihr, er werde alles daransetzen, ihr bis morgen die Antworten zu geben, die er für wissenschaftlich vertretbar halte – obwohl die Zeit dafür äußerst kurz sei.

»Danke, Professor Pallenberg. Mir liegt allerdings noch etwas auf der Seele.«

Er lächelte sie an. »Sie sorgen sich darum, ob Ihre Dienstgeheimnisse – um solche handelt es sich doch, oder? –, ob die bei mir gut aufgehoben sind? Ich verspreche Ihnen, sie sind es.«

Sonia war erleichtert. »Ich bin, wie ich schon am Telefon sagte, nicht im offiziellen Auftrag meiner Dienststelle hier, aber die Entscheidung, Sie hinzuzuziehen, war bestimmt richtig. Ihre Kosten werden natürlich in jedem Fall übernommen.«

Er hob abwehrend die Hände. »Sehen Sie, Frau Nerlinger, ich werde ganz passabel vom Staat bezahlt, und Sie haben mir ein so interessantes, fast unschätzbares Arbeitsmaterial geliefert, dass ich froh sein muss, wenn *Sie* mir keine Rechnung stellen! Nein, ernsthaft, darum geht es nicht. Und glauben Sie mir, ich werde trotz der Kürze der Zeit alles geben, was ich verantworten kann.«

Als Sonia sein Büro verließ, war sie sicher: Sie hatte das Richtige getan.

Ein furchtbar netter Mann, dachte sie, während sie in den ungewohnten Stöckelschuhen den langen Flur zum Treppenhaus entlangstakste. Er wird finden, was es überhaupt zu finden gibt. Bloß … warum zum Teufel musstest du diese Dinger anziehen, Sonia? Um Eindruck zu schinden?

Ihr Handy klingelte. »Hallo, Karim. Wichtige Neuigkeiten?«

»Sonia, kannst du möglichst schnell ins Dezernat kommen? Deine Beurlaubung hat sich erledigt!« Karim klang so ungewöhnlich steif, als wolle er ihre Kommunikation aufs Notwendigste beschränken.

»Was meinst du? Hat Dyckerhoff eine andere Verwendung für mich? Etwa Besucher betreuen oder solchen Unfug?«, fragte sie erbost zurück. Das sollte er sich nicht im Traum einfallen lassen!

Am anderen Ende der Leitung blieb es für einen Augenblick still, dann hörte sie, wie Karim tief Luft holte.

»Bonkhorst ist tot. Wir haben ihn heute früh in seinem Haus gefunden. Ein fachgerechter Suizid, Dr. Pfeiffer ist da ganz sicher. Hallo … Sonia? Kannst du selbst fahren … oder soll ich dir einen Wagen schicken?«

»Nicht nötig. Ich komme. Bin ohnehin schon in Heidelberg«, antwortete ihre Stimme wie von selbst. Sonia lehnte sich gegen die Wand. Sie spürte den Druck des Blutes in ihren Ohren, wie damals, unter Wasser, als sie zum ersten Mal vom Fünfmeterbrett gesprungen war und einfach vergessen hatte, gleich wieder nach oben zu strampeln.

Der Druck ließ schnell nach. Sie stöckelte langsam weiter, stieg vorsichtig die Treppe hinab zu ihrem Wagen, riss die Tür weit auf und ließ sich in den Fahrersitz fallen.

Gert ist tot.

Was geschah da eigentlich um sie herum? Fünf Ärzte … Cornelius Hansson … jetzt Gert … Und sie hatte es nicht fertiggebracht, seit Hanssons Beisetzung ein einziges Mal in Ruhe mit ihm zu sprechen.

Trotz aller Enttäuschung, die sich mit seiner Person verband, tat ihr Gert Bonkhorst unendlich leid. Um nicht in Gefühlen unterzugehen, klammerte sie sich fest an den Gedanken, dass sie sich ohnehin schon getrennt hatten. Gert war sozusagen wieder ein Fremder für sie.

Der kleine Selbstbetrug half für den Augenblick. Sie fuhr ins Präsidium.

***

Dorthe, Karim und Jonas saßen mit Kriminalrat Dyckerhoff um den Besprechungstisch. Die Runde erweckte den Eindruck, als sei soeben eine Besprechung zu Ende gegangen, deren Ergebnis den drei Kommissaren nicht recht behagte.

Dyckerhoff stand auf und kam ihr entgegen. »Schön, dass Sie so schnell kommen konnten, Frau Nerlinger. Kann Ihnen natürlich nicht mein Beileid aussprechen – sind ja keine echte Angehörige, wenn Sie mir diese brutale Präzisierung erlauben –, aber tut mir leid wegen Professor Bonkhorst, wirklich. Weiß ja, Sie waren ihm sehr verbunden.« Er drückte ihr stumm die Hand und bat sie, Platz zu nehmen. Nachdem er sich für Karims Tätigkeit als »Interims-Teamleiter« bedankt hatte, erklärte er Sonia wieder zur offiziellen Teamleiterin.

Dyckerhoff machte einen sehr aufgeräumten, zufriedenen Eindruck, der schlichtweg darauf beruhte, dass sich seine Abteilung nun nicht mehr mit dem renommierten Professor Dr. Gert Bonkhorst wegen einer Mordermittlung anlegen musste. Dyckerhoff befürchtete nicht ganz grundlos, dass ihn das indirekt auch mit namhaften Persönlichkeiten in Konflikt gebracht hätte, die auf Bonkhorsts Seite standen und die er höchst ungern bei der Landratswahl gegen sich gehabt hätte. Der Mann hatte schließlich Connections, war ja informell bereits als Gesundheitsminister gehandelt worden. Aber nein, nichts mehr von all jenen Schwierigkeiten. Bonkhorsts Ableben führte im Gegenteil sogar zu der überaus erfreulichen und extrem seltenen Situation, dass sich alle Probleme mit einem Schlag in Luft auflösten. Sogar wenn Bonkhorst wirklich der Serientäter gewesen wäre – ohne Geständnis kein Prozess, ohne lebenden Täter kein Geständnis. Also waren weitere Ermittlungen in Bonkhorsts Richtung Verschwendung von Steuergeldern. Gleichzeitig ergab sich die günstige Situation, dass Bonkhorst, den Dyckerhoffs Team immerhin als Tatverdächtigen betrachtete, durchaus als Mörder der Ärzte in Frage kam. Das wiederum erlaubte Dyckerhoff vielleicht sogar, die Ermittlungen in den Mordfällen »Ärzte« und dem Todesfall »Hansson« einzustellen. Niemand brauchte dazu Professor Bonkhorst diverser Morde zu bezichtigen, es gab ja seinen Suizid. War das nicht genug Anschein, ja sogar Beweis?

Auf diesem Entscheidungsstand Dyckerhoffs befand sich Sonias Team, als sie dazustieß. Nachdem er auch ihr die Eckpunkte erläutert hatte, wollte sich Dyckerhoff gern wieder in sein Büro zurückziehen.

»Herr Kriminalrat, kann ich Sie in einer Viertelstunde kurz sprechen?«, fragte Sonia den Vielbeschäftigten, ehe er die Tür erreicht hatte.

»Ja, gern, wenn es nicht zu lange –«

»Fünf Minuten. In Ordnung?«

»Gut, Frau Nerlinger, stehe Ihnen zur Verfügung.«

Sonia streifte die Riemchen der Stöckelschuhe ab, zog sie aus und holte aus ihrem Schreibtisch ein Paar Ballerinas, die sie für Notfälle wie diesen dort aufbewahrte. Die Hochhackigen feuerte sie mit Schwung in das Fach.

Ihr Blick blieb einen Moment zu lang auf dem belegten Brot hängen, das vor Jonas auf dem Tisch lag.

»Hesch Hunger, Sonia? No nix gesse heut Mittag? Ha do, hau nei! I woiß doch, was Hunger isch.« Er streckte ihr fürsorglich das Brot entgegen. »Soll i g'schwind aus d'r Kantine –«

»Nein, ganz lieb. Aber das Sandwich nehme ich schon gern! So, jetzt klärt mich mal kurz über Bonkhorsts Todesumstände auf«, sagte sie und begann, herzhaft abzubeißen.

»Wie ich schon am Telefon sagte, er wurde heute früh in seinem Haus gefunden, so gegen zehn Uhr. Bonkhorst hat mich bei seiner zweiten Befragung gestern Nachmittag noch extra dazu aufgefordert, heute Morgen jemanden vorbeizuschicken. Ist doch Wahnsinn, er wusste da schon, dass er heute nicht mehr leben würde. Wir waren total platt über seine Kooperationsbereitschaft. Er wolle uns Dokumente zur Aufklärung der Vorfälle rund um Linskas Institut übergeben, meinte er. Der Kollege hat die Papiere auch wirklich vorgefunden – und den toten Bonkhorst. Er lag auf einer Couch in seinem Büro. Da war nichts mehr zu machen. Pfeiffer meint, er sei schon gestern Abend gegen zwanzig Uhr dreißig gestorben.«

»Hat sich eine satte Ladung Pentobarbital gespritzt«, fuhr Dorthe fort. »Euer Rechtsmediziner geht von einem zweifelsfreien Suizid aus. Seine Fingerabdrücke befinden sich auf der Injektionsspritze genau dort, wo sie sein müssen. Keine Zeichen von äußerer Gewalt.«

»Der Kollege, der ihn fand, sagte aus, die Haustür sei nur angelehnt gewesen. Er klingelte, ging dann hinein, rief ein paarmal … Na ja … Ich bin sicher, Bonkhorst hat uns gestern Nachmittag schon mit dem festen Vorsatz verlassen, sich das Leben zu nehmen.«

Sonia schluckte den Rest ihres Brotes hinunter und wischte sich über den Mund. »Starb er … schmerzlos?«, fragte sie mit glasigen Augen.

»Pfeiffer sagte, schmerzloser geht's gar nicht. Er lag so friedlich da, und – das muss man ihm lassen – er starb mit Haltung. Die Haare waren gekämmt, er trug ein frisches Hemd und …« Karim stockte.

»Was und? Gib Gas, Karim, ich muss zu Dyckerhoff«, drängte Sonia.

»Na ja, als ihm Pfeiffer die Kleidung entfernte, hat er eine Windelhose aus Plastik gefunden, so wie man sie in den Pflegeheimen … Als Arzt wusste er natürlich, was beim Sterben alles passiert.«

»Mir habet seine Eltere informiert. Sie könnet ihn morge abhole lasse. Obduktion isch nicht erforderlich, het der Pfeiffer g'sagt, elles sei glasklar und sauber.«

»Danke. Bis gleich! Bleibt bitte alle hier, bis ich zurück bin.« Sonia hastete zur Tür.

***

Auf dem Weg zu Dyckerhoffs Büro wurde Sonia beruhigend klar, dass sie die besseren Karten hatte. Er konnte wegen ihrer ungenehmigten Datenweitergabe einen Vermerk in ihrer Personalakte anbringen, das schon, aber Pallenbergs Ergebnisse *musste* er in Betracht ziehen.

»Frau Kollegin, worum geht es?«, empfing er sie und signalisierte mit einem beiläufigen Blick auf die große Uhr über seiner Eingangstür, dass ihre Sprechzeit bereits lief.

»Erst einmal brauche ich Ihre Absolution, Herr Kriminalrat.« Minuten später wusste er Bescheid über Sonias Besuch bei Pallenberg und die Absicht, die sie damit verfolgte. Und Sonia lag natürlich richtig: Dyckerhoff konnte gar nicht anders, als Pallenbergs Besuch am Donnerstagfrüh zuzustimmen. Glücklich war er darüber nicht.

Immerhin, der »laufende Meter« bewies Format. Er sah sogar großzügig über die Eigenmächtigkeit ihrer Informationsweitergabe an Professor Pallenberg hinweg und legte den Besprechungstermin, bei dem auch Staatsanwältin Winterstein anwesend sein sollte, auf neun Uhr dreißig fest.

***

Noch auf dem Flur informierte Sonia telefonisch Professor Pallenberg über die Änderung im Plan. Sie kündigte ihm gleich noch Zusatzinformationen an – eine E-Mail mit der Aufzeichnung von Bonkhorsts Befragung, deren Ergebnisse für seine Analyse von großem Wert sein durften.

Ziemlich erstaunt erfuhren anschließend Sonias Kollegen von Pallenbergs bevorstehendem Besuch. »Es gibt Aspekte, die uns bisher durch die Lappen gegangen sind«, versuchte sie, seine Mitwirkung zu begründen, »und ob nun seine Analysen den Gang der Weltgeschichte ändern oder nicht, wir werden uns damit auseinandersetzen. Ich möchte endlich wieder ruhig schlafen können. Noch etwas: Bis Professor Pallenberg seine Ausführungen vorgetragen hat, will ich auch nicht, dass weitere Mutmaßungen über Gert Bonkhorsts Rolle in den Mordfällen angestellt werden.«

Ihre eigenen beängstigenden Gedanken, die sie seit Dienstagnacht plagten, erwähnte sie nicht einmal andeutungsweise.

»*Professor* Pallenberg – scho wieder oiner! Mit dene Herre Professore hend mir hier im Haus ja eher schlechte Erfahrunge g'macht, möcht i bloß a'merke. Mir habet zwar jemand, der furchtbar gern für dene ihr leiblich's Wohl sorgt, gell, Karim, aber sonscht …«

»Vergesst den Clown.« Karim winkte ab. »Schon bemerkt, Sonia?« Karim deutete in Marie Flügels Büro. Bonkhorsts Hinterlassenschaft, die Dokumente, die er Karim zugesagt hatte, sie türmten sich auf dem Schreibtisch in Maries Glaskasten einen halben Meter hoch. »Obendrauf pappte ein Zettel: ›Diese Dokumente sind ausdrücklich für die Benutzung bei der polizeilichen Aufklärung freigegeben‹ mit Datum und Bonkhorsts Unterschrift – hochoffiziell.«

»Eindrucksvoll. Und, habt ihr schon reingesehen?«

»Wann? Wir waren alle bis Mittag mit der Spurensicherung in Bonkhorsts Haus, dann beim Mittagessen, und dann kamst du«, antwortete Dorthe mürrisch. Sie hatte wohl wieder einen Vorwurf herausgehört.

Karim hob die Schultern. »Dyckerhoff hält es für ziemlich sinnlos, sie in Betracht zu ziehen, egal, was es sein sollte. Er würde sie am liebsten gleich im Archiv verschwinden lassen.«

Sonia stand auf, straffte sich auf ihre ganze Größe von einem Meter sechsundsechzig. »Erstens bin *ich* hier die Chefin, und zweitens teilen wir jetzt den Stapel in vier vernünftige Portionen und sehen das Zeug durch. Klar? Bonkhorst wird sich ja was dabei gedacht haben. So, der Nachmittag ist noch jung. Fangt schon mal an, ich bin kurz in der Rechtsmedizin.«

***

So flapsig Sonia von ihrem Gang in die Rechtsmedizin gesprochen hatte – was sie vorfand, ließ sie natürlich nicht unberührt. Gert Bonkhorsts Körper lag im Kühlraum auf einem Rolltisch aus Edelstahl, und auch er war – wie seinerzeit Hansson – bis zum Kinn mit weißem Tuch abgedeckt, obwohl es bei ihm nicht einmal Obduktionsschnitte zu verhüllen gab.

Wie bei allen anderen, wie immer. Der Tod ist so schrecklich gewöhnlich, schoss es ihr durch den Kopf.

Und doch war etwas anders. Gert Bonkhorsts bleicher Botticellikopf mit den welligen dunklen Haaren und seine ebenmäßigen, friedlich entspannten Gesichtszüge gaben der Szenerie den würdevollen Anblick einer mittelalterlichen Grabplatte.

Mein schöner toter Ritter …

Sonia betrachtete ihn lange. Ihr gingen Bilder durch den Kopf, die sie befremdeten – Menschen, die einen toten Angehörigen küssten, seine kalte Hand hielten oder die Wangen streichelten. Sie brachte das nicht über sich. Tot ist tot, dachte sie, ein Schmetterling, der ausgeschlüpft ist und seine Hülle zurückgelassen hat. Gert ist weit weg. Aber der Frieden, der auf seinem Gesicht lag, beruhigte sie zutiefst. Nur deshalb war sie gekommen, um zu sehen, wie es für ihn geendet hatte.

Sonia wandte sich ab und ging in den Obduktionssaal zurück. Dr. Pfeiffer drückte ihr seinen schriftlichen Bericht in die Hand. »Neuigkeiten gibt es darin keine, Sonia. Der Kollege hat medizinisch versiert Suizid begangen, um es so auszudrücken. Seine Eltern lassen ihn morgen abholen.«

Hinter ihr fiel die Stahltür ins Schloss.

Gerts Eltern, dachte sie auf dem Weg nach oben, ich kenne sie nicht einmal, aber bestimmt waren sie ungeheuer stolz auf ihren erfolgreichen Sohn. Und er hinterlässt ausgerechnet Informationen über den unrühmlichsten Teil seiner Vergangenheit. Sie werden lange leiden.

***

Der Nachmittag verging sehr still. Sie saßen am Besprechungstisch, jeder der vier Kommissare mit einem Stapel Dokumente vor sich, und waren dabei, sich hindurchzuarbeiten. Ab und zu reichten sie sich Papiere zu – »Musst du mal reinschauen!« – »Das glaubst du nicht!«. Seiten wurden mit farbigen Stickern markiert oder kleine Papierstöße gebildet. Unermüdlich, in regelmäßigen Abständen, brühte Karim für alle frischen Kaffee auf.

Dorthe sah ihm amüsiert zu. »Hast du jetzt Maries Rolle als Kaffeetante übernommen?«

»Nu aber! Gleich machst du deinen Kaffee selber, Kollegin«, tat Karim empört.

Sonias Nacken schmerzte. Sie setzte sich aufrecht hin und ließ ihre Schulterblätter kreisen. »Marie. Ja, das ist etwas speziell. Übelkeit – Krankheit – Kur, irgendwo an der Nordseeküste. Danach wird wohl der Gang zum Amtsarzt anstehen und dann die Frühpension. Die war sowieso vorgesehen, und Marie wusste das längst. Unsere Verwaltung setzt jetzt auf junge, homogene Teams und wird ihr kaum etwas in den Weg legen. Ich glaube nicht, dass wir sie hier noch mal sehen werden.«

»Deshalb arbeit sich der Karim doch scho ei! Grad jetzt, wo er nimmer Chef isch, jetzt braucht er doch e sinnvolle Auslaschtung! D'r Zimmerservice, den er scho d' ganz Zeit macht – des isch net bloß Selbschtzweck, des isch wäge seiner Probezeit als Service-Män!«

Der Zuckerwürfel, den Karim auf ihn abschoss, verfehlte Jonas' Kopf um Haaresbreite. »Du elendes schwäbisches Lästermaul! Selbst übers Stammeln nie rausgekommen, aber hoch qualifizierte Menschen runtermachen!«

Kein Wunder, dass sich die Anspannung immer wieder einmal in solchen Kindereien entlud. Die Geschehnisse waren allen doch sehr nahegegangen, und auch der Frust darüber, dass sie seit Wochen beinahe auf der Stelle traten, brauchte gelegentlich ein Ventil.

Nur Sonia ließ sich von den Albereien heute nicht anstecken. Sie überdachte Bonkhorsts seltsames Vermächtnis – eine Sammlung von Laborbüchern, Namenslisten, Projektbeschreibungen, wissenschaftlichen Abhandlungen, Veröffentlichungen für Wissenschaftsmagazine, teils von Linska, teils von Gert Bonkhorst verfasst; hochbrisantes Material, für das auch einige Verantwortliche der Poliklinik und der Universitätsverwaltung Rede und Antwort stehen mussten, vielleicht auch mehr als das. Linskas Institut war nur die Spitze des Eisbergs, der diese Forschungen ermöglicht hatte. Aber es würde schon Wochen dauern, das ganze Material nur gründlich zu sichten, geschweige denn es aufzuarbeiten. Und insofern lag Dyckerhoff richtig – für das Dezernat 2, Gewaltdelikte, hatte es keine Bedeutung mehr. Sollten sich Untersuchungsausschüsse damit herumschlagen.

Es fiel Sonia nicht leicht, Gert Bonkhorsts Handlungsweise überhaupt zu begreifen. Natürlich, er hatte die Flucht nach vorn angetreten, weil er gemerkt hatte, dass man den hässlichsten Abschnitt seiner Biografie durchleuchtete. Aber was wäre ohne seine eigenen Unterlagen wirklich zu beweisen gewesen? Hatte er nicht eher den schleichenden Rufmord gefürchtet? Erst ein

Tatverdacht, eine mögliche Gerichtsverhandlung, dann weitere Wühlereien in seiner Vergangenheit und irgendwann der unaufhaltsame Abstieg.

In diesem Punkt kannte sie ihn gut genug. Gert Bonkhorst konnte nur *mit* seiner »Grandezza« leben – oder *gar nicht*. Seine Schlussfolgerung war klar: lieber eigenhändig alles zum Einsturz bringen, so wie ein Kind, das seine wunderbare Sandburg aus Angst vor den anderen selbst zertrampelt.

Genau diesen Lauf würden die Dinge nun auch nehmen. Sein Ansehen, seine Karriere, seine ethische Integrität als Mediziner – die Offenlegung der Dokumente wird jede seiner Sandburgen zerstören, dachte Sonia traurig. Doch vielleicht konnte er nur mit dieser letzten großen Geste sein Gewissen erleichtern, bevor er starb – und durfte dafür ein friedvolles Lächeln mit hinübernehmen.

Ein akademischer Essay über die Wahrheit

An diesem Donnerstagmorgen war die Besprechungsecke in Sonias Büro gut belegt. Rund um den Tisch hatten außer Sonia und ihrem Team Dyckerhoff und Staatsanwältin Friederike Winterstein Platz genommen, und auf der Seite zwischen Besprechungstisch und Whiteboard saß aus praktischen Gründen Professor Dr. Theodor Pallenberg.

Dyckerhoff hielt seine Einführung sehr kurz, fügte jedoch zu Sonias Erleichterung hinzu, dass er selbst um die Hinzuziehung eines Gutachters gebeten habe. Alter Fuchs, dachte sie, damit hast du zwar *mir* einen Gefallen getan, aber *dir* auch, denn wahrscheinlich wird Pallenbergs Analyse einen akzeptablen Schlusspunkt setzen, den du für dich verbuchen kannst.

Auch Pallenberg war deutlich mehr daran gelegen, zur Sache zu kommen, als mit jedem der Anwesenden Small Talk zu halten. Er stellte jedoch seine wissenschaftliche Kompetenz deutlich genug heraus, um unter den Anwesenden keinen Zweifel an der Qualität seiner Arbeit aufkommen zu lassen.

Sonia fand das durchaus angebracht.

Pallenberg begann: »Eine große Bitte vorweg, meine Damen und Herren: Ich stehe Ihnen nach meiner Stellungnahme gern für jede Frage zur Verfügung. Erlauben Sie mir aber vorerst, meine Resultate unter allen Gesichtspunkten ohne Unterbrechung vorzutragen. Können wir uns darauf einigen?«

Kopfnicken ringsum.

»Ich habe lange überlegt, womit ich meine – gewiss etwas erschütternden – Darlegungen beginnen soll. Lassen Sie mich so anfangen: Ich möchte Ihnen ein liebenswertes Kind vorstellen. Das Kind – es handelt sich um einen sehr empfindsamen Jungen, der viele Talente besitzt – wächst in einer begüterten Familie auf. Ausgedehnter Grundbesitz, ein schlossähnlicher Landsitz sind die äußeren Gegebenheiten. Vater und Mutter lieben den Kleinen, ebenso eine Tante, die Schwester des Vaters. Der Junge bekommt viel Zuwendung und Aufmerksamkeit. Seine zahlreichen Talente können sich früh entfalten. Er interessiert sich für Musik, lernt früh, ein Instrument zu spielen, hat aber auch ausgeprägtes technisches Talent, zeichnet und malt. Daneben saugt er alles auf, was ihm interessant erscheint, und vertieft sich, bis er zufrieden mit sich ist. Aber er ist nicht nur ein Kopfmensch. Das große Anwesen der Familie bietet jede Freiheit, auch Abenteuerlust und Spieltrieb in der Natur auszuleben. Kurz: Wir haben ein sensibles Kind vor uns, das mit viel Nestwärme und Förderung aufwachsen kann, ohne überbehütet zu sein. Eines Tages, er ist gerade sieben, endet die Idylle jäh – beide Eltern kommen bei einem Autounfall ums Leben. Er ist traumatisiert, erfährt irgendwann aus den Gesprächen seiner Tante mit den Leuten, dass angeblich die Ärzte Schuld am Tod seiner Eltern tragen. Halten wir das fest! Es spielt dabei keine Rolle, ob sich der Sachverhalt mit der Realität deckt.«

Karim warf Sonia einen Blick zu. Sie nickte. Auch Dorthe und Jonas hatten offensichtlich längst begriffen, *wessen* Biografie Pallenberg entrollte.

»Die Tante wird seine einzige Bezugsperson. Er ist glücklich mit ihr und seinem neuen Leben. Dann bekommt die Tante Krebs und soll sich einer langwierigen Therapie unterziehen. Das Kind erlebt ein zweites Trauma und wird damit endgültig aus seiner emotional geborgenen Situation gerissen. Um seiner Tante nahe zu sein, besucht er das Internat Moosau bei Heidelberg. Die Schicksalsschläge reißen nicht ab. Der hübsche Junge wird von einem Lehrer namens Kretschmar über Monate hinweg missbraucht. Es ist ein leichtes Spiel für den ›Pädagogen‹, denn das Kind sucht Geborgenheit. Als der Junge die wahren Beweggründe seines Schänders erkennt, erleidet sein Urvertrauen einen furchtbaren Schlag. Er beginnt, diesen Menschen unsäglich zu hassen, möchte ihn aber gleichzeitig lieben. Mit beidem, Schmerz und Hass, muss er selbst fertigwerden – eine Therapie findet nicht statt. Wahrscheinlich geschieht zu dieser Zeit bereits etwas Gravierendes mit ihm, auf das ich später noch zu sprechen komme. Er selbst bemerkt davon nichts. Dieses Mal ist das Schicksal gnädig: Kretschmars Missbrauch fliegt auf, der Junge wechselt auf ein Heidelberger Gymnasium, in dem er sich wohlfühlt, die Tante besiegt den Krebs. Sein Vertrauen wächst wieder, die erlittenen Traumata werden aber nur zugedeckt – auch das wollen wir nicht aus dem Auge verlieren.«

Unter den Zuhörern entstand leichte Unruhe. Die Winterstein beugte sich nach vorn, schaute Dyckerhoff an, der sah fragend zu Sonia hinüber. Sonia machte eine verlegene Geste – mit dieser Ausführlichkeit hatte sie nicht gerechnet. Ihr Hals lief rosarot an.

Der Professor sah nur kurz in die Runde, fuhr dann aber im selben Stil fort. »Nach dem Abitur entschließt sich der junge Mann, zur Polizei zu gehen. Warum keines seiner Talente eine andere Berufswahl durchgesetzt hat – wir wissen es nicht. Er selbst ist sich auch kaum im Klaren darüber. Er durchläuft die Grundausbildung, spezialisiert sich, tritt die Laufbahn eines Kriminalermittlers an, wird Kommissar.«

»Also bitte, Herr Professor«, entrüstete sich Staatsanwältin Winterstein, »wenn Sie die Biografie jeder beteiligten Person – so wie eben die von Hauptkommissar Hansson – in solcher Ausführlichkeit aufrollen wollen, dann sitzen wir heute Abend noch zusammen. Wir suchen einen Serienmörder, und ich hoffte, Sie könnten uns hierbei weiterhelfen. Jedenfalls hat man mir Ihre Intervention so angekündigt.«

Peinliche Stille hing im Raum. Alle Blicke richteten sich auf Pallenberg.

Professor Theodor Pallenberg lehnte sich zurück und lächelte Friederike Winterstein an. »Frau Staatsanwältin, ich wollte Sie zum Ergebnis meiner Beurteilung hinführen und Sie nicht schon nach drei Sätzen damit schockieren. Die Schlussfolgerung ist nämlich nicht leicht verdaulich. Doch da Sie anscheinend den direkten Weg vorziehen: Ich spreche gerade über den Mörder.«

»Sie sprechen gerade über Kommissar Hansson«, berichtigte die Winterstein energisch.

»Wie ich soeben sagte«, entgegnete der Professor. »Kann ich jetzt in meinen Ausführungen fortfahren?«

»Nein, nein, langsam, so geht das nicht! Lassen Sie mich ganz deutlich klarstellen: Sie beschuldigen einen der verdientesten … Dyckerhoff, Donnerwetter, sagen Sie doch auch mal was!« So aufgebracht hatte man die Winterstein bisher nie erlebt. Dyckerhoff wich ihrem Blick aus und schwieg.

Professor Pallenberg blieb penetrant, ja fast herablassend freundlich, als habe er es mit einer neuen Patientin zu tun. »Ich beschuldige grundsätzlich nicht, Frau Winterstein. Der Begriff ›Schuld‹ kommt im Vokabular der Psychotherapie gar nicht vor. Ich werde Ihnen aber gern aufzeigen, wie die Qualen einer empfindsamen Seele zu diesen Taten führen konnten – wenn Sie mich nur lassen!«

»Das ist unerhört!« Die Winterstein war nicht zu beruhigen. Auch Hanssons Team fühlte sich vor den Kopf gestoßen. Jonas tuschelte mit Karim, offenbar mehr als verwirrt.

»Es geht mir doch um keinerlei Schuldzuweisungen – wie ich bereits sagte!«, konterte der Professor. »Aber auf diese Art … das ist ein wissenschaftlicher Diskurs! Wenn Sie daran nicht interessiert sind …«

Dyckerhoff griff ein. Er konnte zwar die schockierende Aussage Pallenbergs ebenfalls nicht glauben, aber der Mann musste doch wenigstens zu Ende sprechen können. »Fahren Sie bitte fort, Professor.«

»Danke. Darf ich nun … nur kurz, natürlich …«, Pallenberg sah etwas spöttisch zur Winterstein hinüber, »… im Interesse der weiteren Ausführungen erläutern, was eine multiple Persönlichkeit ist? Wahrscheinlich kommt Ihnen dazu die Romanfigur des Dr. Jekyll in den Sinn, doch der ist keine multiple Persönlichkeit. Jekyll weiß nämlich, dass er zu einer zweiten Person werden kann, zu Mr. Hyde, seinem Negativ-Ego. In der multiplen Persönlichkeit – einem sehr seltenen Phänomen übrigens – entwickeln sich dagegen unabhängige Persönlichkeiten, die nichts voneinander wissen, sich aber denselben Körper teilen. Wir nennen ihn den Host, den Wirtskörper. Alle Talente, alle Fähigkeiten des Hosts stehen jeder einzelnen Persönlichkeit zur Verfügung. Wir sind heute der Meinung, empfindsame Menschen seien besonders anfällig dafür. Bei Cornelius Hansson hat sich, nach meiner Ansicht, eine solche Parallelpersönlichkeit entwickelt, die für seine Existenz eine wichtige Rolle spielte: Seit seiner frühen Jugend – ich nehme an, seit dem Missbrauch durch den Lehrer Kretschmar – hat nämlich diese Zweit-Person die negativen Gefühle Hanssons aufgesogen. Noch während des Missbrauchs musste ja der Junge seine sicher vorhandenen Rachegelüste in Bezug auf Kretschmar ›entsorgen‹ – diesen Unmenschen, der ihm übelste Erniedrigung antat, wo er Liebe suchte. Seine Parallelperson schluckte den Hass des Jungen, scheinbar ohne Nebenwirkungen, während Cornelius selbst – in seiner Hauptpersönlichkeit – Kretschmar weiterhin wie einen Vater lieben konnte. Lassen Sie mich, damit die weiteren Folgerungen übersichtlich genug bleiben, der Parallelpersönlichkeit gleich den Namen geben, der sie für alle begreifbarer macht: Agricola.«

Pallenbergs Äußerung führte erneut zu einem kurzen Tumult unter den Anwesenden. Argumente wie »Unsinn« … »undenkbar« … »gegen alle Fakten« … »überhaupt kein Zusammenhang!« wurden genannt, man besprach sich erregt mit Sitznachbarn oder auch schräg über den Tisch.

»Ja, ich weiß«, bekräftigte der Professor, dieses Mal sehr energisch, »das scheint sich nicht mit Ihren Ermittlungen zu decken. Frau Nerlinger wird Ihnen erklären, wie sie erst Anfang der Woche auf diesen Namen stieß und welche Verbindung es bereits zwischen dem Internatsschüler Cornelius Hansson und diesem Namen gab. Bitte, Frau Nerlinger.«

Die erwartungsvolle Stille machte es Sonia nicht leicht, ihre Anspannung zu bezwingen; der Kloß im Hals drückte unangenehm. Sie hoffte, ihre Stimme würde sicher genug klingen. Dann – mit den Bildern vom Internat Moosau vor ihrem inneren Auge – begann sie zu berichten.

Die Gesichter der Zuhörenden veränderten sich mit jeder Minute. Aus der anfänglichen Entrüstung wurde Aufmerksamkeit, dann ungläubiges Staunen, zuletzt Fassungslosigkeit.

»Ich möchte Ihnen zum Abschluss noch etwas zeigen«, beendete sie ihre Erklärungen und griff nach einem dünnen Stapel Farbkopien. »Bitte reichen Sie die Blätter durch, danke. – Die Abbildung oben zeigt eine Porträtskizze, die wir in Cornelius Hanssons Haus vorgefunden haben. Er hat sie wahrscheinlich selbst angefertigt, und – man erkennt das leider etwas schlecht – in einem Ärmel des Pullovers ist ein ›A‹ eingeritzt. Die untere Abbildung ist ein Ausschnitt aus einem Foto, das im Ganzen das Lehrerkollegium der Schule Moosau zeigt. Mir wurde in Moosau versichert, dass es sich bei dieser Person um den Lehrer Kretschmar handelt – Spitzname: Agricola! Niemand wird leugnen können, dass Foto und Zeichnung denselben Menschen darstellen, bis in jedes Detail – Kopfform, Frisur, Nase, Rollkragenpulli. Kretschmar, der Lehrer, ist übrigens seit beinahe dreißig Jahren tot. Wir haben das überprüft.« Sie nickte Pallenberg zu.

Pallenberg ließ seinen Blick kreisen, ehe er weitersprach. Beklommene Gesichter um ihn herum. Er sah ihnen an, dass sie inzwischen manches für möglich hielten – aber kaum jemand schien bislang überzeugt von seinen Thesen.

»Und wieso sollen Hansson und seine Parallelpersönlichkeit gerade auf den Namen ›Agricola‹ verfallen sein?«, warf die Winterstein trotzig ein.

Bevor ihr Pallenberg antwortete, wandte er sich mit leicht arrogantem Lächeln an sein Mini-Auditorium. »Meine Herrschaften, ich sehe, unsere anfänglich getroffene Vereinbarung ist absolut nicht durchzuhalten – fragen Sie also ruhig weiterhin dazwischen!«

Nachdem er die Staatsanwältin derart an den Pranger gestellt hatte, beantwortete er ihre Frage mit einem einzigen Satz: »Weil Agricola das Böseste symbolisierte, das dem Kind jemals begegnet war! Halten wir fest: Hansson und Agricola – das ist nicht ein und dieselbe Persönlichkeit, aber ein und derselbe Körper. So, ich überspringe einige Details und komme zu zwei ganz wesentlichen Fragen: Konnte der Missbrauch, den der junge Cornelius als Kind erlitten hatte, ihn als Erwachsenen zum Mörder machen? Und warum sollten gerade diese Menschen sterben? Nein, der Missbrauch, so schlimm sich das anhört, reichte dafür nicht aus. Das Leben des Jugendlichen hatte sich nach seinem Schulwechsel wieder stabilisiert, die Parallelpersönlichkeit wurde nicht mehr benötigt, sie verschwand im Schatten. Um wiedererweckt zu werden, bedurfte es einer ›Auffrischung mit Überdosis‹. Aber so weit war es noch nicht. Das nächste gravierende Trauma, diesmal im Leben des erwachsenen Hansson, war ein Motorradunfall in den Pyrenäen. Doch nicht der Unfall erzeugte den Schock, sondern die Zeit danach. Patient Hansson wurde, nachdem er stabilisiert war, von Spanien in die Poliklinik Heidelberg verlegt. Dort therapierte man seine schweren Verletzungen, unter anderem eine Fleischwunde gefährlich nahe an der Wirbelsäule. Während der Behandlung fiel Hansson für mehrere Wochen ins Koma. Zu dieser Zeit forschte ein gewisser Udo Linska – ich nehme an, der Name sagt Ihnen etwas – in seinem gerade gegründeten Neuropsychiatrischen Institut an der Universität Heidelberg. Er verfolgte unter anderem das verantwortungslose Ziel, Experimente zur Beeinflussung von Gehirnaktivitäten an geschwächten Probanden durchzuführen, Menschen also, die seiner Manipulation wenig Gegenwehr entgegensetzen konnten. Offenbar bekam er Unterstützung von einflussreicher Seite und konnte deshalb auf Komapatienten der Poliklinik zurückgreifen. An diesem Punkt treffen sich endlich die Fäden: Ihr Kollege Hansson wurde, wie viele andere, in Linskas Versuchen ›verwendet‹. Ich halte es nicht nur für naheliegend, sondern für erwiesen, dass der etwa neun Jahre später verfasste Manuskripttext des Autors Agricola die getreue Wiedergabe der psychosomatischen Situation des – entschuldigen Sie den Ausdruck – menschlichen ›Langzeit-Versuchskaninchens‹ Hansson ist. Glauben Sie mir, auch als Wissenschaftler mit langer Erfahrung nahe den Abgründen der Seele sind mir solche Schrecken noch nie geschildert worden, wie ich sie hier gelesen habe. Was für ein Übermaß an Angst, Ohnmacht, Schrecken, aber auch an Hass muss sich hier angestaut haben! Trotz allem, auch dieses schreckliche Erlebnis – halb im Koma, halb in der Realität – konnte das Opfer Cornelius Hansson vorerst auf seiner Parallelpersönlichkeit Agricola abladen. Agricola griff noch nicht in Hanssons Leben ein, aber – flapsig ausgedrückt – der Druck im Kessel war gewaltig gestiegen. Es brauchte aber noch mehr, einen weiteren emotionalen Schlag. Cornelius Hansson erlitt ihn offenbar, wie ich aus den Unterlagen annehmen konnte, als seine letzte Verbindung zerbrach. Die Parallelpersönlichkeit Agricola entglitt nun jeglicher Kontrolle und begann, ein aktives Eigenleben zu führen. Agricola betätigte sich als Autor, schrieb seine grauenhaften Qualen als Geschichte in mehreren Teilen auf und begann gleichzeitig den furchtbaren Rachefeldzug gegen Hanssons Peiniger, die zugleich die seinen waren. Vergessen wir nicht – Agricola konnte auf alle Fähigkeiten zurückgreifen, über die sein Wirtskörper Hansson verfügte. Und der war nicht nur Schriftsteller, sondern vor allem auch versierter Kriminalist. So hatte Hanssons ›dunkle Persönlichkeit‹ alle Kenntnisse, um ihre Taten zu verschleiern. Auch die Körperkraft Hanssons kam Agricola zugute. Durch die heftige Emotionalität von Agricolas Untaten begann die Trennwand zur Persönlichkeit Hansson durchlässig zu werden. Ein Teil von Hanssons starkem, positivem Charakter sickerte zu Agricola hinüber. Während er mordete, fing er deshalb an, Warnbotschaften zu schicken – ebendiese anfangs schwer verständlichen Manuskriptteile. Ich glaube, niemand kann sich eine Vorstellung davon machen, in welcher Lage sich der Mensch Hansson befunden hat: Er empfing Agricolas Botschaften wie Nachrichten von einer fremden Person! Ihren Zweck begriff er lange nicht. Agricolas Mitteilungen wurden immer intensiver, immer deutlicher. ›Erinnere dich an deine Leiden – und halte mich zurück!‹ war seine Aussage. Die Persönlichkeit Hansson erschuf sich als Ausweg einen realen Jungautor Agricola, mit dem Hansson sich sogar in persona ›treffen‹ konnte. Und mit ihm auch eine erträgliche Ausflucht: Das sind fremde Texte, du sollst sie einfach nur redigieren! Dann, mit dem letzten, fürchterlichsten Blatt des Manuskriptes, brach die Trennung der Persönlichkeiten völlig in sich zusammen. Hansson wurde sich mit einem Schlag bewusst, dass es keine Person Agricola und auch keinen Mörder außerhalb seiner selbst gab. Alles war allein sein Werk! Als Mensch Hansson, der sich mir als extrem gerechtigkeitsliebend darstellt, muss dies eine Entdeckung gewesen sein, die kaum Spielraum für Entscheidung ließ: entweder Raserei gegen die Außenwelt, ein Amoklauf zum Beispiel, oder Wüten gegen sich selbst – in beiden Fällen bis zum Tod. Cornelius Hansson entschied sich für den Selbstmord, nichts anderes tolerierte sein Charakter. Allerdings schien ihm Sterben nicht genug. Seine Absicht war, sich auf die gleiche perfide Weise zu richten, wie Agricola die fünf Ärzte getötet hatte. So haben Sie ihn dann auch vorgefunden – bereits halb tot, in der Situation seiner Opfer. Und ich bin sicher, er wollte gar nicht gefunden werden.«

Pallenberg brach ab und wartete. Er war sicher, seine Theorie würde nicht ohne Widerspruch bleiben. Die fassungslosen Gesichter ließen erkennen, wie es in allen Zuhörern arbeitete.

Nach einiger Zeit schüttelte Dyckerhoff heftig den Kopf. »Kann nicht sein. Wenn ich die Berichte richtig in Erinnerung habe, befand sich Hansson in einem unterirdischen Gewölbe, und sämtliche Zugänge, von oben bis unten, waren verschlossen. Außerdem war der Mann gefesselt. Nein, Professor, unmöglich.«

»Dazu könnte ich etwas beitragen«, meldete sich Karim zu Wort. Er war genauso bewegt wie seine Teamkollegen, aber er war auch ein gewissenhafter Ermittler. »Als wir zu Hansson vordrangen, hat Kollege Federle in den Bunkergängen einen seitlichen Lüftungsschacht entdeckt und durchsucht, der offenbar bis an die Oberfläche reicht. Für jemanden, der sich auf dem Gelände auskennt, durchaus ein möglicher Quereinstieg. Was die Fesselung betrifft: Cornelius Hansson war am Hals, über die Brust, an beiden Beinen und am linken Arm mit Klettbändern straff an den Holzstuhl gefesselt. Wir mussten die Fesseln aufschneiden, sie waren alle mit Sekundenkleber unauflöslich verklebt.«

»Sehen Sie, sagte ich doch«, reklamierte Dyckerhoff etwas voreilig und sah Pallenberg siegessicher an.

Karim hob die Hand. »Moment, Moment, Herr Kriminalrat. Kleiner Nachtrag: In der richtigen Reihenfolge ist es überhaupt keine Schwierigkeit, sich alle übrigen Fesseln erst selbst anzulegen und sie zu verkleben. Nur *öffnen* kann der Gefesselte diese Art der Fesselung nie mehr. Und der rechte Arm blieb ohnehin frei, damit sollte ja die tödliche Injektion ausgeführt werden.«

»Etwa so habe ich mir das auch vorgestellt«, meinte Professor Theodor Pallenberg. »Haben Sie so weit noch Fragen? – Ja, Frau Staatsanwältin?«

»Woran ist Hauptkommissar Hansson Ihrer Meinung nach gestorben?«

Pallenberg zögerte. »Das ist eine sehr wichtige Frage, aber sie ist nicht einfach zu beantworten. Nach Meinung der Kollegen, die seinen Tod untersucht haben, war Herzstillstand die unmittelbare Ursache. Ich gehe noch einen Schritt weiter – er starb, weil er das Verlangen hatte, sich zu töten. Ein offensichtlich starker

Charakter wie Cornelius Hansson hatte durchaus die Kraft, sich zu vernichten.«

»Suizid also, auf eine mehr als unglaubwürdige Weise? So etwas habe ich in meiner ganzen Berufspraxis noch nicht gehört.« Friederike Winterstein starrte Pallenberg an, erzürnt, als sei er an Hanssons Tod irgendwie mitschuldig. »Lieber Professor, als Nächstes kommen Sie mit der Geschichte vom alten Indianer, der auf den Berg geht, um zu sterben?«

Pallenberg ließ sich durch ihre Erregung nicht aufstacheln. »So ähnlich. Ich habe dazu eine kleine Geschichte: Einige Kommilitonen und ich führten während des Studiums ein simples Experiment durch. Wir machten unseren eigenen Herzschlag über Lautsprecher hörbar und versuchten, mit dieser akustischen Rückmeldung die Herzfrequenz so weit wie möglich zu reduzieren. Der Erfolg überstieg jede Erwartung. Nach längerem Training landeten wir bei nur zehn Herzschlägen pro Minute! Auf diesem Stand stellten wir die Testreihe ein. Wenn Sie nur noch alle sechs Sekunden Ihr Herz einmal schlagen hören, dann fragen Sie sich schon, ob der nächste Schlag nicht ganz ausbleiben wird. Ich nehme an, wir hätten die Herztätigkeit so weit reduzieren können, dass schon bald die bei jedem Herzschlag transportierte Blutmenge für die Versorgung des Herzens selbst und des Gehirns nicht mehr ausgereicht hätte. Derartige Experimente wurden später mehrfach verifiziert. Beantwortet das Ihre Frage, Frau Winterstein?«

»Ja. Ich verlasse mich dabei auf Ihre wissenschaftliche Kompetenz, Professor Pallenberg.« Sie legte betreten ihren Stift zur Seite.

Dyckerhoff genügte das nicht. Er wollte die provokante Schlussfolgerung Pallenbergs unmissverständlich ausgesprochen hören. »Verstehe ich Sie richtig, Professor, ein starker Charakter wie Kollege Hansson, verzweifelt, schuldbeladen, in einem Schockzustand, konnte durch eine Art beinahe übermenschlicher Todessehnsucht sein Herz selbst zum Stillstand bringen?«

»Eindeutig ja! Sie haben das sehr präzise formuliert, Herr Dyckerhoff. Und damit ist für mich die Angelegenheit Hansson eigentlich abgeschlossen – falls keine Fragen offen sind. Soll ich

Ihnen jetzt noch meine Beurteilung des Kollegen Bonkhorst darlegen?«

Dyckerhoff sah die Staatsanwältin Winterstein an. Sie schüttelte ihre rotbraune Mähne.

»Käme denn Professor Dr. Gert Bonkhorst als Serientäter ebenfalls in Frage?«, wollte Dyckerhoff noch wissen.

»Keinesfalls! Und was meine Begründungen dazu betrifft – ich lasse Ihnen ohnehin mein Gutachten da. Alle Details –«

Dyckerhoff schnitt ihm das Wort ab. »Dann nur noch die wichtigste Frage, die unser weiteres Vorgehen betrifft: Können Sie, Herr Professor Pallenberg, garantieren, dass Ihre eben formulierten Annahmen der Realität entsprechen?«

Pallenberg konterte, lächelnd: »Ich bitte Sie! Können Sie das, Herr Kriminalrat? Oder Sie, Frau Staatsanwältin? Ist wirklich jeder schuldig, den Sie für schuldig halten? Ich habe Ihnen die Interpretation der Zusammenhänge dargelegt, wie sie sich aus den bereitgestellten Informationen ergab – sorgfältigst durchdacht, nach dem Stand der Wissenschaft und nach meiner langen Erfahrung. *Entscheiden* werde ich nicht für Sie.«

Kurz darauf machte sich Pallenberg auf den Rückweg in die Universität. Dyckerhoff und die Winterstein hatten sich bei ihm – inzwischen großenteils überzeugt – für seine Analyse bedankt. Nach ein paar weiteren freundlichen Worten der beiden begleitete Sonia den Professor zum Wagen.

»Tut mir leid, Professor ... der ruppige Umgangston bei uns«, sagte sie verlegen.

Pallenberg lachte herzhaft. »Haben Sie jemals ein akademisches Streitgespräch miterlebt? Ich kann Ihnen sagen, der Name verspricht nicht zu viel. Und immerhin ging es heute um Menschen, nicht um wissenschaftlichen Kleinkram. Seien Sie unbesorgt, Frau Nerlinger, so etwas ist für mich nicht ungewöhnlich.«

Staatsanwältin Winterstein und Dyckerhoff waren nicht mehr im Büro, als Sonia zurückkam.

»Und? Was hat Dyckerhoff jetzt vor?«, fragte sie in die Runde ihrer betrübten Kollegen.

»Des wird'r uns nach seim G'spräch mit d'r Winterstein mitteile!« Jonas war fuchsteufelswild. »So e Scheiß! Des kann i mir gar net vorstelle, dass der Hansson, unser Chef … Noi, sell gibt's oifach net! Oder doch?« Jonas ließ schlapp seine große Pranke auf die Tischplatte knallen. »Komm, Karim, mach Kaffee. Vielleicht hilft's!«

Sonia setzte sich zu ihnen. »Bist du so lieb, Karim, für mich auch eine Tasse? Wisst ihr, ich habe mich immer gewundert, dass Cornelius manchmal so todmüde war, wenn er ins Büro kam. Oder damals, bei dem Einsatz morgens um vier Uhr, als wir den Frenkel auf der Bank am Wanderweg fanden. Mir vorzustellen, dass er als Agricola vorher gerade den Toten durch die Landschaft gekarrt hatte … Grauenhaft. Ich dachte, das mit seiner Müdigkeit läge an Hanssons Besuchen bei den Damen von der ›schnellen Truppe‹. Gelegentlich war das ja vielleicht der Grund.«

Dorthe berührte das menschliche Drama wenig. Sie war offenbar vergrätzt, weil man wegen Pallenbergs Gutachten nicht vorher ihre Meinung eingeholt hatte. »Was wäre denn, wenn das alles nicht stimmt?«, stänkerte sie. »Wenn der Professor Pallenberg bloß ein phantasievoller Märchenerzähler wäre? Man könnte doch Sonias Unterlagen von Professor Gerald Meixner begutachten lassen. Meixner ist nämlich –«

»… einer der Dozenten aus deinem Zusatzstudium. Ist inzwischen bekannt. Danke für dein Angebot«, erwiderte Sonia genervt.

Karim stellte ein Tablett mit Kaffeetassen auf dem Besprechungstisch ab – auch eine für Dorthe. Sie griffen zu, stumm, rührten Milch oder Zucker hinein und warteten auf die Entscheidung ihrer »Big Two«.

»Tante Charlotte«, sagte Karim leise. »Tante Charlotte hat es geahnt. Ich meine, dass Hansson sich selbst umgebracht hat. Von den Morden wusste sie vielleicht nichts, aber die alte Dame konnte fühlen, dass in ihrem Neffen finstere Dinge brodelten. Sie war der einzige Mensch, der Cornelius Hansson wirklich nahe war. Erinnert ihr euch an ihre Darstellung des Menschen außer Kontrolle, der am Ende seiner Lebensspirale verglüht? Sie wusste genau, wen sie da beschrieb.«

Sonia ging zum Waschbecken, drehte gedankenvoll den Hahn

auf und hielt die Arme unter den kühlen Wasserstrahl. »Dann ist mir auch klar, warum sie uns bei der Suche nach Hanssons ›Mörder‹ nicht stärker angetrieben hat. Um Charlotte mache ich mir Sorgen! Seinen Tod hat sie verkraftet, aber wenn er wirklich der Serienmörder wäre, und das wird publik …«

So weit kam es nicht. Zehn Minuten später wussten sie, dass es niemals einen Fall oder ein Verfahren »Serienmörder Hansson« geben würde. Beide, Dyckerhoff und die Winterstein, vertrauten dem Gutachten Pallenbergs doch nicht ausreichend genug, um dafür den guten Namen eines Kriminalkommissars in den Schmutz zu treten und sich im schlimmsten Fall selbst bis zum Hals in die Nesseln zu setzen. Die Indizien der eigenen Ermittlungen waren ihnen zu dürftig, Zeugen gab es keine, weitere Spuren ebenfalls nicht. Zudem existierte in Dyckerhoffs Überlegungen immer noch Bonkhorst als Tatverdächtiger. Aber zwei potenzielle Täter, beide bereits tot, und keine Möglichkeit, ein Geständnis zu bekommen – das sei kriminalistisch und juristisch jenseits von Gut und Böse, rechtfertigte Dyckerhoff die Entscheidung persönlich in Sonias Team.

»So unerfreulich und unbefriedigend das ist«, konstatierte Dyckerhoff, »der ganze Komplex ›Ärztemorde‹ wird ad acta gelegt. Bitte Sie dringend, sofort sämtliche weiteren Arbeiten daran einzustellen – alles ab ins Archiv.«

Dann schoss der »laufende Meter« im Schnellgang davon, um sich endlich voll und ohne weitere Risiken seiner Kandidatur zum Landrat zu widmen.

Sonia angelte ihre Stöckelschuhe aus dem untersten Schreibtischfach, stopfte sie in einen Plastikbeutel und ging damit langsam zur Tür. »Ich werde morgen freinehmen – richtig frei. Wir sehen uns erst am Montag. Macht ihr heute noch weiter?«

»Weiter? Was weiter?«, stänkerte Dorthe. »Hast doch euren großen Boss Dyckerhoff gehört! Archivieren … und aus. Mich schicken sie morgen sowieso zurück zum LKA.«

»Also … Alles Gute weiterhin! Und … danke, Dorthe«, sagte Sonia ohne große Gemütsbewegung und nicht sehr überzeugend. Dann trat sie auf den Flur hinaus.

Die Macht der Banalität

Das Thermometer zeigt schon um elf Uhr knapp siebenundzwanzig Grad. In der Heidelberger Straße in Ladenburg steigen zwei junge Männer aus einem Lieferwagen. Das Gartentor quietscht, ihre Schritte knirschen auf dem Kiesweg. Sie schlendern zum Eingang von Hanssons Haus.

Einer ist vielleicht siebzehn, der andere knapp zwanzig. Der zieht einen Schlüsselbund aus der Hosentasche und sperrt die Haustür auf. Ein Flur mit Terrazzoboden, offene Türen, die in leere Zimmer führen, eine Steintreppe nach oben. Viel abgestandene Luft. Vor allem: Im Treppenhaus ist es auch nicht kühler als draußen.

»Bullshit«, flucht der Jüngere.

»Schon mal einer Orgel in den Bauch geguckt?«, fragt der Ältere, während sie ins oberste Stockwerk des völlig ausgeräumten Wohnhauses hinaufstapfen.

»Negativ. Aber sag, eh, sollen wir den ganzen Schrott drei Treppen runterschleifen? Sind doch echt Gewichte, Mann, paar hundert Kilo, schätz ich mal. Bei der Hitze! Kein Aufzug, kein Kran, nichts! Läuft das bei euch öfter so? Schwitz jetzt schon wie Sau!« Auf seiner Stirn stehen tatsächlich dicke Schweißtropfen.

»Kannst immer noch Briefmarkenhändler lernen anstatt Orgelbauer! Album untern Arm – fertig. Wiegt nix, strengt nicht an.«

»Krasser Witz!«

Sie sind auf dem engen Treppenabsatz unter dem Dach angekommen. Die ausgehängte Tür des einzigen Raumes lehnt an der Wand. Über ihren Köpfen führt nur noch eine Luke zum Dachboden hinauf. Eigentlich ist das Zimmer geräumig, doch bis auf zwei Streifen Parkettboden, am Eingang und unter dem Dachfenster, füllt eine Orgel den gesamten Raum aus. Wegen der sind sie hier. Instrument abbauen und mitnehmen, das ist der Job. Die Orgel geht nach Frankfurt.

Der erschöpfte Schwitzer reißt das Dachfenster auf, lässt sich ausgestreckt gegen die Wand fallen, streift mit dem Ärmel über die Stirn. »Scheißhitze!« Wieder und wieder wischt er sich übers Gesicht. Eigentlich der korrekte Zeitpunkt, den Arbeitstag zu beenden.

Den angehenden Orgelbauer im letzten Lehrjahr beeindruckt dagegen das schöne Musikinstrument. »Wow! Angeblich total selbst gebaut.« Er stellt den Werkzeugkasten ab. Dann betrachtet er fachmännisch den Spieltisch des Instruments, lässt seine Finger über die Tastaturen laufen, zieht glänzend schwarz lackierte Registerknöpfe heraus und schiebt sie gefühlvoll wieder zurück. »Ausgezeichnet gemacht! Alle Schiebeladen laufen lautlos und leicht. Wenn der alles so exakt zusammengepasst hat, wird das Zerlegen ein Kinderspiel. Schade, schade, dass die schon den Strom im Haus abgestellt haben. Ich hätt zu gern ein paar Takte auf dem guten Stück gespielt! Und hier: handgemachte Tastaturen, die schwarzen Tasten echt aus Ebenholz! Musst du mal fühlen! Beste Schreinerarbeit!«

»Geschenkt!«, grunzt der nass geschwitzte Anfänger. Er lässt sich ausgestreckt an der Wand herunterrutschen, stemmt dabei seine Absätze gegen den Parkettboden, was ein ziemlich ordinäres Rubbelgeräusch erzeugt. Schließlich landet der Hintern des Ignoranten mit einem dumpfen Bums auf dem Boden. Die Jeans hinterlässt einen breiten blauen Schmierstreifen an der weißen Wand.

Marco, der ältere Kollege, gibt weitere Versuche auf, den anderen für seinen Beruf zu interessieren, und klärt lieber den Ablauf der Arbeiten. »Okay, Patrick, ich baue zuerst die drei empfindlichen Tastaturen aus und bringe sie nach unten in den Wagen. Du nimmst dir alle Verkleidungen und den Spieltisch vor. Nur zerlegen und zur Seite stellen – aber sorgfältig! Ich nummeriere dann der Reihe nach sämtliche Pfeifen und die Mechanik und packe alles in die Kartons. Bis morgen Abend müssen wir das komplett schaffen. Klaro?«

»Mmm.«

»Was?«

»Jaaa, schon klar, mach nicht so ’ne Welle, Mann«, fährt ihn der Jüngere an.

Als Marco mit den ersten beiden Tastaturen auf dem Weg nach unten ist, erhebt sich auch der Kollege. Er ist bereits vom Gedanken an die Arbeit erschöpft, doch nachdem er endlich sein viel zu dickes, aber super angesagtes Sweatshirt ausgezogen hat, greift Patrick tatsächlich in die Werkzeugtasche und löst widerwillig die ersten Schrauben der Seitenverkleidung.

Gleich darauf hallt ein dumpfer Knall durchs Treppenhaus, der bis hinaus auf die Straße zu hören ist.

»Verdammt!« Marco hastet die Treppe hoch. »Was treibst du denn?«

»Die Platte kam ganz plötzlich runter. Einfach so.« Patrick hockt auf dem Boden und betrachtet ungerührt den gesplitterten Rand der schweren Seitenverkleidung, die vor ihm auf dem Boden liegt.

Auch Marco wirft einen Blick darauf, hält das schwere Holzteil probeweise an die Stelle, wo es vorher befestigt war, und stellt es dann sorgsam an der Wand ab.

»Spinnst du, sag mal? Sechs Halteschrauben«, fährt er ihn wütend an, »vier oben, zwei unten. Und dir Spacko fällt nichts Intelligenteres ein, als zuerst sämtliche oberen Schrauben herauszudrehen, bis das satte Ding aus der Halterung kippt? So war's doch, oder? Die beiden Löcher unten sind völlig ausgerissen, die Schrauben sind verbogen, und der Umleimer ist auch hin. Na, das vertickst *du* später dem Chef!«

»Bleib cool, Alter! Zahlt sowieso die Versicherung«, kommentiert Patrick achselzuckend.

»Wenn du's sagst.« Marco nimmt kopfschüttelnd die letzte der Tastaturen unter den Arm. »Aber jetzt reiß dich zusammen und tu endlich was«, schimpft er und geht nach unten.

»Waffel mich nicht voll!« Patrick greift wieder zum Schraubendreher, ziemlich genervt.

Auf dem Rückweg nach oben macht Marco einen kurzen Stopp im Badezimmer. Gesicht unters kalte Wasser halten. Wirklich, verdammt heiß hier im Haus! Zum Glück ist das Wasser nicht ebenfalls schon abgedreht. Während er sich mit dem Taschentuch das Gesicht trocken wischt, glaubt er von oben einen gedämpften Aufschrei zu hören. Und noch etwas anderes – wie eine Radioansage!

»Patrick! He, Patrick! Was ist jetzt schon wieder?« Er hetzt die letzte Treppe zum obersten Geschoss hoch. »Was –«

»Psst! Cool mal ab.« Patrick hockt auf dem Boden und deutet auf die Orgel. Eine mechanisch leiernde Frauenstimme dringt gedämpft, aber gut verständlich aus dem Spieltisch der Orgel.

»… in der alten Abdeckerei, im früheren Fabrikbunker unter dem nordöstlichsten Gebäude. Mein Lieferwagen steht dort in der Garage. Vor Ort ist alles zu finden, was die völlige Aufklärung möglich macht. Wenn ihr diese Meldung erhaltet, werde ich bereits tot sein – aus eigenem Willen, genau so gestorben wie alle anderen.«

Die Computerstimme bricht ab. Im Lautsprecher rauscht und knistert es.

»Irre, oder?«

»Klappe, da kommt noch was!«

Jemand räuspert sich mehrmals, dann beginnt eine Männerstimme zu sprechen; kein Sprachcomputer, wie vorher, sondern die brüchige, immer wieder stockende Stimme eines verzweifelten Menschen.

»Ihr seid gute Ermittler. Wahrscheinlich fehlt euch nur noch die Bestätigung aus meinem eigenen Mund. Ich muss mich aber kurzfassen, sonst verlässt mich der Mut. Dies ist also die Wahrheit: Was in mir vor sich ging … Ich wusste das nicht, zu keiner Zeit. Erst Agricolas letztes Schreiben hat den Schleier über meiner kranken Seele weggerissen. Niemand kann sich das Entsetzen vorstellen, das mich beim Blick in meinen inneren Abgrund überwältigt hat und mich seitdem beherrscht. Mein Leben muss hier enden.«

Die Stimme zittert, wird beinahe unverständlich.

»Vielleicht finde ich in einer anderen Welt Vergebung. Ich fürchte mich. Falls ihr an Gott glaubt, betet für meine Seele.«

Mit einem scharfen Knacken endet die Mitteilung, dann ist Stille.

Marco steht betroffen in der Tür.

Sogar Patrick ist für einen Augenblick beeindruckt und hält den Schnabel. Aber eben nur für einen kurzen Augenblick, bis sich seine geballte Dämlichkeit wieder nach oben gearbeitet hat.

»Boah, ey. Rattenscharf! Wo kam das überhaupt her? Doch

nicht normal, so was!« Er greift nach seinem Schraubendreher und macht sich an der Orgel zu schaffen.

Marco sieht nur zu. »Bau kein Scheiß«, kommentiert er hilflos.

Fünf Minuten später und begleitet von einem weiteren »Boah, ey« hebt Patrick vorsichtig einen Laptop aus dem Inneren der Orgel. Ein Kabel hängt daran. Er zieht dessen Stecker aus dem Computer und stellt das Gerät auf den Boden.

»Nun guck dir dieses endgeile Teil an! Ein Axxon 4600, Quad-Core, drei Komma vier Gigahertz, supi Grafikkarte. Genau das Teil für schnelle Games! Kostet gut seine neunhundertfünfzig Kröten. Was tut *das* kultige Stück in dieser Blechorgel?«

»Wie hat denn die Meldung angefangen?«, fragt Marco den Jüngeren. Der hat den Laptop aufgeklappt auf dem Schoß liegen.

»Wie? Och, das ging total geschraubt los mit so was wie ›Ich mache diese Angabe nur einmal …‹ – Ey, guck mal, nicht das grottigste Passwort auf der Kiste! Schade, Akku ist gleich leer.«

»Klingt für mich wie ein Geständnis.«

»Quatsch! Höchstens ein abgefahrenes Hörbuch.« Patrick tippt bereits auf dem Computer herum, als sei es sein eigener.

»Aber wenn es doch ein Geständnis war?«

»Mach dich nicht zum Horst! Was tät ein Geständnis in einer Orgel? Kriegt ja keiner mit!«

Marcos Gewissen grummelt trotzdem noch. »Kannste mal kurz ins Netz mit dem Teil? Vielleicht sieht man, wo die Info hingehen sollte.«

»Pech, Alter, Wireless is nicht. Und DSL … ohne Saft?«

»Ach so, Strom ist ja weg … glatt vergessen.«

»Hallo! Aufwachen, Meister! Hier is alles abgeschaltet – Telefon und Internet auch.«

Pause.

Patrick grinst seinen Kollegen an. »Eintüten, das Teil?«

»Na gut – pack ein –, ist deiner. Aber du zahlst mir hundertfünfzig zum Ausgleich. Und kein Wort – zu niemand! So, jetzt hilf mir schleppen. Ohne Genöle, wenn's geht.«

Noch drei Stunden schweißtreibende Arbeit. »Affenhitze! Scheißarbeit!« Patrick flucht ohne Unterlass.

Kurz nach sechs wirft Marco die Türen des Laderaums zu.

»Stopp! Muss noch mein Schätzchen rausholen.« Patrick greift sich das Gerät und geht nach vorn. Er lässt sich in den Beifahrersitz fallen, stellt die Füße aufs Armaturenbrett und betrachtet begeistert den glänzend schwarzen Laptop, *sein* Superteil.

»Zehn Tage, dann is GamerWar XXL in Frankfurt, das *must* des Jahres! Kennst du nicht, nö? Ey, mit dem Teil bin ich krass gut dabei! Paar Vorarbeiten noch – Festplatte löschen, klaro, ganzen Kram neu installieren, neue Treiber und so. Weil – verstehst du, Alter – geht hier um *speed* pur! Wenn du so was nicht gültig hinkriegst, kannst du gleich zu Hause bleiben. Warum fährst du denn nicht?«

»Na, mach doch endlich die Tür zu!«

Der Lieferwagen lässt eine bläuliche Abgasfahne zurück; sie schwebt sacht über den Gehweg, wird blasser, treibt zwischen den Latten von Hanssons Gartenzaun hindurch. Noch ehe sie sein Haus erreicht, hat sie sich aufgelöst.